Jaume Cabré

Die Stimmen des Flusses

Roman

Aus dem Katalanischen von
Kirsten Brandt

Suhrkamp

Die Originalausgabe erschien 2004 unter dem Titel
Les veus del Pamano
im Verlag Proa, Barcelona.

Die Übersetzung wurde gefördert aus Mitteln
des Institut Ramon Llull.

16. Auflage 2018

Erste Auflage 2008
suhrkamp taschenbuch 4049

Druck: CPI – Ebner & Spiegel, Ulm
Printed in Germany
Umschlag: Göllner, Michels, Zegarzewski
ISBN 978-3-518-46049-8

suhrkamp taschenbuch 4049

Als die Gymnasiallehrerin Tina Bros in einer abbruchreifen Schule ein verborgenes Tagebuch findet, ahnt sie nicht, daß sie damit alte Leidenschaften, Haß und Rache neu entfacht. Was hat sich wirklich in dem kleinen Ort in den Pyrenäen abgespielt, am 18. Oktober 1944, als der damalige Dorfschullehrer in der Kirche ermordet wurde? Auf ihrer Suche nach der Wahrheit gerät auch Tina Bros zwischen alle Fronten.

Ein großer, dramatischer Roman über das eng verflochtene Schicksal einer Handvoll Menschen, die der spanische Bürgerkrieg zu Gegnern und zu Liebenden macht.

»Ein grandioses Werk.« *Frankfurter Allgemeine Zeitung*

Jaume Cabré, 1947 in Barcelona geboren, gehört zu den hochgeschätzten katalanischen Autoren. Neben Romanen, Erzählungen und Essays hat er auch fürs Theater geschrieben und Drehbücher verfaßt. *Die Stimmen des Flusses*, 2004 in Barcelona erschienen, wurde mit dem Preis der spanischen Kritik ausgezeichnet und erlebte einen ganz ungewöhnlichen Erfolg in Katalonien. Der Roman wurde in zahlreiche Sprachen übersetzt. Zuletzt erschienen *Das Schweigen des Sammlers* (2011) und *Senyoria* (st 4204, 2010).

Die Stimmen des Flusses

Für Margarida

Vater, vergib ihnen nicht, denn sie wissen,
was sie tun.

Vladimir Jankélévitch

0

Ein kaum merkliches Geräusch an der Tür, eine sachte Berührung. Lautlos schwang sie auf, und eine behandschuhte Hand griff nach dem Knauf an der Innenseite, um ihn am Zurückschnappen zu hindern. Die Tür schloß mit einem leisen Ächzen. Eine dunkle Gestalt schlich durch die dunkle Wohnung, schweigend verfolgt von Juris an die Finsternis gewöhnten Augen. Der Eindringling betrat das Arbeitszimmer und fluchte leise, als er die hochgezogene Jalousie sah. Der plötzliche Kälteeinbruch hatte die Landschaft in ein eisiges Grab verwandelt. Das Schneegestöber vor dem Fenster ließ die Nacht noch stiller erscheinen, nicht einmal das Rauschen des Flusses war zu hören. Er beschloß, die Jalousie nicht herunterzulassen, denn niemand durfte jemals erfahren, daß er in dieser Nacht in dieser Wohnung gewesen war.

Mit einem verdrossenen Seufzer setzte er sich an den Computer, stellte seine Mappe neben dem Stuhl ab und schaltete das Gerät ein. Er bemerkte, daß der Tisch ordentlich aufgeräumt war. Das würde seine Arbeit erleichtern. Juri war ihm still zum Arbeitszimmer gefolgt und beobachtete ihn nun, noch stiller, von der Tür aus. Das bläuliche Licht des Bildschirms erfüllte das Zimmer, und der Eindringling hoffte, daß der schwache Schein weder von der verlassenen Straße noch vom anderen Ende der Wohnung aus zu sehen sein würde. Am Rand des Bildschirms klebte ein Post-it, auf dem stand: »Guten Morgen! Das Futter steht im Schrank über dem Kühlschrank. Danke für alles!« Er sah die Dateiordner durch, zog die Schachtel mit den Disketten aus der Tasche seines Parkas und begann, geduldig eine Datei nach der anderen zu kopieren. Irgendwo im Haus hustete jemand. Er stellte sich vor, daß es die Nachbarn von unten waren, die müde und angetrunken von einer Party nach Hause kamen und vor sich hin murrten, daß sie dafür eigentlich zu alt seien. Das Geräusch eines Wagens durchbrach die nächtliche Stille. Er fuhr langsam, wohl wegen des Schnees. Warum brauchen Computer so lange, wenn man es eilig hat? Warum summen sie so laut, wenn sie doch angeblich geräuschlos sind? Plötzlich klingelte das Telefon, und der Eindringling erstarrte. Er schaltete den Computer aus, obwohl er mitten in der Arbeit war, und blieb reglos sitzen, wie versteinert. Ein Schweißtropfen rann ihm über die Nase, aber er wischte ihn nicht ab, denn eigentlich war er ja gar nicht da. Am anderen Ende der Wohnung rührte sich nichts.

»Im Augenblick bin ich nicht erreichbar. Sie können aber nach dem Piepton eine Nachricht hinterlassen.«

»Hör mal, ich kann morgen früh nicht kommen, wir haben eine weitere Ladung Steine für Tremp bekommen, und meine Tochter besteht darauf, daß ich fahre. Mach dir keine Sorgen, ich komme gegen Mittag vorbei, vor dem Essen. Tschüß. Viel Glück und einen Kuß. Ich besuche dich bald. Ach, und noch was: Du hast recht, man hört tatsächlich den Pamano rauschen.«

Ein zweimaliges Piepen. Eine Männerstimme, rauh vom Tabak und vom Kaffee mit Schuß, jemand, der unüberhörbar aus dieser Gegend kam und vertrauensvoll von morgen sprach. Der Eindringling wartete einige Minuten lang, ob sich eine Tür öffnete. Nichts. Niemand. Zu seinem Glück hatte Juri beschlossen, keinen Laut von sich zu geben und weiter bewegungslos im Verborgenen zu bleiben. Erst als die Erinnerung an das Schrillen des Telefons verklungen war, als er wieder die Schneeflocken hören konnte, die alles sanft verhüllten, atmete der Eindringling auf und schaltete den Computer wieder ein.

Juri wußte nicht, was er tun sollte, und so verließ er vorerst seinen Posten und versteckte sich im Wohnzimmer, lauschte aber auf jedes Geräusch, das aus dem Arbeitszimmer drang.

Der Eindringling machte sich wieder an die Arbeit. Rasch

füllte er fünf Disketten mit allen Dateien, die in den Ordnern mit den Initialen O. F. gespeichert waren, und mit einigen anderen, um ganz sicherzugehen. Als er damit fertig war, verschob er all diese Dateien in den Papierkorb des Computers, leerte ihn und vergewisserte sich, daß wirklich alle betreffenden Dateien gelöscht waren. Dann legte er eine neue Diskette mit dem Virus ein, lud sie hoch, nahm sie wieder heraus und machte den Computer aus.

Er schaltete die Taschenlampe ein und klemmte sie sich in den Mund, um die Hände frei zu haben. Mühelos fand er im Aktenfach des Schreibtischs die drei Ordner, die ihn interessierten, und nahm sie heraus. Sie enthielten Papiere, Fotos und Dossiers. Er ließ alles in seiner Mappe verschwinden und schloß das Fach. An der Wand stand ein kleiner roter Koffer. Er öffnete ihn. Reiseutensilien. Vorsichtig durchwühlte er ihn: nichts Interessantes. Er machte ihn zu und stellte ihn an dieselbe Stelle zurück. Bevor er ging, durchsuchte er sicherheitshalber noch alle Schubladen. Leere Blätter, Notizblöcke, Schulhefte. Und eine Schachtel. Er öffnete sie und fühlte, wie ihm plötzlich der Schweiß auf die Stirn trat. Vom anderen Ende der Wohnung her glaubte er ein schmerzliches Stöhnen zu hören.

Als er die Wohnungstür hinter sich zuzog, war er sicher, keinerlei Spuren hinterlassen zu haben. Er wußte, daß er gut fünfzehn Minuten gebraucht hatte, um seinen Job zu erledigen, und daß er bei Tagesanbruch möglichst weit weg sein sollte.

Sobald er allein war, schlich Juri ins dunkle Arbeitszimmer. Alles sah aus wie immer, aber er war beunruhigt. Er hatte das unbestimmte Gefühl, versagt zu haben.

Erster Teil

Der Flug des Grünfinken

Namen, hingestreckt und mit Blumen bedeckt
JOAN VINYOLI

Am Ostersonntag, dem 31. März Anno Domini 2002 um neun Uhr morgens, an diesem so lange ersehnten Tag, sind die Augen der zahlreichen auf dem Petersplatz versammelten Gläubigen aus aller Herren Ländern erwartungsvoll auf das damastgeschmückte Fenster gerichtet, von dem aus der Heilige Vater den Segen *»urbi et orbi«* erteilen wird. Obwohl es schon Frühling ist, ist es bitter kalt, denn vom Tiber dringt durch die Via della Conciliazione ein tückischer Luftzug herauf und fegt übermütig über den Platz, entschlossen, die Hingabe derer zu schmälern, die auf den Auftritt des Pontifex maximus warten. Rührung und Schnupfen sorgen für gezückte Taschentücher. Da geht das Balkonfenster auf, die Scheiben blitzen im Sonnenlicht. Ein beflissener Priester stellt das Mikrophon auf die richtige Höhe, und der gekrümmte, in makelloses Weiß gekleidete Johannes Paul II. spricht ein paar Worte, die unverständlich bleiben, obwohl die Leute aufgehört haben, sich zu schneuzen. Dann erfolgt der Segen. Sechs Nonnen aus Guinea, die auf dem feuchten Pflaster des Platzes knien, vergießen Freudentränen. Die von Hochwürden Rella angeführte Gruppe, die einen guten Platz direkt vor dem Fenster des Papstes ergattert hat, schweigt ein wenig unbehaglich angesichts einiger Gläubiger, die Rosenkränze schwenken, Papstbildchen küssen oder diesen Augenblick auf einem Foto verewigen. Sind diese Gefühlsausbrüche nicht doch etwas abergläubisch? Hochwürden Rella winkt ab, wie um zu sagen, was soll's, und sieht auf die Uhr. Wenn sie in einer halben Stunde auf der Piazza del Sant'Uffizio sein wollen, müssen sie sich sputen. Also hebt

Hochwürden Rella, kaum daß der Papst nach Erteilung des Segens von seinen Ärzten vom Fenster fortgezogen wurde, den Arm, um die Richtung vorzugeben, und schickt sich an, sich mit Schlägen seines roten Regenschirms einen Weg durch die dichte Menge auf dem Platz vor dem Vatikan zu bahnen. In geschlossener Formation folgt die Gruppe von gut dreißig Frauen und Männern dem Regenschirm. Auch die anderen Leute setzen sich in Bewegung, langsam, als zögerten sie noch, diesen Ort zu verlassen, der ihnen so viel bedeutet.

Durch die Via di Porta Angelica gleitet eine Limousine mit getönten Scheiben, biegt rechts ab und hält an dem Kontrollposten der Via del Belvedere. Zwei Männer mit Knopf im Ohr, Sonnenbrille und ausrasiertem Nacken beugen sich auf jeder Seite des Wagens zu den Fenstern hinunter, die mit der Eleganz eines berechnenden Augenaufschlags herabgelassen werden. Dann richten sich die beiden gleichzeitig wieder auf und winken den Wagen durch. Allerdings begleitet einer von ihnen die Limousine im Laufschritt noch bis zur Via della Posta und zeigt an, wo genau sie parken soll. Ein Bediensteter des Vatikans, der wie aus dem Nichts aufgetaucht ist, öffnet die rechte Wagentür. Vor dem Portal des Palazzo Apostolico steht ein bunt gekleideter Schweizergardist, der seine Umgebung mit betonter Gleichgültigkeit ignoriert. Statt dessen starrt er geradeaus, zum Wachgebäude hinüber, als gäbe es dort etwas Interessantes zu entdecken. In der Tür der Limousine erscheinen zwei zierliche Füße in tiefschwarzen Schuhen mit silbernen Schnallen und werden vorsichtig auf den Boden gesetzt.

Wie es dem Protokoll und der Bedeutung dieses Tages entspricht, wird im Petersdom in Anwesenheit der gesamten Kongregation für die Selig- und Heiligsprechung eine Messe zelebriert werden. Vorsorglich sind alle Ehrengäste für drei Stunden vor Beginn der Veranstaltung zitiert worden, um jedes auch noch so kleine Mißgeschick auszuschließen, denn wenn die Heilige Römisch-Katholische Kirche im Laufe der

Jahrhunderte eines gelernt hat, ist es, Feierlichkeiten aller Art mit dem entsprechenden Pomp zu ersinnen, zu organisieren und durchzuführen.

Die alte Dame ist ganz in Schwarz gekleidet und trägt einen dezenten, aber hocheleganten Hut. Schmal und trotz ihrer siebenundachtzig Jahre kerzengerade wartet sie, bis ihr Sohn Marcel und ihre ehemalige Schwiegertochter Mertxe neben ihr stehen. Mit einer gewissen müden Herablassung überhört sie den Lärm, der von der zusammengedrängten Menschenmasse auf dem Platz herüberdringt. Rechtsanwalt Gasull bespricht mit dem Korporal, der hinter dem Bediensteten aufgetaucht ist, das weitere Vorgehen.

»Wo ist Sergi.« Die alte Dame macht sich nicht die Mühe, fragend die Stimme zu heben. Sie blickt mit strenger Miene geradeaus.

»Er ist hier, Mamà«, erwidert Marcel. »Wo soll er denn sonst sein?«

Sergi ist ein paar Schritte beiseite getreten und hat sich eine Zigarette angezündet, denn er ahnt, daß er da drinnen eine Ewigkeit lang nicht wird rauchen dürfen.

»Ich kann ihn nicht hören.«

Weil du dir nicht die Mühe machst, deinen Enkel direkt anzusprechen, denkt Mertxe, die schon seit den frühen Morgenstunden mit unübersehbar sauertöpfischer Miene herumläuft. Aber du würdest natürlich niemals jemanden irgend etwas fragen und niemals den Kopf nach jemandem wenden, denn davon könnte dein Hals ja Falten bekommen, und außerdem haben sich die anderen gefälligst vor dir zu präsentieren.

»Und?« wendet sich die Dame an Gasull.

»Alles erledigt.«

Drei Stunden vor Beginn der Zeremonie durchschreitet die fünfköpfige Gruppe mit der Kontrollnummer 35Z das Portal des Papstpalastes.

Der Santa-Clara-Saal ist geräumig und von einem matten Licht erfüllt, das durch drei Balkontüren dringt, die auf einen großen Innenhof hinausgehen. Soeben durchquert ihn raschen Schrittes ein Mann mit einer auffälligen gelben Schärpe; ihm eilt ein Mann in Alltagskleidung voraus, der mit halb erhobenem Arm auf eine Tür weist. Gegenüber den Balkontüren zeigt eine gewaltige dunkle Halbkugel, wie die Menschen des 17. Jahrhunderts sich die Erde vorstellten. Daneben steht ein Flügel, der in diesem Raum fehl am Platz wirkt, ein wenig befremdlich, wie alle stummen Musikinstrumente.

Der Zeremonienmeister, ein spindeldürrer Mann, der genau wie die Dame ganz in Schwarz gekleidet ist, sicher ein Priester, murmelt, wohl wissend, daß sie sowieso kein Italienisch verstehen, sie dürften sich setzen, sie sollten sich wie zu Hause fühlen, er bitte nur um ein wenig Geduld und die Toilette befinde sich hinter der Tür neben dem Flügel. Noch während sie Platz nehmen, schiebt eine Nonne mittleren Alters einen Wagen mit Antipasti und nichtalkoholischen Getränken herein, und der Spindeldürre murmelt Gasull zu, eine Stunde vor der Feier wird der Wagen wieder abgeholt, Sie wissen schon warum.

Die Dame nimmt in einem breiten Sessel Platz, die Beine dicht nebeneinander, den Blick auf das andere Ende des Saals gerichtet, als könnte sie sehen. Sie wartet darauf, daß die anderen es ihr gleichtun. Ihre innere Anspannung ist fast zuviel für ihren schwachen Körper, aber vor ihrem Sohn und ihrer Ex-Schwiegertochter, ihrem gleichgültigen Enkel, der durch die Balkontüren nach draußen starrt, und Rechtsanwalt Gasull läßt sie sich nicht anmerken, wie nervös, ja ängstlich sie ist in ihrem bequemen Sessel in dem geräumigen Santa-Clara-Saal im Palazzo Apostolico des Vatikans. Die Dame weiß, daß sie, wenn dieser Tag vorüber ist, in Frieden sterben kann. Sie legt ihre Hand an die Brust und tastet nach dem kleinen Kreuz, das sie um den Hals trägt. Sie weiß, daß heute der Gram der letzten sechzig Jahre ein Ende finden wird, und kann sich nicht eingestehen, daß sie in ihrem Leben vieles anders und besser hätte machen können.

I

An dem Tag, an dem sein Name dem Vergessen anheimgegeben wurde, waren nur wenige Menschen auf der Straße. Es wären auch nicht mehr gewesen, wenn es nicht geregnet hätte, denn die meisten taten so, als ginge sie das Ganze nichts an, beobachteten das Geschehen heimlich vom Fenster oder vom Gartenzaun aus und dachten an das vergangene Leid. Der Bürgermeister hatte beschlossen, den Festakt durchzuziehen, selbst wenn es wie aus Kübeln goß, wobei er den wahren Grund für seinen Anfall politischer Entschlossenheit verschwieg: Er war um zwei mit einem Kunden im Restaurant Rendé in Sort auf eine Paella verabredet, und allein bei dem Gedanken daran lief ihm schon jetzt das Wasser im Munde zusammen. Aber er war auch ein Bringué und wollte dem ganzen Dorf, einschließlich Casa Gravat, beweisen, daß diese Feier stattfinden würde, und wenn die Sintflut hereinbräche. So hatten sich zum Austausch der Straßenschilder der Bürgermeister, der Gemeinderat und der Sekretär eingefunden; zu ihnen hatten sich unaufgefordert zwei verirrte Touristen in leuchtend bunten Regenmänteln gesellt, die keine Ahnung hatten, worum es ging, aber unermüdlich die merkwürdigen Gebräuche der Gebirgler fotografierten, außerdem der unabkömmliche Steinmetz Serrallac und die Báscones vom Tabakladen, auch wenn niemand verstand, was um Himmels willen ausgerechnet sie bei diesem Festakt verloren hatte. Phrenokolopexie. Jaume Serrallac hatte die vier prächtigen Marmorplatten angefertigt, deren elegante Schriftzüge – schwarz auf hellgrauem Grund – vornehmere Straßen, besser erhaltene Wände und ein gepflegteres Dorf verdient hätten. Die Platte mit der Aufschrift Carrer President Francesc Macià ersetzte die Calle Generalísimo Franco, aus Calle José Antonio wurde Carrer Major, die Plaza de España hieß von nun an Plaça Major, und die Calle Falangista Fontelles wurde in Carrer del Mig umgetauft. Alles war vorbereitet, die Löcher waren schon gebohrt, und da Serrallac geübt war – seit mit dem Ende der Diktatur sämtliche Straßen umbenannt wurden, konnte er sich vor Aufträgen kaum retten –, lief alles wie am Schnürchen. Die Tafel des Falangisten Fontelles hielt so hartnäckig, daß Serrallac sie mit Hammerschlägen gegen die Wand zertrümmern mußte. Dann warf er die traurigen Überreste in die Mülltonne vor dem Haus der Familie Batalla. Der reglosen Gestalt unter dem Vordach von Casa Gravat war es, als stießen die Trümmer einen ohnmächtigen Schrei aus, und sie umklammerte das Geländer und stöhnte leise. Nur die Katzen bemerkten sie. Am oberen Ende der Straße standen, in ihre Mäntel gehüllt, zwei alte Frauen, eine von ihnen eine Greisin, und beobachteten den Festakt. Als sie sicher waren, daß Serrallac die alte Tafel zerschlagen hatte, gingen sie langsam, Arm in Arm, die Straße hinunter, die jetzt wieder Carrer del Mig hieß, betrachteten alle Fassaden, die Fenster, die Türen, und ließen ab und zu eine leise Bemerkung fallen, vielleicht um ihr Unbehagen darüber zu verhehlen, daß sie sich von zahlreichen Augen aus dem Inneren der Häuser verfolgt wußten, die die beiden alten Frauen ebenso ungestraft musterten, wie diese zuvor den Austausch des Straßenschildes überwacht hatten. Bei der Mülltonne angekommen, beugten sie sich darüber, als wollten sie sich vergewissern. Die Stadtväter waren schon im Aufbruch, gingen durch die Francesc Macià zur Plaça Major hinüber, wo der Austausch der letzten Tafel stattfinden und der Bürgermeister ein paar Worte über den Geist der Versöhnung sagen sollte, der in der Wiedereinführung der alten Straßennamen zum Ausdruck kam. In die kurze Straße kehrte wieder die gewohnte Ruhe ein, und von diesem Augenblick an war Oriol vergessen. Jedermann war froh darüber, daß nun endlich eines der Symbole der Zwietracht verschwunden war. Und außer der dunklen Gestalt, die sich unter dem Vordach von Casa Gravat die Brille abwischte und dachte, ihr werdet schon sehen, wer zuletzt lacht, erinnerte sich niemand mehr an Oriol Fontelles, bis vierundzwanzig Jahre später das verlassene, nutzlose Schulgebäude abgerissen wurde, weil es nicht in das Dorfbild des 21. Jahrhunderts paßte.

Wie zu erwarten, beauftragte Maite, die Direktorin der Schule von Sort, Tina Bros damit, nach Torena hinaufzufahren und ganz offiziell in dem Gerümpel im alten Schulgebäude zu stöbern. Sie planten eine Ausstellung über den Wandel der Lehrmittel im Laufe der Zeit, und in diesem kleinen Gebäude gab es sicher einiges an antiquierten Unterrichtsmaterialien zu entdecken. Und da Tina an einem Fotoband über die Gegend arbeitete, wurde sie im Namen der Schule mit den Nachforschungen betraut. So kam es, daß Tina, die ganz andere Sorgen hatte, zum zweiten Mal innerhalb einer Woche mit ihrem auffälligen roten 2CV widerwillig nach Torena hinauffuhr. Sie konnte nicht ahnen, daß sie unterhalb der Marmorplatte parkte, mit der vierundzwanzig Jahre zuvor die Straße ihren ursprünglichen Namen Carrer del Mig wiedererhalten hatte. Im Rathaus fragte sie nach den Schlüsseln für die Schule, und man sagte ihr, sie seien nicht mehr da, die Bauarbeiter seien schon an der Arbeit, und als sie vor dem Gebäude hielt, dem letzten des Dorfes, dort, wo der Weg zum Triador hinaufführte, sah sie, daß die Arbeiter bereits dabei waren, das Schieferdach Platte für Platte abzudecken. Spontan griff sie nach ihrer kleinen Kamera, der mit dem lichtempfindlichen Film, und machte im diffusen Licht des Nachmittags drei Aufnahmen, wobei sie darauf achtete, daß die auf dem Dach beschäftigten Bauarbeiter nicht ins Bild kamen. Vielleicht konnte sie eines der Fotos für das Buch verwenden. Zum Glück hatten die Arbeiter auf der Seite angefangen, wo die Toiletten lagen. So hatte sie Zeit, die beiden Schränke im Klassenzimmer zu durchstöbern, machte sich die Hände an dem schmierigen schwarzen Staub vieler Jahre schmutzig, sortierte Stapel von nutzlosen Papieren aus, rettete ein Dutzend Bücher, die in pädagogischer Hinsicht vorsintflutlich waren, aber für die Ausstellung durchaus ihren Reiz hatten, und lauschte dem dröhnenden Hämmern der Bauarbeiter, die drauf und dran waren, das Gebäude dem Erdboden gleichzumachen. Was sie an brauchbarem Material fand, paßte problemlos in den Pappkarton, den sie aus Sort mitgebracht hatte. Eine ganze Weile stand sie am Fenster, sah in die Ferne und überlegte sich, ob das, was sie anschließend vorhatte, nicht eigentlich unter ihrer Würde lag. Wahrscheinlich schon, aber Jordi ließ ihr keine Wahl. Sie starrte gedankenverloren vor sich hin: Nein, sie hatte keine andere Wahl. Weil Jordi nun mal war, wie er war, und Arnau ebenfalls. Weil weder ihr Mann noch ihr Sohn zu Hause etwas erzählten, weil sie so verschlossen waren, weil Arnau ihr von Tag zu Tag fremder wurde, nächtelang wegblieb und sich nur sehr vage darüber ausließ, mit wem er sich herumgetrieben hatte. Lange hing sie ihren düsteren Gedanken nach, und schließlich blickte sie sich um und fand sich in der verlassenen Schule von Torena wieder. Sie bemühte sich, die beiden vorerst aus ihren Gedanken zu verbannen, vor allem Jordi. So kam sie auf die Idee, die Schubladen des Lehrerpults zu durchwühlen. In der ersten fanden sich außer einem Schwall unsichtbarer Erinnerungen, die sich verflüchtigten, sobald sie die Schublade öffnete, nur die Späne eines vor langer Zeit gespitzten Bleistifts. In den anderen beiden war gar nichts, nicht einmal Erinnerungen. Hinter den schmutzigen Scheiben ging langsam der Tag zur Neige, und plötzlich wurde ihr bewußt, daß die Hammerschläge schon lange verstummt waren.

An der Tafel lag ein angefangenes Stück Kreide. Sie nahm es in die Hand und konnte der Versuchung nicht widerstehen, es zu benutzen; mit ihrer klaren Lehrerinnenhandschrift schrieb sie das Datum an die Tafel: Mittwoch, 12. Dezember 2001. Dann wandte sie sich um, als säßen Schüler an den wurmstichigen Pulten, denen sie den Lehrstoff des heutigen

Tages erklären sollte, erstarrte jedoch mit offenem Mund, als sie ganz hinten in der Tür einen unrasierten Bauarbeiter mit einer Zigarette im Mundwinkel gewahrte. Er hielt eine Zigarrenkiste in der einen Hand und eine Campinggaslampe in der anderen und war ebenfalls verblüfft stehengeblieben, fing sich aber als erster und ging auf sie zu:

»Fräulein … wir machen Feierabend, es wird zu dunkel. Bringen Sie den Schlüssel zurück?«

An seinen weiß bestaubten Jeans baumelte ein Schlüsselbund, und Tina erschien er wie ein Schüler, der ihr sein Aufgabenheft brachte. Es kam ihr vor, als wäre sie ihr ganzes Leben lang Lehrerin an dieser Schule gewesen. Der Bauarbeiter stellte die Zigarrenkiste auf das Pult.

»Die haben wir hinter der Tafel gefunden.«

»Hinter dieser Tafel?«

Der Bauarbeiter trat an die Tafel. Sie sah aus, als wäre sie in die Wand eingelassen, ließ sich aber verschieben. Kreischend rückte sie etwa zwei Handbreit zur Seite und gab eine kleine dunkle Höhlung frei. Der Bauarbeiter hob die Lampe.

»Hier drin.«

»Wie ein Piratenschatz.«

Der Bauarbeiter schob die Tafel an ihren Platz zurück.

»Es sind Schulhefte«, sagte er und klopfte zweimal auf die gut erhaltene Zigarrenkiste, die mit einer schwarzen Kordel verschnürt war.

»Darf ich sie behalten?«

»Eigentlich wollte ich sie wegwerfen.«

»Und könnten Sie mir die Gaslampe dalassen?«

»Passen Sie auf, wenn Sie hierbleiben, frieren Sie sich zu Tode.« Er gab ihr die Lampe.

»Ich bin warm genug angezogen. Danke für die Lampe.«

»Wenn Sie gehen, schließen Sie bitte ab und lassen Sie die Gaslampe an der Tür stehen. Wir finden sie morgen dann schon.«

»Wie lange werden Sie denn brauchen, um das alles hier abzureißen?«

»Morgen sind wir fertig. Das heute waren nur die Vorarbeiten. Das Gebäude ist schnell abgerissen.«

Er tippte sich nach Soldatenart nachlässig mit dem Finger an die Schläfe. Dann schlug er die Tür hinter sich zu, und das Gespräch zwischen ihm und seinen beiden Kollegen hinter den schmutzigen Fensterscheiben verklang allmählich. Tina sah sich um. Das Licht der Campinggaslampe warf neue, fremde Schatten. Das Gebäude ist schnell abgerissen, dachte sie. Wie viele Generationen von Kindern hatten hier wohl lesen und schreiben gelernt? Und an einem Tag war alles weg.

Als sie an das Pult zurückkehrte, stellte sie fest, daß der Bauarbeiter recht gehabt hatte: Dieses Klassenzimmer war ein Eisschrank. Und das Tageslicht schwand immer rascher. Sie stellte die Lampe auf den Tisch und dachte an den Piratenschatz. Stell dir vor, sie hätten die Schule abgerissen und die Juwelen wären noch darin gewesen, dachte sie. Sie löste die schwarze Schnur und schlug den Deckel auf: ein paar verblichene Schulhefte, blaßblau oder hellgrün, über die in schwarzen Druckbuchstaben quer das Wort *Cuaderno* gedruckt war. Kinderschulhefte. Zwei, drei, vier. Jammerschade, daß es keine Juwelen sind. Und prompt überkam sie wieder der stechende Schmerz.

Sie schlug eines der Hefte auf. Sogleich fiel ihr die saubere, gleichmäßige, gut leserliche Schrift auf, die alle Seiten von oben bis unten bedeckte. Dazwischen in allen vier Heften immer mal wieder eine Zeichnung. Im ersten Heft war es ein Gesicht, ein bekümmert dreinblickender Mann. Darunter stand: ›Ich, Oriol Fontelles‹. Im zweiten Heft die Zeichnung eines Hauses, unter dem ›Casa Gravat‹ stand. Im dritten, mal sehen … eine Kirche. Die Kirche von Sant Pere de Torena. Und ein Cockerspaniel mit unendlich traurigen Augen, der der Unterschrift zufolge Aquil·les hieß. Und schließlich im letzten Heft die unfertige Skizze einer Frau, unzählige Male korrigiert und doch unvollständig, ohne Lippen und mit leeren Augenhöhlen, wie eine marmorne Friedhofsstatue. Sie setzte sich, ohne zu bemerken, daß in der Kälte ihr Atem zu weißem Nebel wurde. Oriol Fontelles. Wo hatte sie diesen Namen bloß schon mal gehört oder gesehen?

Neugierig fing Tina Bros an zu lesen. Sie begann mit der ersten Seite des ersten Hefts, mit dem Satz: Geliebte Tochter, ich kenne nicht einmal Deinen Namen, aber ich weiß, daß es Dich gibt. Ich hoffe, daß jemand Dir diese Zeilen zukommen läßt, wenn Du groß bist, denn ich möchte, daß Du sie liest ... Ich habe Angst vor dem, was sie Dir über mich erzählen könnten, vor allem Deine Mutter.

Um halb neun abends, als das Licht der Gaslampe langsam schwächer wurde, hob sie plötzlich den Kopf und kehrte in die Gegenwart zurück. Sie fröstelte. Es war eine Dummheit, so lange in diesem eiskalten Klassenraum sitzen zu bleiben. Sie klappte das letzte Heft zu und atmete langsam aus, als hätte sie während der gesamten Lektüre den Atem angehalten. Diese Hefte, beschloß sie, waren nichts für Maites Ausstellung. Sie legte sie in die Zigarrenkiste zurück, steckte diese in ihre große Anoraktasche und verließ die Schule, in der sie, wie ihr schien, Jahre verbracht hatte.

Sie hinterließ die Lampe an der mit dem Bauarbeiter vereinbarten Stelle, gab den Schlüssel im Rathaus ab und ging zu der Marmorplatte mit der Aufschrift *Carrer del Mig* hinüber, wo ihr Citroën auf sie wartete, von einer feinen Schicht Neuschnee bedeckt.

Die Straße nach Sort hinunter war kalt und einsam. Sie hatte sich nicht mit dem Anlegen der Schneeketten aufhalten wollen, und so fuhr sie langsam, in Gedanken versunken und wie erstarrt von der Kälte, von dem, was sie gelesen hatte, und von der Aussicht auf das, was ihr an diesem Abend noch bevorstand. Hinter der Kehre von Pendís, wo der Gemeindebezirk Torena endete, war auf die alte Rückhaltemauer ein Protest gegen die Abholzung weiterer Bäume zur Vergrößerung der Skipiste von Tuca Negra gesprüht. In der Schule war niemand mehr, und so stellte sie den Pappkarton in Maites Büro ab, legte eine kurze Notiz dazu und ergriff die Flucht, denn die dunklen, einsamen Korridore hatten ihr schon immer Angst eingejagt, und die Kälte ließ sie noch unheimlicher erscheinen. Der 2CV brachte sie klaglos zu der abgelegenen Pension. Obwohl sie weiter im Norden lag, hatte es hier noch nicht geschneit. Auf dem Beifahrersitz lag die Zigarrenkiste mit den vier Heften. Sie hielt es für sicherer, den Wagen nicht auf dem Parkplatz der Pension abzustellen, also parkte sie ihn am Rand der verlassenen Landstraße, schaltete Motor und Lichter aus und blieb reglos sitzen, den Blick auf den erleuchteten Eingang der Pension geheftet. In diesem Augenblick begann es zu schneien, sanft und still, und sie tastete nach der Zigarrenkiste auf dem Beifahrersitz, um sich zu vergewissern, daß sie noch da war.

Es war kalt, und sie war schon ein paarmal ausgestiegen, um die Windschutzscheibe abzuwischen, ohne dabei die Eingangstür der Pension aus den Augen zu lassen. Trotzdem wollte sie die Autoheizung nicht einschalten, denn in der verzauberten Stille dieser Nacht war nicht einmal das Rauschen des Flusses zu vernehmen, und das Dröhnen des Motors hätte Jordi auf sie aufmerksam gemacht.

Als sie das nächste Mal aus dem Wagen stieg, um sich die Füße warmzustampfen und die Windschutzscheibe freizukratzen, bedeckte sie ihr Nummernschild mit Neuschnee vom Wegrand. Es war eine Sache, zu wissen, daß ihre Anwesenheit hier unter ihrer Würde lag, und eine andere, daß andere davon erfuhren. Ihre Nase war eiskalt.

Sie stieg wieder ein, ohne den Blick von der erleuchteten Tür zu wenden, durch die während der ganzen Zeit nur zwei Unbekannte auf die Straße getreten waren. Mit ihrer behandschuhten Hand strich sie sacht über die Zigarrenkiste.

»Was hast du gesagt?«

»Du hast mich sehr wohl verstanden.«

Rosa blieb vor Überraschung und Schreck der Mund offen stehen, und sie spürte, wie ihr Herz zu rasen begann. Ihr schwindelte, und sie ließ sich in den Schaukelstuhl fallen. Sie flüsterte: »Warum?«

»Hier ist jeder in Gefahr.«

»Nein. Hier ist nur einer in Gefahr, und das ist dieses Kind.«

»Ich tue, was ich kann.«

»Den Teufel tust du. Geh doch zu deiner Senyora Elisenda.«

»Wieso?«

»Du gehst doch sonst so gern zu ihr. Oder bist du etwa nicht völlig hin und weg, wenn du sie nur ansiehst? Wo sie ein so ausdrucksvolles Gesicht hat, so schwierige Augen ...«

»Was willst du denn damit andeuten?«

Rosa blickte aus dem Fenster, als habe sie gar nichts andeuten wollen, und sagte dann mit müder Stimme: »Du bist der einzige im Dorf, auf den sie hört.«

»Senyora Elisenda kann auch nichts ausrichten.«

»In diesem Dorf geschieht nichts, was sie nicht will.«

»Schön wär's.«

Rosa sah zu Oriol hinüber, sah ihm tief in die Augen, hoffte zu ergründen, welche Blicke ihr Mann mit Senyora Elisenda tauschte, wenn sie zusammen waren. Als Oriol zu einer Erklärung ansetzte, begannen draußen die Kirchenglocken das Angelus zu läuten. Sie schwiegen, doch noch bevor die Glocken verstummt waren, brach es aus Rosa heraus: »Wenn du nicht etwas dagegen unternimmst, kehre ich nach Barcelona zurück.«

»Du kannst mich doch nicht verlassen.«

»Du bist ein Feigling.«

»Ja, ich bin ein Feigling.«

Instinktiv legte Rosa die Hand auf ihren Bauch und sagte erschöpft: »Ich will nicht, daß unsere Tochter erfährt, daß ihr Vater ein Feigling und Faschist ist.«

»Ich bin kein Faschist.«

»Was unterscheidet dich denn vom Bürgermeister, diesem Schweinehund?«

»Nicht so laut, man hört dich ja überall!«

»Er macht, was er will, und du machst mit.«

»Hör mal, ich bin schließlich nur der Dorfschullehrer.«

»Du könntest den Bürgermeister dazu bringen, zu tun, was du willst.«

»Ausgeschlossen. Außerdem habe ich Angst. Dieser Mann macht mir angst.«

»Du mußt das mit Ventureta verhindern.«

»Das kann ich nicht. Ich schwöre dir, er hört einfach nicht auf mich.«

Rosa sah ihm ein letztes Mal in die Augen, dann wandte sie sich ab, wiegte sich sacht im Schaukelstuhl vor und zurück und blickte wieder aus dem Fenster. Es war ihre Art, Abschied von ihm zu nehmen. Wie hatte es nur so weit kommen können? Sie verfluchte den Tag, an dem er diese Arbeit angenommen hatte, eine Lehrerstelle in einem wunderhübschen kleinen Dorf, das laut Lexikon von der Rinder- und Schafzucht lebte, was glaubst du, wie glücklich wir dort sein werden, wir werden Zeit zum Lesen haben und Zeit füreinander, das ist genau das, was wir brauchen. Und nach langem Hin und Her hatte sie schließlich gesagt: Weißt du was, Oriol, laß uns einfach nach Torena gehen. Und nun wurde die Füllung für die Cannelloni, die sie zu Weihnachten hatte machen wollen, allmählich kalt. Unmöglich, sich vorzustellen, daß in vier Tagen Weihnachten war, unmöglich, heute Cannelloni zu machen, denn beim Gedanken an diesen armen Jungen blieb einem jeder Bissen im Halse stecken.

Oriol betrachtete einen Moment lang Rosas Nacken, dann schnitt er wütend das Brot in Scheiben und ging türenknallend hinaus, kam jedoch gleich darauf zurück, als habe er etwas vergessen. Er blieb reglos stehen, den Türgriff noch in der Hand, und bemühte sich, seinen Zorn zu bändigen. Rosa starrte weiter auf die Straße hinaus, ohne etwas zu sehen, weil das eindrucksvolle Panorama des Vall d'Àssua hinter ihren Tränen verschwamm. Oriol nahm seinen pelzgefütterten Mantel und die Mütze und ging wieder hinaus.

Seit einem halben Jahr war Oriol jetzt Lehrer in Torena, und seither war er nicht wiederzuerkennen. Dabei waren sie bei ihrer Ankunft so glücklich gewesen! Sie hatte gerade erst festgestellt, daß sie schwanger war, und beide waren noch ganz überrascht, daß er, der wegen eines Magenleidens keinen Militärdienst geleistet hatte und nicht an der Front gewesen war, eine Stelle bekommen hatte. Sie hatten gedacht, alle Posten würden an Lehrer aus anderen Regionen Spaniens vergeben, an solche, die das Mitgliedsbuch der Falange vorweisen konnten oder sich dadurch auszeichneten, daß sie an der Seite des Mannes mit dem dünnen Oberlippenbart gegen die Republik gekämpft hatten. In ihrer Einfalt hatten sie nicht verstanden, daß niemand an die Schule von Torena wollte, nicht einmal Gott, der zwar in einem Stall geboren, aber immerhin in Nazareth zur Schule gegangen war, wo nicht nur Bauernkinder, sondern auch Söhne von Zimmerleuten unter den Schülern waren.

Rosa starrte aus dem Fenster, ohne den Platz zu sehen. Es war Valentí Targa, der ihren Mann so verändert hatte, vom ersten Tag an, als er ihn mit Beschlag belegt und für sich gewonnen hatte. Vom ersten Augenblick an, als er auf dem Platz stand, die Arme in die Hüften gestemmt, und sie herausfordernd musterte, wie sie mit leuchtenden Augen aus dem Taxi stiegen, im Gepäck den großen Korb mit dem Geschirr und das sorgfältig verpackte Bild, das Oriol von ihr gemalt hatte. Sie hatte die Gefahr nicht kommen sehen, und nun wurde in Torena seit über vier Monaten Tag für Tag geschwiegen, darüber, daß von Zeit zu Zeit schwarze Wagen vorfuhren und weinende Männer zum Hang von Sebastià brachten, wo sie aussteigen mußten, und daß diese Männer anschließend auf Viehwagen abtransportiert wurden, zum Schweigen gebracht, ihre Tränen für immer versiegt. Und Valentí Targa hatte erreicht, daß auch Rosa den Mund hielt. Zu lange hatte sie geschwiegen, bis heute, als Oriol vom Rathaus zurückkehrte, wohin ihn dieser verdammte Targa zitiert hatte, und ohne ihr in die Augen zu sehen sagte, es wäre besser, wenn er in die

Falange einträte. Sie stand am Herd, starrte ihn sprachlos an, mit offenem Mund, und dachte erst, sie habe ihn vielleicht falsch verstanden oder er mache Scherze. Aber nein: Er wich auch weiterhin ihrem Blick aus und schwieg, wartete auf ihre Reaktion. Sie stellte die Cannelloni auf dem Untersetzer ab, ging mit ihrem schweren Bauch mühsam zum Schaukelstuhl hinüber, als wolle sie möglichst viel Abstand zwischen ihr Kind und ihren Mann legen, und fragte: »Was hast du gesagt?«

»Du hast mich sehr wohl verstanden.«

José Oriol Fontelles Grau. Er starb den Heldentod für Gott und Vaterland. Jetzt fiel Tina ein, wo sie den Namen schon einmal gesehen hatte. Vor einer Woche, als sie noch glücklich gewesen war, hatte sie die Friedhöfe von Vall d'Àssua fotografiert, denn ein Kapitel ihres Buches sollte von den Gräbern handeln. Im Vergleich zu den Friedhöfen anderer Dörfer hatte der Friedhof von Torena fünf Sterne verdient. Anstatt das Weitwinkelobjektiv zu benutzen, das alles verzerrte, trat sie zurück, um einen Gesamteindruck zu bekommen. Für die Mitte des Fotos wählte sie ein verfallenes Mahnmal, rechts und links gesäumt von Erdgräbern, von denen die meisten verrostete Eisenkreuze trugen, einige auch ein Marmorkreuz. Im Hintergrund, halb von dem Mahnmal verdeckt, eine weitere Gräberreihe vor der Mauer Richtung Norden, woher der Feind und der eisige Wind kamen. Das blitzblanke, gepflegte Mausoleum der Herrenfamilie lag zur Linken.

Sie drückte auf den Auslöser. Ein Grünfink, der gerade zum Flug angesetzt hatte, blieb im Bild gefangen, mitten in der Luft, rechts von dem verfallenen Mahnmal. Sie hatte ihn nicht bemerkt. Oder hatte sie ihn unbewußt wahrgenommen, wie es vielen Fotografen ergeht, die zwar intuitiv alles erfassen, was sich im Bildausschnitt abspielt, aber beim Entwickeln der Fotos doch immer wieder überrascht sind?

Im schwülroten Licht begannen sich auf dem weißen Papier seltsame Formen abzuzeichnen, zunächst blaß, dann immer kräftiger. Sie schob das Papier mit einer Pinzette in der Flüssigkeit hin und her, und nach und nach wurde das Bild deutlicher. Sehr gut getroffen, war ihr erster Gedanke. Sie zog das Papier aus der Wanne, fixierte es und hängte es auf die Leine, neben die zwanzig anderen Aufnahmen der Filmrolle Nr. 3 vom 5. Dezember 2001, Friedhof von Torena. Ja, sehr gut getroffen.

Beim näheren Betrachten ihrer fotografischen Ausbeute fand sich zunächst nichts Überraschendes. Doch dann bemerkte sie den Grünfinken, der zum Flug ansetzte, festgebannt auf dem letzten Bild mit dem verfallenen Mahnmal. Sie konnte sich nicht mehr daran erinnern. Er verlieh dem Bild etwas Poetisches, fand sie. Sie betrachtete den Vogel unter der Lupe. Ja, ein Grünfink, die Flügel gesenkt im mühevollen Abheben. Hatte er einen Wurm im Schnabel, oder war das ein Fussel auf dem Abzug? Nein: Es war eine Zeichnung auf dem Grab im Hintergrund des Fotos, vor dem der Vogel vorbeiflog, eine optische Täuschung. Zum ersten Mal beachtete sie den Grabstein. Die Belichtungszeit war so kurz gewesen, daß sowohl der Grünfink als auch der Grabstein klar und deutlich zu erkennen waren. Auf dem Grabstein stand: José Oriol Fontelles Grau (1915-1944) – Er starb den Heldentod für Gott und Vaterland. Darunter das Joch und das faschistische Pfeilbündel. Eine der Pfeilspitzen sah aus wie ein kleiner Wurm, den der Grünfink in sein Nest trug.

Tina legte die Lupe beiseite und rieb sich die Augen. Dieses Foto, das letzte auf der Filmrolle, würde sich gut am Anfang des Buches machen, in Schwarzweiß, als Symbol der Vergänglichkeit oder etwas in der Art.

Ihre behandschuhte Hand lag noch immer auf der Zigarrenkiste, die Oriol Fontelles' Hefte enthielt, und einen Augenblick lang ließ der Gedanke an ihren Inhalt sie vergessen, warum sie vor der erleuchteten Eingangstür der Pension von Ainet Wache hielt, während der Schnee wieder die Windschutzscheibe bedeckte. Die Schneeflocken erschienen ihr wie Sterne, die vom Himmel fielen, weil sie es müde waren, nutzlos dort oben zu hängen, weil sie enttäuscht waren von der Vorstellung, daß ihr Licht Jahrhunderte brauchte, um die Augen geliebter Menschen zu erreichen. Warum läßt Arnau sich nicht lieben? Immer ist er so schweigsam und verschlossen, mir scheint, er will die Sterne gar nicht sehen, genau wie Jordi. Meine Männer wollen die Sterne nicht sehen. Als sie gerade aussteigen wollte, um wieder einmal die Windschutzscheibe freizuwischen, sah sie, wie sich am Eingang der Pension etwas regte. Jemand kam heraus. Jordi. Ihr Jordi verließ die Pension von Ainet, weit weg von zu Hause, und spähte nach allen Seiten, während er sich die Mütze aufsetzte. Er bemerkte den roten Citroën nicht, der an der dunklen Landstraße parkte, wandte sich um und streckte den Arm durch die Tür. Diese Geste weckte ihre Eifersucht viel mehr als die Frau, die nun heraustrat. Sie war fast ebenso groß wie Jordi und so in ihren Anorak eingemummt, daß man sie nicht erkennen konnte. Es war eine Geste, mit der Jordi nicht nur die Frau willkommen hieß, sondern vielmehr das Dasein dieser Frau, es war ein Willkommensgruß und zugleich eine Ohrfeige für sie, die in der Kälte im Auto saß, nur um ihre Befürchtungen bestätigt zu sehen.

Jetzt reagierte sie. Sie griff zur Kamera, stützte sich auf das Lenkrad, um während der langen Belichtungszeit eine ruhige Hand zu haben, und drückte ab. Zwei, drei Fotos. Vier, fünf. Und jetzt mit dem Teleobjektiv: eins, zwei, drei, vier, fünf, sechs ... Sie ließ die Kamera sinken und fühlte sich wie eine gewöhnliche Paparazza.

2

Seine Exzellenz Don Nazario Prats, Zivilgouverneur und Provinzchef des Movimiento, war kahl, schnauzbärtig, verschwitzt und nervös. Wer war nicht nervös, wenn er Senyora Elisenda gegenüberstand? Allein ihre persönliche Duftnote versetzte ihn in Alarmbereitschaft, erinnerte sie ihn doch daran, wie Senyora Elisenda ihm während der Beerdigung ihres Mannes Santiago mit samtweicher Stimme Befehle zugeraunt hatte, als wüßte sie nicht, daß er Zivilgouverneur war, und wie sie ihn erpreßt hatte, als wäre ihr unbekannt, daß er als Provinzchef des Movimiento gewisse Vorrechte genoß. Aber ihr waren seine Vorrechte völlig egal, sie brachte ihn um seine rechtmäßigen Einkünfte, und das mit einer Kaltschnäuzigkeit, die eines Stalin würdig gewesen wäre. Eines Stalin, jawohl. Für die Kameras setzte er eine freundliche Miene auf, während er zusah, wie Marcel, der Sprößling des seligen Kameraden Santiago Vilabrú, elegant den Hang hinunterglitt bis zu der Stelle, wo er, drei Subdelegierte, sechs Bürgermeister und die verfluchte Witwe gemeinsam mit drei Autobussen voller Claqueure aus Vall d'Àssua, Caregue und Batlliu der Eröffnung der Skipiste von Tuca beiwohnten, die eine Innovation war, eine mutige Initiative und ein Ansporn für die Zukunft. Die Autobusinsassen klatschten eifrig, denn sie hatten kein Wort verstanden, und so handelte es sich wohl um etwas Bedeutendes. Marcel Vilabrú Vilabrú, ein ausgezeichneter Skifahrer, war in zweitausenddreihundert Meter Höhe gestartet; auf seinem Rücken knatterte die rot-goldene spanische Fahne im Wind, und seine Skier rauschten leise durch den Schnee, als er hangabwärts sauste, in Schwüngen, die er zuvor mit Quique abgesprochen und an die dreißigmal geübt hatte, damit er nicht etwa durch einen Patzer im

Neuschnee landete, den er mit dieser grandiosen Abfahrt einweihte, und dabei die Fahne ruinierte und das Schauspiel verdarb.

Don Nazario Prats verfolgte Marcels Abfahrt mit aufgesetztem Lächeln und warf von Zeit zu Zeit einen verstohlenen Blick auf seine Widersacherin, um sicherzugehen, daß sie keinerlei Anzeichen von Langeweile, Mißmut oder sonst eine Gemütsregung erkennen ließ, die sie dazu bewogen hätte, das Ganze einem Minister zu erzählen, bloß um ihn anzuschwärzen. Einem Minister oder den Kameraden von der Falange. Aber nein, die Witwe sah ihrem geliebten Sohn zu und betrachtete voller Stolz die lautlos flatternde zweifarbige Fahne (das Knattern drang nicht bis zu den Würdenträgern herüber), während die Kameras der Wochenschau die Szene in Schwarzweiß festhielten.

»Erst dreizehn Jahre alt und schon ein so begnadeter Skiläufer«, sagte er aufs Geratewohl, für die Ohren der Allgemeinheit, besonders aber für ihre Ohren bestimmt. Niemand entgegnete etwas, und er spürte, wie seine Hände schweißnaß wurden, wie immer, wenn er die Fassung verlor. Nicht einmal sie hatte geantwortet, dabei hätte sie sich doch ein klein wenig entgegenkommend zeigen können. Aber nein, sie will mich fertigmachen.

Der Gouverneur sah nach links: Hochwürden August Vilabrú, dieser stille alte Kanoniker (oder was auch immer er sein mochte), beobachtete Marcel Vilabrús Abfahrt so stolz, als wäre er der Vater des Jungen. Der Gouverneur wußte nicht, daß August Vilabrú sich mit Fug und Recht zumindest als der Vater der Mutter des Jungen fühlen konnte; schließlich hatte er, als Elisenda fünf Jahre alt war, ihren Eltern gesagt: »Anselm, Pilar, dieses Mädchen ist etwas ganz Besonderes.« »Und Josep?« »Josep«, hatte er geantwortet (der arme Josep, er ruhe in Frieden), »Josep ist durchschnittlich, aber Elisenda ist außergewöhnlich intelligent, sie sieht die Dinge im Zusammenhang und …« »Schade nur, daß sie ein Mädchen ist.« »Galant wie immer.« »Anselm, Pilar, jetzt streitet euch doch um Himmels willen nicht meinetwegen! Eure Tochter ist ein Diamant, und es wäre mir eine Ehre, ihn zu schleifen, bis er funkelt.« Aber Anselm Vilabrú war ein Hansdampf in allen Gassen, und Pilar machte, auch wenn er das damals nicht wissen konnte, anderen Männern schöne Augen, und so schenkten sie Augusts Bemerkungen keine Beachtung. Sie nahmen ihn sowieso nicht ernst: Sowohl sein Bruder als auch seine Schwägerin waren der Ansicht, Mathematiker seien schlechte Menschenkenner, noch dazu, wenn sie Priester waren. Also ergriff Hochwürden August die Initiative und brachte das Mädchen im Internat der Theresianerinnen von Barcelona unter, weil er sich der Spiritualität ihres seligen Gründervaters Enric d'Ossó, der seiner Meinung nach heiliggesprochen gehörte, stets verbunden gefühlt hatte. Er sprach mit Mutter Venància und gewann sie als Verbündete: Das arme Kind brauchte eine anständige Erziehung, denn obwohl sie aus einer der besten Familien kam, kümmerte sich dort niemand richtig um sie. Mutter Venància verstand. Sie wußte, daß Hochwürden August Vilabrú sich an sie gewandt hatte, weil sie als die Anspruchsvollste unter den Theresianerinnen galt. Ein kurzer, aber fruchtbarer Aufenthalt im Kloster von Ràpita zu Zeiten der Äbtissin Dorotea hatte ihr eisernes Pflichtgefühl geschärft und ihr die Devise eingeprägt, daß man stets das tun mußte, was man für richtig hielt. »Eine Eins in Rechnen, eine Eins in Grammatik, eine Eins in Latein, eine Eins in Naturwissenschaften, eine Eins in Religion, Diamant ist gar kein Ausdruck für dieses Kind, Hochwürden August.«

Unten angekommen, nahm Marcel die Fahne ab und rammte die Stange an der mit Quique und dem nervtötenden Protokollchef des Gouverneurs vereinbarten Stelle in den jungfräulichen Schnee, als hätte er soeben den Nordpol erobert, eine männliche Geste, die von Würdenträgern wie Claqueuren beklatscht wurde. Nun setzten sich oben dreißig Skiläufer in Bewegung und zogen slalomfahrend ein zierliches Geflecht von Spuren in den Schnee, was mit erneutem

Beifall quittiert wurde. Don Nazario Prats drehte sich halb um, und man präsentierte ihm ein Silbertablett mit einem roten Kissen, auf dem die Einweihungsschere ruhte. Er packte sie heftig, als wollte er eine Dummheit begehen. Onésimo Redondo höchstpersönlich, der Führer der Nationalsyndikalistischen Initiative, hatte ihm eines Abends verraten, daß ein Einfall, um genial zu sein, intuitiv und spontan sein müsse. Jetzt hatte er einen solchen genialen Einfall und reichte, ohne nachzudenken, die Schere an die Witwe Vilabrú weiter.

Da, du Miststück, am liebsten würde ich sie dir in den Hals rammen.

»Wer wäre geeigneter als Sie, Senyora Elisenda, mir bei der Einweihung der Skipiste von Tuca Negra zur Hand zu gehen?«

Senyora Elisenda ließ sich nicht lang bitten. Sie kannte ihre Rechte, und so ging sie ihm nicht nur zur Hand, sondern zerschnitt selbst das zweifarbige Band, das die Würdenträger bisher daran gehindert hatte, zum Sessellift und dem pittoresken Schweizerhaus hinüberzugehen, wo man ihnen einen schönen heißen Kaffee mit Schuß versprochen hatte. Würdenträger und Autobusinsassen beklatschten auch das Zerschneiden des Bands und sahen dann zu, wie Senyora Elisenda von Casa Gravat die Schere wieder auf das Kissen legte und sich in Begleitung des Gouverneurs auf den Weg zum Chalet machte, dem zukünftigen Vereinslokal von Tuca Negra. Nur die Honoratioren übertraten die nicht länger sichtbare Einweihungslinie, denn die Leute aus den Bussen hatten noch nie Skier unter ihren Füßen gehabt, obwohl sie mit dem Schnee vertraut waren. Sie hatten im Winter genug damit zu tun, ihre Geräte auszubessern und instand zu setzen, Sensen zu dengeln, Gewehre und Karrenräder zu reparieren, Maschinen zu ölen, Risse zu stopfen, schadhafte Dachziegel auszutauschen, wenn nicht ganz so viel Schnee lag, ihr Vieh zu versorgen und in die Ferne zu blicken und von einem anderen, unerreichbaren Leben zu träumen. Nur die Honoratioren übertraten also die Linie – und, ungebeten,

Senyora Elisendas Chauffeur Jacinto Mas, der seiner Herrin nie von der Seite wich, weniger, weil er fürchtete, jemand könne ihr etwas zuleide tun, sondern vielmehr, weil er fühlte, daß sein Leben, die Narbe in seinem Gesicht und seine Zukunft nur dann einen Sinn hatten, wenn Senyora Elisenda ihn ansah und ihr Blick sagte, sehr gut, Jacinto, du machst das ausgezeichnet.

Hochwürden August Vilabrú segnete das Vereinslokal (Wände aus lasiertem Holz, imitierte Pokale, große Fenster, die auf die Piste hinausgingen), versprengte Weihwasser gegen das Böse und nuschelte »Asperges me« und daß von diesem Ort stets nur Gutes ausgehen möge. Doch schon wenige Jahre später würde sich hier zwischen Quique und Marcel die Szene unter der Dusche abspielen, der Haß, der sich in Quique angestaut hatte, würde sich in Flüchen und Gotteslästerungen entladen, im Vereinslokal von Tuca Negra würde in jeder Skisaison etwa dreißigmal Ehebruch begangen, bei guten Schneeverhältnissen sogar bis zu vierzigmal, und viele der Stammgäste waren zwar äußerst kultiviert, aber völlig skrupellos. Aber wie sollte Hochwürden August Vilabrú das ahnen? Im Gegensatz zu Bibiana kannte er die Zukunft der Dinge und Menschen nicht, und so erteilte er mit der Seelenruhe des Unwissenden großzügig seinen Segen.

Durch die Fenster des Vereinslokals bot sich den Honoratioren ein großartiger Ausblick auf die dreißig Skifahrer, junge, athletische Männer und Frauen mit gebräunter Haut und weißen Zähnen, die betont sorglos plauderten und nur von Zeit zu Zeit zur Kamera der Wochenschau hinüberschielten, in die sie nicht direkt hineinblicken sollten, während sie auf den Sessellift warteten. Die neu eröffneten Anlagen waren wie geschaffen für die distinguierte Klientel, die bald in Massen über die frisch asphaltierte Zufahrtsstraße herbeiströmen würde. Und all das, beendete der Reporter seinen Bericht mit näselnder Stimme, war der Entschlußkraft einiger einheimischer Unternehmer und der entschiedenen Unterstützung durch die örtlichen Behörden zu verdanken, die aus diesem idyllischen Fleckchen Erde einen Anziehungspunkt für die vornehmsten Freunde des aufkommenden Wintersports machen wollten. Der Sprecher verschwieg, daß die Bezeichnung »einheimische Unternehmer« ein Euphemismus war, weil siebzig Prozent des Kapitals aus Schweden kamen, obwohl die Schweden die Diktatur verabscheuten. Die anderen dreißig Prozent stammten von Senyora Elisenda Vilabrú, verwitwete Vilabrú, der letzten Hinterbliebenen der Vilabrús von Casa Gravat, Universalerbin des dreihundert Jahre alten Familienbesitzes sowie Erbin des nicht unbeträchtlichen persönlichen Vermögens des seligen Santiago Vilabrú. Bei den einheimischen Unternehmern handelte es sich allein um sie, denn alle anderen potentiellen Investoren hatten die Nase gerümpft und gesagt, die Piste von La Molina sei schon mehr als genug und Tuca Negra habe keinerlei Zukunft. Die darauffolgende Reportage zeigte Franco bei der Einweihung des dritten Stausees im Jahr 1957, dem neunzehnten Jahr nach dem Sieg.

Der Gouverneur trank Kaffee mit einem Schuß Cognac und hatte sich eine mächtige Zigarre angesteckt. Er lächelt unter seinem Schnurrbart und tat so, als sähe er durch das Fenster hinaus in den Schnee, während er in Wirklichkeit mit quälerischer Lust die sich in den Scheiben spiegelnde Silhouette der Witwe musterte. Die Witwe Vilabrú, der dieser begehrliche Blick keineswegs entging und die sah, wie er sich nervös den Schweiß von Stirn und Händen wischte, blieb völlig ungerührt. Wortlos bedeutete sie dem Dienstmädchen, dem Gouverneur und allen anderen, die eine Militär- oder Falangeuniform trugen, immer reichlich Cognac nachzuschenken. Ein schmaler, schüchtern wirkender Mann hob sein Weinglas wie zu einem Toast. Seit mehr als zwei Jahren beriet Rechtsanwalt Gasull Senyora Elisenda nicht nur in rechtlichen Fragen, sondern dachte auch sonst Tag und Nacht nur an sie, an ihre Augen, ihr Konto, ihre riskanten geschäftlichen und politischen Schachzüge, ihre Haut und ihre schneidende Gleichgültigkeit ihm gegenüber. Gasull wollte ihr über die Entfernung hinweg lächelnd zuprosten, aber Senyora Elisenda nahm die Geste ihres Rechtsanwalts gar nicht zur Kenntnis; soeben hatte Quique, der Skilehrer von Tuca Negra, den Raum betreten, gefolgt von einem Schwall kalter Luft, Marcel und ein paar auserwählten Skifahrern, und sie trat zu ihm, übermittelte ihm die Glückwünsche des Gouverneurs für die gelungene Abfahrt der Gruppe und sagte dann: »Heute abend fahre ich nicht nach Barcelona zurück, ich bleibe in Torena«, was weniger eine Information war als vielmehr ein Befehl. »So, und nun geh mit Marcel zum Gouverneur und begrüße ihn.« Quique unterdrückte ein zufriedenes Lächeln auf seinem schneegebräunten Gesicht und ging mit Marcel Vilabrú zum Gouverneur hinüber. Don Nazario Prats ignorierte den Schönling geflissentlich, legte statt dessen seine Hände auf die Schultern des Sprößlings der Familie Vilabrú – ein stämmigerer Bursche als sein Schwachkopf von Vater – und sagte: »Marcelo, Marcelo, wenn dein Vater heute hier wäre, er wäre sehr stolz auf dich. Armer Santiago, daß er das nicht mehr erleben darf...« Dabei dachte er, ich weiß, wovon ich rede, denn deinen Vater und mich verband eine tiefe, echte Freundschaft. Wir waren uns so nah, daß er sozusagen in meinen Armen gestorben ist, der arme Santiago. Marcel Vilabrú lächelte unverbindlich und dachte daran, daß sein Vater für ihn nicht mehr war als ein kaltes Gesicht auf dem einzigen Foto unter all den zahlreichen Familienfotos im Wohnzimmer von Casa Gravat. »Es ist ein Jammer, daß Papà heute nicht dabeisein kann«, entgegnete er dem Gouverneur für alle Fälle. Sehr gut, Jacinto, du machst das ausgezeichnet.

3

Sie hörte nicht, was der Junge sie fragte, der ungeduldig an ihrem Ärmel zupfte, denn obwohl sie die Karte mit dem asiatischen Kontinent vor sich hatte, waren ihre erstarrten Gedanken noch immer vor dem Eingang der Pension von Ainet. Sie war davon besessen, herauszufinden, wer zum Teufel noch mal diese Frau war.

»Ich kann Hongkong nirgendwo finden.«

Zu Hause angekommen, hatte sie ihre Tasche und ihre Schlüssel in die Ecke geworfen und sich in den Sessel fallen lassen, wo sie schweigend vor sich hin starrte, wie Doktor Schiwago, und grübelte: Und ich dachte, ich wäre nicht eifersüchtig. Und ich dachte, wir wollten immer ehrlich zueinander sein. Und ich dachte … Nein: Das Demütigendste daran ist, daß er mich so geringschätzt, daß er mich hintergeht und belügt, daß er es heimlich tut.

»Hätte er es etwa in aller Öffentlichkeit machen sollen?« mischte sich Doktor Schiwago ein und gähnte. »Das wäre erst recht demütigend gewesen.«

»Dich hat niemand um deine Meinung gebeten, Juri Andrejewitsch.«

Doktor Schiwago hörte auf zu gähnen, streckte sich, sprang geschmeidig von seinem Sessel auf Tinas Knie, ohne jedoch seine würdevolle Haltung zu verlieren, und rollte sich dort zusammen. Tina kraulte ihn hinter den Ohren, an seiner Lieblingsstelle, und dachte nach. Sie hatte sich vorgenommen, Jordi zur Rede zu stellen, sobald er nach Hause kam: Wer ist sie, wie lange läuft das jetzt schon mit euch beiden, was hat sie, was ich nicht habe, warum tust du mir das an, liebst du mich denn nicht mehr, weißt du nicht, daß ich dich noch liebe, warum betrügst du mich, hast du vielleicht auch mal an unseren Sohn gedacht, ich will die Scheidung, ich will dich umbringen, du Mistkerl, du hast mir doch Treue geschworen, weißt du überhaupt, was Treue bedeutet? Sie bedeutet, daß man an den anderen glaubt, daß man zu ihm steht, und du stehst nicht mehr zu mir, weil du nicht an mich glaubst, weil du mir nicht erzählst, was los ist, und wenn du dazu zu feige bist, warum schreibst du mir dann nicht einfach einen Brief, Briefe sind wie das Licht der Sterne, Jordi, wußtest du das? Ich glaube, du verdienst es gar nicht zu wissen. Was ist anders zwischen uns beiden, wann genau hat das angefangen, wer ist schuld daran, was habe ich falsch gemacht, Jordi, daß du dich heimlich mit Maite triffst, falls es Maite ist, oder mit Bego oder Joana oder irgendeiner Frau, die ich nicht kenne. Wer ist die Frau, die meinen Platz einnimmt, Jordi? Eine Schulkollegin? Und Jordi würde sie mit offenem Mund anstarren, entsetzt darüber, daß sie alles wußte, denn das paßte nicht in seinen miesen Plan. Und dann würde er in Tränen ausbrechen und sie um Verzeihung bitten, und sie würde versuchen, diese schlimme Zeit zu vergessen. Es würde nicht leicht werden, aber zum Glück war es nur eine Episode, und sie wollte positiv denken und stets nach vorn blicken. Und die Strafe? Wie konnte sie ihn bestrafen?

Tina überlegte, ob sie das Abendessen machen oder lieber auf Jordi warten sollte, der in einer Lehrerkonferenz saß. Jordi und Maite, der Intellektuelle und die Schulleiterin, ein hübsches Paar verlogener Ehebrecher, die nach der Konferenz herumtrödeln würden, bis sie alleine im dunklen Gebäude zurückblieben. Wenn sie bei Jordis Rückkehr mit Kochen beschäftigt wäre, würde sie nicht den Mut finden, ihm all das ins Gesicht zu sagen, was sie sich vorgenommen hatte, denn über so etwas konnte man in der Küche nicht reden, das war ein Gespräch fürs Wohnzimmer. Sie würden sich setzen, und dann würde sie sagen, Jordi, ich weiß alles, du belügst mich, du betrügst mich mit einer anderen, ihr trefft euch jede Woche in der Pension von Ainet, du hast mich enttäuscht, ich bin so traurig, daß ich heulen könnte; dabei bin ich doch noch eine attraktive Frau, na gut, ich habe drei Kilo zuviel auf den Hüften, aber sonst habe ich mich doch gut gehalten, siehst du das nicht? Du bist derjenige, der langsam Fett ansetzt, aber mir gefällst du auch mit Bauch; warum tust du mir das an, warum betrügst du mich, hatten wir nicht ausgemacht, immer ehrlich zueinander zu sein, Jordi? Ja, ein solches Gespräch führte man besser im Wohnzimmer als in der Küche, und sie fuhr fort, Doktor Schiwagos Kopf zu kraulen, und dachte unwillkürlich, jetzt sind die beiden sicher schon allein in der Schule; alle anderen wollen so schnell wie möglich nach Hause. Warum ist er sonst noch nicht zurück? Bestimmt ist es Maite. Mit wem betrügst du mich, Jordi? Kenne ich sie? Wenn es Maite ist, kann sie sich auf was gefaßt machen.

Nach einer Viertelstunde bekam sie Hunger, aber sie wollte nicht aufstehen, sie wollte an dieser Stelle auf Jordi warten, um die dunklen Punkte in ihrem Leben zu klären. Ihr Blick fiel auf die Zigarrenkiste, die sie auf dem Tischchen abgestellt hatte. Sie öffnete sie: Die vier Hefte von Oriol Fontelles. Inmitten ihres Kummers erinnerte sich Tina an Oriols Worte: Geliebte Tochter, mein Brief ist wie das Licht eines Sterns, der vielleicht längst erloschen ist, wenn Dich sein Strahl erreicht. Es ist so wichtig, gegen den Tod anzuschreiben; es ist so grausam, zu schreiben, wenn der Tod Dir keine Hoffnung läßt. Während sie auf Jordi wartete, verstand sie, daß Oriol Fontelles so verzweifelt geschrieben hatte, damit der Tod nicht das letzte Wort behielt.

Doktor Schiwago horchte auf, er hörte Jordi immer schon lange, bevor dieser auf dem Treppenabsatz ankam. Er sprang von Tinas Schoß und lief zur Tür. Schuldbewußt schielte er mit aufgerichtetem Schwanz zu Tina hinüber, wie um zu sagen, Jordi kommt nach Hause, was soll ich machen, und setzte sich an die Tür. Tina dachte, wenn wir uns nur so lieben würden, wie Juri Andrejewitsch uns liebt!

»Hallo Juri«, sagte Jordi, als er hereinkam, und Doktor Schiwago rieb sich schweigend an seinen Hosenbeinen.

Dann erblickte Jordi Tina im Sessel und bemerkte ihren seltsamen Gesichtsausdruck. »Was gibt's zum Essen?«

»Ich habe nichts gemacht. Wie war's?«

»Gut.« Er seufzte. »Ich bin erledigt.«

Er hängte seine Jacke an die Garderobe, ging zu seiner Frau und strich ihr übers Haar. Seine Liebkosung ließ Tina schaudern. Jordi setzte sich in Doktor Schiwagos Sessel, und dieser ließ sich auf seinen Knien nieder.

Jordi, ich habe herausgefunden, daß du mich betrügst; dienstags triffst du dich nicht etwa mit einer Gruppe von Kollegen, sondern mit einer Frau in der Pension von Ainet, ich weiß alles, du brauchst mir nicht länger etwas vorzumachen, wer ist diese Frau? Warum belügst du mich?

»Ich mache uns was zu essen. Es ist noch Suppe von heute mittag übrig.«

»Wunderbar«, sagte Jordi, streichelte Doktor Schiwagos weichen Rücken und schloß entspannt die Augen. Als er bemerkte, daß Tina nicht aufstand, öffnete er sie wieder und schlug vor: »Wenn du willst, mache ich uns ein paar Spiegeleier.«

»In Ordnung.«

Immer war alles in Ordnung gewesen zwischen Tina und Jordi. Sie wartete, bis Jordi in der Küche beschäftigt war, blieb aber sitzen und sah an die Wand, weil sie sich ihrer Frage schämte.

»Wie war die Konferenz?«

»So lala; Ròdenes war krank.«

»Müßt ihr sie wiederholen?»

»Wahrscheinlich.«

Elender Heuchler, kommst mir mit der schäbigsten aller Lügen, der üblichen einfallslosen Geschichte, die alle Männer ihren Frauen auftischen, wie ekelhaft, ich dachte, uns würde so etwas nie passieren.

»Habt ihr was gegessen?«

»Ja, eine Kleinigkeit.«

Tina stand auf und ging in die Küche. Sie lehnte sich an

die Küchentür, bot ihm aber nicht an zu helfen und sah ihn nicht an.

»Wie viele wart ihr?«

»Sechs oder sieben. Immerhin.«

Lügner. Sechs oder sieben. Zwei: du und sie, eine Konferenz im Bett. Wahrscheinlich habt ihr über die Unterrichtsreform geredet, während sie die Beine breit gemacht hat und du ihr die Brüste gestreichelt hast, wie du es bei mir machst. Wie du es bei mir gemacht hast. Wer ist sie?

Sie aßen schweigend. Ausgeschlossen, daß Jordi dieses Schweigen nicht verstand, mußte sie noch deutlicher werden?

»Ich gehe ins Bett«, sagte sie statt dessen.

Du bist der Feigling, traust dich nicht, etwas so Einfaches zu fragen wie: warum betrügst du mich, Jordi, du Mistkerl, und dann diese krankhafte Neugier: mit wem, um vergleichen zu können: Was hat sie, was ich nicht habe, was ich nie haben werde, ist sie jünger, älter, sicher ist sie schlanker als ich, kenne ich sie, oder habe ich sie noch nie gesehen?

»Ich auch«, sagte Jordi.

Dusch wenigstens, du Schwein. Jetzt sollte ich dir sagen, daß du in diesem Bett nichts mehr verloren hast.

Aber Tina sagte nichts. Sie sah zu, wie Jordi zu Bett ging, und nach zehn Minuten atmete er tief und gleichmäßig, guten Gewissens, während sie mit weit offenen Augen dalag und nicht glauben konnte, daß das ihnen passierte. Erst um halb vier schlief sie ein, und dann hatte sie schreckliche Träume.

»Was hast du gerade gesagt, Sergi?«

»Ich kann Hongkong nicht finden.«

Hongkong. Sergi Rovira kann auf der Asienkarte Hongkong nicht finden. Das ist wichtig: zu wissen, wo Hongkong liegt. Jetzt, wo sie ihnen gerade von China erzählt hat, ist es inakzeptabel, daß Sergi Rovira Hongkong in Japan sucht. Wo war der Junge nur mit seinen Gedanken? Woran hatte er wohl gedacht, als sie ihnen erklärte, daß Hongkong bis vor kurzem zu Großbritannien gehört hatte und jetzt unter dem Motto »ein Land, zwei Systeme« zu China gehörte, und wie konnte man glücklich sein, wenn man betrogen wird, wenn alle Träume zerstört werden, wußtest du nicht, daß alle Träume irgendwann einmal platzen?

»Warum weinen Sie denn?«

Ein wenig erschrocken schneuzte sie sich und sagte: »Es ist nichts. Ist euch das noch nie passiert, daß euch die Augen jucken und zu tränen anfangen?«

»Beim Zwiebelschneiden ist mir das schon mal passiert.«

»Mir auch.«

»Und mir.«

»Genau, Alba, sehr gut. Also, bei mir ist das so, als hätte ich die ganze Nacht ganz viele Zwiebeln geschnitten.«

In der großen Pause rief Maite sie zu sich in die Bibliothek und zeigte ihr die Ausstellungsobjekte. In einer Ecke katalogisierte Joana die Bücher und alle Schulmaterialien, die ausgestellt werden sollten, von einem Radiergummi der Marke Ebro bis hin zu einem rosafarbenen Alpino-Bleistift. Maite nahm ein vergilbtes Buch zur Hand.

»Das sind die Bücher, die du aus Torena mitgebracht hast«, sagte Joana, ohne den Kopf zu heben, »sie sind phantastisch. Von zweiundvierzig und fünfundvierzig.«

»Tina hat sie mitgebracht.«

Tina fiel auf, daß sie schon seit Stunden nicht mehr an Oriol Fontelles und seine Hefte gedacht hatte.

»Du solltest Jordi überreden, bei der Ausstellungseröffnung ein paar Worte zu sagen«, sagte Maite.

»Du bist doch die Schulleiterin.«

»Aber ich kann vor Leuten nicht reden.«

Konnte es Maite sein? Die treue Freundin, die tüchtige Schulleiterin, die keine Skrupel kennt, wenn es ums Vögeln geht? Und nun bat sie Tina, Jordi zu überreden ... Wie verlogen manche Leute doch sind.

Sie sah Maite in die Augen, und diese erwiderte ihren Blick mit einem offenen Lächeln. Konnte sie so kalt, so zynisch sein? Maite legte das Buch auf den Tisch zurück und wischte sich den Staub von den Fingern.

»Na, was nun? Kannst du ihn überreden?«

Und wenn es nicht Maite war, sondern eine Frau, die sie nicht kannte?

»Ich kann es dir nicht versprechen, Maite.«

»Er tut immer, was du sagst.«

Nachts um halb drei war Tina noch immer hellwach. Sie wußte nicht, wie sie neben ihrem verlogenen Mann einschlafen sollte, und so stand sie auf. Ihr Kummer würde sie sowieso nicht zur Ruhe kommen lassen. Auf Zehenspitzen schlich sie in die Dunkelkammer. Zum ersten Mal, seit sie unter Jordis offenem Beifall und Arnaus Schweigen die Gästetoilette zweckentfremdet hatte, schloß sie die Tür ab. Allmählich fühlte sie sich wie eine Fremde im eigenen Haus. Mit zitternden Händen machte sie sich an die Arbeit. Wenn sie schon nicht schlafen konnte, konnte sie wenigstens tun, was sie vorhatte.

Als sie die Abzüge zum Trocknen aufhängte, sah sie, daß das Teleobjektiv nichts genutzt hatte. Auf allen Fotos war Jordi zu erkennen. Er kam aus der Pension, sah geradeaus, hielt die Frau an der Hüfte oder an der Schulter und sagte etwas zu ihr. Aber das Gesicht der Frau war unter der Kapuze ihres Anoraks nicht zu erkennen. Sie hätte den Blitz nehmen müssen, aber dann hätten die beiden sie und den 2CV bemerkt, ihre schäbige Schnüffelei, und gleich wäre Jordi auf sie zugegangen und hätte gesagt, es ist nicht, was du denkst, Tina, wirklich nicht, die Konferenz war früher zu Ende, und wir waren noch was trinken. Kennst du sie? Soll ich sie dir vorstellen?

»Er tut immer, was du sagst«, hatte Maite gesagt, die falsche Schlange.

So sahen die Leute das also. Da täuschten sie sich aber gewaltig.

Joana fiel ein Buch herunter. Sie hob es auf, wischte es ab und sah Tina an: »Maite sagt, du hast die alte Schule von Torena fotografiert.«

»Ja. Ich bin noch nicht dazu gekommen, die Bilder zu entwickeln, und schon gibt es die Schule nicht mehr.«

»Irgendwie seltsam, oder?«

»Ja. *Tempus fugit*, und zwar wie im Flug.«

»Könntest du für die Ausstellung einen Abzug vorbeibringen?«

»Ja, natürlich. Wir könnten das Gebäude vorher und nachher zeigen.«

Und wenn Joana die Frau war, die sich auf dem dunklen Foto verbarg? Die diskrete, ernsthafte Sekretärin, stets bereit, eine Nummer zu schieben. Möglich wär's. Mein Gott, ich drehe noch durch, wenn ich es nicht ein bißchen gelassener nehme, ich bin eifersüchtig, ich bin wütend, und ich fühle mich erniedrigt und beschmutzt, ich kann nicht schlafen und denke pausenlos darüber nach, was ich falsch gemacht habe, daß Jordi, der anständige, treue Jordi, mich so verraten hat. Nein, Joana nicht: Dora oder Carme. Vielleicht Pilar. Oder Agnès, die alte ... Ach, ich weiß nicht. Carme, die den ganzen Tag zweideutige Bemerkungen macht wie ein Mann. Nein, Dora, die ist so jung ... Aber ich glaube, Dora ist zu klein. Was weiß ich ...

»Sagen Sie mir jetzt, wo Hongkong ist? Sie hören mir ja gar nicht zu!«

»*Il faut tenter de vivre*«, erwiderte sie. Die Kinder blickten einander fragend an und lachten verlegen. Sie sah sie an wie aus weiter Ferne. »*Le vent se lève*«, fügte sie hinzu.

»Sie hören mir nicht zu.«

4

Der majestätische Shanghai-Expreß stand abfahrbereit im Bahnhof. Mühsam setzte sich das Gestänge in Bewegung, und die schwere Lok mit den beiden Luxuswaggons zog an.

Zur selben Zeit nahm Senyora Elisenda die Kette mit dem Kreuz ab, legte sie ins Elfenbeinkästchen und öffnete die Hintertür. Verstohlen betrat Quique den Flur, und Bibiana, die alle Geheimnisse des Hauses kannte, machte sich einen Kamillentee und dachte traurig, das arme Kind.

Quique spürte, wie ihm die Kehle eng wurde, weil Elisenda das lange schwarze Kleid trug, das ihm so gut gefiel. Ihm wurde die Kehle eng, weil Elisenda seine romantischen Anwandlungen stets mit nüchternen Anweisungen im Keim erstickte: »Verlier jetzt nicht den Kopf und bilde dir bloß nichts ein. Du bist hier, um mich zu vögeln, und das war's. Also besorg's mir, denn dafür wirst du bezahlt.« Das tat weh, aber es stimmte, sie zahlte gut, sehr gut. Elisenda zog das lange Kleid aus, machte die Beine breit und gab sich ihm hin, als habe sie es eilig, als müßten sie ein lästiges Ritual vollziehen. In keiner dieser sündigen Nächte hatte Quique ihr ein Lächeln abringen können. Nie. Allerdings entlockte er ihr so leidenschaftliche Schreie, daß er sich für einen großartigen Liebhaber hielt, weil er nicht die Wut erkannte, die in diesen Schreien lag. Er wußte nichts von dem, was geschehen war und wie es geschehen war. Er wußte nicht, daß Senyora Elisenda sich unzählige Male gewünscht hatte, ihr Leben könnte sich von dem Tag an wiederholen, an dem sie nach Burgos geflohen war, in Begleitung von Bibiana, die sich weigerte, sie alleine reisen zu lassen, und mit einem Koffer voller Rachegedanken.

»Bist du gekommen?«

»Nein, heute nicht.«

»Na, so was.«

Es war das erste Mal, daß Quique nicht zum Zuge kam. Dabei funktionierte er sonst so zuverlässig wie eine Maschine, die alle in sie gesetzten Erwartungen erfüllte.

Der Shanghai-Expreß setzte seinen Weg fort, fuhr durch Felder, über eine Brücke, ein Meisterwerk britischer Ingenieurskunst, über einen reißenden Fluß und hinein in einen dunklen Tunnel, wo sein triumphierendes Pfeifen dumpf und leise klang.

»Ich weiß auch nicht, was los ist...«, sagte Quique beschämt. Ungewohnt zärtlich gestimmt, nahm sie sein Glied, ließ es geschickt wieder aufleben und verschaffte dem Jungen eine anständige Ejakulation. Zum Dank dafür schenkte Quique ihr einen weiteren Orgasmus, und sie dachte an ihren unerreichbaren Geliebten und schrie laut, nicht aus Lust, sondern aus Wut, und Bibiana, die in ihrem Zimmer saß und Kamillentee trank, bekreuzigte sich und dachte, das arme Mädchen, so schön, so reich und so traurig, sie vermißt ihn immer noch, denn sie, die ihren eigenen Schmerz abgelegt hatte, um den Schmerz des Kindes aufnehmen zu können, verstand Senyora Elisenda Vilabrús Leid sehr wohl.

Senyora Elisenda schrie, und im gleichen Augenblick fuhr der Shanghai-Expreß viel zu schnell in die Kurve. Es war die Kurve am Fenster. Die Lok entgleiste, kippte gegen die verschneiten Tannen, von denen eine durch die Luft wirbelte wie ein Zahnstocher. Die beiden Luxuswaggons lagen auf den Schienen quer, das eine oder andere Rad drehte sich noch. Marcel unternahm nichts zur Rettung der Lage. Natürlich sah er, daß seine Lieblingslokomotive aus den Schienen gesprungen war; aber er war damit beschäftigt, zu masturbieren, mit Tränen in den Augen, weil er nicht verstand, was diese Schreie waren, die ihn an eine Katze auf dem Dach erinnerten. Hätte Senyora Elisenda gewußt, daß das Haus so hellhörig war, daß die Schreie aus ihrem Zimmer bis auf den Dachboden drangen, hätte sie es sich zweimal überlegt, bevor sie dort oben alles für den Jungen herrichten ließ, die Spielzeugeisenbahn, den Plattenspieler, Platz für Skier und Skistiefel und eine Pritsche, falls ein Freund zum Übernachten kam.

»Vom Internat wird keiner kommen, und die aus dem Dorf brauchen nicht hier zu übernachten.«

»Willst du das Bett nicht?«

»Glaubst du vielleicht, daß Xavi Burés hier übernachten wird, wo er doch gleich gegenüber wohnt?«

Sie hatte den Dachboden ausbauen lassen, um Marcel über den plötzlichen Tod seines Vaters hinwegzutrösten.

»Mamà, ich will nicht in die Schule gehen.«

»Darüber haben wir doch schon oft genug geredet.«

»Es ist scheiße dort. Ich will hier leben.«

»Dir gehört der Mund mit Seife ausgewaschen. Nirgendwo bekommst du eine bessere Erziehung als im Internat.«

»Ich könnte in Torena zur Schule gehen.«

»Das kommt überhaupt nicht in Frage. Ende der Diskussion. Und wenn du zu Hause bist, hast du den ganzen Dachboden für dich.«

Quique zog sich rasch an, das schroffe Ende ihrer Begegnungen war ihm unangenehm. Sie brachte ihn zur Hintertür, und als sie allein war, setzte sie sich im Nachthemd ins Wohnzimmer, das Elfenbeinkästchen in der Hand, und weinte. Es war erniedrigend. Wie zum Hohn kamen ihr Mutter Venàncias Ermahnungen in den Sinn: Die Reinheit ist das höchste Gut einer Frau, Senyoreta Elisenda Vilabrú. Eine Eins in Rechnen, eine Eins in Grammatik, eine Eins in Erdkunde, eine Eins in Latein und eine Sechs in Reinheit, Mutter Venància, und alles wegen des Unglücks.

»Im allgemeinen sind die fleischlichen Gelüste der Frau weniger stark ausgeprägt.«

»Ich glaube, auf das Fleischliche könnte ich verzichten, Pater.«

»Nun, das verstehe ich nicht.« Der Beichtvater verstummte ratlos. Eine Straßenbahn fuhr quietschend die Straße hinauf, und die beiden im Beichtstuhl schwiegen eine Zeitlang.

»Ich weiß nicht. Es ist ein Bedürfnis … Ich will beweisen, daß … Ach, es ist egal.«

»Nein, meine Tochter, sprich nur.«

»Nein, es ist nichts.«

»Warum heiratest du nicht wieder?«

»Nein. Nie mehr. Ich hatte eine große Liebe und habe mir geschworen, nie wieder zu heiraten.«

»Und warum bist du dann mit Männern zusammen?«

»Aus Wut.«

Die nächste Straßenbahn fuhr vorüber. Der Beichtvater strich sich mit der Hand über die stoppelige Wange. Er wußte nicht, was er sagen sollte. Schließlich wiederholte er: »Ich verstehe dich nicht, meine Tochter.«

»Ich wünschte, alles wäre anders gekommen.«

»Ja …« Langes, nachdenkliches Schweigen. »Hast du jemals über die christliche Tugend der Ergebung nachgedacht?«

»Können Sie mir die Absolution erteilen, Pater?«

Bevor sie zu Bett ging, obwohl sie hellwach war, strich sie in Erinnerung an alten Haß und alte Liebe noch einmal über die Fotos auf der Kommode. Dann löschte sie das Licht im Wohnzimmer. Durch die Ritzen der Jalousie drang ein dünner Streifen eisigen Mondlichts.

Bibiana, die Gedanken lesen konnte, seit sie ganz in der Seele ihrer Herrin aufgegangen war, trank den letzten Schluck ihres traurigen Kamillentees und löschte ebenfalls das Licht.

»Weißt du was, Sohn? Bei den Friedhöfen in kleinen Dörfern muß ich immer an Familienfotos denken: Alle kennen sich, alle halten still, einer neben dem anderen für alle Ewigkeit, jeder hat den Blick auf seinen Traum gerichtet. Und der Haß ist ganz verwirrt von soviel Stille. Und glaub bloß nicht, daß ich diesen Grabstein gerne gemeißelt habe, und wenn er hundertmal dein Lehrer war. Ich mach nicht gern was zur Erinnerung an einen Mörder. Manchmal müssen wir eben Dinge tun, die uns nicht gefallen, und das hier ist so was: Er starb den Heldentod für Gott und Vaterland und war an einem Verbrechen beteiligt, das wir nie vergessen werden. Ist alles schön in der Mitte?«

»Ja.«

»Siehst du, hier meißle ich einen Nagelkopf ein.«

»Einen in jede Ecke.«

»Sehr gut, Junge, bald hab ich dir alles beigebracht. Der Lehrer verdient soviel Mühe gar nicht, aber ich kann nun mal meine Arbeit nicht schlecht machen.«

»Darf ich ihn polieren, Vater?«

»Verdammter Lehrer, du warst schlimmer als Senyor Valentí, der verstellt sich wenigstens nicht. Denk nicht weiter an ihn, Jaumet, das hat er nicht verdient. Und erzähl bloß keinem weiter, was ich dir gesagt hab. Amen.«

Zweiter Teil

Namen, hingestreckt

Talitha kumi!
Markus 5, 41

Wäre heute nicht ein ganz besonderer Tag, hätte Hochwürden Rella das halbe Dutzend seiner Schäfchen zum Teufel gejagt, das die ganze Fahrt über, während der zweitägigen Besichtigung Roms und selbst am Festtag, an der Organisation herumgemäkelt hatte, und das hieß, an den Organisatoren, was wiederum hieß, am Herrn Bischof, immer im Flüsterton, weil sie dachten, er hörte sie nicht blöken, allen voran Cecilia Báscones, die trotz ihres Alters einfach nicht zu bremsen war. Es war weiß Gott schwer, alle Schäfchen seiner Herde zu lieben, vor allem, wenn die Báscones jetzt schon zum dritten Mal seit ihrer Ankunft in Rom vor ihren Anhängern fallenließ, eigentlich sei diese Reise in die Heilige Stadt nur ihr zu verdanken. Hochwürden Rella riß sich zusammen, damit man ihm nicht anmerkte, wie sehr sie ihm die Laune verdarben, besonders die Gruppe von Frauen, die ihn gerade anlächelten und stolzerfüllt daran dachten, wie sie nach ihrer Rückkehr erzählen könnten, sie seien in den Privatbereich des Vatikans vorgelassen worden, und zwar durch eine Tür, die Ehrengästen wie uns vorbehalten war. Und dieser Angehörige der Schweizergarde war ein hübscher Junge, das muß man sagen, auch wenn ich mir nicht so recht vorstellen kann, wie er mit seiner Blechlanze Wache halten soll. Aber was für Augen! Wie mein Enkel. Und ein Saaldiener hat uns hereingebeten, während dieser Schwachkopf von Rella uns immer wieder gezählt hat, als wären wir Schafe oder mit den Nonnen auf einem Schulausflug.

»Quarantanove e cinquanta«, sagt der Pfarrer laut. Der

Saaldiener würdigt sein Bemühen, Italienisch zu sprechen, mit keinem Lächeln. Ein arroganter Kerl.

Die Gruppe, bestehend aus einem Dutzend steinalter ehemaliger Falangemitglieder samt Anhang, aus fünf Bürgermeistern unterschiedlicher Couleur und einer bunten Mischung von Pfarrgemeinderäten des Bistums, wird ohne weitere Erklärungen in einen Korridor gelotst, der so breit ist, daß er als Festsaal dienen könnte. Entlang den Wänden läuft ein Fries aus Fresken, die in regelmäßigen Abständen von runden Fenstern unterbrochen sind. Und es gibt ein riesiges Bild des heiligen Josef mit dem erblühten Stab. Am anderen Ende des Korridors wartet eine weitere Gruppe, die laut Senyor Guardans Russisch oder etwas ähnliches spricht.

»Dieser heilige Josef blickt aber ziemlich gallig drein.«

»Stimmt. Wenn ihr mich fragt, sind die Gallenbeschwerden dieses Heiligen auf eine ungenügende Erythropoese zurückzuführen, das heißt auf eine intramedulläre Hämolyse der roten Blutkörperchen.«

»Was du nicht sagst.«

»Ja.«

»Und das soll der heilige Josef sein?«

»Bitte etwas leiser, meine Herrschaften«, sagt der Pfarrer leicht gereizt.

»Fragen Sie doch mal, ob es hier eine Toilette gibt.«

»Es muß ja eine geben.«

»Sei still.« Und an den Pfarrer gewandt: »Warum fragen Sie nicht?«

Der Pfarrer wendet sich ab, damit man ihm seinen Unmut nicht ansieht. Natürlich muß ausgerechnet die vermaledeite Báscones aufs Klo. Er sieht sich um und entdeckt nur eine Rüstung, die an der Wand hinter den Russen lehnt.

»Die werden uns doch hier nicht vergessen haben?«

»Das will ich nicht hoffen. Ich bin nicht hergekommen, um in einem Korridor herumzustehen, umringt von Russen ...«

»Haben die nicht eine andere Religion?«

»Ich muß doch bitten, meine Damen.«

Schritte nähern sich, anfangs kaum hörbar, dann immer lauter, übertönen den leisen, aber heftigen Protest der betreffenden Damen, und strahlen eine unzweifelhafte Autorität aus, die die Macht hat, das Murren nach und nach verstummen zu lassen. Alles lauscht, keiner weiß, woher die Schritte kommen, weil es in diesem riesigen Gebäude überall hallt. Dann biegt ein junger Mann um die Ecke des Korridors, offensichtlich erfreut, sie gefunden zu haben. Er wendet sich an den erstbesten und bedeutet ihm lächelnd, die Gruppe möge ihm folgen. Hochwürden Rella tritt auf den Mann zu und gibt ihm die Hand, um deutlich zu machen, wer hier das Sagen hat. Der andere begreift und nimmt die ausgestreckte Hand. Aber der Pfarrer hat noch etwas auf dem Herzen. Er sagt: »WC?«

Der Mann sieht ihn verwundert an.

»Toilette, gabinetto«, versucht es der Pfarrer.

Jetzt versteht der junge Mann. Er hält an, denn sie stehen genau vor einem *gabinetto*. Eine halbe Stunde Pause, packt eure Rucksäcke nicht aus und trinkt nicht zuviel Wasser, ihr könnt euch setzen, aber nicht hinlegen, und euch umsehen. Soll euch doch das nächste Mal die heilige Rita führen, denkt der Pfarrer.

Die Russen – oder was auch immer sie sein mögen – sind ihnen gefolgt, angezogen von der Bewegung, die in die Gruppe gekommen ist. Sie sind gefährlich nahe, und als Guardans, der Gebildetste der Gruppe, einen von ihnen auf englisch fragt, ob sie Russen seien, antwortet dieser auf französisch: »Wir? Russen? Soweit kommt's noch!« Guardans kann die Neuigkeit nicht weitergeben, weil ein Großteil beider Gruppen gerade die strapazierten Blasen erleichtert.

5

Casa Gravat am Ende der Hauptstraße, die jetzt Calle José Antonio hieß, war laut der Inschrift auf dem Türsturz im Jahre 1731 erbaut worden. Damals hatte Joan Vilabrú Tor beschlossen, eine Arbeitsstätte sei das eine, ein Wohnhaus etwas anderes, und hatte auf den Grundmauern eines älteren Gebäudes im Familienbesitz ein neues Haus errichten lassen. Er ließ den Vorarbeiter, den Verwalter, die Knechte bis hin zum Laufburschen, die Geräte und Werkzeuge, das Heu, den Weizen, die Schmeißfliegen, den Gestank, den Mist, die Maultiere, die Jungpferde und das gesamte Vieh in Ca de Padrós zurück, wo die Familie bisher gelebt hatte, und baute den neuen Wohnsitz im Stil der Herrenhäuser, die er in Barcelona gesehen hatte, als er einem ruinierten Baron den Herrschaftsbezirk Malavella abkaufte. Die Baronie vergrößerte den ohnehin gewaltigen Familienbesitz um einige Morgen und sicherte Joan Vilabrú einen Platz unter den Angehörigen des Kleinadels. Einer seiner Söhne, der sich etwas auf seinen Titel einbildete, hatte sein Glück in Barcelona und auf Menorca versucht, war jedoch in die Sicherheit des Tals zurückgekehrt, als er erkannte, daß der Wohlstand der Familie sich nur mit den Geschäften mehren ließ, mit denen sie schon immer ihr Geld verdient hatte: mit Viehhandel, dem Geschäft mit Wolle und überschüssigem Heu, dem Kauf und Wiederverkauf von Grund und Boden, damit, daß man bei allen Enteignungen der Kirche geschickt seinen Vorteil nutzte, indem man die Ohren offenhielt und den anderen immer um eine Nasenlänge voraus war, und damit, daß man die Verwaltung der Ländereien nur dann anderen, vertrauenswürdigen Personen übertrug, wenn kein Vilabrú da war, um sich selbst darum zu kümmern. Seither war Casa

Gravat unaufhörlich gewachsen, und seit 1780 zierte die Vorderfront des Hauses ein prächtiges Sgraffito: Auf drei durch Balkone voneinander getrennten Wandflächen war eine kräftige weibliche Gestalt bei der Heuernte, der Schafschur und dem Viehauftrieb zu sehen. Wäre noch Platz gewesen, hätten Joan Vilabrús Nachkommen weitere hübsche Bilder von den Schmugglerbanden anbringen können, die einen nicht enden wollenden Strom von Waren zum Paß von Salau brachten, denn im neunzehnten Jahrhundert verdiente die Familie Vilabrú einen Großteil ihres Geldes damit, daß sie Schmuggler anstellte, Kontakt zu den Händlern in Arieja oder Andorra unterhielt, Grenzpolizisten bestach, die Ware verteilte und sich nie von den Behörden erwischen ließ. Doch dann kam die Stunde von Marcel Vilabrú (1855-1920, ein Wohltäter Torenas, R.I.P.), der sich, als das wahnwitzige Abenteuer der Ersten Republik überstanden war, in den Dienst der wiedereingesetzten Monarchie stellte und beschloß, daß seine Familie nicht nur respektiert, sondern auch respektabel sein sollte. Er bestimmte seinen zweitältesten Sohn August zum Priester und schickte Anselm, den jüngsten, auf die Militärakademie. Als die Zukunft der beiden Söhne in die Wege geleitet war, starb Josep, der älteste Sohn und Erbe (Josep Vilabrú, 1876-1905, unser inniggeliebter Sohn, R.I.P.), und Marcel Vilabrú gab ein Vermögen für die Instandsetzung des Friedhofs von Torena aus und ließ dort ein Mausoleum errichten. Neidische Stimmen behaupten, Senyor Marcels Wandlung sei nicht ganz freiwillig erfolgt, denn um die Jahrhundertwende hatten die Anführer einiger Schmuggelbanden, tüchtige, wilde Kerle, die alle Pfade, Verstecke und Hirten kannten, beschlossen, auf die Zwischenhändler zu verzichten und auf eigene Faust zu arbeiten.

Sobald man die Schwelle zu Casa Gravat überschritt, betrat man eine andere Welt, atmete eine andere Atmosphäre, roch andere Düfte, und die Geräusche von draußen drangen nur gedämpft herein. Drei Hausmädchen unter der Leitung der alten Bibiana waren einzig dazu da, Staub zu wischen und die üblen Gerüche, die von außerhalb kamen, zu vertreiben. Rechter Hand des Vestibüls führte eine Tür ins große Besucherzimmer, einen weitläufigen Raum mit drei geräumigen Sesseln, einem Sofa, einem Kamin, in dem im Winter das Feuer nie ausging und dessen Sims voller Nippes stand, zwei Spiegeln und dem Porträt von Großvater Marcel. Neben der Tür hing eine Wanduhr, passend zum übrigen Mobiliar, die zu jeder Stunde volltönend schlug. Zwischen Uhr und Balkontür stand eine Kommode, in deren Schubladen zahlreiche Urkunden bezeugten, daß in diesem Haus acht Generationen von Vilabrús gelebt und ihr Vermögen und ihre Ländereien gemehrt hatten. Auf der Kommode standen achtzehn Fotografien in Erinnerung an die beiden Menschen, in deren Gedenken das Haus und seine Bewohner lebten. Senyor Anselm Vilabrú in Hauptmannsuniform mit seinem Sohn Josep, Anselm Vilabrú mit einem dunklen, angriffslustigen Schnauzbart, Josep mit verträumter Miene, neben den beiden eine nachdenklich dreinblickende Elisenda. Die Geschwister in verschiedenen Altersstufen. Elisenda als junges Mädchen, allein. Oriol strich mit einem Finger über den Rahmen dieses Fotos: Ihr ovales Gesicht mit der geraden Nase und den lebhaften Augen war damals schon so vollkommen wie heute. Die Augen würden schwierig werden. Auf dem größten Foto, das einen Ehrenplatz innehatte, sah man den Hauptmann a.D. Anselm Vilabrú, zurück im zivilen Leben, und seinen Sohn Josep, der jetzt ein stolzer junger Mann war, im Garten von Casa Gravat. Sie saßen am Tisch, tranken Tee und blickten forschend in die Kamera. Vier Tage zuvor hatten sie die Felder von Boscosa erworben. Senyor Anselm war entschlossen, eine schöne Stange Geld zu machen, um sich dafür schadlos zu halten, daß der König ihm das Adelspatent entzogen hatte. Doch kurz darauf würde eine Horde Anarchisten aus Tremp unter der Leitung von Lehrer Cid sie beide zum Hang von Sebastià unterhalb des Friedhofs schleppen, am hellichten Tag, Bibiana, das können nur Bringué und die anderen beiden angezettelt haben, wie heißen sie bloß, die haben uns verraten, woher hätten die aus Tremp das wissen sollen, die haben sie geholt, Bibiana, und ich schwöre dir, sie werden mir für diese Morde büßen. Sei still, du bist noch ein Kind. Ich denke nicht daran, den Mund zu halten, Bibiana.

Und dann gab es noch ein paar Fotos aus Anselm Vilabrús Militärzeit. Auf einem von ihnen sah man den Hauptmann mit seiner Offiziersmütze mit den drei Sternen, neben sich zwei besiegte Rifkabylen. Er blickte zufrieden in die Kamera, wie ein Jäger, der seinen Fuß auf den erlegten Hirsch setzt. (Wenn man genauer hinsah, konnte man erkennen, daß die beiden Marokkaner die Hände auf dem Rücken hatten.) Josep hatte Elisenda im Flüsterton erzählt, daß die Hände der beiden *Moros* nicht zu sehen waren, weil man sie ihnen zusammengebunden hatte; sie waren Gefangene, und nachdem das Foto gemacht war, hat Papà sie erschießen lassen. Er selbst hat ihnen den Gnadenschuß versetzt, aber das darfst du niemandem erzählen, und sag auch Papà nicht, daß ich's dir erzählt habe, sonst bringe ich dich um. Und Elisenda schwieg für immer, und jetzt stellte Oriol das Foto auf den Tisch zurück, ohne das Geheimnis zu kennen. Warum gab es kein Foto der Mutter? Hatte Senyora Elisenda keine Mutter? Und war auch der Ehemann kein Foto wert?

Die Uhr schlug sechs; draußen begann es zu dunkeln.

»In diesem Dorf gibt es viele Dreckskerle, mußt du wissen«, hatte ihm Senyor Valentí Targa an dem Tag gesagt, an dem er seine Einstellungspapiere unterschrieben hatte.

»Ich bin Lehrer und kümmere mich um meine Arbeit.«

»Du bist Lehrer und alles, was ich dir sage.«

Der Bürgermeister hob den Kopf und sah ihm in die Augen. Oriol, der vor ihm stand, merkte zum ersten Mal, daß ihm angesichts Senyor Valentís die Knie zitterten. Er erwiderte nichts, und der Bürgermeister bedeutete ihm mit einem Kopfnicken, sich zu setzen. Dann erklärte er ihm: »In Torena sind schlimme Dinge passiert, solange das Vaterland im Sumpf der kommunistischen, separatistischen Revolution versunken war, die die heldenhafte Erhebung notwendig gemacht hat.«

»Was für Dinge?«

Oriol betrachtete die Wand hinter dem Bürgermeister. Franco im dicken Feldmantel rechts und José Antonio mit Pomade im Haar und dunklem Hemd links, in der Mitte der Gekreuzigte mit bedrückter Miene, wie in der Schule. Senyor Valentí drehte sich eine Zigarette.

»Mit ihrem Vater und ihrem Bruder. Sie will nicht darüber reden.«

»Wer ist sie?«

Senyor Valentí Targa sah ihn einen Augenblick lang verdutzt an, dann stellte er klar: »Senyora Elisenda Vilabrú.«

Seine Stimme klang rauh, mühsam beherrscht: »Sie haben sie am zwanzigsten Juli abgeholt; eine Bande von Roten und Anarchisten aus Tremp. Hast du schon mal von Máximo Cid gehört? Nein? Ein Lehrer wie du, aber ein Mörder. So mörderisch, daß ihn später seine eigenen Leute erledigt haben, bevor ich es tun konnte.«

»Davon hat mir Senyora Elisenda gar nichts erzählt.«

»Siehst du sie oft?«

»Nein. Ich habe ihr mit Rosa einen Besuch abgestattet. Warum?«

»Nur so.«

»Nun, sie spricht nicht darüber, aber sie hat Fotos. Fotos von ihrem Vater und ihrem Bruder.«

»Sie will nicht darüber sprechen, weil sie einen Schlußstrich unter die ganze Sache ziehen will.«

Er zündete die Zigarette an und rauchte eine Zeitlang schweigend. Dann sagte er: »Sie haben ihnen ein Seil um den Hals gelegt und sie zum Hang von Sebastià geschleift. Als sie dort ankamen, war Senyor Vilabrú tot. Aber Josep, der arme Junge, hat noch gelebt, und sie haben ihn mit Benzin übergossen. Leute aus dem Dorf waren an dem Mord beteiligt.«

»Wirklich?«

»Drei Mörder und ein paar Dutzend Leute, die keinen

Finger gerührt haben. Die Bringués, die Gassias, die aus der Familie von Ignasis Maria …«

Nun stand Oriol am Fenster von Casa Gravat, von einer unerklärlichen Schwermut überkommen, und sah zu, wie das Licht draußen langsam schwächer wurde. Da trat Senyora Elisenda ein, schöner denn je. Sie lächelte ein wenig befangen, aber Oriol bemerkte, daß sie sich als erstes mit einem raschen Blick vergewisserte, daß er seine Malutensilien mitgebracht hatte.

»Wo soll ich mich hinsetzen?«

Wie kommt es nur, daß diese Frau, so jung sie ist, aussieht wie eine Göttin und mir die Worte im Hals steckenbleiben, so daß ich ihr nicht einmal sagen kann, setzen Sie sich hierhin, auf diesen Stuhl, so, drehen Sie sich zu mir, ja.

Elisenda trug Ohrringe mit Diamanten, die bei der leichtesten Kopfbewegung funkelten, und Oriol fühlte sich geblendet. Er stammelte, eigentlich sei er eher Zeichner als Maler.

»Das Porträt, das Sie von Rosa gemalt haben, ist einfach wundervoll.«

»Danke.«

Oriol war wie gelähmt, denn nun drang der Duft ihres Körpers an seine Nase, vermischt mit ihrem Parfüm. Narde, hatte Rosa ihm gesagt, ohne zu ahnen, daß er schon seit zwei Nächten von diesem Parfüm träumte.

Oriol bereitete die Farben, die Palette und die Pinsel vor und bemühte sich, nicht nach vorne zu sehen; er war nervös, denn es war das erste Mal, daß sie miteinander allein waren. Bisher war er immer mit Rosa in Casa Gravat zu Besuch gewesen, und immer war noch irgend jemand anwesend gewesen. Jetzt nicht. Elisenda war wunderbar, strahlend, der Raum war von Nardenduft erfüllt, vor ihm stand eine leere Leinwand. Mit zitternden Fingern öffnete er die Farbtuben. Dann sah er zu Elisenda hinüber. Zu seiner Kundin.

»Und sie wird es dir bezahlen?«

»Das hat sie gesagt.«

»Wieviel?«

»Ich habe ihr keinen Preis genannt. Ich weiß einfach nicht, wieviel ich von ihr verlangen kann. Aber sie hat darauf bestanden, mich zu bezahlen.«

Rosa steckte die Nadel in das Hemd, hängte es über den Nähkorb und legte ihre Hand auf den Bauch, um die Bewegungen des Kindes zu spüren. Sie sah Oriol mit ihren traurigen Augen an und sagte: »Sag ihr, du willst fünfhundert Peseten.«

»Meinst du?«

»Ja. Wenn du weniger verlangst, sieht es so aus, als wärst du nicht wichtig.«

»Ich bin nicht wichtig.«

»Sechshundert.«

Oriol fuhr sich mit der Hand übers Gesicht. Wie verlangte man sechshundert Peseten von einer so schönen Frau?

»Sechshundert«, beharrte Rosa. »Und verlang sie auch wirklich, du bist imstande und sagst nichts.«

»Hör mal …«

»Sechshundert, Oriol.«

Er mußte sechshundert Peseten von ihr verlangen. Jetzt? Nach der Sitzung? Morgen? Nie?

»Sitze ich so richtig?«

Du bist perfekt.

»Wenn Sie gestatten …«

Oriol trat auf sie zu, betäubt vom Nardenduft, nahm ihren Arm und legte ihn sanft auf die Armlehne des Stuhls; dann faßte er ihr Kinn und drehte ihr Gesicht ein wenig zur Seite. Vielleicht täuschte er sich, aber ihr Körper war wie elektrisch geladen. Als er ihren Arm ergriff, glaubte er in ihren Augen eine unterdrückte Angst zu erkennen.

»Es ist das erste Mal in meinem Leben, daß ich mich porträtieren lasse.« Ihre Stimme bebte ein wenig.

Am liebsten würde ich dich nackt malen. Würdest du das zulassen?

»Wissen Sie was? Heute machen wir nur … Heute mache

ich nur einen Entwurf. Und ein paar Pinselstriche, um zu sehen, wie das Licht ist…«

Ich wage nicht, dich zu fragen, weil es unmöglich ist, aber am liebsten würde ich nackt für dich sitzen. Du hast feine Hände und siehst mich auf diese ganz besondere Weise an. Faß mich nicht noch einmal an, sonst…

»Mein Mann hat es sich in den Kopf gesetzt, und bevor ich einen Unbekannten kommen lasse, dachte ich…«

Warum habe ich deinen Mann noch nie gesehen? Warum hast du nicht mal ein Foto von ihm? Warum will er dich porträtieren lassen?

Oriol ließ ihren elektrisierten Arm los, betrachtete sie verstört aus zwei Schritt Entfernung und kehrte mit klopfendem Herzen zur Staffelei zurück. Er warf ein paar Kohlestriche aufs Papier und wurde langsam ruhiger.

»Wissen Sie schon, wieviel das kosten soll?«

»Nun ja… Ich… Wir müssen nicht…«

»Ich bestehe darauf. Wenn Sie kein Geld nehmen, sitze ich Ihnen nicht.«

»Sechshundert«, murmelte er beschämt.

»Wie bitte?«

»Fünfhundert.«

»Sehr schön. Ich dachte, ehrlich gesagt, es wäre teurer.«

Dummkopf. Esel. Blödmann.

Sie schwiegen. Die Minuten vergingen, versahen die Landschaft vor dem Fenster mit dunklen Pinselstrichen, während Oriol mit der Kohle ein weibliches Profil zu Papier brachte.

»Haben Sie ein Buch hier?« fragte er angeregt, denn nun wußte er, wie das Bild werden sollte. »Ach, egal: Nehmen Sie ein Foto zur Hand, so, wie ein Buch. Genau.«

Die Brillanten in ihren Ohrringen funkelten bei der kleinsten Bewegung. Sie hat einen wunderbaren Hals. Er hat Malerhände und eine breite Stirn. Und die Stimme.

Oriol ging auf Senyora Elisenda zu und nahm ihr das Foto aus der Hand. Ein Priester mit Soutane und einem dicken wollenen Umhang, mit einer schweren Uhrkette im dritten

Knopfloch und einem Buch in der Hand. Ein freundliches Gesicht mit einem leicht spöttischen Lächeln. Er saß an dem Gartentisch, der auch auf anderen Fotos zu sehen war. Ihm zur Seite stand Hauptmann Anselm Vilabrú in Zivil; er sah streitlustig in die Kamera, wirkte aber ebenso liebenswürdig wie der Priester. Beide blickten zufrieden drein.

»Halten Sie es so wie ein Buch, in dem Sie lesen.«

»Das kommt mir komisch vor.«

»Dann erzählen Sie mir etwas. Erzählen Sie mir, wer die beiden auf dem Foto sind.«

Während Oriol an die Staffelei zurückkehrte, begann Senyora Elisenda bereitwillig: »Das ist mein Vater mit Onkel August, seinem Bruder. Mein Vater ist der jüngere, ich meine, er war der jüngere.« Sie klopfte mit dem Finger zwei-, dreimal auf die Gestalt des Priesters: »Er ist vor kurzem aus Rom zurückgekommen. Er mußte fliehen, als … Nun, an dem Tag, an dem mein Vater ums Leben kam.« Sie betrachtete das Foto aufmerksam, als sähe sie es zum ersten Mal: »Und dabei hat er ihn so geliebt.«

Hochwürden August Vilabrú legte das Buch auf den Tisch, bedeutete dem Fotografen mit einer knappen Geste, den Garten zu verlassen, und bat seinen Bruder, sich zu setzen. Die Liebenswürdigkeit der beiden Brüder schmolz wie Schnee in der Sonne.

»Ich möchte dich über die Fortschritte deiner Tochter informieren.«

»Ich versichere dir, die sind mir völlig gleich. Elisenda ist nur ein Mädchen. Ich wünschte, Josep wäre intelligenter.«

»Mein Gott, Anselm. Wieso bist du nur so voller Haß?«

»Du hast kein Recht, mir das vorzuwerfen.«

»Ich glaube schon. Ich bin sieben Jahre älter als du, Priester und Theologe.«

»Du bist ein Mathematiker in Soutane, der sich nur für Differentialquotienten und Integrale interessiert. Du hast keine Ahnung, wie es ist, wenn man auf dem Schlachtfeld steht und Angst hat.«

»Heilige Mutter Gottes … Auf dem Schlachtfeld …«

»Tu nicht so scheinheilig! Die Bibel ist voller Blut, Tod und Schlachten.«

»Du weichst mir aus.«

»Keineswegs.« Anselm Vilabrú, der fünf Monate zuvor aus der Armee entlassen worden war, richtete sich kerzengerade auf und sagte schneidend: »Du wirst nie erfahren, wie das ist, wenn dir aufgrund unsinniger Befehle sechzig Männer in Igueriben abgeschlachtet werden.«

Hochwürden August schwieg. Sein Bruder fuhr fort: »Unter uns gesprochen: Mein ärgster Feind ist nicht das marokkanische Heer bei Igueriben oder Al-Hoceima, es ist nicht einmal Mohammed Abd el-Krim, der Verräter. Mein Feind ist König Alfons XIII., der verdammte, hohlköpfige Hurensohn, der in dem Raum, in dem er immer Krieg spielt, einen sorgfältig manikürten Finger auf einen bestimmten Punkt der Karte gelegt und gesagt hat: ›Hier will ich das Heer haben. In Al-Hoceima.‹ Und seine Berater haben ihm widersprochen: ›Aber Majestät, das sollte die Heeresführung wissen.‹ Und dieser Schweinehund von König …«

»Würdest du bitte diese Ausdrucksweise unterlassen? Du beleidigst meine Ohren.«

»Nun gut: Als der König hörte, wie seine Berater ihm sagten ›Aber Majestät, das sollte die Heeresführung wissen‹, hat er wieder mit dem Zeigefinger auf Al-Hoceima gepocht und gesagt: ›Hier‹, und die Berater haben einander erschrocken angesehen und wußten nicht, was sie tun sollten, und darum ist der König, der mir obendrein zur Strafe die Baronie entzogen hat, mein Feind, und ich finde es großartig, daß ein angesehener, schneidiger Soldat vom Schlage eines General Primo de Rivera Ordnung in unser verkommenes Land bringt. Habe ich mich deutlich ausgedrückt?«

Hauptmann Anselm Vilabrú hatte auf der Militärakademie gelernt, sich selbst gern reden zu hören, und im Laufe der Jahre sein rhetorisches Geschick noch gesteigert. Jetzt war er zufrieden mit dem Ergebnis seiner Rede, vor allem, weil er merkte, daß sein patriotischer Eifer auf seinen Bruder doch Eindruck gemacht hatte. Und so setzte er noch eins drauf: »Wann immer ein fähiger Militär Ordnung in dieses Chaos bringen will, kann er auf mich zählen.«

Hochwürden August rang nach Worten. Schon lange hatte er sich in Gegenwart seines kleinen Bruders nicht mehr so unwohl gefühlt wie an diesem Nachmittag. Aber er wollte sich nicht geschlagen geben, und so entgegnete er schließlich ruhig: »Ich mag das Militär nicht.«

»Vater hat bestimmt, daß ich zum Militär gehe und daß du Priester wirst.«

Hochwürden August sah seinem Bruder in die Augen: »Und ich mag die nicht, die den König herabsetzen.«

»Weißt du, was das Schlimmste daran ist? Daß die Schlacht von Igueriben, die über dreihundert Männer das Leben und mich nebenbei meine Karriere gekostet hat, vermeidbar gewesen wäre.«

»Wir sind nicht dazu geschaffen, die große Politik zu verstehen.«

»Und weißt du, was noch schlimmer ist?«

»Dein Herz ist voller Haß. Und schuld an diesem Haß ist nicht der König, sondern Pilar.«

»Als man mir in Igueriben befohlen hat, die dritte Kompanie vorrücken zu lassen, wußte ich schon, daß mehr als die Hälfte von uns fallen würde. Aber wir sind vorgerückt, weil ein Soldat immer gehorcht.«

»Möge Gott dir vergeben, Anselm. Verzeih mir die Einmischung, aber seit Pilar …«

»Aus welchem Jahr ist dieses Foto?« fragte Oriol, nur um etwas zu sagen.

»Neunzehnhundertvierundzwanzig«, las sie vom Foto ab. »Das Jahr, in dem mein Vater das Militär verließ und wir hierher zurückkamen.«

»Und Ihre Mutter? Wieso ist sie nicht …«

»Letztes Frühjahr ist Onkel August aus Rom zurückgekehrt. Da er Kanoniker ist, lebt er in La Seu d'Urgell, aber er kommt mich oft besuchen. Er bezeichnet sich gern als meinen Mentor.«

»Ist er das denn?«

»Ja. Natürlich.«

»Sprechen Sie weiter.«

»Er ist ein Gelehrter.«

»Wieso sagen Sie das?«

»Er hat ein paar Bücher über Algebra und ähnliches geschrieben und ist im Ausland hoch angesehen.« Sie lächelte unbehaglich: »Warum soll ich weitersprechen?«

»Wenn Sie es nicht tun, wirken Sie so steif.«

Nun war sie es, die ihn auszufragen begann. »Haben Sie Ihre Lehrerausbildung schon lange abschlossen?«

»Vor dem Krieg.«

»Wissen Sie, was mir gefallen hat? Daß Sie so viele Bücher zu Hause haben. Daß Sie ...«

»Ach, das ist doch ganz normal. Und so viele sind es nun auch wieder nicht.«

»Wie alt sind Sie?«

»Achtundzwanzig.«

»Ach, da sind wir ja gleich alt.«

Sie hat mir gesagt, wie alt sie ist. Ich hätte sie auf zwanzig geschätzt. Achtundzwanzig. Und wo ist ihr Mann?

»Wie hat das mit der Malerei angefangen?«

Gibt es diesen Senyor Santiago wirklich, oder hast du ihn nur erfunden, um lästige Verehrer fernzuhalten?

»Ich hatte eine gewisse Begabung dafür, und so habe ich während des Krieges an der Kunstakademie Unterricht genommen.«

»In Barcelona?«

»Ja, Ich komme aus Poble-sec. Kennen Sie Barcelona?«

»Ja, natürlich. Ich bin dort zur Schule gegangen.«

»Wo?«

»Bei den Theresianerinnen in Bonanova.«

Er warf ihr einen raschen Blick zu. Die Theresianerinnen in Bonanova. Die gleiche Stadt, aber eine andere Welt. Er spürte, wie sein Mund trocken wurde. Sie fuhr fort: »Sie haben mich unter der Führung von Onkel August geistig und spirituell geprägt, denn mein Vater war nie da, er hat immer gedient.«

Und die Mutter?

»Ich habe die Schule in schlechter Erinnerung. Sie war in einer dunklen Etage im Carrer Margarit …«

»Ich nicht, ganz im Gegenteil. Und wenn ich nach Barcelona fahre …»

»Haben Sie eine Wohnung dort?«

»Ja, selbstverständlich. Santiago muß die ganze Woche über dort sein. Monat für Monat, das ganze Jahr hindurch.«

»Natürlich.«

»Sag du zu mir.« Sie wußte, was sie da sagte, fühlte, wie sie ins Gleiten geriet, eine endlose Halde hinab, aber es war ein lustvolles Gleiten.

»Wie bitte?«

»Wenn du eine Pause brauchst, lasse ich uns Tee bringen.«

Mein Gott, dieses Bild bringt mich noch um. Ich muß das Ganze anders angehen, mit mehr … Ich weiß nicht.

»Und du warst nicht an der Front?«

»Nein. Der Magen …«

»Da ist dir einiges erspart geblieben. Gefällt dir die Arbeit in der Schule?«

»Ja, aber fragen Sie mich nicht so viel. Erzählen lieber Sie.«

»Was soll ich dir erzählen, Oriol?«

Die Brillanten versprühten Funken, obwohl sie vollkommen still saß. Oder waren es ihre Augen?

6

Die Frau, die ihr die Tür öffnete, fragte nicht, wer sie sei oder was sie wolle, sondern sah sie nur stumm an, den Türgriff in der Hand. Die Falten in ihrem Gesicht erzählten die verschlungene Geschichte eines ungebeugten, etwa siebzigjährigen Lebens. Ihre Augen musterten Tina durchdringend, und diese fühlte sich unbehaglich. Sie fragte: »Sind Sie die Ventura?«

»Ja.«

»Die alte Ventura?«

»Schon wieder eine Journalistin?«

»Nein, ich …« Sie wollte die Kamera verbergen, aber es war zu spät. Sie merkte sehr wohl, daß sich die Hand am Türknauf vor Ungeduld verkrampfte, aber das Gesicht der Frau blieb ausdruckslos.

»Vor drei Monaten ist sie fünfundneunzig geworden. Wir dachten, die Feierlichkeiten und Ehrungen sind jetzt vorbei.«

»Ich komme aus einem anderem Grund.«

»Weswegen?«

»Wegen des Krieges.«

Bevor sie es verhindern konnte, hatte die Frau die Tür zugeschlagen, und Tina Bros stand mit dummem Gesichtsausdruck davor, mit der Enttäuschung des Jägers, der über eine Wurzel stolpert und das Wild verscheucht. Sie blickte die Straße auf und ab. Es hatte wieder zu schneien begonnen, und niemand war zu sehen. Sie dachte, ich wünschte, ich hätte die Gabe, die Menschen zu überzeugen, doch während sie noch überlegte, ob sie die Straße hinauf- oder hinuntergehen oder sich ins Café setzen und warten solle, öffnete sich die Tür erneut, und die barsche Frau, die sie zum Teufel gejagt hatte, forderte sie mit einer knappen Handbewegung, die keinen Widerspruch duldete, zum Eintreten auf.

Sie hatte erwartet, eine bettlägerige, von der Last der Jahre und des Kummers gebeugte Greisin vorzufinden. Aber als sie die ärmliche Wohnküche der Venturas betrat, stand eine dunkel gekleidete Frau mit schütterem weißem Haar vor ihr, auf einen Stock gestützt. Ihr Blick war vom Haß und Schweigen vieler Jahre ebenso durchdringend wie der ihrer Tochter.

»Was wollen Sie mir über den Krieg erzählen?«

Der Raum war klein. Die offene Feuerstelle zum Kochen und Heizen war noch vorhanden. Unter dem Fenster stand sauber und ordentlich der Ascheimer. An der hinteren Wand ein Regal mit dem Alltagsgeschirr. In der Mitte ein mit einem gelben Wachstuch bedeckter Tisch, in der Ecke ein Gasherd. An der anderen Wand ein kleiner Fernseher, in dem nordische Skiläufer von einer hohen Schanze gewaltige Sprünge vollführten – der Ton war abgestellt –, und darüber ein Spitzendeckchen mit Postkarten, Tina konnte nicht erkennen, woher.

»Ich wollte nicht ... Ich wollte, daß Sie mir erzählen ... Ich habe Ihre Bemerkungen in der Zeitschrift gelesen und ...«

»Und nun wollen Sie wissen, warum ich dreiunddreißig Jahre lang nicht durch die Hauptstraße gegangen bin.«

»Genau.«

Mit einer ähnlich herrischen Handbewegung wie die Tochter bedeutete die alte Frau ihr, sich zu setzen.

»Vielleicht möchte die Dame einen Kaffee, Cèlia.«

»Nein, nein, für mich ...«

»Mach ihr einen Kaffee.« An Tina gewandt, erklärte sie: »Ich trinke keinen Kaffee, aber ich mag den Duft.«

Drei Minuten später schlürften Tina und Cèlia Ventura starken schwarzen Kaffee, und die alte Ventura sah ihnen interessiert zu. Tina hatte sich fest vorgenommen, nicht zu drängen, und wartete darauf, daß die alte Frau sich entschloß zu reden. Es dauerte lang, sehr lang, aber schließlich sagte die alte Ventura: »Sie haben die Straße umbenannt in Calle Falangista Fontelles.«

»Und wer war der Falangist Fontelles?«

»Ein Lehrer, den wir nach dem Krieg im Dorf hatten. Oriol Fontelles.«

»Ich hatte ihn als Lehrer«, warf Cèlia ein. »Ich kann mich kaum noch an ihn erinnern, ich war ja noch so klein.« Sie verkroch sich wieder hinter der Stille der Kaffeetasse.

»Ein Heuchler und Verräter, der unsere Familie ins Unglück gestürzt hat. Und das ganze Dorf. Mach den Fernseher aus, Kind.«

»Was ist aus der Frau des Lehrers geworden?«

Cèlia stand auf und befolgte wortlos die Anweisung. Hinter Tina verschwand ein finnischer Skispringer von der Bildfläche, als er gerade einen neuen Rekord aufstellen wollte. Die alte Ventura überlegte: »Ich weiß es nicht. Sie ist gegangen.«

»An die erinnere mich überhaupt nicht«, sagte die Tochter und setzte sich wieder.

»In all den Jahren mußten wir immer einen gewaltigen Umweg machen, um zum Bäcker zu gelangen.«

»Niemand aus diesem Hause hat diese Straße betreten.« Leise fügte sie hinzu: »Im Andenken an meinen Bruder.«

Tinas Herz machte einen Sprung, aber sie beherrschte sich und entschied sich für eine harmlose Frage: »Und was haben die Leute dazu gesagt?«

»Es gab noch andere, die sie nie betreten haben.« Die Alte nahm die Tasse ihrer Tochter mit zitternder Hand, wie um zu trinken, sog jedoch nur den Duft ein. Cèlia nahm sie ihr ab, bevor sie herunterfallen konnte, und stellte sie wieder zurück. Die alte Ventura hatte es gar nicht bemerkt. »Ramona von den Feliçós ist gestorben, bevor sie den Namen geändert haben, die Arme.«

»Und die anderen Leute?«

»Die Burés, die Majals, die Narcís, die Batallas ...« Sie unterbrach ihre Aufzählung, um nachzudenken. Dann betrachtete sie die Kaffeetasse und fuhr fort: »... die Savinas, die Birulés ... und Casa Gravat natürlich.«

»Was?«

»Die waren alle zufrieden. Das waren Faschisten, die waren froh, als die Nationalen einmarschiert sind. Und Cecilia Báscones vom Tabakladen, die alte Hexe, hat vor ihrer Tür *Cara al sol* gesungen ...«

Sie mußte Atem schöpfen, dann fuhr sie fort: »Denen allen war es schon recht, daß es eine Straße gab, die nach dem Falangisten Fontelles benannt war.«

Sie verstummte, und die beiden Frauen respektierten ihr Schweigen. Tina ahnte, daß all diese Namen mit Feuer in das Gedächtnis der alten Ventura eingebrannt waren.

»Und die anderen?« wagte sie schließlich zu fragen.

»Die haben den Mund gehalten.« Sie sah Tina an: »In diesem Dorf haben immer alle den Mund gehalten. Und viele haben ihr Mäntelchen nach dem Wind gehängt ...«

»Mama ...«

»Ich sage nur, wie's ist. Die Straße nach jemandem benennen, der gemeldet hat, was er meine Kinder im Klassenzimmer hat reden hören ...« Sie sah ins Unbestimmte, als zweifle sie, ob sie weitersprechen solle. »Natürlich wäre es schlimmer gewesen, wenn sie eine Straße nach Targa benannt hätten.«

Ihre Tochter wandte sich leise, fast entschuldigend, an Tina: »Das ist jetzt fast sechzig Jahre her, aber es geht uns einfach nicht aus dem Kopf.« Sie lächelte verhalten. »Kaum zu glauben, was?«

»Wie war das mit der Meldung?«

»Meine Schwester und ich hatten Angst, weil es hieß, unser Vater würde gesucht und sie wollten ihn umbringen, und wir haben darüber gesprochen, und ...«

»Und der Lehrer, dieses Schwein, hat sie gehört«, unterbrach die Alte, »und ist zum Bürgermeister gelaufen und hat ihm gesagt, Herr Bürgermeister, der Ventura versteckt sich in seinem Haus, ich hab gehört, wie es die beiden Mädchen gesagt haben, die sind fünf und zehn und wissen vor Angst nicht, was sie reden. Und nachdem er das getan hat, hat er wohl noch gedacht, wir anständigen Leute halten ihn für einen Menschen und nicht für ein Ungeheuer.« Sie starrte die Wand an.

»Und dann ist all das passiert, was passiert ist.«

Die alte Frau holte tief Luft, stieß den Stock auf den Boden und wiederholte: »Ich hab's ja gesagt, viele haben ihr Mäntelchen nach dem Wind gehängt.«

»Mama, die Frau könnte denken ...«

»Warum ist sie gekommen? Sie wollte es doch nicht anders.«

Mutter und Tochter sprachen völlig ungehemmt, so, als wäre Tina nicht dabei. Cèlia sagte schroff, um die Diskussion zu beenden: »Mama, du weißt doch, wie es dir hinterher geht.«

»Meinen Mann hab ich nicht wiedergesehen.« Anklagend wandte sie sich an Tina: »Da können die Leute reden, was sie wollen. Wir hatten uns getrennt. Als er beschlossen hat, in die Berge zu gehen, hab ich ihm gesagt, ich bleib bei den Mädchen und Joanet, mir können sie nichts tun. Aber er hatte keine Ruhe. Er war ...«

Sie verstummte, versunken in Erinnerungen, schöne oder unerfreuliche, das wußte Tina nicht.

»Immer hatte er Hummeln im Hintern. Als er jung war, hat er Schmuggelware über den Paß von Salau gebracht. Und später ... Im Haus hatte er das Gefühl zu ersticken, der Joan.«

»Siehst du?« sagte Cèlia mütterlich. »Besser, wir fangen gar nicht erst davon an.«

»Ich hab ihm gesagt, er hätte von den Faschisten gar nicht so viel zu befürchten, aber er wollte lieber in die Berge.«

»Wenn sie von Vater spricht ... hinterher hat sie immer Fieber.«

»Und er hatte recht, der Joan. Sie haben ihn nämlich doch gesucht ... Der verfluchte Bastard, der Targa von den Roias ...«

»Mama ...«

Die alte Ventura sprach lauter, um ihre Tochter zu übertönen: »Wie hab ich mich gefreut, als ich gehört hab, daß er sich seinen Schädel an der Mauer an der Landstraße eingeschlagen hat.«

»Das ist schon lange her«, erklärte Cèlia Ventura. »Vielleicht fünfzig Jahre.«

Die alte Ventura war in ihre Gedanken versunken. Cèlia schlürfte ihren Kaffee und ließ sie in Ruhe. Sie wußte, daß ihre Mutter daran dachte, wie vor dem Abendessen vier Uniformierte das Haus der Venturas betreten hatten, ohne anzuklopfen, während ein fünfter von weitem ängstlich oder widerwillig zusah, wie sie Joanet, den Ältesten, der damals vierzehn war, gepackt hatten, wie sie ihn vor den entsetzten Augen seiner kleinen Schwestern an die Wand gedrückt und gefragt hatten: »Wo ist dein Vater, der Mistkerl?«

»Laßt ihn in Ruhe. Er weiß nichts.«

Glòria Carmaniu, genannt die Ventura, hatte den Raum betreten. Ruhig lud sie die Holzscheite, die sie trug, neben der Feuerstelle ab. Sie wischte sich die Hände an der Schürze ab und zeigte auf den dampfenden Eintopf auf dem Tisch: »Bedienen Sie sich«, sagte sie furchtlos. Valentí Targa ließ den Hals des Jungen los und trat auf sie zu.

»Aber du weißt es.«

»Nein. In Frankreich, nehme ich an.« Sie sah den Haufen Männer herausfordernd und verächtlich an: »Wißt ihr, wo Frankreich liegt?« Sie wies auf den fünften Mann, der keine Uniform trug und mit angewidertem Gesichtsausdruck an der Tür stehengeblieben war: »Der Lehrer soll's euch erklären.«

Noch nie in ihrem harten Schulalltag hatten die kleinen Venturas erlebt, daß ein Mensch, von einer wohlgezielten Ohrfeige getroffen, durch den ganzen Raum flog. Ihre Mutter schlug gegen die Kommode, auf der Jahre später der Fernseher mit den Skispringern stehen würde, und fiel zu Boden. Blut rann über ihre Wange. Valentí, dessen Hand noch glühte, sagte bedrohlich leise: »Ich weiß, daß du ihn siehst, und deshalb kannst du ihm sagen, er soll ins Rathaus kommen und sich stellen.«

Die Frau rappelte sich auf, blind vor Tränen.

»Ich seh ihn nicht. Ich weiß nicht, wo er ist. Ich schwör's.«

»Vierundzwanzig Stunden. Wenn er nicht bis morgen neun Uhr abends im Rathaus auftaucht, ist der hier an seiner Stelle dran.«

Er gab seinen Männern ein Zeichen. Der mit den dunklen Locken fesselte Joanet die Hände auf dem Rücken, und der Junge biß die Zähne zusammen, um nicht aufzuschreien, so viel Angst hatte er. Sie nahmen ihn mit. An diesem Abend rührte niemand den Eintopf an.

Die verrostete Eisentür stand offen, von innen dröhnten Hammerschläge. Tina betrachtete den schneegrauen Himmel; er sah aus, als könne er jederzeit wieder seine eisige Last über sie ausschütten. Tatsächlich war es jetzt noch kälter als am frühen Morgen, als sie an die Tür der Venturas geklopft hatte, und sie dachte, daß sie sich nie an diese bösartige Kälte würde gewöhnen können, die einen bis ins Mark traf.

In der Mitte verlief ein ungepflasterter Pfad, der zu dem Mahnmal führte, das sie wenige Tage zuvor fotografiert hatte. Es war kein sehr großes Mahnmal. Jemand hatte die Inschrift entfernt; zur Linken und im Hintergrund lagen die Reihen der Erdgräber, zwischen denen nur wenig Unkraut wucherte. Der gepflegteste Friedhof in der ganzen Region Pallars. In der Gräberreihe zur Rechten bearbeitete Jaume Serrallac mit Hammer, Meißel und finsterer Miene die Platte eines Nischengrabs, die zu groß geraten war und links überstand. Er hatte vergessen, die Säge mitzubringen, und war nun zu bequem, hinunterzufahren und sie zu holen. Er verfluchte Cesc, denn es war schon das zweite Mal, daß der es beim Abmessen nicht allzu genau genommen hatte und er den Schaden wiedergutmachen mußte. Während er zum x-tenmal die Inschrift auf der zu groß geratenen Grabplatte las, entdeckte er die junge Frau. Sie war so eingemummt, daß zwischen Schal und Kapuze nur die Nase hervorlugte, stand vor dem alten Mahnmal für diejenigen, die für Gott und Vaterland gefallen waren, und sah nach rechts, zum Grab des Lehrers hinüber.

Der Grabstein des franquistischen Helden Oriol Fontelles Grau (1915-1944) mit dem Joch und den Pfeilen der Falange war weniger von Unkraut überwuchert als andere, offensichtlich erinnerte sich jemand an ihn. Tina bemerkte, daß die Hammerschläge verstummt waren und der Mann, der die Grabplatte bearbeitet hatte, auf sie zuschlurfte. Sie drehte sich halb herum und sah, daß er sich die Handschuhe ausgezogen hatte, um in einem völlig zerknautschten Päckchen nach einer Zigarette zu angeln.

»Sind Sie mit dem da verwandt?« Er nickte zu Oriols Grab hinüber und verbarg seine Neugier und Unsicherheit, indem er sich die Zigarette anzündete.

»Nein.«

»Besser so.«

»Warum?«

Der Mann mit den blauen Augen sah sich wie hilfesuchend nach allen Seiten um. Er stieß den Rauch aus und zeigte dann knapp auf Oriols Grab.

»Wir haben ihn hier nicht in besonders guter Erinnerung.« Er verbeugte sich leicht: »Ich bitte um Entschuldigung, schließlich war er mein Lehrer.«

Er kniete nieder und strich mit der Hand, die die Zigarette hielt und von der jahrelangen Arbeit rissig war, über den Grabstein, wie jemand, der Staub von einem glänzend lackierten Möbelstück wischt: »Den Stein hat mein Vater gemacht.« Er deutete hinter sich, ohne sich umzudrehen: »Und das Mahnmal auch.«

»Ihr Vater muß ihn gut gekannt haben.«

»Er ist tot.« Er machte eine ausholende Handbewegung: »Die blaugrauen Grabsteine sind alle von mir. Sie sind moderner.«

»Sicher sind im Laufe Ihres Lebens einige zusammengekommen.«

»Mein Vater hat immer gesagt, alle Leute aus der Gemeinde landen früher oder später bei uns.« Trotz der Kälte hatte er die Handschuhe immer noch nicht angezogen.

»Stimmt das denn?«

»Und ich denke, daß die Worte, die wir auf die Grabsteine meißeln, die Lebensgeschichte eines Menschen zusammenfassen.«

Der Mann hat recht, dachte Tina: Eine Grabinschrift ist eine kurzgefaßte Lebensgeschichte. José Oriol Fontelles Grau, 1915, 1944. Eine Geschichte mit Anfang und Ende und einem Knoten in der Mitte: dem kurzen Bindestrich zwischen den beiden Zahlen, der für ein ganzes Leben steht. Und wenn es, wie in diesem Fall, noch ein Epitaph gibt, so ist dies ein Resümee seines Werkes: Märtyrer und Faschist, der den Heldentod starb für Gott und Vaterland. Und die Gräber sind umgeben vom Staub und dem Unkraut des Vergessens.

»Wieso ist sein Grab so gepflegt?«

»Nun ja ... Dorfgeschichten.«

Der Mann mit den blauen Augen nahm einen weiteren tiefen Zug und deutete auf ein nahes Grab, an dessen rostiges Eisenkreuz mit einem halb verrotteten Strick gelbe und blaue Plastikblumen gebunden waren. Der Grabstein zeigte eine ein wenig kitschige Taube im Flug.

»Joan Esplandiu Carmaniu«, las Tina.

»Die Venturas. Hier im Dorf heißen sie nur die Venturas.«

»Ich kenne sie.«

»Hier liegen die Venturakinder, Joan und Roseta. Sehen Sie? Vom Vater dagegen hat man nie wieder was gesehen oder gehört.«

»Vielleicht ist er in Frankreich gestorben?«

»Vielleicht. Hier liegt er jedenfalls nicht.«

»Roseta Esplandiu Carmaniu. Ihr Herz war rein und groß wie der Montsent«, las Tina. Sie schwieg einen Moment, weil sie denjenigen beneidete, der diese Worte erdacht hatte.

»Roseta Ventura ...« sagte der Mann und strich sich über die stoppelige Wange.

»Woran ist sie gestorben?«

»An Typhus.« Er verstummte, dann fuhr er fort: »Mit zwanzig.« Er schüttelte die Erinnerung ab: »Und Joan Ventureta.«

»Und woran ist der gestorben?«

»An einer Kugel.«

Erst jetzt sah Tina die Worte, die unter dem Namen standen: Heimtückisch ermordet von den Faschisten.

Jaume Serrallac hob die Augenbrauen: »Soviel Krieg und soviel Zorn, aber zuletzt landen sie alle hier, einer neben dem anderen. Seit über fünfzig Jahren liegen sie jetzt hier und werden wohl bis in alle Ewigkeit hier liegen. Mein Vater sagte immer, das ist, wie wenn man zusammen auf einem Foto ist: Ist man erst mal drauf, kann man sich nicht mehr wegwischen.«

Tina trat näher an das Grab der Venturas heran. Auch wenn die Blumen aus Plastik waren, waren sie so verwittert, daß sie wie verwelkt wirkten. Die Einsamkeit der kleinen Venturas dauerte sie. Der Mann nahm einen tiefen Zug, der einen gewichtigen Satz ankündigte.

»Eine böse Geschichte. Fast sechzig Jahre her, und die Wunde ist immer noch nicht verheilt.«

Er schüttelte den Kopf und dachte nach. Dann fuhr er lebhafter fort: »Und das ist noch nicht alles: Bei den Feliçós gab es einen Toten, bei den Misserets zwei, und die beiden Jungen von den Tors sind an der Front gefallen. Und der arme Mauri aus der Familie von Ignasis Maria. Und dann natürlich die Toten von Casa Gravat.«

Plötzlich senkte er die Stimme, als wären sie von Lauschern umgeben.

»Manche freuen sich immer noch über all das Unglück.« Er tat einen tiefen Zug. »Hier in Torena gibt's nur wenig Leute, aber viel Hader. Sind Sie Journalistin?«

»Ich schreibe ein Buch über die Dörfer des Pallars. Die Häuser, die Straßen ...«

»Und die Friedhöfe.«

»Nun ja … sieht fast so aus.«

»Auf den Friedhöfen finden Sie die Geschichte der Dörfer, wie eingefroren.« Er zeigte auf die Grabsteine und das Mausoleum im Hintergrund. »Die Leute von Casa Gravat haben auch ein besonderes Grab. In fast allen Dörfern gibt es eine reiche Familie. Auf jedem Friedhof ein Mausoleum. Man lernt viel, wenn man Grabsteine macht.«

Hatte Shakespeare nicht etwas Ähnliches gesagt? Tina kam nicht darauf, was genau. Sie ging zum Mausoleum mit der Inschrift »Familie Vilabrú« hinüber, das eine Skulptur von Rebull zierte: Ein Engel saß an einem Schreibpult, vor sich ein offenes Buch, in dem er offensichtlich die Namen der gerechten Seelen der Familie Vilabrú ins Himmelsregister eintrug. Es war noch Platz für zukünftige Eintragungen: Platz für drei Namen, drei ausstehende Tote. Tina fotografierte den makabren Anblick.

Neben dem Mausoleum lag das bescheidene Grab von Excelentísimo Señor Don Valentín Targa Sau, Bürgermeister und Chef des Movimiento in Torena. Altron, 1902 – Torena, 1953. Das dankbare Vaterland. Ein gepflegtes Grab, aber ohne Blumen. Sie spürte, daß der Mann hinter sie getreten war, und hörte seine Stimme, seltsam fern: »Der Henker von Torena. Dieser Mann hat das halbe Dorf auf dem Gewissen.«

Tina wandte sich um. Der Mann hielt ihrem Blick stand.

»Er war hier Bürgermeister?«

»Ja. Er kam von da unten.« Er wies auf den Boden, als läge Altron unter Tinas Schuhsohlen. »Man erzählt sich, er sei der Geliebte von … Na ja, Geschichten …«

»Die Geschichte des Dorfes, wie eingefroren.«

Tina brannte darauf, zu erfahren, mit wem Valentí Targa angeblich ein Verhältnis gehabt hatte. Sie ermunterte den Mann mit seinen eigenen Worten: »Das Foto, wie Ihr Vater gesagt hat.«

Aber Serrallac antwortete nicht, sondern warf die Kippe auf den Boden und trat sie sorgsam aus. Er deutete auf den

Text des Grabsteins von Valentí Targa: »Ja, und ich schreibe die Bildunterschriften.«

Mit diesen Worten ging er zurück zu der Grabplatte, an der er gearbeitet hatte. Tina kehrte zum Grab des Falangisten Fontelles zurück und machte ein paar Fotos. Dann nahm sie das Weitwinkelobjektiv, so daß auch das Grab der Venturas im Bild war. Dieses Foto würde nicht im Buch erscheinen. Es war ihre Hommage an Joanet Esplandiu Carmaniu von den Venturas, 1929-1943, heimtückisch ermordet von den Faschisten. Schräg hinten im Bildausschnitt war, leicht verschwommen, das Mausoleum der Vilabrús zu sehen.

7

Zwar mußte Oriol eine halbe Stunde warten, weil Senyora Elisenda mit dem Gutsverwalter zusammensaß und das Aufaddieren der Viehbestände und der nutzbaren Waldflächen mehr Zeit in Anspruch nahm als geplant, doch verlief die zweite Sitzung gelöster. Senyora Elisenda war bereits Elisenda, das Gebäck stand schon bereit, und Oriol war damit beschäftigt, diesen makellosen Körper wiederzugeben, ihn auf die Leinwand zu übertragen, während sie erzählte, ja, als der Krieg ausbrach, bin ich nach San Sebastián gegangen. Dort habe ich auch meinen Mann kennengelernt. Ja, wir sind entfernt verwandt. Er heißt Vilabrú wie ich. Nein, in Barcelona. Er ist sehr beschäftigt und kommt nie hierher. Oh, natürlich vermisse ich ihn. Das gilt aber nicht.

»Wie meinen Sie?« Oriols Pinsel schwebte reglos über Senyora Elisendas linker Brust.

»Wir hatten ausgemacht, daß wir uns duzen.«

»Ja, aber …«

»Das ist ein Befehl.«

Das verstand er. Er widmete sich wieder der Wölbung der Brust unter dem glatten Kleid, das ihr so gut stand.

»Wann fängst du mit dem Gesicht an?«

»Ich will Sie … ich will dich erst besser kennenlernen. Ich muß mich erst vertraut machen mit …«

»Ich verstehe.«

»Bitte nicht so versteifen. Dreh den Hals, beug den Rükken. Rede, worüber du willst.«

Wenn ich dir sagen könnte, welche Gefühle du in mir weckst. Wenn ich dir sagen könnte, daß ich verwirrt bin, daß du magische Hände hast.

»Ich weiß nicht, was ich sagen soll.«

Bibiana brachte eine Kanne dampfenden Tee herein. Sie sah Elisenda in die Augen, diese wich ihrem Blick aus, und die Hausangestellte fand ihren Verdacht bestätigt. Sie zog sich diskret zurück. Oriol spürte die Verbundenheit zwischen den beiden Frauen, tat aber so, als nähme ihn eine Ärmelfalte in Anspruch.

»Was macht dein Mann beruflich?« fragte er, als sie wieder allein waren.

»Du interessierst dich sehr für meinen Mann.«

»Nein, gar nicht. Ich will dich nur zum Sprechen bewegen.«

Nun, hauptsächlich geht er Schmuggelgeschäften nach, gemeinsam mit zwei Obersten des Hafenamts in Barcelona und anderen Behörden. Und er treibt sich laut den Berichten meiner Informanten in Bordellen herum. Er verdient Geld wie Heu und haßt es, von Zeit zu Zeit hierherkommen zu müssen, weil er mir nicht in die Augen sehen kann.

»Nun, er geht seinen Geschäften nach. Handel, ich weiß nicht genau, womit. Er hat ein Büro, das ihn den ganzen Tag auf Trab hält, ist immer unterwegs.«

Sie will nicht darüber sprechen. Wechseln wir das Thema. Worüber könnten wir reden?

»Würdest du nicht lieber in Barcelona leben als hier?«

»Nein. Dies ist meine Heimat. Außerdem verwalte ich meine Ländereien gerne selbst. Und hier sind mein Vater und mein Bruder gestorben.«

Und deine Mutter, Elisenda? Warum sprichst du nie über deine Mutter?

Ein paar Pinselstriche am Hals, ein anderer Farbton. Der zarte Hals von Senyora Elisenda, die bereits Elisenda ist.

»Haben Rosa die Pralinen geschmeckt?«

Allein die Pralinenschachtel aus geschnitztem und lakkiertem Holz war ein Kunstwerk. In ihr lagen zwölf Pralinen wie Juwelen. Rosa nahm sich eine smaragdgrüne.

»Warum hast du fünfhundert gesagt?«

»Ich habe mich nicht getraut ...«

»Wenn du tausend gesagt hättest, hätte sie die auch bezahlt. Du bist zu dumm.«

Sie wickelte das Konfekt aus, unterdrückte ein Husten und biß in die Praline.

»Köstlich«, sagte sie. »Da, probier mal.«

Ja, sie war gut. Sehr gut.

»Sie haben ihr sehr gut geschmeckt. Ich soll mich bedanken.«

»Gern geschehen.«

Dann erzählte Elisenda von Onkel August, von einem Buch, das er geschrieben hatte, über Ableitungen oder etwas in der Art, davon, wie berühmt er war, daß er vor den kommunistischen Horden nach Rom geflohen war und dort unterrichtet und sich einen Namen als intuitiver Mathematiker gemacht hatte. Das hatte der Bischof dem Pfarrer von Torena, Hochwürden Aureli Bagà, erzählt, da ihr Onkel zu Eigenlob unfähig war. Allerdings verschwieg sie dem Lehrer, daß Hochwürden August ihr immer wieder gesagt hatte, der Platz einer Frau sei an der Seite ihres Mannes, bis sie ihm kürzlich, der ständigen Anspielungen überdrüssig, entgegnet hatte: »Weißt du, was los ist? Wenn ich nach Barcelona fahre, um an Santiagos Seite zu sein, werde ich ihn mitten unter lauter Nutten finden. Also fang nie wieder davon an.«

»Verzeih, mein Kind. Ich wußte nicht ...«

»Außerdem werde ich für immer hierbleiben. Ich bin die Herrin von Casa Gravat, ich verwalte die Einkünfte und mehre sie. Ich will, daß die Leute hier im Dorf zusehen, wie ich immer reicher werde.«

»Deine Worte sind voller Haß. Du erinnerst mich an ... Ach, lassen wir das.«

»An wen erinnere ich dich, Onkel?«

»An deinen Vater.«

»Weil sie ihn getötet haben, habe ich soviel Wut in mir.«

Mein Gott, Onkel August fühlte sich den dunklen Winkeln der menschlichen Natur nicht gewachsen. Wie rein, irrational und indiskutabel war doch die Zahl e. Aber als ehemaliger Tutor des Mädchens fühlte er sich verpflichtet zu sagen: »Ich weiß nicht, ob diese Gefühle richtig sind.«

»Der Krieg hat meine Seele verhärtet.«

»Du mußt lernen zu verzeihen.«

Sie schwieg und dachte an die Lehren, die er selbst ihr erteilt hatte: über den wahren Sinn der Gerechtigkeit und der göttlichen Strafe, über die Feinde der katholischen Kirche, die sie als persönliche Feinde betrachten sollte, und über die Gewißheit, in der Wahrheit zu leben. Und mit Zustimmung von Mutter Venància hatte er ihr anhand von Büchern wie *Der Geist der heiligen Teresa von Ávila*, *Himmlische Seiten*, *Die vorbildliche Familie* und *Heilmittel und vorbeugende Maßnahmen gegen die Krankheiten der Seele* die Geheimnisse des Lebens erklärt. Sie alle stammten aus der Feder des ehrwürdigen Enric d'Ossó, des Gründers des Theresianerordens und wahrhaften Glaubensbringers, den Rom eines Tages seligsprechen und schließlich kanonisieren würde.

»Alles zu seiner Zeit«, entgegnete sie ihrem Onkel schließlich nach langem Schweigen.

»Vorsicht mit dem Arm. Nein, mit der Schulter.«

»Es juckt mich.«

»Gut, dann machen wir fünf Minuten Pause.«

Während des Tees erzählte sie ihm ganz zwanglos – denn nun mußte sie ja nicht reden, da sie nicht verkrampft war –, daß sie den Verwalter gleich nach Ende des Krieges damit beauftragt hatte, sich um das Gut zu kümmern und alles zurückzugewinnen, was man ihr genommen hatte. Von San Sebastián aus war sie mit ihrem Mann zunächst nach Barcelona und dann nach Torena gegangen. Sie berichtete ihm nicht von ihrer Reise nach Burgos, den drei grauen, dunklen, aber notwendigen Tagen, die sie dort verbracht hatte.

»Wir haben uns ein paar Monate in Barcelona erholt, und dann haben wir uns hier oben niedergelassen, um das Gut auf Vordermann zu bringen, aber Santiago hat nur vierzehn Tage in Casa Gravat gelebt. Alles widerte ihn an, er konnte den Viehgestank im Dorf nicht ertragen, und außerdem hatte er Arbeit in Barcelona.«

»Dabei ist das Leben hier so beschaulich.«

Oriol lebte erst seit drei Monaten in Torena, und die Freude, die alles Neue bereitet, hatte sich noch nicht ganz verflüchtigt. Er hatte noch keinen Herbst und keinen Winter, auch keinen Frühlingsanbruch im Dorf erlebt. Deshalb konnte er sich erlauben, sich zu freuen und das Leben im Dorf beschaulich zu finden.

Für sie war das anders. Nachdem sie sich vergewissert hatte, daß mit dem Haus alles in Ordnung war, daß die Verbrecher es nicht durchwühlt hatten, hatte sie lange überlegt, ob sie zurückkommen wolle, und nachdem sie sich dazu entschlossen hatte, hatte sie zunächst Bibiana zum Saubermachen vorgeschickt. Als sie dann mit Santiago eintraf, berichtete ihr Bibiana, was man sich vom neuen Bürgermeister erzählte, dem ältesten Sohn der Familie Roia aus Altron. Er hatte alle Einwohner von Torena an der Ecke Plaza de España und Calle del Caudillo zusammengetrommelt und war in der Falangeuniform aufgetreten, flankiert von fünf weiteren Falangisten, alles Fremde, die mit in die Hüften gestemmten Händen die Rede Valentí Targas verfolgt hatten, der sich jetzt Don Valentín Targa nannte. In schwülstigem Spanisch hatte er verkündet, er sei nach Torena gekommen, um sich an Recht und Gesetz zu halten und dafür zu sorgen, daß sich alle daran hielten, und um das Dorf zu säubern. »Und nicht einmal Gott wird mich von dieser heiligen Mission abbringen, die er selbst und der Caudillo mir aufgetragen haben. Kein Schuldiger wird ungestraft davonkommen, wenn er nicht bereits zuvor bestraft worden ist.« Viele der Dorfbewohner verstanden zwar die Worte nicht, wohl aber den Tonfall. Und weil das, was folgte, besonders wichtig war, fuhr er auf katalanisch fort: »Wer jemanden anzeigen will, der soll zu mir kommen und wird ein offenes Ohr finden. Und wenn irgendein verdammter Republikaner so dumm sein sollte, was dagegen zu sagen, dann kriegt er's mit mir zu tun, daß er's sein Lebtag nicht vergessen wird. Das schwöre ich beim Generalísimo.« Und dann brüllte er plötzlich auf spanisch: »Viva Franco, arriba España.« Nur die Uniformierten und die damals noch sehr junge Cecilia Báscones stimmten lauthals ein. Diaphragmalgie. Die anderen dagegen starrten demonstrativ den Berg an, außer den Mitgliedern der Familie Narcís, die verstohlen lächelten, oder den Birulés, die dachten, endlich ist die Ordnung wiederhergestellt, das Chaos ist vorbei, und wir anständigen Leute können uns wieder auf die Straße wagen. Hernia diaphragmatica.

»Ein wenig Ordnung wird Torena nicht schaden, Bibiana.« Bibiana verstand.

»Ich möchte viel draußen malen«, sagte Oriol, während er an die Staffelei zurückkehrte.

»Malst du auch Landschaftsbilder?«

»Ich versuche mich an allem. Ich bin nur ein Amateur.«

Er sah sich die Falten des Kleides näher an und fand einen Fehler am Ellbogen. Und dann erschrak er, denn er hatte den Nardenduft hinter sich verspürt. Noch bevor er sich umdrehen konnte, hörte er ihre sanfte Stimme: »Mag sein, daß du nur ein Amateur bist, aber du machst das wunderbar.«

Oriol wandte sich um. Sie betrachtete aufmerksam die Leinwand.

»Stört es dich, daß ich das Bild ansehe, obwohl es noch nicht fertig ist?«

»Nein«, log er. »Es gehört dir.«

Sie waren nur einen Schritt voneinander entfernt. Was hatte das Leben mit ihnen vor?

8

Am 21. Juni 1962 ging Marcel Vilabrú Vilabrú zum letzten Mal in seinem Leben die sechs Stufen des Haupteingangs des Internats Sant Gabriel hinunter (eine Schule in bester Lage, die Ihren Kindern eine umfassende körperliche, geistige und seelische Ausbildung ermöglicht). Hinter ihm lagen sechs Jahre Grundschule, siebte Klasse, achte Klasse, neunte Klasse (wobei er zwei Fächer der achten wiederholen mußte), zehnte Klasse (mit einem Fach der achten und einem der neunten), Abschlußprüfung der zehnten Klasse, was soll der Junge nur machen, den humanistischen oder den naturwissenschaftlichen Zweig, was willst du machen, was ist das Beste für dich, ich werde dir sagen, was das Beste für dich ist. Ich würde gerne Naturwissenschaften machen. Nein: Du wirst den humanistischen Zweig besuchen. Ich wollte aber ... Was hast du schon zu wollen. Aber ich wollte doch ... ich weiß nicht, irgendwas, was mit den Bergen zu tun hat, den Wäldern, dem Schnee ... Nun sei mal realistisch, Marcel: Du besuchst den humanistischen Zweig, dann wirst du Rechtsanwalt und kannst dich um die Geschäfte der Familie kümmern, die haben schließlich mit Schnee zu tun, wenn ich dich mal daran erinnern darf. Das ist nicht dasselbe, ich würde gern ... Sieh mich an: Ich bin Rechtsanwalt, und bei mir läuft alles bestens. Und was sagt Mamà dazu? Sie will, daß du Rechtsanwalt wirst, schließlich bist du in Mathe und Physik immer durchgefallen. Dann soll sie es mir selber sagen. Sie ist sehr beschäftigt; also abgemacht, du besuchst den humanistischen Zweig. Elfte Klasse (zweimal durchgefallen in Latein und Griechisch), zwölfte Klasse (Latein und Griechisch der elften wiederholt), zweimal die Abschlußprüfung für die zwölfte, Abitur erster Anlauf, Abitur beim zweiten

Anlauf und die Aufnahmeprüfung für die Universität. Er ging die sechs Stufen hinunter, und anstatt sich umzudrehen und sich wehmütig der schönen Augenblicke zu entsinnen (erinnerst du dich an unsere Streiche oder an die Turnstunden im dichten Nebel der Hochebene von Vic, nein, war doch prima, oder?), wartete er darauf, daß Rechtsanwalt Gasull in Begleitung der Schulleiterin, Senyora Pol, herauskam, die gerade sagte: »Damit wäre die Ausbildung dieses jungen Mannes sozusagen abgeschlossen, nun tritt er hinaus ins Leben.« Als beide neben ihm standen und Romà Gasull sich herzlich von Senyora Pol verabschiedete, spuckte Marcel Vilabrú Vilabrú ostentativ aus und ging zum schwarzen Wagen hinüber, wo Jacinto schon seit geraumer Zeit in einer dänischen oder norwegischen Zeitschrift mit leichtbekleideten Mädchen blätterte. Marcel Vilabrú wandte sich nicht um zu dem Gebäude, in dem er gelernt hatte, zu rechnen, zu lügen, zu masturbieren, die fünf lateinischen Deklinationen einigermaßen passabel herunterzurasseln, andere zu verraten, um der Strafe zu entgehen, mit einem scheußlichen Akzent *Ô rage, ô désespoir* zu deklamieren, und wo er verstanden hatte, daß seine Mutter eine vielbeschäftigte Frau war, die alle Männer befehligte, die sie umgaben, ihn eingeschlossen, und die seit dem Tod seines Vaters nicht mehr sprach, sondern sich darauf beschränkte, Anweisungen zu erteilen, die immer knapper und präziser wurden, und die erwartete, daß diese Anweisungen genauestens befolgt wurden.

Auf der Heimfahrt schwiegen die drei Männer (denn laut Senyora Pol war er ja schon ein Mann), und er dachte, daß er jedesmal, wenn er nach Hause zurückkehrte, von Männern wie Jacinto und Gasull umgeben war. Gasull hatte er öfter gesehen als Papà. Tatsächlich hatte er von den wenigen Malen, die er Papà gesehen hatte, nur dessen prüfenden Blick in Erinnerung, wenn er glaubte, Marcel träume, das Gefühl, daß Papà ihn nicht liebte, daß er in seinem Leben keinen Platz hatte.

»Warum ist Papà so seltsam?«

»Er ist nicht seltsam.«

»Er sieht mich immer so seltsam an.«

»Das bildest du dir nur ein, mein Sohn.«

»Warum ist er nie zu Hause?«

»Er ist sehr beschäftigt.«

»Papà ist sehr beschäftigt, du bist sehr beschäftigt. Das ist alles Mist.«

Zum erstenmal erwog Elisenda, die Erziehung ihres Sohnes in andere Hände zu legen. Vielleicht war das Sant Gabriel nicht der geeignetste Ort für ihn, und diese Schule in Basel, von der ihr Mamen Vélez berichtet hatte, wäre doch besser gewesen. Aber bei all der Aufregung dachte sie einfach nicht mehr daran. Am sechsten November 1953 – Marcel war gerade neun – war Santiago Vilabrú einem Herzinfarkt erlegen. Immerhin war er taktvoll genug gewesen, nicht im Nidito oder irgendeinem anderen Puff zu sterben, und auch nicht in den Armen irgendeiner untreuen Gattin, sondern in den Geschäftsräumen der staatlichen Gewerkschaft Sindicato Vertical. Es war ein kalter Tag, und er hatte gemeinsam mit Nazario Prats, dem Zivilgouverneur und Provinzchef des Movimiento in Lleida, Agustín Rojas Pernera einen Besuch abgestattet. Nazario und er hatten sich im dritten Stock verabredet, um diesem Halunken von Rojas Pernera ordentlich einzuheizen, denn der hatte sich den Gewinn aus einem Geschäft, halb Schmuggel, halb Betrug mit dem Verkauf amerikanischen Milchpulvers, unter den Nagel gerissen. Die brillante Operation war Vilabrús Idee gewesen und dank Prats' Kontakten zustande gekommen. Und dann hatte Pernera, der Halunke, den gesamten Gewinn eingesackt. Als sie jetzt vor ihm standen, lächelte er dreist, hinter sich die Bilder von Franco und José Antonio, die ihn schützten. Er sah sie an, warf einen prüfenden Blick auf die Milchglasscheibe, die zwischen ihnen und dem Korridor lag, und sagte: »Was für ein Gewinn, was für eine Operation, meine Freunde, Kameraden? Hier ist nichts von einer Operation bekannt. Weder hier noch sonstwo.« Daß er log, daß er ein Schweinehund war, das ging ja noch. Aber was Vilabrú nicht ertrug – nach all dem, was er sich in seinem Leben hatte gefallen lassen müssen, vor allem von seiner Frau –, war ein weiteres boshaftes Lächeln, und so starb er. Er brach zusammen, vor dem Tisch dieses Mistkerls von Pernera und vor Gouverneur Prats, der rasch hinausging, ohne sich zu vergewissern, ob es sich um Ohnmacht, Schwindel, Übelkeit, Infarkt oder Tod handelte. Er wollte im Büro von Pernera nicht mit einem Toten gesehen werden, und so ließ er Vilabrú liegen; wenn's ihm bessergeht, sehen wir uns wieder, und wenn er tatsächlich tot sein sollte, werde ich von Pernera auch noch seinen Anteil verlangen. In gewisser Weise habe ich ein moralisches Anrecht darauf.

Elisenda und ihr Sohn gingen in Barcelona an der Spitze des Trauerzugs. Sie verbarg ihre Gleichgültigkeit hinter dem Schleier und dachte, du hast gut daran getan, zu sterben, Santiago, denn du hast in meinem Leben so wenig Spuren hinterlassen, daß ich dich nicht einmal gehaßt habe. Das einzig Gute, das ich in dreizehn Jahren Ehe an dir gefunden habe, war, daß du Vilabrú heißt wie ich.

Die Vilabrús vom großen Zweig der Vilabrú-Comelles, die bereits seit drei Generationen in Barcelona lebten, die konservativsten Zweige der Familie, die Franquisten und diejenigen, die früher Monarchisten und noch davor Karlisten gewesen waren, vor allem die vom Stamm der Comelles, die mit den Aranzos von Navarra verwandt waren, von denen behauptet wurde, sie seien Karlisten gewesen, bevor es den Karlismus überhaupt gab – sie alle waren sehr betrübt über Santiagos Tod. Gerade gestern habe ich noch mit ihm telefoniert, und da schien es mir gar nicht, als ob ... Die Besten gehen immer zuerst. So ist das Leben, wer hätte das gedacht. Denk nur, nächste Woche war ich mit ihm verabredet. Was für ein sinnloser Tod. Neun Jahre ist der Junge alt? Stell dir vor, neun Jahre, das arme Kind, und schon ohne Vater. Und ohne den Adelstitel, sagt man. Ja. Und Elisenda wirkt ziemlich steif, findet ihr nicht? Hör mal, schließlich ist ihr Mann gerade gestorben. Nein, das meine ich nicht. Elisenda ist eine von denen, die durch die Leute hindurchsehen, die sie gar nicht wahrnehmen.

»Mein herzliches Beileid, Senyora Vilabrú«, sagte Don Nazario Prats, neben dem Landwirtschaftsminister und den Stadtverordnetenvorsitzenden von Barcelona und Lleida den wichtigsten der Würdenträger, die sich schließlich eingefunden hatten.

»Ich danke Ihnen.«

Nachdem sie dem einzigen anwesenden Minister traurig zugelächelt hatte, neigte sie sich zum Gouverneur hinüber und flüsterte ihm ins Ohr: »Santiagos Anteil hat allein ihm gehört, und jetzt gehört er mir, wenn Sie nicht wollen, daß ich Sie verpfeife.«

Don Nazario wischte sich die verschwitzten Hände und beschränkte sich darauf, Senyora Vilabrús Hand zu küssen, und die Anwesenden, die nicht zur Familie gehörten, sagten: »Sie ist eine echte Dame, warum nur verkriecht sie sich in der Wildnis, in den Bergen?«

Und darum hatte Marcel den Tod seines fremden Vaters nicht beweint und war nicht in Basel zur Schule gegangen, sondern hatte sich durch seine Schulzeit im Internat Sant Gabriel gequält, war in den Ferien nach Hause gefahren und hatte sich seit der Eröffnung von Tuca Negra an Weihnachten nicht mehr zu Hause blicken lassen, sondern war durchs Gebirge gestreift, gemeinsam mit Quique, der ihm die besten Abfahrtsstrecken zeigte und ihn unwissentlich die Liebe zu den Bergen lehrte. Wie langweilig waren doch die Sommer, ohne Quique und ohne Schnee.

9

Sie hatte sich ein wenig Gemüse zubereitet. Sie mochte es, wenn der Geruch nach Blumenkohl die Wohnung durchzog wie in ihrer Kindheit. Er hatte etwas Tröstliches, noch dazu, wenn man vor dem Fenster weiterhin den Schnee still auf die schlafenden Straßen fallen sah. Ersatzbefriedigungen. Als sie die Wohnungstür hörte, machte ihr Herz einen Satz, denn sie hatte schon beschlossen, wie sie das Gespräch beginnen wollte. Heute würde sie es tun. Sie würde ihm sagen, Jordi, du hast mich enttäuscht, du bist ein Lügner: Du hast mich betrogen, und das verletzt mich. Alles weitere würde von Jordis Reaktion abhängen. Wie schwierig es doch ist, die Wahrheit zu sagen. Sie drehte sich um und wollte gerade ansetzen, aber die Worte blieben ihr im Hals stecken, denn es war nicht Jordi, sondern Arnau, der seine Tasche mitten im Zimmer abgestellt hatte und ihr nun einen Kuß gab.

»Wo kommst du denn her? Warst du nicht …«

»Ich muß euch etwas sehr Wichtiges sagen.« Er sah sich um. »Wo ist Vater?«

Just in diesem Augenblick öffnete Jordi, eine unbestimmte Melodie pfeifend, die Wohnungstür. Er zog den Anorak aus und bemerkte erst jetzt Arnau. Doktor Schiwago war wachsam, erstaunt darüber, sie alle drei zusammen zu sehen.

»Was machst du denn hier? Solltest du nicht mit deiner Clique von Koksern herumhängen?«

»Ich habe soeben um Aufnahme in das Benediktinerkloster von Montserrat gebeten.« Alle drei standen noch. »Ich wollte, daß ihr das wißt. Nächste Woche beginnt mein Postulat.«

Tina sank kraftlos in den ersten Sessel, den sie fand. Bestürzt stellte sie fest, daß ihr Sohn plötzlich erwachsen und ihr fremd geworden war.

»Blödsinn«, murmelte Jordi und legte seinen Anorak aufs Sofa.

»Keineswegs. Ich bin alt genug, um zu entscheiden, was ich mit meinem Leben anfange.«

»Aber Arnau, du hast dich … Du bist doch nicht mal getauft! Wir haben dich als freien Menschen erzogen!«

»Ich bin getauft. Vor drei Jahren habe ich die Taufe empfangen.«

»Und warum hast du uns nichts gesagt?«

»Ich wollte euch keinen Kummer machen. Vielleicht hätte ich es euch sagen sollen.«

»Moment mal.« Nach dem ersten Schreck hatte Jordi sich wieder gefangen. »Du nimmst uns auf den Arm, nicht wahr?« Er gab sich kumpelhaft, eher als Freund denn als Vater seines Sohnes: »Was soll das? Ist das ein Spiel? Eine Wette mit deinen Freunden? Oder willst du uns provozieren? Hast du vergessen, daß wir im einundzwanzigsten Jahrhundert leben? Hast du vergessen, daß wir dich in Offenheit und Toleranz zum Nonkonformisten erzogen haben?«

»Nein, natürlich nicht. Aber ich bin gläubig und fühle mich zum Mönch berufen.« Arnau sprach langsam, mit niedergeschlagenen Augen, leise, aber deutlich.

»Einen Scheiß bist du!« schrie Jordi, den der sanfte Tonfall seines Sohnes mehr aufbrachte als seine Worte.

»Warum hast du uns denn nie gesagt, du wolltest … du hättest … Warum nicht … Warum …«

Als Tina mit ihren verspäteten Warums begann, wußte sie schon, daß der Kampf verloren war. Die Frage, was gewesen wäre, wenn, war völlig überflüssig, denn was geschehen war, war geschehen. Warum ist Jordi mir untreu, warum hat Arnau nicht das geringste Vertrauen zu mir, warum habe ich bloß alles falsch gemacht, so daß meine beiden Männer mir völlig fremd sind, warum, Gott im Himmel, an den ich nicht glaube?

»Sieh mal, Arnau.« Jordi nutzte Tinas fassungsloses Schweigen, um sich wieder einzumischen: »Wir haben dich im Geist der Freiheit erzogen, haben dir stets zur Seite gestanden und dich unterstützt, wo immer es nötig war, wir haben dir unseren Glauben an den Menschen mitgegeben und ...«

»Was willst du damit sagen?«

»Wir haben dich dazu erzogen, nicht dem Aberglauben zu verfallen, wir haben dir erklärt, daß menschliche Größe aus Ehrlichkeit erwächst und daß das Gute darin besteht, sich und anderen gegenüber aufrichtig zu sein, und daß alles, was uns die Kirche jahrhundertelang eingeredet hat, nichts als Betrug war, ein Mittel, um Macht über die Menschen auszuüben. Haben wir das nicht deutlich genug gemacht?«

»Niemand hat mich dazu gezwungen, zu glauben.«

»Geh zu den Umweltschützern, aber bitte nicht ins Kloster.«

»Vater ...«

»Du bist zu Hause überhaupt nicht religiös beeinflußt worden, verdammt!«

»Aber draußen schon.«

Wer hat dich verdorben? dachte Tina. Wer war hinter dir her und hat deine Seele gestohlen, um dich seinen heiligen Willen tun zu lassen? Sie hörte, wie ihr Mann mit rauher Stimme sagte: »Arnau, mein Sohn, ich hatte gehofft, wir hätten dich nach den Prinzipien von Gerechtigkeit, Freiheit und Ehrlichkeit erzogen, und ich dachte, wir hätten dir das auch vorgelebt.«

Sie war drauf und dran, wütend aufzufahren, halt den Mund, Jordi, du hast überhaupt kein Recht, über Gerechtigkeit und Freiheit zu sprechen, und schon gar nicht über Ehrlichkeit, du heuchelst und lügst und bist zu feige, mich an deinen Träumen teilhaben zu lassen.

Wir sind Fremde, dachte sie, drei Fremde, die einander jetzt eingestehen müssen, daß sie sich das Zusammenleben hätten sparen können, wenn dies das Ergebnis ist.

»Hast du an unserer Erziehung etwas auszusetzen?« fragte sie leise.

»Das habe ich nicht gesagt.«

»Du hast es uns aber zu verstehen gegeben«, warf Jordi ein.

»Nein. Aber es sieht so aus, als hättet ihr euch einzig Sorgen darum gemacht, daß ich immer Kondome benutze und nicht an der Nadel hänge.«

Die Nadel traf Tinas Herz. Und ich dachte, mein Sohn ... Wir erziehen die Kinder anderer Leute, aber niemand hat uns gelehrt, unsere eigenen Kinder zu erziehen, und wenn man anfängt, es zu lernen, ist es zu spät, die Kinder sind weg und geben uns keine zweite Chance.

Als Jordi seine Frau in ihre eigenen Gedanken versunken sah, warf er Doktor Schiwago vom Sofa und setzte sich. Er stieß einen tiefen Seufzer aus, der das Mitleid seines Sohnes erregen sollte. Plötzlich schlug er sich mit der flachen Hand aufs Knie und versuchte es in einem anderen Tonfall: »Das ist unerträglich! Du und Mönch? Mein Sohn, ein Mönch?« Wütend stand er auf und sah Tina Unterstützung heischend an: »Ich will nicht, daß mein Sohn zum Sklaven wird.«

»Ich bin niemandes Sklave. Ich will meinem Tun einen tieferen Sinn verleihen.«

»Und dein Journalistikstudium?«

»Interessiert mich nicht.«

»Und deine WG-Mitbewohner?«

»Die leben ihr Leben, und ich lebe meines. In einer Woche gehe ich ins Kloster, ob es euch paßt oder nicht.« Er sah sie an: »Ich bitte euch nur um euren Segen, wenn es möglich ist.« Er schüttelte den Kopf. »Verzeihung: um eure Zustimmung.«

»Unfaßbar.«

»Ich will, daß du glücklich wirst, Arnau.«

Sei wenigstens du glücklich, wir drei können es nicht, denn wenn Jordi sein Leben vor mir verbirgt, dann ist er nicht glücklich, und seit dem Tag, an dem Renom mir gesagt hat, ich habe übrigens deinen Mann in Lleida gesehen, er sieht gut aus für sein Alter, und er eigentlich auf einem zweitägigen Seminar in La Seu sein sollte, als er hinterher auch noch Theater gespielt und mir von dem Seminar in La Seu erzählt hat, seit diesem Tag kann ich nicht mehr glücklich sein, denn das Glück besteht darin, mit sich selbst im reinen zu sein, und Jordi ist nicht länger ein Teil meiner selbst.

»Es tut mir leid, vielleicht hätten wir dich anders erziehen sollen«, sagte sie seufzend. Sie sah zu Doktor Schiwago hinüber, der ihr mit einem gleichgültigen Gähnen antwortete. Und da spürte sie den Stich, schmerzhafter als sonst.

»Ich lasse nicht zu, meinen Sohn auf so beschämende Weise zu verlieren«, versuchte Jordi es noch einmal.

Merkst du denn nicht, daß wir ihn schon vor langer Zeit verloren haben?

»Habe ich eure Zustimmung?«

»Ja.«

»Meine nicht.«

»Es tut mir sehr leid, Vater, aber ich werde gehen, auch ohne deine Zustimmung.«

»Wissen viele Leute davon?«

»Machst du dir etwa Sorgen, was die Leute sagen werden?« fragte sie aufgebracht.

»Natürlich mache ich mir Sorgen darum!« Er zeigte wütend auf Arnau: »Ich will mich nicht für dich schämen müssen vor… Lassen wir das: Du bist ein freier Mensch. Jahrelang habe ich für Freiheit und Gerechtigkeit gekämpft, und mein eigener Sohn…«

Wann hast du schon gekämpft, Idiot, dachte Tina. Die Menschen in den Heften von Oriol Fontelles, die haben gekämpft, aber du und ich…

Jordi rieb sich nervös die Hände; er gab sich geschlagen.

»Und diese dämlichen Mönche haben es nicht mal für nötig befunden, uns mitzuteilen, daß…«

»Ich habe sie gebeten, sich rauszuhalten. Ich bin euer Sohn, nicht sie.«

»Wann gehst du, hast du gesagt?«

Auch wenn es sie wütend machte, dachte Tina schon seit einer Weile darüber nach, was wohl ein Sohn mitnehmen mußte, der ins Kloster ging, wieviel Wäsche, wie viele Hemden und Unterhosen, wirst du vom ersten Tag eine Soutane tragen oder wie immer das heißt, und in einem so ungemütlichen, zugigen Gebäude wirst du bestimmt ständig erkältet sein; warme T-Shirts, und vielleicht sollte ich dir noch heimlich ein Buch dazustecken, damit du dich nicht langweilst, oder eine Salami, falls dir das Essen im Kloster nicht schmeckt, und müssen wir dich Hochwürden nennen oder Don oder Pater oder einfach nur Arnau. Wenn sie bloß nicht deinen Namen ändern, mein Sohn, den haben wir dir fürs ganze Leben gegeben. Und wann können wir dich sehen, Arnau, mein Kind?

10

Fein geschwungene Lippen von einem dunklen Rosa. Ganz leicht, kaum andeutungsweise hervorstehende Wangenknochen. Das ovale Gesicht, beherrscht von den Augen, in denen so viel Geschichte lag, daß es unmöglich war, sie zu ergründen. Mit ihnen würde er sich später beschäftigen. Das Haar …

»Du solltest dein Haar immer gleich tragen.«

»Ja natürlich, das hatte ich nicht bedacht. Sehe ich so gut aus?«

Noch nie hat er eine überflüssigere Frage gehört.

»Hauptsache, du fühlst dich wohl … Aber trag bei der nächsten Sitzung das Haar wieder genauso.«

»Worüber reden wir heute?«

»Ich rede gar nicht, ich muß mich konzentrieren. Erzähl du mir was. Aus deiner Kindheit.«

Ich war ein ziemlich unglückliches kleines Mädchen, weil Mamà von zu Hause fortgegangen war und ich nicht wußte, warum, bis mein Bruder mir erklärte – du mußt schwören, daß du es nicht weitersagst, sonst bringe ich dich um –, daß Mamà mit einem Mann durchgebrannt war. Und was heißt das, Josep? Das heißt, daß wir sie nie wiedersehen werden, und deshalb ist Papà immer so miesepetrig. Was heißt miesepetrig? Das weiß ich nicht genau, aber wenn du es jemandem sagst, bringe ich dich um, oder Papà tut es. Da, küß das Kreuz und schwöre, daß du es niemandem sagst. Und Elisenda küßte das Kreuz und sagte, Ich schwöre, daß ich zu niemandem miesepetrig sagen werde. Nein, das andere Geheimnis meine ich, das mit Mamà. Und Elisenda küßte das Kreuz noch einmal und sagte, Ich schwöre, daß ich niemandem erzählen werde, daß Mamà mit einem Mann durchgebrannt ist. Und dann hatte sie lange geweint, weil sie Mamà wohl nie wiedersehen würde. Da sie das alles aber schlecht einem Maler erzählen konnte, den sie kaum kannte, schwieg sie und starrte vor sich hin, versuchte, das Gesicht ihrer Mutter heraufzubeschwören, aber das alles war lange her, und aus den nebelhaften Erinnerungen tauchten nur eine dunkle Mähne, ein nadelspitzer Blick und ungeduldige Hände auf. Ich weiß nicht einmal, ob sie noch lebt, und will es auch gar nicht wissen. Alles war unbestimmt und bittersüß, wie wenn man Mamà sagt und niemand antwortet, was ist, mein Kind?

Eine halbe Stunde lang schwiegen Maler wie Modell. Sie stellten fest, daß sie sich wohl fühlten, schweigend in Gegenwart des anderen. Sie mußten die Stille nicht mit verlegenen Worten füllen. Es war angenehmer, zu schweigen, jeder in seine eigenen Gedanken versunken. Sie dachte noch immer an ihre ferne Mutter, er erinnerte sich an den Tag, an dem sie angekommen waren. Rosa, deren Rundung kaum zu sehen war, hatte mit dem Gepäck in einem keuchenden Taxi gesessen, er war auf seinem Motorrad hinterhergefahren. Die Reise von Barcelona war lang gewesen. Anfangs war es dunkel, dann wurde es sonnig und schwül, und als sie Balaguer hinter sich gelassen hatten und sich dem Dorf näherten, waren sie erschöpft.

Um die Mittagszeit waren sie müde auf dem Dorfplatz von Torena angekommen, der schon Plaza de España hieß, und hatten ihre Habseligkeiten aus dem Taxi geholt: ein paar Teller, ein paar Bücher, ein wenig Wäsche, das Porträt von Rosa. Sie wußten nicht, wohin sie sich wenden sollten, denn der Platz war völlig menschenleer, auch wenn die Blicke hinter den geschlossenen Fenstern in ihren Nacken brannten wie Nadelstiche.

»Das da hinten muß die Schule sein«, sagte Oriol und versuchte, ein wenig hoffnungsfroh dreinzublicken. Sie waren allein, denn der Taxifahrer rumpelte schon wieder nach Sort hinunter, auf der Suche nach einer schönen heißen Paella, wenn diese Hinterwäldler überhaupt wußten, was eine Paella ist.

»Das Haus des Lehrers ist sicher das nebenan.«

»Wahrscheinlich.«

Unsicher trugen sie ihr Gepäck zu dem kleinen Schulgebäude hinüber, hinter dem das Dorf endete und Felder und Wiesen begannen. Zu dieser Zeit wußte Valentí Targa im Rathaus bereits, daß der Mann der neue Lehrer war und das Haus suchte. Er zog an seiner Zigarette, stieß den Rauch aus und dachte sich, irgendwann wird er sich schon hier blicken lassen.

Die Unterkunft des Lehrers erwies sich als kleine Wohnung, weit weg von der Schule am anderen Ende des Platzes. Sie hatte winzige Fenster, so daß es drinnen dunkel und feucht war, und die Einrichtung bestand aus einem Bett, einem Spiegelschrank, einem Spülbecken für die irdenen Teller, die Rosa im Korb trug, und zwei Fünfundzwanzig-Watt-Glühbirnen. Ein trauriger, armseliger Ort.

»Ich habe dir ja gesagt, du solltest nicht mitkommen«, sagte Oriol, »bis ich ...«

»Warum hätte ich dich allein lassen sollen?«

Rosa sah sich in der kleinen Wohnung um. Sie trat auf ihren Mann zu und küßte ihn, erschöpft von Reise und Schwangerschaft, sanft auf die Wange.

»Immerhin haben wir Arbeit.«

Immerhin hatten sie Arbeit, auch wenn sie dazu ans Ende der Welt hatten gehen müssen. Anfangs hatte man ihnen gesagt, die ehemaligen Kämpfer hätten Vorrang. Aber die siegreichen ehemaligen Kämpfer hatten keine Lust, ans Ende der Welt zu gehen, und schlugen sich weiter, diesmal um die Posten in der Stadt, wobei sie ihre unverbrüchliche Treue zum neuen Regime zur Schau stellten. Die Lehrerstelle in Torena war frei, weil niemand wußte, wo Torena lag. Es hieß, in der zwanzigbändigen Enzyklopädie im Gemeindehaus von Santa Madrona von Poble-sec könne man alles finden, und so zogen Oriol Fontelles und seine Frau sie erwartungsvoll zu Rate. Sie hofften, etwas über das Dorf zu erfahren, in das es sie verschlagen hatte, als sie sich schon damit abgefunden hatten, daß Oriol niemals eine Anstellung finden würde, weil ein Magengeschwür ihn am Militärdienst gehindert und davor bewahrt hatte, sich im Krieg auf eine Seite schlagen zu müssen. In der Enzyklopädie stand: Torena ist ein beschauliches Dorf in der Nähe von Sort im Regierungsbezirk Pallars Sobirà mit dreihundertneunundfünfzig Einwohnern (von denen mehr als zwanzig ins Exil gegangen und dreiunddreißig in den letzten Jahren gewaltsam ums Leben gekommen waren: zwei bei Ausbruch des faschistischen Aufstands, die anderen während des Krieges. Und bald würde der Krieg vier weitere Dorfbewohner das Leben kosten, auch wenn sie es noch nicht wußten und sie in keiner Statistik auftauchten). Angebaut werden überwiegend Kartoffeln, Weizen für den Eigenbedarf, Roggen und Gerste. Am Hang von Sebastià (wo einige der Bluttaten stattfinden würden) wachsen ein paar Apfelbäume, an sonnigen Ackerrändern Kohlköpfe und ein paar Reihen Spinat. Die zahlreichen natürlichen Weiden bieten Platz für große Rinder- und Schafherden. Das Dorf liegt auf einer Höhe von eintausendvierhundertacht Metern über dem Meeresspiegel (und es ist lausig kalt, sogar im Sommer muß man einen Pullover tragen). Es gibt eine Kirche, die dem heiligen Petrus geweiht ist, und eine Schule, in der die vierzig Kinder des Dorfes und der umliegenden Höfe unterrichtet werden (außer Tudonet von den Farinós, der geistig und körperlich zurückgeblieben ist und den seine Familie versteckt hält).

»Ein friedliches Plätzchen«, sagte Oriol und schlug die Enzyklopädie zu. »Das wird deinen Lungen guttun.«

Ein paar Tage nachdem sie die Entscheidung getroffen hatten, setzte er sich in den Kopf, es wäre besser, wenn sie bis zur Geburt des Kindes in Barcelona bliebe, da oben war es bitter kalt, und das war nichts für sie. Doch Rosa stellte sich quer. Sie sagte, wo er hingehe, da wolle auch sie hingehen, und wenn sie das Kind in den Bergen zur Welt bringen müsse, dann werde sie das eben tun, wie alle Frauen aus Torena, und damit Schluß. Und damit war Schluß.

Und jetzt waren sie an dem friedlichen, kalten Plätzchen angelangt. Er trug einen Stapel Bücher und betrachtete den Strohsack, der ihnen als Matratze dienen sollte, und die Wände, die der jahrelange Gebrauch des Holzofens milchkaffeebraun gefärbt hatte.

»Ist es nicht wunderbar still hier?« sagte Rosa, das Taschentuch an den Mund gepreßt, und mußte husten.

»Ja«, seufzte er. »Wunderbar still.«

Er legte die Bücher auf dem Bett ab und versuchte, den Holzofen in Gang zu setzen. Draußen erklang Motorenlärm. Durch das winzige Fenster sahen sie, wie mitten auf dem einsamen Platz ein schwarzer Wagen hielt und jemand ausstieg.

»Falangisten, wie's scheint.«

»Heilige Mutter Gottes.«

Drei, vier, nein, fünf junge Falangisten, alle gleich gescheitelt, knallten die Wagentüren zu und gingen zu der Seite des Platzes hinüber, die man vom Fenster aus nicht sehen konnte. Oriol und Rosa schwiegen, weil sie wußten, daß ein Trupp entschlossener Faschisten nichts Gutes verhieß.

Valentí Targa lernte Oriol eine Viertelstunde später kennen, als er im Rathaus vorsprach, um die Papiere zu unterzeichnen, bevor es sich irgend jemand irgendwo anders überlegte. Im Büro des Bürgermeisters, einem kleinen Raum mit fahlgrünen Wänden, wurmstichigen Möbeln und rotem Fliesenboden, sprachen Valentí Targa und Oriol Fontelles zum ersten Mal miteinander. Der Bürgermeister trug ebenfalls die Uniform der Falangisten und hatte die Hemdsärmel aufgekrempelt, seine Oberlippe zierte ein schmaler Schnauzer, und seine feuchten, blauen Augen kontrastierten mit seinem schwarzen Haar. In seinem Gesicht zeigten sich die ersten Falten, aber sein ganzes Wesen strahlte Energie aus. Zwei der Uniformierten aus dem schwarzen Wagen gingen im Büro ein und aus, ohne um Erlaubnis zu bitten und ohne Oriol zu beachten. Sie unterhielten sich auf spanisch. Warum auch hatte die Enzyklopädie von Santa Madrona in Poble-sec es versäumt, Rosa und ihn darauf hinzuweisen, daß Torena neben seinen vielen gesundheitlichen Vorzügen einen großen Makel aufwies, nämlich ein paar anstehende Todesfälle, die nicht länger warten konnten?

»Ich verlasse mich darauf, daß wir uns nach dem Essen im Café sehen«, sagte der Bürgermeister zum Abschluß des sehr kurzen Gesprächs. »Heute und an jedem darauffolgenden Tag, egal, ob Unterricht ist oder nicht.«

Es war ein Befehl, doch das verstand Oriol nicht, und so erwiderte er, sie seien sehr beschäftigt damit, das Haus in Ordnung zu bringen und die Wäsche in die Schränke zu räumen, besser gesagt, in den Schrank, und vielleicht ein anderes Mal.

»Um drei im Café«, entgegnete Valentí Targa, dann wandte er den Kopf ab und tat so, als wäre er allein im Büro. Da verstand Oriol, daß es ein Befehl war. Er sagte »Jawohl, Herr Bürgermeister«, starrte auf die Bilder von Franco und José Antonio, die hinter dem Bürgermeister an der Wand hingen, und dachte bloß, daß die Wand mal wieder gestrichen werden müßte. Und im Café tuschelten ein paar Müßiggänger, Senyor Valentí habe den halben Abhang von Tuca Negra gekauft, der zu Casa Cascant gehörte, obwohl das Gelände gar nicht zum Verkauf stand. Nun ja, seit dem Tag, an dem Tomàs als Republikaner angeschwärzt wurde, steht dieser Teil von Tuca wundersamerweise zum Verkauf, was sagt man dazu. Ja. Also, ich hab gehört, daß es gar nicht er war, der das Grundstück gekauft hat. Und dann wechselten sie das Thema, weil der Bürgermeister hereinkam, um wie jeden Nachmittag eine Weile schweigend zu rauchen. Neben Senyor Valentí Targa, dem Bürgermeister und Chef der Falange von Torena, saß einer seiner uniformierten Kameraden, ein dunkel gelockter Mann, schweigend wie er. Beide schienen ungeduldig auf jemanden zu warten. Als Oriol um drei Uhr kam, sah er, wie die wenigen Männer im Lokal ebenfalls verstummten und so taten, als spielten sie weiterhin seelenruhig Karten, während sie beobachteten, auf wessen Seite der neue Lehrer stand.

Am Abend liebten sich Oriol und Rosa auf dem Strohsack im Haus des Lehrers, von dem alle bereits wußten, auf wessen Seite er stand. Rosa unterdrückte ihren Husten, und beide waren ganz vorsichtig wegen der Schwangerschaft, vor allem aber leise, um die wunderbare Stille an diesem beschaulichen Plätzchen nicht zu stören.

Elisendas Hände waren zwei Tauben im Flug, elegant, sicher, wohlgeformt. Die drei am schwierigsten zu zeichnenden Dinge sind die Hände, die Augen und vor allem die Seele. Die Hände würde er bald angehen müssen. Die Augen würde er zuletzt malen, wenn er sie offen ansehen konnte. Und die Seele – nun, das lag nicht in seiner Macht. Entweder sie erschien aus freien Stücken auf der Leinwand, oder sie blieb mit einer verächtlichen Grimasse daneben stehen.

»Machen wir eine Pause, Oriol?«

»In Ordnung.«

»Warum fragst du Rosa nicht, ob sie zum Tee kommen möchte?« sagte Elisenda, während sie aufstand und die Arme reckte, mit einer Vertraulichkeit, die Oriol verwirrte. »Soll ich ihr Bescheid geben lassen?«

Ob sie sich vor mir schützen will? Hat sie etwa Angst vor mir?

Als Oriol sich nicht äußerte, läutete Elisenda nach Bibiana: »Bibiana, sag Jacinto, er soll Senyora Fontelles holen, wenn sie gerne kommen möchte.« Sehr gut, Jacinto, du machst das ausgezeichnet.

II

»Montse Bayo? Eine Langweilerin.«

»Wenn du mit ihr zusammen bist, bist du ganz scharf auf sie.«

Marcel erstickte diese Unverschämtheit mit einem heftigen Kuß, der ihr den Atem raubte. Gleich würde es acht schlagen. Jetzt bestimmte er, er war auf seinem Terrain. Aber er mußte mitspielen, durfte nichts überstürzen, und als sie ihn fragte, woher der Nippes auf dem Kaminsims stamme, sah er erstaunt zum Kamin hinüber.

»Keine Ahnung. Der stand schon immer da.«

»Und diese Uhr...«

Sie zeigte auf eine goldene Uhr, deren Zifferblatt von zwei Engeln flankiert war und die die Stunden hell und fein anschlug, als wäre ihr bewußt, daß die ehrwürdige Wanduhr den Ton angab.

»Was ist damit?«

»Sie gefällt mir. Woher weißt du, daß niemand kommt?«

»Du kannst einem wirklich auf die Nerven gehen. Warum willst du das wissen?«

»Wir könnten nach oben gehen.«

»Wohin?«

»Auf dein Zimmer.«

»Warum?« Er wandte sich um und sah sie an. »Willst du mit meiner elektrischen Eisenbahn spielen?«

»Komm schon.« Lisa ließ sich in einen Sessel plumpsen und zog eine wohlkalkulierte Schnute: »Woher weißt du, daß deine Mutter nicht kommt und...«

»Sie kommt nicht«, unterbrach sie Marcel. »Warum willst du das überhaupt wissen?«

Lisa zog sich die Bluse aus.

»Weil mir ganz heiß ist, so nah am Kamin.«

»Mir auch.« Marcel zog sich Pullover und Hemd aus.

»Und wenn jetzt deine Mutter käme und uns hier so erhitzt sehen würde ...« Sie lachte, sie war schrecklich nervös.

»Sie ist in Madrid.«

»Sie ist hübsch.«

»Wer?«

Lisa zeigte auf das Bild über dem Kamin. Eine elegante Elisenda, sehr jung, aber ebenso elegant wie heutzutage, mit einem Buch in der Hand, blickte geradeaus, sah sie mit lebendigen, leuchtenden Augen an. Sie schien zu sagen, Lisa, Kind, du willst dir meinen Sohn angeln, aber du bist nicht gut genug für ihn.

»Sie würde bestimmt der Schlag treffen, wenn sie uns sehen könnte, so fromm, wie sie ist.«

Rausschmeißen würde sie dich, dachte Marcel. Scheint fast, als würdest du wollen, daß uns jemand sieht, du Schlampe. Er küßte ihr galant die Hand. Sie streckte die Beine zum Kamin hin und zögerte den Augenblick hinaus, weil sie sich gern die Hand küssen ließ. Aber kein Kuß währt ewig.

»Woher kannst du so gut skilaufen?«

»Ich komme so oft wie möglich her, seit ich mich erinnern kann.«

»Ja, ich auch.« Sie sah ihm in die Augen. »Aber du ...«

»Der Schnee ist mein Leben. Die Berge, die schneebedeckten Bäume, die Skier, die durch die Stille gleiten, der Wind, der mir um die Nase weht ... Und die anderen sind weit weg, kleine Punkte, die nicht reden und nicht schreien und mir nicht auf die Nerven gehen ... Das ist meine Lebensphilosophie.« Er legte das Hemd auf den Sessel. »Auf zweitausendeinhundert Meter Höhe bin ich Gott.«

Lisa sah ihn mit offenem Mund an, ein wenig verdattert über diese Grundsatzerklärung. Marcel war zufrieden darüber, wie leicht es ihm gelang, Lisa Monells um den Finger zu wickeln. Plötzlich bewegte sich das Mädchen wieder, und ehe er sich's versah, hatte sie ihre Skihose ausgezogen.

Ein Paar weiße, runde, glatte, vollkommene Beine mit einem Grübchen am Knie, der Vorgeschmack auf künftiges Glück.

»Herrje, verbreitet dieser Kamin eine Hitze!«

»Möchtest du einen Whisky?«

»Nein, jetzt nicht.«

Vielleicht danach, wenn es jemals ein Danach geben sollte, denn du bist verdammt noch mal der langsamste Typ, der mir an der ganzen juristischen Fakultät untergekommen ist, da kann Montse sagen, was sie will.

Spielerisch öffnete Lisa Marcels Gürtel und zog ihm lachend mit einem Ruck die Hosen herunter.

»Na los«, sagte sie, »sonst kriegst du noch einen Hitzeschlag!«

Marcel Vilabrús Beine waren behaart, braungebrannt, kräftig und muskulös, die Beine eines Athleten, genau wie Montse Bayo ihr gesagt hatte. Sie stellten ihre Beine nebeneinander, und sie machte ihn auf den Kontrast aufmerksam. »Du bist ja fast schwarz, Marcel.« Er streichelte ihren Oberschenkel, und Lisa dachte, das wurde aber auch wirklich langsam Zeit, Marcel Vilabrú. Um ihn zum Weiterreden zu ermuntern, sagte sie: »Hast du denn Freunde hier im Dorf?«, und er verzog das Gesicht: »Ich? Hier? Du spinnst wohl.«

»Du hast doch gesagt, du kommst jedes Wochenende her.«

»Die Leute hier stinken nach Kühen.«

»Das mußt du grade sagen. Du bist doch auch von hier.«

»Ich bin in Barcelona geboren.« Er faßte an das Grübchen an ihrem linken Bein. Wie hübsch. »Ich komme nur her, um Ski zu fahren und meine Mutter zu sehen. Und um in die Berge zu gehen.«

Diese Behauptung Marcel Vilabrús war nicht ganz richtig. Es stimmte, daß er sich mit den Leuten aus dem Dorf nicht abgab, ausgenommen mit Xavi Burés, der an der Fachhochschule Landwirtschaft studierte. Es stimmte, daß er so oft wie möglich nach Torena zurückkehrte und zur Piste von Tuca Negra ging. Dort lief er dann Stunden um Stunden, um seine überschüssige Energie loszuwerden, allein oder mit Quique, wenn der gerade keinen Kurs gab. Mit Quique gab er sich also auch ab, und vor zwei Jahren hatte er mit ihm seinen Studienbeginn mit einer freien Abfahrt gefeiert. Heimlich waren sie vom Montorroio abgefahren, hatten sich unbekannte Hänge hinuntergewagt, und er hatte gedacht, hier können wir uns alle Knochen brechen, und wollte wagemutiger sein als Quique, der ihn herauszufordern schien. Und als sie, noch ganz aufgeregt von ihrem Abenteuer, im Club angekommen waren, war es schon dunkel. Sie froren, aber waren durchgeschwitzt, und so stellten sie sich unter die warme Dusche und blieben dort so lange, bis Quique anfing, an Marcels Schwanz herumzuspielen – der ist ja winzig wie eine Erbse –, und so alberten sie unter dem Wasserstrahl herum, bis ihre Schwänze nicht mehr winzig waren und Quique ihm einen blies, und das alles war so seltsam, daß er zwei endlos scheinende Wochenenden nicht hochfuhr und sich dachte, ob ich jetzt wohl schwul bin, es hat mir doch gefallen, und verzweifelt war, weil er nicht schwul sein wollte. Damals nahm er sich vor, sich an alle Frauen heranzumachen, die er bekommen konnte, um sich selbst zu beweisen, daß er keineswegs schwul war, und so kam er zu seinem Ruf unter den Mädchen an der Uni. Das Seltsamste ist, daß es mir auch gefallen hat, es ihm zu besorgen, und daß Quique gestöhnt hat, als ich … Was soll's. Sie sprachen nie wieder darüber, aber seit dieser Zeit vermied es Marcel sicherheitshalber, die Duschen der Skilehrer zu benutzen.

Er streichelte weiterhin Lisa Monells' rechtes Knie, und um das Bild des stöhnenden Quique unter der Dusche zu vertreiben, zog er ihr rasch und mit ihrer Hilfe das Unterhemd über den Kopf, und sie zog ihm sein Unterhemd aus. Dann versuchte er nervös, ihr den Büstenhalter aufzuhaken. Er hatte es eilig. Lisa Monells dachte, sieh mal an, der große Skifahrer, der begehrteste Student im dritten Jahr, auch wenn er noch Zivilrecht vom ersten und Strafrecht vom zweiten nachzuholen hatte, auch wenn er sich von den politisch interessierten Kommilitonen fernhielt, die dabei waren, einen Studentenausschuß ins Leben zu rufen, wenn er sie mit leichtem Spott betrachtete, als wolle er sagen, Leute, das lohnt sich nicht und ich mache da nicht mit, ich will keine Scherereien, denn Skifahren und Politik vertragen sich nun mal nicht; ein beliebter Kommilitone, weil er großzügig war und einen zum Milchkaffee oder zu einem Whisky einladen konnte, ohne zweimal darüber nachzudenken; es hieß, er sei steinreich und ein guter Liebhaber. Er sah gut aus und hatte wunderschöne Hände und Augen zum Verlieben, und nun wußten diese wunderschönen Hände nicht, wie man einen BH aufhakt, und so würden sie noch ewig rumsitzen. Lisa schob seine Hand beiseite, öffnete selbst mit einer einzigen, raschen Bewegung ihren BH und offenbarte ihre beiden Schmuckstücke, die sie Marcel Vilabrú schon die ganze Zeit hatte zeigen wollen. Mal sehen, ob ihm die Augen übergehen würden, und überhaupt überlief es sie heiß und kalt, wenn er sie anschaute. Außerdem sah es ganz so aus, als würde sie die Wette mit Montse Bayo gewinnen. Da klingelte das Telefon.

»Ja, Mamà.«

Marcel fluchte, daß es im ganzen Haus nur einen einzigen Apparat gab, wie in der Steinzeit. Er ging ans Telefon, in Unterhosen und mit erigiertem Glied, und Lisa, die nur noch ihre Spitzenhöschen trug, hörte, wie er sagte, ja, Mamà, ja, Mamà. Und sie hörte auch, wie er sagte, natürlich bin ich allein, ich wollte gerade zu Bett gehen, ich will doch morgen die ganze Tuca Negra machen. Ja, mit Pere Sans und Quique, ja, und Lisa stand auf und zog eine Nummer ab; langsam streifte sie den Slip ab und mußte sich dabei das Lachen verkneifen, und er hätte ihr gerne dabei zugesehen, aber er drehte sich zur Wand, weil er nicht wollte, daß Mamà etwas merkte, und sagte, er werde am Montag zurückfahren, sie solle Jacinto sagen, daß er ihn am Montag morgen abholen solle, nein, diesen Montag ist kein Unterricht, es wird gestreikt. Ja, natürlich werde er vorsichtig fahren, weißt du denn nicht, daß ich die Tuca Negra kenne wie meine Westentasche? Ach, und außerdem hat Quique gesagt, auf zweitausenddreihundert Metern könnte man in Richtung Batllia eine schwarze Piste anlegen, man müßte nur einen Sessellift aufstellen und ein paar Felsbrocken absprengen. Ja, Mamà. Er hängte auf, mit dem Gesicht zur Wand, und verfluchte seine Mutter, die von Madrid aus nur angerufen hatte, um ihn zu kontrollieren und ihn zu demütigen, vor wem auch immer, denn Marcel wußte, daß sie das mit dem Streik am Montag nicht geglaubt hatte, und sicher würde es am Montagabend ein Donnerwetter geben, wenn sie auf dem Rückweg nach Casa Gravat einen Zwischenstop in Barcelona einlegte, und Marcel wußte, daß sie wußte, daß er nicht gelogen hatte, als er sagte, er sei gerade dabei gewesen, ins Bett zu gehen.

»Ja, Mamà.«

Marcel drehte sich um, getroffen von Lisas spöttischem ›Ja, Mamà‹. Sie hatte ihren Slip ausgezogen und ließ ihn um den Finger kreisen. Wie hübsch sie war. Er stürzte sich auf sie, sie rollten über den Boden, er gab vor, der Boden sei viel zu hart, um es sich bequem zu machen, und so gingen sie ins Bett, wie es schon seit Stunden abzusehen gewesen war. Aber nicht etwa der harte Fußboden hatte ihn gestört, sondern der geheimnisvolle Blick der jungen, schlanken Elisenda auf dem Bild über dem Kamin. Sie entschieden sich für das majestätische Bett von Mamà. Das Zimmer war geheizt, und die Wände waren zwar mit den Geistern von acht Generationen von Vilabrús tapeziert, aber wenigstens gab es keine Bilder, die ihn sich unbehaglich fühlen ließen und daran erinnerten, daß seine Mutter gerade ihre fromme Phase hatte und sich mit Bischöfen und Pfarrern herumtrieb und nicht aufhörte, ständig von Heiligen und Seligen zu reden. Und wenn sie mich beim Vögeln mit Lisa Monells sehen könnte, würde sie mir was von Sünde und Reue erzählen und vom Vorsatz zur Besserung. Und wenn Hochwürden August mich sehen könnte, der Arme, würde er auf der Stelle tot umfallen.

12

Der dritte Mann schwenkte den linken Arm. Er wußte, daß die anderen ihn nur sehen konnten, wenn er sich gegen den Schnee abzeichnete, und darum hatte er sich mitten auf die verschneite Wiese gestellt. Aber er wußte auch, daß er damit nicht nur für seine Kameraden, sondern auch für einen möglichen Feind sichtbar war. Eine Kugel riß ihm das halbe Gesicht weg, noch bevor er den Arm wieder senken konnte. Am sechsten Dezember 1943 um fünf Uhr nachmittags färbte sich der Schnee der vorweihnachtlichen Landschaft rot vom Blut des ersten Maquisards, der im Vall d'Isil im Kampf gegen die Faschisten gefallen war. Und seine Kameraden sagten nicht Amen, sondern fluchten unterdrückt, weil Oberst Nerval ihnen versichert hatte, bis südlich von Isavarre würden sie nicht auf Wachposten stoßen. Der zweite Mann gab Leutnant Marcó ein Zeichen und verschwand in der Dunkelheit. Der Leutnant verstand, daß er nachsehen wollte, wer sie aufhielt. Er sah seine Männer an, etwa dreißig unrasierte Freiwillige mit entschlossenem Blick und ohne jegliches Selbstmitleid. Einen Augenblick lang war er stolz, diese Schar zu befehligen, aber er hatte auch Angst und dachte voller Schmerz an Paco, den Mann, dessen Blut den Schnee auf der anderen Seite der Landstraße dunkel färbte; doch da raunte ihm der zweite Mann schon zu: »Der Weg ist frei, ich habe sie erledigt, es waren nur zwei Soldaten.«

Die drei Spähtrupps überquerten den Fluß, vorbei an dem Wachposten, der laut dem verdammten Nerval gar nicht existierte und nun aus zwei toten Soldaten bestand, die zwei Mauser, eine Munitionskiste und eine Proviantdose voller gefrorener Kichererbsen dabeihatten. Zwei Maquisards konfiszierten die Gewehre, ein dritter die Munitionskiste. Sie arbeiteten geräuschlos, beinahe mechanisch, und keiner von ihnen würdigte die beiden jungen Soldaten mit den durchschnittenen Kehlen eines Blickes, denn sie mußten den ersten Mann erreichen, der auf sie wartete und sicherlich schon eiskalte Füße hatte.

»Was war das für ein Schuß?« fragte er, während er sich warmstampfte.

»Keine hundert Meter vor dir waren Soldaten.«

»Der Schuß war überall zu hören. Bald wird ein Lastwagen hier sein. Sie sind sicher in Borén oder sogar noch näher.«

»Dann sollten wir die Gelegenheit nutzen.«

»Und die Brücke?«

»Um die sollen sich die drei Feuerwerker kümmern. Sie werden in Ruhe arbeiten können, das garantiere ich dir.« Er wandte sich an die anderen Männer: »Verteilt euch und bereitet die Granaten vor.« Und fürsorglich flüsterte er dem ganzen Trupp noch zu: »Vorsicht mit dem Kreuzfeuer.«

Es war nicht ein Lastwagen, es waren drei, vollbesetzt mit Soldaten, was bewies, daß oberhalb von Esterri Truppen stationiert waren. Sie, die den ganzen Nachmittag in Scheunen auf den Einbruch der Dunkelheit gewartet hatten, hatten nichts davon bemerkt. Langsam kamen die Lastwagen näher, hintereinander wie eine Prozession; ihre Scheinwerfer erhellten schwach das schmale Band der Landstraße, und auf der Kabine des ersten Fahrzeugs war ein Maschinengewehr montiert, das starr in Richtung Norden zeigte, auf den unsichtbaren Feind. Der Kommandant verfluchte den verdammten Maquis. Wenn sie mich machen ließen, wäre das Ganze an einem Tag vorbei.

Leutnant Marcó ließ den ersten Lastwagen passieren. Seine Männer waren nervös, denn sie erwartete kein einfacher Hinterhalt mit anschließender Flucht, sondern Kampf auf Leben und Tod, und mehr als einer von ihnen dachte, was mache ich hier bloß, ich komme hier noch um vor Angst, Kälte und Tod. Aus den Augenwinkeln beobachteten sie den Leutnant, der seine schwarzglänzenden Augen auf die Landstraße gerichtet hielt, während der zweite Lastwagen vorbeifuhr, dicht gefolgt vom dritten. Dann gab er ein Zeichen, und fünf Granaten schlugen in den Aufbau des dritten Lastwagens ein, zwei weitere in die Fahrerkabine. Im nächsten Augenblick erfüllten Explosionen, Schreie, Flammen und Flüche die Nacht mit Schmerz, und der Lastwagen stellte sich auf der Straße quer, so daß die anderen beiden nicht zurückkonnten, als stünde der Fahrer, dem die Granate beide Arme abgerissen hatte, im Dienst des Maquis.

Auf Befehl Leutnant Marcós eröffneten die beiden Maschinengewehrschützen am Straßenrand das Feuer auf die Lastwagen. Die Soldaten sprangen heraus, aber so sehr sie sich auch in den weißen Schnee zu retten versuchten, sie liefen direkt in den Tod, weil sie nicht verstanden, daß eines der Prinzipien eines Hinterhalts darin besteht, seine eigenen Bewegungen so zu kalkulieren, daß man die Bewegungen des Feindes vorhersieht und lenkt, so daß man schließlich selbst überrascht ist, wie genau er die Schritte tut, zu denen man ihn bewegen will. Und so gewinnen wir, weil wir, göttergleich, die Fäden in der Hand haben. Auch Aureli Camós aus Agramunt, der auf seiten der Republikaner am Ebro gekämpft hatte und bei seiner Rückkehr nach Hause von den Faschisten aufgegriffen worden war, dessen zwei Brüder im Exil lebten und der erst dreiundzwanzig war, sprang vom Lastwagen herab seinem Schicksal entgegen. Und der wütende Kommandant im ersten Wagen verstand erst zu spät, daß ihm das Maschinengewehr an der Spitze des Zuges nichts nutzte, denn wenn er nach hinten schoß, würde er seine eigenen Leute treffen, und so verfluchte er die Maquisards und lief im weißen Schnee in den Tod, wie es im Handbuch für Hinterhalte geschrieben steht.

Dreiundzwanzig Tote, zweiundfünfzig Männer auf der Flucht durch den Schnee, über die Böschungen, durch das eiskalte Wasser der Noguera in die Schmach. Achtzig Gewehre, zwei Maschinengewehre, drei große Munitionskisten, ein Funkgerät, hundert Granaten, ein blutbeflecktes Schweizer Armeemesser und der Stolz des franquistischen Heeres fielen dem Maquis bei diesem Hinterhalt in die Hände und wurden der Befreiungsarmee gegen den Faschismus einverleibt. Zwanzig Paar Stiefel wurden konfisziert. Eine Viertelstunde voller Schüsse, Schreie und Verwirrung unter dem eisigen Blick des Leutnants mit den kohlschwarzen Augen, zehn Minuten zum Einsammeln der Beute, und dann hatten sie alle Zeit der Welt, um zu verschwinden, hinauf zu den Sennhütten von Risé oder noch höher zum Pic de Pilàs, wo sie auf Schneeschuhen den Berggrat entlanggingen, bis sie im verräterischen Licht des Morgengrauens beim Montroig erschöpft die französische Grenzlinie erreichten. Aber nicht alle machten sich mit dem Gefühl, ihre Pflicht getan zu haben, auf den Weg in die Berge. Ein Spähtrupp blieb mit dem Leutnant bei der Höhle zurück, um die Reaktion des Feindes zu beobachten.

General Antonio Sagardía Ramos höchstpersönlich, der ehemalige Kommandeur der zweiundsechzigsten Division des Navarra-Korps, der sich seinen Ruf als Schlächter des Pallars mühsam erarbeitet hatte und sich auf einem inoffiziellen Besuch in dem Gebiet befand, dem er seinen Ruhm verdankte, schnalzte mißbilligend, als er die verstümmelten Leichen entdeckte, und sagte zu dem Leutnant, der ihn begleitete, an diesem Schlamassel sei allein der inkompetente Kommandant schuld, der vor ihm lag, ohne Auge und ohne Leben, aber mit seinem Stern an der Mütze. Er hat sich in den simpelsten Guerrillahinterhalt locken lassen. Und mich steckt man in die Reserve.

Es geschah genau so, wie der Maquis vorhergesehen hatte: Die Kräfte in diesem Tal wurden verdoppelt und dadurch aus anderen Tälern abgezogen. Als der Lastwagen mit einem Großteil der Inspektionstruppen, mit den Toten und einigen der Soldaten, die in ihrer Angst auseinandergelaufen waren, auf dem Rückweg die Brücke von Àrreu passierte, sagte der Leutnant mit den kohlschwarzen Augen »jetzt«. Einer seiner Männer feuerte eine Signalrakete ab, und zwanzig Sekunden später flog die Brücke mit zwei Jeeps und einem Lastwagen in die Luft. Leutnant Marcó wußte, daß von nun an die Maquisards, die zwischen Isil und Collegats agierten, ein hartes Leben haben würden, zumal ihnen der Rückzugsweg über den Paß von Salau zufror und sie lange, aber sichere Umwege über Espot, Estanyets und Montsent machen mußten.

»Bilder sind Weiberkram!«

»Die Malerei macht mir Spaß. Die Arbeit in der Schule ist Routine.«

»Und? Hat sie versucht, dich einzuwickeln?«

»Wie bitte?«

»Ob Senyora Elisenda versucht hat, dich ins Bett zu zerren.«

Ob Senyora Elisenda versucht hatte, ihn ins Bett zu zerren … Die letzte Sitzung war gekommen, so wie alles, was schmerzt, einmal kommt, und nachdem Oriol die Nuancen an den Kleiderfalten noch einmal überarbeitet hatte, betrachtete er die lebendigen Augen, die er auf die Leinwand gebracht hatte und die Feuer zu sprühen schienen, und seufzte. Er wischte den Pinsel mit einem Tuch ab, sah noch einmal die Augen auf der Leinwand an und sagte: »Ich glaube, mehr kann ich nicht tun. Ich bin fertig, Elisenda.« Elisenda stand rasch auf, trat auf die Leinwand zu und betrachtete sie eine Minute lang schweigend, so daß Oriol vor sich die Augen hatte, die er so gemalt hatte, daß sie einem bis in die Seele drangen, und hinter sich das Parfüm, das ihn verwirrte. Mit ihren schmalen, nach Narde duftenden Händen applaudierte Elisenda dem Bild.

»Es ist ein Kunstwerk«, sagte sie.

»Das weiß ich nicht«, entgegnete Oriol zurückhaltend. »Aber es kam aus meinem Inneren.«

Ein heftiger Stromschlag riß ihn aus seiner Betäubung, denn sie hatte ihm die Hand auf die Schulter gelegt und ließ sie dort liegen. Er wandte sich um. Ohne Vorwarnung beugte sie sich vor, so daß er ihren Brustansatz sehen konnte, und küßte ihn still auf die Stirn.

»Ich bin dir sehr dankbar«, sagte sie. »Es ist ein außergewöhnliches Bild, du solltest dich ganz der Malerei widmen.«

Ob Senyora Elisenda versucht hatte, ihn ins Bett zu zerren. Mein Gott. Senyora Elisenda hat nicht versucht, mich ins Bett zu zerren, ich denke ständig an ihre Augen, und Rosa wird von Tag zu Tag mürrischer, weil sie etwas ahnt, Frauen haben für so was ein Gespür. Vielleicht hätte ich diesen Auftrag nicht annehmen sollen, vielleicht hätte ich mich auf meine Arbeit beschränken sollen, darauf, Elvira Lluís, Cèlia Ventureta und Jaume Serrallac zu sagen, den Großen in der Klasse, die die Eltern noch nicht herausgenommen haben, um Heu zu machen, daß das Subjekt Spanien ist. »Und ein Subjekt ist nie von einer Präposition begleitet, verstehst du, Jaume, versteht ihr das? Wenn wir sagen ›Spanien gedeiht durch die Liebe zum Caudillo‹, dann ist ›Liebe‹ nicht das Subjekt.«

»Aber es ist das wichtigste Wort«, wandte Elvira Lluís hustend ein.

»Was soll das heißen: Spanien gedeiht durch die Liebe zum Caudillo, Herr Lehrer?«

»Nun ja, das ist das Beispiel aus dem Buch. Nehmen wir ein anderes: Die Feldfrucht gedeiht durch das Wasser.«

»Was ist die Feldfrucht?«

»Getreide. Weizen.«

»Ja, das versteht man besser. Und das Subjekt ist dann die Feldfrucht, oder?«

»Senyora Elisenda hat nicht versucht, mich ins Bett zu zerren. Sie ist eine Dame.«

»Du wirst sie schon noch kennenlernen. Hat sie dich bezahlt?«

»Auf Heller und Pfennig. Was soll das heißen, ich werde sie schon noch kennenlernen?«

Er rührte in der leeren Kaffeetasse und legte dann den

Löffel auf den Unterteller. Er hatte Lust, nach Hause zu gehen, und fürchtete sich zugleich davor, fürchtete Rosas stumme, vorwurfsvolle Blicke. Sie hatte nicht einmal gelächelt, als er ihr das Geld für das Bild brachte.

»Ich möchte Sie daran erinnern, daß Senyora Elisenda eine verheiratete Frau ist.«

»Verheiratet mit einem Taugenichts, der den ganzen Tag … Ach, was soll's.«

Oriol stand auf, und Senyor Valentí war überrascht, daß der andere die Initiative ergriff. Das machte ihn wütend. Mit einer knappen Handbewegung bedeutete er ihm, sich wieder zu setzen. Er lehnte sich über das Tischchen, bis sein Gesicht direkt vor Oriols Gesicht war, so daß dieser seinen säuerlichen Atem riechen konnte, und sagte: »Ich habe Senyora Elisenda schon flachgelegt, und ich versichere dir, sie ist nichts Besonderes.«

Oriol wollte gerade auffahren – »Was erlauben Sie sich!« –, als einer von Valentí Targas Männern, der Lockenkopf, das Café betrat. Er ging schnurstracks auf den Bürgermeister zu und flüsterte ihm aufgeregt etwas ins Ohr, was Oriol nicht verstand. Valentí Targa sprang auf und bedeutete ihm ebenso knapp wie zuvor, ihm zu folgen. Oriol protestierte: »Ich muß nach Hause, Rosa …«

»Vergiß Rosa und komm mit. Und zieh dich warm an.«

Der mit den buschigen Augenbrauen hielt den Wagen neben dem Friedhof von Sort, vor einem Schuppen, in dem etwa zwanzig Särge aufgereiht waren. Sie stiegen aus: drei uniformierte Falangisten und Oriol, der unwillkürlich das Gebaren der anderen imitierte. Die Wachsoldaten grüßten sie und ließen sie eintreten. In einer Ecke lag ein Toter, in etwas Ähnliches wie eine Uniform gekleidet. Ein Auge stand offen, die andere Gesichtshälfte war eine blutige Masse. Mit der Fußspitze drehte Valentí die Leiche auf den Rücken. Oriol an seiner Seite zitterte und versuchte, sich das Gesicht des Toten nicht allzu genau anzusehen, dann hielt er es nicht mehr aus und ging in eine Ecke, um sich zu übergeben. Valentí beobachtete ihn einen Augenblick lang, sagte aber nichts und kniete neben der Leiche des Maquisards nieder.

»Seht mal«, sagte er, ohne sich umzuwenden.

Oriol wankte näher, bleich, ein Taschentuch vor den Mund gepreßt. Die anderen umringten sie. Valentí zog am Jackenaufschlag des Toten. Im Knopfloch schimmerte ein metallenes Abzeichen. Er nahm es ab und legte es auf seine Handfläche. Es war eine rote Glocke. Oriol betrachtete sie schweigend; er wußte nicht, was das zu bedeuten hatte.

»Dieser Maquisard gehörte zum Trupp von Leutnant Marcó«, erklärte Valentí. »Sie tragen eine Glocke, um sich über uns lustig zu machen. Sie werden von Eliot geführt.«

»Wer ist Eliot?« fragte der mit dem schmalen Schnurrbart.

»Ein Engländer, der jeden Stein hier in der Gegend kennt und der anscheinend gern mit uns spielt. Mit der Armee. Er ist sehr gut.« Das klang fast neidvoll.

Oriol betrachtete bedrückt die Reihe toter Soldaten. Valentí Targa fuhr großspurig fort: »Dieser Eliot und dieser Marcó sind schlau, aber ich kenne ihre Züge. Wenn die Armee auf mich hören würde ...«

Er steckte das Glockenabzeichen in die Tasche, zeigte auf die toten Soldaten und sagte: »Die werden ihr blaues Wunder erleben. Bis jetzt war alles nur ein Spiel.«

Die anderen sahen einander fragend an. Oriol dachte, wenn es nur ein Spiel war, daß der Bürgermeister und seine Männer zwei Dorfbewohner umgebracht haben, weil sie angeblich an der Ermordung der Vilabrús beteiligt waren, und ein paar weitere, weil sie Anarchisten und Republikaner waren – wie würden dann die Greuel aussehen, die jetzt noch folgten?

13

Mit einem zerstreuten Lächeln bedankte sich Tina für den Kaffee, den Joana ihr brachte. Sie sah aus dem Fenster. Draußen begann es schon zu dunkeln, obwohl die Schule gerade erst aus war.

Maite stand auf einem Stuhl und heftete mit Reißzwekken Zettel an die riesige Korkwand, die sie im Vorraum aufgestellt hatten und die ihnen als Werbung und Zeittafel für die Ausstellung diente. Tina blies in ihren Kaffee, während sie Maite zusah. Natürlich konnte sie es sein, ja ... Aber was fand Jordi an ihr? Warum hatten die beiden ...? Maite war klüger und gebildeter. Sie ist gebildeter als ich, ist es das, was ihn anzieht? Und sie wird nicht so dick wie ich.

»Gib mir mal das Blatt. Das mit dem Foto, ja.«

Tina reichte ihr das Blatt mit dem Foto. Sie wollte sich auf die Arbeit konzentrieren, denn sonst würden sie niemals fertig werden, und sagte: »Ich glaube, wir sollten einen Abschnitt über den Bürgerkrieg machen.« Maite sah sie vom Stuhl herab an. Auch Ricard Termes und Joana, die mit Ausschneiden beschäftigt waren, ließen die Arbeit sinken und sahen sie an. Sie merkte plötzlich, daß sie im Mittelpunkt der allgemeinen Aufmerksamkeit stand, was ihr immer unangenehm war.

»Wir haben keine Ahnung vom Bürgerkrieg«, wandte Ricard Termes ein.

»Weißt du, wieviel Arbeit das ist?« Auch Maite wirkte nicht begeistert.

»Also, ich bin zu faul dazu«, bestärkte sie Ricard.

»Ich werde mich schon darum kümmern. Anscheinend war hier im Krieg und später mit dem Maquis einiges los.«

»Wenn du dich dazu bereit erklärst ... Meine Frau wird

sich von mir scheiden lassen, wenn das hier noch lange dauert.«

Joana schwieg. Sie ging hinüber ins Sekretariat, während die anderen noch überlegten, ob es sich lohne, einen neuen Abschnitt über die Schulen im Bürgerkrieg anzufangen. Ricard sagte: »Soweit ich weiß, haben die Schulen während des Kriegs hier alle funktioniert, in dieser Gegend ist ja nicht viel passiert«, und Maite stimmte ihm zu. Da kam Joana mit einer übervollen Mappe zurück. Sie öffnete sie, nahm eines der Kirchenblättchen heraus, die darin lagen, und gab es Tina.

»Das hat etwas damit zu tun«, sagte sie und zeigte ihr einen Artikel mit der Überschrift »Ein weiterer Märtyrer für Gott und Vaterland« und einem unscharfen Foto, auf dem zwei kleine Gestalten in Falangeuniform zu erkennen waren, die in die Kamera sahen. Einer der beiden hatte dem anderen den Arm um die Schulter gelegt, und das Leben lächelte ihnen zu. Tina konnte nicht erkennen, ob einer von ihnen Oriol Fontelles war, weil die Gesichtszüge zu undeutlich waren und sie den Lehrer nur von dem Selbstporträt kannte, das er auf der Schultoilette vor dem Spiegel angefertigt hatte.

Während sie den Artikel las, hörte Tina mit halbem Ohr, wie Maite fragte, was das sei, und Joana antwortete, es gehe um einen Lehrer aus Torena. Und Ricard sagte: »Ach der, den die Maquisards umgebracht haben, von dem habe ich schon gehört.« Und Joana sagte zu Maite: »Es heißt, er sei einer der größten Faschisten hier in der Gegend gewesen, und so was war Schullehrer.« Ricard rümpfte die Nase: »Wir machen uns nur das Leben schwer, wenn wir jetzt noch damit anfangen, werden wir bis zu Ausstellungseröffnung nie fertig«, und Maite sagte: »Wir können ja bei Gelegenheit noch mal drüber reden, mach dich jetzt nicht verrückt.« Währenddessen las Tina den in gewundenem Spanisch abgefaßten Artikel: »Vor einer Woche, am 18. Oktober 1944, dem Tag des Evangelisten Lukas, überfiel ein großer Trupp Maquisards drei Dörfer der Gemeinde (Torena, Sorre und Altron) im Wissen, daß sie an diesem Feiertag den größtmöglichen Schaden anrichten konnten. Ihr Ziel war es, sich zu den Herren dieser Region aufzuschwingen, von hier aus ungehindert vorzustoßen und mit schwerer Artillerie das Nogueratal und die Bezirkshauptstadt zu bombardieren, um die nationalen Kräfte abzulenken«,und so weiter und so fort. Sie überflog die nächsten Zeilen. Da stand es: »... durch den heldenhaften Einsatz des Dorfschullehrers von Torena, Oriol Fontelles Grau, der sich ganz allein und nur mit einer Kleinkaliberpistole bewaffnet dem roten Gesindel entgegenstellte, das die Kirche entweihen wollte. Oriol Fontelles, der neue Märtyrer, leistete aus der Kirche heraus Widerstand und hielt sie in Schach, bis ihm nach zwei Stunden die Munition ausging. Soweit wir wissen, sagte er noch im Tode seinem Freund, dem Bürgermeister von Torena, Kamerad Valentín Targa, der ihn in den Armen hielt, damit er in Frieden sterben konnte, daß er Widerstand geleistet habe, um den Ordnungskräften Zeit zu verschaffen, nach Torena zu gelangen, ohne daß es den Roten gelänge, ihre Stellung auszubauen. Er wisse, sagte er, daß er sein Leben gebe, um andere zu retten, und er tue dies gern. Und der heilige Krieger, der fleißige Lehrer, legte in der Blüte seiner Jugend seine Seele in die Hände des Herrn der Himmlischen und Irdischen Heerscharen. Er ruhe in Frieden, der Held und Märtyrer, der Falangist Oriol Fontelles Grau (1915-1944).« Meine Güte.

»Kann ich das behalten?« fragte Tina Joana und deutete auf die Mappe mit den Gemeindeblättchen.

»Meinetwegen ...« Joana sah zu Maite hinüber, aber auch die hatte nichts einzuwenden.

»Es ist für das Buch ... Ich weiß nicht ... Das Thema interessiert mich nun mal. Auch wenn hinterher nichts dabei herauskommt.«

»Aber bei der Ausstellung lassen wir den Krieg lieber raus«, schaltete Ricard sich wieder ein, »das wird sonst zu kompliziert, oder?«

Sie beschlossen, auf den Krieg zu verzichten.

Tina klappte die Mappe zu, ließ die Gummis schnalzen,

dann ging sie zu Joana hinüber und sagte, »Danke, das ist mir sehr nützlich«, und Joana sah ihr in die Augen und fragte: »Warum bist du so traurig, Tina?«

Tina war so überrascht, daß sie ein paar Sekunden brauchte, um zu reagieren. Dann schluckte sie und sagte: »Es ist, weil Arnau beschlossen hat, Mönch zu werden.«

14

Rosa setzte gerade das Gemüse auf, als sie durch das winzige Fenster, das inzwischen mit neuen, grünweiß gewürfelten Vorhängen geschmückt war, drei oder vier dunkle Männer vorübergehen sah, die man auf dem dämmerigen Platz kaum erkennen konnte, gefolgt von einem zögerlichen Oriol. Ihr war, als blicke er flüchtig zu dem Fenster hinüber und als folge er ein wenig widerwillig den Falangisten, die die Hauptstraße hinaufgingen und sicherlich nichts Gutes im Schilde führten. Rosa seufzte und setzte sich auf einen Stuhl, vor sich die Schüssel mit den Kartoffelschalen. Sie spürte den Fußtritt ihres Kindes und wünschte sich von ganzem Herzen, es möge ein Mädchen werden.

Oriol hatte sich von den drei Uniformierten überholen lassen, die nun zu ihrem Chef aufschlossen. Sie gingen die enge Straße hinauf, und trotz der Kälte stand Quim von den Narcís in der Tür, beobachtete den Trupp mit freudestrahlenden Augen und wäre am liebsten zu den Birulés gelaufen, um zu sagen, endlich wird hier mal aufgeräumt, Feliu. Er beschränkte sich darauf, den neuen Lehrer höflich zu grüßen, doch dieser war zu bedrückt, um zurückzugrüßen. Valentí war schon bei den Venturas angekommen und klopfte ungeduldig ans Fensterglas. Und dann geschah, was geschah, und Oriol sah von der Schwelle der Eingangstür zu: Wo ist dein Vater, der Mistkerl, laßt ihn in Ruhe, er weiß nichts, und vor allem der harte Blick der Ventura, die ihm in die Augen sah und fragte, wißt ihr, wo Frankreich liegt, der Lehrer soll's euch erklären, bevor sie, von Valentís Ohrfeige getroffen, durch den Raum flog. Weiter sah er nichts, weil er auf die Straße hinaustrat. Und als er nach Hause zurückkam, bleich und mit Ringen unter den Augen, fragte ihn die hustende

Rosa, bleich und mit Ringen unter den Augen, nicht, was geschehen war, und er erzählte nichts, sondern setzte sich hin und starrte ins Leere, und Rosa fühlte sich von ihrem Mann abgestoßen. Sie ging zu Bett, ohne etwas zu essen und ohne ein Wort zu sagen, wie die Familie Ventura, und Oriol mußte das Essen vom Feuer nehmen. Und dann klopfte es an die Tür, und einen Moment lang stellte er sich vor, es sei Elisenda Vilabrú, die ihm mit ihrer samtenen Stimme sagte, es sei alles ein Irrtum. Aber nein. Es war der Falangist mit dem schmalen Schnurrbart.

Ventureta hieß eigentlich Joan Esplandiu Carmaniu, war vierzehn Jahre alt und hatte die Augen vor Angst weit aufgerissen. Sie hatten ihn auf einen Stuhl gesetzt, hatten ihm aber die Handschellen abgenommen, und Valentí bot ihm freundlich lächelnd ein Glas Wasser an, das er gierig austrank, und dann eine selbstgedrehte Zigarette. Der Junge lehnte ab, und Valentí sagte: »Na los, Junge, du rauchst doch bestimmt heimlich«, und Ventureta sagte, »Ja, manchmal, Senyor, aber mir wird ein bißchen übel davon«, und Valentí steckte den Tabakbeutel wieder ein. »Wie du willst. Und jetzt, wo wir Freunde sind, kannst du mir alles sagen, was du über deinen Vater weißt«, und der Junge entgegnete: »Ich weiß gar nichts, meine Mutter hat recht.«

»Nein. Noch mal von vorn: Ist dein Vater in Frankreich?«

»Ich glaube, ja.«

»Und wo?«

»Das weiß ich nicht. Meine Eltern haben sich getrennt, und meine Mutter weiß nichts von ihm und will auch gar nichts wissen.«

»Und warum wurde er dann gesehen, wie er im Morgengrauen in euren Hof gesprungen ist?«

»Aber wir wissen ja noch nicht einmal, ob er noch am Leben ist, Senyor!«

»Ich weiß es aber. Er lebt und ist ein Mörder. Und ich will wissen, wann er heimlich zu euch zu Besuch kommt.«

»Aber wenn ich Ihnen doch sage, daß ...« Der Junge wagte nicht, den Bürgermeister anzusehen: »Als meine Eltern sich getrennt haben, ist er mit der republikanischen Armee weggegangen, und wir haben nichts mehr von ihm gehört, Senyor.«

»Nenn mich nicht Senyor, sag ›Kamerad‹ zu mir.«

»Ja, Kamerad.«

»Wie oft kommt er nach Hause?«

»Gar nicht, Kamerad. Ich schwöre es dir.«

»Schwör keinen Meineid.«

»Das tue ich nicht, ich sage die Wahrheit.«

Der Uniformierte mit dem schmalen Schnurrbart steckte den Kopf zur Tür herein. »Der Lehrer ist draußen.«

»Er soll reinkommen.«

Sie ließen Oriol herein, und er konnte Ventureta in die Augen sehen. Der Junge wandte verächtlich den Blick ab und starrte an die Wand unterhalb des Fotos des siegreichen Franco in Felduniform.

»Was habt ihr mit ihm gemacht?«

»Wir haben ihm kein Haar gekrümmt.« Targa nahm Oriol am Arm, führte ihn aus dem Büro und erklärte ihm so, daß Ventureta es hören konnte, wenn sich der Vater des Jungen nicht ergebe, werde man dem Jungen leider eben doch ein Haar krümmen müssen. Im Halbdunkel des Korridors vor der Bürotür hielt Valentí Oriols Arm fest gepackt und raunte ihm mit zornfunkelnden Augen ins Ohr: »Das war das letzte Mal, daß du eine meiner Entscheidungen vor anderen in Frage stellst.«

»Ich habe Sie nur gefragt, ob ...«

»Hier bestimme ich.«

»Er ist doch ein Kind, nur ein Kind.«

»Du mußt beim Verhör Protokoll führen.«

»Ich?«

»Balansó und die anderen würden Tage dafür brauchen.«

»Was ist das hier – ein Prozeß? Warum melden wir das nicht nach Sort?«

»Sollte es dir einfallen, so etwas zu tun«, zischte Valentí, »spieße ich dich bei lebendigem Leib auf.«

Noch immer hielt er ihn wütend am Arm gepackt. Dann tippte er ihm mit dem Zeigefinger auf die Brust und fuhr etwas ruhiger fort: »Ich bin für die öffentliche Ordnung in dieser Gemeinde verantwortlich. Und ich will, daß ein Protokoll geführt wird, damit alles seine Richtigkeit hat.«

»Der Junge kann doch nichts getan haben.«

»Habe ich dir jemals gesagt, wie du den Kindern das Einmaleins beibringen sollst? Wenn das überhaupt noch gelehrt wird ...«

Als Valentí Targa das Verhör wiederaufnahm, saß Oriol Fontelles, Grundschullehrer und nunmehr Gerichtsschreiber, mit Bleistift und Papier in der Ecke und sah den Jungen nicht an. Valentí ließ sich vor Ventureta nieder, klopfte ihm freundschaftlich auf die Schulter und sagte: »Mal sehen, wo waren wir? Ach ja, du wolltest mir sagen, wo sich dein Vater versteckt hält. Wo?«

»Ich habe gesagt, ich weiß es nicht, Kamerad.«

»Nenn mich nicht Kamerad: Das verdienst du nicht.«

»Ich weiß nicht, wo er sich versteckt, Senyor.«

»Also gut. Dann warten wir eben.« Er setzte sich neben den Jungen und musterte ihn: »Da dein Vater ein Feigling ist, wird er sich nicht stellen, und wir werden dich erschießen müssen. Es ist ein Jammer.«

Oriol hob ruckartig den Kopf. Er traf auf Valentís eisigen Blick, als hätte dieser das nur gesagt, um zu sehen, wie er reagierte.

»Aber mein Vater weiß ja nicht, daß ich ...« wandte Ventureta ein.

»Natürlich weiß er es. Ich weiß nicht, wie sie es machen, aber die Nachrichten fliegen.« Valentí nahm den Tabakbeutel und drehte sich eine Zigarette. »Wenn er nicht kommt, dann deshalb, weil er ein Feigling ist.«

Er hielt inne und zeigte mit der halb gerollten Zigarette auf den Jungen: »Sagt dir der Name Eliot etwas?«

»Nein.«

Oriol senkte den Kopf und schrieb weiter. Er hörte den Jungen mit zitternder Stimme fragen: »Kann ich rauchen, Senyor?«

»Nein. Das hättest du dir vorher überlegen müssen.« Er sah ihn fest an, in der Hand noch immer die Zigarette: »Wir sind keine Freunde mehr. Ich werde dir weh tun müssen, damit du mir sagst, was du weißt.«

Joan Esplandiu aus dem Hause Ventura, genannt Ventureta, schluchzte auf, unfähig, seine Angst länger zu bezähmen.

»Ich kann nichts dafür«, sagte Valentí und zündete sich die Zigarette an. Er spuckte einen Tabakkrümel aus. »Dein Vater ist schuld, der Mistkerl.«

Ventureta schluchzte wieder auf, und Valentí sah ihn verächtlich an: »Ich habe Jüngere als dich sterben sehen, mit dem Gewehr in der Hand und freudigen Herzens.« Sein Gesicht war nur noch eine Handbreit von dem Jungen entfernt, seine Stimme war leise: »Und du heulst wie ein Weib ...« Er blies ihm den Rauch ins Gesicht und fragte, beinahe flüsternd: »Wo ist dein Vater?«

»Herr Lehrer«, sagte der Junge, »sagen Sie ihm doch, daß ich ...«

»Der Herr Lehrer ist als Schreiber hier. Du hast kein Recht, ihn anzusprechen.«

Valentí stand auf, ging zu dem schreibenden Oriol hinüber und streckte die Hand nach dem Protokoll aus. Er überflog es, aufmerksam beobachtet von Ventureta, der darauf zu hoffen schien, daß irgendwo auf diesen rauhen, dunklen Blättern seine Begnadigung verzeichnet wäre, es war ein Fehler, wir entschuldigen uns im Namen des Caudillo höchstpersönlich. Plötzlich verzog der Bürgermeister unwillig das Gesicht und klopfte auf einen Absatz, der ihm nicht gefiel. Als er alles durchgelesen hatte, legte er Oriol die Papiere wieder hin: »So stimmt das nicht. Schreib.«

Er ging auf und ab, die Hände auf dem Rücken, und rezitierte: »Nachdem der bereits genannte Joan Esplandiu aus dem Hause Ventura aufgefordert worden war, sich im Rathaus einzufinden, ist er aus freien Stücken und mit dem Einverständnis seiner Familie erschienen. Da es im Rathaus keinen Verhörraum gibt, wurde er in mein Büro gebracht, wo ihm ein Glas Wasser angeboten wurde. Und da die Angelegenheit, aufgrund deren er ins Rathaus zitiert worden war, nicht aufgeklärt werden konnte, wurde er eingeladen, die Nacht im Rathaus zu verbringen, was er freudig annahm.«

Valentí deutete auf die Papiere und die Schreibmaschine: »Schreib das ins reine«, sagte er und zog sich Jacke und Schal an.

15

Obwohl Marcel Vilabrús Werdegang, sein Erbgut und sein Naturell ihn geradezu prädestinierten, Herzen zu brechen, andere zu verletzen, ihnen seinen Willen aufzuzwingen und sie an sich zu binden, und das alles, ohne einen Finger zu rühren, man könnte sagen, unwillentlich, beging er den Fehler, sich in die falsche Frau zu verlieben. Sie hieß Ramona und stammte aus einer Handwerkerfamilie in Sants, war begeistert von den Angriffen der Studenten von Nanterre auf die Staatsgewalt, hatte verstanden, was Revolution bedeutete, und schlug Marcel vor, sie sich vor Ort anzusehen. Er stand kurz vor dem Abschluß seines Jurastudiums und hatte sich vor allem mit Zivil- und Handelsrecht schwergetan. Sie studierte Philosophie, ein wenig planlos und in den Tag hinein. Keiner der beiden hatte die Absicht, sein Studienfach jemals zu seinem Beruf zu machen, Ramona, weil sie sich entschieden hatte, Schriftstellerin zu werden, und Marcel, weil er gar nichts entschieden hatte.

»Fahrkarte, Rucksack, Trockenfrüchte und Schokolade.«

Marcel wagte nicht, ihr zu gestehen, daß er noch nie so gereist war. Diese Augen, dieser Mund, sie gefällt mir einfach, ich weiß auch nicht, warum, und so sagte er: »In Ordnung, Fahrkarte, Rucksack, Trockenfrüchte und Schokolade.« Seiner Mutter erzählte er, er wolle mit Quique jetzt, wo nicht so viel los war, die Skipisten von Sankt Moritz erproben. Er erkaufte sich Quiques Schweigen – der sofort zu Elisenda lief, die ihn ebenfalls entlohnte –, er kaufte die beiden Fahrkarten, er kaufte sich einen Hochgebirgsrucksack, zwei Kilo Trockenfrüchte und dreißig Riegel Schokolade und begab sich mit seiner Liebsten zur Estació de França.

Da der Sohn nicht da war, verbrachte Quique heimlich

zwei Tage in Senyora Elisendas Wohnung in Barcelona, eine Oase im Vergleich zu ihren flüchtigen Begegnungen in Torena. Strengste Geheimhaltung war die einzige Bedingung, die sich nicht geändert hatte, seit ihr schwieriges, unerwartetes Verhältnis elf Jahre zuvor begonnen hatte. Damals war Quique ein gutaussehender neunzehnjähriger Junge gewesen, der wußte, was er wollte, und sie war mehr als doppelt so alt wie er. Nun war Quique ein noch immer gutaussehender dreißigjähriger Mann, der wußte, was er wollte, und Senyora Elisenda war über fünfzig. Niemand kannte ihr Verhältnis, oder besser gesagt, Senyora Elisenda glaubte, daß niemand es kenne, und unternahm daher alle nur erdenklichen Anstrengungen, es geheimzuhalten. Senyora Elisenda konnte nicht riskieren, daß jemand auf falsche Gedanken kam, und das Spiel mit der Heimlichkeit gefiel ihnen. Jetzt, da Bibiana tot war, durften nicht einmal die Dienstboten wissen, daß Elisenda die einzigen Orgasmen ihres unregelmäßigen Sexuallebens in den Augenblicken höchster Heimlichkeit hatte.

Unterdessen war Paris ein Fest. Marcel und Ramona verließen ihr Zimmer in einer Pension in der Rue Guisarde nur, um etwas zu essen und Luft zu schnappen, bevor sie sich wieder aufeinander stürzten. Sie wußten nicht genau, wo das Quartier Latin lag, erhaschten aber immerhin einen Blick auf die Seine, ein paar Brücken und die Silhouette des Eiffelturms. Von nun an hatten sie das Gefühl, an vorderster Front dabeigewesen zu sein.

Auf der Rückfahrt gestand Marcel einer erstaunten und zunehmend empörten Ramona beschämt, er sei nicht, was er scheine, sie solle nicht erschrecken, aber seine Familie – nicht er natürlich, um Himmels willen – aber seine Familie sei … man könnte sagen, dem System treu ergeben, und seine Bräune komme vom Skifahren. Es sei erst seine zweite Zugfahrt, die erste sei die Hinreise gewesen; im Sommer fliege er zum Skilaufen nach Argentinien, und er sei unverschämt reich. Ob sie ihn denn immer noch liebe?

Der Zug verließ gerade den Bahnhof von Perpignan, und

bevor er an Fahrt gewann, sprang Ramona rasch ab, mit verweinten Augen, zerbrochenen Träumen und zerstörten Illusionen. Der untröstliche Marcel, der nicht hinterherspringen konnte, weil der Zug inzwischen zu schnell war, und immer wieder verzweifelt »Ramona, Ramona« rief, bot seinen unbekannten Abteilgenossen ein willkommenes Spektakel.

Im Alter von dreiundfünfzig Jahren beschloß Senyora Elisenda Vilabrú, verwitwete Vilabrú, daß es an der Zeit sei, ihr Leben zu ändern. Sie kaufte sich ein Ticket nach Fiumicino. Zu diesem Zeitpunkt hatte sie sich bereits an allen entscheidenden Stellen Respekt verschafft. Sie hatte so früh damit begonnen und die Zeit so gut genutzt, daß kaum noch erkennbar war, was sie für die Mächtigen so attraktiv machte. War es ihr natürliches Talent oder die Tatsache, daß sie ein gewaltiges Vermögen an Ländereien und Geld geerbt hatte? Vielleicht war es auch der gründlichen Erziehung der Theresianerinnen zu verdanken, die sie gelehrt hatten, daß sie sich nicht wundern dürfe, in der Welt, der sie nun einmal angehörte, Menschen ohne Moral und ohne Prinzipien zu begegnen, und daß in dieser Welt das einzig Unverzeihliche schlechtes Betragen war. Ihre guten Kontakte aus der Zeit in San Sebastián, ihr natürliches Talent, ihr Charme, ihre Härte im entscheidenden Augenblick taten ein übriges, daß sie in der Geschäftswelt und der Welt der dazugehörigen politischen Kontakte bald unumgänglich war. Am bemerkenswertesten war vielleicht, daß sie als eine der ersten in den Wintersport investiert und vor allen anderen wagemutig auf das Geschäft mit Sportartikeln gesetzt hatte. Sie verstand, daß die Qualität der Artikel weniger wichtig war als ein guter Markenname, und hatte der Skepsis ihrer Berater einschließlich Gasulls zum Trotz eine Menge Geld in gutes Markendesign gesteckt, Jahrzehnte, bevor dies gang und gäbe wurde. Und so erlangte sie das Prestige der Vilabrú-Sportartikel, die aus Marketinggründen in Bru umbenannt wurden: Skier, Stöcke, Stiefel, Schneeschuhe, Handschuhe, Brillen, Kakaocreme und

Hosen, für die Karl Schranz warb; Tennisschläger, Tennisbälle, Tennisnetze, Stühle für die Schiedsrichter beim Tennis, Pulswärmer für Tennisspieler, Pullover und Hemden, verkauft mit Hilfe des Lächelns von Gimeno, Laver und Newcombe, Hockey- und Eishockeyschläger, Volleybälle, Volleyballnetze, Hand-, Basket- und Fußbälle und die leichten Turnschuhe der Marke Brusport. Und die wunderbaren Tischtennisschläger, die in die USA, nach China und Schweden exportiert wurden, weil sie Leichtigkeit, Präzision und außergewöhnliche Zuverlässigkeit boten. Das alles schaffte sie ganz allein, weil niemand in ihrer Umgebung an den Erfolg dieser Strategie glaubte. Sie liebte es, gegen den Strom zu schwimmen, sich allein auf ihre Eingebung zu verlassen, selbst wenn der Ausgang ungewiß war. So war ihr ganzes Leben gewesen, und so war es immer noch. Davon abgesehen, hatte sie Gesellschaften gegründet, hatte ihnen vorgestanden und hatte ihr Vermögen gemehrt, einzig aufgrund ihres Riechers und der Ratschläge von Rechtsanwalt Gasull, eines konservativen, vorsichtigen Mannes, der alles andere als brillant war, aber den unschätzbaren Vorzug besaß, beinahe immer gut informiert zu sein.

Böse Zungen behaupteten, Elisenda Vilabrú habe stets einen persönlichen Botschafter bei der Ministerkonferenz, und diese bösen Zungen waren manchmal fast ebenso gut informiert wie Rechtsanwalt Gasull. Tatsächlich fand sich unter den Günstlingen General Francos häufig ein Rechtsanwalt, ein hoher Beamter oder ein Landbesitzer, der zum richtigen Zeitpunkt eine Finanzspritze in Form einer Akquisition von Wertpapieren durch Senyora Elisenda erhalten hatte. Außerdem kaufte sie emsig Hügel um Hügel riesige Ländereien zusammen, vor allem im Pallars, wo sie ihren Triumph zeigen wollte, aber auch sonst überall, wo sich die Gelegenheit bot. Es hieß, der halbe Doñana gehöre ihr. Und doch fühlte sie sich schuldig, die Erziehung ihres Sohnes vernachlässigt zu haben. Jetzt, da sie dreiundfünfzig Jahre alt war, stand Marcel kurz vor dem Abschluß seines Jurastudiums und hatte alle seine Kräfte darauf verwandt, ein kompletter Nichtsnutz zu werden. Senyora Elisenda fühlte sich dafür verantwortlich, konnte aber nicht viel mehr tun, als die Scherben zu kitten, wenn ihr Sohn wieder einmal etwas ausgefressen hatte und Ärger drohte, oder ihm eine Strafpredigt zu halten, die Marcel mit gesenktem Kopf über sich ergehen ließ, während er versuchte, sich einen Dreck um die strenge Distanziertheit seiner Mutter zu scheren.

Aus demselben Grund, aus dem sie den gesamten Pallars aufkaufen zu wollen schien, hatte Senyora Elisenda nie erwogen, Casa Gravat zu verlassen. Obwohl das Dorf keineswegs repräsentativ war – es war nicht arm, bot aber einen schäbigen Anblick –, lebte sie weiterhin in Casa Gravat. Von dort aus führte sie lange Telefongespräche mit Barcelona oder Madrid, kaufte und verkaufte mit kalter Präzision. Dort führte sie Buch über den steigenden Verkaufswert der Pferde, über verlorengegangene Kühe und Tonnen von Wolle nach der Schur und sah die Papiere durch, die ihr der Verwalter auf den Wohnzimmertisch legte, an dem sie einmal pro Woche zusammenkamen. Und nur ein- oder zweimal im Jahr ließ sie sich, ein parfümiertes Taschentuch an die Nase gepreßt, auf dem geschäftigen Gutshof sehen, dem Stammhaus der Familie, dem sie ihren Reichtum verdankte. Indem sie in Casa Gravat lebte und deren Remise zu Garagen umbaute, indem sie die mit dem Sgraffito verzierte Fassade reinigen ließ, sich einen Fernseher anschaffte, auf den Balkon trat, der auf den Platz hinausging, und ihren Nardenduft verbreitete, richtete sie über die Schuldigen, die ihrem Bluträcher nicht zum Opfer gefallen und noch am Leben waren; sie zeigte ihnen hemmungslos ihren geradezu obszönen Reichtum und sah über die Häuser der Feliçós, der Venturas und der Gassias von den Misserets, die sich vermehrten wie die Karnickel, hinweg, als gäbe es sie gar nicht, als wären sie nicht mehr als die Kiesel auf dem Platz. So gab sie ihnen zu verstehen, daß der Krieg nicht vorbei war, daß er nie vorbei sein würde, weil sie die Erinnerung an die Toten der Familie aufrechterhielt. Dennoch hatte sie sich aus Bequemlichkeit die riesige Barceloneser Stadtwohnung in Pedralbes herrichten lassen, wo sie so wenig Zeit wie möglich verbrachte, die ihr aber sehr zustatten kam. Und so ging sie methodisch und präzise ihren Geschäften nach, sei es in Torena, in Barcelona oder unterwegs im Auto, weshalb Jacinto Mas, der immer am Steuer saß, einer der Menschen war, die am meisten über Elisenda wußten. Aber er war auch einer der Treuesten, denn sie sieht mich mit diesem Blick an, der sagt, sehr gut, Jacinto, du machst das ausgezeichnet, ich vertraue dir und lege meine Geheimnisse in deine Hände, denn du bist der Paladin meiner Sicherheit. Wenn du wüßtest, wie ich dich liebe, Jacinto, sagt ihr Blick; aber die gesellschaftlichen Schranken und der Klassenunterschied stehen zwischen uns und unserer unsterblichen Liebe.

Senyora Elisendas religiöses Leben war nicht lückenlos verlaufen. Als die Männer des Hauses ermordet wurden und sie nach San Sebastián floh, als sie alles verloren hatte bis auf Bibiana, kühlte ihre Frömmigkeit so stark ab, daß sie ostentativ der Messe fernblieb, um Gott für sein Versagen zu strafen. Doch als sie nach Torena zurückkehrte und die Ereignisse ihren Lauf nahmen, als sie sich ausruhen konnte, ging sie wieder regelmäßig zur Messe, sehr zur Freude von Hochwürden Aureli Bagà, dem Senyora Elisenda ihre unvermeidlichen Sünden anvertraute. Seit sie zu den gängigen Formen der Andacht zurückgekehrt war, fehlte sie nicht einen Sonntag in der Kirche. Sie saß stets am gleichen Platz in der vordersten Bank, während in der hintersten Bank, bei der Kirchentür, Jacinto Mas mit verschränkten Armen darüber wachte, daß niemand auf dumme Gedanken kam. Niemals wäre es sonntags jemandem eingefallen, sich auf ihren Platz zu setzen, nicht einmal Cecilia Báscones. In der Kirche Sant Pere von Torena feierte Marcel auch seine Erstkommunion, obwohl ihr angeboten worden war, sie in der Kathedrale von La Seu d'Urgell oder sogar in der Kirche der Jesuiten von Sarrià zu feiern, die ausgezeichnete Beziehungen zum Internat Sant Gabriel unterhielten. Und jeden Sonntag drückte sie Hochwürden Aureli, wenn dieser herbeieilte, um sie zu grüßen und so zu tun, als grüßte er auch die anderen Gläubigen, einen zusammengefalteten Geldschein in die Hand. Alle drei, vier Monate fragte sie ihn, wie der Prozeß voranging, und Hochwürden Aureli, der die Frage stets fürchtete, mußte nach La Seu reisen, um sich nach dem neuesten Stand des Prozesses zu erkundigen; dann überbrachte er Senyora Elisenda eine geschönte Antwort, die diese stets schweigend entgegennahm. In diesen heiklen Momenten fand Hochwürden Aureli, daß er sich die großzügigen Spenden Senyora Vilabrús mehr als verdient hatte.

Einmal im Monat kam der alte Kanoniker August Vilabrú nach Torena, um die Messe zu lesen, und seine Nichte Elisenda lauschte ihr andächtig wie immer. Seine gut neunzig Jahre straften Hochwürden August hart; er konnte die Frage nach der Ergodizität zufälliger Prozesse in kompakten metrischen Räumen nicht auf Anhieb erfassen, seine Augen röteten sich, wenn er vor dem Papier saß, die Formeln begannen zu verschwimmen, und er wäre gerne dreißig Jahre jünger gewesen, um zu sehen, welche neuen Wege die Mathematik einschlug. So verhielt er sich still und blickte aus traurigen Jagdhundaugen drein.

Zwar sündigte Senyora Elisenda drei- bis viermal im Monat, doch fand sie, das gehe Hochwürden Aureli Bagà nichts an, und so brachte sie das Thema während der Beichte gar nicht erst zur Sprache. Außerdem sündigte sie immer häufiger in ihrer Wohnung in Barcelona statt im Dorf, weil sie nicht wollte, daß irgend jemand in Torena ihre Schreie hörte. Niemand sollte sie hören, nicht einmal die guten, francotreuen Familien wie die Birulés, die Savinas, die Majals oder die Narcís genossen die Ehre ihres Vertrauens, ganz zu schweigen von Cecilia Báscones, dieser unsäglichen Person. Senyora Elisenda hatte beschlossen, daß sie in Torena keine Freunde haben wollte. Sie lebte in Torena, um sich an ein paar Menschen zu erinnern, über die sie gesiegt hatte, und um einmal im Monat zum Friedhof gehen zu können, ob es regnete oder schneite. Und um Gottes Blick aus größerer Nähe zu ertragen.

Sie musterte das Flugzeugticket ganz genau, als wäre es die Lösung all ihrer Probleme. Immerhin hatte sie beschlossen, daß es an ihr lag, den nächsten Schachzug zu tun.

Im Morgengrauen brach sie von Torena auf. Während der endlosen Reise zum Flughafen von Barcelona besprach sie sich mit Rechtsanwalt Gasull, und am Parkplatz angekommen, bat sie ihn, sie mit Jacinto allein zu lassen. Dieser ließ die Trennscheibe herab und sog mit weit geöffneten Nasenflügeln den Nardenduft ein, während sie seinem Hinterkopf Anweisungen erteilte. Jacinto hörte ihr zu, betrachtete sie dabei im Rückspiegel und verstand wie immer vollkommen, was sie ihm zu tun befahl, um dem Trauerspiel zwischen Marcel und dieser Hippieschlampe ein Ende zu setzen.

»Ich will, daß alles erledigt ist, wenn ich zurückkomme.«

»Alles wird erledigt sein.«

»Danke, Jacinto.«

Sein Herz zog sich zusammen wie immer, wenn sie sagte, sehr gut, Jacinto, du machst das ausgezeichnet. Aber er beschränkte sich darauf, ihr eine gute Reise zu wünschen.

Sie war mit einem Nachtzug zurückgekehrt, müde, traurig. Vor allem aber war ihre Würde angekratzt, denn trotz ihrer Empörung dachte sie alle fünf Minuten, gleich geht die Tür auf, und dann kommt Marcel rein, und ich werde ihm sagen, du bist ein Mistkerl, das hättest du mir früher sagen können, aber wenn du willst, können wir drüber reden, okay? Aber Marcel erschien nicht an der Abteiltür, weil er in diesem Augenblick seiner Mamà vorschwindelte, wie sehr ihn die neuen Skipisten von Sankt Moritz beeindruckt hätten, die er nur aus dem Katalog kannte. Senyora Elisenda, die schon ihr Ticket nach Fiumicino hatte, hörte ihm geduldig zu und dachte, mit wem warst du wohl zusammen, wer hat dir den

Kopf verdreht, daß du hier diese Komödie spielst, wo du dich doch sonst zu nichts aufraffen kannst.

Als Ramona ein paar Tage später gerade überlegte, ob sie nicht doch etwas vorschnell reagiert hatte, mein Gott, was ist schon so schlimm daran, Millionär zu sein, und drauf und dran war, Marcel anzurufen, fand Jacinto Mas die Studentenwohnung und führte ein sehr interessantes Gespräch mit ihr. Sie saß auf ihrem Bett, er stand vor ihr, eine Zigarette im Mund, deren Rauch ihm in die Augen stieg, und fuhr sich mit dem Finger über die Narbe im Gesicht, wie immer, wenn er nachdachte. Ab und zu warf er einen Blick auf das Räucherstäbchen, das auf einem Nachttisch vom Flohmarkt vor sich hin glimmte.

»Du hast die Wahl.«

Ramona sah ihn an. Sie war verwirrt. Als habe er ihre Unentschlossenheit erraten, zog Jacinto einen dicken Umschlag aus der Tasche und legte ihn neben Ramona aufs Bett. Sie griff nicht danach, obwohl sie, wie Jacinto vermutete, nichts lieber getan hätte.

»Das hier und zwei Jahre Miete für die neue Wohnung.«

Jetzt nahm Ramona den Umschlag und öffnete ihn. Jacinto wußte, daß er gewonnen hatte. Das Mädchen strich mit dem Finger über das Geldbündel.

»Es ist alles da«, beruhigte sie Jacinto Mas. »Alles, was ich dir versprochen habe.« Er streckte die Hand aus: »Na los, zähl nach ...«

Das Mädchen nahm das Bündel heraus und begann ungeniert zu zählen. Jacinto wartete, bis sie fertig war. Dann streifte er die Asche in die geöffnete Hand, weil er keinen Aschenbecher fand, und sagte, ohne sie anzusehen: »Sollte ich zufällig erfahren, daß du irgend etwas unternommen hast, um Marcel wiederzusehen, an der Universität oder wo auch immer, komme ich zu dir, nehme dir das Geld weg, zeige dich wegen Betrugs an und werfe dich über den Balkon aus der Wohnung. Habe ich mich deutlich ausgedrückt?«

Ramona sah ihn nicht an. Ihr offenes Haar fiel ihr ins Gesicht, und Jacinto dachte, daß das Mädchen nicht ohne war und daß er es allmählich satt hatte, jeden Schlamassel, in den Marcel geriet, richten zu müssen. Ob dieses Mädchen ihn verstanden hatte?

»Sind Sie Marcels Vater?«

Was gäbe ich drum. Stell dir nur diese Nächte vor, ihre Schreie, es wäre der Himmel auf Erden.

»Ja.«

Sie wurden handelseinig, und Jacinto half ihr eigenhändig beim Kofferpacken und brachte sie in die neue Wohnung, eine Altbauwohnung im Raval, dunkel und muffig, aber groß genug, um alle Räucherstäbchen der Welt unterzubringen. Vielleicht wäre es doch ganz schön gewesen, Millionärin zu sein.

Marcel suchte sie vergeblich in ihrer Studentenbude, und ein paar Monate lang weinte er ihr hinterher und war untröstlich. Sie war nicht mehr im Unterricht, in keiner Versammlung und keiner Bar der Universität, und in seiner Erinnerung verklärte er sie, weil sie ihre Weltanschauung der Versuchung eines angenehmen Lebens vorgezogen hatte. Wenn ihn von dieser Zeit an jemand nach seinen Erlebnissen im Mai 68 fragte, antwortete er düster, es seien tiefgreifende Erfahrungen gewesen, und weigerte sich, ins Detail zu gehen. Er nahm nie wieder den Zug. Und er sah Ramona nie wieder und erfuhr nie, ob sie Schriftstellerin geworden war.

Der ganze Raum war makellos sauber, denn körperliche Reinheit ist Symbol und Vorstufe der geistigen Reinheit. Der Gekreuzigte hing an der Wand, bleich, blutleer und ziemlich weit oben, wo er nicht störte, und übersah alle Verhandlungen, die in diesem stillen Raum geführt wurden. Der Tisch war so oft lackiert worden, daß er spiegelblank war. Sie saß an einer Seite des Tisches, die Unterlagen vor sich, auf denen ihre Unterschrift noch feucht war.

»Sollte das Institut den Prozeß beschleunigen oder wesentlich zu seiner Beschleunigung beitragen«, sie blickte mit hochgezogenen Augenbrauen auf den Papierstapel, »wäre meine Dankbarkeit größer, als Eure Hochwürdigste Exzellenz sich vorstellen können.«

Monsignore Josemaría Escrivá de Balaguer y Albás, Doktor der Jurisprudenz, Doktor der Heiligen Theologie, Professor für römisches Recht, Professor für Philosophie und Deontologie, Rektor des königlichen Patronats Sankt Elisabeth, Hausprälat Seiner Heiligkeit Pauls VI., Ehrenmitglied der Päpstlichen Akademie der Theologie, Konsultor der Studienkongregation, Gründer und Generalpräsident des Opus Dei, Mitglied des Colegio de Aragón, Doktor *honoris causa* der Universität von Saragossa, Großkanzler der Universität von Navarra, der berühmte Sohn der Stadt Barbastro und Ehrenbürger von Barcelona und Pamplona, Träger der Großkreuze Sant Raimond de Penyafort, Afonso X., Isabel La Católica, Carlos III. (mit weißem Ehrenzeichen), Beneficiència und Marquis von Peralta, senkte bescheiden den Kopf und sagte leutselig: »Wer könnte größeres Interesse haben als ich, daß der Prozeß ein zufriedenstellendes Ende nimmt?« Er breitete die Arme aus, wie um den Tisch, Senyora Elisenda, die großzügige Gabe und die unterzeichneten Papiere brüderlich zu umarmen, und verkündete: »Ich werde persönlich Monsignore Álvaro del Portillo damit betrauen.«

»Und was das Schweigen über meine persönliche Bitte um Aufnahme in das Institut betrifft?«

Monsignore legte die Hände aneinander. Durch die Stille hindurch vernahm sie, fern und gedämpft, das Verkehrschaos von Rom. Sie sah ihr Gegenüber an, mach schon, schließlich habe ich nicht den ganzen Tag Zeit. Escrivá bemerkte ihre Ungeduld und antwortete: »Auch wenn Ihr gesellschaftliches Leben in christlicher Hinsicht vorbildlich ist, so gibt es doch in Ihrem Privatleben einen Aspekt, der einen Skandal verursachen könnte. Und Gnade dem, der einen Skandal hervorruft, denn er wäre besser bestellt ...«

»Es wird keinen Skandal geben«, unterbrach sie ihn empört, aber beherrscht, »weil niemand diesen Aspekt meines

Privatlebens kennen kann. Wie habt Ihr überhaupt davon erfahren, Hochwürdigste Exzellenz?« In ihrer Stimme schwang Verachtung.

Monsignore Josemaría Escrivá de Balaguer y Albás, Doktor der Jurisprudenz, Doktor der Heiligen Theologie, Professor für römisches Recht, Professor für Philosophie und Deontologie, Rektor des königlichen Patronats Sankt Elisabeth, Hausprälat Seiner Heiligkeit Pauls VI., Ehrenmitglied der Päpstlichen Akademie der Theologie, Konsultor der Studienkongregation, Gründer und Generalpräsident des Opus Dei, Mitglied des Colegio de Aragón, Doktor *honoris causa* der Universität von Saragossa, Großkanzler der Universität von Navarra, der berühmte Sohn der Stadt Barbastro und Ehrenbürger von Barcelona und Pamplona, Träger der Großkreuze Sant Raimond de Penyafort, Afonso X, Isabel La Católica, Carlos III. (mit weißem Ehrenzeichen), Beneficiència und Marquis von Peralta, lächelte und zog es vor, die Gardinen am anderen Ende des Raumes zu betrachten.

16

Bibiana sah ihm in die Augen und erkannte sofort, daß dieser Mann ihrem Mädchen nur Unglück bringen würde. Sie trat einen Schritt zurück, um ihn hereinzulassen, führte ihn in den Salon und ließ ihn allein. Er sah sich um. Über dem Kamin hing das fertige Porträt seiner Elisenda. Das Bild und die Vorhänge rochen noch nach Farbe. Ja, sie war wunderschön.

»Hallo.«

Erschrocken drehte Oriol sich um. Er sah sie an, verglich Original und Porträt. Sie war noch eleganter gekleidet als auf dem Bild. Die beiden paßten zusammen. Die Uhr tickte würdevoll, draußen auf dem Platz schlug ein Fensterladen an eine Wand. Oriol ging auf Elisenda zu. Er hätte gern ihre Hände genommen. Was ist los, fragten ihn ihre kupferbraunen Augen.

»Bürgermeister Targa will einen Jungen umbringen lassen.«

»Was sagst du da?« Sie war entsetzt.

Er erzählte ihr alles, und sie hörte schweigend zu. Daß er Valentí Targa nicht davon abbringen konnte. Daß Rosa empört war, wütend. Daß sie jeden Tag kühler und distanzierter war. Daß Rosa ihm heute, kaum, daß er aus der Schule nach Hause gekommen war, gesagt hatte: »Weißt du, was man mir erzählt hat?«

Oriol sah Rosa neugierig an, während er sich die Jacke auszog.

»Daß du Joan Ventureta verraten hast.«

»Ich?«

»Sie sagen, du hättest gehört, wie die Ventura-Mädchen über ihren Vater gesprochen haben. Daß er sie manchmal nachts heimlich besucht.«

»Wer sagt denn so was?«

»Alle.«

»Rosa ...«

»Wenn du nicht ernsthaft etwas unternimmst, glaube ich es am Ende auch noch.«

Oriol setzte sich, er war wie erschlagen. Wie konnte jemand denken, daß er ...

»Was soll ich denn machen? Auf Knien habe ich ihn angefleht aufzuhören. Außerdem wird er dem Jungen nichts tun, Rosa, das weiß ich.«

»Hier im Dorf meinen sie, er sei dazu fähig und zu Schlimmerem. Und die aus Altron, die ihn gut kennen, sagen, er ist ein übler Bursche.«

»Und ich sage dir, daß er es nicht tun wird. Das ist unmöglich.«

»Laß uns nach Sort gehen und ihn anzeigen. Laß uns zu irgendwem gehen!«

»Die würden uns auslachen. Und hinterher wären wir dran.«

»Du bist ein Feigling.«

»Ja. Aber Targa wird ihn nicht umbringen. Und ich habe kein Kind verraten!«

»Es ist schrecklich, daß meine eigene Frau so etwas denkt«, sagte Oriol. Und da er sich schon ein wenig wie zu Hause fühlte, ließ er sich in einen Sessel sinken, ohne um Erlaubnis zu fragen. Elisenda setzte sich in den anderen Sessel und nahm seine Hand. Sie war sehr ernst, sagte aber nichts.

»Du hast Einfluß auf diesen Mann«, sagte Oriol flehend.

Elisenda hielt seine Hand fest, und trotz seiner Bestürzung fühlte Oriol einen angenehmen Schauer.

»Ich habe auf niemanden Einfluß.«

»Nun, man sagt ...«

Oriol hätte sich die Zunge abbeißen können. Zu spät.

»Was sagt man?«

»Nichts.«

Elisenda ließ Oriols Hand los. Er spürte ihre Anspannung, aber ihre Stimme blieb ruhig: »Was sagt man?«

Oriol sah sie an. Zum ersten Mal war sie ernst. Zum ersten Mal sah sie ihn nicht mit diesen Augen an, die zu malen ihm gelungen war. Er sah sich gezwungen zu antworten. »Nichts, es … es heißt hier in Torena, daß Targa mit den Leuten abrechnet, die …«

Elisenda stand auf und beendete seinen Satz: »… mit den Leuten, die meinen Vater und meinen Bruder auf dem Gewissen haben, ja.«

»Ja.«

»Muß ich dich auch daran erinnern, daß ich mit diesem Höhlenmenschen nichts zu schaffen habe?«

»Nein, ich …«

»Als ich vor einem Jahr zurückgekommen bin, war leider alles schon passiert. Außerdem wurden überall alte Rechnungen beglichen.« Sie wandte ihm den Rücken zu, wie um das Bild zu betrachten. »Und ich bin dir keine Rechenschaft schuldig.«

Oriol fuhr sich mit den Händen über das Gesicht. »Ich will nur wissen, ob du dich für das Leben von Ventureta einsetzen kannst.«

Elisenda drehte sich um, nickte knapp und sagte: »Geh.«

Oriol stand auf. Er kämpfte mit den Tränen. Er wollte nicht länger Dorfschullehrer sein und wünschte sich, er hätte nie den Körper dieser wunderschönen, hassenswerten, bewundernswerten Frau gemalt. Als er schon an der Tür war, hörte er, wie Elisenda sagte: »Mach dir keine Sorgen, dem Jungen wird nichts geschehen.«

17

Es war das aufreibendste Abendessen, an das Tina sich erinnern konnte. Mit gesenktem Blick löffelten ihre Männer die Suppe in sich hinein, und sie beobachtete die beiden und versuchte, ein Gespräch anzufangen: »Weißt du denn, wann wir dich besuchen können?«, und Jordi sagte, hart in seiner Verzweiflung, daß er ihn nie besuchen werde, und Arnau antwortete, an sie gewandt: »Ich weiß es nicht genau, aber sobald ich es weiß, sage ich euch Bescheid. Ich würde mich sehr freuen, euch zu sehen. Oder dich.« Eine weitere quälende Viertelstunde verstrich in Schweigen, weil das »oder dich« Jordi aus dem Gespräch ausschloß, aus der Zukunft. Als sie die Suppe gegessen hatten, brach sie das Schweigen: »Ich weiß nicht, ich kann mir einfach nicht vorstellen, wie du in Schwarz aussiehst, mit einem Gebetbuch in der Hand oder im Chor. Das ist fast so seltsam, als würdest du mich zur Großmutter machen.« Es war der einzige heitere Augenblick bei ihrem letzten gemeinsamen Mahl. Arnau brach in Gelächter aus, und Tina wußte genau, daß Jordi sich das Lachen verkniff, weil er so stur war, daß er seine Rolle nicht aufgeben konnte, auch wenn es ihm leid tat, daß er nicht scherzen konnte. Nach dem Omelett war er taktlos genug zu bemerken: »Du wirst die Frauen vermissen.«

»Ja. Ich weiß.«

»Und warum machst du es dann?«

»Aus anderen Gründen.« Arnau trank einen Schluck Wasser. »Ich weiß nicht, ob die dich besonders interessieren.«

»Mich schon«, flüsterte Tina.

Und dann sprach Arnau zu ihnen von der Gemeinschaft der Heiligen, der Kraft des Gebets, vom Ora et labora, vom Sinn, den er im Leben im Kloster sah, von dem, was er seinen

Weg als Mönch nannte. Vom Sinn der kanonischen Stunden, vom Sinn der Liturgie, davon, daß er um Aufnahme ins Kloster von Montserrat gebeten hatte, weil er den Rest seines Lebens dort verbringen wollte. Daß er nicht wußte, ob er zur Priesterweihe erwählt würde, daß nur zählte, daß er Mönch wurde. Und als er sagte, den Rest seines Lebens, klang das für Tina wie der Rest seines Todes, und sie hörte, wie sich über ihm eine Grabplatte schloß und der Knall in einem dunklen Kirchenschiff nachhallte. Arnau sprach ruhig und gelassen wie immer, er wollte niemanden belehren, er wollte nur seine innere Freude über seinen neuen Lebensweg zum Ausdruck bringen. Und nein, er wollte lieber allein gehen, das war besser so. Nein, wirklich nicht. Er wollte nicht, daß sie ihn begleiteten. Seine Eltern pickten vereinzelte Krumen von den Servietten auf; sie wagten nicht, einander anzusehen, lauschten ihrem Sohn, und beide dachten traurig, wie kommt es nur, daß sie ihn mit diesen Geschichten eingewickelt haben, mein Gott, die Gemeinschaft der Heiligen, er war doch immer so vernünftig und intelligent, gebildet und fleißig. In wessen Namen, mein Gott, im Namen welcher verfluchten Heiligen haben diese Seelenfänger ihm so das Gehirn gewaschen.

Wortlos spülten sie das Geschirr. Sie verzichteten darauf, den Fernseher einzuschalten, weil das unpassend gewesen wäre, setzten sich in die Sessel, und Jordi zündete sich seine Pfeife an. Alle drei schwiegen, aber es war ein ungemütliches Schweigen. Es war ihre spröde Art, Abschied voneinander zu nehmen, denn du wirst wohl nicht wieder nach Hause zurückkehren, wenn dein Vater und ich überhaupt noch ein gemeinsames Zuhause haben. Als Jordi seine Pfeife fast ausgeraucht hatte, spürte Tina das Stechen, drei Tage ohne Schmerzen und ausgerechnet heute. Sie vertrieb die dunkle Wolke aus ihren Gedanken, stand auf und ging hinaus. Im Arbeitszimmer hörte sie undeutlich, wie Jordi sagte: »Im Kloster wirst du die Bereicherung durch die zunehmende

Vermischung der Kulturen verpassen.« Arnau antwortete so leise, daß sie ihn nicht verstand. Jordi war einfach unerträglich; er wußte nicht, was er ihm sagen sollte. Wie ich. Ich würde ihm sagen, wenn du nach Montserrat gehst, wirst du nie eine Frau haben, die dich liebt. Und ich werde vor Kummer sterben. Aber das kann ich ihm nicht sagen. Mit einem Päckchen in der Hand kam Tina ins Wohnzimmer zurück.

»Für dich.«

Sie gab es dem überraschten Arnau. Er packte es aus, ebenso neugierig wie Jordi, der nichts davon gewußt hatte. Es war ein Fotoalbum mit den schönsten Aufnahmen ihres Sohnes aus zwanzig Jahren, vom ersten Gähnen im Krankenhaus (wie stolz ich war, Mutter zu sein, verantwortlich für das Leben eines menschlichen Wesens), bis zum letzten Sommer, als er sonnengebräunt aus dem Arbeitscamp einer französischen NGO in Bosnien zurückkam. Auf diesem Foto stand er neben einem lächelnden Jordi, der sich zu dieser Zeit vielleicht schon mit ich-weiß-nicht-wem eingelassen hatte.

Arnau betrachtete die Fotos andächtig. Sie war sich sicher, daß er gerührt war, auch wenn er es nicht zeigen konnte. Sie bemerkte, daß er das Foto von seinem achtzehnten Geburtstag rasch überblätterte; er stand vor Tannen und einer Schneewehe und blickte träumerisch in die Zukunft, Arnau, mein wunderschöner Junge, den ich geboren habe. Ein Bild, auf das ich stolz sein kann. Ein Sohn, der mich verwirrt.

Sie gingen spät zu Bett, um das Ende dieses stillen Augenblicks der Gemeinsamkeit hinauszuzögern. Tina mußte zugeben, daß Jordi sich einigermaßen anständig verhielt, denn er machte keine Szene und riß sich offenbar zusammen, bis sie allein wären. Tina wollte nicht mit ihm zusammen zu Bett gehen.

»Ich wecke euch schon«, sagte Arnau und stellte den Wekker.

»Ich verstehe nicht, warum du so früh gehen mußt.«

»Gute Nacht, Arnau.«

»Gute Nacht, Vater.« Er küßte seine Mutter sacht. »Und

danke für die Fotos, ich habe mich sehr darüber gefreut.« Dann schloß er die Zimmertür.

In seinem Zimmer setzte sich Arnau auf die Bettkante. Gedankenverloren kraulte er Juri, der mitten auf dem Bett lag. Der Kater maunzte und kam zu ihm. Arnau schreckte auf und sagte: »Ich weiß, daß ich dich nie wiedersehen werde, Juri Andrejewitsch. Die Eltern schon, aber dich nicht.« Beim Abendessen, dem Nachtisch, dem Abwasch und den letzten Fotos, die er in seinem Leben geschenkt bekam, hatte er sich zusammengerissen, war hart geblieben angesichts der verwirrten Traurigkeit seiner Mutter und des hilflosen Zorns seines Vaters, aber nun, da er Juri kraulte, kamen ihm unversehens die Tränen, und er dachte wieder, dich werde ich nicht mehr sehen, Juri Andrejewitsch, denn du bist schon alt. Doktor Schiwago, verblüfft über den Gefühlsausbruch, gähnte energisch und sprang gewandt vom Bett, einem unbekannten Geräusch nach, denn mit dem Sohn des Hauses sprach er nicht.

Was soll ich jetzt tun? fragte sich Tina, die vor dem Computer saß und darauf wartete, daß Jordi zu schnarchen begann. Ohne Sohn, ohne Mann. Sie öffnete die Mappe, die Joana ihr gegeben hatte, und fand den Bericht über Oriol Fontelles' Tod. Mit einer Lupe betrachtete sie die Gesichter der beiden Falangisten auf dem sepiabraunen Foto genauer. Beide trugen Uniform. Der, von dem sie annahm, daß es Oriol sei, weil er jünger aussah, war sehr groß und hatte verstrubbelte Haare. Der andere, ein älterer, dunkler Mann, hatte sein Haar nach hinten gekämmt und trug einen schmalen, sorgfältig gestutzten Schnurrbart. Sie las den Artikel noch einmal, der ehrliche Mann, der fleißige Lehrer, der Held und Märtyrer. Sie versuchte, sich vorzustellen, wie er gestorben war, um nicht an Arnau zu denken. Sie las noch einmal, was er mit seiner kleinen, sauberen Schrift in die Hefte geschrieben hatte, die sie in der Schule gefunden hatte. Jordi schnarchte immer noch nicht. »Geliebte Tochter, ich kenne nicht einmal deinen Namen« – so begann es. »Geliebte Tochter, ich kenne nicht einmal Deinen Namen, aber ich weiß, daß es Dich gibt. Ich hoffe, daß jemand Dir diese Zeilen übergibt, wenn Du groß bist, denn ich möchte, daß Du sie liest. Ich habe Angst vor dem, was sie Dir über mich erzählen könnten, vor allem Deine Mutter. Deshalb schreibe ich Dir diesen Brief. Es wird ein langer Brief werden, und wenn Du ihn bekommst, werde ich tot sein. Das wird Dir nicht viel ausmachen, denn Du wirst mich nicht kennengelernt haben. Weißt Du, ich glaube, dieser Brief ist wie das Licht der Sterne: er erreicht dich erst, wenn ich schon lange tot bin. Geliebte Tochter, ich kenne nicht einmal Deinen Namen.« Mein geliebter Sohn Arnau, ich kenne zwar deinen Namen, aber ich weiß nicht, wer du bist.

Das war der Moment, in dem sie beschloß, die vier Hefte in den Computer zu übertragen, sie zu veröffentlichen, um die Erinnerungen eines Besiegten zu bewahren. Und sie beschloß, Arnau am nächsten Morgen, wenn sie ihm den letzten Kuß gab, zu sagen, daß sie ihn von ganzem Herzen liebte und daß er ihr verzeihen solle, weil sie es nicht besser hatte machen können. Und daß sie Angst vor dem Arztbesuch hatte und vor dem, was man ihr dort sagen würde. All das würde sie in ihre letzte Umarmung legen. Sorgfältig verstaute sie die Hefte und ging zu Bett, wo Jordi schnarchte.

Es war das erste Mal, soweit Tina sich erinnern konnte, daß Arnau sie bewußt belogen hatte. Als um halb acht morgens ihr Wecker klingelte und sie aufstanden, um in die Schule zu gehen, stellten sie traurig fest, daß ihr Sohn schon Stunden zuvor still aus ihrem Leben verschwunden war.

18

Sie empfing sie stehend, auf einen Stock gestützt. Das Dienstmädchen ließ sie allein und schloß leise die Tür. Senyora Elisenda starrte traurig und befremdet die Wand an, als wäre Tina gar nicht da. Dann setzte sie sich und sah vor sich hin. Mit ihrem Stock gab sie ein Zeichen, das vielleicht eine Aufforderung sein sollte, sich gleichfalls zu setzen. Da erst verstand Tina, daß die Greisin mit den wachen Augen blind war. Unbehaglich nahm sie auf dem Sofa vor ihr Platz. Jemand hätte mir sagen können, daß die Herrin von Casa Gravat blind ist. Ungehindert ließ sie ihren Blick durch den Raum schweifen. Er war geschmackvoll eingerichtet. Die Bilder an den Wänden schienen Urgells, Vayredas und Vancells zu sein, und höchstwahrscheinlich waren sie echt. Neben dem Kamin stand ein Möbelstück, ein Zwischending zwischen Sekretär und Kommode, auf dem viele gerahmte Fotos standen. Über dem Kamin hing das Bild einer wunderschönen jungen Frau; ihre Hände wie Tauben, bereit, aufzufliegen, umschlossen liebevoll ein Buch. Der Blick, die Augen, sagten ihr, daß es sich um ein Bildnis der Frau handelte, die vor ihr saß.

Lautlos kam das Dienstmädchen mit einem Teeservice herein und schenkte ihnen ein. Erst als es den Raum wieder verlassen hatte, wandte sich Senyora Elisenda Vilabrú an Tina und fragte, als würde sie ein längst begonnenes Gespräch fortsetzen: »Was hat es mit diesem ominösen Buch auf sich?«

Tina zog eines von Oriols Heften aus ihrer Mappe und öffnete es auf gut Glück.

»Es ist eher ein Heft als ein Buch. Mehrere Hefte. Und ich hätte gern, daß Sie einen Blick drauf werfen.« Sie streckte es aus, zog es aber sogleich beschämt wieder zurück. »Entschuldigung.«

»Worum geht es?«

»Sie kannten Oriol Fontelles, nicht wahr?«

Bleierne, abweisende Stille senkte sich über den Raum. Tina blickte unbehaglich um sich und schloß das Heft.

»Natürlich kenne ich ihn«, sagte die alte Dame. Tina bemerkte, daß trotz ihrer Hagerkeit und der Verwüstungen, die sechsundachtzig Lebensjahre auf ihrem Gesicht hinterlassen hatten, ein Hauch ihrer früheren Schönheit der Zeit widerstanden hatte. »Was wollen Sie über ihn wissen?«

»Ich suche seine Tochter. Und seine Frau, wenn sie noch lebt.«

Senyora Elisenda stutzte, nur einen winzigen Augenblick, aber Tina hatte es bemerkt.

»Aus welchem Grund?« fragte Senyora Elisenda schließlich mit veränderter Stimme. Leise steckte Tina das Heft wieder in ihre Tasche.

»Es ist, weil ... Ich bereite einen Fotoband über den Pallars vor und ...« Die Augen der alten Dame folgten dem Klang der Stimme, und Tina fühlte sich von dem blinden Blick durchdrungen. Sie fühlte, daß sie weiterreden mußte: »Nun, ich ... ich wollte Casa Gravat fotografieren.«

»Warum wollen Sie mit der Tochter von Senyor Fontelles sprechen?«

»Nun, ich ... Ich habe ein paar Briefe gefunden und ...«

»Von Oriol?« Sie riß sich zusammen. »Von Senyor Fontelles?«

Schweigen. Beide waren auf der Hut. Schon lange hatte sich Senyora Elisenda nicht mehr so unsicher gefühlt.

»Wo haben Sie sie gefunden?«

»Sagen Sie mir, wo ich Fontelles' Tochter finden kann, oder nicht?«

Senyora Elisenda stand auf, auf ihren Stock gestützt. Als sie sieben Jahre alt gewesen war, war ihre Mutter über Nacht verschwunden, und seitdem war sie es gewohnt, zu befehlen.

Mit siebzehn war sie in die Gesellschaft eingeführt worden, und ihr Vater hatte ihr zu Ehren ein Fest gegeben, zu dem Politiker und Financiers kamen, die sonst nie einen Fuß ins Gebirge setzten, weil man sich dort die Schuhe schmutzig machte. Damals hatte sie erkannt, daß ihre Klugheit und Schönheit verheerend auf Männer wirkten und daß sie sie nutzen konnte. Sie verstand, daß sie immer ihren Willen würde durchsetzen können, wenn sie es nur geschickt anstellte. Damit die Männer, die sie umgaben, das ebenfalls verstanden, sprach sie nicht länger mit ihnen, sondern beschränkte sich darauf, ihnen Anweisungen zu erteilen. Es war ein Erfolg: Jeder in ihrer Umgebung stand vor ihr stramm, sogar ihr Vater und Josep. Und Bibiana, die am Fußende ihres Bettes saß und an ihrem Kräutertee nippte, dachte, ich habe schon immer gewußt, daß dieses Kind klüger ist als alle. Aber Elisenda glaubte, sie könne sich auch die Welt und das Leben untertan machen; sie wußte nicht – und niemand sagte es ihr –, daß es Augenblicke gibt, in denen das Leben zu schwer wird und man lernen muß, sich zu beugen, damit einen die Luft, die uns umgibt, nicht zerbricht. Und Elisendas Seele zersprang in tausend Stücke, als am 20. Juli 1936 ein Trupp Anarchisten aus Tremp, benachrichtigt, geführt und ermuntert von mörderischen Neidern aus dem Dorf, ihren Vater und ihren Bruder ermordeten und ihr nur ein Weg blieb, nämlich der, nie zu vergessen. Niemals, Bibiana, das schwöre ich dir.

»Sie müßten mir diese Briefe zeigen.«

»Nein. Sie sind persönlich und gehen Sie nichts an.«

»Es gibt nichts von Oriol Fontelles, das mich nichts anginge.«

»Wie bitte?«

»Ich habe den Prozeß seiner Seligsprechung in die Wege geleitet, finanziert und aus nächster Nähe verfolgt und ...«

»Wie bitte?«

Senyora Elisenda setzte sich wieder. Sie war abermals Herrin der Lage und gedachte es zu bleiben.

»Im nächsten Frühjahr wird der Heilige Vater den ehrwürdigen Oriol Fontelles seligsprechen.«

»Sie machen Scherze.«

»Haben Sie nicht davon gehört?«

»Von Fontelles' Seligsprechung?«

»Natürlich.«

»Nein. Das sind Themen …«, sie dachte flüchtig an Arnau, »die mich nicht interessieren.«

»Senyora.« Elisendas Stimme, ihr Gesicht und ihre Bewegungen waren wie verwandelt. »Oriol Fontelles war ein großer Freund unseres Hauses. Ein großer Freund in schweren Tagen und ein Märtyrer der Kirche.« Sie streckte eine tastende Hand aus: »Deshalb hätte ich gern, daß Sie mir für ein paar Tage diese …«

»Sprechen wir über den gleichen Menschen? Soweit sich das aus den Heften erkennen läßt, war er alles andere als ein Heiliger.«

Senyora Elisenda wies mit ihrem Stock auf den Kamin. Sie zeigte genau auf ein Foto auf der Kommode.

»Das ist er. Es gab keinen anderen.«

Tina stand auf und ging zu dem Foto hinüber. Eine Nahaufnahme von Oriol Fontelles, der zur Seite sah, in eine Zukunft, die er nicht hatte. Der gleiche Gesichtsausdruck, der gleiche Zug um den Mund wie auf dem Selbstporträt, das er in der Schultoilette angefertigt hatte. Aber er trug die Uniform der Falange. Es war eine Vergrößerung des Fotos, auf dem er neben Valentí Targa stand, immer das gleiche Foto, das einzige. Neben diesem Foto gab es noch Bilder von unbekannten Leuten, wohl Familienangehörigen. Ein Priester im Stuhl, neben ihm ein stehender Mann, im Garten von Casa Gravat. Die stolze, silbergerahmte Aufnahme einer jungen Frau, zweifellos Senyora Elisenda, die einem lächelnden General Franco die Hand schüttelte, umgeben von gutgelaunten Uniformierten. Deren Heiterkeit wirkte fast übertrieben, die einzige, die nicht lachte, war sie. Fotos eines kleinen Jungen, der ihr vage vertraut erschien, in verschiedenen Lebensjahren. Und weitere unbekannte Personen.

»Ja, er ist es«, gab Tina zu. »Ich wußte nicht ...«

»Sie sind verpflichtet, mir diese Briefe auszuhändigen. Warum haben Sie gesagt, er sei alles andere als ein Heiliger gewesen?«

»Die Briefe sind an seine Tochter gerichtet. Ich kann nicht ...«

»Senyor Oriol Fontelles hat nie eine Tochter gehabt.«

»O doch.«

»Gewiß nicht, das schwöre ich Ihnen.«

»Und seine Frau?«

»Die ist mehr oder weniger am gleichen Tag gestorben wie er.«

»Wie schrecklich!«

»Wir waren Oriols Familie.«

»Ja, aber ...«

»Ich bin die einzige noch lebende Zeugin seines Todes.«

»Sie?«

Senyora Elisenda wies mit ihrem Stock auf das Sofa, und Tina ließ die Fotos stehen und nahm gehorsam Platz. Senyora Elisenda schwieg eine Weile und begann dann zu erzählen: Das Tragische ist, daß die Zeit selbst Heldentaten in Vergessenheit geraten läßt; ich aber werde mich erinnern, solange ich lebe, denn in jener Nacht war das ganze Gebirge in Aufruhr. Bürgermeister Targa war mit seinen Männern auf Streife, um zu verhindern, daß die Guerrilleros Torena heimsuchten, denn die Invasion des Maquis im Vall d'Aran hatte schon begonnen, Sie wissen sicher nicht, wovon ich rede. Der Zufall wollte es, daß der erwähnte Anwärter auf die Seligsprechung, der Märtyrer im Dienste des Herrn, Oriol Fontelles, noch in der Schule war. Es war schon spät, aber er hatte im Klassenzimmer zu tun, das ihm ein zweites Zuhause geworden war. Alle Kinder von Torena und ihre Eltern können bezeugen, wie aufopferungsvoll er seiner Aufgabe nachging, der Dorfjugend die Wahrheiten des Lebens und die katholische Religion zu vermitteln. Seit seiner Ankunft hatte sich die Stimmung im Dorf gewandelt, denn ihm war es gelungen, die durch den Krieg verfeindeten Familien miteinander zu versöhnen. Und ebenso bezeugen und bestätigen wir die Ereignisse, die das Martyrium des Anwärters auf die Seligsprechung, Oriol Fontelles Grau, zur Folge hatten. Es begab sich Folgendes: Um acht Uhr abends am 18. Oktober 1944 sah besagter Diener Gottes nach einem arbeitsreichen Schultag Licht in der Kirche Sant Pere. Darüber war er höchstlich verwundert, denn der Pfarrer, Hochwürden Aureli Bagà Riba – der eifrige Postulator der Seligsprechung –, war seit zwei Tagen in La Seu d'Urgell zu Besuch beim Bischof. Vom Glaubenseifer getrieben, machte sich Oriol Fontelles daran, nachzusehen, was geschehen war. Kaum hatte er die Kirchentür geöffnet, entdeckte er die schreckliche Wahrheit: Ein Trupp von Maquisards, räuberischen Guerrilleros, Kommunisten, Separatisten und Anarchisten war dabei, das Tabernakel mit dem Allerheiligsten darin abzuhängen, sicherlich, um das wenige Gold daran einzuschmelzen. Der Diener Gottes, empört und entsetzt über diese Tat, stieß einen lauten Schrei aus, der die Zeugen herbeirief, die die hier gemachten Aussagen bestätigt haben, Senyor Valentí Targa Sau, seinerzeit Bürgermeister von Torena, und Senyora Elisenda Vilabrú Ramis. Die beiden kamen gerade noch rechtzeitig in die Kirche, um aus einem Winkel heraus das Martyrium von Oriol Fontelles ohnmächtig mitzuverfolgen, da sie unbewaffnet waren. Nach Aussage der Zeugen Targa und Vilabrú beobachteten sie entsetzt und hilflos, wie der wackere Lehrer sich den gotteslästerlichen Angreifern mit nackter Brust entgegenstellte und sie beschwor, von ihrem schändlichen Tun abzulassen. Die Guerrilleros, weit davon entfernt, auf ihn zu hören, lachten ihn aus und bedrohten ihn mit dem Tode. Oriol Fontelles hörte nicht auf diese Drohungen, wenn sie auch noch so unverblümt und gefährlich waren, und schritt voran, bis er vor dem Tabernakel stand.

Die Zeugen beschwören, daß das, was sie gesehen haben,

die reine Wahrheit ist, nämlich, daß der Diener Gottes, empört über die Respektlosigkeit dieser verlorenen Seelen, zwei von ihnen zur Seite stieß und zum Altar vordrang. Von dieser Aktion überrascht, waren die Angreifer einen Augenblick lang wie gelähmt, so daß es ihm gelang, das Tabernakel zu umfassen. Daraufhin befahl ihm der Kopf der Bande, den Altar zu verlassen. Er entgegnete wörtlich, lieber wolle er sterben, er sei bereit, sein Leben für das Tabernakel, das Allerheiligste und die Heilige Mutter Kirche zu geben. Nach einigem Zögern richtete der Anführer der Bande (ein allseits bekannter ehemaliger Schmuggler namens Esplandiu) kaltblütig die Waffe auf den Märtyrer und gab einen Schuß ab, der den Diener Gottes in seine edle Stirn traf und seinen unmittelbaren Tod zur Folge hatte, wie der Polizeiarzt Don Samuel Sáez aus Zamora bestätigt, der den Leichnam untersuchte. Das Erstaunlichste, das wir diesem Tribunal über den Fall zu berichten haben, ist indes, daß es den Verbrechern, nachdem der Märtyrer sein Leben für die katholische Kirche, das Tabernakel und das Allerheiligste gegeben hatte, auch mit vereinten Kräften nicht gelang, seinen Körper vom Tabernakel loszureißen, das er noch immer umklammert hielt. Keine Macht der Welt vermochte ihn davon zu trennen. Gotteslästerlich fluchend, versuchten sie es noch eine Zeitlang, bis ihr Anführer befahl, zu fliehen, bevor die Ordnungskräfte einträfen. Zur Erinnerung an ihren schmählichen Auftritt im Dorf warfen sie noch einige Granaten, welche die gesamte Nordseite des Rathauses beschädigten und einen kleinen Brand auslösten.

Senyora Elisenda Vilabrú Ramis bezeugt, daß sie – erschüttert von dem, was sie mit angesehen hatte – zum Märtyrer Oriol hinüberging, kaum daß die Gotteslästerer und Mörder die Kirche verlassen hatten, und ihn mit ihren schwachen Kräften mühelos aus seiner Umarmung des Tabernakels lösen konnte. Ihre Aussage wird bestätigt vom bereits erwähnten Valentí Targa, dessen Aussage ebenfalls beiliegt. Als Anhang fügen wir noch das wertvolle Zeugnis von Hochwürden August Vilabrú Bragulat bei, der sich, sogleich benachrichtigt, am Tatort einfand und die Ereignisse gleichfalls bestätigt.

»Ich hatte keine Ahnung. Ich bin sprachlos.«

Senyora Elisenda hatte mit gesenktem Kopf gesprochen, als ob so die Erinnerungen besser flössen. Sie zeigte auf das Teeservice, und da erst merkte Tina, daß sie den Tee gar nicht angerührt hatte. Sie trank einen Schluck und wandte dann ein, in einem Gemeindeblatt von damals seien die Ereignisse ein wenig anders dargestellt.

»Ich weiß, aber das dürfen Sie nicht glauben. Die waren nicht dabei.«

Und so schließen wir den Prozeß und erklären als Prälat dieser Diözese, daß der Postulator Zeugnis vom allgemeinen Ruf sowie den Tugenden und Wundern des Dieners Gottes, Oriol Fontelles Grau, abgelegt hat. Item haben wir die Gewißheit, dem Dekret Urbans VIII. über das Verbot des vorzeitigen Kultes entsprochen zu haben, und so bilde ich mir ein Urteil über die wiederholt erwähnten Fakten. Was die *processiculi diligentiarum* genannten Untersuchungen betrifft, bleibt zu bemerken, daß außer persönlichen, unbedeutenden Anmerkungen und der normalen Korrespondenz sich keinerlei Papiere, Bekenntnisse, Tagebücher oder schriftliche Überlegungen gefunden haben, keinerlei theologische oder philosophische Studien, die den Beweisen für die Causa beigefügt werden könnten, weder zu Gunsten noch zu Ungunsten des Anwärters auf die Seligsprechung. Und so erklären wir heute, am 18. Oktober 1954, genau zehn Jahre nach dem heldenhaften Tod des Anwärters, kraft des Amtes, das uns die Heilige Mutter Kirche verliehen hat, daß Senyor Oriol Fontelles Grau im Augenblick seines Todes die christlichen Tugenden in heldenhaftem Maße ausgeübt hat, so daß wir ihn als wahren Märtyrer betrachten und seligsprechen können.

In Anwesenheit des Postulators Hochwürden Aureli Bagà Riba, Pfarrer der Gemeinde, in der sich die Ereignisse zugetragen haben, und vor dem Hauptnotar dieser Diözese,

Monsignore Norbert Puga Closa, versichern wir, daß der gesamte Vorprozeß abgeschlossen und versiegelt ist, wie es die kirchlichen Verfügungen über den Prozeß der Seligsprechung erfordern, der nun zugunsten des ehrwürdigen Oriol Fontelles Grau eingeleitet werden kann. Tenore praesentium indulgemus ut idem servus Dei venerabilis nomine nuncupetur. Joan, Bischof von La Seu.

»Ihnen, Senyora Elisenda, haben wir diese Freude zu verdanken«, sagte der Pfarrer mit leuchtenden Augen. Dann wandte er sich an die übrigen: »Was gäbe ich dafür, noch erleben zu dürfen, wie das Bildnis eines Heiligen verehrt wird, der, wenn Sie die Bemerkung gestatten, in dieser Kirche entstanden ist.«

»Sie werden noch lange leben, Hochwürden«, verkündete Senyora Elisenda.

Pere Cases von den Majals lächelte freundlich. Er lächelte unermüdlich alle und jeden an, denn dies war sein erster Akt als Bürgermeister, und er wollte in nichts, wirklich gar nichts, an seinen Amtsvorgänger erinnern. Er hatte mit der Witwe Vilabrú und dem Gemeinderat den Pfarrer im heruntergekommenen Rathaussaal empfangen, um über den zukünftigen Seligen und Heiligen aus dem Dorf zu sprechen. Na ja, eigentlich stammte er ja gar nicht aus dem Dorf, aber doch beinahe, zum Teufel.

»Die Seligsprechung kann erst fünfzig Jahre nach dem Tod des Kandidaten erfolgen.«

»Neunzehnhundertvierundneunzig«, sagte der neue Bürgermeister nachdenklich. Er hatte wohl überlegt, ob er da noch dem Gemeinderat vorstehen würde.

»Heute ist ein großer Tag für diese Gemeinde, für die Schule und für das Dorf«, rief der Pfarrer enthusiastisch aus.

»Und für Spanien.« Der Bürgermeister blickte mißtrauisch von einem zum anderen.

»Ja, natürlich«, sagte irgend jemand.

Die Anwesenden aßen gefüllte Oliven im Andenken an den ehrwürdigen Oriol Fontelles und gingen dann zu der Frage über, ob die neue Brücke über den Boscarró ein steinernes oder metallenes Geländer bekommen solle. Es gab Für und Wider, und Elisenda Vilabrú war beiseite getreten und sah aus dem Fenster auf das Stück Dorf mit der Schule und der kleinen Sant-Pere-Kirche, und alles war so still und gedämpft wie an jenem Tag ein paar Jahre zuvor, als sie zur Beichte gegangen war wie alle vierzehn Tage und Hochwürden Aureli sie in die Sakristei gebeten und ihr gesagt hatte: »Ich habe lange mit Ihrem Onkel, Hochwürden August, gesprochen, und er hat mich davon überzeugt, den Fall des Lehrers und Märtyrers voranzutreiben, was, soviel ich weiß, auch in Ihrem Interesse liegt. Er hat mir eindrucksvolle Einzelheiten aus dem beispielhaften Leben dieses Mannes berichtet, und so habe ich beschlossen, als Postulator aufzutreten, mit der ausdrücklichen Unterstützung von Hochwürden August. Ich hoffe auf Ihre Mitarbeit, Senyora, und auf die des anderen Augenzeugen.« Und dann fügte er noch hinzu, er sei nicht sicher, aber wenn das Wunder, daß der Körper des Märtyrers nicht vom Tabernakel zu trennen war, das er verteidigte, vom Bischof anerkannt würde, könne es in den zukünftigen Prozeß der Seligsprechung einbezogen werden. Hochwürden Aureli war Feuer und Flamme, und Senyora Elisenda sagte ernst: »Sie können auf meine volle Unterstützung rechnen, Hochwürden, auch materielle.« Und zum Beweis küßte sie ihm die Hand und steckte ihm dabei geschickt einen zusammengefalteten Geldschein zu. Endlich konnte es losgehen.

Noch am Abend hatte Senyora Elisenda Valentí Targa im Rathaus informiert und ihm eingeschärft, jede nur erdenkliche Unterstützung zu leisten; jede erdenkliche, verstanden? Und dann hatten beide ein paar Minuten lang geschwiegen, was der Situation etwas Feierliches verlieh, bis sie sich zusammenriß und sagte: »Nun gut, du hast es ja gehört.« Und jetzt, da Oriol Anwärter auf die Seligsprechung war, wandte Elisenda sich vom Fenster ab, und als sie sich umdrehte, schien ihr, als wiche Targas Porträt an der Seitenwand des Raumes ihrem Blick aus.

»Verstehen Sie jetzt, welche Bedeutung diese Briefe für den Prozeß der Seligsprechung haben?«

»Und wenn sie genau das Gegenteil bewirken?«

»Sie können dazu dienen, die Wahrheit ans Licht zu bringen. Überlassen Sie sie mir, und Sie können sie morgen um diese Uhrzeit wieder abholen.»

»Nein.« Tina wechselte das Thema. »Der andere Augenzeuge für Fontelles' Tod war also Bürgermeister Targa.«

»Ja. Aber er ist tot, seit mehr als vierzig Jahren.«

Senyora Elisenda stand auf und ging zu der Kommode mit den Fotos hinüber. Als könnte sie sehen, zeigte sie auf ein Foto, das diskret an die Wand zurückgeschoben war. Es war schwarzweiß, wie beinahe alle Fotos. Hinter einem gewaltigen Schreibtisch saß ein Mann mittleren Alters. Man spürte die Energie, die von ihm ausging; sie lag in seiner Haltung oder seinem Blick. Seine dunklen Haare waren nach hinten gekämmt, und er hatte einen schmalen, geraden Schnurrbart. Er trug keine Uniform, sondern einen eleganten dunklen Anzug. Im Aschenbecher lag eine halbgerauchte Zigarette, und hinter Bürgermeister Targa hing die spanische Flagge und darüber, fast am Bildrand, ein Bildnis General Francos. Die Wanduhr auf der anderen Seite zeigte neun Uhr morgens oder abends. Eine gute Emulsion, dachte Tina, die Einzelheiten sind gut zu erkennen, obwohl das Foto so alt ist. Valentí Targa machte eine Handbewegung, als habe er gerade den Hörer seines alten schwarzen Telefons aufgehängt. Seine hellen, durchdringenden Augen sahen nicht genau in die Kamera, sondern ein wenig nach rechts, zu den Toten hinüber.

»Das ist Valentí Targa?«

»Ja.«

Zum ersten Mal sah sie deutlich sein Gesicht.

»Die Leute aus dem Dorf scheinen ihn nicht gerade in guter Erinnerung zu haben.«

»Was wissen die schon.«

»Ich hatte ihn mir jünger vorgestellt.«

»Das Foto wurde kurz vor seinem Tod aufgenommen.«

Die Herrin von Casa Gravat kehrte in ihren Sessel zurück, ohne ihren Stock zu Hilfe zu nehmen. Tina betrachtete das Foto erneut, um sich die Gesichtszüge einzuprägen.

»Er muß fünfzig, einundfünfzig gewesen sein.«

»In welchem Jahr war das?«

»Neunzehnhundertdreiundfünfzig.« Das kam wie aus der Pistole geschossen.

Valentí Targa sah Tina nicht an; er sah nach rechts hinüber, zu den Toten, wo Elisenda stand, nachdem er mit besorgter Miene das Telefon eingehängt und den Fotografen mit einer energischen Handbewegung entlassen hatte. Elisenda Vilabrú, die gerade eine Woche zuvor ihren Mann verloren hatte, wartete, eisig, aufrecht, in Trauerkleidung, vor dem Tisch des Bürgermeisters darauf, daß dieser etwas sagte. Verstohlen sah sie auf die Wanduhr: neun Uhr. Als der Fotograf die Bürotür hinter sich geschlossen hatte und sie allein waren, sah sie den Bürgermeister wütend an.

»Sag schon, was ist los?«

»Ein merkwürdiger Anruf.«

»Und deshalb hast du mich kommen lassen?«

»Wenn du mich nicht in dein Haus läßt ...«

»Was war so merkwürdig an diesem Anruf?« Senyora Elisendas Kinn ruckte zum Telefon hinüber.

»Jemand, den ich nicht kenne, will mit mir über Tuca reden.«

»Mit dir?« Gespannte Stille. »Wer?«

»Irgend jemand namens Dauder. Seine Sekretärin hat mich angerufen.«

»Kennst du ihn?«

»Nein. Er sagt, er sei der eigentliche Besitzer von Vall Negra.«

»Und warum will er nicht mit mir sprechen?«

»Er sagt, er hätte eine Information, die ...«

»Niemand sollte wissen, daß ich kaufen will ...« Jetzt sah sie ihm direkt in die Augen. »Vor wem hast du angegeben?«

Wütend sprang er auf. »Ich habe mit niemandem gesprochen!«

»Du sollst mich nicht anschreien«, sagte sie leise. »Vergiß das nicht.«

Valentí Targa fuhr sich mit der Hand übers Gesicht und sank auf seinen Stuhl zurück.

»Vor wem hast du angegeben?«

Schweigen. Senyora Elisenda wandte sich von ihm ab, sah aus dem Fenster. Grauer Novemberhimmel. Ein kalter Tag mit vereisten Straßen. Senyor Valentí Targa, der Henker von Torena, öffnete den Mund und schloß ihn wieder. Da von ihm nichts kam, sagte sie, ohne den Blick vom bleiernen Himmel abzuwenden: »Wer hat dir erlaubt, dich in meine Angelegenheiten zu mischen?«

»Ich ...«

»Nein«, sagte sie leise, ganz leise: »Ich habe dich gefragt, wer dir das erlaubt hat.«

»Niemand.« Geschlagen senkte Valentí den Kopf.

»Also gut. Nun werde ich dir etwas erzählen.«

Sie sah ihn an. Der Bürgermeister duckte sich in seinen Stuhl wie ein getadelter Schulbub. Elisenda sagte langsam, als spräche sie zu einem Kind: »Die Skipiste ist eine langfristige Investition, und wenn sie schiefgeht, gute Nacht. Ich möchte Tuca an die Schweden verkaufen. Wenn alles gutgeht, werde ich so reich, daß ...«

»Das weiß ich alles.«

»Hör mir gefälligst zu, wenn ich rede«, sagte sie schroff. »Um den Berg verkaufen zu können, muß ich ihn erst Stück für Stück aufkaufen, und zwar zu einem guten Preis. Du hilfst mir dabei, und ich entlohne dich großzügig dafür. Ist das klar?«

»Ja, Fräulein Lehrerin.«

»Aber wenn sich das herumspricht, ist es mit den guten Preisen vorbei. Und jetzt wirst du mir sagen, mit wem du darüber gesprochen hast, oder du darfst in der Pause nicht raus.«

»Ich weiß nicht, vielleicht habe ich mal gegenüber dem Provinzabgeordneten etwas fallenlassen …«

»Du bist ein Schwachkopf, genau wie deine Scheißfreunde von der Falange.«

»Beleidige mich nicht.«

»Ich tue, was ich will.« Sie wies auf den klobigen Apparat auf dem Tisch: »Außerdem darf man so etwas nicht am Telefon bereden.«

»Warum nicht?«

»Weil die Telefonistin mithören könnte.«

»Cinteta ist sehr …«

»Sie ist eine Schnüfflerin wie alle.«

Elisenda blickte wieder aus dem Fenster; sie dachte nach. Schließlich faßte sie einen Entschluß und sah Targa an.

»Nun gut. Du fährst zu diesem Dauder und streitest ab, daß ich kaufen will. Und vor allem machst du ihm klar, daß du keinerlei Entscheidungsbefugnis hast. Und deinen Provinzabgeordneten erinnerst du daran, daß noch eine Neubewertung der Ländereien aussteht, wenn er nicht will, daß ich alles dem Zivilgouverneur erzähle …«

Valentí erhob sich gekränkt, zog sich den Mantel an, setzte seinen Hut auf und öffnete die Tür.

»Dir gefällt es nur nicht, daß ich auch was verdiene.«

»Um Himmels willen, Valentí!« Jetzt war sie ernsthaft verärgert, weil dieser Mann so dumm war. »Du kannst so viel Geld machen, wie du willst, aber sprich mit deinen Freunden weder über meine Angelegenheiten noch über mich. Nie.« Als Valentí schon fast zur Tür hinaus war, fügte sie leise hinzu, wobei sie immer noch aus dem Fenster sah: »Vorsicht, dieser Dauder könnte ein Strohmann sein.«

Valentí kam wieder herein und schloß die Tür. Wütend sagte er: »Ich werde tun, was ich für richtig halte.«

»Auf keinen Fall. Nicht, wenn mein Geld mit im Spiel ist. Du wirst ihm sagen, daß ich keinerlei Interesse habe zu kaufen. Mit diesen Worten. Und er soll sich seinen Berg sonstwohin stecken.«

»Dadurch wird sich alles nur verzögern!«

»Ja. Durch deine Schuld. Weil du immer angeben mußt. So entgehen dir deine Provisionen.«

Valentí ging türenknallend hinaus.

»Valentí«, sagte sie, ohne die Stimme zu heben.

Die Tür ging wieder auf.

»Du weißt, daß ich knallende Türen nicht leiden kann.«

Zornesrot schloß Senyor Valentí Targa die Tür noch einmal, diesmal leise. Sie sah ihn nicht an, als er hinausging; sie konnte nicht wissen, daß es das letzte Mal war, daß sie den Bürgermeister von Torena lebend sehen würde. Auf der Landstraße, die nach Sort hinunterführt, gibt es drei Kurven, die immer im Schatten liegen. Im November, noch dazu frühmorgens, muß man sehr aufpassen, um auf dem Eis nicht ins Schleudern zu geraten. Es geschah in der dritten Kehre, der von Pendís. Valentí Targa war um zehn Uhr in Sort verabredet, und da er zu dieser mysteriösen Zusammenkunft nicht zu spät kommen wollte, fuhr er nach Ansicht der Gutachter wohl über fünfzig und konnte nicht schnell genug reagieren. Sein Wagen stürzte den Abgrund hinunter, überschlug sich mehrmals und prallte gegen die Mauer, die er selbst am Ende des Gemeindebezirks hatte errichten lassen, um Erdrutsche aufzuhalten und um sich im richtigen Moment an ihr den Schädel einzuschlagen.

»Ja, er war erst einundfünfzig Jahre alt.«

»Er war ein sehr ... umstrittener Mann«, sagte Tina ernst und nahm einen Keks.

»Ja. Aber er hat es gewagt, Ordnung ins Chaos zu bringen«, entgegnete die Dame.

Senyora Elisenda hatte ihren Tee noch nicht angerührt. Sie dachte an jenen Novembertag dreiundfünfzig, als Ernest Tremoleda Sancho, der Bürgermeister von Sort, sie angerufen und gesagt hatte, »Senyora Elisenda, ein Unglück ist geschehen«, und sie bis ins Krankenhaus von Tremp herunterfahren mußte, wo sie Valentís zerschmetterten Körper sah, und man ihr eine Nachricht vom Provinzgouverneur, diesem Trottel, überbrachte. »Was machen wir jetzt? Niemand will sein Nachfolger werden. Vielleicht sollten wir gleich das ganze Tal Sort eingemeinden?«

»Richten Sie Don Nazario aus, daß er morgen einen Freiwilligen haben wird.«

»Danke, Senyora.«

Senyora Elisenda wies auf Valentí Targas zerschundenen Körper: »Was ist passiert?«

Sie berichteten ihr vom Eis und von der Betonmauer, und sie dachte, einen schlechten Moment hast du dir zum Sterben ausgesucht, Valentí, jetzt kannst du mir nicht erzählen, wer dieser Dauder war, der so gut über den vorhergehenden Kauf von Tuca Bescheid wußte.

»Könnten Sie bitte den Toten identifizieren, Senyora?«

»Wie bitte?«

»Der Arzt bittet Sie, den Toten zu identifizieren. Aus juristischen Gründen.«

»Aha. Und was soll ich ihm sagen?«

»Nun, ob er es ist. Das ist doch Senyor Valentí Targa, nicht wahr?«

Ja, es ist Valentí, mein Irrtum, der Mann, der mich erlösen sollte, mein Goel und der Goel meiner Familie. Er hat seine Pflicht getan, und dann hat er einen Fehler begangen. Einen großen Fehler. Wie ich dich zuletzt gehaßt habe, Valentí, weil ich weiß, daß du es absichtlich getan hast.

»Danke, Senyora.«

Während Jacinto sie zurückfuhr, dankte Senyora Vilabrú, verwitwet mit achtunddreißig, in Trauerkleidung und mit trauriger Miene, im stillen der Betonmauer, die sie innerhalb einer Woche gewissermaßen zum zweiten Mal zur Witwe gemacht hatte. Sie fühlte sich erleichtert: Ein Lebensabschnitt war zu Ende, sie schloß ein Buch. Adieu, Santiago. Danke für die Starthilfe. Adieu Valentí. Danke für deine Dienste. Jetzt bin ich an der Reihe.

»Warum haben Sie gesagt, er sei alles andere als ein Heiliger gewesen?«

»Nun ja… Also, zuerst einmal, weil er nicht an Gott glaubte.«

»Das ist eine Verleumdung.«

»Und weil er eine Geliebte hatte.«

»Das ist schlicht und ergreifend falsch. Und lassen Sie sich gesagt sein, daß sich die Heiligkeit eines Märtyrers an seinem Heldentum im Tod mißt.«

»Entschuldigen Sie, aber ich bin nicht hier, um mit Ihnen über Theologie zu diskutieren, sondern um Oriols Verwandte aufzuspüren.«

»Es gibt keine mehr.«

»Diese Seligsprechung ist eine Farce. Oriol Fontelles hat ein anderes Andenken verdient.«

Senyora Elisenda legte ihre Hand auf die Brust, als ob sie dort etwas suche, und stand auf. Sie war hager, blind und vom Alter gezeichnet, und doch hatte sie etwas so Respekteinflößendes, daß Tina klein beigab.

19

Elvira Lluís' Husten kam von der Schwindsucht. Oriol wußte nicht, ob sie für die anderen Kinder ansteckend war, aber ihm war klar, daß es zu grausam gewesen wäre, ihren Eltern zu sagen, bringt sie nicht mehr her, sie soll zu Hause sterben. Und so durfte sie weiterhin in der Schule neben dem Ofen sitzen und husten. Elviras Husten war das einzige, was im Klassenzimmer zu hören war. Oriol betrachtete die Schüler. Drei von ihnen fehlten: Miquel von den Birulés hatte Angina, und Cèlia und Roseta Esplandiu von den Venturas waren auch nicht da. Als sie das Vaterunser gebetet und die Kinder sich gesetzt hatten, vermieden es alle, zu den leeren Pulten von Venturetas Schwestern hinüberzusehen, und starrten ihn an. Und nun hörte er nur Elviras Husten, und die schweigenden, prüfenden Blicke der Kinder taten ihm weh. Mit den Großen mußte er die Flüsse Spaniens (Miño, Duero, Tajo, Guadiana, Guadalquivir, Ebro, Júcar und Segura) und die wichtigsten Nebenflüsse (Sil, Pisuerga, Esla, Tormes, Alagón, Alberche, Genil, Gállego und Segre) durchnehmen, die Jüngeren sollten Schönschreiben üben, aber statt dessen sah er sich diesen kleinen, schweigenden Blicken ausgesetzt. Alle Schüler dachten an die leeren Pulte der Venturetas, die nicht da waren, weil ihr Bruder nicht da war, weil sein Vater nicht da war – aber der Herr Lehrer war dagewesen, als sie am Vorabend Joan Ventureta von zu Hause weggeholt hatten, das wußte das ganze Dorf. Nein, eine Falangeuniform hat er nicht angehabt, aber er ist dabeigewesen; er war bedrückt, aber unternommen hat er nichts; mitleidig hat er ausgesehen – und was nutzt uns das Mitleid des Lehrers? Er ist ein Faschist wie die anderen. Nicht so laut. Es macht mich so wütend, daß wir es nicht mal anzeigen können. Halt dich bloß raus. Und red um Himmels willen nicht im Café drüber.

Den ganzen Tag über herrschte tiefe Stille. Alle Dorfbewohner fragten sich, was Bürgermeister Targa wohl tun würde, wenn Ventura sich nicht stellte, was sehr wahrscheinlich war. Natürlich würde er das Kind nicht umbringen, das war ja unmöglich; aber was dann? Würde er zulassen, daß die altbekannten Leute sich zu Hause ins Fäustchen lachten, weil Ventura nicht gekommen war? Wollt ihr etwa die Gesetzlosigkeit der Anarchisten wiederhaben? Vielleicht kommt Ventura ja doch. Und so wußte man alles und nichts, und die Nachricht wurde verbreitet, damit auch Ventura erfuhr, daß vier Tage vor Weihnachten sein Sohn auf Befehl des Herodes verhaftet worden war. Jedermann war überzeugt, daß Ventura sich auf den Weg machen würde, immer dem Stern nach, um sich in die Hände Valentí Targas zu begeben, der aus Altron kam wie er, aber jetzt Bürgermeister von Torena war. Er würde kommen, um das Leben seines Sohnes Joan Ventureta zu retten, dem sie gerade sagten, »Es ist Mittag, und dein Vater rührt sich nicht. Du weißt, was das heißt, oder? Das heißt, du kannst schon mal anfangen zu beten«, und Ventureta bat um eine Zigarette, bitte, nur eine, denn er mußte sich ablenken, um sich nicht in die Hosen zu machen vor Angst. »Hast du keinen Hunger, Ventureta?« Und als die Kinder nachmittags nach Hause gingen, heute, am letzten Schultag, waren sie stiller als sonst und traurig, denn die Weihnachtsferien begannen, und die Angst um Ventureta schnürte ihnen die Kehle zu. Die Nachzügler unter den Schulkindern sahen noch, wie Mutter Ventura zum viertenmal ins Rathaus ging, um den Bürgermeister um das Leben ihres Sohnes zu bitten. Mit gesenktem Kopf stand sie vor ihm, »Nehmt mich, aber laßt den Jungen laufen«, und Valentí Targa erwiderte verächtlich: »Ich bin ein Kavalier und nehme keine Frauen gefangen; du brauchst erst wiederzukommen, wenn du Neuigkeiten über deinen Mann hast. Ich weiß aus sicherer Quelle, daß er manchmal heimlich zu euch kommt.«

»Ach ja?« fragte die Ventura abfällig. »Und wer hat dir diese Lüge erzählt? Irgendein Schuft, der mir schaden will.«

»Der Lehrer ist kein Schuft, und er will dir auch nicht schaden«, sagte Targa aufs Geratewohl, ohne die Folgen seiner Worte zu bedenken. Oder vielleicht doch? Im Krieg ist alles erlaubt, und in den historischen Augenblicken des Lebens ist man besser nicht allein. Und wozu hat man Freunde, wenn nicht für solche Gelegenheiten? »Der Lehrer ist nur ein Patriot.«

»Der Lehrer lügt.«

Sie trat ein paar Schritte zurück und sah Valentí Targa in die Augen. »Verflucht sollst du sein, in alle Ewigkeit«, sagte sie aus tiefstem Herzen und ging.

Trotzdem kehrte sie noch drei, vier Male ins Rathaus zurück, aber Valentí empfing sie nicht mehr, sondern ließ ihr durch den Schnauzbärtigen ausrichten, wenn sie ihn noch einmal belästige, wenn sie noch einmal wage, ohne ihren Mann im Schlepptau einen Fuß ins Rathaus zu setzen, wenn sie noch einmal Ärger mache, »dann erschießen wir ihn vor deinen Augen, klar?« Die Ventura ging schluchzend nach Hause und dachte, womit habe ich das verdient, und die Dorfbewohner sahen ihr voller Mitgefühl nach. Oder auch nicht. Sie bezahlt für ihren Mann, was soll's. Wir sollten gehen und die Sache irgendwo anzeigen. Und wo willst du hingehen, du Närrin? Wenn du ihn anzeigst, giltst du für die als Verräterin, gehörst zum Maquis und bist dran. Zu wem willst du gehen? Zu diesem General Dingsbums? In Torena hat jetzt die Falange das Sagen, und damit basta. Und solange der Maquis in den Bergen Unfug treibt, wird das auch so bleiben. Aber mein Mann hat im Krieg doch gar nichts getan. Red du nur. Ich schwör's dir; was meinst du, warum wir nicht nach Frankreich gegangen sind? Was soll denn schon passieren? Er wird ihm schon nichts tun, er ist doch noch ein Kind, seht ihr das nicht?

Am Abend ging Rosa mit ihrem dicken Bauch zu Valentí und sagte: »Wenn Sie Mut haben, erschießen Sie mich, aber lassen Sie das Kind laufen.« Valentí hörte sie schweigend an, dann läutete er ein Glöckchen, und ein Uniformierter kam herein, der mit den Locken. Der Bürgermeister flüsterte ihm etwas ins Ohr, und der Lockenkopf ging hinaus. Valentí musterte Rosa, sein Blick blieb an ihrem Bauch hängen, dann sah er sie wieder von oben bis unten an und fragte: »Was ist los? Ist Ventura vielleicht aufgetaucht, und ich habe es noch nicht erfahren?« Sie legte ihm dar, warum man einen Vierzehnjährigen nicht töten dürfe, führte Grundsätzliches an wie, daß in diesem Alter alle unschuldig seien und daß im Dorf alle sicher seien, daß er nichts Unrechtes getan habe, und Nebensächliches wie, daß der Mord an einem Kind schwer auf seinem Gewissen lasten werde. Valentí ließ sie ihr Herz ausschütten, und als der erschrockene Oriol erschien, herbeigerufen vom Lockigen, richtete Valentí sich auf und sagte: »Herr Lehrer, Ihre Frau redet hier seit einer halben Stunde wirres Zeug zusammen; nehmen Sie sie bitte mit nach Hause, sie fängt an, mir auf die Nerven zu gehen.« Oriol packte sie am Arm und sagte leise, »Gehen wir, Rosa«, aber Rosa schüttelte seine Hand ab und ging allein nach Hause. Oriol wagte nicht, Valentí anzusehen, bis dieser sagte, »Hej«, und als Oriol den Kopf hob, zwinkerte Valentí ihm zu und sagte: »Weiber, das kennt man ja, verlieren gleich die Nerven, du mußt ganz ruhig bleiben wie heute in der Schule.«

»Woher wollen Sie denn wissen, was ich heute in der Schule gemacht habe?«

»Ich weiß alles. Ich habe ausgezeichnete Zuträger. Sie haben mir sogar zugetragen, daß die Pisuerga ein Zufluß des Tajo ist.«

»Des Duero.«

»Ich habe darin gebadet, als ich im Krieg gegen den Kommunismus dort in der Gegend war, und jetzt will deine Frau den Kommunismus wieder einführen und tut so, als handelte sie aus reinem Mitleid.«

»Meine Frau will nicht …«

»Ich habe dir ja schon gesagt: Weiber.« Er schlug eine

Schublade zu: »Aber ich werde nicht länger dulden, daß man mir reinredet, wenn ich Ordnung schaffe. Weißt du denn nicht mehr, wie viele Soldaten der spanischen Armee bei dem Hinterhalt ums Leben gekommen sind?«

Oriol Fontelles schwieg, und es krähte kein Hahn, weil es schon dunkel war. Er rang sich durch zu fragen: »Hat Ihnen Senyora Elisenda nicht gesagt, daß Sie damit aufhören sollen?«

»Senyora Elisenda ist in Barcelona, sie muß mit ihrem Mann, dem Halunken, etwas Geschäftliches besprechen. Es geht um die Ländereien, die den Vilabrús und Vilabrús hier in der Gegend gehören. Willst du's noch genauer wissen?«

»Ich habe gefragt, ob sie Ihnen nicht gesagt hat, Sie sollten damit aufhören.«

»Senyora Elisenda hat in Torena nichts zu sagen.«

Im ganzen Dorf gab es nur zwei Glühbirnen, die als Straßenbeleuchtung dienten. Eine hing über dem Platz, nahe bei dem kleinen Fenster, durch das Rosa angestrengt starrte, um nicht den Kopf wenden und ihren Mann sehen zu müssen. Er wußte, daß sie unablässig hinaussah, um seinem Blick nicht zu begegnen.

Am Abend waren alle davon überzeugt, daß Ventura jeden Augenblick kommen müsse; alle wollten glauben, daß die Nachricht ihn erreicht hatte, als er weit weg war, und daß er deshalb so lange brauchte. Die Armee war immer noch damit beschäftigt, ihren verletzten Stolz zu pflegen und die Toten zu zählen, und so hatten – für den Fall, daß Ventura verrückt genug sein sollte, begleitet und bewaffnet aufzutauchen – zwei Einheiten der Falange Torena besetzt und Verbindung zur Guardia Civil im Tal aufgenommen, die offiziell von nichts wußte. Valentí war nervös, sein Magen knurrte, und er klopfte mit seinem Metallfeuerzeug auf den Schreibtisch, unfähig, etwas anderes zu tun, als darauf zu warten, daß Ventura auf Knien zu ihm kam und ihn um das Leben seines Sohnes anflehte. »Wie spät ist es?«

»Neun vorbei.«

»Ventureta muß dran glauben, und das ist nicht meine Schuld. Bereitet ihn vor.«

Sie legten die dreihundert Meter bis zum Hang von Sebastià in dem schwarzglänzenden Wagen zurück. Auf dem Rücksitz saß Ventureta, heulend, feige wie sein Vater, weit entfernt von der Mannhaftigkeit, mit der Josep Vilabrú, ein beispielhafter Spanier und aufrechter Patriot, angeblich dem Tod ins Auge geblickt hatte, als die Anarchisten ihn mit Benzin übergossen. Ventureta lief der Rotz aus der Nase. Neben ihm saßen Gómez Pié, der Lockenkopf, und der Andalusier mit dem dunklen Gesicht, vorne Balansó mit dem schmalen Schnurrbart und ein unbekannter Fahrer. Und auf dem Trittbrett des Wagens stand Valentí; mit der einen Hand hielt er sich am Wagenfenster fest, in der anderen hatte er die Pistole und ließ sich in der vorweihnachtlichen Kälte wiegen. Rund um das Dorf hielten die Einheiten der Falange Wacht, wegen der Maquisards.

Der Wagen fuhr schaukelnd zum Hang hinauf. Ich kann doch nicht so sterben. Er sagte laut, »Ich will nicht sterben«, und Valentí bückte sich, streckte den Kopf zum Fenster herein und fragte: »Was sagt er? Will er singen?«

»Er sagt, er will nicht sterben«, sagte Balansó. Und Valentí zog den Kopf wieder zurück, um weiter die schneidende Kälte zu genießen.

Als Ventureta die fünf Männer sah, die am Hang Wache standen, erlosch seine verzweifelte Hoffnung, sein Vater werde ihn im letzten Augenblick retten. Sie befahlen ihm auszusteigen und brachten ihn zu der Mauer am Straßenrand, wo der Friedhof begann. Die Szene war nur von den Scheinwerfern des Wagens erleuchtet. Ventureta brach in Tränen aus und sagte immer wieder: »Ich will nicht sterben, ich weiß nicht, wo mein Vater ist.« Und als sie ihn an den Baumstamm banden, schrie er laut: »Ich habe Angst, ich habe Angst, ich habe Angst!!« Valentí brachte ihn mit einer kräftigen Ohrfeige zur Ruhe und spie ihm ins Gesicht, er sei ein Feigling und solle endlich lernen, zu sterben wie ein Mann, wie ein Held, verdammt noch mal. Er trat zurück und richtete die Pistole, die er die ganze Zeit in der Hand gehalten hatte, auf ihn. Dann sagte er: »Ich bringe dich schon nicht um, Feigling, ich wollte nur wissen, ob du das hier aushältst, ohne dir in die Hosen zu scheißen«, und Ventureta schluchzte auf, verzweifelt, froh, ängstlich, und senkte den Kopf, und Valentí zielte auf das Genick, das sich ihm gerade so schön darbot, und gab zwei Schüsse ab, just, als der Junge den Kopf wieder hob, und Joan Ventureta hörte auf, zu schluchzen und sich zu fürchten, und war endlich tapfer, einäugig und tot.

In der Nacht brannte auf dem Dorfplatz ein trauriges Licht und ein anderes am Ausgang des Dorfes, auf dem Weg nach Sorre und Altron. Die beiden Glühbirnen, nur dürftig geschützt durch Metallschirme, schaukelten im Wind und gaben kaum Licht. Vom kleinen Fenster der Lehrerwohnung aus spähte Rosa auf die Straße, reglos und schweigend. Sie hoffte, daß die Schüsse, die vom Friedhof hergekommen waren, nicht den Tod bedeuteten. Sie wollte sich nicht umdrehen, denn am Tisch saß ihr Mann, der Feigling, knetete Kügelchen aus Brotteig und stellte sich immer noch vor, er könnte etwas ändern. Da hielt ein unbekannter, klapperiger Wagen unter der Laterne. Ein Mann, den niemand zuvor gesehen hatte, stieg aus, öffnete eine Tür und ließ ein Bündel zu Boden fallen. Ächzend setzte sich das Auto in Richtung Tal in Bewegung. Obwohl das Bündel unter der Laterne lag, war es nur schwer zu erkennen, bis Rosa leise sagte: »Sie haben ihn umgebracht, sie haben ein Kind umgebracht.« Sie legte die Hand auf ihren Bauch, und Oriol ging zu ihr hinüber und legte ihr tröstend die Hand auf die Schulter, aber sie schüttelte sie ab und zischte: »Faß mich nicht an!« Unten auf dem Platz kniete die Ventura im schummerigen Lampenlicht, strich verzweifelt über die Einschußlöcher im Schädel und in der rechten Augenhöhle ihres Sohnes und verstand, daß das Unglück in ihr Haus eingekehrt war und sie nie mehr verlassen würde. Talitha kumi, dachte Oriol. Talitha kumi, bitte, talitha kumi, und in seinem Inneren vertrieb eine verzweifelte, erstaunte Wut allmählich die Angst.

Senyora Elisendas Wagen begegnete dem unbekannten Wagen, der den Hang hinabraste, unterwegs zu einer anderen Arbeit oder vielleicht zu einem wohlverdienten Cognac. Als Jacinto vor Casa Gravat hielt, war es gerade fünf Minuten her, daß die Familie Ventura den Körper vom dunklen, kalten Platz hatte tragen lassen. Alles sah aus wie immer, aber die Stille klang anders, drohend, als ob das gesamte Dorf dem dumpfen Rauschen des Pamano lauschte, und so beschloß Elisenda, im Rathaus vorbeizusehen und sich zu erkundigen, was es mit dieser Stille auf sich hatte.

Senyor Valentí Targa saß, eingehüllt in dieses Schweigen, in untadeliger Uniform mit drei oder vier ebenfalls uniformierten Unbekannten zusammen und trank. Als er Elisenda erblickte, sagte er: »Kameraden, geht schon mal rüber in den Sitzungssaal, ich komme gleich nach.« Mit dem Glas in der Hand zogen die Kameraden in den Nebenraum um, wo nur Staub und ausrangierte Möbel zu finden waren, und Elisenda fragte mit zornsprühenden Augen: »Was ist passiert oder wird gleich passieren?«

»Ich weiß nicht, was du meinst«, entgegnete Valentí.

»Habt ihr Ventura geschnappt?«

»Nein.«

»Was hast du gemacht?«

»Für Gerechtigkeit gesorgt.«

Elisenda stand vor ihm und sagte ruhig: »Ich weiß nicht, was du gegen Ventura hast, aber ich versichere dir, er ist nicht Teil deiner Arbeit.«

»Was weißt du schon.« Valentís Blick war leicht getrübt vom Cognac, mit dem er sich schützte.

»Hast du den Jungen umgebracht?«

Statt einer Antwort trank Valentí das Glas in einem Zug leer und schnalzte mit der Zunge. Da sagte ihm Senyora Elisenda Vilabrú: »Von jetzt an werden die Dinge zwischen dir und mir ein wenig anders laufen. Ich mag diesen Stil nicht, und ich weiß nicht, ob du dich erinnerst, daß ich mein Wort gegeben habe, es würde nichts passieren, und du mir versichert hast, es würde auch nichts passieren, du wolltest dem Dorf nur eine Lektion erteilen. Und jetzt stellt sich heraus, daß die Lektion darin besteht, daß du Kinder umbringst.«

»Na, na, na: ein Kind. Nur eins.«

»Das ist bestimmt der traurigste Grabstein, den ich je gemacht hab. Neunzehnhundertneunundzwanzig Bindestrich neunzehnhundertdreiundvierzig, das sind vierzehn Jahre. Er wäre bald fünfzehn geworden. Gott wird dem Mörder niemals verzeihen. Und du, mein Sohn, denk immer an ihn, und wenn einmal bessere Tage kommen und ich dann schon tot bin, machst du dem Ventureta einen neuen Grabstein. Und wenn die Geschäfte auch noch so schlecht gehen sollten, laß dir nicht einfallen, von den Venturas auch nur einen Duro zu nehmen. Es werden bessere Tage kommen, und die Menschen werden lächeln, und dann wird man ungestraft den richtigen Namen der Leute auf den Grabstein meißeln dürfen, Jaumet. Und dann holst du die Zeichnung hervor, die ich dir jetzt machen werde.«

»Und jetzt können wir nichts anderes hinschreiben?«

»Nur Familie Esplandiu. Sie wollen sonst nichts. Sie lassen sie nichts anderes draufschreiben. Sieh mal, hier ist der schriftliche Befehl. Nicht mal den Namen von Joanet, selbst wenn wir ihn auf spanisch schreiben würden. Nur die Familie. Und das Kreuz.«

»Und für den echten Grabstein?«

»Sieh mal, was ich mir ausgedacht habe.«

»Mensch, ein echtes Kreuz, wie es sich gehört.«

»Natürlich. Das hat er verdient.«

»Weißt du, was du machen kannst, Vater? Du könntest es noch verzieren. Der Bürgermeister, wenn er bis dahin noch nicht gestorben ist, wird es gar nicht bemerken. Zum Beispiel so:

»Sehr gut, Jaumet, du bist ein helles Bürschchen. Vergiß nicht: Ich werde die Zeichnung aufheben, aber versteckt. Ich verlaß mich auf dich, Jaumet, wenn es soweit ist, machen wir einen richtigen Grabstein für Ventureta. Weißt du was? Wir machen noch ein Bild von Manel Lluís drauf.«

»Welches?«

»Ich weiß nicht, etwas wie … Sieh mal, das da.«

»Das ist eine Ringeltaube.«

»Nein, eine Friedenstaube. Ein Symbol. Oh, mein Gott.«

»Wein nicht, Vater, sonst muß ich auch weinen.«

Dritter Teil

Sterne wie Spitzen

Kreidestaub,
der verweht, wenn Gott darüberwischt.
JORDI PÀMIAS

Die beiden Türflügel werden aufgestoßen. Eine Gruppe von fünf ernst dreinblickenden, absonderlich gekleideten Männern betritt den Santa-Clara-Saal. Der mittlere von ihnen, dessen Botschafterschärpe breiter ist als die der anderen, geht auf die Dame in Schwarz zu. Rechtsanwalt Gasull beugt sich zu ihr hinab und flüstert ihr etwas ins Ohr. Sie hebt selbstbewußt ihre dürre Hand, und der Botschafter küßt sie. Rechtsanwalt Gasull steht nervös daneben und weiß nicht so recht, was er tun soll. Der Botschafter tritt auf ihn zu und überlegt, ob das wohl ein direkter Angehöriger der alten Dame ist. Sie grüßen einander unverbindlich. Die Dame in Schwarz spürt zu ihrem Mißfallen die Blitze einiger Fotografen, die den Augenblick festhalten. Einer der Assistenten sagt, der Herr Bischof sei schon da und sie würden ihn sicher hinterher beim offiziellen Empfang treffen. Der Botschafter läßt sich über die Freude und den Stolz aus, die alle erfaßt haben, während ihm ein Assistent ein Glas Fruchtsaft in die Hand drückt. Die Dame in Schwarz nickt zustimmend, kann sich aber kein Lächeln abringen. Sie hat es eilig. Es soll endlich etwas geschehen, alles sollte erledigt sein, bevor sie stirbt. Ihr Enkel beäugt die Szenerie vom Balkonfenster aus. Als er sieht, daß der Botschafter einen der Assistenten um eine Zigarette bittet, holt er selbst beruhigt eine hervor.

Währenddessen unterhält sich Marcel Vilabrú mit einem Botschaftsangestellten darüber, daß mit dem Vatikan in Sachen Wintersport einfach keine Geschäfte zu machen sind. Er ist sehr aufmerksam und freundlich, denn wer weiß, ob der Mann nicht irgendwann mal in ein Land entsandt wird, wo es nicht nur kalt ist, sondern auch Schnee und Berge gibt.

Der Botschafter fragt die alte Dame, wie sie mit dem Ermordeten verwandt sei, und sie antwortet, genaugenommen seien sie gar nicht verwandt. Aber sie seien immer diejenigen gewesen, die ihm am nächsten gestanden hätten, die einzige Familie, die er hatte. »Ja, natürlich«, sagt der Botschafter. »Man weiß ja, was im Krieg so alles passiert und wie viele Familien auseinandergerissen werden«, kommt Gasull der alten Dame zu Hilfe. »Ja, natürlich«, wiederholt der Botschafter und sieht den Verwandten (oder so) an, den einzigen, der ihm in die Augen sehen kann, wie beklemmend.

Ein Mann mit kurzem weißem, rebellischem Haar hat nach ein paar knappen Worten mit dem Führer die Russen, die sich als Polen entpuppt haben, auf demselben Weg mitgenommen, auf dem sie gekommen sind. Einige der Polen drehen sich noch einmal ein wenig ängstlich nach der Gruppe von Hochwürden Rella um.

Ein junger Mann führt die Übriggebliebenen, nachdem sie sich zusammengefunden haben, den Korridor entlang. Es geht nur langsam voran. Die Krampfadern machen vielen zu schaffen, und der Korridor will nicht enden. Von Zeit zu Zeit kommen sie an dunklen, schlecht beleuchteten und wahrscheinlich nicht besonders wertvollen Bildern vorüber, die niemand beachtet.

»Anastomotisch bedingte Krampfadern sind aneurysmatisch.«

»Ist mir egal, wie sie heißen, aber sie bringen mich um.«

Nach einem seltsamen Zickzackweg gelangen sie am Ende eines neuen Korridors in einen Raum, der zwar hell ist, aber nur wenige Stühle hat, und diese sind schon von den Polen besetzt, die offensichtlich zuvor auf Schleichpfaden hierhergelangt sind. In der Mitte des Raumes stehen auf ein paar rustikalen Holztischen mittelalterlichen Ausmaßes Antipasti für die Gäste.

Wie schnell die Zeit vergeht, wenn man sich wünscht, dieser glorreiche Tag möge das ganze Leben dauern. Schon seit längerem sind die Häppchen und die Gesprächsfetzen ausgegangen, und als sie sich nichts mehr zu sagen haben, öffnet zu ihrer Erleichterung ein Bediensteter die Tür (im Vatikan werden die Flügeltüren besonders feierlich aufgestoßen) und sagt ihnen, wenn sie die Freundlichkeit hätten, ihm zu folgen, so habe er die Ehre, ihnen den Weg zu zeigen. Das ist der Augenblick, in dem der Botschafter sagt, wie schnell doch die Zeit vergeht, wenn man sich wünscht, dieser glorreiche Tag möge das ganze Leben dauern.

Die alte Dame antwortet ihm nicht, weil ihr plötzlich die Aufregung den Atem verschlägt. Sie erhebt sich, um die Verwirrung zu verbergen, die sie beim Eintritt des höflichen, gemessenen Dieners ergriffen hat, und wartet darauf, daß ihre Familie sie eskortiert und ihr Sohn ihren Arm nimmt. Sie wirkt so majestätisch, daß der Botschafter endlich einsieht, daß sie die einzig wahre Autorität in diesem Raum ist.

Die Gruppe um Hochwürden Rella betritt die Basilika. Der Pfarrer erklärt Senyor Guardans, daß der Glaube an die Unfehlbarkeit des Pontifex Maximus bei der Kanonisierung eines Heiligen nicht unumstritten ist. Der heilige Thomas sagt, wir müssen fest daran glauben, daß die Unfehlbarkeit das päpstliche Dekret zur Kanonisierung unterstützt, und die Mehrzahl der Theologen teilt diese Ansicht. Aber im allgemeinen wird davon ausgegangen, daß die Gewißheit dieser Unfehlbarkeit theologischer Glaube ist; sie steht nicht in der Heiligen Schrift, ist daher kein göttlicher Glaube und ist nicht von der Kirche festgelegt, also auch kein kirchlicher Glaube.

20

Um sich nicht ganz so einsam zu fühlen, beschloß er, seine wenigen Habseligkeiten ins Schulgebäude zu bringen. Er richtete sich die Materialkammer her, karg, fast mönchisch, denn für ihn hatte die Zeit der Buße für seine Feigheit begonnen. Eine Pritsche in einer Ecke, ein wurmstichiger Schrank und ein altes Pult, das er als Arbeitstisch benutzte, waren alles, was er hatte. Wenn er einen Stuhl brauchte, mußte er seinen aus dem Klassenzimmer holen, nur an Kälte hatte er mehr als genug. Und als er sich eingerichtet hatte, war er trotzdem nicht zufrieden, denn er mußte unablässig an Rosa denken, und er ging jeden Tag zum Mittagessen zu Marés, und zum Kaffee trank er mit Valentí schweigend ein Glas Anisschnaps, und die Leute ließen sie am Tisch der Autoritäten allein, und während sie beide dort saßen, waren alle Gespräche verstummt, und alle schielten zu ihnen herüber und hatten es eilig, das Lokal zu verlassen. Eines Tages sagte ihm Valentí, das mit seiner Frau tue ihm sehr leid. Statt einer Antwort leerte Oriol seinen Anisschnaps und starrte auf den Tisch. Um ihn aufzumuntern, sagte Valentí: »Ich habe gehört, daß sich die Armee aus dieser Gegend in Richtung Aragonien zurückzieht.«

»Trotz der Anschläge?«

»Seit dieser Geschichte ist hier alles ruhig geblieben, auch wenn in Frankreich die Dinge für das sieggewohnte Reich nicht allzu gut stehen.«

Oriol sagte nichts. Denken strengte ihn zu sehr an.

Am selben Nachmittag klopfte Cassià von den Mauris von Ignasis Maria, der einzige der Familie, der sich frei bewegen durfte, weil er nicht ganz richtig im Kopf war (sein Bruder Josep war auf der Flucht, und Felisa lebte, verbittert und verstummt in ihrem Kummer, allein bei den Großeltern, verbohrten alten Republikanern) an die Scheibe des Klassenzimmers und bedeutete Oriol, er habe einen Brief für ihn. Die Großen waren noch mit der Liste der Zuflüsse beschäftigt – die Karte der Iberischen Halbinsel hing an der Tafel –, und die Kleinen schrieben ab. Oriol ging hinaus, nahm klopfenden Herzens den Brief in Empfang und kehrte ins Klassenzimmer zurück. Der Umschlag war in Barcelona abgestempelt und trug keinen Absender, aber er erkannte Rosas Handschrift. Am liebsten hätte er ihn gleich gelesen, aber er steckte ihn in die Tasche, tat so, als dächte er nicht weiter daran, und fragte Ricard von den Llatas, in welchen Fluß der Alagón mündete.

Erst als alle Kinder weg waren, kam er dazu, den Brief zu öffnen. Er setzte sich an den Ofen und riß nervös den Umschlag auf. Im Heft hatte Oriol diesen halb zerrissenen Umschlag aufbewahrt, dazu die wenigen Zeilen, die Tina unzählige Male gelesen hatte: »Oriol, ich muß Dir wohl mitteilen, daß Du eine Tochter hast. Sie ist wohlauf. Ich werde sie niemals zu Dir bringen, weil ich nicht will, daß sie erfährt, daß ihr Vater ein Faschist und ein Feigling ist. Versuch nicht, mich ausfindig zu machen oder ausfindig machen zu lassen: Ich bin nicht bei Deiner Tante, meine Tochter und ich kommen schon alleine zurecht. Mein Husten ist weg, bestimmt hast Du mich krank gemacht. Auf Nimmerwiedersehen.«

Wie grausam, dachte Tina. Sie warf einen zerstreuten Blick auf Dr. Schiwago, der es sich auf dem Computer bequem gemacht hatte und von dort selbstvergessen die beinahe frühlingshafte, von Licht und Vorfreude durchflutete Landschaft hinter dem Fenster betrachtete. Was wohl Arnau gerade tut? Ob er die Hände faltet, die Augen verdreht und betet, wie wir es ihn nie gelehrt haben? Vielleicht singt er auch. Oder er verflucht sich selbst dafür, daß er sich in eine Hölle begeben hat, aus der er nicht so leicht wird entrinnen können. Oder nichts dergleichen. Wie ich ihn vermisse. Dann dachte sie an

Jordi und mußte sich eingestehen, daß sie das gleiche getan hätte wie Rosa, hätte sie deren Mut besessen.

Mit zitternden Händen schob Oriol den Brief in den eingerissenen Umschlag zurück. Er war kurz davor, die Ofenklappe zu öffnen und ihn zu verbrennen, doch dann überlegte er es sich anders und steckte ihn in die Tasche. Er tat ihm zu weh. In der Schultoilette, die wie immer kalt und von einem ätzenden Gestank erfüllt war, betrachtete er sich fünf Minuten lang im angelaufenen Spiegel und versuchte, eine Situation zu verstehen, aus der er nicht klug wurde. Vierzehn Tage war es nun her, daß Rosa gegangen war. Sie hatte Venturetas Tod nicht verwunden. Sie hatte nicht ertragen, daß alle Welt ihren Mann für Valentí Targas rechten Arm hielt, für seine graue Eminenz. Sie hatte nicht ertragen, daß die Leute erzählten, der Lehrer mißbrauche die Kinder auf abscheuliche Weise, indem er sie dazu brachte, ihre Eltern zu verraten. In der Pause ging er zu ihnen und sprach so sanft und freundlich, so falsch mit ihnen, daß sie ihm alles erzählten, was er wollte. Er hatte sogar herausgefunden, wer sich bei den Llovís versteckt hielt. Und den Kindern konnte man keinen Vorwurf machen, den armen Seelen, die waren vor Angst halbtot. Und Rosa hatte auch nicht ertragen, daß zwei Tage hintereinander Marçana von der Bäckerei das Brot gerade dann ausgegangen war, wenn sie in den Laden kam. Das Brot und der Gesprächsstoff. Die Frauen im Laden verstummten, oder ihnen fiel ein, daß sie es eilig hatten, und sie ließen sie stehen, eine lächerliche Figur in diesem beschaulichen Torena im Vall d'Àssua, in der Nähe von Sort im Regierungsbezirk Pallars Sobirà, mit drei- bis vierhundert Einwohnern (plus einundzwanzig roten, separatistischen Verrätern, die es vorgezogen hatten, ins Exil zu gehen, und dreiunddreißig Toten während des Kreuzzugs gegen den Marxismus, von denen zwei als Helden gestorben waren: der junge Josep Vilabrú und sein Vater Anselm Vilabrú, dem die halbe Gemeinde gehört hatte und der mit seinem Sohn vierzehn Tage nach der Erhebung der Faschisten von einem

Trupp Anarchisten an die Wand gestellt worden war). Und obwohl hier besonders viel Roggen, Gerste und Weizen für den Eigenbedarf angebaut wurden, gab es kein Brot mehr, wenn Rosa einkaufen ging. Es würde für sie keines mehr geben. Auch deshalb verließ sie das Dorf. Und vielleicht auch wegen der zärtlichen Blicke, die Senyora Elisenda von Casa Gravat ihrem Mann zuwarf.

»Er will mir tausend zahlen.«

»Und wenn er dir eine Million zahlt. Du kannst ihn nicht porträtieren!«

»Warum nicht?«

»Er ist ein Mörder.«

»Jetzt müssen wir uns ducken. Irgendwann einmal werden wir wieder den Kopf heben können.«

»Sich ducken ist eine Sache, etwas anderes ist... Widert dich das nicht an?«

Von Sant Pere klang die Totenglocke herüber. Rosa erstarrte, rührte sich aber nicht vom Fleck. Oriol stellte das Milchglas auf den Tisch, zeigte auf Rosas Bauch und flüsterte eindringlich: »Ich will nicht, daß sie uns umbringen wie diesen Jungen.«

»Feigling.«

»Ja. Ich habe Angst zu sterben.«

»Wenn du drüber nachdenkst, wirst du merken, daß der Tod nicht so schlimm ist, wie du glaubst.«

Oriol antwortete nicht, und Rosa stand auf und ging hinaus. Nach einer Weile vernahm Oriol aus dem Schlafzimmer unterdrücktes Schluchzen. Er schob die Milch beiseite, als ekelte sie ihn, starrte ins Leere und versank in Grübelei. Er wünschte sich von Herzen, anders zu sein. Plötzlich hob er den Kopf: Rosa kam aus dem Schlafzimmer, sie trug ein schlichtes dunkles Kleid.

»Wo willst du noch hin?«

»Zur Beerdigung.«

»Es wäre klüger...«

»Du kannst ja inzwischen deinen Herrn und Meister malen.«

»Ich muß nach Sort zur Lehrerkonferenz«, sagte er gekränkt. Aber sie war schon hinausgegangen, ohne seine Antwort abzuwarten. In diesem Moment wußte Oriol noch nicht, daß er nie wieder mit ihr sprechen würde.

Rosa verließ Torena am Tag vor Weihnachten, dem Tag, an dem Ventureta zu Grabe getragen wurde, als alle bei der Arbeit waren und Oriol in Sort an einer Konferenz aller Lehrer der umliegenden Täler teilnahm, einberufen vom Abgeordneten der Falange Española, der sie überreden wollte, der Falange beizutreten, und zwar geschlossen, Kameraden. Rosa ging wie ein Flüchtling, ohne jemandem Bescheid zu sagen. Sie wußte, daß sie außer ihrem Korb und ihrem vollen Koffer alle Illusionen mitnahm, all ihre Vorstellungen davon, wie schön es hätte sein können. Sie tat es, weil sie eine starke Frau war und nicht wollte, daß ihr Kind neben einem Faschisten aufwuchs. All ihre Hoffnung trug sie in ihrem Bauch.

Tina bewahrte diesen Brief in den Heften auf wie einen Schatz, als Beweis dafür, wie sehr das Unglück einem Menschen zusetzen kann. Und dabei trug Rosa ihre Hoffnung noch in sich, nicht wie ich, die ich sie an ein zugiges Kloster verloren habe.

21

Willst du, Don Santiago Vilabrú Cabestany (von den Vilabrú-Comelles und Cabestany Roures), in der geschichtsträchtigen, überladenen Kirche von Santa María vor dem Bildnis von Nuestra Señora del Coro und in Anwesenheit einer kleinen, aber feinen Auswahl hochrangiger und begüterter Persönlichkeiten (des Generalkapitäns des ersten Wehrbezirks, der dieser Tage in San Sebastián weilt, dreier ehemaliger Obersten, Waffenbrüder des unglückseligen Hauptmanns Anselm Vilabrú, und etwa zwanzig weiterer Gäste, die in Barcelona und Madrid das Sagen haben und vor allem haben werden), Señorita Elisenda Vilabrú zu deiner Frau nehmen, sie lieben und ehren, in guten wie in schlechten Tagen, in Gesundheit und Krankheit?

»Ja, Pater.«

Und du, Elisenda Vilabrú Ramis (von den Vilabrús aus Torena und den Ramis von Pilar Ramis aus Tírvia, dem Flittchen, besser, wir reden nicht davon aus Rücksicht auf den armen Anselm), die du wunderschön bist – wenn ich nicht Militärpfarrer wäre, würde ich mich hier und jetzt über dich hermachen –, die du mit deinen zweiundzwanzig Jahren die Fäden ziehst unter den Flüchtlingen in San Sebastián, die es kaum erwarten können, daß Katalonien in die Hände der franquistischen Truppen fällt, um all das wiederzuerlangen, was ihnen während der Zeit des Niedergangs unter den Roten gewaltsam entrissen wurde, und die du keine Zeit verloren, sondern dir einen unanständig reichen Mann gesucht hast, und dabei heißt es, von deiner Seite her seiest du auch nicht gerade unvermögend – übrigens weiß ich gar nicht genau, was mit deiner Mutter, Pilar Ramis, eigentlich los ist, aber jeder redet darüber –, nimmst du Don Santiago Vilabrú

Cabestany (von den Vilabrú Comelles und den Cabestany Roures) zum Mann und ewigen Versorger, in guten wie in schlechten Tagen, in Gesundheit und Krankheit, in Ehebruch und ehelicher Langeweile? Ich bin weiß Gott nicht schwul, aber ich hätte nichts dagegen, diesen Santiago nur wegen seines Geldes zu heiraten, auch wenn er mich einmal im Monat rannehmen würde.

»Sprich, meine Tochter.«

In einer Bank in der zwanzigsten Reihe saß Bibiana, die die Gabe hatte, zu wissen, wie die Geschichten endeten, betrachtete besorgt Senyor Santiagos und Elisendas Nacken und sagte: »Nein, Kind, sag ›nein‹ und lauf weg.«

»Ja, Pater.«

»Hiermit erkläre ich euch vor Gott zu Mann und Frau. Und was Gott zusammengefügt hat, das soll der Mensch nicht scheiden, allein der Tod. Viva Franco. Arriba España. San Sebastián, am 28. Februar 1938, im dritten Jahr des Sieges. Hier unten müssen Sie unterschreiben. Alle beide, ja. Und die Trauzeugen ebenfalls. Ganz ruhig, es ist genug Platz für alle. Ein Applaus für die Brautleute. Ja, so, schön laut. Es lebe Franco. Und es lebe das spanische Heer.«

Es war eine genau durchdachte Entscheidung gewesen. Der gute Onkel August hatte angedeutet, sie sei dazu bestimmt, vermögende junge Männer aus ganz Europa kennenzulernen, aber sie hatte sich damit abgefunden, daß der Krieg alles zunichte machte, sogar die Träume, und entschied sich für Santiago; er war nur zwei Jahre älter als sie, ein netter Junge, sehr wohlerzogen, auch wenn er in dem Ruf stand, ein Windhund zu sein, und hoffnungslos in sie verliebt. Überdies zeichnete er sich dadurch aus, daß er Vilabrú hieß. Und vor allem erinnerte er sie an ihren Bruder Josep, wie sie ihn von jenem Abend in Erinnerung hatte, als er in Casa Gravat gesagt hatte, wenn alles schiefgeht, wechseln wir auf die andere Seite, wir gehen über Frankreich nach San Sebastián, ich kenne einen Schmuggler, der uns ohne weiteres führen würde, und der Vater hatte nachdenklich zugehört und gesagt, nun ja, vielleicht sollten wir darüber reden. Wer ist es? Der Mann von der Ventura, er kennt alle Täler und Pfade wie kein anderer. Aber es war zu spät, denn nachdem drei Dreckskerle aus dem Dorf den Anarchisten Bescheid gegeben hatten, kam der Trupp aus Tremp und jagte ihrem Vater eine Kugel ins Genick, und meinen armen Josep haben sie mit Benzin übergossen. Und Santiago erinnerte sie wirklich sehr an Josep. Fast war es, als heiratete sie die Erinnerung an Josep und nicht Santiago Vilabrú Cabestany (von den Vilabrú Comelles und den Cabestany Roures).

Sie erzählte ihm, was sie empfand und was sie nach ihrer Rückkehr nach Torena zu tun gedachte, und er unterdrückte ein Naserümpfen und sagte, »Sehr schön, meine Liebste, aber jetzt sollten wir erst mal an uns denken«, was heißen sollte, gehen wir ins Bett und vollziehen wir die Ehe, ich kann es kaum erwarten, sie nach Leibeskräften zu vollziehen. Als sie fertig waren, beharrte Elisenda: »Ich will, daß drei Leute aus dem Dorf für das zahlen, was sie getan haben.« Santiago Vilabrú kratzte sich am Kopf und sagte: »Das ist nichts für mich. Weißt du was? Das beste wird sein, wir ziehen nach Barcelona, da siehst du alles nicht mehr so verbissen, und von Zeit zu Zeit fährst du nach Torena.« Sie verschränkte die Arme und sagte, »Es wird keinen Vollzug mehr geben, bis du mir schwörst, daß wir nach Torena ziehen«, und er sagte: »Wie du willst, Liebste.«

»Bist du bereit, den Tod meines Vaters und meines Bruders zu rächen?«

»Natürlich. Laß noch mal deine Brüste sehen. Komm her, Schatz.«

»Nein. Schwör es mir.«

Schließlich trafen sie eine Abmachung: Er würde ihr den richtigen Mann zeigen, »ich weiß einen, der ideal für diese Aufgabe ist: Er kommt aus der Gegend, kennt die Leute und hat das, was es braucht, um … Knöpf deine Bluse auf, mach schon.«

»Wer ist es?«

»Ein Bekannter von mir von den Roias aus Altron. Er hat mir schon gute Dienste geleistet ... Er versteht es zuzupakken.«

»Wo kann ich ihn finden?«

»In Burgos. Komm her, meine hübsche Blume.«

Nach viermaligem Vollzug erlangte Elisenda Vilabrú Ramis am zweiten Tag ihrer Ehe mit Hilfe eines fünfminütigen Gesprächs und eines prall gefüllten Umschlags eine Sondergenehmigung und machte sich mit Bibiana im Taxi auf den Weg nach Burgos. Schon seit ein paar Tagen war sie dabei, die eindringlichen Lehren Mutter Venàncias zu überdenken, denn allmählich erkannte sie, daß die Welt den Bösen, den Mördern, Kommunisten, Anarchisten, Gottlosen, Freimaurern, Juden und Katalanisten gehörte, wenn man nicht zusah, wo man blieb. Und so mußte sie wohl die Gebote der Moral abwägen und sich überlegen, welche von ihnen sie momentan außer Betracht lassen konnte. Die Beichte, die sie vor ihrer Hochzeit beim Militärpfarrer Hauptmann Don Fernando de la Hoz Fernández y Roda abgelegt hatte (der beleidigt war, weil der Militärpfarrer Oberst Macías die Trauung vollziehen durfte), hatte ihr schon die Augen geöffnet, denn der gute Mann hatte ihr nach einem glühenden Bekenntnis zum Caudillo versichert: »Alles, wirklich alles, meine Tochter, was zur Vernichtung der Horden des Bösen, der Mörder, Kommunisten, Atheisten, Freimaurer, Juden und separatistischen Katalanen beiträgt, ist Gott dem Herrn gefällig, der Gerechtigkeit übt und die Göttliche Strafe verhängt und der die geheiligte Einheit Spaniens gewährleistet. Und denk nur an den Goel, den biblischen Bluträcher, den kein Theologe und kein Papst je verachtet hat. Für mich heißt das nichts anderes als drauf auf die Roten. In diesen Zeiten, meine Tochter ...« (Hier mußte Hauptmann Fernando de la Hoz Fernández y Roda innehalten, sich mit einem Taschentuch die Stirn abwischen und Luft holen, denn trotz des Trenngitters war er völlig betäubt von dieser samtenen Stimme, den funkelnden

Augen, in denen die Flamme des Höchsten leuchtete und sie in Leidenschaft verwandelte, dem unschuldigen Schwingen der brillantbesetzten Ohrringe und diesem sinnlichen Duft, der mich verrückt macht). Er schneuzte sich, um sich zu beruhigen, und fuhr dann fort: »Ich sagte, in diesen Zeiten, meine Tochter, sind alle Akte der Gerechtigkeit von unserem Herrn Jesus Christus gern gesehen. Und jetzt bete mit mir ein Avemaria. Nein, bete du allein vor dem Höchsten, meine Tochter, und vertraue dich der Jungfrau von der Unbefleckten Empfängnis an, der Schutzpatronin des irdischen Heeres. Ego te absolvo a peccatis tuis et hic et nunc, domina, te moechissare cupio.«

»Amen«, antwortete Elisenda andächtig.

Die gesamte Kälte des Spätwinters schien sich in der Pension am Paseo del Espolón Viejo in Burgos zu sammeln, wo sie sich verabredet hatten, und als Bibiana ihr in den Mantel half, wagte sie zu sagen: »Paß auf, mein Kind, vielleicht ist das alles eine Nummer zu groß für dich.« Aber Elisenda wollte keine Ratschläge hören. Sie sagte, »Danke, Bibiana, aber es ist mein Leben«, und ging aus dem Zimmer, in die kleine Eingangshalle, wo der Mann auf sie wartete. Er war mittleren Alters, eher klein, mit eisblauen Augen und dunklem Haar, und gab ihr verwundert und neugierig die Hand. Während Bibiana die ausgemusterten Mäntel wegräumte, dachte sie, aber mein Leben ist dein Leben, Kind, hast du das noch nicht verstanden?

»Nein, ich will keine Wände mit Ohren, gehen wir lieber spazieren«, sagte sie, als der Mann mit den blauen Augen ihr vorschlug, in ein Café zu gehen, das er kannte.

Sie waren in der Nähe der Plaza de Prim, und der Nebel, der vom Arlanzón aufstieg, hüllte nach und nach das ganze Viertel ein. Als sie schweigend den Platz überquerten, mußten sie anhalten, weil eine endlos lange Karawane von Lastwagen der nationalen Armee vorbeizog, mit mittleren Artilleriegeschützen beladen, unterwegs zu unerbittlicher Zerstörung. Das Paar applaudierte, ohne sich die Handschuhe auszuziehen, und die übrigen Passanten, deren Weg die Karawane gekreuzt hatte, taten es ihnen gleich, mehr als drei Minuten lang. Als der Wagen mit dem roten Schlußlicht vom Platz fuhr, dem Sieg entgegen, schlug sie vor, einfach weiterzugehen. An der Placeta de San Lesmes angelangt, wandte sie sich dem Mann mit den eisblauen Augen zu und sagte: »Du sollst mein Goel sein.«

»Was?«

Ratlose Dunstwolken stiegen aus seinem Mund auf.

Sie hatte ihn gleich geduzt, obwohl er älter war als sie, um von Anfang an klarzustellen, wer das Sagen hatte. Jetzt lächelte sie ihm kurz zu. Der Mann stieß noch immer ratlose Wolken aus. Elisenda erklärte ihm, was ihrem Vater und ihrem Bruder zugestoßen war; sie wunderte sich, daß er nicht davon hatte reden hören, und er erwiderte, er lebe seit Jahren nicht mehr in Altron. Nein, er hatte von diesen Ereignissen nichts gehört. »Scheußlich, hm? Und was soll ich jetzt tun?«

»Du sollst den Tod meines Vaters und meines Bruders rächen.«

»Ach du Scheiße.« Er hatte nur gemurmelt, aber es tat ihm leid, es vor diesem Engel überhaupt gesagt zu haben.

»Es geht darum, Gerechtigkeit zu üben, strikte Gerechtigkeit. Die Gerechtigkeit Gottes, die die wahrhaftig Schuldigen treffen wird.«

Der eisblaue Blick glitt prüfend über diese hinreißende Frau, und er war drauf und dran, zu sagen: »Wenn Sie befehlen, werde ich es tun, ohne mit der Wimper zu zucken.« Aber er verkniff es sich noch rechtzeitig. Statt dessen musterte er sie wieder, erstaunt darüber, daß sie in dieser schneidenden Kälte in aller Seelenruhe übers Töten sprach.

»Und was ist dein Bestreben?« fragte sie ihn.

»Mein was?«

»Dein Traum.«

»Ach so. Die Welt von Kommunisten und Separatisten säubern. Ich bin in die Falange eingetreten.«

»In Ordnung. Ich werde dir sagen, wer die Kommunisten und Separatisten von Torena sind.«

»Vielleicht kenne ich ja einen von denen.«

»Joan Bringué von den Feliçós, Rafael Gassia von den Misserets und Josep Mauri aus der Familie von Ignasis Maria. Und noch ein paar andere, die nicht beteiligt waren, aber sich ins Fäustchen gelacht haben, als sie meinen Bruder mit Benzin übergossen haben.«

Schweigend gingen sie ein paar Schritte weiter. Die Kälte knirschte unter ihren Schuhsohlen. Plötzlich blieb er stehen und sah sie an. Er fand sie wunderschön.

»Und warum sollte ich das tun?«

»Wir werden einen Vertrag unterzeichnen. Du wirst für den Rest deines Lebens ausgesorgt haben.«

»Den Josep Mauri kenne ich.«

»Sieh dir erst mal den Vertrag an, und dann sagst du mir, ob du noch jemanden kennst.«

Sie listete ihm in allen Einzelheiten, aber ein wenig mechanisch die Beträge auf, die er für jede einzelne Exekution erhalten würde, erklärte ihm, wie bequem er es für den Rest seines Lebens haben werde und in welchem Verhältnis sie von nun an stünden. »Wenn du einschlägst, schwöre ich dir, meinen Teil des Vertrags einzuhalten, solange ich lebe.«

»Sobald die Armee dort einmarschiert, werden sie rennen wie die Hasen.«

»Oder auch nicht. Sie wissen nicht, daß ich zu allem bereit bin.« Sie atmete die eisige Luft ein und fuhr fort: »Auf jeden Fall erwarte ich, daß du sie erwischst, bevor sie fliehen.«

Der Mann dachte ein paar Sekunden lang nach. Er rechnete sich seinen Gewinn aus, wog die Lage ab: »Und wenn die Soldaten sie kaltmachen, bevor ich zur Stelle bin?«

»Das darf nicht geschehen. Ich will sie bestrafen. Es soll eine persönliche Strafe sein. Meine Strafe, die meines Goels. Wenn du sie strafst, wird das so sein, als ob ich es täte. Wenn ein anderer es tut, kassierst du nichts.«

»Verstanden. Aber wie ...«

»Ich kümmere mich schon um das Wie. Du gehst nach Torena, sobald das wieder möglich ist, und hältst mich auf dem laufenden. Ich kehre zurück, wenn ich es für richtig halte. Alles muß genauestens geplant werden.«

»Wie zum Beispiel?«

»Du mußt dich an der Front bewähren. Dann werde ich dich zum Bürgermeister von Torena machen.«

»Du?« Eisiges Schweigen. »Sie?«

»Du kannst mich duzen. Wirst du mein Goel sein?

»Was heißt das, Goel?«

»Nimmst du an? Traust du dich?«

»Wenn du dich an den Vertrag hältst, von dem du mir erzählt hast...« Er zweifelte noch, dann wiederholte er, als wolle er eine Last abschütteln: »Was heißt Goel?«

»Das ist der biblische Bluträcher. Nimmst du an?«

»Wenn der Vertrag, den ich unterschreibe, so ist, wie du gesagt hast, nehme ich an. Aber...«

Er sah ihr in die Augen. Sie hielt seinem Blick stand.

»Aber was?«

»Nur unter einer Bedingung.«

»Welcher?«

»Daß wir eine Nummer schieben.«

»Was heißt das: eine Nummer schieben?«

Er erklärte ihr, das heiße, die Ehe zu vollziehen, nur eben ohne Ehe. Bumsen. Moechissare. Jetzt. Ich kenne einen Ort, wo wir so lange zusammensein können, wie wir wollen. Ich zeige dir den Himmel.

Sie blieb stehen und musterte ihn von Kopf bis Fuß. Den Himmel. Einen Moment lang fürchtete der Mann, er sei zu weit gegangen, habe zu sehr gedrängt. Schon sah er seinen Posten in Torena, das Geld und die Nummer den Bach hinuntergehen, aber wider alle Vernunft sagte sie, das sei nur gerecht, denn wenn er für sie gewisse Dinge tue, müsse sie im Gegenzug... Sie verstummte, weil ein älteres Ehepaar an ihnen vorüberging und sie keinen Ärger wollte. Die Pitarchs hatten erzählt, daß ein paar Leute aus Calella scharf verwarnt worden waren, weil man anscheinend in Burgos auf der Straße und in der Öffentlichkeit nicht Katalanisch sprechen durfte. Als sie wieder allein vor dem Eingang von San Lesmes standen, sagte sie: »Einverstanden, aber es muß jetzt gleich sein, ich habe es nämlich eilig.«

Auf dem Weg zu dem Ort, den er kannte, erklärte sie ihm, sie werde mit einem der Feldadjutanten von General Antonio Sagardía Ramos sprechen, damit dieser gleich am nächsten Tag einen neuen Unteroffizier in das Oberkommando der Zweiundsechzigsten Division des Armeekorps von Navarra aufnehme, das kurz davor stand, über den Pallars in Katalonien einzumarschieren, den Unteroffizier... Wie heißt du noch mal mit Vornamen?«

»Valentí.«

Valentí Targa, gebürtig aus Altron, ehemaliger Schmuggler und ausgezeichneter Kenner der Gegend und ihrer Bewohner, ein möglicherweise perfekter Informant, ein unbeirrbarer Patriot, Falangist, erfüllt vom Verlangen, dem zügellosen Katalonien Licht, Ordnung, Gesetz und Religion zu bringen, ganz gleich, mit welchen Mitteln. Er entgegnete ihr bewundernd, er sei verblüfft, wie ein junges Mädchen von... wieviel Jahren?

»Zweiundzwanzig.«

... wie also eine Frau von zweiundzwanzig in der Lage sei, die Dinge so präzise zu organisieren. »Nein, bitte laß die Ohrringe an.«

Die Nummer war beherrscht vom Stöhnen des Mannes, der das Glück, das er in den Armen hielt, nicht zu fassen vermochte. Vielleicht hegte er die wahnwitzige Hoffnung, dieser Akt könne sie für immer zu Liebenden machen. Aber kaum hatte er seine Erregung in ihren Körper ergossen, da stand Elisenda auf, stellte sich nackt und schlank vor den noch schwer atmenden Mann und sagte: »Nun gut, das war deine Bedingung. Aber von nun an wirst du mich nie wieder anrühren. Das ist mein Preis.«

Carmencita. Nach einer schweigenden Rückfahrt, während deren Bibiana verstand, daß das Kind große Pläne schmiedete und sie es nicht würde aufhalten können, mußte Elisenda erfahren, daß die Frau, die in ihrer Abwesenheit ihren Platz eingenommen hatte und ein widerliches Parfüm benutzte, Carmencita hieß.

»Du versuchst nicht einmal, es vor mir zu verheimlichen«, sagte sie fassungslos zu ihrem Mann.

»Warum denn auch? Du würdest es doch sowieso herausfinden. Ich kann nicht einen Tag ohne Sex leben, das solltest du wissen, meine Liebe.«

Elisenda setzte den Koffer ab und wartete, bis die verwirrte Carmencita ihre Röcke geordnet und, noch barfuß, das Zimmer verlassen hatte, um sich draußen auf dem Treppenabsatz fertig anzuziehen.

»Morgen wirst du mir ein paar Papiere unterschreiben.«

»Es gibt keine Scheidung. Ist dir das klar?«

»Das ist es nicht. Es sind die Testamente, über die wir gesprochen hatten.«

»Ah ja, sehr gut.« Santiago ließ sich im Sessel neben ihr nieder: »Das heißt also, du bist mir nicht böse?«

Sie antwortete nicht und würdigte ihn keines Blickes. Die fünfzehn Jahre der Gleichgültigkeit hatten bereits begonnen. Er fuhr fort: »Also, wenn du nicht böse auf mich bist, könnten wir doch versuchen …«

Sie sah ihn an, in Gedanken weit fort, bei unterschriebenen Papieren und ihrem Goel mit seinem festen, gebräunten Körper, und sagte nichts. Er beharrte: »Wir könnten doch … ihr beide, sie und du und ich … Das wäre …« Seine Augen leuchteten: »Hast du das schon mal gemacht?«

22

Nur die Frauen aus dem Hause Ventura waren gekommen, dazu Manel Carmaniu, ein Cousin der Ventura, und ein paar mürrische alte Verwandte von den Esplandius aus Altron, die Gesichter von stummem Haß verzerrt, die Frauen der Misserets, die seit Rafaels Tod den Kopf hoch trugen, weil sie nichts mehr zu verlieren hatten, Felisa von der Familie von Ignasis Maria, deren Mann geflohen war, wer weiß, wohin, ihr zurückgebliebener Schwager Cassià Mauri, eine Cousine der Bringués von den Feliçós und Hochwürden Aureli Bagà, der nicht wußte, wohin er blicken sollte, und dachte, mein Gott, wann wird das alles enden. Außerdem war Pere Serrallac da, der auf den kleinen Friedhöfen der Dörfer am Westhang den Totengräber machte und vor kurzem ein Geschäft mit Grabsteinen, industriell gefertigten Skulpturen, Dachschindeln und Pflastersteinen eröffnet hatte, das zur Zeit noch nicht besonders gut lief, weil viel Papierkram zu erledigen war und das Geschäft wenig abwarf. Wer hätte gedacht, daß ich jemals ein Geschäft aufmachen würde, ich, der ich mein Leben lang internationale Solidarität gepredigt habe. Nur zwölf Menschen gaben Ventureta, den eine Kugel ins Auge getötet hatte, das Geleit. Viele Dorfbewohner tuschelten, daß sie ja hingegangen wären, aber sie wagten sich nicht an den vier Männern Targas vorbei, die in ihren Falangeuniformen an der Wegbiegung standen und niemandem den Weg versperrten, aber jeden durchdringend musterten, der sich dem Friedhof näherte, und sich Namen und Gesichter merkten, während Senyor Valentí in Sort, Tremp oder Lleida war und dort berichtete, was wirklich vorgefallen war und daß man auf das Gerede böser Zungen nichts geben solle. Wenn es einen Gott gibt, wird er es ihnen heimzahlen, verdammt noch mal. Andere blieben zu Hause, spitzten die Ohren und dachten, eigentlich geschieht es ihnen ja recht, auch wenn Ventura kein Anarchist war. Irgendwas wird er schon auf dem Kerbholz haben, bei seiner Vergangenheit. Welche Vergangenheit? Na, er war doch Schmuggler. Wie du. Ja, aber er hat viel früher angefangen, ein alter Fuchs war er. Traurig ist es schon, schließlich war er noch ein Kind, aber du wirst schon sehen, wie die Leute von jetzt an parieren werden. Da hast du recht. Sie sind von ihrem hohen Roß runtergestiegen. Und Bibiana von Casa Gravat sagt, Senyora Elisenda liegt mit einer fürchterlichen Migräne im Bett. Die arme Frau. Arm? So arm wär ich auch gern mal. Also, mir haben sie erzählt, daß sie gar nicht da war, daß sie gestern nach Barcelona gefahren ist. Da wohnt sie einem direkt gegenüber, und man weiß nie, wo sie steckt.

»Ich weiß wirklich nicht, wieso zum Teufel er ein christliches Begräbnis bekommt.«

»Na, hör mal ...«

»Nein, nein. Der Pfarrer hätte sich weigern müssen. Ventura ist ein gottloser Mensch.«

»Na ja, vielleicht besser so ...«

»Das eine ist der Vater, aber Sohn und Frau sind etwas ganz anderes.«

»Nein, nein. Ich finde ... Paß nur auf, daß es mir nicht plötzlich einfällt, dich anzuzeigen!«

Der Pfarrer hielt die Messe in Latein, und keiner der Anwesenden wagte es, ihn zu bitten, die Zeremonie noch ein wenig auszudehnen, denn ihr Schmerz war zu groß, so groß, daß mein Herz übervoll ist. Als die mutigen Frauen und die wenigen beherzten Männer sich anschickten, den Friedhof zu verlassen und in ihren Alltag zurückzukehren, trat Pere Serrallac auf die Ventura zu, deren Augen hart glänzten wie Diamanten, und flüsterte ihr ins Ohr: »Ich mache einen Stein mit einem Kreuz für deinen Sohn, auf meine eigenen Kosten. Und wenn wir hier wieder frei atmen können, soll er seinen Grabstein haben – ein Geschenk des Hauses.« Und sie erwiderte, ohne ihn anzusehen: »Möge Gott es dir vergelten, Serrallac«, und ging davon, zurück in ihr bitteres Leben, um Anzeige bei der Guardia Civil zu erstatten, Anklage gegen Valentí Targa zu erheben und nach langem Warten auf einer Holzbank in der Kaserne die Ergebnisse der minutiösen Ermittlungen der Polizei zu erfahren, die ergaben, daß der Junge das unglückliche Opfer eines jener Verbrecher geworden war, die sich in den Wäldern verbargen. »Und jetzt reicht es mit Ihren falschen Anschuldigungen gegen Leute, auf die Sie schlecht zu sprechen sind. Was glauben Sie wohl, warum Sie und Ihre Familie das Dorf nicht ohne Erlaubnis verlassen dürfen?«

»Es ist Senyor Valentí, der haßt meinen Mann wegen Malavella.«

»Wollen Sie wegen Verleumdung ins Gefängnis kommen?«

Die Ventura wußte nicht mehr, bei wem sie sich beschweren konnte außer bei Gott. Also nahm sie die Figur des heiligen Ambrosius, der bei ihr zu Hause stand, trug ihn zur Kirche und stellte ihn dort vor der Tür ab. Vielleicht traf den Heiligen keine Schuld, aber Gott den Allmächtigen sehr wohl. Sie bekreuzigte sich, und von diesem Augenblick an sprach sie nie wieder mit Gott.

Pere Serrallac schaufelte das Grab zu und schlug mit der Rückseite des Schaufelblatts die Erde platt; als er sich allein wußte, nahm er aus einem alten Mörteltrog, der an der Mauer stand, ein paar frische Stiefmütterchen heraus, gelb wie das Leben und leuchtendblau wie der Himmel, und pflanzte sie in die frisch aufgeworfene Erde. Er wußte, daß er Senyor Valentí, wenn dieser ihn auf den unerwünschten Blumenschmuck anspräche, würde sagen müssen: »Also, ich bin den ganzen Tag in der Werkstatt, verstehen Sie?« Trotzdem konnte er einen Angstschauer nicht unterdrücken, als er hörte, wie die rostige Friedhofstür aufgestoßen wurde, und zwar nicht vom Wind. Als er sich aufrichtete, fand er sich der Frau des Lehrers gegenüber, die ihn keineswegs der Rechtfertigung des Terrors durch das Pflanzen gelber und blauer Stiefmütterchen bezichtigte, sondern selbst Blumen brachte, einen Strauß hastig gepflückter, aber dennoch hübsch zusammengestellter Wildblumen. Ihrer Miene nach zu schließen, hatte sie ebenfalls geglaubt, allein zu sein. Sie kniete am Grab nieder und dachte, Ventureta, ich bin nicht vorher gekommen, weil die tapferen Frauen, die dich heute hierhergebracht haben, das nicht gern gesehen hätten. Aber ich bringe dir diese Blumen, und verzeih mir, verzeih mir, verzeih mir.

»Vierzehn Jahre«, sagte Serrallac anklagend.

»Es ist Mord.«

»Das sagen Sie?«

»Ich gehe fort«, gab sie zur Antwort.

»Und Ihr Mann?«

Aber sie war schon wieder aufgestanden und wandte sich zum Gehen. Sie sah Pere Serrallac an: »Danke, daß Sie ihm diese hübschen Stiefmütterchen gepflanzt haben.«

Dann überlegte sie es sich anders, wühlte in ihrer Tasche und zog einen Geldschein hervor.

»Bitte«, sagte sie, »lassen Sie es nie an Blumen fehlen ... solange dieses Geld reicht.«

Aber Serrallac wies das Geld entschieden zurück und versicherte ihr, dem Jungen werde es nie an Blumen fehlen. Sie lächelte schwach und sagte: »Sie sind ein guter Mann.« Dann legte sie sich andächtig die Hand auf den Bauch wie ein ehrwürdiger Kirchenmann.

»Wohin gehen Sie?«

»Das darf niemand wissen. Ich bin hier nicht erwünscht.«

»Gegen Sie haben die nichts. Denk ich mal.«

»Wer's glaubt, wird selig.« Plötzlich wies sie mit dem Finger auf ihn: »Kann ich mich bei Ihnen melden, falls es nötig wäre?«

»Sie können mir in die Werkstatt schreiben, das ist besser. Einen Geschäftsbrief.«

Aus den Tiefen seiner Tasche kramte er zerknüllte, schmutzige Papiere hervor: ein Bildnis Bakunins, auf dessen Rückseite die ersten Sätze aus *Dieu et l'État* in Esperanto gedruckt waren wie ein Gebet, einen abgelaufenen Kalender, ein Foto seines Sohnes und seiner Frau und ein Dutzend zerknitterter Lieferscheine. Mit seinen vom Steineklopfen schwieligen Händen blätterte er die Lieferscheine sorgsam durch, bis er eine Geschäftskarte fand. Wortlos reichte er sie Rosa.

Sie verzog das Gesicht zu einer dankbaren Grimasse und ging zum Tor. Pere Serrallac blickte ihr nach und sah, daß am Eingang das Taxi von Evarist aus Rialb stand, mit einem schweren Koffer auf dem Dach. Er wünschte der Frau des Lehrers Glück, die ging, ohne Zeit gehabt zu haben, ihre Füße im Pamano zu baden.

23

»Die Unfehlbarkeit des Papstes in Fragen der Kanonisierung ist theologischer Glaube und nicht göttlicher oder kirchlicher.«

»Und was bedeutet das?«

»Das heißt, liebe Señora Elisenda, daß sie weder in der Heiligen Schrift erwähnt wird noch in den Codices des kanonischen Rechts verankert ist. Statt dessen wird sie während des Verfahrens festgelegt.« Er stellte seine Teetasse genau an der gleichen Stelle ab wie Tina Bros eine Woche zuvor und scherzte: »Wir kennen ja alle die Regulierungswut des kirchlichen Codex.«

Er sah der alten Dame, die ihm gegenübersaß, Vertrauen heischend, in die toten Augen, doch Senyora Elisenda beugte sich leicht vor und sagte, auf jede Förmlichkeit verzichtend: »Erklär mir das, Romà«, und Rechtsanwalt Gasull sagte: »Soweit ich verstanden habe, kann der Heilige Vater handeln, wenn er der Ansicht ist, die vom Postulator zusammengetragenen Beweise seien ausreichend.« An den berühmten Kirchenmann gewandt, fragte er: »So ist es doch, oder?«

»Ganz genau so, vielen Dank. Oder jedenfalls in etwa.«

»Es gab ein zweites Wunder.«

»Sicher. Das Problem ist, daß die Glaubenskongregation der Ansicht ist, es sei besser, noch ein oder zwei Jahre zu warten.«

»Auf keinen Fall.«

Der Kirchenmann zog ein Päckchen Zigaretten aus seiner Dokumentenmappe und sah Gasull fragend an. Dieser schüttelte entsetzt den Kopf, und der Mann mußte sein Päckchen wieder einstecken. Resigniert sah er sich um. Teure Gemälde, edle Möbel, reine Luft, vornehme Stille.

»Man sollte dazu sagen, daß der erste Postulator, Hochwürden Bagà …«

»… der frühere Dorfpfarrer …«, sagte sie, zu Gasull gewandt.

»… und auch Hochwürden August Vilabrú, Ihr Onkel, sehr gewissenhaft und genau gearbeitet haben. Vor allem Ihr Onkel.«

»Er war ein Mann mit großer Liebe zum Detail«, stimmte sie zu und starrte weiter vor sich hin.

»Sind Sie gläubig?«

Neunzehnhundertfünfundsiebzig. Tina Bros und Jordi Bofill legten im Zug, der sie nach Europa brachte, wo es sich freier atmen ließ, ihr ganzes Geld zusammen und stellten fest, daß sie damit in Paris nicht einmal in einer Pension unterkommen konnten. Zur Bestätigung küßten sie sich. Fünf Jahre zuvor hatten sie den gleichen Zug genommen, waren aber auf halber Strecke ausgestiegen, denn ihr Ziel war Taizé gewesen, eine Kerze in der Hand und den Glauben an die Ökumene auf den Lippen und im Herzen. Sie fanden wunderbare Freunde fürs Leben aus aller Welt, die sie nie wiedersahen, denn auch wenn man sich ewige Freundschaft schwört, ist es unmöglich, in Kontakt zu bleiben, wenn man selbst in Barcelona lebt und die anderen in Kairo, Helsinki oder Ljubljana, und zuletzt siegt der graue Alltag. Neunzehnhundertfünfundsiebzig. Auf der Höhe von Lyon sprachen sie über Taizé, über das Jugendkonzil und darüber, wie lange das schon zurücklag. Erinnerst du dich noch an diese Araberin? Was wohl aus ihr geworden ist? Ach ja, wie hieß sie noch mal? Und dann dieser halbe Albino aus Schweden. Nein, ich glaube, er kam aus Finnland. Ja, ich glaube, du hast recht. Und er hatte einen ganz merkwürdigen Namen. Wir waren eben noch sehr jung und haben an alles geglaubt. Ja. Ein Jugendkonzil, stell dir nur vor. Hinter Lyon faßten sie sich an den Händen, sahen hinaus in die Rhonelandschaft und sagten: »Ich, Tina, und ich, Jordi, beschließen als freie Menschen aus freiem Willen und in vollem Bewußtsein, jeglichem religiösen Glauben abzuschwören, dem wir jemals in unserem Leben angehangen haben, da wir freie Menschen sind.« »Uff, was für eine Erleichterung, Jordi.« »Also ich … Ich hatte damit schon längst nichts mehr am Hut.« »Wir sollten ein Papier unterschreiben.« »Das brauchen wir nicht. Von jetzt an haben wir unsere Ruhe.« Und dann sagte Jordi diesen schönen Satz: »Ein guter Mensch zu sein heißt nicht, daß man zur Messe geht, sondern daß man treu und ehrlich ist. Ich schwöre dir, daß ich dir mein Leben lang treu sein werde, Tina«, und Tina war so stolz auf ihren Mann gewesen, dort bei Lyon, im Zug nach Paris.

»Nein, Pater. Ich bin nicht gläubig.«

Aber ich habe einen Sohn, der Benediktinermönch ist.

»Und warum wollen Sie dann beichten?«

»Eigentlich will ich gar nicht beichten. Ich will Sie nur unter dem Siegel des Beichtgeheimnisses um Rat fragen.«

»Hören Sie, mein Kind: das Beichtgeheimnis … Ach, was soll's: Sprechen Sie, und wenn ich Ihnen helfen kann, werde ich es tun. Und nichts von dem, was Sie sagen, wird nach draußen dringen.«

»Schwören Sie mir das?«

»Wie soll ich denn um Gottes willen so etwas schwören?«

»Ja, ich habe Bedenken, und daher habe ich geraten, den Fall des ehrwürdigen Fontelles zurückzustellen.«

»Was für Bedenken?« Er schwieg, bis Senyora Elisenda sagte: »Schießen Sie schon los.«

»Nun, Sie sind die einzige lebende Zeugin seines Todes.«

»Wie viele Märtyrerinnen und Märtyrer«, mischte sich Rechtsanwalt Gasull ein, »hätten nicht dafür gezahlt – bildlich gesprochen, versteht sich –, diese Frau zum Zeugen zu haben!«

»Gewiß. Aber …«

Senyora Elisenda beugte sich zu Gasull hinüber, und dieser neigte ebenfalls seinen Kopf zu ihr hin. Er war gerührt, denn eigentlich gestattete sie diese Vertraulichkeit schon lange nicht mehr. Den Nardenduft nahm er längst nicht mehr wahr. Fast hätte er sie auf ihre toten Augen geküßt.

»Biete ihm Geld«, wisperte sie statt dessen.

»Das könnte nach hinten losgehen.«

»Nicht bei diesem Kerl. Biete ihm eine ordentliche Summe.«

»Wieviel?«

»Was weiß ich! Das ist deine Aufgabe.«

Beide lächelten, und dann erklärte Rechtsanwalt Gasull, sie könnten nicht länger warten, die Seligsprechung des Kandidaten Fontelles müsse im März erfolgen, wie es ihnen im Vatikan zugesagt worden war. Und dann nannte er laut den Betrag, eine exorbitante Summe.

»Damit jemand seliggesprochen wird, muß er Tugenden in heldenhaftem Grad bewiesen haben. So heißt das doch, oder?«

»Worauf wollen Sie hinaus?«

»Stellen Sie sich vor, die Kirche ist dabei, jemanden seligzusprechen, der nicht gläubig war.«

»Das ist eine absurde Annahme.«

»Nein. Das ist eine Tatsache.«

In der Dunkelheit des Beichtstuhls rutschte der Geistliche unruhig hin und her. Er lauschte ihren Worten nach, und erst, als sie völlig verklungen waren, fuhr er fort: »Und woher weißt du … Und woher wissen Sie, daß es so ist?«

»Ich fürchte, das kann ich Ihnen nicht sagen. Was raten Sie mir zu tun? Lasse ich die Feierlichkeiten platzen, oder schere ich mich nicht weiter um Selige und Heilige?«

»Was Sie da sagen, ist so unrealistisch …«

»Also kann der Papst sich doch irren.«

»Sehen Sie, meine Tochter: Die Unfehlbarkeit des Papstes in Fragen der Kanonisierung ist in der Heiligen Schrift nicht verbürgt.«

»Und was bedeutet das?«

»Daß es sich nicht um göttlichen Glauben handelt und auch nicht um kirchlichen Glauben, denn die Kirche hat zu diesem Thema keine Doktrin veröffentlicht.«

»Das heißt, der Papst kann sich irren, und nichts passiert.«

»So würde ich das nicht sagen.«

»Ich habe mich in den letzten Tagen ein bißchen schlau gemacht: Es gibt Heilige, die waren echte Fieslinge.«

»Meine Tochter, ich muß Sie bitten, diese Ausdrucksweise zu unterlassen.«

»Der heilige Cyrill von Alexandria. Der heilige Stephan von Ungarn. Der heilige Ferdinand von Kastilien. Josemaría Escrivá, der heilige Vinzenz Ferrer, der heilige Paulus ... Alle waren brutal oder gierig nach Macht, Ehre und Reichtum.«

»Ich weigere mich, das Gespräch in diesem Tonfall fortzusetzen.«

»Großartig. Ihr habt euch kein bißchen verändert. Soll ich nun gegen eine der nächsten Seligsprechungen Protest einlegen?«

»Warum sollten Sie das tun?«

»Weil die jemanden seligsprechen wollen, der weder an Gott noch an die Kirche glaubte. Und weil sie behaupten, er sei als Märtyrer gestorben.«

»Ein schöner Tod ...«

»Sie verstehen schon, Hochwürden. Er hat weder an Gott noch an den Himmel oder die Erlösung, weder an die Gemeinschaft der Heiligen noch an die Autorität der Heiligen Mutter Kirche geglaubt. Nicht an Heilige und nicht an die Hölle.«

Beide schwiegen; es war ein stummes Kräftemessen. Dann fuhr Tina fort: »Er war ein Held, aber ein Märtyrer der Kirche war er nicht.«

»Aber warum fragen Sie mich dann nach meiner Meinung, meine Tochter?«

»Weil ich es verhindern will.«

»Warum, wenn Sie an das Ganze nicht glauben?«

»Weil die betreffende Person nicht verdient hat, daß ihr Andenken so verfälscht wird.«

Stille. Dunkelheit im einsamen Kirchenschiff. Es blieb so lange still, daß Tina einen Moment lang glaubte, der Priester habe mitsamt ihren Zweifeln die Flucht ergriffen. Sie hatte sogar Zeit, sich einzugestehen, daß sie sich in diese Frage verbohrt hatte, weil sie wütend auf die Kirche war, die mir meinen Sohn gestohlen hat, ohne mich um meine Meinung zu fragen, klammheimlich, mir, die ich nicht einmal an Gott glaube, nicht an die Gemeinschaft der Heiligen und auch nicht an die Transsubstantiation, genau wie Oriol Fontelles, der Maquisard, den sie als Seligen verkleiden wollen.

»Ich rate Ihnen, keine schlafenden Hunde zu wecken, meine Tochter«, sagte der Priester nach einer halben Ewigkeit schroff.

»Danke, Vater.«

»Überlassen Sie die Glaubensangelegenheiten den Gläubigen.«

»Ja, aber mein Freund war ja gerade nicht gläubig!«

»Ich habe Ihnen gesagt, Sie sollen die Finger davon lassen. Sie wollten doch einen Rat, oder?«

Hochwürden F. Rella, las sie auf dem Namensschild am Beichtstuhl. Hochwürden Rella rät mir, die Finger davon zu lassen, dachte Tina, als sie die Kathedrale verließ, geblendet von der kalten, diffusen Helle des Nachmittags. Sie hatte Kopfschmerzen. Auf dem Rückweg nach Sort mußte sie Schneeketten anlegen, weil der Paß von Cantò verschneit war. Es war schon fast dunkel, als sie vor dem Haus parkte, dabei war es noch gar nicht Abend. Sie sah zu den Fenstern hinauf und dachte, Jordi ist noch nicht zurück. Als sie den Wagen abschloß, trat ein großer, schmaler Mann auf sie zu, der trotz seiner dicken Jacke verfroren aussah, und fragte sie, ob sie die Lehrerin Tina Bros sei.

»Ja. Was wollen Sie?«

»Können wir bei Ihnen zu Hause reden?«

»Worum geht es?«

»Es ist wichtig.«

»Aber worum geht es?«

Jordi hatte einen Unfall. Arnau ist nach dem Frühgebet in eine Schlucht gestürzt. Juri Andrejewitsch ist auf einen Baum geklettert und kommt nicht mehr herunter. Nein, meine Mutter …

»Um Oriol Fontelles.«

»Wie bitte?«

»Oriol Fontelles. Können wir raufgehen?«

»Nein. Was wollen Sie?«

»Ich habe gehört, daß Sie Unterlagen besitzen, die nicht Ihnen gehören, und …«

»Ich? Und darf ich erfahren, woher Sie das wissen?«

»… und ich erbiete mich, sie ihrem Empfänger zukommen zu lassen.«

»Weiß der Empfänger davon?«

»Ja. Seine Tochter.«

»Mir hat man gesagt, er hätte keine.«

»Dürfte ich die Papiere einmal sehen?«

Tina ging auf ihre Haustür zu. Dort angelangt, wandte sie sich nach dem verfroren aussehenden Mann um, der ihr gefolgt war: »Nein. Und sagen Sie Senyora Elisenda, sie soll sich keine Mühe geben, denn von mir wird sie die Papiere nie bekommen.«

»Welche Senyora Elisenda?«

»Auf Wiedersehen.«

Sie ging hinein und schloß vor dem Unbekannten die Tür ab. Dann stieg sie, den Schrecken im Rücken, die Treppe hinauf. In der Wohnung angekommen, verriegelte sie die Tür und sah Juri an, der entspannt in Jordis Sessel meditierte. Obwohl sie sehr hungrig war, weil sie keine Zeit zum Mittagessen gehabt hatte, setzte sie sich an den Computer, entschlossen, die Hefte von Oriol Fontelles so schnell wie möglich fertig abzutippen, da es so aussah, als müsse sie von nun an vorsichtig sein, wenn sie auch nicht wußte, wie und warum. Sie hörte, wie Doktor Schiwago, in seiner wohlverdienten Ruhe gestört, hinter ihr gähnte, und beneidete ihn.

24

Er faßte den Entschluß während der zweiten Porträtsitzung. Bürgermeister Targa saß an seinem Schreibtisch und sah den Maler forschend an, mit hartem Gesicht und diesen beängstigenden eisblauen Augen.

»Große Männer haben sich eher malen als fotografieren lassen«, erklärte er kategorisch.

»Ja.«

»Das Bild muß besser werden als das, was du von der Vilabrú gemalt hast.« Zweite Verordnung.

»Jedes Bild ist anders. Halten Sie bitte still.«

»Du hast mir nicht zu sagen, was ich tun soll.«

Oriol warf den Pinsel in den Topf mit Terpentin, wischte sich die Hände mit dem Lappen ab und seufzte. In einem gereizten Tonfall, den er an sich nicht kannte, sagte er: »Hier bestimme ich, und wenn Ihnen das nicht paßt, suchen Sie sich einen anderen.« Das war der entscheidende Schritt. Hätte er das nicht gesagt, wäre der Rest undenkbar gewesen.

Stille. In Valentí Targas Augen war Verwirrung zu lesen. Schließlich lachte er auf, lehnte sich entspannt zurück und sagte: »Du hast recht, Kamerad, du hast ja recht. Das ist wie beim Arzt.« Er streckte seine Handgelenke aus, wie um anzudeuten, daß er ein Gefangener des Künstlers sei. Er war nur ein großer Mann.

Und da kam ihm der Gedanke, eine logische Konsequenz seines ersten Aufbegehrens. Natürlich dachte er an Ventureta. Aber er dachte auch an Rosa und die Tochter, die er nie kennenlernen würde. Und an Mutter Ventura, auf die er mittags am Dorfausgang getroffen war. Eigentlich war er auf ihren Blick getroffen, einen erstaunten, verächtlichen Blick, der fragte: Warum? Wie niederträchtig du bist, Lehrer. Und als er ansetzte: »Es ist nicht wahr, was über mich erzählt wird, ich habe nichts zu tun mit ...«, hatte sie den Eimer, den sie trug, mitten auf der Straße stehenlassen und war in ihrem Haus verschwunden, und Oriol hatte sich so entsetzlich elend gefühlt, daß seine Angst allmählich von heftigeren Gefühlen verdrängt wurde. Und jetzt, da er vor dem großen Mann saß, verstand er, daß, wer einmal Herr der Lage ist, immer Herr der Lage ist und daß er, wenn es ihm gelänge, Herr der Lage zu sein, nichts mehr fürchten mußte. Oder fast nichts. Er erwiderte das Lachen des Bürgermeisters mit einem nachsichtigen Lächeln und griff wieder zum Pinsel. Aber er war nicht mehr derselbe Oriol, das spürte er sofort an den energischen Pinselstrichen, mit denen er die fünf Pfeile der Falangisten auf Targas blaue Hemdtasche malte. Es kommt darauf an, die Initiative zu ergreifen. Glaube ich. Naja, vermute ich. Und nicht an den Tod zu denken.

In Torena war, wenn überhaupt, nur das Brüllen einer Kuh, das plötzliche Weinen eines Kindes und das müde Ächzen eines hölzernen Karrens zu vernehmen, der in der Abenddämmerung vom Feld zurückkehrte, sowie das kurzatmige Keuchen von Elvira Lluís, die in der vordersten Bank saß und mit dem Neuner-Einmaleins beschäftigt war, mit der Ruhe dessen, der nicht weiß, daß ihm nur noch wenig Zeit zum Leben bleibt, während im traurigen Blick ihrer großen Augen zugleich das Wissen darum stand, daß es nicht stimmt, daß es im Leben für alles eine Zeit gibt. Im Carrer Fontanella in Barcelona hingegen drangen das anhaltende Geklingel eines Fahrrads, das Husten eines Eiswagens mit qualmendem Auspuff, das Knallen der auf- und zuschlagenden Türen der Oberleitungsbusse und das gebieterische Pfeifen des Verkehrspolizisten auf ihn ein, der weiter vorne, an der Plaça de Catalunya, eine Reihe dumpf dröhnender Taxis vorbeiwinkte. Oriol tat so, als wartete er auf den Bus, während er den Eingang des Geschäfts beobachtete und sich gleichzeitig umsah, ob ihm jemand gefolgt war und gemerkt hatte, daß er jemandem folgte. Als Valentí Targa aus dem Laden trat, ein Päckchen in seine Jackentasche steckte und sich auf den Weg machte – wobei er nach rechts und nach links schaute, als fürchtete er einen Hinterhalt oder hielte Ausschau nach ihm (vielleicht aber schaute er einfach nur nach rechts und links) –, folgte ihm Oriol aus einiger Entfernung auf der anderen Straßenseite. Aber gleich darauf schlängelte er sich, aus Angst, ihn zu verlieren, zwischen ein paar trägen Taxis hindurch, zog sich die Schirmmütze ins Gesicht und heftete sich an Targas Fersen. Er kam an dem klapperigen Motorrad vorbei, das ihn auf einer langen Fahrt durch die eisige Nacht von Torena hierhergebracht hatte, wandte aber sogleich den Blick wieder ab, in der abergläubischen Furcht, man könnte dem Fahrzeug den Plan ansehen, den er geschmiedet hatte, als sie während der Porträtsitzung eine Pause einlegten und er Senyor Valentí gesagt hatte, am Montag könnten sie ja mit dem Porträt fortfahren. Nein, hatte Targa lebhaft erwidert, am Montag habe er sich freigenommen, um nach Barcelona zu fahren (er senkte verschwörerisch die Stimme), und dort werde ich mich mit einer Zuckerpuppe treffen, die mich um den Verstand bringt. Er schüttelte gedankenverloren den Kopf und starrte auf die Leinwand, ohne das Porträt wahrzunehmen.

»Und du solltest das gleiche tun«, entschied er nach einer Weile, und zeigte mit dem Finger auf Oriols Herz. »Ist dir deine Frau durchgebrannt? Na, dann mach die Schule für einen Tag dicht, amüsier dich, such dir ein Rasseweib, das dich verrückt macht.«

»Vielleicht haben Sie recht«, sagte Oriol und griff nach dem Pinsel, um besser nachdenken zu können. »Warum setzen Sie sich nicht, und wir machen ein bißchen weiter?«

Während er das ruhmreiche blaue Hemd malte, dachte er, daß Targa am Montag ganz allein nach Barcelona fahren würde, weil er keine Zeugen gebrauchen konnte, und daß niemand wußte, daß er den ganzen Tag unterwegs sein würde, um eine Zuckerpuppe aus Barcelona flachzulegen. Er begann, ernsthafte Überlegungen anzustellen, und schwitzte vor Angst und Verwirrung über solche Gedanken.

Erst in der Nacht, als er an Valentís leuchtende Augen dachte, fiel ihm ein, wie er vorgehen könne. Vielleicht würde er ihn tatsächlich in einem Augenblick der Unaufmerksamkeit erwischen, auf jeden Fall aber ohne den Lockenkopf und den mit dem schmalen Schnurrbart, die an ihm klebten wie die Kletten. Wenn ich ehrlich sein soll, und ich habe Dir schon gesagt, daß ich auf diesen Seiten ehrlich sein will, meine Tochter, habe ich nicht verstanden, warum dieser Mann acht Stunden Fahrt auf sich nahm für eine … um zu … nun, um mit einer Frau zusammenzusein. Nimm es mir nicht übel. Aber ich habe zu viele Nächte wach gelegen und an Ventureta gedacht, an den stillen Blick von Mutter Ventura, an den stummen Vorwurf des halben Dorfes, an den ungewollten Beifall der anderen, an die Angst aller und vor allem an die Verachtung Deiner Mutter und an Dich, meine Tochter, die ich nicht kennengelernt habe, weil ich mich wie ein Feigling benommen habe … Und in dem Moment, als ich die Schatten des blauen Falangehemdes malte, die Augen weit aufgerissen wegen meiner Entdeckung, habe ich beschlossen, daß man nur dann die Feigheit überwindet, wenn man an den Tod als reine Formsache denkt. Das macht einen nicht mutig, aber es hilft. Dann heckte ich einen perfekten Plan aus. Naja, ich dachte, er sei perfekt.

Nachdem er um drei Uhr morgens im Rathaus vorbeigegangen war und die Browning eingesteckt hatte, die Senyor Valentí in der dritten Schublade aufbewahrte, und nachdem er sich ungefähr darüber klargeworden war, wie das Ding wohl funktionierte, und sichergestellt hatte, daß sich Kugeln im Lauf befanden, verließ er Torena. Er spürte die mißtrauischen Blicke des ganzen Dorfes, und ihm war, als beschuldigten sie ihn, noch immer ein Feigling zu sein, der nun durch einen schwachsinnigen Akt Gnade zu finden hoffte.

Die ersten Kilometer ließ er das Motorrad mit ausgeschaltetem Motor rollen, ohne Licht, betend, daß die Guardia Civil nicht auf die Idee käme, dort Streife zu fahren. Noch bevor er in Sort war, hatte er trotz der Handschuhe eiskalte Hände und noch vier bis fünf Stunden Fahrt vor sich.

Sicher hat er ihr einen Füllfederhalter gekauft, dachte er, fünf Schritte hinter Senyor Valentí. Plötzlich drehte Targa sich um, als hätte er seine Blicke im Nacken gespürt, und Oriol hielt sich erschrocken das Taschentuch vors Gesicht, tat so, als schneuzte er sich, und verfluchte sich für seine Leichtsinnigkeit. Er winkte ein Taxi herbei, und als es anhielt, sagte er, Verzeihung, er wolle bloß fragen, wie man zur Kolumbussäule komme, und der Taxifahrer verfluchte den Scheißkolumbus und fuhr an, ohne seine Frage zu beantworten, und als er sich vorsichtig umblickte, sah er gerade noch, wie Senyor Valentí am Anfang des Carrer de Llúria in einem Hauseingang verschwand.

Während Valentí Targa den Vormittag seines freien Tages in den Armen einer Frau verbrachte, die ihn um den Verstand brachte, träumend, in die weiche Watte der Zärtlichkeit gebettet, traten viele Leute aus den Häusern, um zu sehen, ob die Sonne die Kälte vertreiben würde, so daß ihre Kinder, warm eingepackt, sich in Escullera oder auf dem Tibidabo austoben konnten. Und Oriol verbrachte den strahlenden Morgen damit, den Hauseingang im Auge zu behalten, mit der Pistole in seiner Hosentasche herumzuspielen und zu denken, du warst zu hart zu mir, Rosa, wir hätten früher darüber reden sollen, ich bin kein Faschist, Rosa, nur ein Angsthase, aber jetzt versuche ich, es in Ordnung zu bringen, Rosa; ich weiß wohl, daß es zu spät ist, aber die Wut darüber, daß es zu spät ist, hält meine Angst in Schach. Wie heißt unsere Tochter? Ich habe Hunger, Rosa, aber ich will den Hauseingang nicht aus den Augen lassen. Und wenn ich das hier nicht überlebe, Rosa und Ventura, dann sollt ihr wissen, daß Senyor Valentí Targa den Schuß verdient hat; ich werde versuchen, ihn ins Auge zu treffen, wie er es mit Ventureta gemacht hat. Im Namen der göttlichen Gerechtigkeit, wenn es einen Gott gibt, was ich nicht glaube. Nein, er existiert nicht. Erklär das unserer Tochter, Rosa. Das dachte ich, mein Kind.

Tina hielt inne und schob Oriols Heft näher ans Licht. Ein paar Zeilen waren ausgestrichen, und man konnte nicht entziffern, was Oriol Fontelles geschrieben und dann unkenntlich gemacht hatte, als er seinen Entschluß faßte und ihn den Heften anvertrauen mußte, um die Einsamkeit besser ertragen zu können. Wieder spürte sie einen Stich; sie hatte Angst vor diesem Schmerz, vor dem Tod, vor Gott, wenn es ihn gab, was ich nicht glaube, wie Oriol, davor, Jordis Liebe zu verlieren, und vor allem vor dem Stechen in der Brust, der Bedrohung, von der die Ärztin gesagt hatte, wenn sie nicht herausgeschnitten würde, würde sie sich in eine Zeitbombe verwandeln. Um ihre Angst zu vertreiben, konzentrierte sie sich auf die durchgestrichenen Zeilen. Was war wohl an diesem kalten Januarmontag in Barcelona geschehen? fragte sie sich, um nicht mehr an das Stechen zu denken.

Folgendes war geschehen: Um die Mittagszeit trat Senyor Valentí Targa Hand in Hand mit der Zuckerpuppe auf die Straße. Sie war weder besonders jung noch besonders alt und tatsächlich recht attraktiv. Oriol folgte ihnen durch den Carrer Trafalgar bis zum Arc de Triomf. Am Parc de la Ciutadella betraten seine Opfer ein Restaurant, und Oriol entsicherte die Pistole und folgte ihnen mit angehaltenem Atem.

Töten ist ganz einfach. Es ist ganz einfach, jemanden zu töten, noch dazu, wenn der Mörder von purem Haß getrieben wird und – das ist sehr wichtig – Herr der Lage ist. Als Oriol das Lokal betreten hatte (Restaurant Estació de Vilanova, zwei Uhr nachmittags, fünf Tische waren bereits besetzt, und am reservierten Tisch in der Ecke ließ sich gerade jemand nieder. Ein Schatten verdunkelte die gläserne Eingangstür und öffnete sie) und seine Augen sich an das schummerige Licht gewöhnt hatten, entdeckte er Valentí Targa am Tisch und ging entschlossen auf ihn zu, wobei er versuchte, an das Gesicht Venturetas und an seine unbekannte Tochter zu denken. Die Zuckerpuppe saß an der Wand und fragte, »Ist es hier gut, Schatz?«, und Senyor Valentí antwortete, »Ja, ja«, und nahm mit dem Rücken zum Tod Platz. Oriol war hinter Valentí getreten und hatte die Pistole gezückt. Die Frau vor ihm riß verständnislos den Mund auf, und Oriol dachte an Senyor Valentí Targa von den Roias aus Altron, den Bürgermeister von Torena, einen ehrlosen Mörder, treulos, mutig, arrogant, einen Meter vierundsiebzig groß, Freund seiner Freunde und nur seiner Freunde, Feind seiner Feinde, und seine Hand begann zu zittern, ganz von selbst, weil Töten doch nicht so einfach ist, vor allem, wenn man den Namen seines Opfers kennt, vor allem, wenn man den, den man töten muß, haßt, aber noch nicht zu verachten gelernt hat. Und seine Hand zitterte so lächerlich stark, daß einige Gäste vom Nebentisch herübersahen und er die Pistole mit beiden Händen greifen mußte, während Senyor Valentí sich über den Tisch beugte, so daß er seinen Nacken noch besser darbot, und gerade mit samtweicher Stimme sagen wollte, du bist phantastisch, wenn wir mit dem Essen fertig sind, legen wir wieder los, aber er hielt gleich zu Beginn des Satzes inne, weil er sah, wie die Zuckerpuppe den Mund aufriß und ihm über die Schulter blickte. Er wunderte sich, daß sie nicht reagierte, denn eigentlich war sie sehr empfänglich für Schmeicheleien, aber dann fiel ihm ein, wie soll sie denn reagieren, wenn ich ihr noch gar nicht ... In diesem Augenblick dröhnte ihm der Schuß ins Ohr.

Oriol schoß einmal, zweimal, dann war das Magazin leer, und während er schoß, dachte er an Ventureta und sein junges Auge, das jetzt ein bleigefülltes Loch war. Dann steckte er die Waffe ein und ging langsam hinaus, ohne auf die beiden Männer zu achten, die wie versteinert im Vorraum des Restaurants standen. Er hörte nur, wie einer von beiden sagte, »Verdammter Mistkerl«, aber er hielt nicht an, um nachzufragen, denn er hatte es eilig, wie alle Mörder. Als die Glastür hinter ihm zuschlug, hörte er die Zuckerpuppe schreien und das Rücken von Stühlen, aber er drehte sich nicht um, denn schon rannte er, zwei Stufen auf einmal nehmend, die Treppe der U-Bahnstation Triomf hinunter und dachte, einmal im Leben habe ich Glück, denn gerade fuhr die Bahn ein. Er ahnte nicht, daß ein kleiner Mann mit einem Allerweltsgesicht ihm vom Restaurant aus gefolgt war und in denselben Wagen gestiegen war wie er. Eine Station später war Oriol schon im Carrer Fontanella, und der kleine Schatten mit ihm. Eine halbe Stunde später war er auf der Landstraße in Richtung Molins de Rei unterwegs; sein Atem ging noch immer heftig, und er dachte, ich habe getötet, ich habe aus Rache einen Mann getötet, ich habe Valentí Targa getötet, und ich bin nicht etwa stolz darauf, meine Tochter. Aber ich habe es für Deine Mutter getan, und für die Mutter von Ventureta. Auf dem Motorrad hatte ich das Gefühl, allmählich die Haut der Feigheit abzustreifen, die mich umgab, und es war mir egal, zu wissen, daß mich niemand vor der Garrotte würde retten können, wenn sie mich entdeckten. Nach meiner Ankunft in Torena – es war Abend und schon dunkel – legte ich als erstes die Pistole an ihren Platz zurück, ungeladen, weil ich nicht wußte, wo der Tote die Kugeln aufbewahrte, und dann kehrte ich auf einen Kaffee bei Marés ein und erzählte wie nebenbei, ich sei gerade aus Lleida zurückgekommen. Modest wischte mit einem Tuch über den blitzsauberen Marmor und sagte dann: »Gerade eben hat Senyor Valentí für Sie angerufen.«

»Was?« Die Panik saß in seiner Kehle.

»Na, wie ich gesagt habe. Kaffee mit Schuß?«

»Der Bürgermeister?«

»Ja. Vor etwa einer Stunde. Er hat nach Ihnen gefragt.«

Oriol war schreckensstarr, innerlich schwitzte er vor Angst.

»Sind Sie sicher, daß er es war?« fragte er betont beiläufig.

»Warum sollte er es nicht gewesen sein?« fragte Modest und stellte ihm das Glas hin: »Fragen Sie Cinteta von der Telefonzentrale.«

Statt zur Tuca Negra zu fliehen, statt sich im Wald zu verstecken, trank er seinen Kaffee. Es tat ihm nur leid, daß er die Pistole zurückgelegt hatte, daß er sich so dumm angestellt hatte, daß sie nur einen der Gäste oder die Zuckerpuppe zu befragen brauchten, um seine Beschreibung zu erhalten, und daß Valentí Targa und seine Männer ihm sicher schon auf den Fersen waren. Es tat ihm leid, daß ihm nur noch so wenige Stunden zu leben blieben. Und es tat ihm in der Seele weh, daß er nicht den Mut besessen hatte, zu Elisenda zurückzukehren und ihr vorzuwerfen, du hast mir versprochen, daß Ventureta nichts geschehen würde, und ihr zu sagen, ich habe dich so lange nicht gesehen, und in ihr zu versinken, in diesen Armen, die er so gut kannte, weil er sie gemalt hatte. Eine unmögliche Sehnsucht nach einer unerreichbaren Frau. Er trank den Kaffee in einem Zug aus, zwinkerte Modest zu und schnalzte mit der Zunge, als wäre er zufrieden.

Als er Casa Marés verließ, stand der Abendstern im kalten Westen, und er spürte den Schauer des Todes.

Zur selben Zeit zerriß Bibiana in der Küche von Casa Gravat einen Brief in winzige Fetzen, den sie hatte abfangen können, als er am Morgen angekommen war. Ein gewisser Joaquim Ortega schrieb darin an Senyor Anselm Vilabrú Bragulat: »Meine geliebte Frau ist kürzlich gestorben, und ihrem Letzten Willen entsprechend, schicke ich Ihnen diese Zeilen, um Ihnen mitzuteilen, daß Pilar es nicht bereut hat, Sie rechtzeitig verlassen zu haben, da sie bei Ihnen nur Gleichgültigkeit, Verachtung und bösen Willen erfahren hat. Ich soll Ihnen ausrichten, das einzige, was sie bereut habe, nachdem wir uns glücklich in Mendoza niedergelassen hatten (wo es mir übrigens nie an Theaterengagements gefehlt hat), sei gewesen, daß sie den Kontakt zur kleinen Elisenda und zu Josep verloren hat, die jetzt sicher schon groß sind. Ich bitte Sie, den beiden zu übermitteln, wie ihre Mutter für sie empfand, denn schließlich waren es ihre Kinder.« Wie konnte das diese Frau nur sagen, dachte Bibiana, wo doch sie selbst sie an jenem windigen Sonntagmorgen abgefangen hatte, als sie sich mit dem Koffer in der Hand und dem für sie typischen Ungeschick durch die Hintertür davonstehlen wollte. Bibiana war von einem Geräusch erwacht und hatte nachsehen wollen, was los war, und sie hatte ihr gesagt: »Senyora, denken Sie an Ihre Kinder, die sind doch noch so klein«, und Senyora Pilar hatte sie hart angesehen und gesagt: »Misch dich nicht in Dinge ein, die dich nichts angehen, ich habe die Nase voll von plärrenden Bälgern und von der Gleichgültigkeit und Verachtung meines Mannes, also tritt zur Seite und laß mich einmal im Leben dem Ruf der Liebe folgen«, und Bibiana mußte zur Seite treten und konnte Senyor Anselm nicht warnen, denn der war seit zehn Tagen auf Maurenjagd. »Das können Sie dem Mädchen nicht antun«, sagte sie als letztes Mittel. »Und mein Leben, Bibiana?« Beinahe unter Tränen hatte Senyora Pilar gesagt, »Öffne mir die Tür, oder ich bringe dich um«, und Bibiana hatte die Hintertür geöffnet und gesagt: »Mögen Sie für immer verflucht sein, Senyora.« So war Pilar Ramis von den Ramis aus Tírvia aus Casa Gravat und aus Bibianas Leben und aus dem Leben des Mädchens und Joseps verschwunden, die oben schliefen, sowie aus dem Leben ihres Mannes, der in Afrika Mauren tötete. Bibiana war nicht in der Lage gewesen, zu schreien und den Schutzengel zu warnen. Während sie die Tür geschlossen hatte, hatte sie bloß überlegt, wie sie es dem Mädchen und Josep beibringen solle.

Bibiana sammelte die Schnipsel des Briefes auf, warf sie ins Herdfeuer und vergewisserte sich, daß die Erinnerung an diese Frau für immer verschwand und ihrem Kind und dem Andenken des armen Josep und des unglücklichen Senyor Anselm nicht mehr schaden konnte.

»Was machst du da?«

»Nichts, ich koche mir einen Lindenblütentee«, antwortete die Hausangestellte. »Möchtest du welchen?«

Elisenda erfuhr nie, daß der Tee, den sie an diesem Abend trank, auf den letzten Nachrichten von ihrer schattenhaften Mutter aufgebrüht worden war.

25

Die ganze Nacht tat er kein Auge zu, saß in der Schule und wartete auf Senyor Valentí und seine Falangisten. Würden sie an die Tür hämmern? Würden sie die Fenster des Klassenzimmers einschlagen? Nein: Sie würden hereinkommen und sofort losfeuern. Die Stunden verstrichen quälend langsam. Als die eisige Sonne über dem Paß von Cantó aufging, hatte noch niemand den Frieden der Schule gestört, die Zuflucht des geächteten Oriol Fontelles, ehemals Feigling und neuerdings unfähiger Kämpfer für eine verlorene Sache.

Gegen Mittag, als die Kinder zum Essen gegangen waren, ließ sich Senyor Valentí blicken. Lebendig. Das Genick unversehrt, eine dicke Zigarette zwischen den Lippen und feuchte Augen, blauer und kälter als sonst, die alles durchdrangen. Oriol fragte sich: Wird er mich gleich umlegen, oder wird er viel Aufhebens darum machen? Er ist in der Lage und erledigt es auf dem Platz. Oder nein, natürlich am Hang von Sebastià. Damit wären es dann achtzehn.

Senyor Valentí betrat schweigend das Klassenzimmer und sah Oriol einen Augenblick lang prüfend an. Dann nahm er die Hand aus der Tasche und zeigte auf ihn: »Heute machen wir eine Sitzung, ich will, daß das Bild fertig wird.«

»Aber …«

»Um sechs.«

Und nichts weiter. Keine Anmerkung. Porträtsitzung. Nicht einmal, stell dir vor, was mir gestern passiert ist. Nichts. Von diesem Augenblick an wagte Oriol es nicht mehr, ihm in die Augen zu sehen. Dabei habe ich doch auf seinen Nakken gezielt.

Als sich Oriol nach dem Mittagessen zum Verdauungsschnaps gehorsam an den Tisch des Bürgermeisters setzte wie jeden Tag, fragte dieser ihn nebenhin: »Wo warst du gestern?«

»In Lleida. Warum?«

»Im Puff?«

»Na ja …« Er wartete, bis Modest ihn bedient hatte, und als sie wieder allein waren, sagte er leise: »Ja, im Puff.«

Als habe er keine andere Antwort erwartet, trank Valentí Targa sein Glas in einem Zug aus und stand auf. Er ging ohne ein Wort, als ob ihn seine Gedanken fortzögen. Und Oriol fühlte sich schutzlos.

Tina hörte Doktor Schiwago noch einmal gähnen und beneidete ihn aufs neue, denn wenn er gähnte, dachte er nur ans Gähnen und dann daran, sich die Barthaare zu putzen, während sie nun, da sie dabei war, einen Höhepunkt von Oriol Fontelles' Leidensweg in den Computer zu übertragen, an Doktor Schiwagos Gähnen dachte, daran, daß sie ihn beneidete, weil sie nicht Juri war, an Jordi, der alle ihre Träume verraten hatte, denkst du nicht mehr an den Kuß, den wir uns gaben, als wir nach Taizé fuhren, an den Treueschwur, denkst du nicht mehr daran, Jordi? Und deine Loyalitätsbekundung im Zug nach Paris? Und sie dachte auch daran, was Arnau in diesem Augenblick wohl tun mochte. Mein Gott, hoffentlich verdreht er nicht die Augen und spricht mit dieser künstlichen, salbungsvollen Stimme, und hoffentlich ist er ein netter Kerl geblieben, amen. Nachdem der letzte Schüler gegangen war, nachdem er die Tafel ordentlich saubergewischt und die Asche aus dem Ofen geholt hatte, ging Oriol in die Toilette, um sich den Kreidestaub des Tages von den Händen zu waschen. Das Wasser war fast unerträglich kalt, aber er ließ es eine Zeitlang rinnen, damit die Kreide sich löste und die Hände nicht rissig wurden. Und während er sie langsam und energisch am schmutzigen Handtuch abtrocknete, betrachtete er sich im angelaufenen Spiegel, denn er wußte nicht, was er tun sollte, ob er auf das Exekutionskommando warten oder schnell zu Rosa laufen sollte, von der er nicht wußte, wo sie war, ob er vor ihr niederknien und sagen sollte, ich habe versucht, für dich und zum Gedenken an Ventureta zu töten, ich will, daß du weißt, daß ich die Feigheit abgestreift habe, aber ich sterbe vor Angst, Liebste, und ich muß dich sehen. Und so werde ich auch unsere Tochter kennenlernen, die Tochter eines Feiglings, der kaum noch einer ist. Nachdem er sich die Hände abgetrocknet hatte, kehrte er ins Klassenzimmer zurück, und obwohl es im Dunkeln lag, spürte er, daß jemand da war. Er stand still, mitten im Raum, und versuchte, Schatten und Gespenster auseinanderzuhalten. Draußen auf der Straße war es schon dunkel, und hier drinnen roch es noch nach Kindern. Aber es lag auch etwas Neues in der Luft, ein Geruch nach Wald und ein Blick, dunkel wie Kohle.

»Wer ist da?« fragte er.

Ein Schatten löste sich von der Wand. Im schwachen Licht der Straßenlaterne, das durch die schmutzigen Scheiben hereinfiel, zeichnete sich der Umriß eines Mannes ab, und Oriol erkannte, daß er etwas in der Hand hatte, wahrscheinlich eine Pistole. Er dachte, das war's, jetzt ist alles aus, und ich habe Rosa nicht sagen können, daß ich kein Feigling mehr bin. Der Schatten rührte sich nicht, und so schaltete Oriol das Licht ein, und der Mann lehnte sich an die Wand, und er konnte ihn besser sehen: Er war schmutzig, wettergegerbt, in einen fadenscheinigen Mantel gehüllt. Und tatsächlich: In der Hand hielt er eine Browning, deren schwarze Mündung ihn ansah.

»Mach das Licht aus«, befahl der Eindringling.

»Wer bist du?«

Der Mann blieb an die Wand gelehnt, vor den Blicken von draußen verborgen, und zielte auf ihn.

»Was machst du jeden Tag um diese Zeit?«

»Ich korrigiere Hefte. Warum?«

»Tu so, als würdest du das jetzt auch machen, und wir reden. Glaubst du, daß jemand kommt?«

»Worüber müssen wir reden?«

»Erwartest du jemanden?«

»Nein.«

»Dann mach dich an die Arbeit.«

Der Mann hatte die Waffe noch nicht gesenkt. Oriol begann, sein Pult aufzuräumen, auf dem die Hefte seiner großen Schüler mit den Geographieaufgaben lagen: dreizehn Hefte; elf, wenn man die Hefte von Venturetas Schwestern nicht mitzählte, die leer waren.

»Wer bist du?« fragte er verwirrt. Er hatte mit einer dunkelblauen Falangeuniform gerechnet.

Der andere blieb stumm, und Oriol öffnete, um irgend etwas zu tun, die oberste Schublade und legte das Holzlineal hinein. Er ging an die Tafel und schrieb »Dienstag, 18. Januar 1944«, fast an dieselbe Stelle, an der Tina knapp achtundfünfzig Jahre später schreiben sollte, »Mittwoch, 12. Dezember 2001«, mit der gleichen säuberlichen Lehrerhandschrift, wenige Stunden, bevor die Tafel zerstört und die Schule abgerissen wurde und alle Geheimnisse ans Licht kommen sollten, die so lange verborgen geblieben waren.

»Warum wolltest du Targa töten?«

»Ich?« Er schwieg einen Augenblick und dachte, was mache ich bloß, was sage ich, mein Gott. »Ich?«

»Du«, beschuldigte ihn der Unbekannte, ohne die Waffe zu senken.

»Das ist nicht wahr. Wann denn?«

»Gestern.«

»Gestern war ich in Lleida. Im Puff.«

»Bist du nicht Targas Freund?«

»Und wer bist du?«

»Wenn du die Hefte korrigieren mußt, tu so, als tätest du's.«

Oriol setzte sich ans Pult und schlug ein Heft auf. Der Ofen begann auszukühlen, bald würde es im Klassenzimmer eiskalt sein. Plötzlich hob er den Blick und sah den Schatten an.

»Du gehörst zum Maquis.«

»Warum wolltest du ihn töten?»

»Weil er einen Jungen aus dem Dorf erschossen hat. Er hätte mein Schüler sein können.«

»Sieht so aus, als hättest du deine Arbeit nicht gut gemacht.«

Oriol schwieg. Nein, er hatte seine Arbeit nicht gut gemacht, denn es ist schwierig, zu töten, wenn plötzliche Zweifel den Fingern in die Quere kommen.

»Was willst du von mir?«

»Du hast einen Anschlag vereitelt, der sehr wohl gelungen wäre.«

»Ich?«

»Was denkst du wohl, warum dich niemand verfolgt hat?«

»Ich verstehe dich nicht.«

»Wir haben jemanden geschickt, der so tun sollte, als wäre er hinter dir her.«

»Was habt ihr dort gemacht?«

»Wir haben auf ihn gewartet. Einmal im Monat fährt Targa zum Vögeln nach Barcelona, und dann ißt er im Vilanova zu Mittag. Er macht immer das gleiche. Wir haben auf ihn gewartet, dann bist du gekommen und hast alles ruiniert.«

»Ich …«

»Du bist Falangist.«

»Nun, ich …«

»Du bist Targas bester Freund. Alle sagen das.« Er senkte die Waffe und steckte sie ein: »Und es heißt, deine Frau wäre mit einem anderen durchgebrannt.«

»Nein, das stimmt nicht! Sie hat mich verlassen … aber nicht wegen eines anderen.«

»Warum hat sie dich verlassen?«

»Das geht dich nichts an.«

»O doch.«

»Sie hat mich verlassen, weil ich ein Feigling bin.«

»Ein Feigling, der sein Leben aufs Spiel setzt, um Ventureta zu rächen.«

»Kanntest du den Jungen?«

Der Mann antwortete nicht. Oriol sah auf die Straße und den Platz hinaus. Er konnte nichts erkennen, weil das Licht im Klassenraum heller war als das Licht draußen. Vielleicht stand vor dem Fenster Senyor Valentís schwarzer Wagen, und vier Uniformierte warteten mit in die Hüften gestemmten Händen darauf, daß er herauskam, um ihn mit verächtlicher Miene zu durchsieben.

»Was willst du von mir?«

»Ich will wissen, auf welcher Seite du stehst.«

»Warum?«

»Weil du uns helfen mußt.«

»Ich? Wer seid ihr?«

»Wir wollen, daß du alle Informationen, die du von Targa bekommst, an uns weitergibst.«

»Ich bin nicht... Meine Position...« Entnervt schlug er das vor ihm liegende Heft zu. »Ich sollte fliehen, bevor Senyor Valentí ...«

»Nein. Du bleibst hier, spielst nach außen weiterhin Targas Freund, arbeitest aber für uns.«

»Wer seid ihr?«

»Außerdem hat unser Kommandeur beschlossen, daß die Schule von Torena als Nachrichten- und Verbindungsstelle geradezu ideal ist. Das Dachgeschoß wird uns nützlich sein.«

Torena liegt am Berghang und schaut aufs Tal hinunter. Die Schule, die Du vielleicht nie zu sehen bekommen wirst, ist das letzte Haus im Dorf. Ihre Vorderseite liegt am Dorfplatz, die Rückseite aber, an der der Schulhof liegt, geht auf den Berg hinaus.

»Woher wißt ihr, daß es hier einen Dachboden gibt?«

»Du schläfst doch in der Schule, nicht wahr?«

»Ja.«

»Ende der Woche wirst du ein paar Flüchtlinge verstekken. Sie kommen aus Holland und sind auf dem Weg nach Portugal.«

»Und wenn ich mich weigere?«

Der Schatten schlug seinen Mantel zurück, so daß Oriol den Griff der Pistole sah.

»Außerdem mußt du Valentí Targa ständig im Auge behalten. Du wirst uns alles berichten, was er dir erzählt, und du wirst uns über alle seine Bewegungen auf dem laufenden halten.«

»Ich bin doch kein Kämpfer.«

»Nach außen hin sollst du auch kein Kämpfer sein. Du wirst weiterhin der Lehrer sein, der falangistische Schweinehund und beste Freund des Henkers von Torena. Aber du wirst für uns arbeiten.«

»Senyor Valentí weiß, daß ich ihn umbringen wollte.«

»Wir glauben, daß er es nicht weiß.«

»Ich bin kein Kämpfer.«

»Ich war es auch nicht. Niemand war es vor dem Krieg.«

Der Mann ließ ein paar Sekunden verstreichen, dann fuhr er fort: »Von nun an bist du ein Soldat des Maquis. Außerdem arbeitest du für die Alliierten im Kampf gegen Nazismus und Faschismus.«

»Aber ich ...«

»Du hast keine Wahl.«

So einfach war das, meine Tochter, daß ich begann, für den Maquis zu arbeiten, schweren Herzens, denn ich bin kein mutiger Mann, aber begierig darauf, Vergebung für Ventureta zu erlangen, der mit vierzehn Jahren vielleicht deshalb gestorben ist, weil ich mich Valentí Targa nicht energisch genug entgegengestellt habe. Der Kommandeur befahl mir, ganz genau so weiterzuleben wie zuvor, meinen Unterricht zu halten, mit Valentí im Café einen zu trinken, ihn auf seinen Streifzügen zu begleiten, mit der Falange zusammenzuarbeiten und dafür zu sorgen, daß niemand im Dorf den geringsten Zweifel daran hegte, daß ich ein echter Faschist war.

Mein erster Auftrag bestand darin, ein paar Holländer zu verstecken, die aus dem von den Nazis besetzten Europa fliehen mußten, weil sie Juden waren. Danach drei Männer, die vor dem Franquismus nach Norden flohen, einem anderen

Schrecken entgegen, und die sich den ganzen Sonntag über auf dem Dachboden verbargen, bis es dunkel wurde. Später kam eine Gruppe von sechs Männern, die ein paar Stunden zuvor die Grenze überquert hatten und in Richtung Tal unterwegs waren. Zwei von ihnen waren britische Flieger, und alle waren hart und einsilbig und wußten, worauf es ankam, weil sie ihr Leben schon lange aufs Spiel setzten. Und ich erfuhr, daß es um ihre Sicherheit in Frankreich ebenso schlecht bestellt ist wie hier, weil die Vichy-Regierung sie an die Nazis ausliefert, wenn sie sie erwischt. Der einzige Ort, an dem sie sich wirklich ausruhen können, sind die Inseln – sie nennen sie »Inseln« –, Orte wie meine Schule, wo sie wissen, daß niemand sie finden kann, weil niemand von der Existenz dieser Orte weiß.

»Woher wißt ihr, daß es hier einen Dachboden gibt?«

»Stell keine Fragen.«

»Und woher weiß ich, daß du mir die Wahrheit sagst? Und wenn du ein Agent von Valentí Targa bist?«

»Heute nacht wird in Sort was passieren. Das ist der Beweis dafür, daß ich nicht lüge.«

»Was wird passieren?«

»Hast du von der Brücke bei Isil gehört, die wir im Herbst in die Luft gejagt haben?«

»Ja. Das warst du?«

»Kennst du die Brücke auf dem Weg nach Rialb?«

»In Sort, ja.«

»Bumm.«

»Aha.«

»Reg dich ordentlich auf, wenn du morgen die Bescherung siehst. Targa muß dir voll und ganz vertrauen. Er soll dich lieben wie ein Bruder, wie ein warmer Bruder, wenn nötig. Das wichtigste ist, daß er dir Sachen erzählt. Bis wir ihn kaltmachen. Das bist du uns schuldig.«

»Ich kann es wieder versuchen.«

»Du bleibst fein still und behältst ihn im Auge.« Er schwieg einen Augenblick, dann beharrte er: »Und du ziehst ihm alle

Informationen aus der Nase, die du bekommen kannst, solange er noch lebt.«

Das schwierigste, meine Tochter, ist nicht, sein Leben zu riskieren: Wenn du weißt, daß dir nichts Schlimmeres passieren kann, als es zu verlieren, tritt die Angst, die nie ganz verschwindet, in den Hintergrund. Etwas Ähnliches hatte mir Deine Mutter gesagt, kurz bevor sie mich verließ. Ein paar Tage lang war ich vom Stolz auf meine eigene innere Wahrheit erfüllt: Ich hörte allmählich auf, ein Feigling zu sein. Das Schwierigste ist nicht, sein Leben zu riskieren: Schlimmer ist die Angst vor dem Schmerz, vor der Folter. Aber es gibt etwas, was noch schlimmer für mich ist: von allen für einen erklärten Faschisten gehalten zu werden. Zwei Tage nach diesem Besuch schwor ich Valentí Targa, alle Maquisards dieser Welt zu erledigen, und beschwerte mich, daß ich immer noch keine Falangeuniform hatte. Valentí war irritiert von dem dreisten Schlag des Maquis: Vor der Nase der Armee war die Brücke von Hostal Nou auf dem alten Weg nach Rialb in die Luft geflogen. Noch nie zuvor hatte der Maquis so weit im Süden zugeschlagen, und das erboste Militärs und Falange gleichermaßen. Am nächsten Tag ließ ich mich ganz offiziell in Uniform fotografieren, und seitdem betrachtet mich Valentí unzweifelhaft als einen der ihren. Jetzt verstehe ich, daß es etwas gibt, was noch grausamer ist, als im ganzen Dorf als Faschist zu gelten, und das ist, vor Dir als Faschist dazustehen, meine Tochter. Und vor Dir, Rosa.

»Aus Sicherheitsgründen. Wenn alles vorbei ist, kannst du es ihr erklären.«

»Aber sie ist meine Frau.«

»Es geht nicht. Außerdem lebt ihr nicht mehr zusammen.«

»Dann weigere ich mich, mit euch zusammenzuarbeiten.«

Da zog der Mann die Pistole aus Tasche und sagte: »In diesem Fall habe ich Anweisung, dich auf der Stelle zu liquidieren.«

»Du machst mir das Leben zur Hölle.«

»Denk an die Hölle, in der die Ventura lebt, zum Beispiel. Oder an Tònia von den Misserets. Oder an die Familien der Tausende von Soldaten, die beim Maquis sind. Denk dran.«

Ich entgegnete ihm, daß der Bürgerkrieg seit Jahren aus sei, und er erwiderte, Europa stehe in Flammen, die Nazis seien nicht besiegt, und hierzulande befänden sich viele Leute noch im Krieg. Wie entscheidest du dich? Oriol schwieg eine Viertelstunde lang, tat so, als korrigierte er seine Hefte, und dachte, Vater, laß diesen Kelch an mir vorübergehen, und der dunkle Mann beobachtete ihn ungerührt von dem Winkel aus, in dem er sich vor möglichen Schnüfflern verborgen hielt, und wartete auf seine Entscheidung.

Schließlich akzeptierte ich, weil mir nichts anderes übrigblieb, und erwog heimlich sogar, es später zu melden. Aber aus einer Art Scham heraus, dem Wunsch, mir den Rest meiner Würde zu bewahren, meinte ich es ehrlich, als ich sagte: »Einverstanden, ich akzeptiere, aber ich werde so nicht leben können, wenn ich es meiner Frau nicht sagen kann.«

»Wir werden sehen, was wir tun können«, sagte der Mann vage und fügte dann etwas energischer hinzu: »Danke, Kamerad.«

»Nenn mich nicht Kamerad. Jeder nennt mich Kamerad. Die Falangisten nennen mich Kamerad, obwohl ich gar kein offizielles Mitglied bin; in der Zeitung steht unter meinem Foto Kamerad Fontelles. Ihr sollt mich nicht Kamerad nennen. Ich heiße Oriol Fontelles.«

»In Ordnung. Ich werde Leutnant Marcó genannt.«

Und so kam es, meine Tochter, daß seit ein paar Wochen zahlreiche Mitteilungen zwischen Inland und Ausland durch meine Hände gehen. Ich bin in die Falange eingetreten, und Valentí behandelt mich als einen der Ihren und sagt, er sei stolz auf mich, während ich sorgfältig an einem neuen Datum für seine Hinrichtung arbeite. Ich bin stolz auf mich, auch wenn ich in meinem Inneren voller Angst bin. Ich weiß, daß ich mit diesem Brief an Dich gegen alle Normen und

Vorschriften verstoße, die sie mir erteilt haben. Aber sollten sie mich töten, will ich nicht, daß Du im Glauben bleibst, ich sei ein Feigling. Du wirst diese Zeilen nur lesen, wenn ich tot bin und Deine Mutter sich an unser Versteck erinnert, in dem sie eines Tages einen Schatz finden würde, wie ich ihr sagte. Wenn alles gut ausgeht, meine Tochter, werde ich Dir, falls Du es mir gestattest, alles höchstpersönlich erzählen, Dir und Rosa, wenn sie mich anhören will, die Wahrheit über die Geschichte unseres Lebens und Sterbens.

Als ich sagte, ich würde akzeptieren, fügte ich hinzu, um mich noch stärker an das Versprechen gebunden zu fühlen, würde ich an Ventureta denken wie an einen meiner Schüler oder, besser noch, wie an einen Sohn. Der bärtige Mann mit den harten, kohlschwarzen Augen vergewisserte sich, daß draußen auf dem Platz niemand war, dann kam er zu mir und legte mir die Hand auf die Schulter. Erst da merkte ich, daß seine schwieligen Hände die eines Bauern waren und nicht die eines Soldaten.

»Eine gute Idee«, sagte er. »Mir hilft beim Weiterkämpfen das Wissen, daß zu meinem Unglück und zum Unglück meiner Frau Ventureta mein ältestes Kind war.«

Er verschwand schweigend, wie er gekommen war, als hätte ihn die Dunkelheit verschluckt. Und in diesem Moment wußte ich, daß ich seine Sache niemals verraten würde, und wurde zu einem echten, unsichtbaren Maquisard, ich trank weiterhin mein Gläschen Anisschnaps mit Valentí und verstand, wie seltsam es ist, jemanden zu lieben, der mich haßt, Rosa ... Und andere Dinge, die Du vielleicht nie verstehen wirst, meine Tochter, die ich Dir aber, glaube ich, eines Tages erzählen werde. Oder auch nicht.

Am nächsten Tag erfuhr ich, daß ein großer Trupp Maquisards die Brücke von Hostal Nou in die Luft gesprengt hatte. Das war der Beweis, den Ventura mir versprochen hatte, und General Yuste bekam vor Wut beinahe einen Herzinfarkt. An diesem Tag dachte niemand an die Porträtsitzung.

Wundere Dich nicht über diese Schulhefte. Es war das

einzige Papier, das ich zur Hand hatte. Es sind die unbenutzten Hefte von Cèlia Esplandiu, einer der Schwestern von Joan Ventureta, die nach den Weihnachtsferien nicht in die Schule zurückgekehrt ist und einen tödlichen Haß gegen mich hegt.

Oriol löschte das Licht im Klassenzimmer, schob im Dunkeln die Tafel zurück und steckte die Hefte der kleinen Ventura in die Zigarrenkiste. Die Wahrheit seines Lebens in einer Zigarrenkiste.

26

»Mertxe Centelles-Anglesola Erill.«

»Wie bitte?«

»Ich sagte Mertxe Centelles-Anglesola Erill.«

Marcel ließ sich im Sessel nieder, das Whiskyglas in der Hand, und überlegte. In dem riesigen Wohnzimmer der Wohnung in Pedralbes, wo er seit Beginn seines Jurastudiums wohnte, wenn er nicht in Torena war, hörte man nur das Ticken der Wanduhr, deren Klang reiner, deren Holz exotischer und deren Uhrwerk solider war als das der Wanduhr in Casa Gravat in Torena. Ein bedächtiges Ticken, denn für so eine bedeutende Uhr verging die Zeit langsamer.

»Wer ist das?«

»Die Jüngste von den Centelles-Anglesolas, die in Viladrau ein Haus neben den Dilmés haben.«

»Ah ja. Und wann kommt sie, hast du gesagt?«

»Heute nachmittag.«

»Dann richte ihr einen schönen Gruß von mir aus. Ich bin nicht da.«

»O doch. Du wirst dasein.«

»Ich habe gesagt, ich kann nicht, Mamà!«

Senyora Elisenda Vilabrú stand auf und trat an die Balkontür. Sie sah nach draußen, auf Barcelona, das ferne Häusergewirr, wo Menschen, klein wie Punkte, geschäftig hin und her eilten und ihr Leben mit sich herumschleppten, und wiederholte, unendlich erschöpft, mit leiser Stimme: »Du wirst dasein und dich um sie kümmern.«

Marcel trank einen Schluck Whisky. Nie im Leben war es ihm in den Sinn gekommen, daß man sich Mamàs Wünschen widersetzen könne, wenigstens nicht offen. Man mußte es geschickt und heimlich anstellen, um zu erreichen, was man wollte. Und manchmal war auch einfach nichts zu machen. Dieses Mal trat er die Flucht nach vorn an, »Hast du etwa vor, mich zu verheiraten?«, aller Sarkasmus der Welt in dem Schluck Whisky, den er trank.

Elisenda wandte sich zu ihrem Sohn um. Die Uhr tickte träge. Von draußen erklang der Ruf eines Lastträgers, ungewöhnlich in dieser ruhigen, vornehmen Straße. Im Hintergrund heulte ein Krankenwagen. In der Ferne pulsierte die Szenerie der Stadt.

»Ich möchte, daß ihr euch kennenlernt.«

»Ich habe schon eine Freundin.«

»Ach ja? Das wußte ich ja gar nicht.«

Noch vor dem Mittagessen hatte Marcel seiner Mutter gestanden, nein, eigentlich habe er keine feste Freundin, es sei nur eine Bekannte.

»Du hast viele solcher Bekannten.«

»Was ist so schlimm daran?«

»Nichts. Aber irgendwann ist es genug. Irgendwann mußt du einmal erwachsen werden. Du bist sechsundzwanzig Jahre alt.«

»Noch nicht ganz.«

»Vor zwei Jahren hast du dein Studium abgeschlossen. Es wird Zeit, an etwas Nützliches zu denken.«

Das hatte ja kommen müssen. Alles im Leben hat eine Grenze, und Marcel wußte, daß die Grenze seines Dolcefarniente an dem Tag erreicht wäre, an dem seine Mutter sagen würde: »Es wird Zeit, an etwas Nützliches zu denken« und »Es reicht, du hast dich jetzt genug amüsiert.« Es war ein harter Augenblick, und Marcel brauchte noch einen Whisky: den zweiten? Den dritten? Resigniert ließ er den Kopf hängen. Mal hören, was Mamà vorzuschlagen hatte. Den vierten.

Der Schlußpunkt, den Senyora Elisenda für ihren Sohn gesetzt hatte, bestand darin, Mertxe Centelles-Anglesola Erill kennenzulernen, sie zu heiraten, beider Vermögen zusammenzulegen, ihr Enkel zu schenken und glücklich zu sein.

Marcel kam sich vor wie ein König oder ein Kronerbe, allerdings ohne die Vorteile, die eine Krone zu bieten hatte.

»Das heißt also, daß ich nicht heirate, wen ich will, sondern aus Gründen der Staatsräson.«

»Wen würdest du denn heiraten wollen?« Elisenda bemühte sich, die Frage nicht bitter klingen zu lassen.

»Ich will gar nicht heiraten, und ich bin alt genug, das zu entscheiden.«

»Glaubst du?«

»Ich bin beinahe sechsundzwanzig.«

Mamà und Sohn schwiegen. Sie stand an der Balkontür, er hielt sein leeres Glas in der Hand.

Mit seinen beinahe sechsundzwanzig Jahren hatte er mehr als genug Zeit gehabt, sich auszutoben, das Leben kennenzulernen, alles auszuprobieren und so weiter. »Wenn du das nicht getan hast, bist du selbst schuld. Und wenn du es getan hast, dann reicht es jetzt, du mußt dich zusammenreißen, heiraten und jeden Tag arbeiten, mit mir oder mit Gasull, jetzt ist Schluß damit, daß du den lieben langen Tag Pläne für neue Anlagen und schwarze Pisten machst. Du bist Rechtsanwalt und mußt hier in Barcelona im Büro arbeiten, und zwar täglich.«

Na, großartig. Das Ticken der Uhr beruhigte ihn ein wenig und hielt ihn davon ab, eine unbedachte Äußerung zu tun, die nur kontraproduktiv gewesen wäre. Dieser Lebensabschnitt war vorüber. Er entschied sich, es mit den Whiskys gut sein zu lassen, schließlich war gerade erst Mittag. Einen Augenblick lang erwog er aufzubegehren: Nein, genug, ça suffit, Schluß, aus und vorbei, finito, finish, Mamà, da mache ich nicht mit, ich bin ein freier Mensch und heirate, wenn es mir paßt, und zwar die Frau, die mir paßt, und Punkt. Und ich werde arbeiten gehen, wenn ich mich dazu aufraffen kann. Das kann man nicht erzwingen. Wie schön war doch die Rebellion, Che und so weiter. Aber noch bevor er den Mund zum ersten Nein auftun könnte, hielt ihm der Engel der Vernunft die Liste mit den unmittelbaren Folgen einer solchen Tat vor Augen, und das alles erschien ihm so anstrengend, daß er beschloß, erst einmal den Nachmittag abzuwarten, könnte ja sein, daß diese Mertxe gar nicht so übel ist.

Sie gefiel ihm von Anfang an. Mertxe war hübsch, klug, wohlgeformt, strahlend, nett, diskret, sehr hübsch, ausgesprochen lebhaft, ein Engel, eine von denen, für die ich die verrücktesten Dinge tun könnte, mehr als sehr hübsch, was für eine wunderbare, vornehme Stimme, auch wenn sie dieses nasale Spanisch der Schickeria sprach. Braungebrannt vom Skifahren. Eine Göttin.

Marcel erfuhr nie, unter welchem Vorwand Mertxe ganz allein zu ihnen gekommen war. Er wollte es auch gar nicht wissen, denn er war sofort von ihr begeistert und brauchte keinen Vorwand. Er lud sie ins Kino ein, er lud sie ein, die Skier einzupacken und das Wochenende in Torena zu verbringen, sag bloß nicht, du läufst nicht gerne Ski! Einen Moment lang sah es so aus, als würde der schöne Plan platzen, als wollte er sich bei Mamà über die Ware beschweren: »Ich dachte, weil du so braungebrannt bist … Nein?« Mamà sagte nichts, und Mertxe Centelles-Anglesola Erill mußte klarstellen »Nein, das kommt vom Strand, im Dezember war ich auf den Kanaren, und ich werde sofort braun.« »Was für ein Glück.« Mamà versuchte, die Lage zu retten. Die kurzzeitige Krise war überwunden, als er ihr sagte, zwischen den schwarzen Pisten könne er ja immer mal wieder runterkommen zum Idiotenhügel und ihr helfen, mit den Skiern zurechtzukommen.

»Eigentlich kann Quique ihr das beibringen, das ist seine Aufgabe.«

»Kommt nicht in Frage.«

Dieses brüske »Kommt nicht in Frage« Marcels machte Senyora Elisenda zwei Dinge klar. Erstens: Wenn Marcel Quique nicht vertraut, obwohl die beiden doch den ganzen Tag miteinander Ski laufen und über Frauen reden (nehme ich an), hat er wohl seine Gründe dafür. Und wenn Quique nicht einmal das Vertrauen eines Nichtsnutzes wie Marcel verdient, will ich das so schnell wie möglich geklärt haben. Und zweitens: Marcel gefiel Mertxe, und so hatte sie, wie immer, richtig entschieden, als sie Mertxe Centelles-Anglesola Erill ausgesucht hatte, von den Centelles-Anglesolas, die seitens der Anglesolas mit den Cardona-Anglesolas verwandt waren, und von den Erills de Sentmenat, denn Mertxes Mutter ist die Tochter von Eduardo Erill de Sentmenat, dem Besitzer von Maderas Africanas und Aufsichtsratsvorsitzenden der Banca de Ponent. Schön und gut, dachte Marcel, aber diese Lippen und diese Augen – und welche Eleganz!

»Warum nicht Quique?« hakte Mamà nach.

»Ist er nicht krankgeschrieben?«

»Ja, aber das wird ja nicht ewig dauern.«

Ein paar wenige Worte und Gesten hatten Senyora Elisenda genügt, um festzustellen, daß ihr Sohn bis über beide Ohren verliebt war. Marcel hingegen versuchte, seine Begeisterung für Mertxe vor Mamà zu verbergen, und Senyora Elisenda verstand das und wollte nicht grausam zu ihm sein. Sie gab sich geistesabwesend, ging zwei-, dreimal hinaus, erwähnte, Mertxe sei zweiundzwanzig und in Paris so gut wie zu Hause, und sagte – so daß es aussah, als käme der Vorschlag von Marcel –, sie könnten doch alle zusammen ausgehen, ich weiß nicht, ins Zentrum, auf die Rambles, ja? Marcel sagte, er sei schon seit einer Ewigkeit nicht mehr auf den Rambles gewesen, und dachte, was Mertxe jetzt wohl von mir denkt? Er war verzweifelt, weil er sich zum ersten Mal im Leben vor einer anderen Frau als Mamà klein fühlte, weil er hilflos war und ihr etwas beweisen wollte, als wäre sie Mamà. Gegen alle Regeln schlug ihnen Elisenda beiläufig vor, sie könnten doch ein paar Tage nach Paris fahren, und wenn sie dann zurückkämen, könnte er im Büro anfangen. Marcel war dermaßen begeistert, daß er gar nicht auf die Idee kam, an Ramona zu denken, die Schriftstellerin hatte werden wollen. Anstatt sich zu beschweren, daß seine Mutter über ihn verfügte, dachte er, stell dir vor, ein paar Tage mit Mertxe in Paris. Er war nicht länger auf der Hut, er war wehrlos. Dieses Mal hatte sich Marcel Vilabrú Vilabrú in die Richtige verliebt.

Als das Paar sich auf den Weg zu den Rambles gemacht hatte – oder wohin auch immer ihre Begeisterung sie führen mochte –, rief Senyora Elisenda den Industrieminister an, um eine Frage zu klären, bei der nur er persönlich helfen konnte. Es ging um den Import dieser verflixten Maschine zur Herstellung von Bällen, ich habe keine Lust, sie zum zehnfachen Preis fertig zu kaufen. Lieber möchte ich sie anderen Herstellern verkaufen. Ich möchte Bälle herstellen, Enrique. Ich warte auf Nachrichten, verstanden? Ah ja, heute esse ich in Madrid zu Abend. Mit wem? Mit Fontana. Dann hängte sie auf, während der Minister noch ins Telefon lächelte, in Erinnerung an jenen zauberhaften Nachmittag mit Señora Vilabrú und ihr Parfüm, ich weiß nicht, was es war, aber es hat mich verhext, und Fontana beneidete, den alten Halunken. Elisenda informierte Gasull über ihre Verhandlungen, und da sie noch ein paar Stunden Zeit hatte, ließ sie Jacinto ausrichten, er solle den Wagen vorfahren. Sie nahm die Kette vom Hals, küßte sie und legte sie in das Elfenbeinkästchen. Einen Augenblick lang vermißte sie Bibiana, aber dann verdrängte sie sie aus ihren Gedanken, denn die Lebenden können nicht immer an all ihre Toten denken. Sehr gut, Jacinto, so gefällt es mir.

Aber auf dem Weg ins Stadtzentrum sprach sie zu seinem Nacken kein Wort. Nichts. Keinen Ton. Wenn sie keine Befehle gab, bedeutete das, daß sie nachdachte. Dachte sie nach, hieß das, daß sie nachdenken mußte. Wenn sie nachdenken mußte, hatte sie ein Problem. Wie gerne würde ich all ihre Probleme lösen, aber sie läßt mich ja nicht. Sie läßt mich nur die Schweinereien beseitigen, die ihr idiotischer Sohn hinterläßt. Weiter nichts. Ich würde mein Leben geben für … Ich habe mein Leben gegeben.

»Halt hier an, Jacinto.«

Mitten auf der Plaça de Catalunya. Das heißt, sie will nicht, daß ich weiß, wohin sie geht.

»Sei in einer Stunde wieder da. Nein, in zwei.«

Jetzt wird sie ein Taxi nehmen und zu Quique Esteve fahren, dem Hurensohn.

»Ja, Senyora.«

Quique treibt's mit Männern. Und mit Frauen. Mit allem, was sich bewegt. Wissen Sie das, Senyora?

Senyora Elisenda stieg aus dem Wagen und schloß sachte die Tür. Sie wartete, bis Jacinto außer Sichtweite war, dann rief sie ein Taxi. Zu Quique Esteve, dem Hurensohn, schnell.

»Was für eine Überraschung.« Er ließ sie herein. »Ich habe dich nicht erwartet.«

»Ich hatte gerade in Barcelona zu tun, und da dachte ich ...«

»Sehr schön. Aber was hättest du getan, wenn ich nicht dagewesen wäre?«

»Oder wenn du mit einer anderen zusammen wärst?«

Quique schloß leise die Tür und führte sie durch den Flur.

»Warum siehst du mich so an?«

Aus verschiedenen Gründen. Erstens, weil sie seit nunmehr dreizehn Jahren ein Verhältnis miteinander hatten. Und hatte Elisenda Quique anfangs auch nur benutzt, um ihrer Wut gegen die ganze Welt freien Lauf zu lassen, so hatte sie ihn doch nach und nach schätzen gelernt und war nur manchmal für ein paar Wochen auf Distanz zu ihm gegangen, wenn sie mal wieder zu hitzig gebeichtet hatte. Sie beichtete immer in einer anderen Kirche und stets bei Priestern, die sie nicht kannte, nicht, weil sie gegen die Sünde ankämpfte, sondern um ihre Schwäche im Zaum zu halten. Es kann nicht sein, daß ein so hübscher Junge wie Quique ... Es kann nicht sein. Aber es war so. Zweitens, weil er über zwanzig Jahre jünger war als sie, was anfangs ganz unterhaltsam gewesen war, nun aber immer schwerer zu ertragen war, weil ich alt werde und er immer noch ein Mann mit einem berückenden Lächeln und ohne ein einziges weißes Haar ist. Drittens, weil sie bis vor kurzem, bis Mertxe ihr Haus betreten hatte, in Wolkenkuckucksheim gelebt und gedacht hatte, die Abfindung, die sie ihm zahlte, schließe jede Untreue aus; außerdem war er stets zur Stelle gewesen, wenn sie ihn brauchte. Viertens, weil sie sich jetzt, da sie beschlossen hatte, es sei an der Zeit, ihren Sohn zu verheiraten, plötzlich wie eine Großmutter fühlte und äußerst lächerlich vorkam und weil sie verstand, daß sie Grund hatte, um Quiques willen eifersüchtig zu sein. Fünftens, weil alles so kompliziert war: Warum sollte sie wegen Quique eifersüchtig sein, wenn sie ihn nicht liebte und wußte, daß auch er sie nicht liebte, sondern ihr vielmehr gehorchte, was dadurch bestätigt wurde, daß sie einander in den letzten dreizehn Jahren nur äußerst selten ihre Zuneigung bewiesen hatten. Sechstens, weil er sich laut Vertrag, auch wenn sie sich nicht liebten, ausschließlich ihr zu widmen hatte. Und siebtens, weil sie davon überzeugt war, daß eine genauere Inspektion der Wohnung ein paar Geliebte zutage bringen würde, und sie nicht bereit war, diese Demütigung hinzunehmen.

»Willst du vielleicht die Wohnung durchsuchen? Willst du sehen, wie viele Frauen ich hier versteckt habe?«

»Ja.«

»Nur zu.«

In einem Tonfall, der seinen Unmut verbergen sollte und von dem sie nicht wußte, ob er nur gespielt war, sagte Quique: »Ich hätte nie gedacht, daß du so wenig Vertrauen zu mir hast.« Er breitete einladend die Arme aus und sagte: »Fühl dich wie zu Hause.«

Senyora Elisenda Vilabrú Ramis, die am Abend mit Minister Fontana zu Abend essen würde, um ihn daran zu erinnern, daß sie eine sofortige Antwort von Monsignore Escrivá de Balaguer hinsichtlich des Prozesses erwartete; die ungerührt den höflichen Schmeicheleien des Ministers lauschen und ihn mahnen würde, er solle Monsignore Escrivá ins Gedächtnis rufen, daß ihr Onkel, Hochwürden August Vilabrú, noch am Leben sei (obwohl er schon recht klapprig war, der Arme) und ihr erst vor ein paar Tagen wieder einmal von der heimischen Prälatur Monsignore Escrivás erzählt habe, an der Hochwürden August Vilabrú wesentlichen Anteil gehabt hatte, da Papst Paul dem Monsignore eher mißtraute; die es fertigbringen würde, Minister Fontana darauf hinzuweisen, er möge eine Auswechslung des Zivilgouverneurs von Lleida erwägen, weil er ein Mann ohne Kultur und ohne Manieren ist und mir das Leben schwergemacht hat, als ich ihm gesagt habe, ich wolle die Pisten erweitern, und das, obwohl ich alles Recht der Welt dazu habe (und Minister Fontana würde das Büchlein aufschlagen, in dem er die zu erledigenden Aufgaben verzeichnete, und würde sich mit seiner ameisenkleinen Schrift einen Vermerk machen, weil er sich dieser großen Dame gegenüber erkenntlich zeigen wollte. Und um deutlich zu machen, daß er auf ihrer Seite stand, würde er mißbilligend mit der Zunge schnalzen und sagen, wir wissen ja, wie García Ponce ist. Ich versichere Ihnen, daß ich mich darum kümmern werde), betrat das Wohnzimmer von Quiques kleiner Wohnung, die sie selbst finanzierte, mit klopfendem Herzen, und dachte, wenn ich jemanden finde, werde ich weinen, aber ich bin entschlossen, alle Geliebten aufzustöbern, die sich in seinen Schränken verstecken könnten.

»Wie du willst«, sagte Quique im gleichen gekränkten Tonfall, während er in die Küche ging. »Während du unter den Betten nachsiehst, mache ich dir einen Kaffee.«

Elisenda, die heimliche Geliebte, blickte sich um. Nichts zu sehen. Sie war untröstlich über die Szene, aber sie mußte sein. Nichts zu sehen. Die sechs Pokale, zwei für Slalom, einer für den Riesenslalom von Sestriere und ein weiterer für das Internationale Abfahrtsrennen von Tuca Negra, bei dem Quique gegen Magnus Enqvist höchstpersönlich um sein Leben gefahren war und ihm mit acht Zehntelsekunden Vorsprung nur deshalb die Goldmedaille abgejagt hatte, weil er das Gelände, den Schnee und die Luft kannte, weil er, wenn er nicht gerade in Barcelona war, um zu vögeln, wie ein Besessener die Pisten hinabfuhr. Anstatt in Quiques Schlafzimmer zu gehen und unter dem Bett nachzusehen und Mamen, diese Schlampe, zu erwischen, setzte sie sich aufs Sofa, vor die Pokale. Quique kam aus der Küche. Er trocknete sich an einem zweifelhaften Tuch die Hände ab: »Hast du deine Runde schon beendet? Betten? Schränke? Alles durchsucht?«

Sie blickte zur Seite, tastete nach einer Zigarette auf dem Tischchen, in dem Lederetui, das sie ihm am Tag nach der Nacht mit den fünf Orgasmen geschenkt hatte. Noch war es zehn Jahre hin, bis sie zu einer militanten Ex-Raucherin würde. Quique setzte sich neben sie und legte ihr sanft die Hand auf die Schulter, eine Geste, nach der sich Rechtsanwalt Gasull, Jacinto Mas und verschiedene Minister seit Jahren verzehrten. Elisenda sah noch immer durch die vor ihr liegende Wand hindurch.

»Was hast du?« fragte er mit seiner verführerischsten Stimme. »Warum quälst du mich so?«

»Ich kann unmöglich wissen, ob du mir treu bist.« Jetzt entblößte sich Senyora Elisenda wirklich, obwohl sie sich in Grund und Boden schämte, einen gutaussehenden Skilehrer um Treue anzuflehen.

»Zählt mein Wort denn nicht?«

»Ehrlich gesagt, nein.«

»Nun, laß dir gesagt sein, daß ich dir treu bin, vom Scheitel bis zur Sohle. Was hätte ich davon, dich zu betrügen?«

Sie schwiegen. In der Küche begann die Kaffeemaschine zu pfeifen, wie aus Protest gegen die Schwüre Quiques, des treuen Liebhabers. Quique verstand, daß er handeln mußte, und so sagte er, »Damit du siehst, daß ich dir treu bin, daß ich dein treuer Liebhaber bin«, packte Elisenda, zerrte sie mit wohlkalkulierter Schroffheit hoch, streifte ihr die Jacke ab und riß ihr die Bluse vom Leib, während sie ihren Rock aufhakte.

Mamen Vélez de Tena (die Ehefrau von Ricardo Tena von

der Export-Import GmbH), mit der die drei Jahre jüngere Elisenda Vilabrú eine Freundschaft verband, die darauf bestand, daß sie einander alles mögliche anvertrauten, beobachtete aufgewühlt durch den Türspalt des Schlafzimmers, wie Quique, ein richtiger Kerl, die Kaffeemaschine brodeln ließ und der Vilabrú den Rock mit jener Wildheit herunterzog, die Mamen jedesmal schaudern machte. Im Handumdrehen hatte er sich ausgezogen und legte Elisenda sanft aufs Sofa. Mamen bemerkte, daß der treue Liebhaber, das alte Schwein, sich so plazierte, daß sie durch den Türspalt zusehen konnte. Wer hätte gedacht, daß die Vilabrú, die gut und gerne fünfundfünfzig war, es mit diesem Vieh trieb! Je frömmer, desto nuttiger. Sie hatte immer gedacht, Elisenda wäre über diese Dinge erhaben, und nun vögelte sie mit Quique und wer weiß, mit wem noch, die alte … Mamen Vélez de Tena war erregt, sehr erregt von diesem Schauspiel, vor allem aber von dem Geheimnis, dem sie zufällig auf die Spur gekommen war. Vilabrú, diese Schlampe, wenn das rauskommt, wird es einen schönen Skandal geben. Und wie sie bei der Sache ist. Wie sie stöhnt, die alte Leisetreterin! Sie hat sehr schöne Beine, dafür, daß sie in meinem Alter ist, das muß ihr der Neid lassen. Und Quiques Hintern erst, Herr im Himmel. David. Apollo. Narziß.

Quique, der treue Liebhaber, entrückte Senyora Elisenda in so ferne Weiten, daß sie, als alles vorüber war, noch eine Zeitlang nackt auf dem Sofa liegenblieb und gedankenverloren aus dem Fenster sah. Sie rauchte ruhig eine Zigarette, während Quique ins Schlafzimmer ging und dort wer weiß was trieb. Als sie ihren Zigarettenstummel im Aschenbecher ausgedrückt hatte, sah sie zum Schlafzimmer hinüber und rief heiser: »Du mußt mir eine neue Bluse kaufen gehen. Quique? Hörst du mich? Ich muß mein Flugzeug erwischen!«

Aus der Küche drang der triste, klebrige Geruch nach angebranntem Kaffee.

27

»Du kannst die Flasche jetzt ins Wasser werfen, Marc.«

Die siebzehn Kinder aus der zweiten Klasse, die sich damit vergnügt hatten, Bachkiesel zu sammeln, scharten sich für ein Foto um sie, bevor die Flaschenpost feierlich in den Fluß geworfen wurde, um dann mit ein wenig Glück drei Kilometer flußabwärts bei den Zweitkläßlern der Schule von Ribera de Montardit anzukommen, eine der vielen Aktivitäten rund um den Themenschwerpunkt »Der Fluß und seine Umgebung«. Der strahlende Wintertag verlockte dazu, nicht in die Dunkelkammer zu gehen und die Bilder zu entwickeln, und auch, nicht ins Klassenzimmer zurückzukehren, wo sie unweigerlich ins Grübeln geraten würde. Unablässig kreisten ihre Gedanken um die Überlegung, ob sie einen Privatdetektiv anheuern sollte, um herauszufinden, wer die Frau war, die ihr die Ruhe raubte, jetzt, wo sie Frau Doktor Cuadrat angeheuert hatte, um herauszufinden, was das für eine Geschwulst war, die ihr manchmal stechende Schmerzen verursachte. Zwei Untersuchungen waren im Gange. Würde sie jemals wieder glücklich sein können?

»Du kannst die Flasche ins Wasser werfen. Zähl.«

Marc Bringué, der nicht etwa erwählt worden war, weil er der Beste, sondern weil er die Nummer zwölf war, Urenkel von Joan Bringué von den Feliçós aus Torena, Nummer drei auf Valentí Targas schwarzer Liste, die Senyora Elisendas heimliche schwarze Liste war, küßte die Plastikflasche (wie es ihm Pep Pujol geraten hatte) und warf sie mitten in die Noguera. Erleichtert sahen alle zu, wie die Flasche die Wirbel am Ufer umschiffte, die Mitte der Strömung erreichte und sich munter auf den Weg flußabwärts machte, als hätte sie es eilig, zum Meer zu gelangen. Sie nahm denselben Weg wie Morrots regloser Körper, in dessen Brusttasche in einer Metallkapsel die Papiere verborgen waren, die den Militärs, in deren Hände er fiel, verrieten, daß der Maquis sich aus dem Tal von Sort und den Tälern von Àssua, Ferrera, Cardós und Àneu zurückzog, um sich bei Figueres zu sammeln. Dieser Hinweis zeigte den Militärs, daß etwas im Gange war, was später als Große Operation bekannt werden würde, und daß es woanders heiß hergehen würde.

»Ja, hier ist Tina Bros. Die Flasche ist jetzt unterwegs. Rechne mal eine gute halbe Stunde.«

»Wie werden sie sie aus dem Wasser fischen? Hej, Tina! Wie holen sie sie raus?«

»Mit einem Schmetterlingsnetz«, sagte Pep Pujol, der alles wußte.

Sie fischten ihn mit einem Eispickel heraus, dem mit dem langen Griff, denn er war nahe genug ans Ufer geschwemmt worden. Sie drehten ihn auf den Rücken, um zu sehen, ob sie ihn kannten, dann blickten sie einander an.

»Den kenn ich nicht. Von hier ist der nicht.«

»Mausetot ist der.«

»Wir sollten die Guardia Civil rufen.«

»Da kriegen wir bloß Scherereien. Am Ende wollen sie noch wissen …«

»Wir können ihn doch nicht so hier rumliegen lassen.«

»Warum nicht? Kannst du ihn vielleicht wieder lebendig machen?« Er stieß seinen Gefährten mit dem Ellbogen an und bedeutete ihm, ihm zum Karren zu folgen: »Auf, los jetzt, bevor uns noch jemand sieht.«

Zweifelnd und ängstlich schob der Jüngere von beiden mit dem Eispickel Morrots toten Körper in die Strömung zurück, damit er seinem Weg folgen und von einer Patrouille der Guardia Civil von Ribera gefunden werden konnte, was sein eigentliches Ziel war. Der Junge kletterte auf den Karren, und die beiden Männer vermieden es, mit irgend jemandem über ihren makabren Fund zu sprechen, sogar mit ihren Frauen, denn in Zeiten wie diesen war es besser, den

Mund zu halten. Und tatsächlich fand ihn die Patrouille der Guardia Civil und zog ihn aus dem Wasser, die Polizisten durchsuchten ihn und fanden die Metallkapsel, die sie an Ort und Stelle öffneten, weil sie begierig darauf waren, sich vor ihren Vorgesetzten auszuzeichnen. Sie entfalteten das Papier, und der Kleinere von ihnen las eifrig so laut vor, daß alle ihn hören konnten, die Felsen, die Kiesel, die Barben und Forellen, Morrot und sein Polizeikollege.

»Hallo, Klassenkameraden aus der zweiten Klasse der Schule von Ribera de Montardit. Diese Flaschenpost beweist, daß wir, wenn wir dem Flußlauf nur weit genug folgen würden, bis ans Meer gelangen würden. Auf der Landkarte haben wir gesehen, daß wir dabei viele Dörfer wie Eures und einige Schleusen durchqueren müßten, daß wir bei Camarasa in den Segre und dann bei Mequinensa in den Ebro münden würden. Und dann direkt ins Meer. Nach Ostern machen wir eine dreitägige Klassenfahrt ins Ebrodelta. Und Ihr?«

Der dunkelhäutigere der beiden Polizisten verstaute das Papier wieder in der Metallkapsel, steckte diese in seine Manteltasche und murmelte: »Das sollte der Sergeant erfahren.«

Sein Kollege deutete auf den Ertrunkenen. »Was machen wir mit dem?«

»Wir sagen Bescheid, daß sie ihn abholen sollen.« Er klopfte auf die Metallkapsel: »Meine Entdeckung könnte sehr wichtig sein.«

»Den Toten habe ich entdeckt.«

»Das werde ich im Bericht vermerken«, sagte er großzügig. Und einen Moment lang erlaubte er sich zu träumen, daß an seiner Uniform die verdienten Korporalsterne glänzten.

»Miño, Duero, Tajo, Guadiana, Guadalquivir, Ebro, Júcar und Segura.«

»Sehr gut. Jetzt du, Helena. Welcher Fluß ist das?«

»Der Guadiana.«

»Sehr gut. Und der hier, Jaume?«

»Der Tajo.«

»Und warum ist die Noguera nicht dabei?« fragte jemand von hinten.

»Oder der Pamano«, warf Jaume Serrallac ein.

»Das ist ein kleiner Fluß.«

»Mein Vater sagt, die Noguera ist größer als der Miño, der Júcar oder der Segura.«

»Dein Vater hat recht.«

»Nein, hat er nicht. Der Pamano ist wichtiger, da kann man fischen.«

»Wo ist die Noguera?«

»Hier. Seht mal, dies ist der Segre. Und das hier ist die Noguera. Hier liegt Torena.«

»Darf ich mal gucken?«

Ungeachtet des Grauens sind die Schulstunden so etwas wie eine Insel fern aller Gefahren, ungeachtet der Fotos von Franco und José Antonio, der allgegenwärtigen Landkarte von Spanien, des finsteren Blicks von Senyor Valentí, der, wie mir scheint, öfter denn je an der Schule vorbeigeht, als wollte er mich aus der Nähe überwachen, als wüßte er genau, was ich an dem Tag getan habe, als er seine Zuckerpuppe ausführte. Es heißt sogar, es solle noch ein Lehrer kommen, um mich bei der Arbeit zu unterstützen. Es tut mir in der Seele weh, daß die Ventura-Mädchen nicht in die Schule zurückgekommen sind. Ich kann nicht zur Ventura gehen und ihr sagen, ich war ein Feigling, als sie deinen Sohn getötet haben, aber ich versuche, es wiedergutzumachen, und wenn du das nicht glaubst, frag deinen Mann, den du nie siehst, weil er sich im Wald versteckt. Zum Glück sehen die Kinder mich ohne Haß an. Vielleicht haben einige von ihnen Angst, wie Jaume, ein Junge, der es mit einer vernünftigen Schulbildung weit bringen kann, der Sohn von Serrallac dem Steinmetzen, einem einsamen, verträumten Anarchisten, der unbegreiflicherweise in Senyor Valentís Racheplänen nicht auftaucht. Weißt Du was, meine Tochter? Heute habe ich geholfen, etwas vorzubereiten, von dem ich noch nicht weiß, was es ist, das ich aber erfahren werde, wenn es soweit ist. Heute nacht habe ich nicht geschlafen, weil wir mit einem Trupp ins Tal gezogen sind, um unterhalb von Rialb einen Toten mit falschen Informationen ins Wasser zu werfen. Ich kann mich nur schwer an die Selbstbeherrschung der Männer gewöhnen, die ich in letzter Zeit kennengelernt habe. Der Anführer der Truppe war der Bruder des Toten, der »Morrot« genannt wurde, obwohl die Brüder Galicier sind. Er ist am Wundbrand gestorben, und in keinem Augenblick habe ich eine Träne im Auge seines Bruders gesehen. Er hat nicht einmal gezögert, als wir den Leichnam in den eiskalten Fluß geworfen und gebetet haben – jeder auf seine Weise –, daß er gefunden wird, in Sort oder weiter unten, und daß der rohe Umgang mit dem Leichnam dieses Kämpfers nicht vergebens war. Auf dem Rückweg zur Basis hat der Trupp den ganzen Tag auf dem Dachboden der Schule gewartet, bis es dunkel genug war, um weiterzuziehen. Es bereitet mir eine tiefe Angst, zwei, drei oder bis zu zwanzig Männer oben auf dem Dachboden zu wissen, während ich den Kindern erkläre, was ein qualifizierendes Adjektiv ist. Und noch mehr angst macht es mir, Valentí Targa oder seine Männer zu sehen, wie sie durchs Dorf streifen oder von weitem zum Fenster des Klassenzimmers herübersehen, als ahnten sie etwas von meinem doppelten Spiel. Weißt Du, ich schreibe, um mir die Angst zu vertreiben, um nicht vor Sorge zu vergehen: Wichtiger als mein Leben zu retten ist mir, Dir alles berichten zu können, was ich tue, so daß Du es verstehen kannst, wenn Du einmal größer bist. Ich hoffe, daß Du niemals einen Krieg erleben wirst, mein Kind. Nun ja. Wenn ich noch einmal auf die Welt komme, möchte ich Schriftsteller oder Maler sein. Wenn ich male oder schreibe, fühle ich mich lebendig.

Vor kurzem hatte ich für zehn Nächte eine jüdische Familie hier, die aus Lyon geflohen war. Sie hatten einen sehr braven Hund dabei, der Achille heißt und den ich in Aquil·les umgetauft habe. Es waren stille, höfliche, schweigende Menschen. Alle vier waren am Ende ihrer Kräfte. Der Weg durch die Berge ist beschwerlich für einen vierzigjährigen Rechtsanwalt, der nie körperliche Arbeit verrichtet hat, oder für eine Hausfrau Mitte Dreißig, vor allem aber für die beiden Kinder. Sie hatten Glück, daß der Führer, der sie hier abholen sollte, verspätet war, so konnten sie sich wenigstens erholen. Unsere Führer sind einheimische Schmuggler, die die Berge besser kennen als ihr Schlafzimmer. Die meisten von ihnen haben ihr Handwerk am Paß von Salau erlernt. Entweder sind es Einheimische oder Franzosen, aber alle sind aus dem gleichen Holz geschnitzt: mürrisch, maulfaul, mit wachem Blick, nicht alt und nicht jung, unglaublich zäh, immer auf das Geld bedacht, das sie verdienen, wenn sie einen Flieger oder zwei bezopfte jüdische Mädchen über die Grenze bringen, und bereit, gegebenenfalls ihr Leben aufs Spiel zu setzen. Ja, sie riskieren ihr Leben, aber ich traue ihnen nicht ganz, denn schließlich sind sie Schmuggler. Wer sich hier über die Dorfgrenzen hinaus im Gebirge auskennt, ist ein Schmuggler.

Die beiden Kinder. Ich war beeindruckt von der Disziplin der beiden Kleinen. Es waren zwei Jungen von sechs und sieben, Yves und Fabrice, die einzigen Namen, die man mir nannte außer dem Namen des Hundes. Ihre Augen waren immer weit aufgerissen, vor Angst oder Erstaunen, denn es muß ihnen schwergefallen sein, zu verstehen, daß ein Unhold sie töten und fressen wollte wie im Märchen. Aber Aquil·les schien zu verstehen, was auf dem Spiel stand, denn er hielt den ganzen Tag still, lauschte und sah mir zu, wenn ich auf den Dachboden hinaufstieg, um ihnen das Essen zu bringen, und mit ihren Fäkalien wieder herunterkam. Obwohl er ständig Wache zu halten schien, bellte er niemals, ja knurrte nicht einmal. Er hatte begriffen, daß ich zu ihnen gehörte. Kann ein Hund verstehen, daß es Menschen gibt, die schlimmer sind als wilde Tiere, und daß er die Seinen beschützen mußte? Jedenfalls wußte Aquil·les genau, daß das Leben der Kinder davon abhing, daß er still blieb. In der zweiten Nacht wurden Aquil·les und ich gute Freunde: Die ganze Familie schlief, und er und ich durchstreiften die Schule, sahen aus dem Fenster und vertrauten uns einander an. Ich erzählte ihm von Dir, und er wedelte mit dem Schwanz. Ich sagte ihm, Du hättest noch keinen Namen, und er wedelte noch heftiger, als wüßte er sehr wohl, wie Du heißt. Er leckte mir die Hände und das Gesicht, als hätte er mich verstanden. Nach ein paar Tagen angespannten Wartens nahm ein neuer Führer, mürrisch und schweigsam wie die anderen, sie über La Pobla mit nach Barcelona. Von dort aus wollten sie weiter nach Portugal, ein Weg, der körperlich nicht so anstrengend, aber genauso gefährlich war. Als die Gruppe in der kalten Nacht verschwand, warf mir Aquil·les einen Blick zu, den ich bis heute nicht vergessen habe. Fabrice und Yves küßten mich wortlos. Ihr Vater, der immer traurig aussah, wollte mir seine Uhr als Belohnung geben, der Arme. Mein Lohn, liebste Tochter, ist der Stolz, zur Rettung einer ganzen Familie beigetragen zu haben. Ich werde versuchen, den Hund zu malen, damit Du ihn Dir vorstellen kannst, wenn Du diese Zeilen liest. Ich liebe Dich, mein Kind. Sag Deiner Mutter, daß ich auch sie liebe. Wie sehr wünsche ich mir, das alles wäre vorüber und ich könnte zu euch kommen, auf die Knie fallen und Dir erzählen, wie alles war! Und wenn das nicht sein kann, bleiben wenigstens diese Hefte, der längste Brief, den Dir jemals jemand geschr

Tina starrte erstaunt auf dieses abrupte Ende. Wie eine sorgfältige Wissenschaftlerin tippte sie ab »der längste Brief, den dir jemals jemand geschr«. Sie war erschöpft. Während sie das Abgetippte ausdruckte, versuchte sie, sich Rosa vorzustellen, die im Brief kaum vorkam und die den Mut gehabt hatte, sich aufzulehnen. Sie hatte kein Foto von ihr, kannte nur ein augen- und lippenloses Gesicht am Ende dieser Hefte. Und die tiefe Verachtung, die aus der kurzen Notiz sprach, in der sie ihrem Mann mitteilte, er sei nicht länger ihr Mann und er werde ihre Tochter nie zu sehen bekommen. Sie malte sich aus, wie diese Verachtung ausgesehen haben mochte, wie sie geklungen hatte, und verglich sie mit der Verachtung, die sie jetzt für Jordi empfand.

»Juri Andrejewitsch, verschwinde, geh mir nicht auf die Nerven.«

Auf dem letzten Blatt stand, fein säuberlich auf dem Laserdrucker ausgedruckt: Und wenn das nicht sein kann, bleiben wenigstens diese Hefte, der längste Brief, den dir jemals jemand geschr

Oriol war gerade dabei, diese Zeilen zu schreiben – es war Abend, und er saß allein an seinem Schreibpult –, als plötzlich die Tür aufging und der Lockenkopf eintrat, ohne um Erlaubnis zu fragen, wie er es von den Führern der Falange gelernt hatte, die den Raum eroberten, der ihnen nach göttlichem Recht zustand, und sagte: »Senyor Valentí sagt, Sie sollen sofort ins Rathaus kommen.« Oriol schob den unterbrochenen Brief zwischen die Hefte der Schüler und dachte, wie unvorsichtig es von ihm war, sein Leben und das der Maquisards in Reichweite des Feindes aufzubewahren.

Befehl ist Befehl, und Oriol mußte unter den spöttischen Blicken des lockenköpfigen Falangisten die Schule abschließen, die Jacke überziehen und zum Rathaus gehen, ohne das Heft hinter der Tafel verstecken zu können. Jetzt wird er mir gleich sagen, wir ermitteln schon seit zehn Tagen und haben herausgefunden, daß du der Schweinehund bist, der nicht richtig zielen kann.

»Wir ermitteln schon seit zehn Tagen in einem Fall«, sagte Valentí, kaum daß Oriol das Büro betreten hatte. Oriol schwieg, und seine Seele zog sich vor Angst zusammen. Senyor Valentí zeigte auf die Staffelei, die in der Ecke stand und mit einem farbfleckigen Tuch abgedeckt war. »Heute habe ich einen Augenblick Zeit«, fuhr er fort, ohne zu fragen, ob er Zeit oder Lust hatte.

Es war ihre erste Sitzung nach dem gescheiterten Attentat. Es war das erste Mal, daß er mit Valentí allein war, seit die Zuckerpuppe ihm in die Augen gesehen hatte, während er – wie er glaubte – dem Bürgermeister von Torena einen Genickschuß versetzte. Valentí nahm mit militärischer Disziplin die richtige Pose ein, und Oriol war anfangs unruhig und fand nicht den richtigen Braunton für den Tisch.

»Was für ein Fall?« hörte er sich fragen. »Was untersuchen Sie denn?«

»Alles mögliche«, sagte Valentí. Er drehte sich eine Zigarette, ohne um Erlaubnis zu fragen. »Kennst du einen gewissen Eliot?«

»Nein.« Er deutete auf die Zigarette: »Nehmen Sie sie bitte aus dem Mund.«

Valentí tat einen Zug und legte die Zigarette gehorsam in den Aschenbecher. Eine hypnotische Rauchspirale schlängelte sich zur dunklen Decke des Büros empor.

»Du bist neugierig, was?«

»Ich?«

Er mußte tief Luft holen, denn das Herz schlug ihm bis zum Hals.

Sie wissen nichts. Kaum zu glauben, aber sie wissen nicht, daß ich es war. Zehn Tage lang hatte er gezittert und gebangt; er war in den Dienst des Maquis getreten, unter dem strikten Befehl, nicht zu fliehen, weil Valentí und seine Männer angeblich nichts wußten. Anscheinend stimmte es: Sie hatten keine Ahnung. Leutnant Marcó hatte recht.

Er malte die Vorderseite des Tisches, damit seine Hand ruhiger wurde und sich an die Pinselstriche gewöhnte. Als er sich ein wenig gefaßt hatte, nahm er einen anderen Pinsel und machte sich an die Augenbrauen. Sie waren buschig, schon leicht ergraut und gingen beinahe nahtlos ineinander über.

»Soll ich dir ein Geheimnis verraten?«

Jetzt war sein Herz kurz davor, aus der Brust zu springen.

»Nicht bewegen, bitte«, sagte er.

»Ich weiß etwas, was die in der Kommandantur noch nicht wissen.«

Valentí Targa war glücklich, wenn er Neuigkeiten verkünden durfte. Das war Macht in Reinform, Information gegen Unwissenheit, Wahrheit gegen Chaos. Er nahm die Zigarette und hielt sie Oriols Anweisungen entgegen in der Hand, mit der er auf Oriol deutete.

»Willst du es wissen?«

Oriol sagte weder ja noch nein. Sagte er ja, erzählen Sie schon, könnte soviel Eifer den anderen mißtrauisch stimmen. Sagte er, ich will nichts davon wissen, könnte das ebenfalls verdächtig erscheinen, denn wer will kein Geheimnis erfahren, noch dazu in diesen schwierigen Zeiten? Und so machte er eine Handbewegung, die alles und nichts bedeuten konnte, lächelte flüchtig und tat, als müßte er sich auf die Augenbrauen konzentrieren. Valentí konnte nicht mehr an sich halten: »Der Maquis zieht sich aus der Gegend zurück.« Er musterte Oriol scharf, um sich nicht die kleinste Regung entgehen zu lassen.

»Und woher wissen Sie das?« Er widmete sich wieder der Leinwand, um deutlich zu machen, daß ihn die Geschichte nur mäßig interessierte. Außerdem wollte er Valentís Blick nicht standhalten müssen.

»Das ist geheim«, erklärte dieser zufrieden. »Aber ich weiß es aus sicherer Quelle.«

Der Maquis zieht sich aus der Gegend zurück. Adieu, Freund Morrot, den ich nicht lebend kennengelernt habe. Aber Valentí sagte nicht, »Neulich wollte mich übrigens jemand kaltmachen, und das warst du«, und nicht: »Du Saukerl, vor zehn Tagen wolltest du mich mit einem Genickschuß erledigen. Im Restaurant Estació de Vilanova.« Statt dessen erzählte er ihm, die beiden Polizisten seien ihm auf seinem Rückweg von La Pobla rein zufällig über den Weg gelaufen und hätten ihm einen Bericht über ein sehr wichtiges Ereignis ausgehändigt, »und Oberst Salcedo, der meint, daß er hier oben das Sagen hat, wird schon sehen, daß die aus Tremp kommen und ihm erklären, was hier läuft. Er ist eine Flasche, meint, er könnte mir was über Patriotismus erzählen und mir Scherereien machen, wenn der arme Yuste nicht da ist, der sich noch von dem Ärger erholen muß.«

Beide schwiegen eine Zeitlang. Valentí rauchte seine Zigarette zu Ende und zermalmte sie im Aschenbecher. Vielleicht dachte er dabei an Oberst Salcedo.

»Ach, und noch was: Morgen kommst du mit zum Abendessen mit den Kameraden aus dem Bezirk. In voller Uniform.«

Er dachte einen Augenblick nach, dann sah er ihn an: »Das kriegst du unmöglich bis morgen fertig, oder?«

»Das Bild?«

Oriol breitete die Hände aus, um zu zeigen, daß er es ehrlich meinte: »Nicht einmal, wenn wir die ganze Nacht hier säßen und ich morgen nicht zur Schule ginge.«

»Du kannst dir freinehmen. Ich erlaube es dir.«

»Aber nicht einmal so würden wir fertig werden. Und die Qualität würde darunter leiden.«

»Das auf keinen Fall.« Er überlegte eine Weile und schüttelte dann den Kopf: »Schade.«

»Sie wollen stellvertretender Provinzchef der Falange werden.«

War er zu weit gegangen? Vielleicht nicht. Senyor Valentís Blick, verborgen hinter dichten Schwaden abgestandenen Rauchs, machte ihm angst. Jetzt wird er mir sagen, du Saukerl, vor zehn Tagen und so weiter.

»Du bist clever. Woher weißt du das?«

»Ich habe es mir zusammengereimt.«

»Wenn du mir hilfst, mache ich dich zu meinem persönlichen Sekretär, ich schwör's.«

Spielt er mit mir?

»Das wäre mir eine Ehre, Senyor Valentí. Und wie kann ich Ihnen helfen?«

»Zunächst mal könntest du den Papierkram für mich erledigen, du kannst gut schreiben, und ich kriege das, ehrlich gesagt, nicht hin. Es gibt Papiere im Rathaus, die ...«

»Eine Hilfskraft im Rathaus.«

»Genau. Bis wir einen Gemeindesekretär haben.«

Oriol schwieg. Was hätte er auch sagen können.

»Ich zahle dir was drauf.« Damit war für Valentí alles beschlossene Sache. »Und außerdem kannst du mir einen Bericht schreiben über ... Warte mal, weißt du was? Für heute haben wir genug gemalt. Jetzt sage ich dir, was du für mich tun kannst ...«

Und so verfaßte ich eine Lobrede. Ich hätte sie auch geschrieben, wenn ich nicht das Glück gehabt hätte, zum Maquis zu stoßen, dann aber aus Furcht, während ich jetzt wußte, daß ich damit dem Freiheitskampf einen Dienst erwies. Es war ein peinlicher Bericht darüber, was für ein Glück es war, daß Targa für Ordnung in dieser Gegend sorgte, die unter den Aktionen des Maquis schwer gelitten hatte und deren Bewohner ungebildete Leute waren, verdorben von den Ideen, die ihnen Anarchisten und Kommunisten in der Zeit des Chaos in den Kopf gesetzt hatten. Und so weiter. Vor allem aber hieß es, zum Glück haben wir Señor Targa, der entschlossen das Vaterland verteidigt. Wer das las, konnte auf die Idee kommen, eines Tages könne Senyor Valentí Targa, der Mörder von Torena, heiliggesprochen werden. Der Bericht schloß mit den Worten, möge Valentín Targa Sau, dieser vorzügliche Patriot, lange leben. Viva Franco. Arriba España.

Ein doppeltes Spiel ist wie eine beidseitig geschliffene Klinge. Wenn du nicht aufpaßt, schneidest du dich. Ich habe solche Angst, mein Kind.

28

Es hatte wieder zu schneien begonnen, und Tina Bros streichelte Doktor Schiwago, während sie den Flocken zusah, die träge herabsanken und das Dorf einhüllten. Den ganzen Nachmittag lang hatte sie in verschiedenen Krankenhäusern angerufen, freundlich, aber entschlossen gesagt, sie schreibe an einer Doktorarbeit über die vierziger Jahre, hatte dreist gelogen, wie Jordi es tat, Namen fallenlassen und Leuten versprochen, sie aus Dank für ihre unschätzbare Hilfe in der Doktorarbeit namentlich zu erwähnen. Schließlich hatte sie aufgegeben, weil sie einsehen mußte, daß sie nicht einen Schritt weitergekommen war und daß es absurd war, seine Nase in etwas stecken zu wollen, was längst als unerschütterliche geschichtliche Wahrheit galt. Sie klappte ihr Notizbuch mit den hastig und unleserlich hingekritzelten Aufzeichnungen zu und starrte geistesabwesend aus dem Fenster auf den Schnee, der alles in andächtiger Stille weiß färbte. Vor ihr lagen die hundert geordneten Fotos für das Buch über die Häuser, Straßen und Friedhöfe des Pallars. Die Dokumentation war lückenlos und fast abgeschlossen, aber in Gedanken war sie bei den Heften von Oriol Fontelles, die voller weißer Flecken waren, voller Fragezeichen. Wo kann ich seine Tochter finden, die weder für ihren Vater noch für mich einen Namen hat? Sie setzte Juri auf den Boden, nahm das Notizbuch und verließ entschlossen das Arbeitszimmer. Es war das erste Mal seit Arnaus Weggang, daß sie sein Zimmer betrat, um sich dort umzusehen. Alles war ordentlich aufgeräumt, als wäre er übers Wochenende ins Zeltlager gefahren; alles lag an seinem Platz, wie kommt es nur, daß unser Sohn ein Leben lebt, von dem wir nichts geahnt haben.

Sie setzte sich auf Arnaus Stuhl. Ein ordentlicher, leerer

Tisch, alles war getan, nichts war unerledigt. Sie zog eine Schublade auf. Dinge, Erinnerungen, der Füllfederhalter, den Jordi und sie ihm zum zehnten Geburtstag geschenkt hatten. Buntstifte, Reißzwecken, du fehlst mir, Arnau, mein Junge. Als sie die untere Schublade öffnete, tat ihr Herz einen Sprung, denn sie konnte es nicht fassen. Und sie akzeptierte es auch nicht.

Sie nahm das Album heraus und legte es auf den Tisch. Das Fotoalbum, das sie ihm am Abend vor seiner Flucht ins Kloster geschenkt hatte, mit Fotos von ihm, seinem Vater und ihr, als wir alle noch aufrichtig und glücklich waren, Fotos aus verschiedenen Epochen, über die er sich sehr gefreut hatte, du hast es mir gesagt, ich erinnere mich noch genau daran, danke für die Fotos, Mutter, ich habe mich sehr darüber gefreut. Das hast du gesagt, und jetzt stellt sich heraus, daß du sie in der dritten Schreibtischschublade in diesem Zimmer hast liegenlassen, in das du nie wieder zurückkehren willst, weil du dich lieber für den Rest deines Lebens zwischen hohen, kalten Klostermauern verkriechen willst. Wie schade, mein Sohn, wie jammerschade.

Sie sah sich die Fotos noch einmal an, eines nach dem anderen, und fragte sich, ob sie ihm nicht gefallen hatten, daß er sie so hatte liegenlassen, aber sie fand nichts, was ihr weitergeholfen hätte. Doktor Schiwago kam herein, sprang aufs Bett und sah sie an.

»Was hältst du davon, Juri Andrejewitsch?« Sie zeigte ihm das Album. »Er hat es nicht mitnehmen wollen.«

»Vielleicht wollte er nichts mitnehmen, was in ihm Heimweh hätte wecken können«, antwortete Doktor Schiwago und leckte sich die Pfote.

Da begann Tina zu begreifen, daß Arnau auch den Erinnerungen an das Leben entsagt hatte, das er für sein neues Leben aufgegeben hatte. Du Schuft, dachte sie: Wenn du auf das Album verzichtest, heißt das, daß du auch auf mich verzichtest. Warum bist du so grausam? Sie dachte daran, daß der grausame Jesus gesagt hatte, folge mir und laß die Toten ihre Toten begraben und wer Vater oder Mutter mehr liebt als mich, der ist meiner nicht wert. Das war das Gegenteil dessen, was sie mit Oriol Fontelles' Aufzeichnungen und der vagen Spur Rosas tat, was sie dazu trieb, das Krankenhaus zu suchen, in dem Oriols Frau achtundfünfzig Jahre zuvor gestorben war. Ich bin vielleicht nicht besonders schlau, ich habe vier Kilo zuviel auf den Rippen und bin nicht sehr gebildet, aber ich versuche, nicht so grausam zu sein wie du, Gott der Klöster, der du unsere Kinder zu Menschenfischern machst, ohne die Mütter um ihre Meinung zu fragen. Nun gut, sechs Kilo.

Sie schloß das Album und legte es in die Schublade zurück, dann schob sie diese so leise zu, als müßte sie heimlich zu Werke gehen. Plötzlich fiel ihr Blick auf Arnaus Terminkalender, der in einer Ecke des Tisches lag. Sogar deinen Kalender läßt du zurück, mein Sohn? So tief muß der Schnitt gehen? Sie schlug ihn ohne seine Erlaubnis auf, etwas, was sie nie zuvor gewagt hatte. Die letzte Woche, die letzten Tage: Montag, Mireia, in großen Buchstaben und unterstrichen, quer über die ganze Seite hinweg. Mireia. Lleida. Wer ist Mireia? Wer ist dieses Mädchen, dem es nicht gelungen ist, dich den Klauen der Mönche zu entreißen? Mireia, ich möchte dich gerne kennenlernen, damit du mir etwas über meinen Sohn erzählst. Sicher kennst du ihn besser als ich. Hast du ihn geliebt? Habt ihr miteinander geschlafen? Hat mein Sohn jemals mit jemandem geschlafen? Ich kann ihn das nicht mehr fragen. Als er vielleicht zehn Jahre alt war, haben wir ihm auf einem Ausflug ins Vall Ferrera erklärt, wozu ihm der Penis dienen würde, wenn er einmal größer wäre, und da hat er gesagt, also, ich werde mal viele Kinder haben, das steht fest. Und wir hatten gerade erst ein paar Tage zuvor beschlossen, daß wir kein weiteres Kind haben wollten, nur Arnau. Mireia. Lleida. Ein ganzer Tag für den Abschied von Mireia. Sie muß in seinem Leben eine wichtige Rolle gespielt haben. Dienstag, Ramon und Elias, um vier. Cervera, Basisgemeinde. Mittwoch, der sechzehnte: Basisplattform, nachmittags

Gemeinde Tremp. Abends: Abschied Eltern, Abendessen. Für die Eltern ein Abendessen. Jeder hatte es gewußt bis auf die Eltern, die erfahren es immer zuletzt. Für die Eltern war nur ein Abendessen geplant. Für Ramon und Elias ein Nachmittag. Für Mireia ein ganzer Tag. Weiß jeder, daß Jordi mich betrügt? Wußte das jeder außer mir? Bin ich die letzte, die es erfahren hat? Und bei Donnerstag, siebzehnter Januar zweitausendzwei, stand in energischem, beinahe ekstatischem Schriftzug unter neun Uhr morgens: Eintritt ins Kloster. Taktvoll, wie er war, hatte er kein Ausrufezeichen dahinter gesetzt. Alles war so genau geplant, daß danach keine Eintragung mehr folgte, der Kalender war fast leer. Oder doch, im April: dreißigster April, Mutters Geburtstag. Ja, das hatte er aufgeschrieben, aber er hatte den Kalender liegenlassen. Traurig klappte sie ihn zu. Sie legte ihn wieder an die alte Stelle zurück, als müßte sie darauf achten, daß Arnau bei seiner Rückkehr nach einem ganzen Leben nicht bemerkte, daß sie in seinen Geheimnissen gewühlt hatte. Sie dachte, wozu braucht er im Kloster einen Kalender, wenn Matutin, Laudes, Prim, Terz, Sext, Non, Vesper und Komplet immer zur gleichen Zeit gebetet werden. Armer Junge, sein Leben lang wird er darauf hören, wann es zu Matutin, Laudes, Prim, Terz, Sext, Non, Vesper und Komplet schlägt, und denken, er sei glücklich.

29

Es war eine außergewöhnlich schwierige Nacht gewesen: Am Abend, als sich ein scharfer, unangenehmer Wind erhob, der die Hänge des Montsent in Rauheis hüllte, kam die Fracht an, die er seit zwei Tagen erwartet hatte: ein Mann mit verängstigtem Blick und zitternden Händen, eine stille Frau in Oriols Alter, die sich mit ihrem Schicksal als Flüchtling abgefunden zu haben schien, und zwei bezopfte Mädchen, bleich vor Erschöpfung. Nicht noch eine Familie, dachte er. Glücklicherweise hatten sie keinen Hund dabei. Der Führer, ein Mann aus Son, flüsterte mir ins Ohr: »Laß sie einen ganzen Tag lang schlafen, sie können nicht mehr.«

»Woher kommen sie?«

»Aus Holland. Ich schlafe auch hier.«

»Dies ist keine gute Nacht, um Leute zu beherbergen.«

»Es gibt keine guten Nächte. Aber ich kann auch nicht mehr.«

Ich mußte sie die Treppe zum Dachboden hinaufschieben, denn just in diesem vermaledeiten Augenblick tauchte Valentí Targa mit zweien seiner Männer auf. Das ist meine größte Furcht: daß gerade unerwünschte Lauscher im Klassenzimmer sind, wenn auf dem Dachboden jemand niest oder einfach durchdreht, denn Grund genug zum Durchdrehen gibt es. Später erzählte mir die Holländerin ihre Geschichte: Auch sie waren Juden. Sie war die Mutter der beiden Kinder, der Mann war ein Mathematiker, den die Alliierten in vierzehn Tagen in Lissabon haben wollten. Sie kannte ihn nicht und haßte ihn, weil er ihrem Mann den Platz weggenommen hatte. Dieser hatte in Maastricht zurückbleiben müssen und wartete nun auf einen neuen Transport. Und sie erzählte mir, daß die beiden Mädchen gelernt hatten, zu schweigen und ihre Angst hinunterzuschlucken. Sie erinnerten mich an Yves und Fabrice, sie hatten die gleichen von stiller Angst erfüllten Augen. Die Mutter berichtete weiter, daß die Kinder gelernt hatten, nicht darüber zu reden, wie ihre Großeltern verschwunden waren, als eines Nachts die SS Haarlem durchkämmt und schreiend drei ganze Züge gefüllt hatte: Es war die einzige Möglichkeit, den Horror zu überleben. Aber die Frau litt, weil die Seelen der Kinder zuletzt krank werden würden vom Schweigen und sie nicht wußte, was sie tun sollte. Und ich wußte nicht, was ich ihr sagen konnte, der armen Frau, aber ich verstand, daß es immer Menschen gibt, denen es vermutlich noch schlechter geht als einem selbst.

Ich glaube, Valentí Targa schöpft allmählich Verdacht. Warum sonst hätte er ausgerechnet an diesem Abend in die Schule kommen sollen, um die Papiere abzuholen, die er mit nach Lleida nehmen wollte, um dort – wie er mir weismachen wollte – über die Asphaltierung der Straße nach Sort zu reden? Warum hatte er mich nicht ins Rathaus zitiert? Mir schien, als sähe er die Papiere absichtlich ganz besonders langsam durch. Zwischendurch hielt er immer wieder inne, als hoffe er, vom Dachboden das unkontrollierte Hüsteln eines bezopften jüdischen Mädchens zu hören. Als er gegangen war, tat ich so, als wollte ich in dem Zimmer, das ich mir in der Schule eingerichtet habe, zu Bett gehen, löschte alle Lichter und wartete eine lange halbe Stunde. Dann brachte ich ihnen im Dunkeln den Kerosinherd hinauf und kochte ihnen eine stärkende Suppe. Seit zwölf Tagen hatten sie nichts Warmes gegessen. Und ich hatte seit ein paar Wochen wenig geschlafen. Es war der Krieg, meine Tochter. Der Führer sagte mir, daß diese holländische Gruppe nicht über Montgarri und die Ebene von Beret oder den Paß von Salau gekommen war, sondern über Andorra. Sie hatten einen seltsamen Zickzackkurs durch das Tal von Tor und Vall Ferrera hinter sich. Nun wirst Du Dich fragen, was sie bei mir in Torena zu suchen hatten; der Grund dafür ist sehr einfach und dramatisch: Es gibt im ganzen Pallars keinen anderen sicheren Ort, weil niemand in seiner Unterstützung so weit gehen will. Die Schule von Torena ist das einzige sichere Lager für die Fracht: Die Menschen in diesen Tälern und Bergen haben Angst, beinahe so große Angst wie ich.

Tina hob das Heft näher an ihre Augen und legte es dann wieder auf das Pult. Sie nahm die Brille ab und rieb sich die Augen. Die saubere, aber winzige Schrift war schwer zu entziffern. Auf dem Bildschirm des Computers, in zwölf Punkt Helvetica, ließen sich Oriols Ängste bequemer lesen. Tina fragte sich, ob diese stummen, bezopften Mädchen nach Lissabon gelangt waren oder ob das Schicksal sie auf halbem Wege ereilt hatte. Was aus Fabrice und Yves geworden war, wußte sie, aber von den bezopften Mädchen wußte sie nichts. Vor achtundfünfzig Jahren waren die holländischen jüdischen Mädchen Kinder mit angsterfüllten Augen gewesen und hatten auf dem Dachboden der Schule von Torena, die vor einem Monat abgerissen worden war, eine heiße Suppe gegessen. Wie gerne hätte ich ihnen … Wie gerne hätte ich mehr mit Arnau gesprochen, etwas über seine Träume erfahren. Wie gerne würde ich mich vor dem Arztbesuch am Donnerstag drücken. Wie sehr wünsche ich mir, Jordi hätte mich nie belogen. Mein Gott, was habe ich in den letzten vierzig Jahren meines Lebens bloß falsch gemacht?

Es war ein trüber Morgen. Alles war trübe, angefangen bei dieser vermaledeiten Uniform – »Ich hab doch gesagt, sie muß blitzsauber sein!«

Das Drama des Bürgermeisters von Torena war, daß sein Haus nicht in Torena stand, sondern in Altron, wo der Rest seiner Familie lebte, die aber von ihm nichts wissen wollte, weil sie sich schon vor Jahren zerstritten hatten, damals, nach der Sache in Malavella. Ein Bürgermeister, der reich wurde, sehr reich, der aber kein verfluchtes Haus hatte, wo er sein müdes Haupt betten konnte, keine Frau, keine Kinder und kein Gemüsegärtchen, weil ich mich nicht mal in Casa Gravat, wo ich der persönliche Goel bin, blicken lassen darf. Als wäre ich ansteckend. Als wäre ihnen die Arbeit, die ich für das Vaterland leiste, unangenehm. Da hab ich Geld wie Heu und muß doch mit meinen Männern im Gasthof von Marés wohnen; allein beim Gedanken daran wird mir schon übel. Wenn meine Arbeit als Goel erledigt ist, werde ich mir drüben bei Arbessé ein Haus bauen, das aufs Dorf hinuntersieht, so daß ich es immer im Auge habe, und dann werde ich mich ans Fenster stellen und auf Torena pissen, ich schwör's. »Hab ich nicht gesagt, diese vermaledeite Uniform muß blitzsauber sein?« fuhr er die Tochter des Gastwirts an.

»Meine Mutter hat mir nichts gesagt von …«

»Was deine Mutter sagt …« Er atmete zweimal durch, um sich zu beruhigen: »Was deine Mutter sagt, ist ja schön und gut, aber ich sage auch etwas. Und ich bezahle dafür, daß ich hier wohne.«

Der Gastwirt Modest, der an der Bar stand und den Bürgermeister fluchen hörte, murmelte: »Wenn er wenigstens zahlen würde …«

»Was ist los?«

»Nichts, Mutter, Senyor Valentí …«

»Ich wasche es Ihnen sofort.«

»Spar dir die Mühe. Eigentlich kannst du das Hemd gleich wegwerfen, ich bin spät dran und scheiße auf euch alle. Auf alle, ihr taugt alle nichts.«

»Wenn der Herr Bürgermeister für sein Zimmer zahlen würde … dann hätte er vielleicht ein Recht drauf, hier rumzuschreien …«

Stille. An der Bar schlug Modest im Geiste die Hände über dem Kopf zusammen und schrie, bist du denn übergeschnappt, Maria, willst du uns alle ins Unglück stürzen?

»Was willst du damit sagen, Maria?«

»Daß Sie immer noch nichts für Ihr Zimmer bezahlt haben. Und Sie sind schon seit drei Jahren hier.«

»Meine Männer zahlen.«

»Ich rede von Ihnen.«

Es ist schon ein Jammer, daß ein Kriegsheld, ausgezeichnet mit dem Großkreuz am roten Band für militärische Verdienste (zwei Schrapnellsplitter im Hintern an der Front von Aragonien, drei Tage vor dem Einmarsch in Tremp), geachtet von den anständigen Bürgern, Orts- und Bezirkschef der Falange, geistiger Schüler von Claudio Asín, persönlicher Freund des zu Unrecht aus diesem Gebiet abgezogenen General Sagardía, Bekannter von General Yuste (dem schwachen Nachfolger des tatkräftigen Sagardía), Intimfeind von Oberst Salcedo, unter Umständen – wenn ich es geschickt anstelle – zukünftiger stellvertretender Provinzchef des Movimiento, Besitzer zweier Läden in Barcelona und einer spektakulären Zuckerpuppe, die ab und zu mal in Barcelona auf ihn wartete, wo er immer noch einige Geschäfte ausstehen hatte, jemand mit einem Haufen Geld, daß so jemand nur zwei beschissene blaue Uniformhemden hatte, Verzeihung: zwei glorreiche blaue Uniformhemden. Es gab einfach nicht mehr, denn noch herrschte Kriegswirtschaft, und die khakifarbenen Hemden waren wichtiger als die blauen Hemden, und er hatte zwar gleich sechs oder sieben angefordert, aber nein. Und wenn man dann noch mit lauter Deppen unter einem Dach lebt …

Mit schweren, hallenden Schritten ging er die Treppe zur Bar hinunter, wo Modest so tat, als wäre er eifrig mit Spülen beschäftigt. Grußlos verließ Senyor Valentí Casa Marés, in Zivil, die Mütze auf dem Kopf, die Hände in den Taschen seines hellen Gabardinemantels und den Kopf voller schwarzer Gedanken, denn vor ihm lag ein harter Tag. Er sagte Gómez Pié und Balansó, sie bräuchten nicht mitzukommen, keine Angst, die Gegend, in die ich fahre, ist sicher. In Wirklichkeit wollte er nicht, daß jemand Zeuge seiner möglichen Demütigung würde, denn das Gespräch mit Oberst Ramallo Pezón versprach hart zu werden, und ich weiß, wovon ich rede, denn mir kann keiner was über die Liebe zu Spanien erzählen, nach allem, was ich fürs Vaterland getan habe und so weiter. »Ich tue nämlich alles aus Liebe zum Vaterland und zum Caudillo, um die Verräter zu finden, die sich hier in den Bergen rumtreiben, und die Drecksnester feindlicher Soldaten auszuheben, die die Pyrenäen verseuchen.«

Während Targa sprach, sah er sich im Büro um, das ebenso makellos war wie der Oberst. An der Längswand hingen der Generalísimo und der Märtyrer José Antonio, daneben eine Karte der östlichen Pyrenäen im Maßstab 1:50.000. Und die Luft war vom Gestank der miserablen Zigarillos dieses Idioten Ramallo Pezón erfüllt, der schwieg und schwieg und ihn reden ließ. Argwöhnisch betrachtete er den schweigenden Oberst, der sich gedankenverloren über die millimetergenau geschnittenen Koteletten strich. Schließlich blickte Ramallo Pezón aus dem Fenster und warf dann einen müden Blick auf Valentí Targa.

»In den Pyrenäen gibt es keine feindlichen Soldaten«, stellte er klar. Der Zigarillo stank im Aschenbecher vor sich hin. »Wir sind nicht im Krieg. Es gibt nur Banditen.«

»Genau, wie ich gesagt habe, Oberst. Aber diese Banden kennen die Gegend, weil sie Leute haben, die von hier kommen, die Verräter. Schmuggler, Hirten, Bauern.« Unbeherrscht schlug er auf den Tisch: »Und ich weiß, wer sie sind!« Jetzt klopfte er sich an die Brust wie ein reuiger Sünder: »Ich komme von dort! Ich bin dort geboren! Ich kenne sie alle!«

»Man kann die Dinge nicht einfach so erledigen.« Oberst Ramallo Pezón sprach ruhig, um sich gegen die Ungeduld seines Gegenübers durchzusetzen. »Wie Sie verstehen werden, ist mir völlig gleichgültig, was Sie tun und was Sie lassen. Zweifellos haben sich diese Individuen das eine oder andere zuschulden kommen lassen. Aber inzwischen sollten gewisse Formen doch gewahrt werden.«

»In meinem eigenen Dorf, wo ich der Bürgermeister bin, kann ich mich nicht ohne Eskorte auf die Straße wagen!«

»Der Dienst am Vaterland ist hart.«

»Ich kann die Verräter ausschalten.«

»Darum kümmert sich schon die Armee.« Er nahm den

Zigarillo und sagte, bevor er einen Zug tat: »Die Falange … sollte ihren Stil ändern.«

»Sie haben überhaupt nicht zu entscheiden, was die Falange zu tun hat!«

»Und Sie haben die Befehle des Heeres nicht in Frage zu stellen.«

»Ich bin ein persönlicher Freund von General Sagardía.«

Der Oberst sah ihn abwesend an. Er zog am Zigarillo und blies Targa den Rauch ins Gesicht, für den Fall, daß dieser noch nicht verstanden hatte. Der Bürgermeister von Torena fuhr im gleichen Tonfall fort: »Ich bin ein persönlicher Freund von General Yuste.«

»Ist das eine Drohung?«

»Nein: Das ist Ihr Vorgesetzter.«

Tina lehnte sich in ihrem Stuhl zurück. Auf dem Computergehäuse hatte sich Doktor Schiwago elegant in der Wärme ausgestreckt, die das Gerät ausstrahlte, und starrte gleichgültig an die Wand eine Handbreit vor seiner Nase. Fast beneidete sie ihn. Sie setzte die Brille auf, schrieb »Arnau« auf einen Klebezettel und klebte ihn an den Rand des Bildschirms. »Arnau« in Bleistift auf gelbem Grund bedeutet, im Kloster anrufen und einen Unbekannten, der mir aber mit öliger Stimme versichert, wir seien ja so gut wie verwandt, anflehen, mit meinem Sohn sprechen zu dürfen, der tatsächlich mit mir verwandt ist. Mein Sohn, den ich geboren habe. »Es tut mir leid, Senyora, sie dürfen gerade nicht gestört werden.« Ja, ich habe ihn geboren, aber jetzt ist es fast unmöglich, ihn ans Telefon zu bekommen, um ihm zu sagen, daß eine NGO aus Chile angerufen hat, »ich weiß auch nicht, was sie wollen, anscheinend hättest du dich vor zwei Monaten bei ihnen melden sollen und hast es nicht getan, und nun wollten sie mal hören, was los ist.«

»Aber Mutter, ich … Egal, gib mir einfach die Telefonnummer.«

»Wie geht es dir, Arnau?« Das war der eigentliche Grund für ihren Anruf.

»Gut, Mutter, danke. Und euch?«

Dein Vater betrügt mich mit einer Frau, die ich nicht kenne, ich muß zum Arzt, mein Sohn hat mich verlassen, aber sonst ist alles bestens.

»Sag schon, Mutter, wie geht es euch?«

»Gut, Arnau.«

»Gib Vater einen Kuß von mir.«

Unmöglich, ich küsse ihn nicht mehr. Unmöglich, mein Sohn. Verlang das nicht von mir.

»In Ordnung, mach ich. Bist du glücklich?«

Als sie endlich wagte, die Frage zu stellen, hatte Arnau schon aufgelegt. Anscheinend hatte er es schrecklich eilig, zu dem Blumenbeet zurückzukehren, das er gerade bepflanzte, oder mit verklärtem Blick weiterzusingen rorate coeli desuper et nubes pluant iustum, denn all das war natürlich wichtiger, als mit der eigenen Mutter zu sprechen. Ich glaube, ich werde langsam bitter.

Also tippte sie weiter ab, von der Zeile an, in der Oriol erklärte, daß jedermann Angst hatte in den Tälern der Noguera, wo der Maquis und die Armee nahe waren und einem beim geringsten Vergehen kurzer Prozeß drohte. Am nächsten Morgen, als Senyor Valentí schon auf dem Weg nach Lleida war und ich den Größeren das direkte Objekt erklärte, kam Cassià aus der Familie von Ignasis Maria vorbei, den Taio manchmal die Post austragen ließ, weil er es nicht ertrug, daß Cassià den ganzen Tag mit offenem Mund in die Wolken starrte. Er hatte einen Umschlag für mich, der ganz anders aussah als die wenigen Briefe, die ich normalerweise bekam. Ich riß ihn vor der ganzen Klasse auf und las unzählige Male die merkwürdige Nachricht, die eher ein Befehl war: Ich wurde ohne Umschweife aufgefordert, mich eine Stunde nach Schulschluß in einem Gasthof im Tal von Cardós einzufinden, wo ich weitere Instruktionen erhalten würde. Mir erschien es seltsam, ja gewagt, mir eine solche Aufforderung per Post zukommen zu lassen. Aber das Malheur war nun einmal geschehen. Ich überlegte, ob ich dem Befehl Folge leisten sollte oder nicht, noch dazu an einem Tag, an dem wir alle – sie alle – ihr gesamtes Augenmerk auf Lleida richten mußten, an einem Tag, an dem er sich besonders unauffällig verhalten mußte, damit niemand, wirklich niemand auf die Idee kam, daß er zehn Tage zuvor die Information weitergegeben hatte, am 23. März 1944, am Tag des heiligen Josep Oriol, werde Targa allein nach Lleida fahren, weil ihn seine zivilen und militärischen Vorgesetzten wegen seiner Exzesse zur Rede stellen wollten. Ich würde die Hand dafür ins Feuer legen, daß er allein fährt, weil sie ihm ordentlich den Kopf waschen werden. Das war eine gute Nachricht, und sie rief Leutnant Marcós Leute auf den Plan. Und anschließend wird er sich mit irgendeinem Militär treffen, der ihn deckt. Ich weiß nicht, wo, irgendwo auf dem Heimweg. Und nun kamen sie ihm mit diesem absurden Befehl, sich im Gasthof einzufinden.

Schließlich siegte mein Pflichtgefühl, und nachdem ich am Nachmittag die Schule abgeschlossen hatte, fuhr ich mit Pere Serrallac in seinem Lastwagen nach Sort hinunter. Dieser Mann weicht mir aus, um mir klarzumachen, daß er einen opportunistischen Falangisten wie mich verachtet; trotzdem ist der Steinmetz so gutmütig, daß er es nicht übers Herz brachte, mich stehenzulassen, und mich bis Ribera mitnahm, so daß ich nur eine halbe Stunde laufen mußte. Die ganze Fahrt über mußte ich an mich halten, um ihm nicht zuzurufen, nein, ich bin nicht der, für den du mich hältst. Am liebsten würde ich es in die Welt hinausschreien. Mein Stolz ist schon am Boden. Um mich zu beruhigen, sprach ich mit ihm über seinen Sohn und versicherte ihm, Jaumet sei ein helles Köpfchen, ein guter Leser und sensibel.

»Wir haben Bücher zu Hause.«

»Das merkt man. Schicken Sie ihn nach Tremp auf die höhere Schule.«

»Das kann ich mir nicht leisten, das ist zu teuer.«

»Dann stecken Sie ihn ins Priesterseminar.«

»Nie im Leben. Entschuldigen Sie, Senyor Oriol, aber ...«

»Nein, nein, ich verstehe schon … Aber dort bekommt er eine kostenlose Ausbildung. Und später kann er dann immer noch austreten.«

»Und wenn er Geschmack dran findet?«

Serrallac schüttelte ablehnend den Kopf und warf die Zigarettenkippe aus dem Lastwagenfenster.

»Wir Bauern werden immer Bauern bleiben«, sagte er abschließend.

»Sie sind kein Bauer.«

»Und ob. Ich pflüge Steine.«

Er sah zur Seite, aus dem Fenster, um klarzustellen, daß es genug war, daß er derjenige war, der über die Zukunft seines Sohnes entschied, mochte ich auch noch so sehr der Lehrer sein. Wir sprachen nichts weiter, bis wir in Ribera ankamen.

Während Oriol auf der Landstraße voranschritt, hörte er noch eine ganze Weile lang das asthmatische Schnaufen des Lastwagens, der die schmale, kurvenreiche Straße nach Estaon eingeschlagen hatte.

Die Umrisse des schäbigen Gasthofs von Ainet verschwammen schon in der Dämmerung. Oriol folgte den Anweisungen des Briefes: Er solle hineingehen und unauffällig nach der Fünfzehn fragen.

»Wer, sagen Sie?«

»Die Fünfzehn.«

Der Pensionswirt überreichte ihm wortlos einen Schlüssel und zog sich zurück. Oriol las die Nummer auf dem Metallschildchen: fünfzehn. Wahrscheinlich ging es die dunkle Treppe hinauf. Ja. Nummer fünfzehn. Er wollte gerade an die Tür klopfen, als ihm einfiel, daß er ja einen Schlüssel hatte. Er steckte ihn ins Schloß und drehte ihn um. Das erste, was er wahrnahm, war der Duft. Das Parfüm. Quietschend schwang die Tür auf. Er hatte halb erwartet, Leutnant Marcó zu sehen, obwohl der mit seinen Männern eigentlich woanders sein sollte, doch nun stockte ihm der Atem, und sein Herz begann zu rasen. Elisenda Vilabrú, die am Fenster gesessen hatte, trat auf ihn zu und sagte ernst: »Ich bin sicher, ich bin die erste, die dir zum Namenstag gratuliert.« Dann lächelte sie zaghaft.

Als er aus dem Militärverwaltungsgebäude trat, traf er einen Bewunderer – die erste angenehme Überraschung des Tages. Mit Kamerad Cartellà hatte er während des siegreichen Vormarschs durch Aragonien Glanz und Gefahr durchlebt, und gemeinsam war ihnen die Ehre zuteil geworden, unter den ersten Soldaten zu sein, die auf der Jagd nach den sowjetischen separatistischen Horden in Katalonien einrückten. Als erste hatten sie die Einwohner der eroberten Dörfer gezwungen, sie mit ausgestrecktem Arm zu begrüßen, Vivaspaña und Arribaspaña zu sagen und sie freudig als die Verteidiger des Vaterlandes zu umarmen, die siegreichen Soldaten der Glorreichen Nationalen Armee General Francos. Cartellà und er grüßten einander erfreut mit ausgestrecktem Arm und knallenden Hacken, er in Zivil (diese dämlichen Dienstmädchen bei Marés, blöde Schlampen) und Kamerad Cartellà in vollständiger, tadelloser Uniform. Vielleicht wurden sie in Hauptstadtnähe besser ausgestattet als in den Bergen.

Unter dem Sonnensegel des Café Sendo tauschten die beiden Falangisten, aus der Ferne beobachtet von zwei unruhigen Augenpaaren, die neuesten Nachrichten aus, und Targa schärfte seinem Kameraden ein, nie zu vergessen, daß es in der Armee und in der Regierung Leute gab, die den wahren Patrioten das Leben schwermachten.

»Nein!«

»Doch. Militärs.«

»Laß dich nicht beirren. Wir Kameraden aus der Provinz bewundern dich.«

Vielleicht würde es doch nicht so schwer sein, stellvertretender Provinzchef des Movimiento zu werden.

»Glaubst du?«

»Natürlich! Schließlich lebst du direkt an der Grenze und hast dieses Dorf voller Hurensöhne ganz gut im Griff.»

»Ja, aber ein verdammter Oberst verübelt mir das. Ich werde wohl mal mit Sagardía reden müssen, oder mit Yuste.«

Cartellà riß Mund und Augen auf. »Du kennst sie?«

»Wir sind Freunde. Soll ich dich mit Yuste bekannt machen? Was hast du heute vor?«

Elisenda ging zur Tür und schloß sie. Die Brillantohrringe zu beiden Seiten ihres Gesichts funkelten. Oriol stand steif und ratlos da. Einen verrückten Augenblick lang dachte er, Elisenda gehöre zum Maquis. Dann stand sie vor ihm und sagte, »Danke, daß du gekommen bist«, und fast hätte er erwidert: »Ich dachte, es sei ein Treffen mit Leutnant Marcó und ...« Sie nahm seine beiden Hände.

»Lieber Oriol, ich weiß, daß du allein bist, seit deine Frau ... Nun, du mußt dich sehr einsam fühlen, und ich will dir helfen, weil ich mich dafür verantwortlich fühle.«

»Ich wüßte nicht, wie du das bewerkstelligen willst.« Oriol war unruhig, auf der Hut.

Er dachte, ich wollte sie sowieso zur Rede stellen, sie hat gesagt, Ventureta würde nichts geschehen, und mit einer solchen Frau will ich nichts zu schaffen haben. Als hätte sie seine Gedanken erraten, stellte sie sich auf die Zehenspitzen und küßte ihn auf die Lippen. Der Kuß nahm ihm den Atem, seine Zweifel und Erinnerungen. Es kann doch gar nicht sein, daß eine solche Frau sich für einen Mann wie mich interessiert, der ...

Sie interessierte sich so sehr für ihn, daß sie ihre Lippen auf die seinen gepreßt hielt, bis er völlig atemlos war. Dann sah sie ihm in die Augen, strich ihm mit der Hand übers Gesicht und dachte bei sich, ein ehrlicher Mann, ein gebildeter Mann, ein schöner Mann. Ich werde ihn nie wieder gehen lassen.

»Gefalle ich dir?«

»Sehr. Aber ...«

»Ich wußte es. Als du mich gemalt hast, habe ich es schon gewußt.«

»Aber du ... ich meine, du bist verheiratet und ...«

»Du auch. Warum bist mir in letzter Zeit ausgewichen?«

»Ach, nur so.«

»Warum? Oriol, sieh mich an.«

Oriol zögerte, dann brach es aus ihm heraus: »Das weißt du doch. Ich glaube, du hättest mehr tun können, um den Tod von …«

Sie schnitt ihm das Wort ab: »Valentí Targa hat mich hintergangen. Er hat mir geschworen, er wolle die Leute nur erschrecken, und dem Jungen werde nichts geschehen.«

»Und du hast ihm geglaubt.«

»Als ich zurückkam, war schon alles passiert.«

»Warum hast du ihn dann nicht angezeigt?»

»Warum hast du es nicht getan?«

Sie verstummten. Ihre Begegnung drohte in einem Fiasko zu enden, aber diese Worte mußten gesagt werden, bevor sie sich einander hingeben konnten. Elisenda legte ihm die Hände auf die Schultern und sah ihm in die Augen. Oriol lächelte, und sie erwiderte sein Lächeln und sagte ruhig, mit der natürlichen Autorität, die von ihr ausging: »Nun, da wir uns gefunden haben, werde ich nicht zulassen, daß irgend jemand zwischen uns kommt.«

Sie trat einen Schritt zurück, dann fuhr sie fort: »Laß uns offen reden: Du gefällst mir, ich gefalle dir, und niemand soll unsere Liebe zerstören. Einverstanden?«

»Einverstanden.«

»Und niemand darf davon erfahren, am allerwenigsten Bibiana.«

Sie schlug ihm ein Abkommen vor, einen Verhaltenskodex. Klopfenden Herzens stimmte er zu. Sie sagte: »Kein Anwalt meines Mannes darf mich jemals wegen … nun ja, wegen Ehebruchs verklagen können. Niemand darf etwas von uns erfahren. Das ist meine Bedingung.«

»Die Situation ist ein wenig …«

»Ich mag dich. Magst du mich?«

»Sehr. Ganz und gar.«

»Dann gibt es keine Situation. Sollte es tatsächlich Schwierigkeiten mit meinem Mann geben, so ist das eben mein Problem und nicht deines, einverstanden?«

»Ich bin überrascht.«

»Hättest du meinen Brief richtig gelesen, dann hättest du gewußt, was dich hier erwartet.«

»Ich dachte … ach, ist egal.«

Er trat einen Schritt auf sie zu, hob ihr Kinn an, mit einer Vertrautheit, die er sich nie erträumt hätte, und schloß die Augen, um sich am Nardenduft zu berauschen. Er wollte nicht länger an die Gefahr denken, nicht an Rosa und nicht an Ventureta.

»Du hast mir vom ersten Augenblick an gefallen.«

»Du mir auch.»

»Aber das hier … das ist Wahnsinn.«

»Ich werde mich um alles kümmern.«

»Ich weiß nicht, ob du das kannst. Ich weiß nur, daß ich dich so lange betrachtet habe, daß du mir nicht mehr aus dem Sinn gehst. Wenn ich die Augen schließe, sehe ich dich vor mir sitzen, den Hals leicht geneigt, mit vorgereckter Brust. Deine Hände streichen zärtlich über das Buch, und deine Augen …«

Endlich ein Mann, der sie die Welt mit anderen Augen sehen ließ, für den sie sich vielleicht sogar in ihr Schicksal fügen konnte. Endlich ein Mann, an dessen Brust sie sich lehnen konnte.

»Du bist ein Dichter. Ich liebe dich, Oriol.«

»Um ehrlich zu sein, fühle ich mich von diesem galicischen Tintenfischfresser von Oberst bedroht«, sagte Valentí und beobachtete verstohlen die Wirkung seiner Worte auf Cartellà. »Und außerdem behauptet er, es gäbe keinen Maquis.«

»Du meinst, der Maquis ist noch hier in Spanien?« fragte Cartellà überrascht.

Weder Valentí Targa noch General Yustes Adjutant würdigten ihn einer Antwort. Schweigend ließen sie sich einige Kilometer von den Schlaglöchern durchrütteln. Kamerad Cartellà saß den anderen beiden gegenüber, mit unbewegter

Miene, aber tief beeindruckt von dem vertrauten Umgang des Adjutanten mit seinem Freund Targa. Schließlich sagte Valentí: »Es kommt mir vor wie Verrat, daß diejenigen, die auf unserer Seite stehen …«

»Wie heißt er, hast du gesagt?«

»Faustino Ramallo Pezón. Artillerieoberst beim Korps der Militärregierung von Lleida. Neunundfünfzig und eine hoffnungslose Schwuchtel. Den gesamten Glorreichen Kreuzzug hat er hinter dem Schreibtisch verbracht. Der hat seinen Arsch nicht hingehalten. Und seit drei Monaten hat er den Posten in Lleida.«

»General Yuste wird ein Wörtchen mit ihm reden, das verspreche ich dir.«

Cartellàs stumme Bewunderung wuchs.

»Danke, Kommandant. Und richte dem General aus, daß er nächsten Freitag zu einer Veranstaltung der Falange in Sort eingeladen ist. Du auch, Cartellà.«

Soeben hatten sie die Salinen von Gerri hinter sich gelassen, als der Wagen am Ortsausgang scharf bremste. An der Abzweigung nach Peramea stand eine Militärkontrolle.

»Wer hat befohlen, hier einen Kontrollpunkt zu errichten?« Die Frage des Kommandanten richtete sich an niemand Bestimmten. Zum Chauffeur sagte er: »Langsam. Mal sehen, was sie wollen.«

Er ließ die Scheibe herab, damit der Hauptmann, den er nicht kannte, sein Gesicht sehen konnte.

»Was ist los?« fragte er ungeduldig.

Cartellà sah zu Valentí Targa hinüber und zwinkerte ihm zu.

»In Sort hat es eine Explosion gegeben.«

»Warum wurde ich nicht informiert? Wo ist der General?«

»Steigen Sie bitte aus.«

»Was? Warum fragen Sie nicht nach der Parole?«

Drei Soldaten waren an die Seite des Hauptmanns getreten; einer öffnete die Wagentür.

»Das ist eine Falle«, konnte Valentí Targa noch sagen, da

dröhnten zwei Schüsse, und der Kopf des Fahrers sank sacht auf das Lenkrad, als hätte ihn mit einemmal eine unwiderstehliche Müdigkeit gepackt. Die andere Wagentür, auf die sie nicht geachtet hatten, wurde aufgerissen. Jemand schob eine schwarzglänzende Sten herein und feuerte das halbe Magazin auf den Falangisten Cartellà ab, während hinten ein anderer Mann das gleiche mit dem Adjutanten tat. Valentí Targas heller Gabardinemantel war so voller Blut, daß es aussah, als wäre er noch schwerer verletzt als die anderen. Er ließ den Mund offenstehen, stellte sich tot und hörte, wie der Hauptmann sagte: »Den haben wir durchlöchert wie ein Sieb. Verschwinden wir.«

Sie war diejenige, die die Initiative ergriff. Sie half ihm, sich auszuziehen; sie packte ihn am Arm und zog ihn zum Bett hinüber, wo zwei oder drei Wärmflaschen die klammen Bettücher wärmten. Ihre Berührung war leidenschaftlich, sehr leidenschaftlich ihrerseits; und er ließ sich von ihrer Leidenschaft anstecken, bis er schließlich die Erinnerung an Rosas vorwurfsvollen Blick und seine Angst abschüttelte, Valentí mit seinem straff gezogenen Scheitel könne, anstatt sich auf dem Weg nach Lleida endlich umbringen zu lassen, plötzlich krachend die Tür aufstoßen, sich mit dem Finger über den Schnurrbart streichen und sagen: »Sieh an, du Mistkerl, willst du immer noch leugnen, daß Elisenda eine Nutte ist? Du hast kein Recht, sie flachzulegen, denn zuerst bin ich dran, und außerdem gehörst du zum Maquis.« Dann würde er auf ihn schießen, nicht in den Kopf oder ins Herz, sondern dahin, wo es am meisten weh tat, zum Beispiel in die Hoden, und ruhig zusehen, wie er verblutete, wie ihm das Leben durch den erbarmungslos schmerzenden Einschuß davonrann.

»Mußt du nicht …«

»… vorsichtig sein?«

»Ja, ich weiß nicht …«

Sie nahm ihn in ihre Arme, er drang in sie ein, und es war eine unfaßbare Explosion der Lust.

Nach zwei Stunden entließ ihn Elisenda aus ihren Schenkeln und sagte ihm: »Das war nicht das letztemal, denn du bist der einzige für mich, der einzige im Dorf und in den ganzen Bergen. Bist du mit dem Motorrad da?«

»Nein. Der Steinmetz Serrallac hat mich mitgenommen. Mein Motorrad ist kaputt.«

Draußen auf der Landstraße wartete Elisenda Vilabrús schwarzer Wagen. Im Inneren saß ein dunkler Schatten. Elisenda, in ihren Pelzmantel gehüllt, gab ein Zeichen, und der Wagen kam lautlos näher. Sie öffnete die Beifahrertür und ließ Oriol einsteigen.

»Am Dorfeingang lassen wir dich raus.«

Elisenda ließ sich allein auf dem Rücksitz nieder. Oriol sah zum Chauffeur hinüber. Es war der schweigsame Narbengesichtige, Jacinto Mas, der ihn mit einem vorwurfsvollen Blick bedachte und wortlos anfuhr. Der Chauffeur warf einen raschen Blick in den Rückspiegel. Sehr gut, Jacinto, du machst das ausgezeichnet. Auf dem ganzen Weg bis nach Torena tat keiner von ihnen den Mund auf. Der Nardenduft hatte sich verflüchtigt, nicht aber in der Erinnerung Oriols und Jacintos.

Als Elisenda Vilabrú in Casa Gravat ankam, noch ganz erfüllt von der Liebe, spürte sie, daß etwas in der Luft lag. Sie weiß es, dachte sie. Allen Vorsichtsmaßnahmen zum Trotz weiß Bibiana Bescheid. Kaum hatte sie Bibiana, die ihr die Tür öffnete, in die Augen gesehen, war sie sicher. Und so erschrak sie, als sie ins Wohnzimmer trat und ihn dort stehen sah, umgeben von seinen Gorillas, denn damit hatte sie nicht gerechnet. Angesichts dieser rohen Männer verließ sie der Mut. Santiago hatte sie von ihrem eigenen Goel bespitzeln lassen! Um Zeit zu gewinnen, fragte sie: »Was ist los?«

Statt einer Antwort bückte sich Valentí und hob ein Kleiderbündel vom Boden auf. Er hielt es so hoch, daß sie es genau sehen konnte: blutige Lumpen, die einmal ein heller Gabardinemantel gewesen waren. Und ein Hemd. Widerlich.

»Was ist passiert?«

»Die wollten mich umbringen.«

»Mein Gott.« Was für eine Erleichterung. Wenn es weiter nichts war. Sie deutete auf die Kleidung: »Und das Blut?«

»Das stammt von anderen Helden, anderen Märtyrern.«

Valentí ruckte mit dem Kopf, und Balansó und Gómez Pié gingen hinaus. Einen Augenblick später hörte Elisenda die Haustür zuschlagen. Sie wurde langsam etwas ruhiger.

»Erzähl.«

»Nein, es ist ziemlich unappetitlich.«

»Was willst du dann?«

»Ich bin noch nicht fertig mit meiner Arbeit.«

»Es fehlt noch Josep Mauri.«

»Ja.«

Valentí ließ sich in den erstbesten Sessel fallen, ohne um Erlaubnis zu fragen, entgegen allen Regeln, die sie in Burgos aufgestellt hatte. Er war verstört, auch wenn er versuchte, es sich nicht anmerken zu lassen.

»Warum bist du hier?«

»Dir ist völlig gleich, ob ich ermordet werde.«

»Das stimmt nicht.« Sie zwang sich stehenzubleiben. »Was willst du?«

»Mehr Geld.«

»Noch mehr, als du jetzt schon bekommst?«

»Das Ganze wird mir langsam zu gefährlich. Gib mir mehr, oder ich blase die Sache ab.«

»Wie lange wirst du brauchen, um Josep Mauri zu finden?«

»Ich könnte den Deppen als Geisel nehmen, um Josep zu zwingen herzukommen. Cassià hat sie nicht alle.«

»Manchmal scheinst du wirklich ein Idiot zu sein«, schnitt sie ihm brüsk das Wort ab. »Und du hast mir immer noch nicht gesagt, was Ventureta mit der ganzen Sache zu tun hat.«

»Ich bin Bürgermeister, nicht nur dein Vollstrecker.«

Sie feilschten nicht lange, denn Elisenda wollte um jeden

Preis verhindern, daß ihr Goel mitten in der Arbeit aufhörte. Sie entlohnte ihm seine neue Angst großzügig, und als Valentí ging, war er mit seinem Schicksal versöhnt. Mehr als versöhnt: Er war begeistert, weil er viel mehr herausgeschlagen hatte, als er jemals zu hoffen gewagt hatte. Eloi Cartellà, berühmter Sohn Tàrregas, du hast mir einen großen Gefallen getan. Kamerad Cartellà, dich ehren wir.

Abends leerte er bei Marés mit dreien seiner Männer eine Flasche Anis, dann nahm er Modest beiseite und blätterte ihm ein Bündel fast neuer Geldscheine auf eine rissige Marmortischplatte, ohne nachzuzählen, um ihn seine Verachtung spüren zu lassen. Ein dickes Bündel. Dann ging er die Treppe zu seinem Zimmer hinauf, ohne zu sagen, »Hier hast du, was ich dir schulde«, oder, »Danke für die Geduld«, oder, »Ich scheiß auf eure Pfennigfuchserei«, oder, »Dank deiner Tochter, die mir das Hemd nicht gewaschen hat, bin ich noch am Leben«. Nicht einmal gute Nacht. Modest nahm die Geldscheine mit einer Mischung aus Erleichterung und Ekel an sich. Wenn er könnte, wie er wollte ...

Am nächsten Tag mußte Bürgermeister Targa Ermittler und Vorgesetzte empfangen, Totenwachen besuchen und seine Kameraden anhalten, weiterhin furchtlos aktiv zu sein. Am Abend war dann Porträtsitzung im Rathaus: Wenn sie ihn schon drankriegten, sollte wenigstens das Bild fertig sein.

»Siehst du?«

Er schwenkte die Zeitung und legte sie auf den Gemeinderatstisch. Oriol stellte den Pinsel im Terpentinglas ab. Er hatte die ständigen Unterbrechungen satt. Er las, daß das zweite Todesopfer bei diesem tragischen Verkehrsunfall Kamerad Eloi Cartellà aus Tàrrega gewesen war, der Ortschef der Falange, der im Unglückswagen gesessen hatte.

»Was ist passiert?«

»Es war kein Unfall. Das schreiben die nur, damit unter der Bevölkerung keine Panik ausbricht. Die sind hinter mir her, sie wollen mich kaltmachen.«

»Woher wissen Sie, daß die es auf Sie abgesehen hatten?«

»Die haben den armen Cartellà förmlich durchsiebt.«

»Dann waren sie vielleicht hinter ihm her.«

»Nicht mal Gott weiß, wer Cartellà ist.« Er griff nach der Zeitung und zog sie zu sich heran. »Ich hingegen … Nun ja, ich bin bekannt.«

»Aber sie haben die anderen beiden erschossen.«

»Cartellà haben sie umgelegt, weil er uniformiert war.«

»Aber er sieht Ihnen kein bißchen ähnlich!«

»Die, die geschossen haben, kannten mich nicht. Ich bin davongekommen, weil ich Zivil trug. Und sicher auch, weil ich mich totgestellt habe.«

Er sah Oriol Fontelles drohend an, als dulde er in dieser Frage keinerlei Widerspruch: Das Opfer war er, er allein.

Oriol nahm die Zeitung wieder an sich. Seine Augen brannten, sicher vom Schlafmangel. Er hörte Valentí sagen: »Das ist jetzt schon das zweite Mal innerhalb kurzer Zeit.«

»Das zweite Mal?«

Valentí Targa winkte ab, als wolle er nicht darüber reden. Oriol sah sich gezwungen nachzuhaken: »Was soll das heißen, das zweite Mal?«

»Je mehr die sich anstrengen, mich unter die Erde zu bringen«, verkündete Valentí, als wäre das die Antwort, »desto mehr Lust habe ich, diese Kollaborateure zu erledigen, einen nach dem anderen. Ohne Haß, ganz kalt und gerecht. Angefangen mit Ventura, denn der steckt dahinter, da bin ich mir sicher.«

»Mein Gott.«

Valentí verzog sein Gesicht zu einem Lächeln, das man für väterlich hätte halten können: »Da kriegst du Schiß, was?«

Stille. Nach einer Weile fuhr er fort: »Ventura führt seinen eigenen Krieg, als wäre es was Persönliches.«

»Woher wissen Sie das?«

»Vom deutschen Geheimdienst. Die haben dort ihre Leute eingeschleust. Aber es sieht so aus, als würde Ventura seine Befehle von einem gewissen Hauptmann Eliot erhalten.«

»Wer ist das?«

»Das wissen wir noch nicht.«

Oriol legte die Zeitung vor seinen Feind. Ihm war übel. Er zog sich hinter seine schützende Staffelei zurück.

»Warum sagen Sie, es ist schon das zweite Mal?«

Wohl aus Prahlerei – es war immer gut, vor einem so gebildeten Menschen wie dem Lehrer Fontelles als Held dazustehen – berichtete Valentí, daß genau an dem Tag, an dem er nach Barcelona gefahren war, um seine Zuckerpuppe zu besuchen – erinnerst du dich? – nun, genau an dem Tag…

»Und was ist passiert?«

Valentí war zu dem Schluß gelangt, es müsse jemand aus dem Dorf gewesen sein, jemand ohne besondere militärische Erfahrung, denn er hatte danebengeschossen, als es leichter gewesen war, ihn zu treffen als ihn zu verfehlen.

Plötzlich sprang er auf, holte die Pistole aus der Schublade, ging zur Staffelei hinüber, stellte sich hinter Oriol und zielte auf seinen Nacken.

»Von hier«, sagte er. »Kannst du dir vorstellen, wie jemand da nicht treffen kann?«

Oriol, der keine Kraft hatte zu fliehen, schloß die Augen und wartete auf den Gnadenschuß.

30

»Papst Julius II. hat also als Kommendatarabt von Montserrat den gotischen Kreuzgang finanziert, bevor er Papst wurde, als er noch Giuliano della Rovere war«, sagte er und stellte das Faltblatt an seinen Platz zurück. »Nun, auch Senyora Elisenda Vilabrú, verwitwete Vilabrú, ist bereit, jede erdenkliche Summe – Sie haben richtig gehört, jede erdenkliche Summe – zu zahlen, damit die Hochzeit am 24. April stattfinden kann.«

»Ich nehme an, Sie meinen April 1972.«

»Nein. 1971. Den 24. April 1971.«

»Sie sind verrückt. Das ist in sechs Monaten.«

»Das ist mehr als genug Zeit.«

»Der Tag ist bereits belegt.«

»Machen Sie ihn frei. Geben Sie mir die Anschrift der betreffenden Leute, und ich werde sie überzeugen. Ich möchte ab zwölf Uhr über die Räumlichkeiten verfügen können.«

»Hören Sie mal, so funktioniert das nicht. Ich habe Anweisung, die Reihenfolge der Anfragen strikt einzuhalten. Ohne Ausnahme.«

Rechtsanwalt Gasull sah den Angestellten der Agentur mitleidig an. Er schüttelte sorgenvoll den Kopf, steckte die Hand in die Tasche und zog ein Bündel nagelneuer Banknoten hervor.

»Das ist für Sie, nur dafür, daß Sie mir zuhören.«

»Was soll das heißen?« Gasulls Vorgehensweise erschreckte den Angestellten ein wenig, doch seine Augen blitzten beim Anblick des Bündels.

»Wenn Sie mir nicht nur zuhören, sondern dafür sorgen, daß in sechs Monaten, nämlich am 24. April 1971, die Hochzeit zwischen Senyor Marcel Vilabrú Vilabrú und Senyoreta

Mercedes Centelles-Anglesola Erill stattfinden kann, brauchen Sie vielleicht gar nicht mehr hier zu arbeiten.«

Der Angestellte der Agentur fühlte, wie sein Mund trokken wurde. Es war das erste Mal, daß ihm ein ordentliches Angebot unterbreitet wurde, seit er die Leitung der Agentur mit dem festen Vorsatz übernommen hatte, beim Thema Montserrat absolut unnachgiebig zu bleiben, denn jeder will dort heiraten – du verstehst schon. Er verstand sofort, denn er tat, was er konnte, und erhielt von Zeit zu Zeit bescheidene Dankesbeweise. Aber das hier hatte ein völlig anderes Kaliber.

»Ich verspreche Ihnen, mein Bestes zu tun.«

»Sie sollen nicht Ihr Bestes tun, Sie sollen es zustande bringen.«

Wieder schluckte er trocken. Er ließ das unbequeme Bündel in einer Schublade verschwinden und lächelte dem ungerührten Rechtsanwalt Gasull zu. Diesen Sommer geht's endlich nach Lanzarote, dachte er, noch immer überrascht von der Dicke des Bündels.

Niemand hatte bezweifelt, daß Marcel und Mertxe am 24. April 1971 um zwölf Uhr mittags, zwischen Sext und Non, am Hauptaltar des Klosters von Montserrat getraut würden. Die Braut war in luftiges Weiß gehüllt, und die Fotografen wußten nicht, welche der berühmten Persönlichkeiten unter den Gästen der Braut sowie des Bräutigams sie zuerst fotografieren sollten. Niemand dachte Matutina ligat Christum, qui crimina purgat; Prima replet sputis, dat causam Tertia mortis; Sexta cruci nectit; latus eius Nona bipertit; Vespera deponit, tumulo Completa reponit. Sie waren viel zu sehr damit beschäftigt, sich unauffällig umzusehen und sich zu merken, wer gekommen war, und freuten sich, weil nicht alle geladen waren.

Der Zivilgouverneur und Provinzchef des Movimiento war in Galauniform erschienen; seine Glatze und seine Hände schwitzten, denn unter den hochrangigen Gästen war er der einzige, dem dieser Fauxpas unterlaufen war. Die neue Devise lautete, den äußeren falangistischen Firlefanz zu meiden, denn an höchster Stelle ging man inzwischen davon aus, daß es besser sei, effektiv, aber unauffällig aufzutreten, Stellung zu beziehen, wo nötig, und im Namen Gottes und seines Werks behutsam, aber entschlossen vorzugehen. Nur an der Heldenbrust des Generals und der beiden Obersten prangten die wohlverdienten Medaillen. Besondere Erwähnung verdiente das prachtvolle Kleid der Braut, eine Schöpfung von Charo Rodríguez, vollständig aus doppelseitigem Satin mit einem gewagten geraden Dekolleté und einer der längsten Schleppen, die wir je gesehen haben. Ihren Hut schmückte ein hocheleganter Kranz aus weißen Wildblumen, deren Duft bis zu unserem Sonderkorrespondenten drang. Gekrönt wurde die beispiellose Kreation von Charo Rodríguez von dem außergewöhnlich eleganten, luftigen Schleier. In den Händen trug die Braut einen hübschen Strauß aus weißen und rosafarbenen Rosen und duftendem Jasmin, ein Werk von Mateu & Trias (von unserem Sonderberichterstatter).

»Die Ehe ist die wichtigste aller gesellschaftlichen Institutionen, Grundlage und Voraussetzung aller anderen; sie ist eine natürliche, soziale, religiöse und zivilrechtliche Einrichtung. Ich will hier nicht näher auf die Herkunft des lateinischen Begriffs für die Ehe eingehen, doch soviel sei gesagt: Das Wort ›Matrimonium‹ kommt von ›Matris munium‹ und verweist somit auf die Mühen der Mutter bei der Geburt, den theologischen Sinn und Zweck dieses Sakraments. Schon der heilige Thomas von Aquin hat die drei wichtigsten Zielsetzungen dieser Institution definiert: Fortpflanzung, Aufzucht des Nachwuchses und gegenseitige Hilfe, sowie die Voraussetzungen zum Erreichen dieser Ziele: Einheit, Fruchtbarkeit, Unauflöslichkeit, Religiosität und Rechtlichkeit.«

Bei diesen Worten dachte Senyora Elisenda an ihre Ehe mit Santiago und ihre Liebe zu Oriol, dem einzigen Mann, den sie für einzigartig gehalten hatte, und an ihre Beziehung zu Quique Esteve, dem Mistkerl. Beherrscht vergoß sie eine einzige Träne, mehr um ihretwillen als wegen des Brautpaars, das sich gerade das Jawort gab. Er, weil ihm nichts anderes übrigblieb, denn was Mamà entschied, war unumstößlich. Und die Braut ist wirklich eine Wucht, aber es ärgert mich, daß ich heiraten und mich so früh binden soll. Und Quique und alle anderen, die er in seiner letzten verzweifelten Woche als Junggeselle ins Vertrauen gezogen hatte, hatten nur gesagt, tja, irgendwann erwischt es jeden. Und Mertxe, weil sie wußte, daß sie in eine der reichsten Familien Spaniens einheiratete, deren Vermögen angeblich solider war als das der Spanischen Staatsbank, auch wenn das sicher übertrieben war. Marcel glaubte sein großes Geheimnis wohlgehütet, eines der wenigen, die er vor Mamà hatte verbergen können, nämlich die Tatsache, daß er bei all seiner Unwilligkeit hoffnungslos in Mertxe verliebt war. Die Verlobungszeit war rasch und reibungslos verlaufen, abgesehen von ein paar lächerlichen Krisen und ein paar wenigen Seitensprüngen Marcels. Beim Abschiedstreffen mit Lisa Monells hatten ihn sogar leichte Gewissensbisse geplagt, weil Mertxe das nicht verdient hatte. Aber er mußte das Kapitel abschließen, schließlich war er ein Kavalier. Und Lisa war einfach himmlisch im Bett. Und man sollte sich im Leben immer ein paar Türchen offenhalten. Und was Mertxe nicht weiß, macht sie nicht heiß. Ich ruf dich an, Lisa, versprochen.

»Wie bitte?«

»Sie müssen jetzt sagen: ›Ja, ich will‹.«

»Ja, Mamà.«

Siehst du, Liebster? Schon haben wir ihn verheiratet, und ich glaube, sehr gut verheiratet.

Auf dem offiziellen Hochzeitsfoto ist als Höhepunkt der prachtvollen Zeremonie zu sehen, wie der junge Vilabrú seiner Braut den Ring an den Finger steckt. Unserem Sonderberichterstatter zufolge war allseits spekuliert worden, die Trauung werde durch den Abt von Montserrat, den Bischof von La Seu oder Monsignore Escrivá de Balaguer vollzogen.

Es spricht für das uralte Geschlecht der Vilabrús, daß ihre Wahl zuletzt auf einen einfachen jungen Landpfarrer fiel, Hochwürden Fernando Rella, der trotz seiner Jugend ein brillanter, wenn auch vielleicht ein wenig langweiliger Theologe ist (die Predigt jedenfalls war zum Einschlafen). Er ist Pfarrer der Kirche von Sant Pere in Torena, dem idyllischen Pyrenäendorf, das heute der zivilisierten Welt ein Begriff ist, weil sich dort die großartigen Anlagen für den zunehmend beliebten Wintersport befinden. Alle Anwesenden begrüßten die sympathische Geste, den Pfarrer der bescheidenen Gemeinde des Dorfes zu wählen, aus dem diese berühmte Familie stammt.

Anschließend lud der Abt von Montserrat die Brautleute, die Mutter des Bräutigams und dessen Großonkel zu einem kleinen Empfang, von dem die Presse nichts erfuhr. Nachdem der Abt das Brautpaar gesegnet hatte, küßte er die runzlige, zitternde Hand Hochwürden August Vilabrús, der sich auf einen Stock aus Eichenholz und Elfenbein stützte und dem Abt im stillen für die Aufmerksamkeit dankte. Dann schickte Senyora Elisenda das Brautpaar hinaus, um an der lästigen, aber unvermeidlichen Fotositzung mit den Gästen teilzunehmen – sonst wird das hier am Ende noch zu spät. Schließlich blieben die drei allein zurück.

»Wie alt, haben Sie gesagt?«

»Dreiundneunzig, Hochwürdigster Vater.«

»Man kann sich nur wünschen, in diesem Alter noch so rüstig und wacker zu sein wie Sie.«

Das war eine fromme Lüge, denn der Abt wußte, daß Hochwürden Vilabrús letztes Werk, eine Abhandlung über die Anwendung von Differentialquotienten auf das Theorem endlicher Inkremente, Ende der fünfziger Jahre erschienen war und daß er seit einem leichten Schlaganfall vierzehn Jahre zuvor nicht mehr der Alte war. Seither konnte er sich nur noch mit Mühe auf sein Brevier und seine Gebete konzentrieren und sich bestenfalls mit den Eigenschaften von Primärzahlen auseinandersetzen. Allerdings wußte der Abt nicht, daß der Schlaganfall die Folge eines heftigen Streits mit seinem Liebling gewesen war, mit meinem Rohdiamanten, den ich zum Brillanten geschliffen habe, der aber – warum nur, o Herr (felix qui potuit rerum cognoscere causas) – zu einem jener Ringe geworden ist, hinter deren funkelndem Juwel sich ein tödliches, blitzschnell wirkendes Gift verbirgt. Ich habe sie in der Liebe zu Gott und der Heiligen Katholischen Kirche aufgezogen, in der Hingabe an die Spiritualität Pater Enric d'Ossós, dessen längst überfällige Seligsprechung ich wohl nicht mehr erleben werde, im Respekt vor dem großen Werk der göttlichen Schöpfung… Meine geistige Tochter, die Hoffnung meines Alters, die sich nicht der Mathematik widmen wollte und statt dessen alles daran gesetzt hat, ein Vermögen zu erwerben, die intelligenteste Frau, die ich je gesehen habe und die einen geradezu dämonischen Verstand entwickelt hat, hat mein Herz für immer verdüstert. Aber das wußte der Abt nicht. Und niemand wußte, daß Hochwürden Vilabrú in Kürze ein zweites Mal dieselbe Erfahrung machen sollte. Und so wedelte er auf die Wünsche des Abts nur abwehrend und vielsagend mit seiner freien Hand. Der Abt lächelte verständnislos, und Senyora Elisenda, die auf den richtigen Augenblick gewartet hatte, sagte mit ihrer sanftesten, einschmeichelndsten Stimme: »Mein Onkel möchte Sie an Ihr Versprechen erinnern, den Prozeß zur Seligsprechung des ehrwürdigen Oriol Fontelles voranzutreiben.«

»Ich möchte nicht…«

»Still, Onkel, Sie lassen den Abt ja gar nicht zu Wort kommen…« Sie beugte sich über den sitzenden Priester.

Hochwürden Augusts Herz begann zu rasen. Er hob einen schüchternen Finger, um sich gegen Elisenda zur Wehr zu setzen, doch der Abt nahm ihn nicht wahr. Und strenggenommen war auch diese stille Geste des Protests schon eine Sünde, und er wollte sich auf der Schwelle des Todes nicht schuldig machen, Informationen weiterzugeben, die er unter dem schrecklichen Siegel des Beichtgeheimnisses erhalten hatte. Sicherheitshalber ließ er den Finger wieder sinken.

»Das haben wir getan, meine Tochter.« Der Abt sah sie zufrieden an: »Noch vor Jahresende wird es einen neuen Prokurator in der Sache geben. Das hat mir der Bischof von La Seu versichert.«

Er zwinkerte Senyora Elisenda verschwörerisch zu, denn der Greis hatte, von seinen Skrupeln überwältigt, den Blick gesenkt.

»Sie sind müde, Hochwürden, nicht wahr?« fragte der Abt.

Er half dem alten Mann aus dem Stuhl auf, der eigens für ihn in die Mitte des Besucherkreuzgangs gestellt worden war, umarmte ihn freundschaftlich, gab der Dame flüchtig die Hand und beobachtete mit väterlichem Lächeln, wie die gebeugte Gestalt seines ehemaligen Lehrers, der ihn während seines fünfjährigen Aufenthalts in Rom mit den Freuden und Fallstricken der Trigonometrie und der Infinitesimalrechnung vertraut gemacht hatte, davonschlurfte, fürsorglich gestützt von seiner Nichte, einer wahrhaft eleganten Dame. Hochwürden August und Senyora Elisenda maßen die Entfernung – zehn langsame Schritte –, die sie vom unterwürfigen Lächeln des Bruders Pförtner am anderen Ende des Kreuzgangs trennte.

»Du mußt damit aufhören.«

»Nein. Oriols Andenken hat das verdient.«

»Du bist eine widerliche, schmutzige Dirne.«

»Wenn ich mich recht entsinne«, sagte sie tonlos, »zieht sich ein Beichtvater, der das Beichtgeheimnis direkt verletzt, die dem Apostolischen Stuhl vorbehaltene Exkommunikation zu.«

»Verflucht sollst du sein.«

»Artikel eintausenddreihundertachtundachtzig, Onkel. So ist es nun mal.«

»Der Lehrer war kein Heiliger. Er war nur dein Liebhaber.«

»Ein Kodex des Kanonischen Rechts, Onkel. Die Seligsprechung wird ihren Weg gehen.«

»Möchten Sie sich ein wenig ausruhen? Hochwürden? Senyora?«

»Nein danke, die Gäste erwarten uns schon.«

Hochwürden August weinte innerlich und hatte die Frage des Bruders Pförtner gar nicht gehört. Er zwang sich, den Kopf zu heben, und verzog gequält das Gesicht, was der Bruder Pförtner als Freude über die glückliche Vermählung deutete.

Als sie durch die Pforte aus dem Klosterbezirk heraustraten, war Hochwürden August vollends verwirrt vom Blitzlichtgewitter der Fotografen der Regenbogenpresse. Hinter der Presse stand eine Gruppe lachender Mädchen mit Rucksäcken, und als sie das ungleiche Paar die Treppe herunterkommen sahen, sagte ein Mädchen mit Zöpfen und bergwiesengrünen Augen: »Das ist sicher das Brautpaar«, und seine Freundinnen lachten noch lauter, in überschäumender Lebensfreude. »Jacinto, ich weiß nicht, was seit ein paar Tagen mit dir los ist: Muß ich jetzt warten, bis du dich bequemst, den Wagen vorzufahren?«

»Entschuldigen Sie, Senyora.«

Entschuldige, Elisenda, aber deine Augen sind im Zorn noch bezaubernder, als wenn Ruhe in ihnen herrscht.

Nach der festlichen Zeremonie, den Privataudienzen im kleinsten Kreis und der lästigen, aber unvermeidlichen Fotositzung trafen sich Honoratioren und Gäste in einem Luxushotel im Stadtzentrum wieder, wo das Fest zu jedermanns Vergnügen weiterging, einschließlich einer erneuten lästigen, aber unumgänglichen Fotositzung im Hotelgarten. Die Anzahl der Gäste war so groß, daß zwei Säle des namhaften Hotels für die Feier hergerichtet worden waren. Anläßlich der glänzenden Vermählung des Erben des Sportimperiums Vilabrú (Brusport, Brusport Sportanlagen, Skistation Tuca Negra S.A., Vilabrú Sportswear) mit Mertxe Centelles-Anglesola Erill, Tochter einer der bedeutendsten Familien aus der kleinen, aber feinen Welt der Aristokratie, waren High Society und alter Adel zusammengekommen. Mertxe ist eine von den Centelles-Anglesolas, die seitens der Anglesolas mit den Cardona-Anglesolas verwandt sind, und von den Erills de Sentmenat, denn Mertxes Mutter ist die Tochter von Eduardo Erill de Sentmenat, dem Besitzer von Maderas Africanas und Aufsichtsratsvorsitzenden der Banca de Ponent. Echter Adel, aber auch in echten Schwierigkeiten durch die Verluste von Maderas Africanas, wie aus den Augenringen von Senyor Félix Centelles-Anglesola ersichtlich war, dem Schwiegersohn Eduardo Erills de Sentmenat, der gerade vor einer Woche die letzten Besitzungen in Argentinien verkauft hatte, um den Forderungen der Gläubiger nachkommen zu können. Ja, an Senyora Elisenda Vilabrú. Nein, zu einem anständigen Preis, denn knauserig war Senyora Vilabrú nicht, das mußte man ihr lassen. Eine schnelle, diskrete Operation zur beiderseitigen Zufriedenheit. Sozusagen. Tatsächlich blieb der Besitz ja gewissermaßen in der Familie, denn sollte das glückliche Paar einen Sohn haben, so wäre dieser ein Vilabrú-Centelles-Anglesola Vilabrú Erill de Sentmenat, von den Vilabrú Cabestanys von den Vilabrú-Comelles und den Cabestany Roures und den Vilabrú Ramis von den Vilabrús aus Torena und den Ramis von Pilar Ramis aus Tírvia, dem Flittchen, besser, wir reden nicht davon aus Rücksicht auf den armen Anselm, und den Centelles-Anglesolas von den Cardona-Anglesolas und den Erills de Sentmenat von Eduardo Erill de Sentmenat, dem ehemaligen Aufsichtsratsvorsitzenden der Banca de Ponent und Besitzer der verdammten Maderas Africanas, zu dem ich schon vor zwanzig Jahren gesagt habe, Papà, das müssen wir verkaufen, bevor uns das Holz verfault, und er sagte, »Glaubst du?«, und jetzt haben wir alle die Verluste zu tragen. Und die dreisteste von allen ist diese Frau, ist steinreich, stinkt geradezu vor Geld, besitzt Ländereien überall auf der Welt und ist immer noch auf der Jagd nach neuen Kunden, stellt Basketballtrikots her, entwirft Fußbälle und vermehrt ihr Geld wie Heu, verdammt.

Noch dazu mußte Senyor Félix Centelles-Anglesola während des Spargels mit Seegurken (das kostet mich ein

Vermögen, hundert Peseten pro Seegurke, und die alte Vornehmtuerin verschmäht sie und hält sich lieber an den Dosenspargel) mit einem erstarrten Lächeln, das freundlich wirken sollte, die Prahlereien seines frischgebackenen Schwiegersohns ertragen, für die Tischtennisschläger bin ich persönlich verantwortlich, und mit Sankt Moritz sind wir in Verhandlung über ein paar hochinteressante Franchisingprojekte, sie haben da ein System, das sie Forfait nennen, ungeheuer praktisch, von Europa können wir eben noch eine Menge lernen, ja, das ist wirklich eine interessante Arbeit und so weiter und so fort. Einen Augenblick lang träumte er, Senyora Elisenda beuge sich zu ihm hinüber und sage: »Machen Sie sich keine Sorgen, Félix, ich übernehme das Bankett.« Für sie wäre das ein leichtes, aber nein, sie ist, wie sie ist, und würde nie den ersten Schritt tun, wenn ich nicht die Initiative ergreife. Und ich wage nicht mal, etwas in der Richtung anzudeuten.

»Ich glaube, dies ist nicht der richtige Augenblick, darüber zu reden.«

Quique (von den Esteves vom Lebensmittelgeschäft) lächelte und führte die hinreißende Nichte eines Militärs in den Ballsaal. Elisenda blieb wie angewurzelt stehen und beschloß, daß es Zeit war, dem Burschen den Laufpaß zu geben. Mit diesem Lächeln hatte er sich sein eigenes Grab geschaufelt, und das würde sie ihn so wissen lassen, daß er es für den Rest seines Lebens nicht vergaß.

Und so zitierte sie ihn am nächsten Tag, nach ihrer Rückkehr nach Torena, zu sich nach Hause. Sie wartete geduldig, bis Carmina zu Bett gegangen war, dann nahm sie ihn mit auf ihr Zimmer, ließ sich von ihm nach allen Regeln der Kunst bearbeiten, und als er nackt und ausgelaugt auf dem Bett lag und bei der Zigarette danach selbstvergessen über die Wechselfälle des Lebens nachdachte, vielleicht – nein, ganz sicher – auch an andere Frauen dachte, zog sie sich ein Kleid über und sagte von der Zimmertür aus: »Du hast zwei

Stunden Zeit, um deine Sonnenbrille aus dem Schrank im Dienstzimmer der Skistation zu holen.«

»Was?«

»Du bist entlassen. Du bist nicht länger der leitende Skilehrer von Tuca. Du bist gar kein Skilehrer mehr. Du bist niemand mehr.«

Quique drehte sich um, warf die noch qualmende Zigarette in den Aschenbecher und erhob sich. Er baute sich vor ihr auf und versuchte zu verstehen, was sie ihm soeben gesagt hatte.

»Warum?«

»Wegen Unfähigkeit.« Sie sah auf die Uhr. »Die Zeit läuft.«

»Was hab ich dir denn getan?«

»Du hast es mit Lali Mestres, Glòria Collado und Mamen Vélez de Tena getrieben, die älter ist als ich, und mit Sònia Ruiz, die minderjährig ist.« Sie zog einen Zettel aus der Tasche ihres Kleides und fuhr fort: »Außerdem mit Gary Spader, diesem blonden Engelchen, und mit Ricardito Tena, das heißt, damit hast du ein Doppel, Mutter und Sohn. Mamen ist sechzig. Ekelt dich das nicht an?«

»Ich bin ein guter Skilehrer.«

Es war seine Art zuzugeben, ja, Lali, Glòria, Mamen Vélez, Gary, Ricardito und die anderen, von denen du nichts weißt, du Miststück. Du weißt nämlich nicht alles. Ich habe noch ein großes Doppel: Ich habe nämlich zwei phantastische Wochenenden mit Mertxe Centelles-Anglesola Erill verbracht, nachdem ich kapiert hatte, warum du zu ihren Eltern Kontakt aufgenommen hast. Und der Vollständigkeit halber sollte ich dir vielleicht noch erzählen, daß ich eines Tages unter der Dusche deinen geliebten Marcel hergenommen habe. Ich hab's ihm besorgt, und es hat ihm gefallen. Ein Dreier. Die Amis nennen so was einen Hattrick. Hat dein Söhnchen dir das erzählt? Ich bin gerne der erste, ich hab dir gerne was voraus, auch wenn du denkst, du würdest nicht vor, sondern über mir stehen, und ich bums dich auch gern, ja, du bist eine reife Frau, aber du hast irgendwas, was dich unwiderstehlich macht, keine Ahnung, was es ist, aber alles hat seine Grenzen, vor allem, wenn du dich aufführst wie eine ergebene Hündin und mich dann, wenn ich mich als dein Herr und Meister fühle, erniedrigst und mir sagst, das Spiel ist aus, mein Lieber, das hier ist das Leben, und mich fortschickst, damit ich den Leuten an der Piste von Teixonera beibringe, wie sie sich die Haxen brechen können.

»Na und? Skilehrer wie dich gibt's wie Sand am Meer.«

Nein, du bist der Beste. Aber ich bin zu aufgebracht über deine Lügen und darüber, daß die Leute über Dinge reden, über die sie nicht reden sollten. Du hast doch gewußt, du Lump, daß die erste und wichtigste Bedingung für unser Verhältnis absolute Geheimhaltung war, du hast es bei meiner Möse geschworen, erinnerst du dich? Ich werde dich vermissen.

»Du hast genug von mir.«

»Ich bin wütend, weil du mich nicht nur betrogen, sondern noch dazu unser Geheimnis an Mamen ausgeplaudert hast. Wem hast du noch davon erzählt?«

»Ich habe nichts gesagt, ich schwör's.«

»Wie billig du bist.«

»Ich schwöre dir, ich ...«

»Gib dir keine Mühe. Wenn du willst, stelle ich sie dir gegenüber, dann werden wir ja sehen.«

»Wenn du Zicken machst, gehe ich an die Öffentlichkeit. Ich schwör dir, das ist mir scheißegal. Aber den Skandal kannst du dir vorstellen, oder?«

Mit einem Ruck griff Elisendas Quiques Kleider und ging aus dem Zimmer. Sie kam zurück, hoch aufgerichtet, die Kleider in der Hand, und versuchte, ruhig zu wirken.

»Wenn du mir noch einmal drohst, und sei es auch nur zum Scherz, lasse ich dich umbringen.«

Sie ging wieder hinaus, öffnete die Tür zur Straße und warf seine Kleider aufs Pflaster, ihre erste unbeherrschte Geste nach Jahren millimetergenau berechneter Reaktionen und Wirkungen. Das Sternenlicht fiel sanft auf Unterhose und Strümpfe, Anorak, Hose, T-Shirt und Hemd des verstoßenen Liebhabers. Und auf die noch qualmende Kippe, die jemand auf der anderen Seite des Platzes fortgeworfen hatte.

31

Zweimal blinken hieß keine Patrouille zwischen Sort und dem Paß von Bonaigua. Dreimal blinken hieß Soldaten zwischen Sort und València d'Àneu. Fünf Blinkzeichen bedeuteten, kommt nicht ins Tal hinunter, bleibt auf den Bergkämmen, und möge Gott (oder wer auch immer) euch beistehen, wenn er mag. Bei mehr als fünf Blinkzeichen hätten sie besser daran getan, sich nicht auf dem Dachboden der Schule von Torena aufzuhalten, denn dann standen sie kurz davor, entdeckt zu werden, ihr Armen, ihr sitzt in einer tödlichen Falle. Es war ein primitives, aber wirkungsvolles System. Und gefährlich für den, der die Blinksignale gab, denn ebenso, wie sie das zwei-, drei-, vier-, fünf- oder mehrmalige Blinken sahen, sah es auch Korporal Faustino Pacón aus der Garnison in Sort vom Batlliu aus. Er war mit einem kümmerlichen Häuflein auf den Berg gestiegen, weil irgendein Kommandant hatte sagen hören, bald werde es Ärger geben, so daß sie nun Nachtwachen halten mußten wie bei Rembrandt. Was zum Teufel ist dieses Licht? Was übermitteln sie da wohl – und wem? Das muß ich im Bericht vermerken.

Oriol und Leutnant Marcó standen in der Wohnung des Lehrers im Dunkeln am Fenster und sahen zum Paß von Cantó unterhalb des Torreta de l'Orri hinüber. Sie wußten, daß es eine gefährliche Fracht war, die auf dem Dachboden schlief. Oriol dachte, ich komme nur noch hierher, um nach den Blinkzeichen Ausschau zu halten, ohne Rosa und meine namenlose Tochter will ich gar nicht zurückkehren; und er dachte daran, daß Valentí Targa ihm gesagt hatte, er sei befugt, alle Lehrer der Gegend zusammenzutrommeln, um sie zu überzeugen, verdammt noch mal endlich der Falange beizutreten. Er hatte geantwortet, ja, ja, was für eine ausgezeichnete Idee.

»Was?«

»Was für eine ausgezeichnete Idee.«

»Was ist eine ausgezeichnete Idee?« fragte Ventura verwundert.

»Entschuldige, ich habe laut gedacht.«

Sie dämpften die Stimmen, denn in einem stillen, argwöhnischen Dorf gibt die Nacht jedes Hüsteln, jeden Schrei im Schlaf, jedes Schnarchen, jeden Neid preis, und die Wände sind dünn wie Zigarettenpapier.

»Du bist nervös.«

»Ja. Ich will aussteigen.«

»Das geht jetzt nicht.«

»Die Leute hassen mich. Deine Frau haßt mich. Warum sagst du ihr nicht, daß ...«

»Nein. So ist es sicherer. Sicherer für alle.« Er starrte durch die Scheiben in die Schwärze hinaus. »Siehst du denn nicht, daß du jetzt nicht aussteigen kannst?«

Sie schwiegen und spähten wartend in die Dunkelheit. Eine Sternschnuppe schrieb einen unerfüllbaren Wunsch in den Himmel.

»Auch meine Frau haßt mich. Das ist unerträglich. Und sie wird dafür sorgen, daß meine Tochter mich verachtet.«

Als wäre der Leutnant der Erfüllungsgehilfe der Sternschnuppe, die in der Nacht verschwunden war, zog er, ohne den Blick vom Torreta zu wenden, ein Stück Papier aus der Tasche und reichte es Oriol.

»Was ist das?«

»Lies selbst.«

Er entfaltete das Papier und las im flackernden Schein des Feuerzeugs des Leutnants: Placeta de la Font drei, Barcelona.

»Was ist das?«

»Dort leben deine Frau und deine Tochter.«

Placeta de la Font drei, Barcelona. Dort leben Rosa und meine Tochter, deren Namen ich nicht kenne.

»Am Sonntag fahre ich hin.«

»Nein. Wir sagen dir Bescheid. Nicht vor Weihnachten.«

»Nicht vor Weihnachten?« Er zählte an den Fingern ab: »Ein, zwei, drei, vier, fünf Monate soll ich warten? Du bist nicht bei Trost.«

»Du bist nicht bei Trost, wenn du nicht auf mich hörst.«

»Wie soll ich denn wissen, ob ich an Weihnachten noch am Leben bin?«

»Das weißt du nicht. Und verbrenn das Papier. Sie soll nicht unseretwegen in Gefahr geraten.«

Placeta de la Font drei, Barcelona. Eine Pension? Warum bist du vor mir weggelaufen, Rosa, ich leiste doch schon Buße.

»Placeta de la Font drei, Barcelona«, murmelte er, während er das Papier auf dem Tellerchen verbrannte, das ihnen als Aschenbecher diente. Und weil ihm der Gedanke daran unerträglich war, sagte er, immer noch nach draußen starrend: »Targa macht mich nervös. Ich glaube, er ahnt etwas.«

Leutnant Marcó gab ein mürrisches Brummen von sich, und Oriol, der sich über den Tonfall ärgerte, fuhr ihn an: »Und ihr seid zu blöd, ihn umzubringen.«

»Die anderen haben mich gewarnt, ich sollte dir lieber nicht sagen, wo deine Frau wohnt.«

»Entschuldige.«

Mühsam riß er sich zusammen.

Leutnant Marcó holte Luft, und beim Ausatmen sagte er: »Dieser Targa hat mehr Glück als Verstand.«

Wieder warteten sie eine Weile. Das ferne Gebell eines Hundes durchschnitt die Nacht. Plötzlich sagte Leutnant Marcó unvermittelt: »Der MI6 beglückwünscht dich zu der Idee mit der Operation Morrot. Wir haben unser Ziel erreicht.«

»Das war doch leicht. Aber ich habe Angst. Ich mache mir in die Hosen vor Angst.«

»Wir alle haben Angst, aber wir wollen Leute wie dich und wie den, der am Torreta Blinkzeichen gibt. Wie den, der ihm die Informationen zukommen läßt. Eliot ist zurückgekehrt, um die Leute im Inland neu zu organisieren.«

»Arbeitest du für die Engländer?«

»Wir arbeiten für die demokratischen Kräfte, egal, woher sie kommen.« Er machte eine lange Pause. »Ja, wir arbeiten für die Alliierten.«

Oriol wandte sich vom Fenster ab und tastete nach der Schale mit dem Trockenobst. Er nahm sich eine Handvoll alter Haselnüsse und kehrte zu seinem Gefährten zurück.

»Wann werde ich Eliot kennenlernen?«

»Du kennst ihn schon.«

»Das bist doch nicht etwa du?« Er gab ihm ein paar Haselnüsse.

»Nein. Du bist es.«

Oriol schwieg eine ganze Weile ratlos.

»Das kann nicht sein: Eliot ist seit zwei Jahren aktiv.«

»Du bist der dritte Eliot. Eliot ist unser jeweiliger Verbindungsmann.«

Ich bin Eliot. Das heißt, niemand ist Eliot. Ich, ein Dorfschullehrer, verachtet von Frau und Kind, der eine Affäre mit einer Frau hat, die nicht die Richtige für ihn ist, weil sie zweifelsohne auf der anderen Seite steht, verfüge also, wie mir allgemein nachgesagt wird, über ein geradezu legendäres Organisationstalent und die Fähigkeit, überall zugleich zu sein.

»Aber ich rühre mich nicht von der Stelle, und Eliot ist …«

»Ein paar von uns sind ebenfalls Eliot. Nicht einmal wir selbst wissen genau, wer er ist. Eines Tages haben wir das Abzeichen mit der roten Glocke erfunden. Ein andermal … Es geht darum, das Militär auf Trab zu halten.«

»Und was muß ich als Eliot tun?«

»Im Augenblick am Leben bleiben.«

»Aha.«

»Ja. Du bist nun seit sieben Monaten Eliot. Seit sieben Monaten ist die Schule eine Insel. Sie ist berühmt.«

»Wofür?«

»Fürs Überleben. Noch nie hat eine Insel sich so lange gehalten.«

»Aha.«

»Und auch kein Eliot. Der Generalstab sagt, wenn du es schaffst, weiter zu überleben, werden wir dich mit neuen Aufgaben füllen.«

Der Maquis, der MI6 und die Alliierten werden mich also mit neuen Aufgaben füllen wie eine Weihnachtsgans. Als wüßten sie nicht, daß ich nichts weiter bin als ein Lehrer, der einmal Landschaften gemalt hat, aber nun, da er immer im Ausnahmezustand lebt, Porträts bedeutender Persönlichkeiten anfertigt, wie zum Beispiel das von Rosa mit ihrem Bauch, in dem damals schon Du warst, meine Tochter, oder das von Elisenda Vilabrú oder von Targa. Eines Tages werde ich Dir von einer Frau berichten, die ich kenne, mein Kind, ich weiß nicht, ob ich dazu fähig bin.

»Was ist aus den anderen beiden Eliots geworden?«

»Nichts. Die haben sie umgebracht.«

»Ach ja. Es ist gefährlich, Verbindungsmann zu sein.«

»Ja.« Ventura kaute schweigend. »Die Nüsse sind ranzig.«

»Ich habe nichts anderes.«

»Nächste Woche stellen wir dir ein Funkgerät auf den Dachboden der Schule.«

»Ihr seid verrückt. Und wenn sie mich erwischen?«

»Ich werde dir auch eine Pistole geben. Wenn sie dich erwischen, darfst du ihnen nicht die Frequenzen verraten.«

»Ganz einfach.«

»Ja. Eliot ist so mächtig, weil er ist, was er ist.«

»Weil er ein Geist ist.«

»Ich weiß es nicht. Auf alle Fälle wollen wir, daß zum Beispiel die Waffen-SS, wenn sie sich mit General Yuste und seinen Obersten trifft, immer fürchten muß, Eliot könnte sie in die Luft jagen.« Er nahm sich noch ein paar Haselnüsse. »Ja, das ist ein guter Vergleich: ein Geist. Ich bin manchmal auch Eliot, weil ich ständig auf Achse bin. Du bist überall.«

»Wenn du ständig auf Achse bist, warum bist du dann nicht gekommen, um dich gegen deinen Sohn auszutauschen?«

Ohne den Blick von der Dunkelheit abzuwenden, schluckte Leutnant Marcó die Haselnüsse hinunter und schwieg, bis er sich eine Zigarette gedreht hatte. Erst als er sie angeleckt hatte, erwiderte er: »Glaubst du, daß ausgerechnet du das Recht hast, mich das zu fragen?«

»Ich weiß es nicht. Warum warst du nicht da?«

»Ich war in Toulouse. Als ich die Nachricht erhielt ...«

Als Ventura die Nachricht erhielt, verlor er den Verstand. Er drohte, Kommandant Caspe umzubringen, der ihm nicht erlaubte, sich zu stellen, und machte sich dann heimlich davon, sämtliche Befehle mißachtend. Er kam abends in Torena an, gerade noch rechtzeitig, um das frisch geschaufelte Grab seines Sohnes und Erben zu sehen. Er war zu spät, der Kummer zerriß ihm das Herz, und die drei Männer, die ihn begleiteten, zwangen ihn, noch in derselben Nacht wieder zu verschwinden. In Toulouse entging er dem Kriegsgericht nur, weil Männer wie Leutnant Marcó rar waren.

»Was?«

»Nichts. Ich war in Toulouse.« Er deutete aus dem Fenster. »Paß auf, gleich ist es soweit.«

Beide schwiegen wieder, eine ganze Weile. Wenn Leutnant Marcó an seiner Zigarette zog, leuchteten ihre dunklen Gesichter blutrot auf.

»Ich kann den Pamano hören«, sagte Oriol.

»Den Pamano kann man von Torena aus nicht hören.«

»Ich höre ihn aber.« Stille. »Du nicht?«

Ventura unterdrückte ein Lächeln. Oriol bemerkte es und sah ihn verwundert an. Ventura tat einen Zug: »Es ist nur ... Als ich klein war, erzählten die alten Leute in Torena ...«

»Was?«

»Nichts. Sie sagten, den Fluß könnten nur die hören, die sterben müssen.«

»Wir alle müssen sterben«, wandte Oriol unbehaglich ein.

»Sie nennen ihn den Fluß der tausend Namen«, sagte Ventura, um den Schleier zu zerreißen, der sich zwischen sie gelegt hatte.

»Warum das?«

»Zuerst heißt er Pamano wie der Berg, dem er entspringt. Weiter unten nennen ihn einige Bernui, und hinter Bernui heißt er dann Riu d'Altron, klingt anders, und das Wasser schmeckt anders. Sogar das Fleisch der Forellen ist anders, nicht so zart und saftig wie das der Forellen, die man im Pamano fischen kann.«

Ventura nahm einen tiefen Zug. Er war weit weg. Zwar sah er noch immer hinüber zum Torreta de l'Orri, aber in Gedanken fischte er an den Ufern des Pamano.

»Und weiter unten, ab der Mühlenbrücke, heißt er dann Riu de Sant Antoni und verstummt.«

Schweigen. Am Torreta de l'Orri blieb alles dunkel. Ihre Augen schmerzten vom angestrengten Starren in die Nacht. Ventura blinzelte, spie einen Krümel Tabak aus und sagte: »Weißt du, was Ventureta mich eines Tages gefragt hat?«

»Was?«

»Wir kamen vom Bony de la Mata herunter, und als wir am Pamano angelangt waren, auf der Höhe von Saurí, sind wir flußaufwärts gegangen.«

»Und was hat er dich gefragt?«

Leutnant Marcó schwieg und zog an seiner Zigarette,.

Oriol dachte, er ist mit seinem Sohn am Ufer des Pamano. Er respektierte sein Schweigen, aber es hielt so lange an, daß er schließlich wagte zu fragen: »Was hat Ventureta dich gefragt?«

»Was?«

Ventura schien zu erwachen, drückte die Zigarette auf dem Tellerchen aus und seufzte: »Das ist nicht wichtig. Er war erst fünf oder sechs.« Er riß sich zusammen: »Los. Es ist Zeit.«

»Was hat er dich gefragt?«

Selbst in der Dunkelheit erahnte er die Tränen, die Leutnant Marcó in den Bart rannen. Keiner von beiden hatte den

Torreta de l'Orri aus den Augen gelassen, falls das Blinkzeichen früher kommen sollte, und ihre Augen brannten. Die Stimme des Leutnants klang noch dunkler.

»Er hat mich gefragt: ›Vater, wie alt bin ich, wenn ich groß bin?‹« Er wischte sich energisch mit dem Ärmel übers Gesicht. »Das hat er mich gefragt, der Ventureta.«

Es war genau elf. Mit einer kalten Pünktlichkeit, die ihn stets schaudern ließ, setzten die Blinkzeichen ein. Zwei Lichtblitze durchzuckten die Nacht. Zwei. Schwärze, Stille, Kälte. Zwei Blinkzeichen. Tiefere Schwärze. Es gab keinen Zweifel. So lange warten für eine einzige Sekunde Meldung. Das Schauspiel war vorüber, sie konnten zu Bett gehen.

»Zwei«, sagte Leutnant Marcó und nahm sich die letzten Haselnüsse. »Wir gehen rauf.«

»Zwei Blinkzeichen«, stellte Korporal Faustino Pacón auf dem Weg von Pujalt nach Sort fest. »Was zum Teufel hat das zu bedeuten?«

»Gehen wir runter oder nicht, Korporal?« Der Gefreite zitterte vor Kälte; außerdem hatte er die Zigaretten in der Kaserne vergessen.

»Natürlich kommt das in den Bericht«, beschloß der Korporal.

»Du kommst nie zur Ruhe, Ventura.«

»Wenn der Krieg aus ist.«

»Hör mal …«

Ventura sah zu dem Schatten hinüber, der Oriol war.

»Was ist?« fragte er.

»Hattest du was mit dem Mord an Vater und Sohn Vilabrú zu tun?«

Ventura schlüpfte in den dunklen Mantel, in dem er mit der Kälte verschmelzen würde, sobald er den Platz überquert hatte. Wie eine Eidechse würde er an der Wand entlanghuschen bis zur Schule, wo dreizehn bis an die Zähne bewaffnete Soldaten auf seine Befehle warteten, um die Vorschläge des britischen Geheimdienstes zur Großen Operation in die Berge zu bringen, eine Mappe voller Erwägungen, Besorgnisse, Karten, Doktrin, Mißtrauen und aberwitziger Hoffnung.

»Warum willst du das wissen?«

»Ich will wissen, woran ich bin.«

»Der Lehrer will wissen, woran er ist!«

»Ja. Warum haßt Targa dich so sehr?«

»Frag ihn doch.«

»Er sagt, du wärst derjenige gewesen, der den Bruder von … von Senyora Elisenda mit Benzin übergossen hat.«

»Hüte dich vor dieser Frau. Es heißt, ihr wärt eng befreundet.«

»Wer sagt das?«

Joan Esplandiu von den Venturas öffnete lautlos die Tür und verschwand in Richtung Schule, ohne die Frage zu beantworten. Oriol folgte ihm leise.

32

Er konnte nicht frohen Herzen sein: wegen der Falangeuniform, wegen Rosa, weil er seine eigene Tochter nicht kannte, wegen Elisenda, weil sein Leben am seidenen Faden hing, wegen Ventureta, weil die Frauen der Venturas mich hassen, wegen der schneidenden Blicke, die mir mehr als eine Frau zuwirft, deren Mann vielleicht in einem Massengrab am Ebro verscharrt liegt oder – noch schlimmer – ganz in der Nähe, an der Landstraße bei Rialb oder Escaló. Es gab viele Gründe. Darum ist mein einziger Trost, Dir zu schreiben, meine Tochter, und Dir alles zu erklären. Wahrscheinlich wirst Du diese Zeilen nie lesen. Aber ich werde sie geschrieben haben. Und vielleicht werden diese Hefte und meine Zeichnungen eines Tages ja doch gefunden, nicht nur von den Mäusen, die nachts durch die Schule huschen. Möglich ist's. Sollte das passieren, flehe ich den Finder von ganzem Herzen an, die Hefte meiner Tochter zukommen zu lassen.

Das war an sie gerichtet. Oriol Fontelles wandte sich direkt an Tina Bros, er flehte sie von ganzem Herzen an, diese Hefte seiner Tochter zukommen zu lassen. Wieso bittet mich Oriol Fontelles, die Hefte seiner Tochter zu überbringen, wenn er laut Senyora Vilabrús Aussage gar keine Tochter hatte?

Nein, es gab viele Gründe, weshalb er nicht frohen Herzens sein konnte. Obendrein stand sie auf dem Balkon und sah ihn an; er war sich sicher, daß sie ihn keine Sekunde aus den Augen ließ, sein Nacken brannte unter ihren Blicken. Mein Gott. Dennoch lächelte Oriol Fontelles Senyor Valentí Targa leutselig zu, nachdem er sich den Schweiß von der Stirn gewischt hatte, weil ihm die Sonne, wenn sie zwischen den schweren Wolken hervorbrach, direkt ins Gesicht schien. Soeben hatte der Bürgermeister von Torena mit elf anderen

Würdenträgern das Podest auf dem Dorfplatz von Sort erklommen, der jetzt Plaza Mayor hieß. Sie drängten sich auf der Bühne, auf der einige Jahre zuvor, als es noch Musik gab, das Orchester oder die Sardanakapelle nachmittags zum Tanz aufgespielt hatte. Man hätte sie in ihren Sommeruniformen für Musiker halten können, mit den weißen Jacketts ihrer Combo, auf deren Taschen das Joch und die Pfeile der Falange aufgestickt waren, mit ihren schmalen, gestutzten Oberlippenbärten und den sorgfältig gezogenen, pomadisierten Scheiteln, damit nur kein Härchen verrutschte. Fachkundig sahen sie zu den Wolken empor, die ab und zu die Sonne verdeckten – was soll's, solange es nicht regnet –, und feierten die glorreiche Erhebung, die das Land in Trauer und Unglück gestürzt hatte, und die Einweihung des Denkmals für die örtlichen Opfer der roten Horden. Sie verkündeten, jetzt brächen die fetten Jahre an, es müsse nur jeder das Seinige dazu beitragen, und die verdammte Schmuggelei müsse aufhören – was unmöglich war, da ausgerechnet die Uniformierten auf dem Podest (zumindest drei von ihnen, Rubió, Emperança und Dauder) bis zum Oberlippenbart drinsteckten. Die drei nickten zerknirscht, als der Zivilgouverneur und Provinzchef des Movimiento, ein Salmantiner mit Falsettstimme den Schmuggel verdammte, nachdem er zuvor bei Rubió, Emperança und Dauder die Hand aufgehalten hatte, um wegzusehen. Oriol stand, die Hände schützend vor dem Unterleib zusammengelegt, in der ersten Reihe und bemühte sich, stolz dreinzublicken, weil der Bürgermeister seines Dorfes einer der zwölf Weißgekleideten war, die ihren Zuhörern (neunundfünfzig Prozent der Bevölkerung, gewaltsam auf dem Platz zusammengetrieben) erzählten, jeder müsse bereit sein, sein Leben für das Vaterland zu opfern, wie es viele tausend Patrioten getan hatten, die dem Haß der Roten zum Opfer gefallen waren. »Und darum gedenken wir ihrer heute mit diesem bescheidenen, aber großartigen, schlichten, aber kraftvollen Mahnmal.« (»Bravo, recht gesprochen«, sagten Minguet von den Rodas aus Rialb, Càndido von den Moras aus Bernui, die Báscones vom Tabakladen in Torena, die drei Casas von den Majals, Vater, Mutter und ältere Tochter, ebenfalls aus Torena, Andreu von den Ponas aus Llavorsí und Feliu von den Birulés aus Torena, und ein gutes Dutzend weiterer Hände applaudierte eifrig, auch wenn niemand sich etwas unter einem schlichten, aber kraftvollen Mahnmal vorstellen konnte, wenn sie das affektierte Spanisch des Zivilgouverneurs richtig verstanden hatten.) Pleuropneumonie parietalis, dachte Cecilia Báscones.

Verfluchte Saubande: Da geben sie einem vierzehn Tage Zeit, um nach einer Zeichnung, auf der praktisch nichts zu erkennen ist, ein Mahnmal anzufertigen, du tust, was du kannst, das Ding ist rechtzeitig fertig, wird erst in einem Jahr bezahlt, und jetzt heißt es, es sei schlicht, aber kraftvoll. Saubande.

Oriol, in voller Sommermontur, nickte zustimmend und sah zu Senyor Valentí hinüber, der ihn beobachtete. Überwacht er mich? Spioniert er mir nach? Der Redner verkündete soeben, die Ordnungskräfte seien auf dem besten Wege, die Kontrolle über die Berge zu erlangen, und in Sort werde endlich ein Sonderkommando der Guardia Civil eingerichtet, um das Leben der anständigen Bürger vor dem Terror durch eine unkontrollierte Minderheit von Banditen aus den Bergen zu schützen, die es eigentlich gar nicht gab, und die Herzen der Abtrünnigen mit Angst zu erfüllen, mochten sie ihre Treulosigkeit auch noch so gut verbergen. Denn Gott sieht alles, und Gott ist mit uns. Die Kapelle rasselte zustimmend mit den Rumbakugeln und grinste breit, während der Trompeter seine vom kräftigen Solo schmerzenden Lippen betastete, lautlos den Speichel aus der Trompete blies und sich die Lippen anfeuchtete, um wieder loszulegen.

»Dreh dich nicht um. Leutnant Marcó erwartet dich heute nacht. Um Mitternacht. Es ist wichtig.« Instinktiv wandte Oriol den Kopf. Der Mann flüsterte angespannt: »Nicht umdrehen, habe ich gesagt. Es ist wichtig.«

Unterdessen ließ sich der Provinzchef des Movimiento weiterhin in C-Dur über Gott aus, und die Ventura stand in der Ecke, die für die Bewohner von Torena reserviert war, blickte starr geradeaus und dachte bei sich, warum bin ich bloß nicht stark genug, unter meinem Kleid ein Küchenmesser zu verbergen und es diesen Kerlen mitten in die Seele zu jagen, lieber Gott, warum habe ich nicht die Kraft dazu.

Oriol wollte sagen, daß er noch nicht wußte, ob er um Mitternacht dasein werde, weil... Aber der heiße Atem in seinem Nacken war verschwunden. Jetzt wandte er sich um. Hinter ihm standen zwei Damen, die weder aussahen noch klangen, als gehörten sie zum Maquis. Er nutzte die Gelegenheit, unauffällig zum Balkon hinüberzusehen, und ihre Blicke kreuzten sich. Die Fistelstimme des Provinzchefs des Movimiento kam allmählich zum Ende der Rede; seine Halsader war von der Anstrengung geschwollen, als er wiederholte, was er schon einmal nach einem Mittagessen anläßlich irgendeines Sieges bei Kaffee, Cognac und Zigarre gesagt hatte: Gott ist mit uns. Und mit dem Wohlbehagen, das ein voller Bauch verleiht, hatte er hinzugefügt: »Und zur Not stecken wir ihm einen Umschlag zu, damit er weiterhin mit uns ist, denn jeder hat seinen Preis, Kameraden.« Heute erwähnte er vor den neunundfünfzig Prozent die göttliche Bestechung lieber nicht; zum Abschluß des Festaktes beschränkte er sich darauf, von der Unordnung in Europa zu sprechen, dem Chaos des Krieges, der uns – dem Caudillo sei Dank! – erspart geblieben ist, und zu wiederholen: »Gott sieht alles, und Gott ist mit uns.« Die Rede endete mit den üblichen Huldigungen, in die die Kapelle einstimmte (das Tenorsaxophon wünschte dem Diktator ein langes Leben, gefolgt von der Klarinette, und das Schlagzeug wünschte dem Vaterland Glück und Segen), eifrig sekundiert von der Gruppe um Minguet aus Rialb und bestätigt von einem zaghaften Gemurmel der neunundfünfzig Prozent.

Mit einem eleganten Schwung, der an einen Torero in der Arena erinnerte, zog der Zivilgouverneur und Provinzchef des Movimiento das gelb-rote Tuch von dem Mahnmal mit der Gedenktafel. Pere Serrallac musterte es mit fachmännischem Blick und hörte gar nicht zu, als die Combo nun in militärisch zackigem Tonfall die Namen der Märtyrer verlas, die Serrallac in den Stein gemeißelt hatte. Ich weiß nicht... Für meinen Geschmack sitzt die Gedenktafel ein bißchen zu weit oben, und die Buchstaben in der dritten Zeile sind zu gedrängt; na ja, für die kurze Zeit... Da erklangen die Namen von Don Anselmo Vilabrú Bragulat und Don José Vilabrú Ramis, die letzten in der alphabetischen Liste, gefallen für Gott und Vaterland. Senyor Valentí hatte sie mit brüchiger Stimme verlesen, und die Gemeinschaft der Getreuen antwortete donnernd: »Presente!« Als er geendet hatte, sah Senyor Valentí zum Balkon hinauf, und Elisenda erwiderte seinen Blick und nahm, die Hände um das Geländer gekrallt, die private Hommage ihres Goel entgegen.

Der Festakt endete mit der Hymne *Cara al sol*, und die Leute blickten einander erleichtert an, denn es hatte Gerüchte gegeben, der Maquis habe vor, das Dorf zu bombardieren, um die Feier zu stören und dem gesamten Orchester und all jenen eine Lektion zu erteilen, die fürchten mußten, sie verdient zu haben. Die meisten der neunundfünfzig Prozent atmeten auf, andere versuchten, sich das Zittern ihrer Knie nicht anmerken zu lassen, und alle gingen auseinander, wenn auch nicht zu weit weg von dem Lastwagen, der sie nach Hause bringen sollte.

Aus Torena waren etwa zwanzig Leute in dem Lastwagen angekarrt worden, mit dem Pere Serrallac normalerweise seine Marmorblöcke und Dachziegel transportierte. Unterwegs hatten sie nicht miteinander gesprochen, sondern die Landschaft betrachtet; das war einfacher, als jemandem in die Augen zu sehen, der aus dem gleichen Grund schwieg wie man selbst. Senyor Valentí hatte dafür gesorgt, daß auf dem Lastwagen ein Platz für die Ventura freigehalten wurde, denn die konnte aus den Reden in Sort sicher einiges lernen. Und jeder schwieg der Ventura zuliebe, weil alle wußten, daß es keinen schlimmeren Schmerz gibt, als ein Kind zu verlieren, und Oriol starrte die ganze Fahrt über traurig in die

Ferne, sah die Ventura nicht an und fragte sie nicht, warum Cèlia und Roseta nicht mehr zum Unterricht kamen, um sich nicht dem Haß auszusetzen, der von Herzen kam und zu Herzen ging.

Hinter dem soeben eingeweihten Mahnmal für die Gefallenen räumte der Steinmetz Serrallac den Meißel, den er für die letzten Feinarbeiten benutzt hatte, in den Korb; immer gab es irgendeine schlecht ausgemessene Steinkante, die Ärger machte. Hätte er die Ohren gespitzt, so hätte er hören können, wie Senyor Valentí zu Oriol sagte, er lade ihn zu einer kleinen Versammlung ein, »da kannst du Claudio Asín kennenlernen, das wird sicher sehr erhebend«, und Oriol antwortete: »O ja, mit dem größten Vergnügen.« Er nahm Valentí beim Ellbogen und führte ihn vor das Mahnmal. Dort erklärte er ihm, ihm schwebe ein großes Wandbild über die Heldentaten der Eroberer vor, und Senyor Valentí war ganz Ohr, denn er war ja zweifellos einer der Eroberer. Unterdessen suchte Pere Serrallac sein Werkzeug zusammen, begleitet von seinem Jungen, der mit Feuereifer den Korb trug und den Vater fragte, ob er auch mal die neue Gedenktafel bearbeiten dürfe. Sein Vater nahm die Zigarette aus dem Mund, spuckte einen Tabakkrümel aus und sagte: »Ein andermal, Jaume, jetzt laß uns schleunigst von hier verschwinden.«

»Darf ich den Stein noch einen Augenblick ansehen? Bitte!«

»Jaume …«

»Nur einen Augenblick!«

Serrallac verpaßte seinem Sohn eine Ohrfeige, zog ihn mit finsterer Miene vom Mahnmal fort und sagte, »Hier lang!«, und Jaume dachte, das Leben ist ungerecht, ich wollte doch bloß noch ein bißchen die Steine angucken, die ich gemeißelt habe, Vater ist gemein.

Über Senyor Valentís Schulter hinweg beobachtete Oriol, wie zwei Männer, die ganz ähnlich gekleidet waren wie Pere Serrallac und genau so einen Korb dabeihatten wie er, hinter dem Mahnmal niederknieten, als hätten sie noch eine Kleinigkeit zu erledigen.

»Und wo käme es hin?«

»Was?«

»Das Wandbild.«

»Ach so. In den Sitzungssaal des Rathauses in Sort«, antwortete Oriol aufs Geratewohl.

»Oder in Torena.«

»Ja, oder in Torena.«

Jetzt sind sie fertig, dachte Oriol, als die beiden Männer aufstanden. In diesem Augenblick wandte sich Senyor Valentí ab, obwohl das Thema Wandbild ihn interessierte, weil ihm der Zivilgouverneur zu verstehen gegeben hatte, er sei im Aufbruch, und Oriol blieb allein vor dem Mahnmal stehen. Er hoffte inbrünstig, die Leute würden verschwinden, haut ab, trinkt euren Schnaps anderswo. Es begann zu regnen, der Platz leerte sich nach und nach, und Oriol fühlte sich einsam und lächerlich, er, der Stein, die Erinnerungen und die Bombe. Er sah das Mahnmal an, dann ging er ein paar Schritte zurück. Am liebsten wäre er losgerannt, aber er stieß an das Stativ eines Fotografen, der diesen Nachmittag festhalten sollte und unter seinem schwarzen Tuch die Kamera auf das neu eingeweihte Denkmal gerichtet hatte. Und als der Platz beinahe menschenleer war, ließ ein tiefer, dumpf dröhnender Knall alle erzittern, und das Mahnmal für die Gefallenen zerfiel in fünf Teile. Gerade erst eingeweiht, lag es nun in Schutt. Einer der schlichten, aber kraftvollen Trümmer flog durch die Luft und traf den Fotografen, der gerade noch ein letztes Bild hatte machen können. Alles rannte, schrie in Panik und Wut, raste vor Zorn, verdammter Maquis, den es gar nicht gibt, und Oriol deutete in Richtung Landstraße und Fluß und schrie, »Hier entlang«, und die bewaffneten Männer liefen ihm nach, auf der Suche nach denen, die diesen abscheulichen Anschlag verübt hatten, obwohl Gott mit uns ist. In welche Welt haben wir Dich geboren, meine namenlose Tochter, so viele Menschen hätten zu Schaden kommen können. Der arme Peret von den Moliners, den ein Foto das Leben gekostet hatte, lag noch eine ganze Weile auf dem Pflaster des Platzes und wartete auf Richter, Gerichtsmediziner und seine Kollegen, die Polizeifotografen. Die neunundfünfzig Prozent wurden umgehend mit den Lastwagen nach Hause gebracht, und man schärfte ihnen ein, ganz ruhig, es ist nichts passiert, die üblichen Querulanten, man kennt das ja, und die Ventura unterdrückte ein Lächeln, denn sie war sicher, daß auch ihr Joan heute in Sort gewesen war.

Zwei Stunden später war auf dem Platz wieder Ruhe eingekehrt. Eine Kompanie verstörter Soldaten hielt ihn besetzt, angeführt von einem rotwangigen Hauptmann, der sich lauthals mit Senyor Valentí und den anderen Mitgliedern der Combo beriet. Sie fühlten sich im Stich gelassen, denn der Zivilgouverneur hatte beschlossen, sich zu verdrücken, eine reine Sicherheitsmaßnahme, ich will konkrete Ermittlungsergebnisse, und ich will sie morgen früh auf meinem Schreibtisch haben. Der Bürgermeister von Sort verfluchte Gott und die Welt, mußte das ausgerechnet passieren, als der Gouverneur hier war, ich könnte alle Maquisards dieser Welt in der Luft zerreißen, und er stand allein mit seinem Kummer vor dem bescheidenen, aber großartigen, schlichten, aber kraftvollen Mahnmal, das nun in Trümmern lag. Valentís Männer hatten zunächst Serrallac verhört, der außer sich war – schließlich hatten die Banditen sein größtes Kunstwerk zerstört –, und ließen sich nun von ihm fachmännisch beraten, wer wann wo und wie aus diesem Scheißstein einen verdammten Kanonenschlag hatte machen können. »Die müssen das gemacht haben, als ich schon weg war.«

»Und wer sagt, daß du es nicht vorher getan hast?«

»Wenn du noch einmal behauptest, daß ich …«

»Komm mit«, sagte Senyor Valentí zu Oriol. »Vielleicht kannst du das für dein Wandbild gebrauchen.«

»Welches Wandbild?«

»Na das, was du im Rathaus malen wirst.«

Meine Tochter, ich … ich habe gesagt, ich würde Dir alles erzählen, und das werde ich auch tun. Wäre ich nicht mit ihm mitgegangen, dann wäre ich jetzt vielleicht schon tot. Aber seit ich mitgegangen bin, bin ich auch nicht mehr am Leben. Es stellte sich heraus, daß eine Patrouille einige Stunden zuvor einen Mann erwischt hatte, der in der Nacht am Torreta de l'Orri Blinkzeichen gegeben hatte. Seit Tagen waren sie hinter ihm hergewesen, seit Wochen hatten sie gewußt, daß es ihn gab, nicht aber, was genau er tat, immer war er ihnen entschlüpft, ohne die geringste Spur zu hinterlassen. Jetzt hatten sie ihn festgenommen, weil ein erboster Nachbar ihnen einen Tip gegeben hatte und das Motorrad, mit dem er unterwegs war, kaputtgegangen war. Es war ein friedlicher Bauer aus Ribera de Montardit, ein Kollaborateur der Roten, ein Verräter, Republikaner, Päderast, Katalanist, Kommunist, Separatist, Freimaurer, der, wann immer es nötig war, zur vereinbarten Stelle hinauffuhr, dort um Punkt elf Uhr Blinksignale sandte, zwei, drei oder – Gott bewahre – sogar fünf verzweifelte Blinkzeichen, und sich mit dem Gedanken tröstete, daß die Kälte und die Angst, die er ausstand, einem anderen helfen mochten, der ebenso furchtsam war wie er. Seit fünf Monaten war er als Blinker tätig gewesen, und nun hatte Verrat seiner Tätigkeit ein Ende gesetzt.

Es war ein ganzer Haufen, der sich auf den Weg nach Montardit machte, aufgehetzt vom Dröhnen der Bombe. Der Bandit stand noch immer vor seinem Haus, mit Handschellen an seine Scheune gefesselt, und sie lachten, als einer von Valentí Targas Sekretären, der Lockenkopf, ihm mit dem Stiefel in den Magen trat, bis er Blut kotzte, weil er sich weigerte zu sagen, wer für den Nachrichtenaustausch zwischen den Aufständischen in dieser Gegend verantwortlich war. Sie fragten ihn: »Wo zum Teufel versteckt sich Eliot? Wer ist er? Hörst du? Wo und wer?« Aber der Mann, der sich unter den Tritten zusammengekrümmt hatte, begann, unverständliches Zeug zu brabbeln, weil er an seinem eigenen Blut erstickte, und ich, meine Tochter, hielt den Mund, lächelte, sah von einem zum anderen und hatte nicht den Mut, diese Schlächterei aufzuhalten, hatte nicht die Kraft, dazwischenzugehen. Ich glaube, einmal sah der Bauer mich an, und mir schien, als wisse er, wer ich war, aber er schwieg.

»Wißt ihr, daß man jemanden mit einem Fußtritt erledigen kann?« fragte ein Großer, Schlanker, den ich noch nie gesehen hatte und von dem ich später erfuhr, daß er der berühmte Claudio Asín war, Targas Lieblingsideologe, seine Quelle, seine Inspiration, sein Verständnis der Welt, des Lebens, des Vaterlands.

»Das ist ja ganz was Neues.«

»Doch«, fuhr der Theoretiker fort, »aber man kann auch ausprobieren, wie viele Schmerzen er erträgt und wann seine Widerstandskraft gebrochen ist. Alles ganz wissenschaftlich.«

»Das könnte für die Armee interessant sein.«

»Und für die Polizei.« Asín sah sie eindringlich an und wiederholte: »Für die Polizei, Kameraden.«

»Das stimmt«, bestätigte jemand, der nicht ganz so fix war, vielleicht Targa. »Darauf wäre ich nie gekommen.«

Der berühmte Claudio Asín nahm zwei Kameraden beiseite und baute sich vor dem schmerzverzerrten Häuflein auf, das von dem Bauern übriggeblieben war. Mit der ernsten Stimme eines Referenten verkündete er: »Die Republikaner (hier trat er den, der ihm als Beispiel diente, kräftig in die Nieren) bereuen nicht, was sie getan haben: Sie sind nur geschlagen.«

»Es ist ein Irrtum«, warf ich ein, »anzunehmen, daß die Republikaner ihre Verbrechen bereuen könnten.«

»Ganz recht«, sagte Claudio Asín, das Vorbild, bewundernd. Er legte mir die Hand auf die Schulter. »Wie heißt du, Kamerad?«

»Fontelles.«

»Das ist der Lehrer aus Torena, von dem ich dir erzählt habe«, sagte Targa stolz.

»Ah, der berühmte Lehrer.« Asín warf einen Blick auf den

vor ihm knienden Bauern: »Aus genau diesem Grund ist es unsere heilige Pflicht, sie in diesem Zustand ständiger und vollkommener Niederlage zu halten. Absoluter Terror, entschieden, unnachgiebig, ausgeübt von dem, der im Besitz der Wahrheit ist. Das ist das einzige Mittel gegen die Verblendeten.«

Wie zur Verdeutlichung trat er erneut zu. Targa, der das Gefühl hatte, ebenfalls seinen Beitrag leisten zu müssen, und dem bewußt war, daß er nicht mit theoretischen Betrachtungen glänzen konnte, trat dem Bauern so fest in die Rippen, daß dieser der Länge nach hinfiel.

»Bringt ihn nicht um, er muß noch reden«, sagte einer aus der Runde, der pragmatischer dachte. In diesem Augenblick fiel der Bauer vor meine Füße, meine Tochter, und der bestialische Gestank seiner Angst schlug mir entgegen.

»Ich will nicht sterben«, sagte er. Aber die anderen unterhielten sich darüber, daß das Schmerzexperiment wissenschaftlich vonstatten gehen müsse.

»Ich kenne mich da aus: Mein Schwager hatte an der Rhone mit der Waffen-SS zu tun, und der hat davon gehört.«

»Dein Schwager?«

»Ja, der aus Saragossa, der Leutnant.«

»Hast du schon mal eine SS-Uniform gesehen?«

»Einsame Klasse.«

»Ja.«

»Aber er sagt, es muß ein Arzt dabeisein, der einem erklärt, wie's geht, dann kann man wirklich eine Menge lernen.«

Und ich schwieg, meine Tochter. Der Märtyrer lag zu meinen Füßen, und ich schwieg aus Angst, der Mann könne etwas gestehen, was keiner wissen durfte, nicht einmal er, aus Angst, er könne ihnen sagen, wer Eliot sei und daß der Lehrer von Torena ein Spitzel war, der Informationen an den Maquis weitergab, Leute in der Schule versteckte und dort sogar ein Funkgerät hatte, oder auch nur, sie haben mir befohlen, nach Torena hinüberzublinken, unterhalb des Montsent.

»Wir können es ja mit ihm mal ausprobieren.«

»Wir haben aber keinen Arzt dabei.«

»Scheiß drauf.« Er wandte sich an die anderen: »Wollt ihr es ausprobieren?«

Während sie noch debattierten, wer als erster ausprobieren dürfe, wie viele Schmerzen ein Bauer aus Montardit vertrug, beugte sich Oriol über den Verletzten, der etwas zu sagen versuchte. Ungeachtet des Gestanks, den er verströmte, ging Oriol mit dem Ohr ganz dicht an ihn heran, und der Mann sagte panisch: »Bringt mich nicht um, ich habe nur den Leuten von Torena geblinkt, sag, daß der Lehrer ...«

»Was sagt er?« fragte Valentí mißtrauisch.

»Wir sollen ihn töten, damit er nicht länger leiden muß.«

Ein wissenschaftlicher Tritt von Claudio Asín traf ihn in die Milz, daß er mit offenem Mund liegenblieb, wie überrascht, aber atemlos.

»Achtung, der kratzt uns ab.«

»Ja«, sagte einer der Ärzte enttäuscht, »sieht fast so aus, als wollte uns dieser Schuft das Experiment vermasseln.«

Für alle Fälle zertrat ihm ein anderer Doktor mit dem Stiefelabsatz das Nasenbein. Der Bauer wurde grau wie der sich allmählich verdunkelnde Himmel.

»Seht mal«, mischte sich ein anderer Spezialist ein, »die Rippen, die doch eigentlich wichtige Teile des Körpers schützen sollten, brechen sofort.« Zum Beweis trat er den Bauern in die Rippen. Dieser klagte kaum, weil er keine Luft bekam, und ich, meine Tochter, sah ihn an und hätte ihm am liebsten das Messer in die Brust gerammt, um ihn von seinem Leiden zu erlösen, wie sie es hier in den Tälern mit den Hunden und Maultieren tun. »Das Schienbein hingegen«, fuhr der Spezialist fort und trat gegen das rechte Bein, »hält alles aus.«

»Ja, das ist interessant. Und du, Kamerad Fontelles, willst du es nicht auch einmal probieren?«

Zögerlich trat ich den armen Mann ans Bein. Ich muß wohl sein Knie erwischt haben, denn er stöhnte dumpf vor Schmerz, und auch meine Seele stöhnte.

Im Haus bewegte sich ohnmächtig ein zitterndes Licht, und Senyor Valentí sah sich um, als wäre es ihm unangenehm, schon wieder bei Dingen erwischt zu werden, die ihm Ärger und Schelte von den tintenfischfressenden Faustinos Ramallos Pezones einbringen konnten, die hinter ihrem Schreibtisch saßen und keine Ahnung vom wirklichen Leben hatten, aber nun mal Obersten waren und die heldenhaften Kameraden der Falange mit einem gewissen theoretischen Mißtrauen betrachteten, vor allem, wenn diese Arzt spielten. Wenn alle Militärs wie Sagardía wären, würden wir Falangisten glänzend dastehen.

»Nehmt ihn mit nach Sort«, entschied er schließlich.

»Nicht nötig«, erwiderte ein Amtsschreiber aus Gerri mit der Sachlichkeit des Pathologen. »Er atmet nicht mehr.«

Oriol kniete nieder und suchte den Puls. Er fand ihn nicht, auch keinen Herzschlag und kein Leben.

»Er ist tot«, bestätigte er. Und das Schrecklichste von allem, meine Tochter, ist, daß ich über diese Nachricht erleichtert war, weil er mich nun nicht mehr verraten konnte.

»Verdammt, ihr hättet ruhig ein bißchen aufpassen können.«

Stille. Der Tote starrte mich mit glasigen kastanienbraunen Augen an. Das Licht im Haus flackerte stärker. Oriol sah zu Valentí hinüber und sagte ruhig: »Wir müssen ihn trotzdem nach Sort mitnehmen.«

»Warum?«

»Er ist der Bombenleger.«

»Unmöglich«, rief der Amtsschreiber aus, »sie haben ihn heute morgen erwischt.«

Ich hatte das gesagt, weil wir im Krieg sind, mein Kind, aber mir war elend dabei zumute. So elend, daß ich glaube, jetzt bin ich endlich bereit zu töten.

»Er ist der Bombenleger«, wiederholte Senyor Valentí bewundernd. Bei ihm war der Groschen gefallen. »Kamerad Fontelles hat recht.«

»Er ist auf der Flucht umgekommen«, spann ein weiterer

Arzt eifrig den Faden fort. »Er ist die Böschung hinuntergestürzt und …«

Valentí Targa kniete nieder, um den Toten in Augenschein zu nehmen. Die anderen traten näher.

»Ja«, schloß Doktor Targa. »Er ist eine Böschung hinuntergesprungen.«

Seither schüttelt Senyor Valentí den Kopf, wenn er mich ansieht, und verbietet mir, ihn zu siezen. Er bewundert mich so sehr, daß er mir bei der letzten Porträtsitzung, als ich seine Augen malte, die so schwierig sind, nach drei oder vier Gläsern Anis gestand, Senyora Elisenda Vilabrú und er seien ein Herz und eine Seele. Er sei in sie verliebt, sie seien ineinander verliebt. Daß er alles tun würde, um … Ich weiß nicht, meine Tochter, warum ich Dir diese schrecklichen Dinge erzähle. Ich kann kaum in den Spiegel sehen.

Es roch nach Tabak. Oriol schaltete das matte Licht im Wohnzimmer der Lehrerwohnung ein. Auf dem Strohsack saß mit ausdrucksloser Miene Leutnant Marcó, der ehemalige Bauer und Schmuggler Ventura. In einer Ecke stand ein Mann mit dunklem Gesicht und einer Sten unter dem Arm. Es war der Asturianer, den sie Valdés nannten und der sich nicht einmal vor der Angst fürchtete. Oriol lehnte den Kopf an den Türrahmen. Ihm war übel, er hatte das Gefühl, sich übergeben zu müssen.

»Ich kann nicht mehr.«

»Wir haben unseren Blinker verloren«, sagte Valdés im Hintergrund.

»Ich kann nicht mehr«, wiederholte Oriol. »Targa wird mir jeden Augenblick auf die Schliche kommen.«

Und ich sagte auch, daß ich nicht wollte, daß Du, meine Tochter, Dein Leben lang glaubtest, ich sei ein Faschist. Und daß Deine Mutter …

»Hat Targa dir irgend etwas gesagt, was wir wissen sollten?«

»Woher wußte der Blinker, daß ich der Empfänger bin?« fragte Oriol zurück.

»Warum sagst du, daß er es wußte?«

»Ich gebe dem Lehrer von Torena Signale, hat der arme Mann gesagt.«

Lautlos sprang Marcó auf. Oriol beruhigte ihn: »Ich war der einzige, der es gehört hat.«

Wie betäubt ging er an den Schrank und holte den Weinkrug heraus. Er stellte ihn auf den Tisch, und die beiden Männer bedienten sich. Während Valdés zufrieden glucksend trank, erklärte Oriol: »Targa sagt, der Zivilgouverneur habe ihm gesagt, keine Sorge, wir haben Spione in den Generalstab des Maquis in Toulouse eingeschleust, die uns über alles auf dem laufenden halten.«

»Das ist gelogen«, sagte Valdés und wischte sich mit dem Handrücken über den Mund. Er stellte den Krug auf den Tisch. »Das ist unmöglich.«

»Nichts ist unmöglich«, schnitt ihm der Leutnant das Wort ab.

»Und daß ihr verstärkt in Navarra und Benasc zuschlagen wollt.«

Leutnant Marcó und Valdés sahen einander an.

»Hat er dir den Namen irgendeines Spions genannt?«

Oriol griff nach dem Krug. »Schön wär's.« Sie schwiegen.

Dann sprach Leutnant Marcó, als hätte er auf diesen Augenblick gewartet, wie er es tat, wenn er Anweisungen erteilte: mit tiefer Stimme, flüssig, aber ruhig, damit seine Zuhörer genau verstanden, was er sagte: »Die Große Operation ist in Vorbereitung. Und wir müssen eine Menge Leute in Richtung Süden und nach Frankreich schleusen.«

»Wieviel Zeit haben wir dafür?«

»Eine Woche.«

»Ihr seid verrückt.«

»Wir alle sind verrückt, du auch. Am Freitag geht's los.«

»Und alle laufen über mich?«

»Nein, aber fast alle. Wir werden im Tal Ablenkungsmanöver starten. Unterdessen werden die Berge wie ein Ameisenhaufen voller Leute sein, die Dinge rauf- und runterschleppen.«

»Was ist diese Große Operation?«

»Ich bin nicht befugt, dir darüber zu berichten. Hast du die Adressen dabei?«

Ja, er hatte ihnen die Adressen von Valentís uniformierten Adjutanten in Saragossa und Barcelona mitgebracht.

Es war eine geschäftige Woche, meine Tochter. Ich schlief kaum, führte Menschen auf den alten Schmugglerpfaden, die Leutnant Marcó mir gezeigt hatte, wortkarge Männer, die bereit waren zu sterben; mindestens zehn von ihnen schliefen jede Nacht auf dem Dachboden der Schule, und ich wunderte mich, daß diese Betriebsamkeit Targa und seinen Männern nicht auffiel. Ein paar Tage lang war Valentí zu seiner großen Empörung ohne Handlanger: Dem einen war das Haus abgebrannt, der Vater des anderen war krank, weiß der Teufel, was es war, und der Lockenkopf mußte irgendeine dringende Angelegenheit mit den Ländereien regeln, die ihm überschrieben worden waren. Irgendwie läuft dieser Tage aber auch alles schief. Und so fand Targa immer öfter einen Vorwand, nach Sort hinunterzufahren. Allein, ohne Eskorte, war ihm in Torena unbehaglich zumute.

Wie ein vielarmiger Krake hielt Eliot die Armee auf Trab. In La Seu ging eine Brücke hoch, eine weitere in Gerri, und die Straße nach Esterri war auf der Höhe der Mündung der Baiasca in die Noguera abgeschnitten, weil Tonnen von Gestein vom Turó de les Bruixes abgesprengt worden waren. Dabei wurde die Landstraße so stark beschädigt, daß sie auch noch siebenundzwanzig Jahre nachdem eine Gruppe Soldaten unter dem Gebrüll nervöser, aufgebrachter Offiziere das Geröll beiseite geräumt hatte, tiefe Schlaglöcher aufwies, die die Federung der schwarzen, leisen Luxuslimousine strapazierten, die am 25. April 1971 abbremste und dann die schmale Straße nach Arestui einschlug. Unverzüglich informierten die Kühe des Baiascatals jedermann über die Ankunft der Eindringlinge, und in Arestui und Baiasca schloß mehr als ein Einwohner die Fenster.

»Du hast gesagt, man könne bis zur Kirche vorfahren.«

»Es tut mir leid, Senyora, ich habe mich wohl im Dorf geirrt. Für mich sieht eins wie das andere aus.«

Verärgert stieg Senyora Elisenda aus dem Wagen, ließ die Tür offenstehen und machte sich auf den Weg zum Kirchplatz von Baiasca. Sie hat mich keines Blickes gewürdigt, als hätte ich ihr etwas angetan, dabei lebe ich für sie, mit ihr und in ihr, was hast du gegen mich, Geliebte? dachte Jacinto, während er ausstieg, ihre Tür schloß und sich darauf einstellte, zu warten, wie ich es mein Leben lang getan habe, Elisenda.

Zwei Hunde folgten ihr neugierig, die wenigen Dorfbewohner hingegen zogen es vor, die Besucherin aus ihren Häusern heraus zu beobachten und ihre Schlüsse zu ziehen. Die kommt aus Barcelona, um die Bilder mitzunehmen. Ich habe gehört, sie reißen sie von den Wänden, wie, weiß ich nicht. Sagt dem Pfarrer Bescheid. Sie ist ganz sicher gekommen, um sie zu holen. Das letztemal, als jemand zu Besuch gekommen war, der Bischof von La Seu, hatte er mit einem gewinnenden Lächeln, ein paar sanften Worten und einem von Herzen kommenden Segen die Muttergottes von Serni mitgehen lassen, mitsamt dem Jesuskind, der Weltkugel und den Holzwürmern, die seit Jahrhunderten darin hausten.

Als die Bilderdiebin die Kirche betrat, hatte sich Hochwürden Dot gerade opferbereit vor dem barocken Altarbild aufgebaut, das die bemalte Apsis verbarg. Noch geblendet von der Tageshelle, brauchte Senyora Elisenda ein paar Sekunden, bis sie die schwarze Gestalt des Pfarrers erkannte, der mit zu allem entschlossener Miene vor dem Altar stand.

»Guten Tag, Hochwürden.«

Die kommt ja gar nicht aus Barcelona. Das ist die aus Torena – wie heißt sie noch? – die von Casa Gravat. Die Vilabrú. Sie hat den gleichen Mund wie Hochwürden August, der mit den Zahlen.

»Guten Tag, Senyora.«

Ohne ein Wort ging Elisenda Vilabrú zu dem Winkel hinüber, in dem ein kleiner Beichtstuhl stand, fast wie ein Spielzeug, das Holz rissig von all dem Unglück, das er in zweihundert Jahren hatte anhören müssen, und bekreuzigte sich. Hochwürden Dot schluckte. Als aber die Besucherin vor dem Betstuhl stehenblieb, ging er an seinen Platz, nahm die Stola, küßte sie, hängte sie sich um, setzte sich und versank in den Wogen eines betörenden, sündigen Blumendufts. Senyora Elisenda Vilabrú von Casa Gravat in Torena beichtete eine stürmische Affäre, die sie nun endgültig beenden wollte. »Ich will reinen Tisch machen und werde es nie wieder tun.«

»Bereuen Sie, Senyora?«

Nein. Ich will nur die Kontrolle über mein Leben behalten.

»Ja, Hochwürden.«

»Die Reue ist die Pforte zur Erlösung.«

Ich kann es mir nicht leisten, einem Lackaffen wie diesem verdammten Quique Esteve ausgeliefert zu sein.

»Verstehen Sie, Senyora?«

Ich muß die vollständige Kontrolle behalten.

»Ja, Hochwürden. Deshalb möchte ich laut und vor einem Zeugen wie Ihnen sagen, daß ich es nie wieder tun werde. Nie wieder.«

»Ich beglückwünsche Sie, Senyora.« Sein Tonfall war eine Spur zu einschmeichelnd.

»Danke.«

»Das nenne ich Willensstärke.«

Da die Herrin von Casa Gravat in Torena schwieg, sagte Hochwürden Dot, »ego te absolvo a peccatis tuis im Namen des Vaters, des Sohnes und des Heiligen Geistes«, und Elisenda bekreuzigte sich als äußeres Zeichen des Paktes, den sie mit sich selbst geschlossen hatte.

»Gehen Sie mit Gott, Senyora.«

»Und die Buße?«

Das überraschte ihn. Welche Buße soll ich verflixt noch

mal der Herrin von Casa Gravat auferlegen? Mein Gott. »Zwanzig Avemarias, Senyora.« Die Vilabrú stand auf, und Hochwürden Dot fand zu seiner Verwunderung zwischen seinen Händen einen gefalteten Geldschein. Automatisch faltete er ihn auseinander, sagte, »Donnerwetter, Heilige Mutter Gottes«, und ließ ihn in den Falten der Soutane verschwinden.

Siebenundzwanzig Jahre bevor Senyora Elisenda Vilabrú aus der Kirche Sant Serni von Baiasca trat und blinzelnd zu dem wartenden Wagen hinübersah, jagte einer von Eliots vielen Armen einen Hochspannungsmast in der Nähe von Rialb in die Luft. Die Militärs waren so beschäftigt, daß sie gar nicht dazu kamen, einen Blick in die Berge zu werfen, wo reges Treiben herrschte.

Weißt Du, was los ist, meine Tochter? Es ist schrecklich anstrengend, ein Held zu sein. Ich fürchte mich wie eh und je. Der einzige Unterschied ist, daß ich so müde bin, daß ich einigen Gefahren mit einer gewissen Gleichgültigkeit begegne. Seit Tagen schleusen wir Menschen durch Torena. Und wenn es nur Menschen wären! Vorgestern hat ein Trupp den Gemeindebezirk mit einer zerlegten Kanone durchquert, die vor fünf Jahren bei einer Stellung der Republikaner zurückgelassen worden war. Es ist unglaublich. Heute nacht kamen zehn mit Munition beladene Maulesel hier durch, die sie, wie man mir erzählt hat, der Armee gestohlen haben. Ich weiß nicht, was los ist, aber etwas Gewaltiges ist im Gange. Alle Männer, die ich in der Schule unterbringe, blicken finster, aber entschlossen drein, als hätten sie etwas Wichtiges vor. Aber jeder schweigt eisern. Zum Glück sind die Kinder mit den traurigen Augen nicht da, weil Sommerferien sind. Das läßt mir freie Hand, über meinem Kopf zehn oder zwölf Maquisards schlafen zu lassen, damit sie frische Kräfte sammeln und diese in einer geschäftigen Nacht wieder verausgaben können. Wie gerne würde ich Dir das alles persönlich erzählen … Wie wünsche ich mir, Deine Mutter und Du, ihr würdet mir zuhören. Aber für heute mache ich Schluß, ich bin völlig erschöpft, denn seit drei Tagen schlafe ich nur ein paar Stunden. Seit sieben Monaten führe ich nun Tag und Nacht dieses Doppelleben. Vor acht Monaten haben sie Ventureta umgebracht, Rosa ist vor meiner Feigheit geflohen, und mein Leben hat sich verändert.

33

Obwohl es fünf Uhr morgens war, war es nicht kalt. Bald würde die Sonne aufgehen, doch noch ruhten die Straßen träge in der Dunkelheit. Die Placeta de la Font im Stadtteil Poble-sec war zwar mitten in Barcelona, wirkte aber fast so verlassen wie Torena. Vier schmale Straßen trafen hier aufeinander, und in der Mitte lag der mit Taubenkot übersäte und von kränklichen Platanen gesäumte Platz. Die Stille wurde nur vom Gurren der Tauben durchbrochen, den einzigen Lebewesen, die zu so früher Stunde den Ort bevölkerten. An einer Seite stand ein dunkler Kiosk aus modrigem Holz, in der Mitte der Brunnen, dem der Platz seinen Namen verdankte. Oriol beugte sich unter den Hahn und öffnete ihn. Der Wasserstrahl näßte seine Wange. Das Wasser schmeckte ekelhaft, nun, da er an das Wasser der Gebirgsbäche gewöhnt war. Plötzlich ratterte ein Maschinengewehr los, und Oriol erschrak und duckte sich zitternd hinter den Brunnen. Nach einer Weile lugte er vorsichtig hervor, um zu sehen, was auf der anderen Seite des Platzes vor sich ging. Wer, wie, warum hatten sie ihn entdeckt, ich bin doch in friedlicher Absicht hier, ich bin nur ein Lehrer, den der Maquis aufgehetzt hat, ich wollte mich nie einmischen in … Die Tauben, die erschrocken aufgeflogen waren, blickten von den Bäumen auf den Lärm herab. Hinter dem gußeisernen Brunnen hervor sah Oriol, wie auf der anderen Seite des Platzes der Inhaber der Bar Manel, der gerade die metallene Jalousie hochgeschoben hatte, sein Lokal betrat und die trübe Beleuchtung einschaltete. Oriol sah nach allen Seiten. Weder Soldaten noch die Polizei hatten den Platz im Sturm genommen. Er betrachtete seine bebenden Hände und ließ Brunnenwasser darüber laufen. Ventura alias Leutnant Marcó hatte ihm eingeschärft, sich nicht vor Weihnachten hier blicken zu lassen.

»Und warum habt ihr mir dann die Adresse gegeben?«

»Weil du ein Anrecht darauf hast.«

Ende August hatte er sich dem Befehl widersetzt. Ende August war nicht Weihnachten, aber man kann von niemandem Unmögliches verlangen.

Er setzte sich auf eine Bank. Allmählich tauchten vereinzelte Passanten aus der Dämmerung auf. Haus Nummer drei war ein ziemlich altes, vierstöckiges Gebäude mit einer schlichten dunklen Tür. In einer der Wohnungen lebten Rosa und seine Tochter, das heißt Du, die Du gerade diese Zeilen liest. Er mußte warten, bis die richtige Zeit war, zu klopfen und zu sagen, Rosa, Liebste, ich bin nicht so, wie du denkst: Ich bin ein Schuft, weil ich drauf und dran bin, mich in eine andere Frau zu verlieben, ja, aber ich bin kein Faschist. Ich bin ein Feigling, denn ich habe große Angst; aber ich bin nicht unwürdig, ich habe deine Verachtung nicht verdient, denn wegen dir und Ventureta bin ich beim Maquis; mein Leben ist in Gefahr, aber das alles kann ich dir nicht sagen, aus Gründen der Sicherheit, die ich mißachte, weil ich den Gedanken nicht ertrage, daß du mich haßt und meine Tochter mich verachtet. Sie ist zwar erst acht Monate alt, aber sie lernt schon, wie es ist, sich für einen Vater zu schämen, der ein Faschist und Freund von Kindermördern ist. All das möchte ich dir erklären. All das wollte ich Deiner Mutter sagen, meine namenlose Tochter. Ihn schauderte. Er blickte in den Himmel, weil ihn ein Taubenschiß getroffen hatte, nein, es war ein Tropfen gewesen. Während er vor sich hingestarrt hatte, hatte sich der Himmel zugezogen, als wollte er über dem Platz seinen gesamten Zorn auf diesen ungehorsamen Maquisarden ergießen, der sich in der Nacht aus Torena davongestohlen hatte. Bis zur Station von La Pobla war er zwischen zukünftigen Grabplatten und Pflastersteinen auf dem Lastwagen von Pere Serrallac mitgefahren, der mit dem Gedanken spielte, seinen Sohn doch eine Zeitlang auf das Seminar in La Seu zu schicken. Oriol hatte behauptet, er wolle eine arme Tante besuchen, die plötzlich erkrankt war, er wolle die Ferien nutzen, um mal etwas anderes zu sehen. Zu Valentí Targa hatte er gesagt: »Nein, ich will in den Ferien nicht weg aus Torena. Wo kann es schöner sein als in Torena?« Aber so war nun mal das Leben, er mußte seine Tante noch einmal besuchen, bevor sie starb. Allerdings hatte er nicht erwähnt, daß die Tante nicht in Barcelona lebte, sondern in Feixes und sich trotz ihrer siebenundsiebzig Jahre und diverser Zipperlein bester Gesundheit erfreute. Es begann zu regnen, große, vereinzelte Tropfen, die auf die Erde aufschlugen und zerplatzten. Er sah das trübe Licht der Bar und überlegte es sich nicht zweimal.

»Was darf's sein?«

»Ein Kaffee mit Schuß.«

Er deutete fragend auf einen Stuhl vor einem schmutzigen, schrundigen Marmortischchen, und der Wirt nickte zustimmend. Kaum hatte Oriol Platz genommen, da wurde aus den einzelnen Tropfen ein dichter, lärmender Platzregen, der alles einhüllte. Innerhalb kürzester Zeit war die Fassade von Haus Nummer drei hinter dem Regenvorhang verschwunden.

»So ein Mist«, schimpfte ein Mann, der von draußen hereinkam. »Gerade eben hat man sogar noch den Mond gesehen.« Er schüttelte sich wie ein Hund.

Wenn es nicht geregnet hätte, hätte er es gar nicht bemerkt. Der graue Mann hatte sich unter einer gefalteten Plane zusammengekauert und ließ den Regen stoisch über sich ergehen. Zuerst wunderte er sich, daß der Mann sich nicht woanders unterstellte, daß er scheinbar unbedingt naß werden wollte. Dann verstand er. Diese Seite der Straße, nahe der Einmündung zum Platz, war die einzige Stelle, von der aus man ungehinderte Sicht auf die Bar hatte.

Er trank seinen Kaffee mit Schuß und versuchte, gelassen zu bleiben. Zumindest saß er im Trockenen, in der säuerlichen Luft der Bar, die schwer war von abgestandenem Zigarettenrauch. Er legte die Hände auf die kalte Marmorplatte, die von der gleichen Farbe war wie der Grabstein, den Serrallac bald für ihn fertigen und in den er einmeißeln würde, was für immer in Erinnerung bleiben sollte, nämlich, daß er für Gott, für das Vaterland, für Franco und so weiter gestorben war. Er trank noch einen Schluck Kaffee. In der Bar waren außer ihm noch vier oder fünf Frühaufsteher. Und draußen auf der Straße war sein Verfolger ganz allein, da es niemandem einfiel, bei dem strömenden Regen aus dem Haus zu gehen.

Oriol zog das Buch aus der Tasche und tat so, als läse er, während er aus den Augenwinkeln den überwachte, der ihn überwachte, und gleichzeitig versuchte, die Nummer drei der Placeta de la Font nicht aus dem Blick zu verlieren, aus Angst, Du könntest auf dem Arm Deiner Mutter herauskommen und ich könnte Euch wieder verlieren, diesmal für immer.

Wer ist bloß hinter mir her? Er sah sich die Gäste der Bar an: Sie waren keine Verfolger und sahen auch nicht aus wie Verfolgte. Sah er aus, als würde er verfolgt? Er trank das Glas aus. Der Regen ließ nach.

»Noch einen Kaffee mit Schuß«, verlangte er, ohne den Blick von seinem Verfolger zu wenden. Die Tür von Nummer drei ging auf, und ein grauhaariger Mann kam heraus, das Frühstücksbrot unter dem Arm, auf dem Weg zur Arbeit wie die Gäste der Bar, die sich jetzt, da sie sahen, daß der Regen schwächer wurde, nach der ersten Zigarette des Tages und einem ordentlichen Kaffee einer nach dem anderen davonmachten. Trotz der Wolken wurde es allmählich heller, und auf den Straßen, die in den Platz einmündeten, zeigten sich die ersten Passanten. Sie boten den abgekämpften, grauen, argwöhnischen Anblick von Menschen am Frühmorgen kurz nach einem Krieg, der sie alle ausgelaugt hatte. Der Verfolger war ein Unbekannter. Er versuchte, inkognito zu bleiben, und von seiner Falangeuniform waren ihm nur der schmale Schnurrbart und der überhebliche Blick geblieben. Es war nicht die Armee. Es waren die Falangisten.

Da sah er sie. Sie kam aus dem Haus, ein Bündel im Arm. Nein! Es war seine Tochter! Rosa trug eine feine Bluse. Es war nicht kalt, aber seine Tochter war warm einpackt. Wohin gingen sie so früh am Morgen? Er hatte sich darauf eingestellt, lange warten zu müssen, so daß er sich überlegen konnte, was er ihr sagen wollte, wie er es ihr sagen würde, wie er es anstellen sollte, sie zu überzeugen, wenn es überhaupt gerechtfertigt war, ihr alles zu erzählen und sie dann zu drängen, an der Placeta de la Font zurückzubleiben, während er in die Berge zurückkehrte und dort sein Leben aufs Spiel setzte. War es nicht vielleicht besser, ihr nichts zu sagen? Hatte er die Reise umsonst gemacht?

Wieder fragte er sich, wieso sie so früh aus dem Haus gegangen war. In diesem Augenblick hustete Rosa, und er sprang auf und wollte zu ihr hinlaufen. Da sah er, daß sich zu dem durchnäßten Mann ein zweiter gesellt hatte. Beide sahen zu ihm hinüber und sagten etwas, und ich verstand, daß es besser war, Euch nicht in diese Geschichte hineinzuziehen, weder Dich noch Deine Mutter, denn diese Leute haben keinerlei Skrupel. Also setzte Oriol Fontelles sich wieder hin. Er kämpfte mit den Tränen; nur undeutlich nahm er wahr, wie Rosa an der Bar vorüberging, mit ernstem Gesicht, seine Zukunft in den Armen. Er sah nur ein weißes, molliges Händchen, die Hand seiner Tochter, der andere wichtige Grund, das Geheimnis zu wahren. Oriol ahnte nicht, daß dies das erste und das letzte Mal sein würde, daß er diese Hand sah. Er dachte, nun, da er wisse, wo sie wohnten, könne er es in vierzehn Tagen noch einmal versuchen.

Fünf Minuten später verließ er die Bar und stellte fest, daß die beiden Männer ihm folgten. Er kam sich vor wie eine Lerche, die sich verletzt stellt, um die Raubtiere vom Nest mit ihren Jungen wegzulocken.

»Warum hast du mir nachspioniert?«

»Was hast du gemacht, nachdem du in die Straßenbahn gestiegen bist?«

»Soll das ein Verhör sein? Verdächtigst du mich etwa?«

Du könntest mich zumindest verdächtigen, mit einer Frau ins Bett zu gehen, die du für dich willst, die aber Lichtjahre von dir entfernt ist; du könntest mich verdächtigen, Eliot zu sein, den Maquis bei der Vorbereitung der Großen Operation zu unterstützen, von der ich nicht weiß, was sie ist. Ach ja, und ich stehe im Verdacht, schlecht gezielt zu haben, als ich dir im Restaurant Estació de Vilanova eine Kugel in den Kopf jagen wollte. Und das ist noch nicht alles.

Valentí Targa trank einen Schluck und stellte die Tasse behutsam auf der Untertasse ab: »Was hast du gemacht, nachdem du in die Straßenbahn gestiegen bist?«

»Ich war im Puff. Willst du's noch genauer wissen?«

Valentí sah ihn nicht an, und Oriol war beunruhigt. Warum war Valentí so kühl? Hatte er etwa entdeckt …

»Ich war im Puff«, wiederholte er. »Deine Männer haben keine Ahnung, wie man jemanden beschattet. Sie sind schlechte Verfolger. Du mußt ihnen das noch beibringen.«

Er sah ihm in die Augen. Seit dem Tod des Blinkers konnte Oriol Fontelles Valentí in die Augen sehen: Er hatte festgestellt, daß dieser seinen Blick nicht länger als fünf Sekunden ertrug, als bedrücke ihn etwas.

»Es kränkt mich sehr, daß du mir nicht vertraust. Ich wollte meine Tante besuchen.«

Marés brachte ihnen zwei Gläser Anisschnaps. Valentí wartete, bis er weg war, dann sagte er mit einer kalten Stimme, die Oriol schaudern ließ: »Deine Tante lebt nicht in Barcelona. Sie lebt in Feixes.« Er nahm den ersten Schluck: »Warum bist du nach Barcelona gefahren?«

»Ich …. Nichts. Ich war im Puff.«

»Man muß nicht bis nach Barcelona fahren, um zu bumsen. Weißt du, daß Senyora Elisenda ebenfalls in Barcelona war?«

»Wer?«

»Senyora Elisenda.«

»Aha.«

»Hast du dich mit ihr getroffen?«

»Wie bitte?«

»Ob du dich in Barcelona mit ihr getroffen hast.«

»Wie sollte ich denn ... Hör mal, Barcelona ist sehr groß und ...«

»Sag nur, ob ihr euch getroffen habt.«

Valentí Targa ist eifersüchtig wegen Elisenda.

»Ich habe nicht ...« Er verstummte, doch dann brach es aus ihm hervor: »Und was geht dich das an?«

Valentí Targa leerte sein Glas und knallte es auf den Marmor. Ohne ihn anzusehen, sagte er rauh: »Wenn ich rausfinde, daß du dich an sie ranmachst, bringe ich dich um.«

»Welches Recht hast du auf sie?« Unbedacht ging er zum Gegenangriff über.

»Alles Recht dieser Welt.«

»Ich glaube, sie sieht das etwas anders.«

»Ihr seht euch also doch.«

Moment mal. Ich muß vor dem Maquis geheimhalten, daß ich aus der Ferne meine Frau und meine Tochter gesehen habe, deren Namen ich noch nicht kenne, die aber ein niedliches Händchen hat, das mir zum Abschied zuzuwinken schien; ich muß ein paar Falangisten ablenken, die Spion spielen, um euch nicht in Gefahr zu bringen, meine Tochter; ich verzichte darauf, mit meiner Frau zu sprechen und dir einen Kuß zu geben, deine Hand zu nehmen und wenigstens einmal im Leben mit ihr zu spielen; ich muß Tag und Nacht Targas Falangisten etwas vormachen, um die Arbeit tun zu können, die der Generalstab mir aufgetragen hat; ich muß den Mund halten, wenn ich vor den Kindern stehe, damit sie denken, daß ich nur ein Lehrer bin und nicht jemand, der Flüchtlinge oder Kämpfer auf dem Dachboden der Schule versteckt; ich muß mich vor Valentí Targa verstellen, damit er nicht auf den Gedanken kommt, daß die Schule ein Zufluchtsort für Menschen ist, die den Weg der Angst gehen, und daß ich sie beherberge; ich muß den Venturas aus dem Weg gehen, die mich hassen, und mich vor der ganzen Welt verbergen, um mich mit einer außergewöhnlichen Frau treffen zu können, die sich ebenfalls vor aller Welt verbergen muß, um mich sehen zu können, um ihre Hand an meine Wange zu legen, mich mit diesen Augen anzusehen und mir zu sagen, ich glaube, ich liebe dich sehr, Oriol, und auch wenn momentan alles sehr schwierig ist für dich und für mich, werde ich schon eine Lösung finden, weil ich immer für alles eine Lösung finde. Ich muß mich vor mir selbst verstecken, weil ich weiß, daß ich sehr feige war. Und jetzt ist dieser nutzlose Schwachkopf von Targa eifersüchtig, weil er glaubt, daß Elisenda und ich uns heimlich sehen. Und das Schlimmste daran ist, daß er recht hat. Wir sehen uns heimlich, und das ist der Himmel auf Erden, und ich werde nicht darauf verzichten. Ich weiß, daß das nicht gut für mich ist, daß es schlecht ausgehen wird, aber diese Frau ist unwiderstehlich. Mein Gott. Ich will weg. Hilf mir, Rosa.

34

»Betrachten Sie, Herr Bürgermeister«, hier hob er seinen Stichwortzettel wie zum Gruße, »die Bemühungen des Kollegiums als Dankesbezeigung gegenüber dem Ort, in dem wir unterrichten, in dem wir lernen und unsere Schülerinnen und Schüler lehren, wie wichtig Multikulturalität in einer globalen, technisierten Gesellschaft wie der unseren ist, wo wir ihnen beibringen, die Verschmelzung der Kulturen als einen Prozeß geistiger Öffnung in alle Richtungen zu sehen, als Bereicherung ...«

Wie peinlich du auf mich wirkst, Jordi: Das einzige, was dich interessiert, ist die Verschmelzung mit Frauen, laß doch das Gequatsche ...

»... und nicht zuletzt möchte ich sie als Hommage an unsere Kollegen und Kolleginnen aus früheren, weniger glücklichen Zeiten verstanden wissen ... Wir alle sind Teil des gleichen gesellschaftlichen Motors, des Unterrichtswesens.«

Hat es andere, weniger glückliche Zeiten gegeben? Habe ich jemals soviel Kummer im Herzen getragen? Ich bringe es nicht über mich, aus der Runde herauszutreten, mich vor ihn hinzustellen und ihm zu sagen, Jordi, hör auf, Reden zu schwingen, und denk ein bißchen nach: Es gab glücklichere Zeiten, erinnerst du dich? Damals dachten wir noch, wir wären anständig, vor allem aber dachten wir, wir würden für alle Zeiten anständig bleiben, ja oder nein, sag schon, ja oder nein?

Der höfliche Applaus der Eröffnungsgäste der Ausstellung *Ein halbes Jahrhundert schulischen Lebens (1940-2002)* riß sie aus ihren Gedanken. Die Ausstellung würde für einen Monat in der Aula gezeigt werden, bis Karneval, und es würden Lehrer aus anderen Schulen der Region kommen, die ebenfalls daran mitgearbeitet hatten. Der Bürgermeister erklärte die Ausstellung für eröffnet, und alle machten sich über die gefüllten Oliven und die Kartoffelchips her und begossen sie mit einem Schluck Limonade. Joana nutzte das Gewirr, behende wie immer, um die letzten Schildchen anzubringen, und Jordi trat, begleitet von Maite, lächelnd auf sie zu. Tina wollte Jordi nicht kontrollieren, folgte ihnen dann aber doch aus einigen Metern Entfernung und tat so, als holte sie sich etwas zu trinken. Als ein Kollege ihr Kartoffelchips anbot, winkte sie dankend ab, wie um zu sagen, vor ein paar Tagen habe ich herausgefunden, daß mein Mann mich betrügt, und mir ist nicht nach Kartoffelchips zumute, weil ich vor Kummer sowieso nichts herunterbekomme. Und ich erzähle dir lieber nichts weiter, weil das Ganze zu traurig ist. Jordi stand noch immer vor der Sekretärin, eine Olive in der Hand: »Herzlichen Glückwunsch. Die Ausstellung ist großartig geworden.«

»Mir wäre lieber gewesen«, erwiderte Joana schroff, »die Leute hätten in den letzten Tagen mit angepackt, anstatt mich jetzt zu beglückwünschen.« Sie wandte sich an Maite: »Der Katalog ist noch nicht fertig.«

»Aber die Eröffnung haben wir fristgerecht geschafft.«

Tina sah, wie Joana, offensichtlich verärgert, das Erläuterungsschild zur Herkunft von fünf erstaunlich gut erhaltenen Stücken Tafelkreide anbrachte, die sie in einer Schule im Vall de Ferrara gefunden hatten, und dann im Sekretariat verschwand, wo sie immer irgend etwas zu tun hatte. Jordi und Maite blieben ein wenig ratlos zurück, auch wenn sie sich das nicht anmerken lassen wollten. Tina beobachtete die beiden und versuchte, sie sich um Mitternacht im Anorak vor der Pension von Ainet vorzustellen. Konnte es Maite sein, die Schlampe? Sie war sich nicht sicher, aber möglich war es. Als Schulleiterin hatte sie viel Bewegungsfreiheit.

Fast hätte sie sich verschluckt, als das ehebrecherische Paar auf sie zukam; wieder mußte sie den Kollegen abwimmeln, der es offensichtlich darauf anlegte, sie zu mästen, und nicht zu merken schien, daß sie nicht nur Kummer, sondern auch ein paar Kilo zuviel auf den Rippen hatte. Maite, die Verräterin, fragte sie besorgt: »Weißt du, was mit Joana los ist?«

Sie hatte Lust zu sagen, fragt euch lieber, was mit mir los ist, ihr beide macht mich fertig, und ich habe niemanden, mit dem ich darüber reden kann. Falls du es überhaupt bist, Maite. Aber sie erwiderte bloß: »Keine Ahnung, vielleicht ist sie nervös. Immerhin hat sie sich ganz schön ins Zeug gelegt.«

»Jeder hat getan, was er tun mußte«, verteidigte sich Maite.

Tina hörte ihr nicht zu; sie sah, wie Jordi sich entschuldigte und mit strahlender Miene davonging. Also war es doch nicht Maite. Sie wandte sich um, um Jordis Begegnung mit seiner wahren Geliebten zu erleben, sah aber nur, wie er Miguel Darder auf die Schulter klopfte. Maite, du bist es doch. Maite und sie lächelten Darder an. Genaugenommen waren es sechs Kilo zuviel, auch wenn sie sich das nur ungern eingestand. Einen Moment lang war Tina versucht zu fragen, warum tut ihr mir das an, Maite?, aber sie hielt sich noch rechtzeitig zurück. Sie sah zu Darder hinüber, winkte ihm von weitem zu, Darder winkte zurück, und sie hörte, wie es aus ihr herausbrach: »Warum tut ihr mir das an, Maite?«

Maite, die gerade weggehen wollte, blieb stehen und öffnete den Mund; der Gesprächslärm um sie herum war verstummt. Es war Tina gegen Maite, sie wollte endlich verstehen, warum geschah, was niemals hätte geschehen können, wenn wir aufrichtig geblieben wären. Nach einigen Sekunden fragte Maite: »Wer tut dir was an?«

»Ach komm schon. Noch dazu ...«

»Wovon redest du?«

»Schon gut, ich habe nichts gesagt, entschuldige«, sagte sie so abweisend wie möglich.

Sie ließ Maite stehen; sie hatte von allem die Nase voll. Am liebsten wäre sie in diesem Augenblick bei Doktor Schiwago gewesen.

Statt dessen kehrte sie in die Aula zurück und betrachtete

die Ausstellungswand, an der einige ihrer Fotos mit all ihren Fehlern zu bewundern waren – wie das von der Schule von Torena am Tag vor dem Abriß –, und die große Karte, auf der die Schulen verzeichnet waren, aus denen die Ausstellungsobjekte stammten. Sie entsprach ziemlich genau dem bevorzugten Aktionsradius des Trupps von Leutnant Marcó. Fast alle seiner Männer waren in den Pyrenäen geboren, alle kamen aus den Bergen, und soweit sie das aus ihrer letzten Lektüre entnehmen konnte, hatten sie häufig die offiziellen Anweisungen aus Toulouse mißachtet.

Obwohl sie keinen Hunger hatte, nahm sie eine Olive, um etwas zum Knabbern zu haben. Sie sah sich um. Ein Lehrer berichtete dem unterdrückt gähnenden Bürgermeister von den Mühen, die sie auf sich genommen hatten, um irgendwelches Material aufzutreiben. Joana trat auf sie zu; sie hatte ein Bündel zusammengefalteter Blätter bei sich.

»Das interessiert dich doch, oder?«

Tina warf einen Blick auf die Papiere. Es waren Zeitungsausschnitte von damals.

»Wo hast du die denn her?«

»Aus der alten Schule von Sort. Anscheinend hat ein Lehrer das wenige gesammelt, was über den Maquis geschrieben wurde.«

»Weißt du, wer es war?« Begierig blätterte sie die Artikel durch.

»Nein.« Joana zögerte einen Moment, bevor sie fragte: »Warum interessierst du dich so sehr für den Krieg?«

»Weil ein Lehrer, der ein Widerstandskämpfer des Maquis war, als angebliches Bollwerk des Faschismus in dieser Region in die Geschichte eingegangen ist. Ich möchte die Wahrheit ans Licht bringen.«

»Und wozu soll das gut sein?«

»Für das Gedenken.« Sie senkte den Blick, weil ihre Worte ihr zu pathetisch erschienen: »Für seine Familie. Seine Tochter. Mich.«

»Kennst du seine Tochter denn?«

»Nein. Ich weiß nicht einmal, ob sie lebt.«

»Das ist ja auch lange her.«

Wie sollte sie ihr erklären, daß sie der Gedanke erschreckte, die Menschen könnten nicht sein, was sie waren, wie Oriol Fontelles, wie Jordi. Daß es ihr leichter fiel, sich mit Fontelles auseinanderzusetzen als mit Jordi. Sie beschäftigte sich mit Oriol, weil sie feige war. Mein Gott, so viele Feiglinge auf einem Haufen. Soll ich Joana etwas erzählen? Soll ich ihr von Jordi erzählen? Vom Arzt? Von Arnau?

»Im Grunde genommen tue ich es wahrscheinlich für mich«, schloß sie. Joana sah sie an. Tina spürte, daß ihre Hände zitterten, und ließ die Zeitungsausschnitte sinken, damit Joana es nicht bemerkte.

»Gibt's was Neues von Arnau?«

»Nichts. Er sagt, er sei sehr glücklich.«

»Habt ihr ihn noch nicht besucht?«

»Sie lassen uns nicht. Es ist noch zu früh. Aber ich glaube, ich fahre demnächst einfach mal hin.«

Beide schwiegen ein wenig unbehaglich. Dann drückte Joana ihr zum Abschied den Arm, und Tina blieb allein zurück mit ihrer Enttäuschung über Arnau, meinen Sohn, der aus freien Stücken einen Weg gewählt hat, nachdem ich dafür gekämpft habe, daß er nie gezwungen würde, diesen Weg einzuschlagen. Mein Sohn lebt ein anderes Leben. Wie die Tochter von Oriol Fontelles, die in der Überzeugung lebt, ihr Vater sei ein Faschist gewesen, was doch nicht wahr ist.

Sie sah sich die Zeitungsausschnitte an, überflog zwei oder drei. Eine Reihe von drei sehr guten, wenn auch ein wenig vergilbten Fotos, auf denen die Plaça de Sant Eloi zu sehen war, vielleicht auch die Plaça Major, mit einem Mahnmal, dessen Inschrift kaum zu entziffern war. Tina ging zum Licht, um die Einzelheiten besser zu erkennen. Unter dem ersten Foto stand, daß es sich um ein schlichtes, aber kraftvolles Mahnmal für die Gefallenen handele, eingeweiht 1944 und gleich darauf bei einem Anschlag zerstört. Hinter dem Mahnmal gingen ein Arbeiter und ein Junge davon, der verärgert auf den Stein sah. Es regnete. Im Hintergrund stand eng umschlungen ein junges Paar, vielleicht küßten sie sich. Eine Gruppe von Männern in weißen Jacketts, die sie an die Musiker des Orquestra Plateria erinnerten, betrachteten das Mahnmal; sie schienen zu fachsimpeln. Um sie herum standen weitere Menschen, die das Mahnmal ansahen und vielleicht den Fotografen (Peret von den Moliners). Das Foto war voller Details, die dem Fotografen gar nicht aufgefallen waren, weil er sich ganz auf das Mahnmal konzentriert hatte. Die zweite Aufnahme, das Mahnmal auf dem menschenleeren Platz, war genau drei Sekunden vor der Explosion der Bombe entstanden, die den Fotografen das Leben gekostet hatte. Der Maquis tötete Peret von den Moliners, der immer links gewählt hatte, als man noch wählen konnte.

Ein drittes Foto von ganz anderer Machart, sicherlich von einem anderen Fotografen, zeigte die Zerstörung nach der Explosion und einen finster dreinblickenden Mann, der die Roten und Separatisten verfluchte, die unser Vaterland zerstören. Ringsherum liefen Menschen verschreckt durcheinander und bekreuzigten sich. Der trockene Geruch nach dem Pulver, das die Bombe gezündet hatte, hing noch in der Luft, und das größte Stück des Mahnmals war zehn Schritt weit geflogen. Am Bildrand war undeutlich ein Mann zu sehen, der dachte, in welche Welt haben wir dich geboren, meine namenlose Tochter.

Tina sah sich die übrigen Fotos an. Gutes Material. Es hatte nichts mit dem Buch zu tun, an dem sie arbeitete, wohl aber mit Oriol. Herzlichen Dank, Joana, dachte sie und sah die Sekretärin an.

35

Ein reiner, schimmernder Frühlingshimmel mit nadelspitzen Sternen verkündete Jaume Serrallac, daß die Botschaft seines Lichts zu alt und zu fern war, um sie zu verstehen. Aber Serrallac hörte nicht auf das, was die Sterne ihm sagten. Er betrachtete das Sternbild, das aussah wie ein W, ohne zu wissen, daß Kassiopeia ihre Familie ins Unglück gestürzt hatte, als sie in ihrem Stolz verkündete, ihre Tochter Andromeda sei hübscher als die Nereiden. Ausgerechnet die Nereiden! Was für eine Unverschämtheit! Und nun stand sie gemeinsam mit ihrem Gatten Kepheus reglos am eisigen Himmel, neben Andromeda und ihrem geliebten Retter Perseus. So viel Leidenschaft, so viel Sühne, so viele Schicksalsschläge über Serrallacs Kopf. Aber er dachte, während er in den Himmel sah und ruhig eine letzte Zigarette rauchte, nur darüber nach, wo er zum Teufel noch mal einen zweiten Kredit auftreiben könnte, um die Löcher zu stopfen, die die Reparatur des Lastwagens gerissen hatte. Ein Kälteschauer überlief ihn, und er zog den Reißverschluß seines dicken Pullovers bis zum Hals hoch.

Die schwache Glühbirne auf der anderen Seite des Platzes brannte nicht, wie damals, als er noch klein war und Trupps des Maquis oder bange Scharen von Männern, Frauen und Kindern mit angstvollen Augen, zitternde Flüchtlinge, heimlich zur Schule gezogen waren, um dort ein paar Stunden auszuruhen, bevor sie ihren Weg ins Ungewisse fortsetzten. Serrallac hatte nie davon erfahren. Von seinem Pult links an der Wand aus hatte er die Landkarten betrachtet, die ihn zum Träumen verleiteten, und sich vorgestellt, wie er den Amazonas hinaufruderte, dieses blaue, grün gesäumte Band. Und wenn er dann in dem braun-weißen Gebiet angekommen wäre, an den Quellen des Amazonas, würde er einen so lauten Schrei ausstoßen, daß man ihn in ganz Amerika hören könnte, von der Beringstraße bis nach Feuerland.

»Was ist, Jaumet?«

»Ich weiß nicht … der Amazonas … mir wird schwindlig davon …«

»Und warum?«

»Wievielmal ist er größer als der Pamano? Oder als die Noguera?«

Oriol sah forschend in Jaume Serrallacs blaue Augen. Er war vielleicht das einzige Kind der Klasse, das über alles nachdachte, der einzige, der an einem anderen Ort oder zu einer anderen Zeit Großes hätte studieren können; aber in Torena würde Jaumet, wenn sein Vater sich nicht bald entschließen konnte, Sense, Gras, Kuh, Schaf und mit etwas Glück die Zucht von Zugtieren studieren, denn das brachte Geld und hatte Zukunft, jetzt, da alle Maultiere und Esel für den Krieg requiriert waren. Oder vielleicht würde er mit seinem Vater, dem Steinmetz Serallac, Grabsteine und Bodenplatten bearbeiten.

»Der Amazonas ist … mehr als tausendmal größer als der Pamano.«

»Nein.« Jaumet Serrallac war überwältigt.

»Doch.«

Den ganzen kalten Nachmittag lang sagte Jaumet nichts mehr, weil er versuchte, sich tausend Pamanos in einem auszumalen, und das ganze Vall d'Àssua zu einem Fluß wurde, der ebenso unvorstellbar war wie die legendäre Weite des Meeres. Das waren seine Träume, während auf dem Dachboden über seinem Kopf zwei bezopfte Mädchen versuchten, ihre Angst zum Schweigen zu bringen, damit kein Schüler zu Hause in aller Unschuld berichten konnte, daß die Ratten und Mäuse auf dem Dachboden der Schule niesten wie Mädchen mit angstvollen Augen und blonden Zöpfen.

Doch das erfuhr Serrallac nie, denn wenn er nicht gerade von der Weltkarte träumte, half er seinem Vater, den

Stein mit dem Spitzhammer zu bearbeiten, und bewunderte Ventureta – der damals noch am Leben war –, weil dieser es in gerade mal fünf Viertelstunden zum Coma Alta und zurück schaffte. Aber jetzt war die Glühbirne nicht etwa erloschen, weil ein bedrängter Lehrer sie herausdrehte, wenn es nötig war, sondern weil der Bürgermeister ein Versager war, der ein gutes Gehalt kassierte, wenig Arbeit hatte, die er auch noch schlecht erledigte, und niemand sich über ihn beschwerte. Jaume beneidete ihn, weil er ein Beamtengehalt bezog, während ihm das Wasser bis zum Hals stand, der Lastwagen noch nicht abbezahlt und jetzt überdies die Nokkenwelle gebrochen war, weil er sich in den Kopf gesetzt hatte, mit voller Ladung den teuflischen Weg nach Pujalt hinaufzufahren.

Er hatte gerade seine Zigarettenkippe auf den Boden geworfen, da ging die Tür von Casa Gravat auf, und er blieb im Schutze der Dunkelheit still auf der Steinbank sitzen und beobachtete, wie eine weibliche Silhouette herauskam, die etwas Dunkles in der Hand trug. Es war Senyora Elisenda mit einem Bündel Kleider. Sie warf es in eine Pfütze an der Wand, wo es sich sofort mit Schlamm vollsog. Senyora Elisenda ging wieder hinein und schloß die Tür, und Jaume Serrallac sagte sich, daß es besser sei, sich nicht von der Stelle zu rühren, weil das sicher noch nicht alles gewesen war. Und tatsächlich öffnete sich die Tür von Casa Gravat erneut, und eine bleiche Gestalt kam heraus, ein nackter, barfüßiger Mann, der leise fluchte, als ihn die Kälte traf, denn Ende April sind die Nächte in Torena noch empfindlich frisch. Er nahm die tropfnasse Kleidung, schlüpfte rasch in die Unterhose, die dunkel vom Schlamm war, und wühlte wütend in dem Kleiderbündel. Wieder ging die Tür auf, und ein Arm schleuderte ein Paar Schuhe in die Mitte des Platzes, wo sie mit einem hohlen Geräusch aufschlugen. Die Tür ging zu, und der Mann fluchte lauter, beeilte sich aber, die Schuhe aufzuheben. Jetzt konnte Jaume Serrallac sein Gesicht erkennen: Es war der Pistenhengst, der angeblich bei jungen Mädchen aus Barcelona großen Erfolg hatte. Dieser Hohlkopf und Senyora Elisenda? Na so was. Und in Casa Gravat. Teufel auch. Was für ein Gespann, Senyora Elisenda, die Unnahbare, und der Wichtigtuer mit der Sonnenbrille.

Jaume Serrallac drückte sich reglos an die Wand seines Hauses, damit der andere ihn nicht bemerkte. Das ärgerte ihn, denn wenn hier jemand etwas zu verbergen hatte, dann dieser verfluchte Skilehrer und nicht er, der auf der Steinbank seines Hauses eine letzte Zigarette rauchte, während seine Frau und seine Tochter schon schliefen. Trotzdem tat er keinen Mucks, denn in Torena hatte man vor Jahren gelernt, daß man sich von denen von Casa Gravat besser fernhielt. Der Skilehrer und Senyora Elisenda. Ein starkes Stück. Senyora Elisenda, diese Heimlichtuerin, die das halbe Gemeindeland aufgekauft und dann wiederverkauft hat, für ein Vermögen, wie es heißt, und die immer um die Pfarrer und den Bischof von La Seu herumscharwenzelt, läßt sich von einem Skilehrer flachlegen.

»Das glaub ich nicht.«

»Ich hab's mit eigenen Augen gesehen. Mit nacktem Hintern mitten auf dem Platz.«

»Unmöglich. Senyora Vilabrú ...«

»Senyora Vilabrú hat Beine wie jeder Mensch. Und wer Beine hat, hat auch was dazwischen«, erklärte Jaume Serrallac kategorisch, während er bei Rendé mit diesem Halunken von der Versicherung, der sich rundheraus weigerte, zu akzeptieren, daß ein Bruch der Nockenwelle ein Unfall und keine Panne war, einen Kaffee mit Schuß trank.

»Ich weiß es aus erster Hand: Einer, der direkt gegenüber wohnt, hat es mir geschworen, einer, der Grabsteine und andere Sachen aus Stein macht.«

»Das kann nicht sein.«

»Doch: Senyora Elisenda vögelt junge Kerle und läßt sie nackt durchs Dorf laufen.«

»Wie bei einer Orgie?«

»Weiß ich nicht. Ich erzähl dir nur, was dieser Typ mir

erzählt hat. Ich war doch noch nie in Torena: Ich verkaufe Versicherungen, was soll ich in Torena.«

»Ja, aber was du da sagst, ist ein ziemlich starkes Stück.«

»Der, der's mir erzählt hat, wohnt direkt gegenüber. Also, ich für mein Teil …«

»Orgien im Dorf, Herr Delegat.«

»Das glaube ich nicht.«

»Lassen Sie es untersuchen.«

»Sie haben mir nicht zu sagen, was ich tun soll. Da will ihr jemand schaden. Diese Frau ist sehr, sehr …«

»Ich habe Ihnen nur erzählt, was ich aus sicherer Quelle weiß. Aus erster Hand.«

»Als Delegat sehe ich mich verpflichtet, Sie zu bitten, daß Sie die Untersuchung einleiten.«

»Wenn es so schwerwiegend ist, wie behauptet wird …« Er klopfte sorgenvoll mit dem Bleistift auf den Schreibtisch.

»Ich bin sicher, daß es sich um eine Übertreibung handelt. Irgend jemand will sie ruinieren. Bei der Untersuchung wird sich alles zeigen, Senyor.«

»Veranlassen Sie Ihrerseits alles Nötige. Diskretion, Klugheit, Zurückhaltung, Takt und Umsicht, Herr Delegat.«

Senyora Elisenda schloß die Tür und lehnte sich dagegen, wie um die Gerüchte auszuschließen, die von diesem Augenblick an umherschwirren würden. Sie hörte Quique unterdrückt fluchen, dann dröhnten die ersten Schläge. »Wenn ich dir's doch sag, er hatte die Hosen noch nicht richtig hochgezogen, da hat er angefangen, mit einem Schuh an die Tür von Casa Gravat zu schlagen, mitten in der Stille, und er hat gerufen, mach auf, oder es wird dir noch leid tun, und kurz bevor die ersten Lichter in den Häusern rund um den Platz angingen, hat Senyora Elisenda die Tür aufgemacht und hat Quique an den Haaren reingezogen. Und dann hab ich nichts mehr gesehen, obwohl ich noch eine ganz Weile gewartet hab, aber es war so, wie ich's gesagt hab, und wenn's nicht stimmt, will ich tot umfallen.«

»Jetzt hör mir mal zu.« Quique hatte noch immer die Schuhe in der Hand; er keuchte vor Wut. Ohne sich umzudrehen, sagte Elisenda: »Danke, Carmina, du kannst schlafen gehen, es ist alles in Ordnung.«

»Es ist nur ... da ist ein Anruf, Senyora.«

»Um diese Uhrzeit?«

»Er hat gesagt, es ist wichtig.«

»Danke, ich komme gleich.«

»Was? Was soll ich hören?« Quique zog sich an und wischte sich zornig den Schlamm vom Hemd.

»Ich wiederhole mich nicht gern. Wenn du irgend jemandem von uns beiden erzählst, lasse ich dich umbringen. Ich meine es ernst.«

»Huch, da hab ich aber Angst!«

»Versuch's nur. Ich habe die Mittel dazu.«

»Senyora, die haben gesagt ...«

»Danke, Carmina.« Sie hatte sich immer noch nicht umgewandt. »Ich habe gesagt, du kannst schlafen gehen.«

Als Quique angezogen war, öffnete Senyora Elisenda wieder die Tür, und im Hinausgehen spuckte Quique hilflos auf den Boden, sah sie an und sagte: »Ich hab's deinem Söhnchen besorgt, und es hat ihm gefallen. Er ist eine rettungslose Schwuchtel. Wenn du's genauer wissen willst, ruf mich an.«

Senyora Elisenda schloß die Tür hinter ihrer Affäre mit Quique, und als sie sich umdrehte, sah sie eine verängstigte Carmina im Nachthemd an der Tür zum Korridor stehen. Auf dem Weg zum Wohnzimmer sagte sie, ohne sie anzusehen: »Carmina, gleich morgen früh packst du deine Koffer und gehst.«

»Aber ...«

»Das Geld wird hier für dich bereitliegen.«

»Senyora, ich ...«

Doch Senyora Elisenda war schon im Wohnzimmer und griff nach dem Hörer des Telefons, das auf dem Kaminsims stand.

»Bitte.«

»Senyora Vilabrú?«

»Das bin ich.«

»Ihr Onkel.«

»Was ist mit ihm?«

Der Leiter des Altersheims erklärte, er bedauere sehr, ihr mitteilen zu müssen, daß es diesmal ernst zu sein scheine. Der arme Mann hatte wieder einen Schlaganfall erlitten. Er war halbseitig gelähmt und regte sich nicht und …

»Was sagt der Arzt?«

»Daß es sehr ernst um ihn steht, Senyora.«

»Gut. In einer Stunde bin ich im Altersheim.«

»Nein. Wir haben ihn ins Krankenhaus gebracht, und …«

»Ich habe gesagt, in einer Stunde bin ich im Altersheim.«

Sie fuhr selbst, allein, so konnte sie ihren Wuttränen freien Lauf lassen, durfte Schwäche zeigen, sich Luft machen, im Auto schreien, während sie den Paß von Cantó hinauffuhr. Als sie am Altersheim ankam, das neben dem Bischofspalast lag, wartete bereits Hochwürden Llavaria auf sie. Er war besorgt.

»Sie haben ihm gerade die Letzte Ölung verabreicht. Er wird diese Nacht nicht überleben.« Er blickte rasch zu dem Gebäude hinüber: »Aber … er ist im Krankenhaus.«

Gefolgt vom Leiter des Hauses, ging Senyora Elisenda zu Onkel Augusts Zimmer hinauf. Dort angelangt, drehte sie sich um und sagte kühl: »Hochwürden, ich wäre gerne einen Augenblick allein, wenn Sie bitte meinen Schmerz respektieren würden …«

Der Mann verstand nicht recht, beeilte sich aber, die Tür hinter sich zu schließen. Senyora Elisenda sah sich prüfend um: Das Bett war ungemacht, Onkel Augusts Stock lehnte nutzlos an der Wand, auf dem Tisch lag ein aufgeschlagenes Buch mit mathematischen Spielereien, ein gespitzter Bleistift war als Lesezeichen zwischen die Lösungsseiten gelegt. In der ersten Schublade fand sie, was sie gesucht hatte: einen halbfertigen Brief an den Bischof von La Seu und den neuen Postulator für die Seligsprechung des ehrwürdigen Oriol Fontelles Grau, gestorben für seinen Glauben, in dem Hochwürden August in zittriger, aber gut leserlicher Schrift schrieb: »Ich befinde mich in dem schrecklichen Zwiespalt, zwischen zwei Übeln wählen zu müssen, und mein Gewissen erträgt diese Last nicht. Was auch immer ich tue, ich werde verdammt sein. Schweige ich, so mache ich mich des Betrugs mitschuldig; spreche ich, so verletze ich das Beichtgeheimnis. Diese Situation geht über meine Kräfte, und so will ich Sie auf Rat meines Beichtvaters warnen, lieber Monsignore, daß ich guten Grund zu der Annahme habe, daß der Prozeß der Seligsprechung des ehrwürdigen Oriol Fontelles Grau nicht fortgesetzt werden sollte.« Punkt. Ein halbfertiger Brief, noch ohne Gruß- und Abschiedsformel, aber schon mit den Namen der Adressaten versehen. Ein Entwurf voller Zweifel.

Als Hochwürden Llavaria nach einer Viertelstunde zaghaft an die Tür klopfte, sagte sie mit gebrochener Stimme: »Herein.« Sie saß da und trocknete sich die Augen. Den Priester dauerte ihr Schmerz, und so sagte er nichts.

»Wären Sie so freundlich, mir zu sagen, wie ich zum Krankenhaus komme?«

Auf der Straße erklärte Hochwürden Llavaria Senyora Elisenda den Weg, und als sie schon im Wagen saß, streckte sie noch einmal den Kopf heraus und fragte: »Hochwürden, wissen Sie, wer der Beichtvater meines Onkels ist?«

»Der Beichtvater?«

Sie wartete auf seine Antwort, bevor sie den Motor anließ.

»Warum wollen Sie das wissen?«

»Um ihm für alles zu danken, was er für meinen Onkel getan hat.«

»Ich bin sein Beichtvater.«

»Vielen Dank, Hochwürden. Ich werde Sie in ein paar Tagen besuchen, um Ihnen meine Dankbarkeit zu bezeigen.«

Sie startete den Wagen und ließ den Leiter des Altersheims

noch beunruhigter zurück, als er bei ihrer Ankunft gewesen war.

Am schlimmsten war sein Blick. Er war schlimmer als sein Röcheln, als das leichte Zittern seiner Schulter, als das Vorgefühl nahen Todes, das im Raum hing. Sein starrer, haßerfüllter Blick aus halbgeschlossenen Augen.

»Er erkennt niemanden«, versicherte ihr der Arzt. »Wir können nichts mehr für ihn tun.«

Und ob er mich erkennt. Er sieht mich an und schickt mich zur Hölle, und das jagt mir Angst ein. Aber laß dir gesagt sein, daß das Ganze einem guten Zweck dient und daß du mir nicht zu sagen hast, was ich tun soll. Ich habe beschlossen, aller Welt zu verkünden, daß Oriol ein Märtyrer war, und sein Andenken zu ehren. Warst du nicht anfangs davon begeistert, und Hochwürden Bagà auch? Jetzt kann ich nicht mehr zurück, um nichts in der Welt. Ausgeschlossen. Außerdem habe ich Gott gesagt, daß ich es schaffen würde. Und wenn du das nicht verstehen willst, ist es mir egal: Ich tue all dies aus Liebe zu meinem Geliebten, und ich schwöre dir, ich werde es schaffen.

»Onkel, können Sie mich hören?«

Er verflucht mich. Ich bin kein schlechter Mensch, Onkel; du denkst, ich sei schlecht, aber alles, was ich tue, tue ich zu einem guten Zweck. Heute nachmittag habe ich gebeichtet, nun bin ich rein. Fast rein. Du hast kein Recht, mich zu verfluchen, du hast kein Recht, mich so anzusehen.

»Setzen Sie sich, Senyora. Sie müssen auch an sich denken.«

Ich denke ununterbrochen an mich. Warum bist du so hart, Onkel? Siehst du denn nicht ein, daß ich nicht mehr zurück kann? Du denkst, du weißt alles, dabei weißt du nicht einmal die Hälfte. Verstehst du denn nicht? Die Dinge sind nun einmal geschehen, und wenn ich eines gelernt habe im Leben, so ist es, daß wir nichts ungeschehen machen können, so sehr wir es uns auch wünschen: Wir müssen es hinnehmen. Das bedeutet, stark zu sein. Und wer mich dafür verurteilen will, daß ich nichts anderes getan habe, als das Andenken meines Vaters und meines Bruders zu ehren und meinem Geliebten Gerechtigkeit widerfahren zu lassen, sollte zuerst sehen, ob er frei von Schuld ist, denn jeder hat etwas zu verbergen. Und komm mir nicht wieder mit Vergebung. Ich bin nicht diejenige, die vergeben könnte, sondern mein Vater und mein Bruder. Und mein Geliebter. Ja, mein Geliebter, Onkel, was ist schon dabei. Du wirst nie verstehen, was es heißt, jemanden bis zum Wahnsinn zu lieben. Du wirst nie verstehen, daß ich auch nach all den Jahren noch jede Nacht an Oriol denke, trotz allem, was passiert ist und von dem du keine Ahnung hast. Der Kummer zermürbt mich. Jede Nacht denke ich an ihn, Onkel. Du weißt nicht, was Leidenschaft ist und wozu wir aus Leidenschaft fähig sind. Ich bin reich, weil ich für kurze Zeit in Oriols Armen liegen durfte: Es hat sich gelohnt, diese wenigen heimlichen Augenblicke waren mein Himmel. Alle anderen Entscheidungen, die mich von Tag zu Tag reicher machen, sind nicht von Bedeutung, Onkel. Doch die Erinnerung an Oriol zu bewahren, zu erreichen, daß er für immer geehrt wird, das ist wichtig. Und das werde ich durchsetzen, gegen wen auch immer. Sogar gegen Gott, möge er mir vergeben. Und ich schwöre, daß ich diese Kette mit dem Kreuz nie mehr ablegen werde, Onkel August, bis zu meinem Tod.

»Senyora Vilabrú.«

»Ja?«

»Hochwürden August ist tot.«

Hochwürden Augusts Blick war unverändert: Haßerfüllt starrten die halbgeöffneten Augen sie an, beschuldigten sie aller Übel. Wie ungerecht du bist, Onkel August.

»Könnten Sie ihm bitte die Augen schließen?«

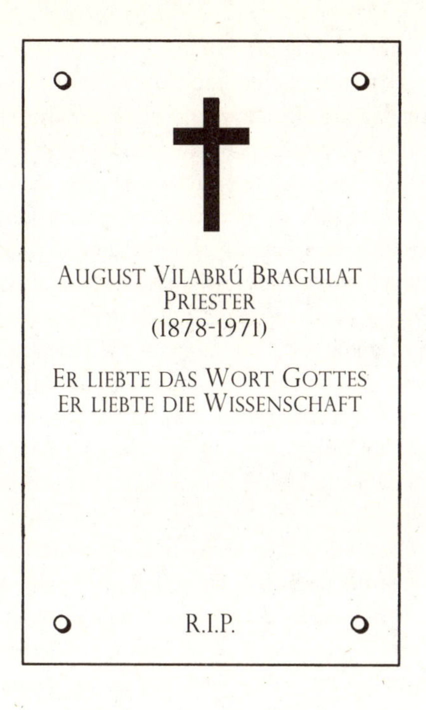

Er liebte das Wort Gottes. Er liebte die Wissenschaft. Er beweinte den Tod eines Bruders und eines Neffen, heimtükkisch ermordet von Anarchisten aus Tremp, und hegte sündige Rachegedanken. Er lebte im Exil in Rom und lernte dort Massimo Vivaldi kennen, der ihn ermutigte, sein Buch *Über einen Raum ganzer Funktionen endlicher Ordnung* zu schreiben. Er hegte ernsthafte Zweifel an dem Versuch von Whitehead und Russell, die Arithmetik auf der Axiomatik der Mengentheorie aufzubauen. Aber nachdem er ihr Buch *Principia Mathematica* gelesen hatte, wurde er zu einem ihrer treuesten Anhänger. Er wurde zweimal hintereinander für die Fields-Medaille nominiert, obwohl er sich nach seiner Rückkehr aus Rom nicht mehr aus La Seu fortrührte, wo er einen ruhigen Posten innehatte, der es ihm erlaubte, den ganzen Tag über die Funktionen reeller Variabler nachzudenken. Aber er war schwach seiner Nichte gegenüber, die seines Erachtens ein eiskalter Racheengel war und es vermocht hatte, ihn in ein Gewirr unlösbarer Entscheidungen zu verstricken. All das lag in dem Bindestrich, den Jaume Serrallac zwischen 1878 und 1971 eingravierte, ohne diese Dinge zu wissen. »Du hast geschicktere Hände als ich«, hatte sein Vater anerkennend gesagt. Seit er sich aus dem Geschäft zurückgezogen hatte, saß Pere der Steinmetz den ganzen Tag in der Werkstatt, die nun seinem Sohn gehörte, las Auszüge aus den Gedanken Bakunins, die für ihn inzwischen weniger eine Doktrin waren als vielmehr eine Erinnerung an die Zeiten, als er noch Ideale hatte, strich mit der flachen Hand über die Marmorblöcke und murmelte: »Die Steine sind auch nicht mehr das, was sie mal waren.«

Dies war sicherlich der nobelste Grabstein, den er jemals anfertigen würde, denn hier in den Bergen hatten die Leute normalerweise nicht eine solche Geschichte aufzuweisen. Außerdem hatte die Familie nicht mit Geld gegeizt, nur mit der Zeit. Jaume Serrallac mußte den ganzen Nachmittag und den ganzen Abend in der Werkstatt verbringen, um diese Zusammenfassung eines Lebens und eines Traums in Perpetua Titling MT einzumeißeln, und als er damit fertig war, malte er die Inschrift schwarz aus, damit sie sich besser vom eleganten Grau des Steins abhob. Ein Kunstwerk. Der arme Priester, er war schon lange nur noch Haut und Knochen gewesen. Und er dachte unablässig, nie hätte ich gedacht, daß Senyora Elisenda … Natürlich ist sie eine schöne, elegante Frau, aber … Das ist schon ein dickes Ding. Senyora Elisenda hingegen spazierte unruhig und allein, ohne Carmina, im Innengarten von Casa Gravat auf und ab und ging erst sehr spät zu Bett, als Kassiopeia ihre Bahn fast beendet hatte und Andromeda schon über Torena hinweggezogen war. Nicht einen Augenblick lang hatte sie zu den Sternen aufgeblickt, zu viele Dinge gingen ihr durch den Kopf, beunruhigten sie, und sie hatte so viel Wichtiges zu erledigen, wie zum

Beispiel die zerrissenen Briefe ihres Onkels in der Toilette hinunterzuspülen oder den Gedanken an den Blick des Sterbenden zu verdrängen, der schlimmer war als der Blick, den Perseus ertragen mußte, als er die Gorgo Medusa besiegte, dort oben im Reich der Sterne.

Vierter Teil

Nänie für den Henker

Lieber Polizist: Ich bin Gott.
JOHN ALLEN MUHAMMAD
Heckenschütze aus Virginia

Introibo ad altare Dei. At Deum qui laetificat iuventutem meam. Adiutorum nostrum in nomine Domine. Deus qui fecit caelum et terram.

Hochwürden Rella erinnert sich kaum noch an die Messe in Latein; erstaunlich, wie schnell die Zeit vergeht. Vielleicht seit zwanzig oder dreißig Jahren hat er die Messe nicht mehr in Latein gelesen. Dreißig Jahre, mein Gott. Das ist unverzeihlich.

Lange bevor das Evangelium gelesen wird, machen in den Bänken der Ehrengäste Zettel die Runde, die einige brav in die Tasche stecken, um sie später zu lesen, während andere sie sich gleich ansehen. Sie blicken auf und sehen sich unruhig nach allen Seiten um, als wären sie bei etwas Verbotenem ertappt worden.

»Bitte sehr.«

Hochwürden Rella nimmt einen Zettel und entfaltet ihn; sicher sind es neue Anweisungen für die komplizierten Zeremonien des Tages. Doch dann liest er auf spanisch: »Wir, die Mitglieder der Spanischen Falange, plädieren im Namen des spanischen Volkes für die erhoffte und ersehnte Seligsprechung des Caudillos Generalísimo Francisco Franco Bahamonde. Viva Franco, arriba España.« Ein Postfach für Beitrittserklärungen. Verdammt. Ich meine ... Wütend zerknüllt der Pfarrer den Zettel und wirft ihn demonstrativ zu Boden. Das eine hat mit dem anderen nichts zu tun, beruhigt er sich selbst. Der Mann zu seiner Rechten bückt sich, hebt den zerknüllten Zettel auf und streicht ihn auf der Rückenlehne der Vorderbank glatt. Dann faltet er ihn sorgfältig und gibt ihn dem Pfarrer zurück: »Sie haben da was verloren«, sagt er tadelnd.

Nach der Lesung des Evangeliums tritt der Sekretär der Kongregation für Seligsprechungsprozesse an den Altar, während der Papst, geführt von einem beflissenen Pfarrer mit Chorhemd, aber ohne Meßgewand, Platz nimmt und zuhört. Der Sekretär der Kongregation spricht in Latein über die heroischen Tugenden derer, die heute seliggesprochen werden, und rezitiert dann feierlich die Worte des Papstes, »Tenore praesentium indulgemus ut idem servus Dei beati nomine nuncupetur«, und Hochwürden Rella hebt den Finger und sagt ergriffen zu Senyor Guardans, der links von ihm sitzt: »Er hat in etwa gesagt, daß wir gestatten, daß der Diener Gottes den Namen eines Seligen trägt.« Und fortan gelten der ehrwürdige Schullehrer und Märtyrer der Kirche Oriol Fontelles, ermordet von kommunistischen Horden, der tapfere ehrwürdige Soldat Krysztof Fuggs, ermordet von nationalsozialistischen Horden, die ehrwürdigen Barmherzigen Schwestern Nebemba Wgenga und Nonaguna Wgenga, ermordet von zügellosen revolutionären Horden, und die ehrwürdige Krankenschwester Koi Kajusato, ermordet von einer Horde Piraten, als Selige. Die Kirche erklärt durch den Heiligen Vater feierlich, daß diese Diener Gottes, deren heroische Tugenden zuvor anerkannt wurden, die ewige Seligkeit genießen und verehrt werden dürfen.

Bei diesen Worten des Sekretärs ziehen zwei sehr hochgewachsene, sehr blonde Ministranten mit so scharf ausrasierten Nacken, daß sie an Mormonen erinnern, ein Tuch vom Altar, und zum Vorschein kommen die Porträtaufnahmen der fünf neuen Seligen der katholischen Kirche, ein ansehnliches Panorama verschiedenster Rassen. Die Universalität der Kirche zeigt sich selbst an ihren Märtyrern. Der zweite, neben einem Soldaten in Uniform, ist Oriol Fontelles auf dem einzigen Foto, das von ihm existiert; wer Bescheid weiß, kann den Kragen und den Aufschlag seiner nagelneuen Falangeuniform erkennen. Amen.

Erneut zerknüllt Hochwürden Rella den Zettel und wirft ihn auf den Boden, und wieder bückt sich der Mann zu seiner Rechten, hebt ihn auf und streicht ihn glatt. Erst da fallen dem Pfarrer die Worte der Unbekannten im Dunkel der Kathedrale wieder ein, ihre rauhe, müde Stimme: »Sie wollen jemanden seligsprechen, der weder an Gott noch an die Kirche glaubte. Sie behaupten, er sei als Märtyrer gestorben.«

»Ein schöner Tod…«

»Sie verstehen schon, Hochwürden. Er hat weder an Gott noch an den Himmel oder die Erlösung, weder an die Gemeinschaft der Heiligen noch an die Autorität der Heiligen Mutter Kirche geglaubt. Nicht an Heilige und nicht an die Hölle.«

»Aber warum fragen Sie mich dann nach meiner Meinung, meine Tochter?«

»Weil ich es verhindern will.«

»Warum, wenn Sie an das Ganze nicht glauben?«

»Weil die betreffende Person nicht verdient hat, daß ihr Andenken so verfälscht wird.«

Stille. Dunkelheit im einsamen Kirchenschiff. Dunkelheit in der Seele des Pfarrers, der nicht wußte, was er davon halten sollte. Er sah zum Gitter. Dort blieb alles so lange still, daß der Pfarrer schon dachte, sein seltsames Beichtkind sei verschwunden, nachdem es in seinem Inneren eine kleine Hölle entfacht hatte.

»Ich rate Ihnen, keine schlafenden Hunde zu wecken, meine Tochter«, erinnert er sich nach langem Schweigen schroff gesagt zu haben. Dann hatte er mit einem Kirchenoberen gesprochen, und dieser hatte ihm geraten: »Wenn jemand sagt: ›Wer etwas gegen die Seligsprechung einzuwenden hat, soll vortreten‹, dann tu das, mein Sohn.«

»Und wenn niemand etwas sagt?»

»Dann schweig für immer.«

»Passen Sie auf, daß er Ihnen nicht noch mal runterfällt«, mahnt ihn der Mann zu seiner Rechten und gibt ihm den

Zettel zurück, auf dem die Seligsprechung Francos gefordert wird.

In der Bank für die Ehrengäste lauscht Senyora Elisenda mit gesenktem Kopf, still und bleich, auf das, was ihr Rechtsanwalt Gasull über die Fotos erzählt. Marcel und sein Sohn sehen von Zeit zu Zeit auf die Uhr, weil das Ganze überhaupt kein Ende nimmt. Mertxes Gesichtsausdruck ist unergründlich. Gasull, den Elisendas Aussehen beunruhigt, läßt sie nicht eine Sekunde aus den Augen. Er wagt es nicht, sie zu fragen, »Geht's dir gut?«, weil er sich vor Jahren angewöhnt hat, nur auf ihre Fragen zu antworten und seinen Kummer allein zu tragen.

Elisendas Gesicht ist verzerrt; sie möchte weinen, aber es gelingt ihr nicht. Sie erinnert sich an den letzten Abend, die Überraschung, den Schrecken, seine ungeschickte Ausrede mit den Büchern, seinen Blick, und ich war erstaunt und verwirrt, ich mußte dem Onkel sagen, es ist der Dorfschullehrer, Onkel, er will ein paar Bücher abholen. Warum bloß wollte ich hinterher herausfinden, was es mit diesem Blick auf sich hatte, warum wollte ich wissen, worüber du mit mir reden wolltest? Verflucht sei die Stunde, in der ich meinen Mantel übergezogen habe und hinausgegangen bin. Warum nur, Oriol, wir haben uns doch so geliebt. Doch trotz der bitteren Erinnerungen gelingt es der alten Dame nicht, auch nur eine Träne zu vergießen. Der selige Oriol. Siehst du, Gott? Ich habe dir gesagt, ich würde es schaffen.

In den hinteren Bänken weinen die leidigen Damen, die Zettel über Franco zirkulieren verstärkt, jemand flüstert: »So viele spanische Heilige, wie schön, allen voran der heilige Josemaría Escrivá de Balaguer y Albás. Vielleicht wäre dies der richtige Zeitpunkt, die Heiligsprechung von Isabella der Katholischen zu betreiben. Ja, das sollten wir angehen.« Ganz hinten sitzt Hochwürden Rella hinter einer Säule, erinnert sich an eine Beichte und wünscht sich, er wäre zurück im Vall d'Àssua und könnte dem ewigen Gesang des Pamano lauschen.

36

Auf dem Grabstein von Peret von den Moliners stand Pedro Moner Carrera (1897-1944), und während der Steinmetz Pere Serrallac ihn anfertigte, versuchte er vergeblich, die gellende Traurigkeit in seinem Inneren zum Verstummen zu bringen. Ich hätte ihn warnen müssen, aber ich habe mich nur darum gesorgt, daß Jaumet sich nicht länger dort herumtreibt, an das verfluchte Foto hab ich nicht gedacht. Ich hätte dich warnen sollen, Peret, mach, daß du wegkommst, das Ganze fliegt uns gleich um die Ohren, paß auf, daß du nichts abkriegst.

In der Dorfkirche von Sant Feliu hielten die Honoratioren die ersten Bankreihen auf der rechten Seite besetzt; die linke hatten sie für die arme Encarnació und den Sohn freigelassen, der in Lleida arbeitete und mit einem benommenen Gesichtsausdruck angereist war, den er während der gesamten Beerdigung nicht ablegte. Unter den Honoratioren saßen die Bürgermeister und Chefs des Movimiento aus Sort, Altron, Rialb, Montardit, Enviny, Torena, Llavorsí und Tírvia – der Zivilgouverneur hatte sich entschuldigen lassen – sowie der gesamte Lehrkörper des Regierungsbezirks mit Ausnahme der Lehrer und Lehrerinnen, die von außerhalb kamen und gerade in anderen Teilen des Vaterlands ihren verdienten Urlaub genossen.

Peret von den Moliners. Pere Moner Carrera, dachte Oriol und starrte ausdruckslos auf den Nacken von Hochwürden Colom, der sich dem Altar zugewandt hatte und nicht bereit schien, seine Geheimnisse mit der Gemeinde zu teilen.

Die in abenteuerlichem Spanisch gehaltene Predigt des Pfarrers war ein Aufschrei gegen die kommunistische Barbarei, gegen die Banditen, die unseren Frieden stören wollen. Sind wir des Krieges nicht müde? Wollten wir nicht das Wort

Krieg aus unserem Wortschatz streichen? Ist es nicht genug der Schmerzen? Zwei, drei, vier Sekunden Stille, wie im Priesterseminar, wenn er auf eine Antwort wartete, ja, Hochwürden, es ist genug. Aber niemand tat den Mund auf, und so beendete Hochwürden seine Predigt mit einer Klage über den Vandalismus des Maquis – den es gar nicht gab –, der ein Mahnmal zu Ehren der Märtyrer des Kreuzzugs zerstört und überdies Peret ermordet hatte, einen Republikaner und Atheisten, der nun ein kirchliches Begräbnis unter Vorsitz der franquistischen Honoratioren des Dorfes bekam. Seine Encarnació weinte innerlich und dachte bei sich, was für ein Glück, daß du das nicht mehr erleben mußt, Peret, denn wenn du jetzt den Kopf heben würdest, würdest du vor Kummer gleich wieder tot umfallen. Jemand zupfte an Oriols weißer Uniformjacke, und er drehte sich um. Jacinto Mas, Senyora Elisendas Chauffeur, steckte ihm einen Zettel zu, und er ließ ihn gerade noch rechtzeitig in seiner Tasche verschwinden, bevor Valentí, der sich mit dem Bürgermeister von Sort unterhielt, sich zu ihm umwandte, als wollte er ihn überwachen. Jetzt drehte sich auch der Pfarrer zu den Gläubigen um, hob feierlich die Arme, breitete sie aus und sagte »Dominus vobiscum«, und die ganze Gemeinde erhob sich geschlossen und antwortete »Etcumspiritusduo, Hochwürden«.

An diesem Abend rief Valentí Targa ihn zu sich ins Rathaus. Den Nachmittag hatte Oriol, wie bereits einige Male zuvor, in der Pension von Ainet verbracht, umhüllt vom Nardenduft und dem Geheimnis, das nur der narbengesichtige Chauffeur mit ihnen teilte. Elisenda und er hatten einander ewige Liebe und Leidenschaft geschworen. Oriol erzählte ihr, daß Dante von der Liebe gesprochen hatte, die Sonne und Sterne bewegt.

»Wie schön.«

»Ich glaube, ich bin glücklich.«

»Eines Tages wird alles für uns besser werden, das verspreche ich dir.«

Noch mußten sie ihre Liebe vor Santiago und Rosa verbergen, vor Targa und Torena, vor den Machthabern, dem Maquis, vor den Kühen und Bremsen und vor den Heften an meine namenlose Tochter, und doch schwebten beide über den Wolken und fühlten, daß sie einander untrennbar verbunden waren.

»Nimm. Ein Goldkreuz.«

»Es ist sehr hübsch, aber ich …«

»Behalt es; es soll dich an mich erinnern.«

»Ich brauche keine Kreuze, um … Aber es ist ja zerbrochen!«

»Nein. Die andere Hälfte trage ich. Verlier es nicht. Die Kette ist fest, mach dir keine Sorgen.«

Sie hängte es ihm feierlich um den Hals; er senkte den Kopf als Zeichen seiner Liebe, dann betrachtete er die verblichenen Wände des Zimmers und dachte, daß sie die Grenzen seines grenzenlosen Glücks waren. Er wollte nicht, daß die tiefe Befangenheit, die ihn von Zeit zu Zeit überkam, sich dieses Augenblicks des Glücks bemächtigte, und sagte sich, ich weiß nicht, was wird, aber ich will nicht auf ihre Küsse und Liebkosungen verzichten, ich kann es nicht, und ich will immer wieder in ihren liebenden, abgrundtiefen Augen versinken, es tut mir leid, es tut mir leid.

»Sieh zu, daß das Scheißbild endlich fertig wird, oder ich stell dich an die Wand.«

Oriol hatte soeben still das Büro betreten. Targa stand mit dem Rücken zur Tür, die Hände in die Hüften gestemmt, und betrachtete sein eigenes Bild auf der Staffelei. Oriol ging auf die Staffelei zu, öffnete die Terpentinflasche, wählte zwei einigermaßen saubere Pinsel aus, tat Braun, Blau und Weiß auf die Palette und sah zum Tisch hinüber. Valentí setzte sich in Positur. Er trug noch immer seine Uniform. Er sah Oriol in die Augen und sagte, »Das war bloß ein Witz«, aber er lachte nicht dabei. Schweigend betrachtete Oriol Valentís Augen und malte sie; er versuchte, das Eisblau dieses schneidenden Blicks zu treffen. Vielleicht war es die schwarze Pupille in der Mitte. Oder der Haß, der in diesem Blick liegen konnte. Oriol dachte an den Haß, an Ventureta, an Rosa, an Dich, meine geliebte Tochter, und so sind mir die besten Augen gelungen, die ich jemals malen werde. Sie scheinen lebendig zu sein. Sie sind lebendig, Du solltest sie sehen. Du könntest sie sehen, wenn Du wolltest.

Nach einer Stunde stiller Arbeit sagte er: »Das war's, ich bin fertig. Du mußt mich nicht an die Wand stellen.«

Valentí Targa stand rasch auf, um das Endergebnis in Augenschein zu nehmen. Er sah sich einen Moment lang an, ein wenig verlegen. Vielleicht war es ihm unangenehm, Oriol an seiner Seite zu haben, denn ein Mann betrachtet sich nicht vor einem anderen Mann im Spiegel. Er sprach kein Wort, zog sein Portemonnaie aus der Jackettasche seiner Uniform und zählte die Scheine auf den Tisch, einen auf den anderen, während Oriol die Pinsel auswusch und versuchte, nicht auf das Bündel Geldscheine zu sehen.

»Ich dachte«, brach Valentí das Schweigen, »wir könnten Partner werden, du und ich.«

Oriol blieb stumm; er konzentrierte sich darauf, die Pinsel auszuwaschen.

»Sag bloß, du bist immer noch beleidigt, weil ich das mit dem an die Wand stellen gesagt habe.»

»Partner wobei?« Oriol war an den Tisch getreten und griff nach dem Geldbündel.

»Ich suche die Kunden, und du malst die Porträts. Allerdings müßte das dann ein bißchen flotter gehen.«

»Eine ausgezeichnete Idee.«

»Fünfzig-fünfzig.«

Was für ein Glück, daß ich wahrscheinlich tot sein werde, bevor ich Targas Geschäftspartner bin. Ein guter Grund, sich nicht über die Gefahr zu beklagen, in der sich alle befinden, die – freiwillig oder nicht – mit Leutnant Marcó zu tun haben.

37

Sieben Monate waren vergangen, seit Marcel am 24. April 1971 geheiratet hatte, wie es Senyora Elisenda bestimmt hatte, und er hatte Mertxe erst sechsmal betrogen, allerdings jedesmal mit einer anderen Frau, so daß es nicht weiter zählte. Senyora Elisenda las die immer flüchtigeren und unzusammenhängenderen Berichte, die ihr Jacinto Mas über den Zustand der Ehe ihres Sohnes lieferte, und dachte anfangs, ich weiß nicht, was besser ist: Soll er sich noch ein bißchen die Hörner abstoßen, oder soll ich ihn an die kurze Leine nehmen? Aber mit jedem Abenteuer weitete sich Marcels Horizont, und sowohl Mertxe als auch das Leben lehrten ihn, daß es auf der Welt noch mehr gab als schwarze Pisten. Es gab rote Pisten und grüne und alle möglichen anderen Farben, denn die Kundschaft vom Idiotenhügel ließ viel Geld an der Bar und beim Kinderskiverleih; du glaubst doch nicht, daß alle diese niedlichen Skier kaufen, die in der übernächsten Saison schon wieder zu klein sind. Der Skiverleih ist ein gutes Geschäft. Außerdem mußte Marcel Vilabrú Vilabrú erstaunt feststellen, daß es im Leben andere Zeiten gab als die Wintersaison und daß viele Leute auch ohne ein Paar guter Rossignol unter den Füßen lebten und glücklich waren. Und statt Rossignol könnte man genausogut Brusport sagen, denn nach und nach eroberte die Marke den Markt, vor allem in der geschlossenen Welt der Skispringer. Marcel hatte – sozusagen als Belohnung von Mamà dafür, daß er, ohne zu murren, angefangen hatte zu arbeiten – längere Zeit in Helsinki verbringen dürfen (zwei denkwürdige nordische Nummern mit zwei norwegischen Walküren oder was die da oben waren), und hatte bewundernd festgestellt, daß im schwedischen Fernsehen nicht nur alles in Farbe war, sondern den lieben kurzen, dunklen, kalten und bewölkten Tag Skiwettkämpfe übertragen wurden: Skispringen, Langlauf und Abfahrt. Das brachte ihn auf die Idee, bei den Sprungskiern von Brusport den Markennamen auf der Unterseite anbringen zu lassen, denn eines Tages werden viele Leute fernsehen, und die Skispringer werden kostenlos Werbung für uns machen. Hier in Finnland werden die Kinder schon mit Skiern unter den Füßen geboren, und ich will, daß es Skier der Marke Brusport sind. Es geht mir wirklich auf die Nerven, daß ich nicht sagen kann, woher ich komme, ohne daß diese Norweger die Nase rümpfen und sagen: »Franco skitt.« Wir hier unten sind für sie sehr weit weg, und für sie ist Spanien dasselbe wie Italien, Portugal oder Griechenland, das sind für sie alles arme Länder unter ewiger Sonne. Diese Ignoranten verwechseln tatsächlich Spanien mit Griechenland, Portugal oder Italien! Aber das soll mir egal sein, Hauptsache, ich werde meine Brusport-Produkte an die Norweger los. Ich werde Unmengen davon verkaufen, weil sie im Laden nur die Hälfte kosten. Das haben sie jetzt von ihrer verdammten Kritik an Franco.

Marcel Vilabrú Vilabrú lernte auch, daß Mertxe schwanger werden konnte, wenn man nicht aufpaßte, und hoppla, da war es schon passiert, ja, natürlich freue ich mich, aber vielleicht ist es noch ein bißchen früh, oder? Und er lernte, in aller Seelenruhe Entscheidungen zu treffen wie die, Palacios, Costa, Riquelme, die beiden Vilas, die Guiteres, die García Rialto, die Pilarica (wie sie weiter heißt, weiß ich nicht, aber sie ist eine heiße Nummer) und Càndida zu entlassen, damit die kontrollierte Expansion endlich in die Wege geleitet werden konnte. Und so wurden Pilarica, die heiße Nummer, die Càndida, die García Rialto, die Guiteres, die beiden Vilas, Riquelme, Costa und Palacios entlassen. Aufgehetzt von Paco Serafín zogen sie vors Arbeitsgericht, aber das nutzte ihnen nichts, weil Marcel Rechtsanwalt Gasull erklärt hatte, was er tun würde, wenn er der Anwalt der Familie wäre, und Gasull daraufhin ein freundliches, zwangloses und für beide

Seiten ergiebiges Gespräch mit Don Marcelino Bretón Coronado geführt hatte, dem Arbeitsrichter der dritten Kammer. Senyora Elisenda nahm mit stiller Bewunderung die Fähigkeiten ihres Sohnes zur Kenntnis. Eigentlich hatte sie sich schon damit abgefunden, ihm ein Eckchen im Büro einzurichten, das ein Gehalt rechtfertigte und wo er nicht störte. Jetzt tat es ihr leid, ihren Sohn so unterschätzt zu haben. Es tat ihr leid, immer gedacht zu haben, naja, versuchen wir es noch einmal. Das Gewicht der Geschichte lastete schwer auf Elisendas starken Schultern.

»Mamà, ich möchte die Konfektionsabteilung auf die Hälfte verkleinern, und ich glaube, mit Anreizen und Extrastunden können wir das Doppelte rausholen. Die bringen keine Leistung.«

»Tu, was du für richtig hältst, Marcel. Aber mach es so, daß niemand was merkt.«

»Doch, sie sollen es merken. Der erste, der fliegt, ist Paco Serafín.«

»Ich weiß nicht mehr, wer das ist.«

»Er ist von der Gewerkschaft.«

»Aufgepaßt.«

»Ich schmeiße ihn raus wegen Unzucht. Er hat...« Marcel drückte die Zigarette aus und nahm den Hörer ans andere Ohr. »Ich erspare dir die Details, Mamà. Nicht mal seine Kumpel werden ihm helfen können. Und mir kommt das wie gerufen. Da habe ich wirklich Schwein gehabt.«

Marcel, du bist noch keine dreißig und erweist dich schon als mein wahrer Sohn.

Und Marcel Vilabrú Vilabrú entdeckte, daß man zwischen Skisaison und Skisaison Tennis, Tischtennis (in Dänemark habe ich ein paar wunderbare Klapptische gesehen, die werde ich in Spanien und Portugal vertreiben), Volleyball, Rasenhockey, Rollhockey und oben bei den Schweden sogar Eishockey spielen konnte und daß es Socken, Schuhe, Knieschützer, T-Shirts, Hosen, Trainingsanzüge und alles mögliche andere gab, das verschwitzte und verschliß. Er verkündete die frohe Botschaft in ganz Europa, und als in Sapporo und München die Olympischen Spiele stattfanden, war es ihm zwar immer noch unangenehm, zu sagen, woher er kam, weil Franco nach faulem Fisch stank, aber er stellte auch fest, daß Dollars, als Deodorant eingesetzt, eine wunderbare Wirkung entfalteten.

Unterdessen erlebte Senyora Vilabrú, sechs Monate nachdem sie den unbequemen Schatten von Quique Esteve, dem Pistenhengst, losgeworden war,

(»Ganz im Gegenteil, Herr Delegat.« Er klopfte wieder nervös mit dem Bleistift auf die Tischplatte. »Sie hat eine – sagen wir ungesunde – Affäre beendet.«

»Und es gab keine Orgien?«

»Verleumdungen, Neid, Mißverständnisse, üble Nachrede.« Der Bleistift klopfte auf den Tisch. »Senyora Elisenda ist unangreifbar oder zumindest unverwüstlich. Das wissen wir seit Jahren.«

»Gott sei Dank.«)

wie ihr mit einem väterlichen Lächeln die Türen des Opus geöffnet wurden. Endlich fand die ersehnte Sitzung statt.

»Danke, daß Sie mich so rasch empfangen konnten, Hochwürdigste Exzellenz.«

Auf der anderen Seite des Tisches breitete Monsignore Escrivá die Arme aus und sagte »Neinnein, Señora Vilabrú, nennen Sie mich nicht Hochwürdigste Exzellenz, höchstens Hochwürden, ich verzichte auf Ehrungen, Titel und Lobreden, Sie verstehen schon ...« Und sie antwortete: »Ja, ich verstehe, Hochwürden.«

Nach diesen ersten freundlichen Worten verlief die Sitzung unter Blitz, Donner, Lächeln, Sturm, Hagel, Versprechen, Vertraulichkeiten und Abmachungen, und am Ende entschied sich Senyora Elisenda Vilabrú zwar dagegen, einer Vereinigung beizutreten, bei der sie einige Zeit zuvor nicht erwünscht gewesen war, ließ aber dem Opus eine so großzügige Summe zukommen, daß sie von jetzt an als äußerst erwünscht galt, und in Rom wurde der Prozeß zur Seligsprechung des ehrwürdigen Fontelles nun um einiges eifriger betrieben.

»Tatsächlich, Sie hatten recht, Señora Vilabrú, der Prozeß war in einem Büro des Vatikans zur inneren Anhörung hängengeblieben, aus irgendwelchen Verfahrensgründen, die man mir nicht genauer erklären konnte, obwohl in der Einleitung des Dokuments steht, daß am 6. Juli 1957 Papst Pius XII. eine wundersame Heilung nach Anrufung des ehrwürdigen Oriol Fontelles anerkannt hat; in solchen Fällen wird ein Prozeß normalerweise nicht angehalten. Aber machen Sie sich keine Sorgen: Innerhalb weniger Jahre werden wir unser Ziel erreichen. Und nun unter uns gefragt: Was treibt Sie, sich so beharrlich für den Fall Fontelles einzusetzen?« Monsignore Escrivá etc. lächelte sanft und geduldig in Erwartung einer Antwort.

Eigentlich, Monsignore, gehen meine Motive Sie einen Dreck an, aber wenn Sie es unbedingt wissen wollen: Es ist die Liebe. Die Liebe, die Sonne und Sterne bewegt, Monsignore. Ich habe geschworen, sie für immer zu achten, was auch geschehen möge, ob wir nun würden heiraten können oder nicht. Ich habe es ihm in der Pension von Ainet geschworen, wo wir uns getroffen haben, verborgen vor den Augen der Welt. Niemand werfe den ersten Stein, denn niemand kennt die Unschuld unserer Gefühle. Ja, es gab auch körperliche Liebe, aber sie war nur das Ergebnis unserer tiefen inneren Liebe. Ich bin bisher keine Heilige gewesen, aber unsere Liebe war heilig. Von seiner ersten Berührung, als ich ihm Modell gesessen habe und er die Haltung meines Arms korrigiert hat, bis zu seiner ruhigen Stimme, dieser Sicherheit, die sein reiner Blick ausstrahlte … Sein Blick, der in der letzten Nacht ebenso verzweifelt war wie der meine, als wüßten wir beide, was geschehen würde … Ich habe schon gesagt, daß ich keine Heilige gewesen bin; ich habe im Dienste der Gerechtigkeit geheiratet. Ich habe Santiago nicht geliebt, aber die Heirat mit ihm erschien mir nützlich. Aus dem gleichen Grund habe ich mich einem entsetzlichen Mann hingegeben. Aber eines Tages bin ich meiner großen Liebe begegnet, ich habe sie gelebt, und das Leben ist schuld, daß sie mir entglitten ist. Und nun, Monsignore, bin ich die einzige, die sich noch an Oriol erinnert; niemand denkt mehr an ihn. Eine Spur von ihm ist noch in Torena erhalten, einem kleinen Dorf, das Sie nie besuchen werden, weil Sie sich die Schuhe und den Saum der Soutane beschmutzen würden. In Torena gibt es zwei Straßenschilder mit der Aufschrift Calle Falangista Fontelles in einer mit Kuhmist gepflasterten, abschüssigen Straße, die die Leute immer noch Carrer del Mig nennen und in die, wie ich gehört habe, zwei Frauen aus dem Dorf eben wegen des Namens keinen Fuß mehr setzen. Das genügt mir nicht für Oriol, und ich fühle mich verantwortlich. Das Franco-Regime wird vergehen, neue Regierungen werden kommen, die ihre Vorgänger verfluchen und das Straßenschild abnehmen werden. Das wird das erste sein, was sie tun werden: die Namen ändern. Dann wird Oriol noch ein wenig mehr sterben. Er war kein schlechter Mensch, trotz allem, was passiert ist. Natürlich war er Falangist, das war damals ganz normal, aber er verdient nicht, daß man sich seiner mit Haß erinnert. Aus all diesen Gründen und aus anderen, die mir gerade nicht einfallen, Monsignore, habe ich vor Jahren beschlossen, die Tatsache zu nutzen, daß der Dorfpfarrer und mein Onkel, Hochwürden August, den Sie ja gut kennen, sich durch die Umstände seines Todes bemüßigt sahen, die Seligsprechung meines Oriol in die Wege zu leiten. Ich verstand, daß Regime wechseln, die Kirche aber unverändert bleibt. Und so habe ich beschlossen, Oriol zu einem Fixstern dieser Kirche zu machen. Oriol wird schließlich ein Heiliger sein, und das möchte ich sehen. Um ihn öffentlich verehren zu können, Monsignore. Es kostet mich ungeheure Kraft – nur ich weiß, wieviel –, ruhig zu erscheinen. Die Seligsprechung und Heiligsprechung von Oriol Fontelles sind zu meinem Lebenszweck geworden, dem ich viele andere Möglichkeiten geopfert habe. Und niemand hat an meiner Entscheidung zu rütteln. Irgendwann einmal haben Sie mir gesagt, es gäbe einen Aspekt in meinem Privatleben, der meinem Beitritt zum Opus entgegenstünde. Ja, ich hatte einen Geliebten, zwölf oder dreizehn Jahre lang, so genau weiß ich das nicht. Ich weiß schon, was Sie mir sagen wollen, aber ich bin eben nie eine Heilige gewesen. Der Heilige ist Oriol, nicht ich. Ich bin eine Frau, die selten, aber heftig geliebt hat, und das gleiche könnte man wohl auch vom Haß behaupten. Ich habe Oriols Tod und seine Abwesenheit beweint, wie ich den Tod und die Abwesenheit meines Vaters und meines Bruders beweint habe. Viele Jahre lang habe ich im verborgenen geweint, weil niemand jemals von meinem Kummer erfahren sollte. Ich habe unerbittlich geweint und gearbeitet, bis ich eines Tages gesagt habe, »Es reicht«, und das Taschentuch weggesteckt habe. Ich fühlte mich einsam, vor allem wegen der merkwürdigen Ansichten, die mein Mann von der Institution der Ehe hegte. Als Santiago starb, fand ich, es sei genug, ich hätte auch ein Recht auf… Sie verstehen schon, Monsignore. Und so habe ich mir einen nicht besonders hellen, aber kräftigen jungen Burschen zu meiner privaten und geschäftlichen Verfügung gesucht. Ich habe nicht von ihm verlangt, daß er mich liebt, sondern daß er mich vögelt. Ich habe ihn nie geliebt, obwohl der Schatten der Eifersucht zwischen uns stand. Ich verlange nicht, daß Sie mich verstehen, Monsignore, aber mein heimliches Verhältnis mit Quique Esteve, diesem Schuft, hat angedauert, bis es öffentlich wurde. Und nun habe ich Oriol gelobt, daß es in meinem Leben keine Männer mehr geben wird, und ich gedenke, das Gelöbnis zu halten: Ich kann mir nicht erlauben, die Kontrolle zu verlieren. Und noch etwas bewegt mich… Sehen Sie, Monsignore, im Grunde glaube ich, daß ich es tue, um mich an Gott zu rächen.

»Mich bewegt die Treue an das Andenken eines Mannes, der nicht gezögert hat, sein Leben für die Kirche und die Unversehrtheit des Heiligen Sakraments der Eucharistie zu opfern, Monsignore.« Sie senkte, salbungsvoll wie ihr Gegenüber, den Blick und beharrte: »Nur darum, Monsignore.«

38

Vielleicht hilft Dir dies, Dich ein wenig an mich zu erinnern, meine Tochter. Tina tippte Oriols Worte getreulich ab. Auf diesen Satz folgte die Zeichnung eines Mannes mit vermutlich hellen Augen und einem unscheinbaren jungen Gesicht mit sanften, ebenmäßigen, nichtssagenden Zügen. Sie betrachtete es lange, versuchte, sich Oriol vorzustellen, wie er vor einem schmutzigen Spiegel seinen eigenen Kummer abbildete. Es war ein Selbstbildnis seines Schmerzes, nachdem Rosa ihn enttäuscht und angewidert verlassen hatte und er unverhofft zum Helden geworden war und ihr nicht erklären konnte, ich bin kein Feigling, Rosa. Er fühlte sich noch einsamer mit seinem Selbstbildnis, das er vor dem flekkigen, verkrusteten Spiegel auf der Schultoilette angefertigt hatte. Während er es zeichnete, dachte er, wenn nur meine Wünsche stärker wären als die Wirklichkeit, dann könnte ich Rosa diese Seiten zukommen lassen, wo auch immer sie sein mag, und sie würde sich einverstanden erklären, nicht hierher zurückzukommen, bis die Gefahr vorüber ist. Wenn nur meine Wachsamkeit stärker wäre als meine Müdigkeit, denn in ein paar Tagen werden wir frei sein oder tot, das liegt nicht in meiner Hand. In dieser Ungewißheit lebe ich, geliebte Rosa, die du mich haßt, weil du schon wußtest, was in mir vorging, als ich Elisenda porträtierte. Und Du, meine Tochter, sollst wissen, daß in einer Woche entweder alles vorbei ist oder … Rasch beendete er das Selbstbildnis. Sein Gesicht wirkte desillusioniert, wie erloschen. Vielleicht sah er einfach so aus. Er mußte kaum etwas korrigieren, als hätte er sich schon unzählige Male gezeichnet. Und als er fertig war, dachte er, es könne eine gute Erinnerung für seine Tochter sein, falls das Schicksal entschieden hatte, daß dies das Ende war. Er dachte jetzt jeden Tag an den Tod als einen der vielen Umstände, die sich vor Mitternacht ereignen konnten. Es tut mir leid, daß ich dich verletzt habe, Rosa.

Tina schlug das Heft zu, als sie die Wohnungstür aufgehen hörte. Sie verbarg Oriols geheime Hefte vor Jordi, wie dieser seine unbekannte Geliebte vor ihr verbarg. Das war ihre vorläufige Rache, bis sie stark genug wäre, ihm ins Gesicht zu sagen, daß er unehrlich war, er, der aufrichtig sein sollte.

»Was machst du da?«

Soll ich ihn ignorieren? Zum Teufel jagen? Soll ich sagen, Jordi, wir müssen reden, ich weiß, daß du eine Geliebte hast? Soll ich ihm sagen, wahrscheinlich hast du mich krank gemacht?

»Nichts Besonderes, ich sehe Material durch. Ich will, daß alles erledigt ist, wenn ich wiederkomme.«

»Soll ich dich wirklich nicht begleiten?«

»Nein, wirklich nicht ...«

»Ruf mich an, wenn du etwas weißt.«

Tina antwortete nicht. Was sollte sie schon sagen. Daß es ihr leid tat, daß er sie nicht zum Arzt begleitete? Daß es ihr leid getan hätte, wenn er sie begleitete, weil der Abgrund zwischen ihnen beiden zu groß war? Daß sie Angst hatte, allein zum Arzt zu gehen? Was hat sie, was ich nicht habe? Wer ist sie? Kenne ich sie? Nein, es war besser, allein nach Barcelona zu fahren und der Angst allein entgegenzutreten.

Als Jordi hinausging, wußte sie: Sobald sie ins Auto gestiegen wäre, um offiziell für ein paar Tage nach Barcelona zu fahren und sich dort von der Frauenärztin untersuchen zu lassen, würde Jordi sich befreit fühlen und den Hunger nach seiner unbekannten Geliebten stillen. Sie wußte es, war sich ganz sicher, konnte aber nichts dagegen tun. Und in gewisser Weise betrog auch sie ihn, denn kaum war sie in Barcelona angekommen, ging sie nicht etwa ihre Familie besuchen, sondern zum Einwohnermeldeamt, um ein Mädchen zu suchen, das 1944 geboren war, wahrscheinlich den Nachnamen Fontelles trug und dessen Mutter Rosa geheißen hatte. Wenn es überhaupt in Barcelona geboren war. Nachdem sie sich zwei Stunden lang vergebens durch Datenberge gearbeitet hatte, kam sie auf die Idee, einer anderen, unsicheren Spur nachzugehen, nämlich nach Doktor Aranda zu suchen, der in Oriols Heften erwähnt wurde und anscheinend als Lungenfacharzt in der Tuberkuloseklinik praktiziert hatte. Dort wurde sie zunächst abgewiesen: ein Arzt aus den vierziger Jahren? Wo dachte sie hin! Mit hängendem Kopf wandte sie sich ab. Wahrscheinlich hatten sie recht, was mischte sie sich in das Leben anderer Leute ein, ich bin weder Historikerin noch Detektivin, noch mit irgendeinem der Betroffenen verwandt. Ihr war nicht bewußt, daß sie allein deshalb in die Geschichte verstrickt war, weil sie Oriols Hefte gelesen hatte. Während sie auf dem Weg zum Ausgang über all das nachdachte, kam eine Krankenschwester, die Tinas Gespräch mit ihrer Kollegin mitverfolgt hatte, hinter dem Empfang hervor, nahm sie am Arm und sagte, ihr sei eine Idee gekommen. Auf dem Dachboden gab es sauber verschnürte und geordnete Pakete mit Registern, die leicht einzusehen waren. Und als ihre Hände schon schwarz waren vom Staub der brüchigen und leicht modrig riechenden Papiere, entdeckte sie auf einer Liste der Ärzte, die von zweiundvierzig bis neunundvierzig hier praktiziert hatten, den Namen von Doktor Josep Aranda, und nun wußte Tina, daß sie, wenn damals alles ordnungsgemäß verlaufen war, auch die Namen seiner Patienten finden würde. In den Aufnahmelisten aus jenen Jahren fand sie Dutzende von Frauennamen, darunter auch einige Rosas, doch keine von ihnen war im richtigen Alter. Sie hatte das Gefühl, ihre Zeit zu vergeuden, doch dann kam sie auf die Idee, die Akte von Doktor Aranda einzusehen. Er hatte auch in der Thoraxklinik in Feixes gearbeitet. Unverdrossen ließ Tina alles stehen und liegen und verfolgte die neue Spur, obwohl sie wußte, daß noch am selben Nachmittag der Besuch bei der Gynäkologin anstand, auf den sie sich vorbereiten mußte, und danach das Abendessen mit ihrer Mutter, auf das sie sich noch besser vorbereiten mußte. Zwei Stunden später war sie im Archiv der Thoraxklinik von Feixes und starrte erstaunt auf die vier Karteikarten der Frauen mit Kind. Nur eine von ihnen hieß Rosa. Rosa Dachs. Aber sie hatte einen Sohn, keine Tochter. Wieder eine falsche Spur.

Um sieben dunkelte es schon. Die Frau hatte sich durch ihren Husten angekündigt und saß nun in dem hohen, einsamen Wartesaal, das Kind auf dem Arm. Schwester Renata kam wieder herein: »Doktor Aranda ist bis in die Nacht hinein beschäftigt.«

Bevor die Frau antworten konnte, kippte sie einfach um. Noch in der Ohnmacht umschlang sie instinktiv das Kind, um es vor dem Aufprall zu schützen. Als sie wieder zu sich kam, lag sie in einem großen Saal in einem Bett, das von den anderen Betten durch ein aufgespanntes Leintuch getrennt war. Schwester Renatas junges Gesicht beugte sich über sie, und wie aus weiter Ferne hörte sie ihre Stimme: »Ja, Herr Doktor, sie ist wieder bei Bewußtsein.« Dann schlief sie ein, bevor sie nach ihrem Sohn fragen konnte. Sie bekam nicht mit, wie Doktor Aranda die Stirn in Falten zog und sagte: »Das sieht sehr, sehr häßlich aus, ich weiß nicht, ob wir da noch was tun können. Wieso ist sie jetzt erst gekommen?«

Niemand konnte ihm sagen, daß Rosa nach ihrer Flucht aus Torena nicht nach Hause zurückgekehrt war und keine Verwandten aufgesucht hatte, damit ihr Mann sie nicht finden konnte. Sie war in einer einfachen Pension an der Placeta de la Font in Poble-sec untergekommen, und dort hatte sie mit Hilfe einer von den Pensionswirten eilig herbeigerufenen Hebamme auch ihren Sohn geboren. Der Junge sah gesund und kräftig aus, und sie nannte ihn Joan und meldete ihn als uneheliches Kind unter dem Namen Joan Dachs an. Dann schrieb sie einen Brief an Oriol: »Oriol, ich muß Dir wohl mitteilen, daß Du eine Tochter hast. Sie ist wohlauf. Ich werde sie niemals zu Dir bringen, weil ich nicht will, daß sie erfährt, daß ihr Vater ein Faschist und ein Feigling ist. Versuch nicht, mich ausfindig zu machen oder ausfindig machen zu lassen: Ich bin nicht bei Deiner Tante, meine Tochter und ich kommen schon alleine zurecht. Mein Husten ist weg, bestimmt hast Du mich krank gemacht. Auf Nimmerwiedersehen.«

Hustend setzte sie ihren Namen unter den Brief, mit dem sie Oriol in die Irre führen wollte, damit er sie nicht fand. Wie grausam, dachte Tina. Aber ich hätte das gleiche getan. Vielleicht. Wer weiß. Ich bin ja noch nicht einmal fähig, Jordi ins Gesicht zu sagen, daß er ein Schweinehund ist – was hätte ich dann an Rosas Stelle getan? Da Rosa nicht zur Post gehen und das Geld abholen wollte, das Oriol ihr sicherlich schickte, verdiente sie sich ihren Lebensunterhalt damit, daß sie Strümpfe stopfte, Ellbogen und Knie flickte. Sie versuchte zu vergessen, daß es einmal glücklichere Zeiten gegeben hatte, als wir dachten, alle Menschen wären im Grunde gut. Aber sie hatte nicht damit gerechnet, daß der Husten und das Fieber sich so hartnäckig hielten und immer schlimmer wurden, und so kratzte sie schließlich ihr letztes Geld für die lange Reise nach Feixes zusammen, wo Doktor Aranda sie gründlich untersuchen und sicher wieder gesund machen würde. Doch anstatt sie wieder gesund zu machen, zog Doktor Aranda die Stirn in Falten – er war erschöpft, weil er schon lange auf den Beinen war – und wiederholte: »Das sieht sehr böse aus. Und warum hat sie nach mir gefragt?«

»Sie sagte, sie sei mal Ihre Patientin gewesen. Erinnern Sie sich nicht?«

»Wenn ich mich an alle Leute erinnern wollte ... Wie geht es dem Jungen?«

Dem Jungen ging es gut, er schien sich nicht darum zu scheren, daß sein Vater ein Faschist und seine Mutter krank war, daß beide zum Tode verurteilt waren und die Urteilsvollstreckung unmittelbar bevorstand. Joan hatte Oriols und Rosas positive Eigenschaften geerbt; er lächelte und nuckelte am Daumen.

Der Arzt prüfte das Kind auf Herz und Nieren: Es war gesund. Er legte es wieder in Schwester Renatas Arme und dachte, daß er eigentlich lieber diese himmlische junge Nonne, der er die Leitung dieses Stockwerks übertragen hatte, auf Herz und Nieren prüfen würde. Sie verströmte einen Duft nach Jugend, der ihm den Kopf verdrehte, und manchmal ertappte er sich dabei, wie er sich vorstellte, sie läge nackt in seinen Armen, lächelte ihn an und sagte: »Ich liebe dich, Doktor.« Schwester Renata trug das Kind fort. Sie sah den Arzt mit so glänzenden Augen an, daß er dachte, sie hätte seine Gedanken erraten, und er wurde rot. Er kam nicht darauf, daß ihre Augen vor Rührung glänzten, als sie sah, daß das Kind allein bleiben würde, wenn seine Mutter die Nacht nicht überlebte.

Rosa wachte ein paarmal auf, sagte, daß ihr Kind Joanet heiße, und rückte auf Schwester Renatas sanftes Drängen zuletzt damit heraus, daß der Vater des Kindes Oriol Fontelles hieß und weit weg wohnte.

»Und wenn es am Ende der Welt ist: Sag uns, wo er wohnt, und wir holen ihn.«

»Nein. Ich will nicht, daß er das Kind bekommt.«

»Warum?«

Ein Hustenanfall. Schwester Renata streichelte ihr unablässig die Hand und wartete geduldig, bis sie sich beruhigt hatte. Dann sagte sie einschmeichelnd: »Komm schon, Rosa ... Warum soll er das Kind nicht haben, wenn es doch seines ist?«

»Weil er ... Ich will nicht, daß mein Kind unter seinem Einfluß aufwächst.«

»Warum nicht?«

»Wir haben unterschiedliche Ansichten. Sehr unterschiedliche.«

Schwester Renata schwieg. Soso. Dann fragte sie mißtrauisch: »Geht es um Politik?«

Rosa richtete sich mühsam im Bett auf: »Schwör mir, daß du, wenn ich sterbe, alles tun wirst, was in deiner Macht steht, damit der Vater dieses Jungen ihn niemals findet.«

»Ich schwöre es«, sagte die meineidige Nonne.

»Danke.« Kraftlos fiel Rosa auf ihr Kissen zurück. Das Fieber verschleierte ihren Blick.

»Ich bin bei dir, Rosa.«

Sie blieb bei ihr sitzen, bis Rosa völlig erschöpft einschlief. Dann durchwühlte sie ihre Tasche nach irgendeinem Hinweis, wartete, bis sie abgelöst wurde, und anstatt schlafen zu gehen, ging sie in ihr Dienstzimmer, wog die Schwere der Sünden gegeneinander ab, beschloß, daß eine Lüge weniger schwer wog, als das Kind seinem Schicksal zu überlassen, warf einen Blick zu Rosa hinüber, die mit ihren schwachen Kräften um ihres Kindes willen ums Überleben rang, und bat um eine Verbindung nach Torena. In den Händen hielt sie die Geschäftskarte eines gewissen Pere Serrallac, Steinmetz aus Sort mit Wohnsitz in Torena. In Torena gab es nur zehn Telefonanschlüsse. Es war sehr schwierig durchzukommen; sie hatte nach diesem Pere Serrallac gefragt, aber man teilte ihr mit, er habe kein Telefon, man werde ihn holen. Dann fragte sie direkt nach Oriol Fontelles, und Cinteta, die Telefonistin, völlig außer sich wegen der Ereignisse in Torena, fragte »Der Lehrer? Meinen Sie den Lehrer?« Die wortbrüchige Nonne schlug unbewußt die Augen nieder – ein Blick, den der Doktor hätte sehen sollen – und fragte: »Oriol Fontelles ist Lehrer?« Und dann, nach ein paar Sekunden: »Ich muß ihn wegen einer ernsten Angelegenheit sprechen, es ist dringend.«

Cinteta, den Tränen nahe, fand den Lehrer nicht in der Schule, und als sie Licht in der Kirche sah, dachte sie, daß vielleicht der Herr Pfarrer … Schwester Renata mußte lange warten. Aus der Leitung drangen merkwürdige Geräusche, dann fragte eine strenge weibliche Stimme: »Mit wem spreche ich?« Schwester Renata erklärte, sie müsse sich unbedingt mit Senyor Oriol Fontelles in Verbindung setzen. Elisenda zögerte. Sie war kurz davor aufzulegen, aber ihr Gespür dafür, wann etwas wichtig war, hielt sie zurück, obwohl sie im Augenblick weiß Gott anderes zu tun hatte. Schwester Renata bestand erneut darauf, mit Senyor Oriol Fontelles persönlich zu sprechen.

»Er kann nicht … Nein … Es ist unmöglich.« Elisenda klang erschöpft.

»Ich habe eine wichtige Nachricht für ihn.«

»Senyor Oriol Fontelles ist soeben verstorben.« Ihre Stimme war jetzt kalt.

»Entschuldigen Sie. Ich …«

Ungeachtet dessen, was sie gerade durchmachte, horchte Elisenda auf: »Was wollten Sie von ihm?«

»Nun, ich … seine … seine Frau liegt im Sterben.«

»Rosa?«

»Ja. Ich habe seinen Sohn hier.«

»Oriol Fontelles hat eine Tochter.«

»Einen Sohn.«

Angesichts der Bedeutung dieser Nachricht tat Elisenda so, als ob sie die Schüsse auf der Straße nicht hörte.

»Ich bin eine Freundin der Familie. Ich werde mich persönlich um das Kind kümmern. Sagen Sie, wo Sie sind, und ich schicke meine Rechtsanwälte vorbei.«

Schwester Renata, die Begehrte, hängte auf, nachdem die eisige Stimme noch absolute Diskretion von ihr verlangt hatte. Vor allem das Wort »Rechtsanwälte« und der autoritäre Tonfall beunruhigten sie. Sie dachte, daß sie sich vielleicht doch zuvor mit ihren Vorgesetzten hätte absprechen sollen, daß sie die Lüge am Krankenbett würde beichten müssen und daß sie der armen Frau, falls diese überlebte, kaum in die Augen würde sehen können. Sie dachte nicht daran, daß der Doktor sich wünschte, sie anzusehen und auf Herz und Nieren zu prüfen, und sie dachte nicht daran, daß sie mit ihren einundzwanzig Jahren, drei Jahre, nachdem sie dem Orden beigetreten war, um den Bedürftigen zu helfen, allein zum Schicksal dieses Kindes geworden war.

Als Tina das Krankenhaus verließ, war es bereits dunkel. Sie grübelte darüber nach, daß Rosa nie die ganze Wahrheit über ihren Mann erfahren hatte, daß er sie mit einer Geliebten betrogen, aber auch einen heimlichen Krieg geführt hatte. Joan. Die namenlose Tochter heißt Joan, und in diesem Krankenhaus verliert sich seine Spur so vollständig, als wäre das Kind an der Seite der armen Rosa gestorben. Die Entdeckungen hatten sie so aufgewühlt, daß sie bei der Untersuchung völlig verspannt war und die – ungewöhnlich stille – Gynäkologin ihr weh tat. Dann saßen sie einander gegenüber, die Gynäkologin starrte eine Minute lang ins Leere, und Tinas Angst wuchs.

»Nun reden Sie schon, Frau Doktor.«

Die Ärztin sah sie an, lächelte kurz und zaghaft, nahm die Papiere, die vor ihr lagen, und hielt sie schützend vor sich.

»Wir müssen schneiden«, sagte sie schließlich fast unhörbar.

Mein ganzes Leben habe ich diesen Augenblick gefürchtet, und jetzt ist er da. Jetzt kommt eine aggressive Chemotherapie, ich nehme ab, werde kahl und sterbe.

»Hat er schon gestreut?«

»Es gibt keine Metastasen, das ist die gute Nachricht. Aber wir müssen uns beeilen.«

»Ich habe keinen Schlafanzug dabei.«

Trotz allem mußte die Ärztin lächeln. Sie nahm den Kalender zur Hand, und sie vereinbarten einen Aufnahmetermin. Die Ärztin versicherte ihr, alles sei unter Kontrolle, die Therapie werde nicht allzu aggressiv ausfallen, sie hatten es noch rechtzeitig entdeckt, »ich würde sagen, die Chancen stehen bei über siebzig Prozent, normalerweise gibt es da keine Überraschungen, Sie haben Glück im Unglück gehabt«, und als sie im Taxi mit weit aufgerissenen Augen ins Leere starrte, sagte sie sich immer wieder, es ist schon unglaublich, daß man mir sagt, ich könne noch zufrieden sein. Das Abendessen mit der Mutter war schwierig, vor allem, weil sie die Litanei der gekränkten Großmutter über sich ergehen lassen mußte, deren einziger Enkel fortgegangen war, ohne etwas zu sagen, außer einem kurzen Anruf: »Oma, ich gehe nach Montserrat.« Sie hatte gefragt, »Was soll das heißen, du gehst nach Montserrat?«, und er hatte geantwortet: »Ich werde Mönch.« Die Großmutter hatte gedacht, Arnau mache

Scherze, und hatte niemandem davon erzählt. Sie hatte nicht einmal ihre Tochter angerufen, weil sie es einfach nicht geglaubt hatte. Und jetzt vernahm sie sprachlos die Bestätigung Tinas, die so dumm war, zuzulassen, daß ihr einziger Enkel sich davonmachte.

»Mama, fang bitte nicht so an. Es ist nun mal so gekommen.«

»Das ist alles eure Schuld.«

Ich weiß schon, daß ich an allem schuld bin, was in der Welt passiert. Mir wäre es auch lieber gewesen, Arnau hätte uns von seinen Träumen erzählt, dann wären wir nicht ebenso überrascht gewesen wie du.

»Es ist niemandes Schuld. Er hat als erwachsener Mensch eine Entscheidung getroffen.«

»Ihr habt ihn verzogen.« Sie schwieg lange, düster, dann fragte sie: »Und was macht Jordi?«

Er geht fremd.

»Es geht ihm gut.«

»Und deine Beschwerden?«

Brustkrebs.

»Sind schon wieder weg.«

39

Madame Corine (im bürgerlichen Leben Pilar Mengual) sah die Frau und ihre beiden Begleiter beunruhigt an. Das Gesicht der Dame war unter dem dunklen Schleier kaum zu erkennen.

»Ist Ihnen klar, daß ich einen Kunden verliere, wenn ich zustimme?«

»Ihre beruflichen Probleme interessieren mich nicht«, sagte Rechtsanwalt Gasull trocken und tippte ein wenig Asche auf den Teller.

»Aber mich.« Sie hob die Stimme: »Bilden Sie sich etwa ein …«

»Sollten Sie sich weigern«, unterbrach Gasull sie sanft, ohne sie anzusehen, und zog an seiner Zigarette, »werden wir die Polizei darüber informieren, daß das Nidito trotz des ausdrücklichen Verbots des Caudillo weiterbesteht, und ihnen die Anschrift geben; wahrscheinlich werden sie als erstes einen Trupp aufgebrachter Falangisten vorbeischicken, der alles kurz und klein schlägt, dann wird die Polizei kommen, natürlich zu spät, und wenn sie hier ist, werden wir ihr erzählen, was letztes Weihnachten mit dem galicischen Mädchen passiert ist.« Er pflückte einen Tabakkrümel vom Mund und lächelte Madame an: »Das ist unser Gegenangebot.«

Madame Corine erhob sich, bleich vor Zorn, und ging zu einem Schränkchen hinüber. Sie öffnete es mit einem Schlüssel, den sie um den Hals trug, und nahm einen weiteren Schlüssel heraus. Er trug ein Schild mit der Nummer fünfzehn, und Elisendas Herz tat einen Sprung.

»Zweiter Stock.« Gasull riß ihr den Schlüssel beinahe aus den Fingern. »Und machen Sie um Himmels willen keinen Lärm.«

Der Dicke zwinkerte mit einem tränenden Auge fast unmerklich der verschleierten Dame zu, und die drei verließen den Salon des Nidito und wandten sich zur Treppe.

»Ich scheiß auf die feinen Damen, die sind schlimmer als die Nutten«, murrte Madame den Besuchern hinterher. Die drei blieben wie angewurzelt stehen.

»Was haben Sie gesagt?« fragte der Dicke drohend.

»Wollen Sie mir vielleicht auch noch verbieten, mich aufzuregen?« So leicht ließ Madame sich nicht einschüchtern.

»Laßt sie in Ruhe«, befahl Senyora Elisenda und ging zur Treppe. Die beiden Männer folgten ihr, nicht ohne Madame Corine zuvor noch mit dem finstersten Blick aus ihrem Repertoire zu bedenken.

Gasull steckte den Schlüssel ins Schloß und öffnete. Alle drei traten sofort ein. Senyor Santiago Vilabrú Cabestany praktizierte gerade einen ausgiebigen Cunnilingus an einer jungen, üppigen Frau, die Elisenda sofort als die Recasens erkannte, das Miststück. Tita, die Schwester von Pili, genannt La Milonga.

Senyor Santiago, nackt und mit aufgerichtetem Glied, drehte sich erschrocken um. Er wurde bleich, als er seine werte Gattin erblickte, die er seit zwei Monaten oder länger nicht mehr besucht hatte. Sie hatte den Schleier zurückgeschlagen und ging auf ihn und Tita Recasens zu, die in diesem Augenblick, noch immer verwirrt, die Beine schloß. Santiago Vilabrú bedeckte sein schrumpfendes Geschlecht mit beiden Händen, während Tita fluchtbereit aus dem Bett sprang.

»Bleib, wo du bist«, befahl Elisenda.

Das heimliche Paar war so überrascht, daß es keinerlei Widerstand leistete. Tita blieb, wo sie war, und Santiago stand da, wurde abwechselnd rot und blaß und wünschte sich meilenweit weg.

»Du wirst mir jetzt ein paar Papiere unterzeichnen«, sagte Elisenda.

»Was ist los? Was willst du?«

»Senyor Carretero«, sie zeigte auf den Dicken, »wird den Vorgang notariell beglaubigen.«

»Du willst mich erpressen.«

»Ich weiß noch nicht.« Sie wandte sich an Tita Recasens: »Mein Mann kommt zweimal pro Woche hierher. Einmal mit dir und einmal mit einer Prostituierten.« Sie lächelte freundlich: »Paß auf, daß er dir nichts angehängt hat, er mag die Erfahrenen.«

»Du bist eine ...«

»Ja. Soll ich dir sagen, was du bist?«

»Einen Moment, ich will mich anziehen.«

»Nein. Du bleibst hier und hältst schön still.«

»Kommt überhaupt nicht in Frage.«

»Wie du willst. Ist dein Make-up noch in Ordnung, meine Liebe?« Sie wandte sich an Gasull: »Ruf die Fotografen herein.«

Die Fotografen wurden nicht gerufen, Tita Recasens wurde ins Badezimmer geschickt, und Senyor Santiago Vilabrú Cabestany unterzeichnete die Papiere, wie Gott ihn geschaffen hatte. Der erste Punkt der Abmachung betraf die Adoption einen Jungen namens Marcel, Eltern unbekannt, durch das Ehepaar Vilabrú.

»Wo kommt das Kind her?«

»Das geht dich nichts an.«

»Was ist das für eine Geschichte?«

»Unterschreib hier und halt den Mund.«

Gasull reichte ihm den Füllfederhalter, und Santiago Vilabrú mußte das Liebes- und Lustlager als Unterlage benutzen, um ein Papier zu unterschreiben, in dem er seinen ausdrücklichen Wunsch bekundete, dieses Kind zu adoptieren.

»Was tust du mir an?«

»Das, was du mir angetan hast, seit wir zurückgekehrt sind. Sogar vorher schon.«

Das zweite Papier erklärte Senyora Elisenda Vilabrú Ramis (von den Vilabrús aus Torena und den Ramis von Pilar Ramis aus Tírvia, dem Flittchen, besser, wir reden nicht davon aus Rücksicht auf den armen Anselm) zur Alleinerbin des Vermögens von Senyor Santiago Vilabrú, geschätzt auf fünf Mietshäuser in Barcelona, ausgedehnte Ländereien im Vall d'Àssua und an anderen Orten des Regierungsbezirks, dazu ein beeindruckendes Barvermögen, das allerdings langsam dahinschmolz, weil Senyor Santiago Vilabrú Cabestany sich für ein bequemes Dasein als Privatier entschieden hatte. Unterzeichnet im Nidito am 20. November 1944.

Gasull nahm ihm den Füllfederhalter weg, als fürchtete er, er könne ihn irgendwo verstecken.

»Besser, du läßt dich nicht mehr in Torena blicken«, sagte Senyora Elisenda. »Wenn es doch mal sein muß, sag mir vorher Bescheid.«

»Ich habe das Recht zu kommen, wann ich will.« Er versuchte zu scherzen: »Um meinen Sohn zu sehen, oder?«

»Ich habe mir eine Wohnung in Barcelona gekauft. Du kannst die Wohnung in Sarrià behalten. Sieh zu, daß du dich nie blicken läßt. Auch nicht, um meinen Sohn zu sehen.«

»Sie erhalten noch eine Kopie der notariellen Beglaubigung«, informierte ihn Notar Carretero lustlos.

»Die werde ich ins Feuer werfen.«

»Tun Sie das ruhig.« Er sah ihn an, lächelte zum erstenmal und schüttelte den Kopf: »Dann werden Sie sich besser fühlen.« Er wandte sich an Elisenda: »Ich bin fertig, Senyora.«

»Ihr könnt weitermachen«, sagte Elisenda liebenswürdig. »Soll ich dich daran erinnern, wo ihr stehengeblieben wart?«

40

Der Himmel war so dicht mit Sternen übersät, daß sie im Sternenlicht ihren Weg fanden. Noch nie hatte er die Sterne so klar und deutlich gesehen. Der Regenschauer am Nachmittag hatte die Luft von Staub gereinigt. Er blickte in den Himmel und dachte, wie gerne würde ich dieses Wunder als glücklicher Mensch betrachten können. Schon zu lange war er von Jammer erfüllt, und nun dauerte es ihn sogar um dieses ergreifende Naturschauspiel, weil er es weder mit Elisenda teilen konnte, die ihn schlafend in der Schule wähnte, noch mit Rosa, die nicht weiß, daß ich kein solcher Feigling bin, noch mit meiner Tochter, die ich nicht kenne. Unterhalb des Felsens von Fitera, dort, wo der Pfad endet, der vom Cometa herabführt, blieb der Anführer des Trupps, ein mürrischer Bergarbeiter aus Asturien mit glänzenden Augen, am Anfang des hellschimmernden Wegs nach Xivirró so abrupt stehen, daß Oriol, in sein Selbstmitleid versunken, auf ihn auflief. Der ganze Trupp hielt an, lautloser als das Nichts, und Oriol verstand, daß diese Menschen gewohnt waren, klaglos zu Stein zu erstarren. Vielleicht waren auch sie von Jammer erfüllt, aber sie hatten gelernt, mit ihrer Umgebung zu verschmelzen. Unwillkürlich atmete er zu laut, und eine nervöse Hand zwickte ihn in die rechte Schulter, um ihn wortlos zu mahnen, daß er eher ersticken durfte, als aufzuhören, ein Stein zu sein. Jetzt erst bemerkte er, warum sie so still waren. Vom Weg, den sie hatten einschlagen wollen, erklangen schleppende Schritte und fröhliches Geläut. Ziegen? Schafe? Kühe? Er hörte das heisere Husten eines Schäfers, lange bevor er etwas erkennen konnte. Als seine Augen sich an das etwas hellere Band des Weges gewöhnt hatten, sah er, daß die fröhlichen Schafe eine ganze Kompanie der Guardia Civil waren. Der Schäfer hatte den Rang eines Hauptmanns. Was hatten sie auf dieser Höhe verloren? Irgend etwas mußte sich in den Köpfen der hiesigen Militärführung geändert haben, denn bisher hatten sie aus Furcht vor hohen Verlusten und mangelnden Reaktionsmöglichkeiten Einfälle in die Serra d'Altars und das waldreiche Gebiet vermieden.

Die ganze Herde zog, bewaffnet bis an die Zähne, unterhalb des kleinen Häufleins Maquisards vorbei, das durch einen Dorfschullehrer verstärkt wurde, der wie Espenlaub zitterte. Ein dichter, dumpfer Gestank folgte der Herde wie das Echo ihrer Gegenwart. Nach einer Ewigkeit stand der Anführer des Trupps auf. Oriol ging zu ihm: »Sie sind schon seit Stunden unterwegs. Sie haben sich verlaufen«, flüsterte er ihm ins Ohr.

»Warum?«

»Sie kehren nicht nach Sort zurück, sind nachts unterwegs und haben den Regenguß heute nachmittag abbekommen.«

»Woher weißt du das?«

»Hast du nicht gemerkt, wie sie nach nasser Wolle gestunken haben? Sie haben sich verlaufen!«

Sie verfügten über ein Maschinengewehr mit acht Munitionsgurten, drei Handgranaten pro Mann und acht langsame, aber zuverlässige Gewehre. Leise ging der Trupp, bestehend aus zehn Männern, ein Stück Wegs zurück und legte sich an der Kehre von Solanet in den Hinterhalt. Das Maschinengewehr und die zwei Männer, die es bedienten, wurden mitten auf dem Weg postiert, geschützt durch ein paar Felsbrocken, die sie dorthin gerollt hatten. Das Angriffssignal waren zwei Schüsse, die den Hauptmann und den Leutnant ausschalten sollten. Sie hofften, daß die Militärpolizisten daraufhin, führerlos und verängstigt, vor den Kugeln des Maschinengewehrs und der acht Gewehre den Berg hinab fliehen würden. Etwas Besseres fiel ihnen auf die Schnelle nicht ein, und der Anführer des Trupps wünschte, Leutnant Marcó stünde in diesem Augenblick an seiner Seite, um den taktischen Vorschlag des Lehrers abzusegnen, der klüger war, als er aussah.

Das schwierigste war, die Finger ruhig zu halten, damit keiner den Abzug betätigte, bevor die ganze Kompanie um die Kurve gekommen war. Als dies geschehen war, gingen zwei Männer auf den Weg hinunter und riegelten ihn von der anderen Seite ab. Der Anführer des Trupps zielte auf den Hauptmann, die ersten Schüsse hallten, und dann spie das Maschinengewehr den Tod. Der Grundschullehrer Oriol Fontelles wußte nicht, daß der beste Angriffsplan derjenige ist, der die Reaktion des Feindes vorhersieht, so daß man zu seinem blinden Schicksal wird. Oriol wußte es nicht, weil er nie direkt an einer militärischen Aktion teilgenommen hatte und einem bei der Feuertaufe niemand diese Feinheiten erläutert, aber es scheint, als hätte ich ein gewisses Geschick für strategische Angelegenheiten. Hättest Du das gedacht? Anstatt Lehrer zu werden, hätte ich berühmt werden können mit… Nein, mir ist nicht nach Scherzen zumute, Rosa. Schreibe ich an Dich oder an unsere Tochter? Ich weiß es nicht. Ich weiß nur, daß ich Dir berichten will, daß ich erstaunt mit ansah, wie die Militärpolizisten, die den ersten Angriff überlebt hatten, nachdem sie blindlings zwischen die Bäume gefeuert und vergebens darauf gewartet hatten, daß ihre Anführer ihnen sagten, was zu tun sei (den Hauptmann hatte ein Schuß in den Mund niedergestreckt, und der Leutnant lag, von Panik gelähmt, am Boden), unweigerlich bergab liefen, auf gut Glück in die Buchen hinein, hoffnungsvoll, weil aus dieser Richtung kein Schuß gefallen war. Und nach dreißig zuversichtlichen Schritten flogen sie mit einem Schrei, der von den weiter oben hallenden Schüssen übertönt wurde, in weitem Bogen in die Klamm von Forcallets, und ihre Erinnerungen zerschellten an den weißen Steinplatten am Grund, denselben, aus denen Pere Serrallac der Steinmetz unermüdlich seine Grabplatten schnitt. Als hätten sie es eilig, den Kreislauf zu schließen. Als sehnten sie sich nach der Wärme des eisigen Grabs.

Oriol schoß sein Mauser leer. Er war sich sicher, zwei oder drei Männer getötet zu haben. Drei. Er verspürte keinerlei Gewissensbisse, denn er sah, wie Ventureta im Rathaus mit großen Augen zu ihm hinüberblickte, in der Hoffnung, der Lehrer sei mutiger, als er war, und werde ihn retten. Und er hörte das panische Keuchen seines Blinkers, des Bauern aus Montardit; am liebsten aber hätte er Valentí Targa vor sich gehabt. Dann hätte er zehn Magazine in sein linkes Auge gefeuert und von nun an ruhigeren Gewissens an Ventureta denken können.

Am nächsten Morgen zog das Militär nach stundenlanger Suche im schwer zugänglichen Gelände die Bilanz dieser feigen, hinterhältigen Operation der nicht existierenden Guerrilleros, dieser Vaterlandsverräter: sechzehn Gefreite mit eingeschlagenem Schädel am Grunde der Klamm von Forcallets, ein Korporal, der auf dem Weg in die Schlucht am Ast einer Buche aufgespießt worden war, vierzehn Gefreite erschossen, sieben Schwerverletzte und der Rest verstreut, die Gesichter bleich vor Panik und von der Erfahrung, daß es bequemer war zu erfrieren, als eine Nacht allein im Wald und in der Gebirgskälte auszuharren, das Mauser umklammert und die Augen aufgerissen, bis sie schmerzten. Außerdem ein Hauptmann ohne Mund und ein Leutnant, den die Angst und die Aussicht auf den Spießrutenlauf lähmte, der ihn erwartete, weil er nicht einmal eine Verletzung vorweisen konnte, um die Schande seiner Feigheit zu mindern.

Leutnant Marcó betrachtete den Anführer des Trupps und Oriol Fontelles. Der Generalslehrling und der Schulmeister.

»Zwölf Männer gegen mehr als achtzig Feinde.« Er sah seinen Mann an: »Tollkühnheit ist keine militärische Tugend.«

»Wir waren hundertprozentig sicher. Der Ort war ideal.« Er warf einen bewundernden Blick auf den Lehrer: »Der versteht was von Militäreinsätzen. Es war seine Idee.«

»Sein Platz ist nicht hier«, erwiderte Marcó schroff. Er sah noch düsterer aus als sonst. Dann gab er ihnen ein Zeichen, ihm zu folgen.

Sie betraten einen größeren Raum mit einem hölzernen Lattenrost als Boden, der in ärmeren, aber glücklicheren Zeiten dazu gedient hatte, daß das Vieh im Stall diejenigen wärmte, die über ihm vor Kälte zitterten. Zehn dunkle Gesichter sahen ihnen entgegen; sie hatten sie seit Stunden erwartet. Erschöpfte Gesichter. Leutnant Marcó berichtete ihnen ohne Umschweife, warum sie für unzählige Brennpunkte in der Gegend sorgen mußten, so wie diese Nacht, als sie eine ganze Kompanie Militärpolizei aufgerieben hatten. Sie mußten ihre Angriffe vervielfachen, ihnen an allen Ecken und Enden die Hölle heiß machen.

»Und die Große Operation?«

»Eine Armee des Maquis wird auf der Halbinsel einmarschieren, um den Faschismus zu stürzen.«

Schweigen. Das war eine gewaltige, unfaßbare Nachricht für die von der ständigen Flucht zermürbten Männer.

»So viele Männer hat der Maquis?«

»Es werden Leute im Ausland rekrutiert. Und hier.« Unwillkürlich sah er zu Oriol hinüber, wandte aber sogleich den Blick wieder ab: »In diesen Wochen ist viel los.«

Wann würde es losgehen? Wo? Wer befehligte sie? Wie groß waren ihre Chancen? Wie viele würden sie sein? Wie sollte es anschließend weitergehen? Glaubten sie tatsächlich, das Volk würde sich erheben? Wußten sie, daß die Menschen erschöpft waren? Hatten sie bedacht …

»Ich weiß nichts weiter. Sie haben mir nur befohlen, es euch mitzuteilen.«

»Und warum schließen wir uns nicht der Armee des Maquis an?«

»Unsere Aufgabe ist es, ein Pickel am Hintern der Faschisten zu sein, und zwar noch mehr als bisher.«

Da setzt du dein Leben aufs Spiel, meine Tochter, um ein Pickel am Hintern zu sein. Das also war meine große Aufgabe in diesem Moment: ein riesiger Furunkel am Hintern der franquistischen Armee und aller Faschisten zu sein.

Achtundzwanzig Jahre später erinnerte an der Klamm von Forcallets nichts mehr an die Männer, die durch den taktisch klug erdachten Hinterhalt des Lehrers von Torena hinabgestürzt waren. Der Sohn von Pere Serrallac bezog seinen Marmor von einem Großhändler in La Seu, der ihn überall zusammenkaufte. Viel Schnee war seither gefallen. Marcel bremste die Skier mit einem perfekten Schwung ab, genau an der Stelle, an der sein Vater den Bergmann aus Asturien, der den Trupp befehligte, angewiesen hatte, das Maschinengewehr aufzustellen, mitten auf dem Weg, um Hauptmann und Leutnant den Weg zu versperren und unter der Herde der Besatzer Verwirrung und Schrecken zu säen.

»Hier. Genau hier«, sagte Marcel.

Ein Mädchen mit langen, dunklen Haaren unter einer gelben Mütze hielt exakt an der Stelle, die Marcel ihm gezeigt hatte.

»Perfekt. Ich glaube, ich kann dich schon alleine fahren lassen.«

»Aber wir sind auf keiner Piste, oder?«

»Keine Angst, ich kenne das hier wie …«

Wie das Loch der kleinen Schäferin, hätte er beinahe gesagt, aber er hielt sich zurück. Wie sehr vermißte er Quique! Mit ihm war er neue Strecken gefahren, hatte Langlaufrouten abgesteckt, hatte über das Potential von Skiliften gefachsimpelt und über die Beine der Mädchen, und das Leben war jung gewesen. Aber eines schönen Tages, nach der Geschichte unter der Dusche, war Quique verschwunden, ohne ein Wort zu sagen. Mamà hatte beiläufig erwähnt, er habe Arbeit in Sankt Moritz gefunden, und wenn das stimmte, hatte er gut daran getan, zu gehen, aber der Mistkerl hätte doch was sagen können. Irgend etwas, denn so sehr er ihn haßte, beneidete, verachtete und liebte, Quique würde immer Quique bleiben, der Mann, der ihn in die Kunst der Liebe eingeführt hatte, in den Sex als Kunst, unter der Dusche von Tuca und später im Casita Blanca und im Nidito, wo er ihn mit Frauen zusammenbrachte, die aus Fleisch und Blut waren, nicht wie die Mädchen in den heimlich gelesenen Playboyheften. Und jetzt war er spurlos verschwunden, der Idiot.

»Fahren wir runter?«

»Warte. Findest du das hier nicht schön?«

Sie nickte. Marcel Vilabrú ließ seinen Blick begehrlich über die Landschaft schweifen, die er so sehr liebte. Oberhalb des Solanet ließ sich ein Stück der Wand des Obi Blau erahnen, aber er konnte nicht die Schritte seines Vaters Oriol Fontelles sehen, der diesen Weg wohl an die fünfzig Male zurückgelegt hatte, immer zu Fuß und immer nachts, beladen mit leichtem und schwererem Material, die Angst im Nacken, das Gewicht der Munitionskisten verfluchend, das eiserne Schweigen der anderen Guerrilleros bewundernd, die alle ihren eigenen Schmerz, ihr eigenes Vergessen oder ihre eigene Sehnsucht im Kopf hatten, sie aber für sich behielten, aus Angst, mit Tränen in den Augen schlechter zielen zu können.

»Ja, sehr hübsch. Fahren wir?«

Er küßte sie hart auf den Mund, von der Seite wegen der Skier. Als er fühlte, daß sie seinen Kuß erwiderte, dachte er, daß er das erste Mal seit seiner Heirat mit Mertxe eine Frau küßte – Nutten und Norwegerinnen einmal ausgenommen –, deren Namen er kannte und in die er sich hätte verlieben können. Ein gutes Jahr hatte er in ewiger Treue Enthaltsamkeit geübt. Nun gut, ausgenommen vielleicht die Bascompte und die wie hieß sie noch, ach ja, Nina. Und noch die eine oder andere, zugegeben.

»Laß den Blödsinn«, sagte sie, schob ihn weg und rückte die Skier gerade. Marcel dachte, laß den Blödsinn, aber gefallen hat's dir doch, Süße. Während der Abfahrt zur Skistation sprachen sie kein Wort, nicht, als sie den Hügel hinunterglitten, wo der Kopf des Hauptmanns in Stücke geschossen worden war, und auch nicht, als sie die große Tanne umfuhren, unter der Oriol Fontelles eines Nachts geweint hatte, als er sich sogar von seiner eigenen Kraft verlassen fühlte, weil er seit sechs Tagen nicht mehr als drei Stunden pro Nacht geschlafen hatte. Unten erwartete sie Mertxe, ein wenig beleidigt, ein wenig schwanger, ein wenig nervös, weil es halb drei ist und ich einen Bärenhunger habe. Vielleicht lag es an dem heimlichen Kuß, jedenfalls protestierte Marcel nicht, er wolle noch weiterfahren, sondern verabschiedete sich höflich von dem Mädchen mit dem schwarzen Haar und dem heimlichen Kuß sowie von ein paar Kunden und ging brav zum Wagen, gefolgt von Mertxe.

Der Zwölf-Uhr-Messe in der Kirche Sant Pere von Torena wohnten die Honoratioren des Ortes bei, soll heißen, Senyora Elisenda Vilabrú von Casa Gravat, der Bürgermeister und Ortschef des Movimiento Valentí Targa, Senyor Oriol Fontelles, stellvertretender Ortschef der Falange und Dorfschullehrer, der treue, narbengesichtige Chauffeur Jacinto Mas, spezialisiert auf die Geheimnisse seiner Herrin, Arcadio Gómez Pié, der lockenköpfige Leibwächter mit erprobter Treue zu Senyor Valentí, und Balansó, der Leibwächter mit dem schmalen Schnurrbart, sowie an die zwanzig Dorfbewohner, die das harte, aber notwendige Durchgreifen des ersten hauptamtlichen Bürgermeisters in der Geschichte des Dorfes befürworteten. Der Messe folgte ein kurzes geselliges Beisammensein im schattigen Innenhof, dem sich Hochwürden Aureli Bagà anschloß und bei dem Valentí Targa seinen Segen erteilte und Urteile fällte. Wie befriedigend es doch ist, das Sagen zu haben, eine Autorität auszuüben, die nur von dir selbst ausgeht, oder, wie Hochwürden Bagà sagen würde, eine gottgegebene Autorität. Und alle sagten, ja, nein, mal sehen und vertrieben sich die Zeit bis zum Aperitif bei Marés, der diesen allwöchentlich an den Rand des Ruins brachte, weil er noch nicht gewagt hatte, Targa die Rechnung zu präsentieren. Senyora Elisenda, die weder das Café noch das Dorf betrat, kehrte nach Hause zurück, denn dies war einer der wenigen Augenblicke, in denen sie den Verwalter empfangen und in aller Ruhe über Vieh, Heumengen, Fleischpreise und die Möglichkeit sprechen konnte, ein paar Hänge unterhalb des Batlliu zu erwerben. Der Pfarrer nahm Oriol beiseite und fragte ihn freundlich, aus dem Wunsch heraus, diesem ehrlichen Mann beizustehen, ob er ihm irgendwie bei der Versöhnung mit seiner Frau behilflich sein könne.

»Ich glaube nicht, daß das Ihre Angelegenheit ist, Hochwürden. Sie ist aus gesundheitlichen Gründen gegangen.«

»Im Dorf erzählt man sich etwas anderes. Sie sollten kein schlechtes Beispiel geben. Außerdem sehen Sie schlecht aus, finde ich. Wenn Sie mir Ihr Herz ausschütten wollen, bin ich ...«

»Sie haben kein Recht, sich da einzumischen.« Er sah ihn ein wenig verächtlich an und entschloß sich zu lügen: »Meine Frau und ich sehen uns von Zeit zu Zeit.«

»Aber ...«

»Haben Sie sie nie husten hören?« Er sprach scharf und gereizt: »Haben Sie nicht gesehen, wie blaß sie war?«

»Und warum bist du ihr nicht nachgereist, mein Sohn? Das wäre die Pflicht eines guten Gatten gewesen.«

»Guten Tag, Hochwürden. Bis zum nächsten Sonntag, falls ich kommen kann.« Ein neuer Feind, meine Tochter. Ich scheine eine besondere Gabe dafür zu haben, mich verhaßt zu machen.

Senyor Valentí schickte die anderen vor, dann ging er mit Oriol eingehakt den Carrer del Mig auf und ab, wie zwei alte Freunde. Er wartete eine Zeitlang, bis Oriols Wut verraucht war.

»Kümmer dich nicht um den Pfarrer. Der macht immer, was er will.«

Oriol antwortete nicht. Valentí blieb stehen und sah ihn an: »Hast du es schon gehört?«

»Ja, jeder redet davon.« Er setzte eine ernsthaft besorgte Miene auf: »Eine ganze Kompanie? Hundert Mann?«

»Achtzig. Es gibt Überlebende. Anscheinend wurden sie von einem Trupp von mehr als hundert Maquisards angegriffen.«

»Wo kommen denn so viele Leute her?»

»Wo warst du? Du warst gestern abend nicht im Dorf.«

»Ich habe die Kompanie vernichtet.«

»Sag das nicht, nicht mal im Spaß.«

»Kontrollierst du mich etwa?«

»Nein.« Er setzte sich in Bewegung, langsam, ohne ihn aus den Augen zu lassen: »Aber vielleicht sollte ich das tun.« Streng fuhr er fort: »Heute nachmittag müssen wir unten alles melden, was wir gesehen und gehört haben.«

»Ich habe nichts gehört. Ich schlafe wie ein Klotz.«

»Meine Männer haben mir gesagt, daß rund ums Dorf einiges in Bewegung zu sein scheint. Hast du nichts bemerkt?«

»Ich habe dir ja schon gesagt: Ich habe nichts gehört.«

Den Rest des Wegs legten sie schweigend zurück. Um ein seltsames Gefühl abzuschütteln, sagte Oriol: »Auf jeden Fall stehe ich den Behörden zur Verfügung, das versteht sich von selbst.«

Valentí lächelte. Vielleicht war das alles, was er hören wollte.

41

»Das lateinische Wort für Taufe, ›baptismus‹, kommt vom Griechischen ›baptisma‹ oder ›baptismós‹, was so viel heißt wie ›eintauchen‹ oder ›Waschung‹. Und dies, meine Brüder, ist die symbolische Bedeutung dieses Sakraments: Die Seele, die mit der Erbsünde beladen zur Welt kommt, wird abgewaschen, gereinigt. Und daher können wir über die Taufe folgendes sagen: Sie ist eine Waschung des Körpers, die die Waschung der Seele des Neugeborenen repräsentiert. So hat es schon der heilige Thomas von Aquin definiert, als er sie als äußere Waschung des Körpers mit den vorgeschriebenen Worten bezeichnete: Sacramentum regenerationis per aquam in verbo.«

»Hochwürden ...«

»Ich bin gleich fertig. Lassen Sie mich nur noch sagen, daß schon in Trient als Glaubenswahrheit festgelegt wurde, daß die Taufe absolut unabdinglich für die Erlösung ist, auch wenn die mitleidige, verständnisvolle Heilige Mutter Kirche zwischen drei Arten der Taufe unterscheidet, je nachdem, wie das Sakrament verabreicht wird, als da wären ...«

»Hochwürden ...«

»Einen Augenblick: als da wären die Wassertaufe (oder baptismus fluminis), die Begierdetaufe (baptismus flaminis) und die Bluttaufe (baptismus sanguinis).«

Blut von deinem Blut, Oriol. Du bestehst fort und ich durch dich.

»Hochwürden, es ...«

»Ja. Nun gut: Wie soll das Kind heißen?«

»Sergi«, sagte Mertxe.

Oriol, dachte Elisenda, die Patin des Kindes war. Für mich wird er immer Oriol heißen. Geliebter, jetzt hast du einen

Enkel. Blut von deinem Blut. Vielleicht kannst du mir nun verzeihen. Weißt du, daß Doktor Combalia sagt, daß ich vielleicht Diabetes habe? Morgen muß ich nach Barcelona fahren, um … »Ich. Selbstverständlich bin ich die Patin.«

»Dann treten Sie bitte näher, Senyora, mit dieser dürstenden kleinen Seele, die nach Einlaß in die Kirche der Gerechten verlangt.«

Senyora Elisenda trat zum Taufbecken, in den Armen den Enkel des Falangisten Oriol Fontelles. Die gleiche Nase. Der gleiche Zug um den Mund, deutlicher noch als bei Marcel. Wie kommt es nur, daß die Leute das nicht sehen? Wie können sie so blind sein? Oder erinnert sich niemand mehr an das Gesicht meines heimlichen …

»Sergi, ich taufe dich im Namen des Vaters und des Sohnes und des Heiligen Geistes.«

Mit ›Sergi‹ meinte Hochwürden Rella Sergi Vilabrú (von den Vilabrú-Comelles und den Cabestany Roures und den Vilabrús aus Torena und den Ramis von Pilar Ramis aus Tírvia, dem Flittchen, besser, wir reden nicht davon aus Rücksicht auf den armen Anselm) Centelles-Anglesola (von den Centelles-Anglesolas, die seitens der Anglesolas mit den Cardona-Anglesolas verwandt waren, und den Erills de Sentmenat, denn die Mutter der Mutter ist Tochter von Eduardo Erill de Sentmenat, der fünf Monate später eine Angina Pectoris erleiden wird, ja, wegen all des Ärgers mit Maderas Africanas. Oder vielleicht wegen des Skandals bei der Banca de Ponent, der sich bereits zusammenbraut). Hochwürden Rella sagte also: »Sergi, ich taufe dich im Namen des Vaters und des Sohnes und des Heiligen Geistes.«

»Amen«, antworteten die vierundachtzig Gäste, die sich zu dieser Feier im kleinen Kreis in der Kirche Sant Pere von Torena eingefunden hatten. Sie hatten herkommen müssen, weil die Vilabrú den Leuten gern etwas zumutet, und so müssen wir hier durch Kuhfladen stapfen, wo es doch das Normalste gewesen wäre, das Kind in der Kathedrale von Barcelona taufen zu lassen. Aber nein, scheißegal, was du denkst, du darfst dir einen ganzen Tag lang freinehmen und mit dem Auto nach Torena fahren, wo du dir dein Schuhwerk verdirbst. »Amen«, hatten die vierundachtzig Gäste lächelnd geantwortet. Sergi / Oriol war ihnen herzlich egal. Gut sechsundzwanzig Prozent von ihnen buhlten um die Aufmerksamkeit von Senyora Elisenda, die bei ihrem ersten Enkel Pate stand, auch wenn er nicht von ihrem Blut war. Weitere zwanzig Komma zwei Prozent wollten, daß Senyor Marcel Vilabrú Vilabrú sie bei der Taufe seines ersten Sohnes sah, mögen ihm zahlreiche weitere folgen, Senyor Vilabrú. Neunzehn Prozent legten Wert darauf, von der Familie Centelles-Anglesola Erill wahrgenommen zu werden, sei es von der gesamten Familie oder von einigen ihrer Mitglieder: aus politischen Gründen (Zugang zu exklusiven Informationen über die genaue Situation in der Sahara), aus wirtschaftlichen Gründen (da läßt dieser dämliche Steuerprüfer doch tatsächlich mein ganzes Büro durchwühlen, so ein junger Spund, der von nichts eine Ahnung hat, aber große Rosinen im Hirn), oder wegen der Liebe (ja, ich liebe Begoña Centelles-Anglesola Auger. Sie ist eine Cousine von Mertxe, sowohl seitens der Centelles-Anglesolas als auch seitens der Augers, denn die Augers sind mit den Erills von den Erill Casasses verwandt, aber sie ist unendlich viel schöner und unnahbarer als Mertxe. Nein, ich glaube nicht, daß sie noch Jungfrau ist, aber das ist doch egal, Mann). Der vielleicht geschlossenste Block innerhalb dieser Gruppe bestand aus Mertxes Freundinnen, alles höhere Töchter, die dachten, na, da mutet Mertxe sich ja ganz schön was zu, so ein Kind zu bekommen ist doch reichlich primitiv. Von den restlichen fünfunddreißig Komma sieben Prozent war die Hälfte direkte Verwandtschaft, die hatte kommen müssen, die andere Hälfte waren verschiedene Fälle, darunter ein Sonderfall, nämlich Jacinto Mas, der dabeisein mußte, weil das seine Arbeit war. Am nächsten Tag würde er Senyora Elisenda zum Arzt fahren müssen, und wahrscheinlich würde sie noch überraschend bei irgendeinem Bischof oder Priester einfallen, denn seit sie nicht mehr mit diesem verdammten Quique vögelt, wird sie mir allmählich zu einer Heiligen. Und da Rechtsanwalt Gasull mit einer Grippe das Bett hütete, wußte Jacinto Mas als einziger unter den Anwesenden, das heißt, als eins Komma eins neun Prozent der Taufgäste von Sergi Vilabrú (von den Vilabrú-Comelles und den Cabestany Roures und den Vilabrús aus Torena und den Ramis von Pilar Ramis aus Tírvia, dem Flittchen, besser, wir reden nicht davon aus Rücksicht auf den armen Anselm, der theoretisch der Urgroßvater des Kindes war) Centelles-Anglesola (von den Centelles-Anglesolas, die seitens der Anglesolas mit den Cardona-Anglesolas verwandt waren, und den Erills de Sentmenat, denn die Mutter der Mutter ist Tochter von Eduardo Erill de Sentmenat, der drei Wochen nach seiner Angina Pectoris einen Herzinfarkt erleiden wird, der ihn unter die Erde bringt, den Armen, mitten im Skandal um die Banca de Ponent), daß der Vater des Kindes, Marcel, nicht der Sohn von Senyora Elisenda war, sondern daß sie ihn aus einer Tuberkuloseklinik in der Nähe von Feixes geholt hatte, wer weiß, warum. Jacinto Mas wußte alles über seine Herrin: Er kannte ihre Fehler und Tugenden, ihre Ängste und Freuden, ihre Augenblicke der Schwäche und der Wut. Er kannte sogar ihre große Lüge. Und bis vor kurzem war sie edel, gerecht und elegant gewesen, und es war ihm nie schwergefallen, ihr zu dienen, zu dienen wie ein Sklave, denn sie war eine Göttin. Ich liebe dich, Elisenda, auch wenn du mich in letzter Zeit beim geringsten Anlaß tadelst. Es heißt nicht mehr, sehr gut, Jacinto, du machst das ausgezeichnet, sondern: Warum hältst du hier an? Vorsicht, brems nicht so stark, warum hast du mir nicht gesagt, daß ich meinen Mantel vergessen habe, ich weiß nicht, wo du deine Gedanken hast, Jacinto, verflixt. Nun ja, das eine oder andere Mal war ich unaufmerksam, aber das waren Kleinigkeiten. Aber ich liebe dich trotzdem, Elisenda: Du wirst alt und merkst nicht, daß auch ich ein Herz habe. Vielleicht zähle ich für dich nicht mehr als der Wagen. Ich weiß nicht, warum du damals im größten Durcheinander dieses Kind adoptiert hast, mitten während des Theaters mit dem Maquis, und warum du nach Feixes gefahren bist, um es zu holen. Wenn es einen Grund dafür gibt, werde ich ihn schon herausfinden. Ich mag es nicht, daß du Geheimnisse vor mir hast, nachdem ich so viele Jahre lang den Mist weggefegt habe, den deine Familie produziert hat. Vor allem dein Sohn. Amen.

Als die Taufe vorbei war, traten alle in den wohligen Sonnenschein hinaus, zufrieden lächelnd, weil Sergi Vilabrú (von den Vilabrú-Comelles und den Cabestany Roures und den Vilabrús aus Torena und den Ramis von Pilar Ramis aus Tírvia, dem Flittchen, besser, wir reden nicht davon aus Rücksicht auf den armen Anselm, der theoretisch der Urgroßvater des Kindes ist) Centelles-Anglesola (von den Centelles-Anglesolas, die seitens der Anglesolas mit den Cardona-Anglesolas verwandt waren, und den Erills de Sentmenat, denn die Mutter der Mutter ist Tochter von Eduardo Erill de Sentmenat, über den, kaum, daß er unter der Erde war, das Gerücht umging, es sei gar kein Herzinfarkt gewesen, sondern Selbstmord) so beherzt und ohne eine Träne Mitglied der herrschenden Kirche geworden war.

42

Wäre da nicht dieser schreckliche Krieg, könnte ich über manches lächeln und weinen zugleich. Heute abend werde ich Dir ein Märchen erzählen, meine Tochter. Alles begann, als ich schlief wie ein Klotz (jetzt, wo ich sowenig Schlaf bekomme, schlafe ich überall ein, sogar auf dem Motorrad). Ich träumte, jemand zersägte mitten im Wald einen Baumstamm, und als ich ihn fragte, »Warum tust du das, Kamerad?«, sagte der Mann: »Damit ihr euch nicht verstecken könnt, wenn sie euch jagen.« Ich wußte, daß ich träumte, daher war ich nicht besonders erschrocken. Und dann ging dieser Mann hin und zersägte meine Haustür, naja, eigentlich die Tür der Schule, in der ich jetzt wohne. Und ich fragte ihn: »Warum zersägst du meine Haustür, Kamerad?« Und er antwortete: »Damit die, die dich jagen, weniger Arbeit haben.« Da erwachte ich. Ich schlug die Augen auf und blieb still liegen, als ob ich noch schliefe, so, wie ich es hier gelernt habe. Jemand sägte an der Schultür. Ich erschrak, denn ich bin keineswegs mutig, meine Tochter. Ich zögerte lange, dann schlich ich zur Tür und bemerkte, daß da niemand sägte: Jemand kratzte an der Tür. Und da erinnerte ich mich … Ist Dir das jemals passiert, meine Tochter, daß Dir Dinge, die lange zurückliegen und die Du vergessen hattest, plötzlich wieder so klar und deutlich vor Augen stehen, als wäre nicht ein einziger Tag vergangen? Nun, genau das geschah mir in diesem Moment. Ich öffnete schnell und leise die Tür – und was glaubst du, was ich fand?

Tina betrachtete die Zeichnung des Hundes mit dem langen Fell, der hängenden Zunge, dem aufmerksamen Blick und dem zur Seite geneigten Kopf, als hätte er ein Geräusch gehört. Fontelles war wirklich ein guter Zeichner. Kenne ich jemanden, der einen Scanner hat?

Ein halbes Jahr war vergangen, meine Tochter, ein ganzes halbes Jahr, seit Aquil·les zehn Tage hier in der Schule versteckt gewesen war und seine Kinder bewacht hatte, ohne einen Laut von sich zu geben… Und nun war er zurück, still, schmutzig, das Fell verfilzt und die Füße wund vom rastlosen Laufen. Er war klapperdürr. Er leckte mir die Hände und kam herein, als wäre er hier zu Hause, schnüffelte in allen Ecken und setzte sich dann winselnd vor die Tür, die zum Dachboden führt.

»Hast du sie verloren? Wo sind sie?«

Wieder leckte er mir die Hände, rieb sich an meinen Hosenbeinen wie eine Katze, und da fiel mir ein, daß er völlig ausgehungert sein mußte, und ich gab ihm das Stück Wurstbrot, das eigentlich mein Frühstück gewesen wäre. Noch nie habe ich jemanden so hastig das Essen hinunterschlingen sehen, meine Tochter. Dann legte sich das arme Tier in eine Ecke und schlief ein. Wahrscheinlich war es das erste Mal auf seiner monatelangen Wanderschaft, daß er an einem sicheren Ort schlief.

Später erzählte mir Leutnant Marcó – ich hoffe, Du wirst ihn einmal kennenlernen, wenn er sich wieder Joan Esplandiu von den Venturas nennen darf –, daß die Familie aus Lyon bis in Sichtweite der portugiesischen Grenze gelangt war: In Alameda de Gardón, kurz vor Beira Alta, wurde der Wagen mit der Familie und einem Grenzgänger, der zur Partei gehörte, gestoppt, weil jemand dem Grenzgänger Böses wollte. Mein Kind, tu, was Du kannst in Deinem Leben, aber werde niemals zum Verräter. Deine Mutter wird dir schon erklären, was ich damit meine. Ich denke an die erschrockenen Augen von Yves und Fabrice, als sie erkannten, daß der Unhold aus dem Märchen sie gefangen hatte und gleich fressen würde. Leutnant Marcó erzählte mir, die Familie, deren Namen ich nie erfahren habe, sei in den besetzten Teil Frankreichs gebracht worden, wo sie in einen Zug verfrachtet wurde, der Juden nach Deutschland brachte, in ein Arbeitslager namens Dachau, aus dem, wie man behauptet, niemand lebend herauskommt, obwohl ich mir das nicht vorstellen kann. Die armen Kinder: Kurz bevor sie den sicheren Hafen erreichten, hat die Pranke des Unholds sie gepackt. Meine armen Kinder. Und das heißt, daß Aquil·les von jenseits von Salamanca bis in diesen Winkel der Pyrenäen zurückgekehrt ist, an den Ort, an dem sie auf ihrer langen Odyssee vielleicht die einzigen ruhigen Tage verlebt hatten.

»Wo kommt dieser Hund her?»

»Er ist herrenlos. Ich habe ihn aufgenommen.«

»Er ist hübsch.«

»Ja.«

»Ein Rassehund.«

»Glaubst du?«

»Ja, es ist ein Spaniel. Was er wohl hier macht?«

»Er hat sich verlaufen.«

»Verlaufen? Hier verlaufen?« Valentí Targa war mißtrauisch. »In diesen Scheißbergen? Und jetzt streift er hier durch die Wälder wie ein Wildschwein?« Zurückgelehnt in seinen Stuhl, die Hände in den Hosentaschen, wartete er geduldig, bis Oriol die Papiere durchgelesen hatte. Balansó, der mit dem schmalen Schnurrbart, kam herein, trat aber auf ein energisches Kopfrucken Targas sofort wieder den Rückzug an.

»Ich bin kein Rechtsanwalt.« Oriol hob den Kopf; ihn schauderte.

»Du sollst es nur zur Kenntnis nehmen. Wenn du willst, kannst du das gleiche machen.«

Es war eine Anzeige von Senyor Valentí Targa, Bürgermeister und Ortschef des Movimiento, gegen Manel Carmaniu, Einwohner von Torena, Regimegegner, Bruder der Ventura, Schwager von Leutnant Marcó, die diesen vom Eigentümer zum Exeigentümer eines drei Hektar großen Stück Landes machte, das damit in den Besitz von Senyora Elisenda Vilabrú Ramis von Casa Gravat überging, zugleich Eigentümerin der angrenzenden Ländereien. Ein zweites Dokument bestätigte den Tausch dieser drei Hektar Weideland sowie mehrerer umliegender Weiden gegen ein ausgedehntes Grundstück von geringem landwirtschaftlichem Nutzwert bei Tuca, Tuca Negra genannt, Eigentum von Jacint Gavarró von den Batallas, der sich darüber hinaus verpflichtete, die Tauschpartnerin in bar für den offenkundigen Wertunterschied zwischen den getauschten Ländereien zu entschädigen.

»Ich verstehe, ehrlich gesagt, nicht, warum du das tust. Und ich verstehe nicht, wie Senyora …«

»Ich habe dir das nicht gezeigt, damit du solche Fragen stellst. Wenn du willst … Nun ja …« Valentí stand auf und schloß die Tür zu seinem Büro. Er setzte sich wieder und fuhr leiser fort: »Wenn du die Lage nutzen willst – ich kann dich reich machen.«

»Wie?«

»Wenn du ein Stück Land willst, zeigst du seinen Besitzer an. Den Rest erledige ich. Gegen eine ordentliche Kommission.«

Oriol stand der Mund offen, dann verbarg er seine Verwirrung hinter einem Lächeln. »Ich will kein Land.«

»Du willst kein Land, du willst keine Kommissionen, du willst keine Geschenke …«

Unwillkürlich sah Targa zur Tür hinüber, wie um sich zu vergewissern, daß sie noch geschlossen war.

»Du zwingst mich, dir zu mißtrauen.« Er legte das Papier vor ihn auf den Tisch. »Das ist ganz einfach.«

»Warum stört es dich, daß ich kein Interesse daran habe, mich zu bereichern?«

»Es stört mich nicht, es macht mich wütend. Und es macht mich mißtrauisch dir gegenüber.«

»Warum?«

»Weil die Reinen immer gefährlich sind.«

»Ich bin nicht rein.«

»Dann mach's so wie alle, verdammt noch mal!« Er schlug sich mit der Faust vor die Stirn. »Jeder, der nur einen Funken Verstand hat, greift zu. Für die Opfer, die wir gebracht haben.«

»Das ist kein Muß.«

»O doch, das ist es. Warum verzichtest du auf etwas, was dir zusteht? Es ist Kriegsbeute.«

»Ich …«

»Weiß der Teufel, was du hinter meinem Rücken treibst. Weiß der Teufel …« Das klang drohend.

»Entschuldige, aber ich …«

»Wenn ich es rausfinde und es mir nicht gefällt, mache ich dir die Hölle heiß.«

Das beweist definitiv, daß er nichts weiß. Er weiß nicht, daß ich ihm eines Tages eine verrostete Pistole in den Nakken gesetzt habe, und er weiß nicht, daß ich mein Herz an die Frau verloren habe, von der er nicht will, daß jemand sie anrührt. Oder vielleicht hat sie ihr Herz an mich verloren. Er weiß nichts von dem nächtlichen Treiben in der Schule. Er weiß gar nichts.

Er wartete, bis Targa sich eine neue Zigarette gedreht hatte. Beim ersten Zug lehnte Targa sich in seinem Stuhl zurück und sah ihn an. Dann schleuderte er ihm entgegen: »Eliot.«

Stille. Das war's. Es war so schön, zu hoffen, aber jetzt ist es vorbei: Folter, Geständnis und Tod. Ich bin kein Held. Und ich schäme mich, nicht zum Märtyrer geschaffen zu sein und alle Namen auszuplaudern wie der arme Bauer aus Montardit. Vorsichtshalber zog er eine gleichgültige Miene und fragte: »Was ist mit Eliot?«

Um sein Unbehagen noch zu verstärken, schwieg Valentí gedankenverloren. Woran denkt er? Er verhöhnt mich. Er weiß alles über mich.

»Was ist mit Eliot?« beharrte er.

»Wir wissen immer noch nicht, wer er ist. Die vom militärischen Geheimdienst wissen nicht, wer er ist. Sie sagen, es ist jemand, der ganz unauffällig lebt.«

»Wie du und ich?«

»Wie du und ich, ja. Übrigens: Zwei Obersten würden sich gern von dir porträtieren lassen.« Er hob den Finger. »Ich werde den Preis festlegen. Allerdings müßtest du nach Pobla fahren, um sie zu malen.«

»Darüber reden wir später, in Ordnung?«

Oriol ging zur Tür. Dort angekommen, wandte er sich mit ernster Miene um: »Ist es denn so wichtig zu wissen, wer er ist?«

»Wer wer ist?«

»Eliot.«

»Wenn wir nicht wissen, wer er ist, können wir ihn nicht erschießen.«

Oriol lächelte, als wären sie beide intelligente Wesen.

»Jetzt mal im Ernst«, sagte er und griff nach dem Türknauf. »Ist dieser berühmte Eliot so wichtig?«

»Denk doch mal nach«, sagte Targa belehrend. »Wenn wir Eliot erwischen, bricht das ganze Kartenhaus des Maquis in den Pyrenäen zusammen.«

»Du überschätzt Eliot. Ich glaube nicht, daß alles von einer Person abhängt. Außerdem ist er vielleicht nicht mehr als ein Phantom.«

»Was?«

»Vielleicht ist Eliot nur so etwas wie Ossian.«

»So etwas wie wer?«

Aber Oriol hatte bereits das Büro verlassen, glücklich, weil die Gefahr gebannt war, und wütend auf sich selbst, weil er das Gefühl hatte, zuviel gesagt zu haben.

43

»Ich weiß wirklich nicht, was Sie von mir wollen.«

Das Mädchen kaute gemächlich auf seinem Kaugummi wie eine gedankenverlorene Kuh und starrte Tina an, als stünde vor ihr ein Außerirdischer und nicht eine Frau, die unbekannte Bruchstücke aus dem Leben ihres Sohnes zusammensuchte.

»Ich auch nicht. Hat Arnau hier gelebt?«

»Warum fragen Sie ihn nicht einfach selbst, Senyora?«

Daß das Mädchen sie mit »Senyora« anredete, brachte Tina vollends aus der Fassung. Sie fühlte sich steinalt. Um Himmels willen, schließlich war sie erst siebenundvierzig, hatte sechs Kilo zuviel auf den Rippen und einen Mann, der sie betrog. Aber siebenundvierzig waren nicht sechzig oder siebzig. Und wie hatte Arnau sich in ein Mädchen verlieben können, dessen Kinn eine Kugel zierte? Nun ja, nicht wirklich eine Kugel, eher ein silbernes Schrotkorn. Ihr Haar war kurz, rot und glatt, und auch am Bauchnabel blitzte Metall. Wenn Jordi sie sehen könnte, würde er sie als Junkie bezeichnen, noch bevor er den seltsamen Geruch im Zimmer wahrgenommen hätte. Na gut, laß uns aufgeschlossen sein.

»Wahrscheinlich traue ich mich nicht.«

»Wie haben Sie mich gefunden?«

»Durch Arnaus Kalender. Mireia. Lleida. Bevor er ins Kloster ging, war er noch bei dir.«

Das Mädchen hörte auf zu kauen, und Tina schien es, als blicke sie weit zurück, Jahrhunderte zurück, einen ganzen Monat zurück, bis zu ihrer letzten Begegnung mit Arnau. Sie lächelte, und Tina war verletzt, weil sie von ihren Gedanken ausgeschlossen war. Zwei mit Zementsäcken beladene junge Männer durchquerten den Raum. Die Jeans des einen waren so eng, daß sie wie eine blaue Haut wirkten, der andere trug kurze weite Hosen, und beide keuchten unter ihrer Last. Sie grunzten einen Gruß, den Tina mit einem höflichen Kopfnicken erwiderte. Mireia goß den Inhalt der Teekanne in zwei schmutzige Tassen, und Tina nahm sich fest vor, das Gesicht nicht angeekelt zu verziehen, aber als sie die Tasse an die Lippen hob, tat sie es doch.

»Wir haben keinen Zucker«, sagte Mireia schnell.

Wie kam es, daß ein Junge wie Arnau sich für ein solches Mädchen interessiert hatte?

»Das ist egal. Er ist sehr gut«, log sie.

»Wir bauen ihn hier im Garten an.«

»Herzlichen Glückwunsch.«

Wie kam es, daß ein solches Mädchen sich für Arnau interessiert hatte?

Wieder schwiegen sie eine Weile. Mireia nahm den Kaugummi aus dem Mund und nippte am Tee. Ihren gespitzten Lippen nach zu schließen, schmeckte er ihr. Tina seufzte: »Okay. Ich will nur wissen, ob Arnau glücklich ist.«

Mireia zog einen Zettel aus der Hosentasche und reichte ihn Tina. Ein paar Nummern standen darauf. Tina betrachtete sie verwundert.

»Die Telefonnummer von den Mönchen«, sagte Mireia. »Dreiundneunzig und so weiter und so weiter. Ave Maria Volldergnade, wer spricht? Arni, bist du glücklich?«

Tina stellte die Teetasse auf dem orangefarben gestrichenen Tisch ab und stand auf.

»Danke. Ich dachte ...«

»Arni ist öfter hier gewesen, weil er mit Paco Burés befreundet war. Aus dem Dorf, glaube ich.«

»Sie sind in Sort gemeinsam zur Schule gegangen.« Tina sah das Mädchen an und bemühte sich, umgänglich zu sein. »Und wo finde ich Paco Burés?«

»Missing. Seine Eltern haben einen Haufen Kohle, und er hatte keinen Bock mehr, hier zu arbeiten.«

Paco Burés von den Savinas. Wenn man der alten Ventura

Glauben schenken durfte, gehörten die Burés zu denen, die am lautesten gelacht hatten, als Ventureta umgebracht wurde.

»Aber lebt er hier in Lleida?«

»Was weiß ich!«

Tina setzte sich wieder, goß den Tee hinunter und fühlte sich unendlich lächerlich, als sie fragte: »Aber Arni und du, ihr wart Freunde, oder?«

»Ja. Arni ist voll in Ordnung. Aber wenn er den Mund nicht aufmacht, sag ich auch nichts.«

»Klar.«

»Es ist leichter, mit den anderen zu reden als mit dem eignen Sohn, was?»

»Ja.«

Nach diesem Eingeständnis fühlte Tina sich ein wenig sicherer. So sicher, daß sie zum Gegenangriff überging: »Redest du denn mit deinen Eltern?«

»Dingdong. Die Fragestunde ist vorbei.«

Sie hatte den 2CV in der Avinguda Blondel am Fluß geparkt. Als sie den Wagen anließ, hing der Marihuanageruch noch an ihr. Arni, dachte sie, während sie den Blinker setzte. Und ich habe mir Sorgen gemacht, die Mönche könnten ihm einen anderen Namen geben.

44

Auf ihrem Schreibtisch lagen die Papiere, die Rechtsanwalt Gasull ihr persönlich zum Unterzeichnen gebracht hatte: die Einwilligung, Monsignore Escrivá direkt und persönlich einen Scheck über mehrere Tausend Peseten zur Unterstützung der Errichtung des Heiligtums von Torreciudad zukommen zu lassen, und der Brief, mit dem sie sich ohne große Umschweife für den Empfang von Präsident Arias Navarro entschuldigen ließ. Zu ihrer Linken drang das Licht aus der Calle Falangista Fontelles gedämpft durch die durchsichtigen Vorhänge. Vor ihr stand Jacinto mit bebendem Kinn, ein Papier in der Hand. Sie nahm ihm das Papier nicht ab. Von Tag zu Tag fiel es ihr schwerer, etwas zu erkennen. Alles war verschleiert, als hätte die Welt es sich in den Kopf gesetzt, alle Schande vor ihren Blicken zu verbergen.

»Was gibt es?« fragte sie, ohne ihn anzusehen, denn sie wußte schon, worum es ging.

Als Antwort legte Jacinto Mas das Papier vor ihr auf den Tisch. Es war ein Brief, eine Mitteilung, die besagte: »Sehr geehrter Senyor Jacinto Mas, zu meinem Bedauern sehe ich mich gezwungen, Ihnen mitzuteilen, daß die Familie Vilabrú in Zukunft auf Ihre Dienste als Chauffeur verzichtet. In Anbetracht Ihres Alters schlage ich Ihnen vor, in den wohlverdienten vorzeitigen Ruhestand zu treten. Ich schikke Ihnen diese Benachrichtigung frühzeitig, damit Sie sich innerhalb eines angemessenen Zeitraums eine neue Bleibe suchen können. In Erwartung Ihrer Antwort verbleibe ich mit freundlichen Grüßen, R. Gasull, Torena, 23. März 1974.«

Elisenda nahm das Papier und betrachtete ihren Chauffeur, als sähe sie ihn zum ersten Mal. Mit einer Handbewegung forderte sie ihn auf, ihr gegenüber Platz zu nehmen.

Jacinto verstand nicht, und so wiederholte sie ihre Geste und sagte gleichzeitig: »Setz dich.«

Jacinto setzte sich und suchte ihren Blick.

»Warum werfen Sie mich raus?«

»Drei Unfälle in fünf Monaten. Ein Totalschaden, zwei Prozesse, dreizehn Strafzettel, und da fragst du mich, warum ich dich hinauswerfe.«

»Ich arbeite seit fünfunddreißig Jahren für Sie, und Sie haben sich nie beschwert.«

»Soeben habe ich es getan.«

»Ja, jetzt.«

»So ist es nun mal. Und so lange bist du noch nicht in meinen Diensten.«

»Seit San Sebastián. Fünfunddreißig Jahre, drei Monate und sechzehn Tage.«

»Ich verstehe nicht, warum du dich so anstellst. Jeder kommt einmal in das Alter, in dem ...«

»Schicken Sie mich noch nicht in Rente, Senyora. Ich kann noch arbeiten – als irgend etwas. Als Gärtner.«

»Ich habe schon einen Gärtner, das reicht mir.«

»Ich kann als Wächter in Casa Gravat arbeiten. Ich kann ...«

»Nein, du gehst in Rente, das hast du dir verdient. Ich verstehe wirklich nicht, wieso du dich so aufregst ...«

»Ich bin jung, keine fünfundfünfzig.«

»Ich habe dich fast ein ganzes Leben lang gesehen.«

»Nun, und ich habe dieses ganze Leben lang immer widerspruchslos getan, was Sie von mir verlangt haben.«

»Und du bist gut dafür bezahlt worden. Und jetzt gehst du in Rente. Das ist das Gesetz des Lebens.«

»Sie können nicht so grausam sein. Sehen Sie denn nicht, daß ...«

»Ich weiß nicht, was so schlimm daran sein soll. Du mußt die Realität akzeptieren. Du bist genau im richtigen Alter, um in Rente zu gehen. So kannst du deinen wohlverdienten Ruhestand noch bei guter Gesundheit genießen.«

»Sie werfen mich raus wie Carmina.«

»Nein. Du gehst in Rente, und das war's. Wie jedermann.«

Jacinto zeigte auf den Brief, der noch auf dem Tisch lag. Ohne ihn anzusehen, wiederholte er auswendig: »Ich schikke Ihnen diese Benachrichtigung frühzeitig, damit Sie sich innerhalb eines angemessenen Zeitraums eine neue Bleibe suchen können.«

»Das ist normal, wenn du nicht mehr hier arbeitest.«

»Ich weiß nicht, wo ich hingehen soll.«

»Hast du nicht eine Schwester? Du bist ein erwachsener Mensch ... Und wenn du ein Problem hast, besprich das mit dem Verwalter, nicht mit mir.«

»Senyor Gasull gibt hier den Ton an und läßt Sie ...«

»Es reicht, Jacinto«, unterbrach sie ihn leise. Aber Jacinto wollte sie nicht hören, denn wenn er auf ihre Worte hörte, würden sie tief in sein Inneres dringen und zu einem Befehl werden, dem er sich nicht widersetzen könnte. Er hatte Glück, daß sie so leise sprach, weil sie dachte, das würde ihm angst machen. Elisenda Vilabrú sah, wie er mit dem Finger auf sie wies, so direkt und respektlos, wie sie es in den letzten fünfunddreißig Jahren, drei Monaten und sechzehn Tagen, die er angeblich für sie arbeitete, noch nie gesehen hatte.

»... läßt Sie nach seiner Pfeife tanzen. Weil er den Ton angibt, und nicht nur das.«

»Was willst du damit sagen?«

»Daß er Sie bumst.«

Senyora Elisenda Vilabrú richtete sich auf, empört, überrascht und gekränkt. Jacinto fuhr ungerührt fort: »Nachdem er Sie jahrelang begehrt und verfolgt hat, bumst er Sie endlich.«

»Raus.« Elisenda erstickte beinahe an ihrer Empörung. »Ich schwöre dir, ich werde zusehen, wie ich dir schaden kann.«

Jacinto Mas regte sich nicht, und Elisenda spürte einen Anflug von Panik.

Als hätte er das gemerkt, sprach er mit rauher, gedämpfter Stimme, in der all die langen Jahre unterdrückten Verlangens mitschwangen. Zum ersten Mal duzte er sie: »Ich bin dir mein Leben lang treu gewesen. Ich habe dir gehorcht, ich habe dir nie widersprochen, ich habe mir alles von dir gefallen lassen, ich habe alle Schweinereien beseitigt, die du und dein Sohn angerichtet haben, und bin immer, immer an deiner Seite gewesen, wenn du mich gebraucht hast.«

Elisenda protestierte nicht dagegen, daß er sie duzte. Starr und unerschrocken stand sie vor ihrem Chauffeur: »Dafür hast du jeden Monat ein Gehalt kassiert. Bin ich es dir einmal schuldig geblieben?«

»Du bist mir mein Leben schuldig geblieben. Wieviel Mist habe ich nicht ertragen und vertuschen müssen. Tag für Tag habe ich Dinge gesehen und erfahren und geschwiegen. Tag für Tag. Ich habe mitansehen müssen, wie du mit anderen Männern im Bett warst. Und ich habe geschwiegen und mir im Auto einen runtergeholt und mir vorgestellt, ich wäre der Glückliche. Das war mein beschissenes Leben.«

Elisenda schluckte und sah an die verschwommene Wand am Ende des Raumes. Sie sagte heftig: »Du hast deine Arbeit getan.«

»Nein, ich habe dich geliebt.«

Ihr stockte der Atem, denn jetzt hatte Jacinto sich erhoben und kam um den Tisch herum, während er wiederholte: »Du bist mir mein Leben schuldig geblieben, weil ich immer nur dir gedient habe. Ich habe nicht geheiratet, ich habe keine Familie gegründet, ich habe meine Schwester seit Jahren nicht gesehen, ich habe deine Geheimnisse und deine Launen erfahren und habe sie herunterschlucken müssen, denn als ich in deinen Dienst getreten bin, hast du mich bei allem, was mir heilig ist, schwören lassen, daß ich dir treu sein würde bis zum Tod. Ich bin dir immer treu gewesen. Ich habe viele Schweinereien für dich beseitigt, Elisenda. Und jetzt willst du mich nicht länger beschäftigen, nur weil meine Augen und meine Reflexe nachlassen. Und du wirfst mich aus dem Haus.« Ganz leise fügte er anschuldigend hinzu: »Deine Augen lassen ebenfalls nach, vergiß das nicht.«

»Bleib mir vom Leib. Ich werde Senyor Gasull empfehlen, dich zu entschädigen.«

»Ich will keine Scheißentschädigung: Ich will in diesem Haus sterben, es ist auch mein Haus.«

Elisenda fand zu ihrer alten Schärfe zurück. »Wenn du sterben willst, nur zu«, schleuderte sie ihm entgegen.

»Gott verfluche dich, Senyora Elisenda.«

»Laß Gott aus dem Spiel und hüte deine Zunge.«

»Ich gehöre zur Familie. Ich kann mich nicht von der Familie pensionieren lassen.«

»Ich merke, du hast nicht das geringste verstanden.«

Ohne zu überlegen, tat Jacinto Mas mit einem Satz das, was er sich seit fünfunddreißig Jahren, drei Monaten und sechzehn Tagen vorgestellt hatte: sie packen, sie berühren, sie neben sich spüren, zu den wenigen Glücklichen gehören, die sie besessen hatten, wie der Schulmeister, wie Quique Esteve, der Hurensohn, wie der Zivilgouverneur Don Nazario Prats, von dem sie eine Genehmigung gebraucht hatte. Wie Rafel Agullana aus Lleida, der sie anschließend gerichtlich belangen wollte, um den Handel rückgängig zu machen, und dem sie daraufhin gedroht hatte, ihn wegen Vergewaltigung anzuzeigen. Wie Gasull und Senyor Santiago, der einzige von ihnen, der sie zuvor geheiratet hatte. Obwohl mit dem sicher nicht allzu viel gelaufen war, weil sie sich gehaßt hatten. Wie unzählige Minister in Madrid, dessen war er sich ganz sicher. Er packte Senyora Elisendas Handgelenke, und sie erbleichte, denn noch nie in ihrem ganzen Leben hatte ein Bediensteter sie so angefaßt. Sie hatten sie nicht einmal berührt. Sie wollte schreien, doch die Ungläubigkeit verschloß ihr den Mund. Jacinto Mas umarmte sie, zog sie mit Gewalt an seine Brust und suchte dann ihre Lippen mit den seinen. Der Ohnmacht nahe, wehrte sie sich gegen diesen unerträglichen Angriff eines Bediensteten, doch es gelang ihm, ihre Röcke zu heben und ihre Schenkel zu berühren, und er dachte bei sich, endlich, endlich.

»Mach's mit mir.«

»Bist du denn…«

»Nein: Ich bin nicht…« schnitt er ihr das Wort ab. »Das bist du mir schuldig.«

Elisenda konnte nicht um Hilfe rufen oder aufschreien, und Jacinto Mas wußte das. Eher würde sie sterben, als sich vor den Einwohnern von Torena eine Blöße zu geben. Deshalb konnte er ihr ungestört die Röcke ganz nach oben schieben. Sie fragte, »Was willst du?«, und er nahm sie in die Arme und trug sie zum Sofa, wo siebenundzwanzig Jahre später Tina sitzen und sie fragen würde: »Wissen Sie, wo ich seine Tochter finden kann?«

Jetzt war Elisenda diejenige, die erstaunt war. Nach einem Augenblick fragte sie: »Welche Tochter?«

»Seine Tochter. Der Lehrer hatte doch eine Tochter, oder?«

»Woher wissen Sie das?«

Das war ein weiterer Augenblick, in dem ihr die Zügel der Welt aus den Händen glitten und sie sich hilflos fühlte. Woher weiß sie das, was ist los? Was will diese Schnüfflerin?

»Das bist du mir schuldig«, beharrte Jacinto. »Zieh dich aus, Liebste.«

Er ließ ihre Handgelenke los und zog sein Hemd, seine Hose und seine Unterwäsche aus. Elisenda stand fassungslos vor ihm, ohne sich zu regen. Ihr Chauffeur, der treue, stumme Mann, der sie beschützt und mit seinem eigenen Leben gedeckt hatte, zeigte ihr jetzt sein aufgerichtetes Geschlecht. Halb ohnmächtig sank sie aufs Sofa. Etwas Neues in Jacintos Blick jagte ihr Angst ein, beinahe so viel Angst, wie sie einige Monate später auf dem gleichen Sofa bei der Lektüre dieser häßlichen anonymen Briefe empfinden würde. Sie sah den nackten Chauffeur an und schüttelte abwesend und gleichgültig leise den Kopf.

Ein Bediensteter, den sie in stürmischen Zeiten nach dem

Tod des Vaters und Bruders sorgfältig ausgesucht hatte. Ein Bediensteter, der mit seinem Leben für die Sicherheit der jungen Vilabrú einstand, ein Mann, der rund um die Uhr für sie da war und der jetzt nackt vor ihr stand und um ihre Liebe bettelte, eine Intimität von ihr verlangte, die unmöglich und lächerlich war. Sie beschloß zu kämpfen: »Du kannst mich mal. Ist dir das lieber?«

»Zieh dich aus.«

»Du mußt mich schon umbringen, um mich zu vergewaltigen.«

Entschlossen stand sie auf, überwand ihren Widerwillen und ging auf Jacinto zu.

»Du hast die Wahl: Bring mich um oder zieh dich an. Bedecke diesen lächerlichen Bauch und verlasse dieses Haus, wenn du nicht willst, daß ich dich ins Gefängnis werfen lasse. Wenn es nach mir geht, bekommst du nicht mal die Pension.«

Jacintos Geschlecht war geschrumpft, als er feststellen mußte, daß sich zwischen ihm und der Herrin nichts geändert hatte.

45

Die alte Ventura legte die Fingerspitze auf den Schnurrbart und ließ sie dann über die harten Augen in dem vergilbten Gesicht gleiten.

»Mein Joan. Das Bild hab ich noch nie gesehen.« Sie sah ihre Tochter an: »Du etwa?«

»Nein.«

»Was steht da?« Die Alte gab Tina den Zeitungsausschnitt zurück, und während sie auf eine Erklärung wartete, griff sie nach der Kaffeetasse ihrer Tochter und schnupperte mit geschlossenen Augen daran. »Was steht da?« wiederholte sie.

»Es scheint, daß der Bandit Joan Esplandiu von den Venturas aus Torena, alias Leutnant Marcó, in der Nähe der Stadt Lleida gesichtet wurde.«

»Aus welchem Jahr ist das?«

»Mai neunzehnhundertdreiundfünfzig.«

Die alte Ventura warf ihrer Tochter einen raschen Blick zu, und diese erwiderte den Blick beiläufig. Gerade dadurch fühlte Tina sich ausgeschlossen. »Warum, was ist los?«

»Vater kam … Nun ….« Barsch sagte sie: »Besser, wir reden nicht darüber, Mama.«

»Das ist fünfzig Jahre her, Kind. Ich glaube, jetzt dürfen es alle wissen.«

»Er hat Sie heimlich besucht, nicht wahr?«

»Zweimal.«

»Dreimal«, erinnerte sich die Alte.

»Ja, natürlich, dreimal«, gab Cèlia zu. »Einmal, als sie meinen Bruder umgebracht haben, kurz vor der Invasion des Vall d'Aran, und dann …«

Cèlia Esplandiu trank einen Schluck Kaffee. Sie überlegte, ob sie fortfahren solle. Sie zeigte auf das Foto: »Mein Vater war stark an der Planung der Invasion der republikanischen Armee beteiligt. Aber aus parteiinternen Gründen haben sie ihn dazu abgestellt, den Gegner zu zermürben und abzulenken.« Wieder nippte sie an ihrem Kaffee. »Er war sehr enttäuscht.«

»Die Invasion ist rasch gescheitert.«

»Sie hat nur zehn Tage gedauert«, unterbrach die alte Ventura schroff, als sei sie noch immer betrübt darüber. »Aber Joan war einer von denen, die gesagt haben, man müßte einen Guerrillakrieg planen statt eines Frontalzusammenstoßes mit der Armee. Die haben nicht auf ihn gehört, und Sie sehen ja …«

»Damit vertrat er mehr die Thesen der Anarchisten, nicht wahr?«

»Ich glaube, ja«, mischte sich die Tochter ein. »Ich verstehe nicht viel davon, aber ich glaube, ja.«

»Und seine anderen Besuche?«

Wieder sahen Mutter und Tochter sich an. Die Mutter gab Cèlia ein kurzes Zeichen, still zu bleiben, sie wolle nachsehen, was los war. Sie ging zum Fenster, öffnete es einen Spaltbreit, und eine Hand griff herein. Da stieß die Ventura beide Fensterflügel auf, und geräuschlos wie eine Ginsterkatze sprang Joan Ventura ins Wohnzimmer. Die Ventura und die beiden Mädchen, Cèlia und Roseta, sahen ihn schweigend, hoffnungsvoll und ein wenig furchtsam an, vor allem Roseta.

»Es ist dein Vater, Roseta.«

»Alles unter Kontrolle«, sagte er leise. Er umarmte seine Frau flüchtig, viel zu kurz, dann nahm er Roseta in die Arme, die ihm entschlüpfte und zu ihrer Mutter lief, und schließlich Cèlia, die er so lange an seine Brust gedrückt hielt, daß die Ventura den Stich einer seltsamen Eifersucht verspürte. Sie wandte sich von dem Anblick weg zum Herd und füllte einen Teller bis oben hin mit heißer Suppe. Ventura setzte sich zum Essen, als wäre es das Normalste der Welt, mit der Armee der Verlierer fortzuziehen, wobei er der Familie versicherte, er werde bald wieder zurück sein, sich dem Maquis anzuschließen, wo er wegen seiner genauen Ortskenntnis, die er sich als Schmuggler erworben hatte, bald hochgeschätzt war, die französische Résistance zu unterstützen, zum gefürchteten Leutnant Marcó zu werden, der in seiner Heimat operierte, zu spät zu kommen, als sie seinen Sohn umbrachten, um ihn an der Seite der Seinen zu beweinen, und daraufhin für neun weitere Jahre zu verschwinden, ohne etwas von sich hören zu lassen … und daß ich an dem Tag, an dem er durch das Fenster in mein Leben zurückkam, ohne zu fragen, die Suppe und einen guten Fleischeintopf für ihn bereit habe.

»Ich dachte, du wärst tot«, sagte sie und trocknete sich die Hände an der Schürze ab.

»Ich auch.« Er streichelte Cèlia: »Wie groß ihr geworden seid, meine Kinder.« Er durchwühlte seine Tasche, zog ein zerknautschtes Bonbon heraus und gab es Roseta, die nicht wagte, es anzunehmen.

»Wirst du jetzt für immer hierbleiben?«

»Nein.« Er sah seine Töchter an. »Ihr seid schon richtige kleine Frauen. Wie alt bist du?« wandte er sich an Roseta.

»Vierzehn.«

»Na so was. Vierzehn.« Erstaunt wiederholte er: »Vierzehn?«

»Warum bist du gekommen?«

»Sag deinem Cousin, daß ich ihn entschädigen werde, wenn alles vorbei ist.«

»Manel erwartet keine Entschädigung. Warum bist du hier?«

Er wisperte ihr zu: »Um Targa zu töten. Ich weiß schon, wie ich es anstellen muß.«

Gott im Himmel, dachte die Ventura, endlich ist der Tag gekommen, wie kann ich nur meinem Mann helfen, Valentí Targa zu töten, lieber Gott, so daß ich wieder schlafen kann, ohne meinen Joanet vor mir zu sehen, mit der Kugel in einem Auge und der Angst im anderen, weil ich nicht bei ihm war. Oh, du barmherziger Gott …

»Ich helfe dir.« Streng wandte sie sich an die Mädchen: »Ab ins Bett.«

Die Mädchen waren zu erschrocken und hoffnungsvoll, um zu widersprechen. Cèlia ging zu ihrem Vater und umarmte ihn. Sie hatte verstanden, darum fragte sie: »Wirst du morgen noch hier sein?«

»Nein. Aber ich werde nicht lange fortbleiben, jetzt nicht mehr.«

»Und Sie sind schlafen gegangen?« Erst jetzt probierte Tina den Kaffee. Er war köstlich, genau wie das letztemal.

»Nein, und Roseta auch nicht. Wir haben uns auf die Treppe gesetzt und alles mit angehört, was sie beredet haben.«

Tina sah aus dem Wohnzimmerfenster. Aus den Augenwinkeln sah sie, daß der Fernseher hinter ihr ohne Ton lief. Durch das Fenster sah man in den Innenhof, einen gepflasterten Garten voller Blumen, die vom Beginn des Frühlings kündeten. An der hinteren Wand hing neben einem Schuppen, in dem wahrscheinlich der Waschtrog stand, ein ausgefranstes, schwarzes Kreuz aus Palmwedeln, in einem Knick in der Mauer stak eine merkwürdige, künstliche Blume, gelb und blau wie ein Tropenfisch. Cèlia stand auf und schaltete den Fernseher aus. Als sie auf ihren Platz zurückging, sah sie durch das Fenster nachdenklich in den Hof hinaus und murmelte vor sich hin, als würde sie den Augenblick noch einmal durchleben, daß sie alles mit angehört hatte, was ihre Eltern sagten, weil sie mit Roseta auf der Treppe gesessen hatte, anstatt ins Bett zu gehen. Alles, was Mann und Frau miteinander besprachen, deren Lebensfreude vom jahrelangen Schmerz so verdorrt war, daß sie gar nicht auf den Gedanken kamen, Zärtlichkeiten auszutauschen. Statt dessen redeten sie gedrängt, denn es war wichtiger, die Kugel aus dem Auge ihres Sohnes zu entfernen, als ineinander zu ruhen.

»Im Dorf hat er immer noch seine Eskorte dabei.«

»Das wissen wir. Die anderen haben mir geholfen, ihn zu

beschatten, und wir kennen seine Gewohnheiten.« Er sah ihr in die Augen: »Es gibt Zeiten, in denen er unbewacht ist.«

»Wann?«

»Wenn er in den Puff geht oder schmutzige Geschäfte macht. Bis hierher haben mir die anderen geholfen. Aber jetzt muß ich allein weitermachen.«

»Gerade jetzt bräuchtest du am meisten Hilfe, Joan.«

»Der Maquis hat sich sehr verändert. Jeder sieht zu, wo er bleibt. Mir haben die Leute von Caracremada geholfen.«

»Warum lassen sie dich jetzt allein?«

»Weil es eine persönliche Sache ist. Sie können nicht andere Leben aufs Spiel setzen.« Er schwieg, dann gestand er leise: »Ich will ihn mit meinen eigenen Händen töten. Ich will nicht, daß jemand anderes es tut.«

»Dann helfe ich dir«, sagte die Ventura, ohne zu zögern. »Auch wenn du's mir verbietest. Ich will den Burés, Cecilia Báscones und all den Majals, die immer von Franco und Spanien und der gottverdammten Falange reden, wieder in die Augen sehen können.«

»Wenn du so hitzig bist, kannst du mir nicht helfen.« Er schlug sich vor die Stirn und flüsterte, weil er seit Jahren nur im Flüsterton sprach. »Du mußt ganz kalt sein.«

»Einverstanden. Ich rege mich nicht auf. Kein bißchen. Aber ich will nicht, daß diese Leute glücklich sind, ich will nicht, daß sie lachen oder daß sie denken, sie hätten gewonnen, ich will nicht mehr, daß sie sich unter Targa sicher fühlen, und ich will nicht, daß sie mich verächtlich ansehen, weil ich die Frau von einem bin, den sie Banditen schimpfen. Sie sollen sehen, daß Targa nicht unverwundbar ist.«

Wie sehr hatte Gloria Carmaniu sich doch verändert. Als ihr Joan sechsunddreißig ohne ein Wort des Abschieds an die Front gegangen war, um die Republik zu verteidigen, hatte die Ventura sich darauf beschränkt, in der Küche zu sitzen, ins Feuer zu starren und darauf zu warten, daß der Krieg zu Ende ging. Der Hunger ihrer drei Kinder hatte sie schließlich aufgerüttelt und auf die Straße hinausgetrieben, wo sie in die verwaisten Gesichter der anderen Frauen sah und sich fragte, warum um des heiligen Ambrosius willen, wenn es einen Gott gab, Torena ohne Männer war. Und nun, nach so vielen Toten, sagte sie: »Ich will nicht, daß die anderen mich verächtlich ansehen, weil ich die Frau von einem bin, den sie Banditen schimpfen.«

»Kümmer dich nicht um diese Dreckskerle. Beachte sie gar nicht und geh deiner Wege.«

»Nein, wir leben im selben Dorf. Ich kann nicht so tun, als gäbe es sie nicht. Ich helfe dir, wo ich kann. Und laß dir bloß nicht einfallen, nein zu sagen.«

Leutnant Marcó sah zum Fenster mit den geschlossenen Läden. Er überlegte einen Augenblick lang, seine Gedanken rasten, als befände er sich mitten in einer militärischen Operation.

»In Ordnung, einverstanden«, sagte er schließlich. »Morgen früh um neun gehst du zu Marés und rufst Valentí an. Du sagst ihm, du wärst die Sekretärin von Senyor Dauder.«

»Und das war's?«

»Nein: Du sagst ihm dies hier.«

Er zog ein Papier aus der Tasche und gab es ihr.

»Und du?«

»Ich werde auf ihn warten. Wenn du tust, was ich dir sage, wird er alleine weggehen.«

Valentí Targa blickte in die Kamera. Ein Foto. Er rückte seinen Krawattenknoten zurecht. Noch ein Foto. Er sah nach rechts hinüber, zu den Toten. Da klingelte das Telefon. Cinteta, die Telefonistin, stellte das Gespräch durch, er lauschte schweigend, sagte dann, »Was bilden Sie sich eigentlich ein?«, und hängte mit besorgter Miene auf. Noch ein Foto, während er nach rechts sah.

»Kommen Sie morgen wieder, ich bin beschäftigt«, sagte er zum Fotografen.

Zwei Minuten später, die Kirchturmglocke von Sant Pere schlug gerade neun, saß Senyora Elisenda vor ihm.

»Jemand, den ich nicht kenne, will mit mir über Tuca reden.«

»Mit dir?« Senyora Elisenda war erstaunt. »Wer?«

»Irgend jemand namens Dauder.«

Senyora Elisenda wartete, bis der Fotograf die Tür hinter sich geschlossen hatte. Dann funkelte sie den Bürgermeister wütend an und fragte verächtlich: »Was genau hat er dir gesagt?« Währenddessen trank Gloria Carmaniu von den Venturas ein Glas Wasser, das ihr Marés gebracht hatte. Ihre Kehle war trocken, nachdem sie dem Mann, mit dem sie eigentlich nie wieder hatte reden wollen, gesagt hatte, sie sei die Sekretärin von Senyor Dauder aus Lleida, und dieser erwarte Senyor Targa in einer Stunde in Sort zu einem Gespräch über den rechtmäßigen Besitz von Tuca, und wenn er nicht komme, werde es einen Skandal geben. Dann hatte sie verstört aufgehängt, bevor Valentí antworten konnte, »Was bilden Sie sich eigentlich ein?«, mit besorgter Miene auflegte und nach rechts schaute, zu den Toten hinüber.

Nach den ersten beiden Kurven kommt die Gerade von Sant Antoni. Am Ende dieser Geraden, noch vor der Kurve von Pendís, stand ein sehr gut gekleideter Mann mit einer Büromappe in der Hand merkwürdig einsam mitten auf der vereisten Landstraße und forderte Valentí mit einer energischen und zugleich höflichen Handbewegung auf, seinen Wagen anzuhalten. Er trat ans Fenster.

»Senyor Targa?«

»Ja.«

»Ich bin Joaquim Dauder.«

»Sollten wir uns nicht in …«

»Wenn Sie gestatten … Kalt heute, nicht wahr?«

Senyor Dauder hatte schon auf dem Beifahrersitz Platz genommen.

»Dies ist der beste Ort für ein Gespräch über Tuca. Ohne Zeugen.«

»Hören Sie mal, ich …«

Es ging so schnell, daß Valentí nicht wußte, wie ihm geschah: Im nächsten Augenblick war er mit Handschellen ans Lenkrad gefesselt, und die schwarze Mündung einer Luger von 1935 steckte in seinem Nasenloch und schob sich nach oben. Eine ruhige, entschlossene Stimme sagte: »Zehn Jahre hab ich warten müssen, aber ich bin geduldig gewesen. Weil ich nicht will, daß meine Leute gejagt werden, wird dein Tod ein Unfall sein. Aber ich will, daß du weißt, daß du stirbst, weil du meinen Sohn umgebracht hast, Joan Esplandiu, Joan Ventureta, und zwar auf denkbar feigste Weise.«

»Ich habe nicht ... Ich ...«

»Auch wenn ich jetzt einen Bart trage, bin ich Joan Ventura.«

»Aber ich ... Ich habe wirklich ...«

»Ich bin zu spät gekommen, weil du mir nur vierundzwanzig Stunden gegeben hast.« Er drückte die Pistole stärker in das Nasenloch. »Und ich wollte mich stellen, um meinen Joanet zu retten.«

Valentí Targas Kopf war hochgestreckt, und er wagte nicht, sich zu rühren, aus Angst, daß sich versehentlich ein Schuß lösen könnte. Er sah Ventura aus den Augenwinkeln an und zerrte von Zeit zu Zeit an den Handschellen.

»Vierundzwanzig Stunden! Mir scheint, du hattest große Lust, ein Kind umzubringen«, fuhr Ventura fort. »Du wolltest in die Geschichte eingehen.« Er dachte nach, langsam und still. »Mein Joanet wäre jetzt fünfundzwanzig Jahre alt.« Mit Tränen in der Stimme fuhr er fort: »Und du wirst auch für alle Einwohner von Torena sterben, die du geschunden hast.«

»Ich ... Es waren Zeiten ...«

»Und für den Tod von Fontelles. Bei der nächsten Gelegenheit reiße ich ihm die Pfeile vom Grabstein, dem armen Lehrer.«

Targa stöhnte vor Schmerz. Ventura verstärkte den Druck der Pistole auf die Nase.

»Du weißt, daß ich mit dem Tod der Vilabrús nichts zu tun hatte.«

Valentí Targa antwortete nicht. Leutnant Marcó schob die Pistole nach oben.

»Ich war in Frankreich, habe Ware über den Paß von Salau gebracht, und du hast es gewußt.«

Valentí antwortete mit einem furchtsamen Röcheln. Joan Ventura setzte seinen Monolog fort: »Du wolltest dich für das rächen, was du mir in Malavella angetan hast.«

»Du hast mir was angetan, erinnere dich nur.«

Caregues Männer waren völlig überrumpelt, als die Maskierten auftauchten, sie von ihren Routen vertrieben und ihnen die Lieferung wegnahmen, als ob es in der Welt des Schmuggels keine Regeln gäbe, und ein junger Stellvertreter Caregues mußte dafür den Kopf hinhalten, Valentí Targa von den Roias aus Altron, der entgegen den ausdrücklichen Anordnungen seines Chefs zwölf Männer mit einer besonders wertvollen Ladung die Klamm von Port Negre hinuntergeschickt hatte, weil mich weder Maskierte noch Gott aufhalten oder zwingen können, einen Umweg zu machen, wenn ich mit Ware unterwegs bin. Und so nahmen die Maskierten seinen Männern die Ladung ab, jagten sie in die Flucht und ruinierten Caregue. »Das war die wertvollste Ladung, die ich jemals aus Andorra bekommen habe.« Mit leiser Stimme und zornsprühenden Augen sagte Caregue: »Valentí, Maulhelden wie du kotzen mich an, und ich will niemanden hier haben, der meine verdammte Ladung aufs Spiel setzt. Ich laß dich am Leben, aber du hast drei Tage Zeit, um für immer von hier zu verschwinden, und ich schwöre dir bei allen Heiligen, bei der Muttergottes, bei dem heiligen Joseph, dem Engel, dem Ochsen und dem Esel, wenn ich dich noch einmal hier erwische, in Altron, in Sort oder irgendwo sonst oberhalb von Tremp, lasse ich dich umbringen. Mir reicht der Ärger mit den Maskierten.« Und der junge Targa verbrachte kaltblütig zwei seiner drei Tage Frist damit, die Klamm von Port Negre abzusuchen, bis er am Vormittag des zweiten Tages bei Palanca ein kleines, glänzendrotes metallenes Ding fand, das in seine vor Wut geballte Faust paßte. Eine Zeitlang stand er da, schweratmend, spürte, wie das Metall in seine Hand schnitt und seine Knochen sich mit Haß vollsogen. Dann kehrte er nach Altron zurück, denn der Weg war weit, und er wollte dort sein, wenn es dunkel wurde.

»Du hast meine Familie wegen Malavella zugrunde gerichtet«, beharrte Ventura.

»Wir können doch handelseinig werden«, brachte Valentí Targa schließlich heraus. Sicherheitshalber fügte er hinzu: »Ich habe Geld.«

Leutnant Marcó nahm die Pistole aus der Nase seines Gefangenen. Er steckte sie in die Tasche und öffnete die Mappe.

»Es gibt kein Entrinnen für dich. Wir werden genauso handelseinig, wie du mit meinem Sohn handelseinig geworden bist.«

»Fahr zur Hölle, Ventura.«

»Du zuerst.«

Statt einer notariellen Beglaubigung oder einer Besitzurkunde von Tuca zog Joan Ventura aus der Mappe ein weißes Tuch, in das eine Ampulle mit einem Injektionsmittel gehüllt war. Er zerdrückte sie innerhalb des Tuches und preßte dann das Tuch auf Valentís Mund und Nase. Dieser zappelte verzweifelt und sagte, »Das wirst du mir noch büßen«, den Blick voller Haß, bis seine Kräfte ihn verließen und er die Augen verdrehte und den Kopf fallen ließ. Sofort schloß Joan Ventura die Handschellen auf, legte Valentí aufs Lenkrad, löste gewissenhaft die Handbremse und sprang aus dem Wagen. Er blieb ruhig, weil er wußte, daß es noch eine Weile dauern würde, bis Tori mit der Milch vorbeikam. Trotz der abschüssigen Straße mußte er den Wagen anschieben. Die Flugbahn des Autos entsprach genau den Berechnungen von Leutnant Marcó, wie das bei sorgfältig geplanten Unternehmungen der Fall zu sein pflegt. Eine elegante Kurve, ein erster Aufprall, bei dem die Scheiben zersprangen und der Wagen zerbeulte, drei Überschläge und der tödliche Kuß mit der Rückhaltemauer, die ihn schon sehnsüchtig erwartete.

Der Aufprall verhallte in der Weite des Vall d'Àssua. Ventura lief den Pfad hinunter, den er zuvor ausgespäht hatte, und drei Minuten später stand er vor dem Schrotthaufen. Der eingeklemmte, schwerverletzte Valentí sah ihn hilfesuchend an, und als er erkannte, wen er vor sich hatte, flehte er um Gnade, bevor er wieder das Bewußtsein verlor. Er sollte nicht wach sein, war Leutnant Marcós einziger Gedanke. Der Aufprall hätte ihn töten sollen. Er streckte seine Arme durch das Wagenfenster, nahm Valentís Kopf und machte eine harte Vierteldrehung. Es knackte. Das war's. Jetzt kann ich ruhig schlafen, mein Sohn.

Zwei Minuten später saß er auf der Guzzi und ließ die Kehre von Pendís, die Gerade von Sant Antoni und die Hölle hinter sich. »Und als der Milchwagen die Gerade von Sant Antoni entlangkam und Tori beunruhigt ausstieg, weil an der Rückhaltemauer an der Grenze des Gemeindebezirks kopfüber ein Wagen lag, als er ins Dorf gelaufen kam, um Bescheid zu sagen, da wußte ich, daß ich von dieser Nacht an ruhiger schlafen würde, ohne das Bild meines armen Joan mit der Kugel im Auge vor mir zu sehen. Gott, in deiner Güte hast du das wiedergutgemacht, was durch deine Bosheit geschehen ist.«

»Sie glauben nicht an Gott, oder?«

»Das ist die dümmste Frage, die ich je gehört habe.«

»Wieso?«

»Wie soll eine Mutter, deren Sohn ermordet wurde, an Gott glauben?«

»Entschuldigen Sie, ich wollte nicht ...«

»Warum wollen Sie Dinge wissen, die schon lange begraben sind?« fragte Cèlia.

»Der Lehrer.«

»Was wollen Sie mit dem Lehrer?«

»Ich möchte wissen, wie er gestorben ist.«

»Sie will wissen, wie der Lehrer gestorben ist.«

»Und ich möchte wissen, wie Ihr Mann gestorben ist.«

»Mein Mann ist nicht tot. Er ist verschwunden.« Wieder

nahm sie die Tasse ihrer Tochter und roch daran. »Zum Glück hat er Valentí lange überlebt.«

»Als ich meinen Vater gefragt habe, ob er am nächsten Tag noch da wäre, hat er gesagt, nein, aber ich werde nicht lange fortbleiben, jetzt nicht mehr.«

»Und war das so?«

Die alte Ventura griff nach der frischgefüllten Tasse ihrer Tochter. Sie schwieg, wartete darauf, was Cèlia sagen würde.

»Ja, er hat die Wahrheit gesagt. Kurz darauf kam er zum dritten Mal.«

Tina bemerkte, daß Mutter und Tochter einander nicht ansahen. Alle drei schwiegen. Plötzlich stieß die alte Ventura ihren Stock auf den Boden: »Was wollen Sie über den Lehrer wissen, den Schweinehund?«

»Seit damals sind siebenundfünfzig Jahre vergangen.«

»Und wenn tausend Jahre vergangen wären, wär er immer noch ein Schweinehund. Was wollen Sie über ihn wissen?«

»Wie er gestorben ist.«

»Ich hab mich gefreut, als ich es gehört habe. Sehr. Weil er Targas rechte Hand war und weil er die Kinder hinters Licht geführt hat.«

»Wissen Sie, wie er gestorben ist?«

»Den Ovidi von den Tomàs haben sie erwischt, weil der Lehrer gehört hat, wie seine Kinder in der Schule erzählt haben, daß der Vater sich bei den Barbals versteckt.« Außer Atem fuhr sie fort: »Und er ist in seiner verdammten Uniform hier auf und ab stolziert.«

»Mich interessiert nur, wie er gestorben ist.«

Die alte Ventura senkte den Kopf. Vielleicht war sie müde. Ihre Tochter ergriff die dürre Hand der Alten und sah Tina an. »Ein Trupp Maquisards hat ihm eines Nachts aufgelauert und aus ihm einen Helden und Märtyrer der Faschisten gemacht. Die letzten dreißig Jahre hatten wir keine Ruhe vor ihm, weil diese widerliche Senyora Elisenda von Casa Gravat, die nichts Besseres zu tun hat, als Gott in den Hintern zu kriechen, ihn heiligsprechen lassen will.«

»Warum?«

»Ach. Das sind Spinnereien von den Reichen. Und ich bin mir sicher, sie wird's auch schaffen.«

Tina fragte behutsam, ob sie jemanden kannten, der Augenzeuge dieses Todes geworden war, einen der Maquisards, die dabeigewesen waren ... Die Alte erwachte aus ihrer Versunkenheit. Sie sah auf den Grund der Tasse ihrer Tochter: »Die Maquisards waren vier Unbekannte. Aber wenn Sie wissen wollen, was passiert ist, fragen Sie doch die von der anderen Seite.«

»Ja ... Aber ...«

»Der Lehrer und Valentí Targa waren nicht allein. Es waren mindestens noch zwei Sekretäre von Targa dabei. Ich weiß nicht, wie sie hießen.« Sie schöpfte Luft: »Im Rathaus wissen sie's vielleicht.«

»Aber Mama, wie soll denn ...«

»Im Rathaus. Targa hat sie zu Amtsdienern gemacht. Das heißt, wir haben unsere Henker auch noch bezahlt.«

»Oriol Fontelles war gemeinsam mit Ihrem Vater beim Maquis«, sagte Tina zu Cèlia. »Sie nannten ihn Eliot.«

»Eliot war ein Held«, fuhr die Alte auf. »Reden Sie keinen Unsinn.«

»Eliot war der Lehrer von Torena, Oriol Fontelles«, beharrte Tina.

»Verlassen Sie bitte mein Haus.«

Tina stand auf, entschlossen, nicht klein beizugeben. »Und Ventura? Wann kam Ihr Mann zum dritten Mal?«

»Ich hab gesagt, Sie sollen verschwinden.«

Wen interessiert es schon, wer Oriol Fontelles wirklich war? Mich. Mich und sonst niemanden. Vielleicht wüßte es auch seine Tochter gern. Sein Sohn, Joan, wenn er noch lebt. Das stimmt nicht: Auch die Erinnerung will wissen, wer Oriol Fontelles war. Und ich wüßte zu gern, wieso eine langweilige Lehrerin, die Probleme mit ihrer Brust, ihrem Sohn, ihrem Mann und ihrem Gewicht hat, zur Detektivin wird, die

die Spur eines schemenhaften Helden verfolgt, der vielleicht ein Schurke war, und wer die Frau ist, die mir mein Glück geraubt hat. Wieso.

»Gott verzeih mir, wenn es ihn gibt, aber noch nie hab ich einen Grabstein so fröhlichen Herzens gemacht. Hätten wir ihn nur vorher machen können, Jaumet. Du darfst ihm den letzten Schliff geben. Es wird der letzte sein, den du machst, bevor du zum Militär gehst.«

»Nenn mich nicht Jaumet, vor allem nicht vor meinen Freunden und erst recht nicht, wenn Roseta Ventura dabei ist.«

»Die ist doch noch ein Kind.«

»Nicht mehr: Sie wird bald fünfzehn.«

»In Ordnung. Hier. Der Grabstein gehört dir. Du könntest ihn sogar auf lateinisch schreiben, sapperlot.«

»War er nicht aus Altron?«

»Von den Roias, ja. Heute bin ich glücklich.«

»Und warum begraben sie ihn hier in Torena?«

»Er will wohl ein Auge auf die haben, die er hier auf dem Gewissen hat.«

Fünfter Teil

Kindertotenlieder

Oft denk' ich, sie sind nur ausgegangen.
FRIEDRICH RÜCKERT

Gemeinsamer Empfang aller Delegationen im Audienzsaal. Zwischen den Gruppen herrscht ein gewisses Mißtrauen. Der Zeremonienmeister kündigt in holperigem Polnisch an, der Heilige Vater werde in Kürze alle Anwesenden zu einer Audienz empfangen: bitte nicht applaudieren, nicht schreien und auch sonst nichts tun, was Seine Heiligkeit stören könnte. Nach der kollektiven Audienz werden dann die fünf bereits zuvor benachrichtigten Familienangehörigen diese Treppe oder Rampe hinaufgehen, um von Seiner Heiligkeit persönlich begrüßt zu werden. Gibt es noch irgendwelche Fragen? Nein? Nun, dann wiederholt er das Ganze radebrechend in den anderen Sprachen.

Wie aufregend, den Papst aus nächster Nähe zu sehen! In der Basilika war es ja wie im Fußballstadion. Reizend von ihm, wo er doch schon so alt ist, der Arme. Ja. Man versteht ihn kaum. Jetzt spricht er ja auch gerade japanisch. Er sabbert ein wenig. Und die Báscones sabbelt.

»Also, ich will mich ja nicht beschweren, aber nach diesem wunderbaren Fest zur Heiligsprechung von Don Josemaría hatte ich mir eigentlich etwas Glanzvolleres erhofft, mehr ... ich weiß auch nicht.«

»Na hören Sie mal, das ist doch nicht das gleiche: Diesmal sind es fünf auf einmal, und sie werden auch nur seliggesprochen.«

»Aber es sind Märtyrer.«

»Da haben Sie allerdings recht.«

Als nach der Rede des Heiligen Vaters die Angehörigen an der Reihe sind, tritt zuerst ein runzliger Alter vor, der vor Angst zittert, als er vor dem Pontifex Maximus niederkniet.

Aus dem Lächeln des Papstes schließen die Insider, daß er ein Angehöriger des polnischen Soldaten ist, der von den Horden ermordet wurde. Vielleicht ein kleiner Bruder. Oder ein Sohn. Oder ein Neffe. Oder … Unmöglich, es in Erfahrung zu bringen, schließlich kann kein normaler Mensch verstehen, was die Polen reden, die Armen.

Dann folgt eine afrikanische Nonne und danach eine Frau mit einem sehr dunklen Gesicht und schneeweißem Haar, die in einem Rollstuhl geschoben wird und eine Schwester oder eine Tante der anderen Nonne sein könnte, die von den Horden ermordet wurde. Angesichts der gelähmten Greisin sieht es so aus, als wolle der Papst sich von seinem Platz erheben, aber der Arzt in Chorhemd und Gehpelz setzt zu einem gebieterischen Nein an, und der Papst versteht sofort und gehorcht.

Jetzt ist eine ganz in Schwarz gekleidete Dame an der Reihe. Sie ist elegant, schmal, trägt eine getönte Brille und Schuhe mit silbernen Schnallen, preßt eine schwarze Ledertasche an sich und kniet zum zweiten Mal in ihrem Leben vor einem Mann nieder. Der Papst beugt sich zu einer Begrüßungsfloskel vor, aber sie redet leise auf ihn ein, und der Papst hört ihr zu, zunächst ein wenig beunruhigt, dann mit wachsendem Interesse, und nach zwei Minuten tauschen die Anwesenden die ersten ratlosen Blicke, denn das war nun wirklich nicht vorgesehen. Drei Minuten. Der Arzt im Chorhemd sieht zum Kardinalkämmerling herüber, und der reißt die Augen auf, um zu verstehen zu geben, daß er keine Ahnung hat, worum es geht, und nach vier Minuten spricht der Papst, und der Arzt im Chorhemd muß ein paar Schritte beiseite treten, um nicht zu hören, was er sagt. Die beiden halten ein Plauderstündchen, und wir dürfen warten. Wer ist diese Dame? Ich weiß es nicht, bestimmt eine Schwester. Oder vielleicht die Witwe. Ja, denn der selige Fontelles wäre jetzt … Sechsundachtzig wäre unser Seliger jetzt. Frag mal Hochwürden Rella. »Ich weiß, wer sie ist: Retinopathie mit Mikroaneurysmen auf der Netzhaut: Wenn Sie den Mund halten, sage ich Ihnen, wer sie ist.«

»Was macht Mamà da? Was zum Teufel erzählt sie ihm?«

»Sei still, jeder kann dich hören.«

»Immer muß sie eine Show abziehen. Hat sie dir was davon gesagt?«

»Mir? Mit mir redet sie seit Ewigkeiten nicht mehr, mein Lieber.«

Fünf Minuten. Fünf Minuten Privatgespräch zwischen dem Heiligen Vater und Senyora Elisenda. Als sie zu ihrem Sitz zurückgeht, sieht der Botschafter sie mit steigender Achtung an. Hinter ihren dunklen Gläsern erinnert sie sich an das, was ihr im Kopf herumgeht und was während ihres Gesprächs mit dem Heiligen Vater wieder hochgekommen ist. Sie erinnert sich daran, wie sie bei Oriols Beerdigung beschloß, von keinem anderen Menschen mehr abhängig zu sein als von sich selbst, um jeden Preis. Und sie erinnert sich an Mutter Venància und ihre strenge Unterweisung, meine Tochter, Gott hat dir ein härteres Los auferlegt als den anderen Mädchen hier in der Schule, weil du ohne Mutter aufwächst. Und Onkel August? Ohne Mutter, mein Kind. Und das heißt, daß ich mich verpflichtet fühle, in diesem Augenblick, da du mit siebzehn die Schule verläßt, Mutterstelle an dir zu vertreten. Sicherlich willst du doch eine vorbildliche Christin, gute Gattin und Mutter sein? Und da deine Eltern dir nicht sagen können, tu dies und laß das, weil dein Vater … Und Onkel August, Mutter Venància? Das ist etwas anderes, mein Kind. Du mußt wissen, daß die Männer deine Feinde sind, weil sie nur an einer Sache interessiert sind, nur eine Sache wollen.

»Was für eine Sache, ehrwürdige Mutter?«

»Eine.«

»Aber was für eine?«

»Eine.«

Stille im Besucherzimmer. Der Koffer der Schülerin Elisenda Vilabrú (eine Eins in Religion, Rechnen, Geographie und Geschichte, eine Zwei in Spanisch, Latein und Naturwissenschaften und eine Vier in Nähen und Sport) stand neben ihren Beinen wie der Hund von Quet, wenn er es müde war, die Kühe über die Weide von Sorre zu jagen. Mutter Venància wußte nicht, wie sie es ihr erklären sollte, schließlich war sie keine Mutter. Schließlich sagte sie vage: »Die Regel.«

»Die Regel? Sie wollen die Regel?« Elisenda klopfte mit einem Fuß auf den Boden. »Na, die können sie meinetwegen geschenkt haben.«

»Nein, meine Tochter, ich meine …«

Mutter Venància schaffte es einfach nicht. Aber sie schärfte dem Mädchen ein, sich vor den Männern zu hüten wie vor der Sünde, denn sie haben diese besondere Stimme, damit können sie dich betören, vor allem, wenn sie schöne Hände und diese tiefen Augen haben, verstehst du, meine Tochter? »Und du mußt wissen, wenn du dann in den heiligen Stand der Ehe trittst, mußt du dem gehorsam sein, der dein Mann sein wird. Schon Pater Ossó hat gesagt, daß das eheliche Glück seinen Ursprung darin hat, daß die Frau hinnimmt, daß sie dem Manne untergeordnet ist und daß sie seinen Wünschen willfahren muß. Ich hoffe, du verstehst mich, mein Kind.«

Sie stellte sich sehr ungeschickt an. Vielleicht übertrieb sie es deshalb auf einem Gebiet, auf dem sie sich sicherer fühlte: »Eine Frau ist glücklich, wenn sie fromm ist, wenn sie jeden Tag betet, regelmäßig zur Kirche geht, zwischen Gut und Böse zu unterscheiden versteht, weil sie nach dem Guten strebt. Eine Frau, die Gott für alles dankt, was er ihr gegeben hat, und dafür Sorge trägt, daß es gedeiht.«

»Ist es eine Sünde, reich zu sein?«

»Was sagst du denn da, Kind? Im Gegenteil: Die Reichen können Gutes tun, ihren Brüdern helfen …«

»Und wie ist das mit dem Kamel und dem Nadelöhr?«

»Kümmere dich nicht um die Bilder: Du hast die Möglichkeit, Gutes zu tun, und daher auch die Pflicht, es zu versuchen.«

Sie schwiegen. Der Wagen mußte schon vor einer ganzen Weile vorgefahren sein, und Elisenda fühlte sich seltsam kribbelig. Sie sah Mutter Venància in die Augen. Diese verstand, daß die Schulzeit dieses rätselhaften, klugen, harten, schönen, reichen, stolzen und unnahbaren Mädchens nun endgültig zu Ende war. Sie hätte eine gute Nonne abgegeben, sogar eine ausgezeichnete Mutter Oberin. »Tu immer, was du tun mußt, wenn du glaubst, es tun zu müssen«, sagte sie ihr, ohne zu wissen, daß sie damit in ihre junge Seele wie mit Feuer die Devise einbrannte, die ihr ganzes Leben bestimmen sollte.

46

Nachdem sie Santiago und Valentí Targa beerdigt hatte und Marcel ins Internat zurückgekehrt war, setzte sich Elisenda Vilabrú vor das Bild, das Oriol von ihr gemalt hatte, um nachzudenken. Wie sie dem Zivilgouverneur versprochen hatte, fand sich schon am Tag nach dem unerwarteten Tod des Bürgermeisters von Torena ein Amtsnachfolger. Pere Cases von den Majals erklärte sich freiwillig bereit, nachdem Senyora Elisenda ihn ordentlich ins Gebet genommen hatte. In einer kurzen, mitreißenden Rede lobte er die Tugenden seines Vorgängers, des Bürgermeisters Valentí Targa, und versprach, in seinem Sinne weiterzuwirken; dann brachte er sich kurz in die Bredouille, als er andeutete, am Hang von Torre neue Häuser errichten lassen zu wollen. Ein Blick von Senyora Elisenda bedeutete ihm, sie würden schon noch darüber reden, was in Torena zu tun sei, sie habe ihre eigenen Pläne, und so vollzog er eine geschickte Kehrtwendung und sagte, er stehe im Dienste der Gemeinde, der Provinz und Spaniens, und fügte mit glänzenden Augen hinzu, Vivaspaña, äh, Viva Franco und Arribaspaña.

Das wäre erledigt. Nun zu Don Nazario Prats.

»Ich habe Ihnen schon am Tag der Beerdigung meines geliebten Gatten gesagt, daß ich den Teil will, der ihm zugestanden hätte.«

»Den Teil wovon?«

Im Zivilgouvernement von Lleida hatte die Reihenfolge der Sprechzeiten des Gouverneurs geändert werden müssen, weil eine schöne, aber recht ungeduldige Dame in Don Nazarios Büro gestürmt war, mit einer Anzeige gedroht und auf ihre Freundschaft mit Minister Navarrete verwiesen hatte, bis Don Nazario Prats sie vorließ. Seit zwei Stunden sprachen sie nun. Notier dir den Namen dieser Dame, sie scheint wichtig zu sein.

»Seinen Anteil an der Verschiffung von dreißig Tonnen amerikanischen Milchpulvers nach Malta zu einem horrenden Preis.«

»Es gibt da ein Problem, Senyora ...«

Seit sie Witwe ist, ist sie noch schärfer. Am liebsten würde ich sie auf der Stelle flachlegen.

»Was für eines?«

»Agustín Rojas Pernera.«

An diesem Montag, dem 30. November 1953 um elf Uhr morgens, bewies Elisenda Vilabrú im Büro des Zivilgouverneurs von Lleida, in dem der Caudillo neben José Antonio an der Wand hing und dem die dunklen Vorhänge vor dem Balkon eine gewisse Eleganz verliehen, daß sie stets meinte, was sie sagte – und ich hoffe, damit ist die Sache ein für allemal erledigt. Unter Don Nazarios beunruhigtem Blick griff sie zum Telefon und verlangte eine direkte Verbindung mit Minister Navarrete, und nach zwei Minuten hörte der erschrokkene Zivilgouverneur von Lleida sie sagen: »Hallo, Ricardo, wie geht's? Ja, danke. Ja, ganz unerwartet, der arme Santiago. Gerade deshalb wollte ich dich sprechen ... Ja, eine Geschichte, die er nicht hat zu Ende bringen können. Ein ernsthaftes Problem, ja. Agustín Rojas Pernera, Abgeordneter des Sindicato Vertical für die Provinz Lleida. Nun, er behindert mich. In Ordnung: Wenn er sich verständig zeigt, habe ich nichts dagegen, daß er im Amt bleibt. Danke, Ricardo. Was macht Felisa? Wie schön. Ich vermisse euch auch. Ja, seit San Sebastián ist viel Zeit vergangen, aber ihr habt immer noch Platz in meinem Herzen. Nächste Woche komme ich nach Madrid, ja. Ich warte auf Nachrichten. Auf Wiedersehen, Ricardo.«

Sie legte auf, sah auf die Uhr und dann zu Gouverneur Don Nazario Prats hinüber. Dann sagte sie: »In einer halben Stunde werden sie uns sagen, daß alles geklärt ist. Sechzig Prozent für mich. Ohne mein Eingreifen wären Sie leer ausgegangen.«

Die schlaffe, verschwitzte Hand des Gouverneurs lag auf dem Schreibtisch, wo außer einem schweren Aschenbecher nur noch eine prächtige silberne Uhr stand, die von zwei ungebärdigen Elefanten mit stolz erhobenen Rüsseln getragen wurde.

»Wie viele Minister kennen Sie, Senyora Vilabrú?«

»Minister und zukünftige Minister. Sind Sie mit fünfundsechzig Prozent einverstanden?«

Eine halbe Stunde später rief der Abgeordnete des Sindicato Vertical für die Provinz Lleida, Don Agustín Rojas Pernera, Don Nazario an und sagte zerknirscht: »Mein lieber Freund, was für ein schreckliches Mißverständnis. Was dein ist, ist dein, das ist doch selbstverständlich. Natürlich hat Senyora Vilabrú vollkommen recht. Noch heute nachmittag regele ich alles: Ich behalte nur die Kommission von drei Prozent ...« Aber Senyora Elisenda, die auf dem anderen Apparat mithörte, sagte: »Agustín, das ist nicht, was dir befohlen wurde. Weder die Kommission noch sonst was, oder ich melde es bei deinem Minister.«

Weder Kommission noch sonst was. Und siebzig Prozent für sie. Seit diesem 30. November 1953, kurz vor ihrem neununddreißigsten Geburtstag, wußte Elisenda, daß sie den Stil und den Ton gefunden hatte, mit denen sie es im Leben zu etwas bringen würde, wenn sie zu allem entschlossen war. Mit der Vorsicht eines guten Jägers wartete sie ein paar Monate lang, ob sich dieser Dauder rührte. Als sie sicher sein konnte, daß alles ruhig war, nahm sie Tuca Negra in Angriff.

»Ich zahle bar«, sagte sie.

Das Problem für Ignasi von den Paraches war: Wenn Senyora Elisenda kaufte, ohne zu feilschen, witterte sie hinter dem Ganzen ein Geschäft, das er nicht erkennen konnte, und das brachte ihn in Harnisch. Schweren Herzens und mit mißtrauischer Miene verkaufte er ein gutes Stück von Tuca. Drei weitere Besitzer zogen das gleiche Gesicht, hielten aber ebenfalls die Hand auf. Der fünfte war Rafel Agullana, der Cousin der Burés, den sie Burot nannten und der seit Jahren in Lleida lebte.

»Nein.«

»Ich bezahle dich gut.«

»Was willst du damit anfangen? Ein Berg ist zu nichts nutze.«

In Schwarz war diese Frau noch appetitlicher.

»Ich kaufe ihn dir ab.«

»Halbe-halbe bei dem Geschäft, das du planst, was auch immer für ein Geschäft das sein mag.«

Kaum zu glauben, daß sie fast vierzig sein soll. Und so elegant.

Burots Büro war vielleicht nicht so groß wie das des Gouverneurs, aber besser beleuchtet, und wies fünf Reihen nie benutzter Bücher auf. Elisenda strich mit dem Finger über den Tisch, wie um zu prüfen, ob er staubig war. Sie sah Burot in die Augen, und dieser hielt ihrem Blick stand. Man könnte sagen, sie machten halbe-halbe, wenn auch nicht so, wie er gesagt hatte. Was dann geschah, war genau geplant. Tu immer, was du tun mußt, wenn du glaubst, es tun zu müssen. Sie lächelte ihr Opfer an, stand auf und sah durch das Balkonfenster auf das gegenüberliegende Rathaus von Lleida. Sie nahm ihr Goldkettchen ab und tat es in ihre Tasche, während sie einen Schwarm Tauben beobachtete, dann drehte sie sich ohne Vorwarnung zu ihm um und knöpfte ihre schwarze Bluse auf. Ihre Unterwäsche war ebenfalls schwarz. Mit einer geschickten Handbewegung legte sie eine schneeweiße Brust frei, und die Brustwarze sah ihn an. Burot schluckte seinen Schrecken hinunter; er konnte seine weit aufgerissenen Augen nicht von der rosafarbenen Brustwarze wenden. Nach einer ganzen Weile sah er zur Tür, sah wieder auf die Brust, dann wieder zur Tür und zeigte auf sie, wie um zu sagen … Aber sie sagte leise: »Mach die Tür nicht zu, so macht es mehr Spaß«, und da hielt er es nicht mehr aus und begann, an ihrer Brustwarze zu saugen. Sie streichelte sacht über Agullanas beginnende Glatze, weil sie wußte, daß jede ihrer Bewegungen ihr einen Hektar einbrachte.

Während sie versuchte, die andere Brust ins Spiel zu bringen, klopfte es leise an die halb geöffnete Tür. Mit einer herrischen Geste, die bewies, daß sie ihn schon in der Tasche hatte, bedeutete sie Agullana, zu tun, was er tun mußte, und er rief: »Herein, Carme.« Sie warf sich die Jacke über und hielt sich das Dossier vor ihre ungeordnete Kleidung.

Carme brachte ihm die Mappe mit den Ausgängen, und er verfluchte sich selbst dafür, daß er ihr gesagt hatte, sie solle hereinkommen, sobald die Post fertig sei. Kaum war die Sekretärin wieder hinausgegangen, legte Elisenda das Dossier auf den Tisch, ließ ihre gequetschte Brust sehen und wartete ab.

»Ich verkaufe nicht«, sagte Agullana, und sie lachte auf, so selbstsicher, daß er erschrak.

»Es gibt noch mehr zu erforschen.« Sie zeigte auf sich selbst.

»Hier nicht. Ich bin zu abgelenkt.«

Senyora Elisenda öffnete ihre Tasche und zog einen Schlüssel mit dem Namensschild eines Hotels und einer Zimmernummer hervor. Sie knöpfte ihre Bluse zu, stand auf und sagte im Hinausgehen, ohne sich umzudrehen: »In einer halben Stunde.«

In dem gesegneten Hotelzimmer erlebte Rafel Agullana den feurigsten Nachmittag seines Lebens. Er erstürmte nicht etwa den Gipfel des Montsent oder den Altars, sondern den legendären und bis dahin unerreichbaren Körper von Senyora Elisenda Vilabrú von Casa Gravat in Torena, und das war den Verkauf des Walds von Pardiner und den Hügel von Grossa zu einem guten Preis wert. Und er hätte noch mehr verkauft, wenn er mehr gehabt hätte, denn Rafel Agullana war ein leidenschaftlicher Mann, und während er Elisendas Brüste drückte, fühlte er sich wie der Herr über die Welt, über die beiden Halbkugeln, über den Ruf, den diese einzigartige Frau sich verdiente, und das einzig Dumme daran war, daß seine Bekannten ihm nicht glauben würden.

Als sie wieder in seinem Büro waren, um das Geschäft zu besiegeln, wollte Agullana einen Rückzieher machen. Er sagte, er könne nicht verkaufen, er müsse das zunächst mit seiner Frau bereden.

»Nein. Du verkaufst, oder ich berede es mit deiner Frau.«

»Ich kann auch reden.«

»Ich habe aber keinen Mann, zu dem du mit dieser Geschichte laufen könntest.«

Das Geschäft wurde noch am selben Nachmittag besiegelt, und sie riefen sogar noch vom Büro aus den Notar an.

Als sie das Büro verlassen hatte, starrte Rafel Agullana eine geschlagene Viertelstunde lang die Tür an, aufgewühlt, mit verlorenem Blick, und dachte darüber nach, ob er das nun gut oder schlecht gemacht hatte, ob es sich gelohnt hatte und vor allem, was eigentlich an diesem Nachmittag geschehen war.

Alles war perfekt inszeniert. Sie hatte sie nach Casa Gravat eingeladen, auf ihr eigenes Territorium. Unter der Aufsicht von Ció, der Nachfolgerin der schmerzlich vermißten Bibiana, wischten die Dienstmädchen zwei Tage lang den nicht vorhandenen Staub. Sie ließ die Reliefkarte bringen, die sie Valentí unter einem Vorwand hatte anfertigen lassen. Dem Vermessungsamt hatte damals eingeleuchtet, daß eine genaue Kenntnis des Geländes in diesem Gebiet wichtig war, solange das Problem mit dem Maquis, unter uns gesagt, alles andere als gelöst ist. Sie engagierte einen klugen, ambitionierten Kartographen. Sie ging auch mit Ció gemeinsam in den Keller, um sicherzustellen, daß die fünf Flaschen Châteauneuf noch da waren, sie ließ für alle Fälle fünf Gästezimmer herrichten, und als nur noch drei Tage fehlten, setzte sie sich an den erloschenen Kamin und wartete auf die Schweden.

Senyora Elisenda sah ins Weite, als habe sie die geliebte Landschaft vor Augen, während der Kartograph den genauen Grenzverlauf des gesamten Berges von Tuca Negra darlegte: bis zu dieser Rinne. Sie ließ sich dazu herab, einen prüfenden

Blick auf die Besitzurkunden zu werfen, die Rechtsanwalt Gasull – der schrecklich nervös war, weil er zum ersten Mal internationale Geschäfte für Senyora Elisenda tätigte – den Käufern zeigte, sah wieder ins Weite, als der Rechtsanwalt die Zahlungsbedingungen erläuterte, und fühlte sich glücklich, erfüllt und bestätigt, als Herr Enqvist erklärte, er halte den Preis für angemessen. Mit der Unterzeichnung des Kaufvertrags konsolidierte sie nicht nur ihr Vermögen, eines der größten des Landes, sondern sie war in diesem Augenblick auch so klug, eine Taktik einzuschlagen, die Ignasi von den Paraches und Rafel Agullana vergeblich bei ihr versucht hatten und auf die sie zuvor vielleicht nicht gekommen war: »Sag ihnen, daß ich bereit bin, gegen eine Geschäftsbeteiligung auf einen Gutteil des Preises zu verzichten.«

»Weißt du, was sie dort einrichten wollen?«

»Eine Skistation.«

»Das ist der Ruin. Diese Herren denken, daß die Leute hier so verrückt aufs Skifahren sind wie in Schweden.«

»Beschränk du dich darauf, ihnen meinen Vorschlag zu unterbreiten«, sagte sie zu dem jungen Rechtsanwalt und lächelte den Schweden zu. »Ums Denken und Entscheiden kümmere ich mich.«

Während des Tees, den die Schweden für sein Aroma und seine Farbe lobten, redeten sie über alles außer über das Geschäft, das sie soeben abgeschlossen hatten: den Verkauf des gesamten Berges von Tuca Negra und die persönliche Beteiligung von Senyora Elisenda Vilabrú Ramis in Form eines ansehnlichen Happens der Aktien der Frölund-Pyrenéerna Korporation. Rechtsanwalt Gasull knabberte an einem Keks und übersetzte, so gut er konnte. Sie war bezaubernd, so selbstsicher, so voller Aplomb trotz ihrer Jugend – schließlich ist sie noch keine vierzig –, zugleich aber ist sie eiskalt, stets entschlossen, alles selbst in die Hand zu nehmen, unnahbar wie eine Göttin, und sie merkt nicht einmal, daß ich vor ihr stehe und bereit bin, alles für sie zu tun, sogar – Gott bewahre! – für sie das Gesetz zu brechen. Mit ihren neununddreißig Jahren ist sie schon eine Königin, meine Königin. Ich werde dir immer treu sein.

Der Anruf der Internatsleiterin kam äußerst ungelegen. Während Herr Enqvist und Herr Ahnlund noch überlegten, ob sie nicht doch in Casa Gravat übernachten und am nächsten Tag ein Taxi rufen sollten, das sie zum Flughafen bringen würde, rief Senyora Pol an, ein wenig konsterniert ob des ausweichenden, seltsamen, in einem Wort besorgniserregenden Verhaltens des Jungen.

»Er arbeitet nicht, er will nicht spielen, er sieht den ganzen Tag nur aus dem Fenster, kurz gesagt: Er tut nichts.«

»Und was raten Sie mir?«

»Daß Sie ihn auf der Stelle abholen.«

»Entschuldigen Sie, aber ich bin gerade …«

»Sagen Sie, hat er seinen Vater sehr geliebt?«

»Ja, natürlich.«

»Vielleicht hat ihn das alles stärker mitgenommen, als wir dachten.«

»Vielleicht. Warum lassen Sie mich nicht mit ihm reden?«

»Er ist nicht hier. Ich bin allein im Büro.«

Wie zum Beweis der Worte der Direktorin vernahm Elisenda am anderen Ende der Leitung das Husten eines Mannes.

»Nun gut«, sagte sie matt. »Ich kümmere mich darum.«

Als sie ins Wohnzimmer zurückkam, erfaßte sie die Lage auf einen Blick: Die Schweden würden bleiben, und Gasull war im Aufbruch.

»Gasull.«

Der Rechtsanwalt, der gerade nach seinem Hut greifen wollte, erstarrte mitten in der Bewegung.

»Sie müßten mir einen eiligen und äußerst wichtigen Gefallen erweisen.«

Die Augen von Gasull leuchteten auf bei der Überlegung, mit welcher neuen Mission sie ihn wohl betrauen würde.

»Nein, ich habe nur gefragt, ob du was gesehen hast.«

»Ich weiß von nichts.«

Schweigend legten sie zehn weitere Kilometer zurück. Gasulls Fiat Balilla schlug sich wacker, auch wenn die Federung unter den Schlaglöchern ächzte, denen der Rechtsanwalt nicht ausweichen konnte. Marcel lehnte sich wieder im Rücksitz zurück: »Ich möchte in Torena leben«, sagte er.

»Wie bitte?«

»Ich möchte in Torena leben. Die Schule langweilt mich und Barcelona auch.«

»Wer weiß, ob du nicht zum Bauern geboren bist«, wagte Gasull zu scherzen.

»Und wenn?«

»Schon gut. Aber auf welche Schule würdest du denn gehen wollen, Marcel?«

»Auf die Dorfschule. Warum hast du mich gefragt, ob Mamà Herren zum Abendessen einlädt?«

»Herren und Damen, meine ich.«

»Warum willst du das wissen?«

»Weil ...« Sie holperten durch ein Schlagloch, und das gab ihm Zeit, sich rasch eine Antwort auszudenken. »Weil ... weil sie zuviel arbeitet. Ich sage ihr immer, sie solle früher schlafen gehen, aber ...«

»Mamà arbeitet nicht zuviel. Ich finde eher, sie arbeitet nicht besonders viel.«

Gasull warf im Rückspiegel einen raschen Blick auf den Jungen. Er wollte das Gespräch nicht abreißen lassen.

»Warum?«

»Sie redet immer nur mit den Leuten am Telefon und im Wohnzimmer.«

»Es gibt verschiedene Arten zu arbeiten. Möchtest du eine Limo?«

»Ja.«

Der Wagen hielt am Ortseingang von Les Franqueses. Während der Junge genüßlich trank, sah er durch Gasull hindurch, als wäre er durchsichtig. Der Rechtsanwalt wollte ihn aus seinen Gedanken reißen: »Was ist los? Bist du traurig wegen deines Vaters?«

»Pfff. Warum?«

»Senyora Pol sagt, vielleicht …«

»Senyora Pol ist dumm.«

»Warum?«

»Es tut mir nicht leid, daß Vater tot ist. Er hat mich nicht geliebt.«

»Das kannst du nicht wissen.«

Rechtsanwalt Gasull, jung genug, um sich noch keine Sorgen zu machen, war gerührt bei der Vorstellung, daß er – je nachdem, wie man es sah – dem Kind eher ein Vater war, als Senyor Santiago es je gewesen war. Er war ein Vater für Elisendas Sohn.

»Und ob ich das weiß. Er hat mich immer so komisch angesehen.« Marcel trank einen Schluck Limonade. »Warum fahren wir nicht nach Torena?«

»Heute wäre es nicht gut, wenn Kinder dort wären. Sie arbeiten.«

»Na und?«

»Mamà hat gesagt, ich soll dich nach Barcelona bringen, also bringe ich dich nach Barcelona. Du willst sie doch nicht verärgern, oder?«

»Ich glaube, Mamà weiß gar nicht, daß es mich gibt.«

Rechtsanwalt Gasull erschrak, denn die gekränkte Bemerkung des Jungen stand so deutlich im Raum, als hätte er selbst sie getan.

47

Am 18. November 1957, wenige Tage nach der glanzvollen Einweihung der Skistation von Tuca Negra und etwas mehr als dreizehn Jahre nach dem heldenhaften Märtyrertod Oriol Fontelles', verkündete Seine Hochwürdigste Exzellenz, der Bischof von La Seu d'Urgell, daß die Tugenden dieses Dieners Gottes ausreichend seien, um ihn zu einem Ehrwürdigen der Kirche zu ernennen.

Zu dem feierlichen Akt in der Kathedrale hatten sich zahlreiche Gläubige eingefunden, dazu eine erkleckliche Anzahl von Vertretern der Macht in Torena, diesem beschaulichen Ort im Vall d'Àssua, einem Tal der Region Pallars im geschäftigen, beschaulichen Katalonien, wo sich die Tragödie abgespielt hat, die das Martyrium des Oriol Fontelles zur Folge hatte, der ab heute »ehrwürdig« genannt werden darf.

Die Zeitungen versäumten zu erwähnen, daß unter den Anwesenden der Domkanoniker Doktor August Vilabrú fehlte, ein berühmter Wissenschaftler und frommer Mann, der sich als einer der ersten für die Seligsprechung des erwähnten Ehrwürdigen eingesetzt hatte.

»Stimmt: Wieso ist er nicht da?«

»Er ist im Krankenhaus.«

»Heilige Mutter Gottes. Was hat er denn?«

Hochwürden August Vilabrú hatte den ersten heftigen Streit mit seiner Nichte gehabt, Senyora Elisenda Vilabrú Ramis. Schmutzige Wäsche waschen ist nicht gut für die Gesundheit.

Die schmutzige Wäsche war der Brief eines Notars samt Anhang. Im Brief hieß es, nach Ablauf der Frist von vier Jahren nach dem Tod seines Mandanten lasse das Notariat Coma-Garriga aus Lleida das beiliegende Dokument dem darin bestimmten Adressaten zukommen. Der Adressat, Hochwürden August Vilabrú, ließ das beiliegende Dokument auf den Tisch im Besucherzimmer des Bischofspalasts fallen, als hätte er sich daran verbrannt. Elisenda nahm es auf, wobei sie darauf achtete, daß ihre Hände nicht zitterten, und begann zu lesen. Sofort erkannte sie Valentí Targas primitive Ausdrucksweise und verstand, daß ihr Goel sich diesen Trumpf aus Rache für vieles vorbehalten hatte, auch für die Liebe, die Oriol und sie einander geschworen hatten. Am meisten wunderte sie sich über Valentís Fähigkeit, etwas zu planen, das erst nach seinem Tod seine Wirkung entfalten würde. Es handelte sich um eine eidesstattliche Erklärung, daß seine und Elisenda Vilabrús Zeugenaussage über die wahren Umstände von Oriol Fontelles' Tod ungültig war. »Ich nehme meine Zeugenaussage zurück, auch wenn ich damals einen heiligen Eid darauf geschworen habe. Von wegen Maquis, Martyrium und Tabernakel. Oriol Fontelles war ein gerissener Ehebrecher, Liebhaber der oben erwähnten Elisenda Vilabrú und Mörder im Dienste des Maquis, der einen Anschlag auf das Leben von Senyor Valentí Targa, das heißt, den Unterzeichner dieses Dokuments, geplant hatte. Und sie, die immer so vornehm tut, ist nichts weiter als eine gewöhnliche Schwanzlutscherin.«

»Hören Sie, Senyor, glauben Sie nicht, wir sollten ...«

»Auf keinen Fall: Schwanzlutscherin, genau, wie ich gesagt habe, oder ich lasse meine Geschäfte in Zukunft von einem anderen Notariat erledigen. Sie haben die Wahl.«

»Schwanzlutscherin. Und es ist mein Wille, daß dieses Dokument, wenn ich sterben sollte, ohne es widerrufen zu haben, vier Jahre nach meinem Tod dem Kanoniker Vilabrú ausgehändigt wird.«

»Schreiben wir lieber ›nach meinem Ableben‹.«

»In Ordnung, abzuleben ist doch vornehmer als zu sterben. Und ich möchte noch etwas hinzufügen.«

»Was denn, Senyor Targa?«

»Die wahren Umstände des Todes dieses Fontelles.«

»Kennen Sie sie denn?«

»Und ob.«

Stille. Notar Garriga sah in das Licht, das von der Plaça Sant Joan gedämpft durch die Vorhänge drang. Dann betrachtete er seinen Klienten, der ungeduldig vor ihm stand.

»Ich würde sie für mich behalten.«

»Warum?«

»Aus Vorsicht.«

»Das Ganze kommt doch sowieso nur raus, wenn ich tot bin, ich meine abgelebt.«

»Und?«

»Ich scheiße auf die Vorsicht. Ist das deutlich genug?«

»Wie Sie wünschen. Ich muß Sie aber darauf hinweisen, daß ich, je nach Art Ihrer Enthüllungen, für den hypothetischen Fall, daß mir Straftatbestände zu Ohren kommen sollten, verpflichtet bin, diese anzuzeigen.«

»Und das Berufsgeheimnis?«

»Das hat seine Grenzen.«

»Nun, dann hebe ich mir das für später auf.«

»Das ist besser, Senyor Targa.«

Lleida, am 10. Januar 1950. Unterzeichnet von Valentí Targa Sau.

Elisenda legte das Papier zurück auf den Tisch. Mein Goel wollte mir also das Wasser abgraben. Mein Goel war eifersüchtig auf meinen Wunsch, Oriol im Gedächtnis der Allgemeinheit einen Winkel einzuräumen. Sie holte Luft und sagte: »Senyor Valentí Targa war mir und meinen Träumen feindlich gesonnen, seit ich mich geweigert hatte, mich ihm hinzugeben. Das ist seine Rache, Onkel. Sie werden das doch nicht etwa glauben?«

Elisenda sah ihren Onkel nicht an. Als sie geendet hatte, sank sie mitten im Besucherzimmer andächtig auf die Knie, küßte seine Hand und sagte: »Vater, ich möchte beichten«, und Hochwürden August, den das Gebaren seiner Nichte überraschte und neugierig machte und der selbst nicht sehr entschlußfreudig war, ließ sich überrumpeln. Erst, als er dabei war, dieser dürstenden Seele die Absolution zu erteilen, wurde ihm bewußt, daß er in eine Falle gegangen war, die ihn seine Gesundheit kosten würde. Denn Elisendas Worte – »Ja, Vater, Oriol Fontelles, der Lehrer von Torena, war vor zehn Jahren für ein paar kurze, aber intensive Monate mein Geliebter« – erwiesen sich als äußerst gefährliche Falle. »Wir haben uns leidenschaftlich geliebt, Vater«, war sie fortgefahren, und noch leiser hatte sie hinzugefügt: »Ich bekenne, Ehebruch begangen zu haben, Vater.«

»Bereust du es?«

Wie könnte ich jemals meine Liebe zu Oriol bereuen?

»Ja, Vater.«

Nachdem er ihr eine strenge Buße auferlegt hatte, setzte Hochwürden August zur Absolutionsformel an, und als er beim »ego te absolvo a peccatis tuis in nomine« angelangt war, verstummte er. Unruhig hob sie den Kopf und sah ihn an.

»Du hast mir eine Falle gestellt.«

»Ich?«

»Was geschah wirklich am Todestag von Oriol Fontelles?«

»Das steht in den Akten zu dem Fall, die Sie bestimmt schon hundertmal gelesen haben. Schließlich stammen Sie im wesentlichen aus Ihrer Feder.«

»Verflucht sollst du sein.«

»Onkel!« rief sie in theatralischem Entsetzen. »Sie sind ungerecht. Sehr ungerecht.«

»Verflucht sollst du sein, weil du es mir gerade gebeichtet hast.«

Elisenda schwieg, sie gab sich demütig und in sich gekehrt. Tu immer, was du tun mußt, wenn du glaubst, es tun zu müssen. Hochwürden August seufzte und erhob sich mühsam.

»Das hast du absichtlich getan, um mir den Mund zu versiegeln.« Er ging im Raum auf und ab wie ein in die Enge getriebenes Tier: »Ich kann dir die Absolution nicht erteilen.«

»Sie haben sie mir schon fast erteilt.«

»Ich kann es nicht tun.«

Elisenda kniete noch immer auf dem Fußboden. Mit geschlossenen Augen sagte sie: »Was auch immer geschehen mag, Sie haben mir die Beichte abgenommen.«

»Die Beichte ist nicht vollendet. Ich habe dir noch nicht die Absolution erteilt.«

»Artikel neunhundertachtzig des kanonischen Rechts.«

»Was?«

»Wenn der Beichtvater nicht nachweisen kann, daß seine Zweifel an der Disposition des Pönitenten berechtigt sind, und dieser um die Absolution bittet, darf diese weder verweigert noch aufgeschoben werden.«

Stille. Tatsächlich hatte sie den Originaltext, den sie hundertmal geübt hatte, in leicht abgewandelter Form zitiert, aber sie zählte darauf, daß Hochwürden August sich nicht die Mühe machen würde, das nachzuprüfen. Sie wiederholte: »Im Kodex heißt es ›nachweisen‹. Von einem Verdacht ist nicht die Rede.«

»Du willst, daß ich nach deiner Pfeife tanze, nicht wahr?«

»Können Sie nachweisen, daß Ihre Zweifel an meiner Disposition berechtigt sind?«

Eine nicht enden wollende Minute lang standen sie einander gegenüber – auch Elisenda hatte sich erhoben –, dann sagte Hochwürden August Vilabrú mit brüchiger Stimme: »Ego te absolvo a peccatis tuis in nomine Patris et Filii et Spiritus Sancti, amen. Ich fordere dich auf, dem Postulator dieses Falles zu sagen, was du weißt, ihm zu erzählen, daß die Person, die sie morgen zu einem Ehrwürdigen ernennen werden, in einem ehebrecherischen Verhältnis gelebt hat und wahrscheinlich nicht gläubig war.«

»Die postume Notiz von Valentí Targa steckt voller Lügen. Ich will, daß die Leute Oriol Fontelles als den guten Menschen in Erinnerung behalten, der er war.«

»Dazu muß man ihn nicht heiligsprechen.«

»Ich will, daß er im Gedächtnis aller weiterlebt. Aller!«

»Du bist eine dreckige Hure, und wenn du noch so sehr meine Nichte bist.«

Hochwürden August bekreuzigte sich, erschrocken über seine eigenen Worte, und ging hinaus, zitternd, aufgewühlt, festen Schrittes auf seinen ersten Schlaganfall zu.

Vierzehn Tage nach diesem Unglück ließ Bibiana das Bettuch fallen, das sie mit Caterinas Hilfe gerade aufhängte, und sagte zu der Hausangestellten: »Lauf schnell, ruf die Herrin.«

Als Elisenda auf der Dachterrasse ankam, lag Bibiana auf dem Boden, in das feuchte Bettlaken gehüllt wie in ein Leichentuch, und sagte: »Mein Kind, es tut mir so leid, daß du nie lernen wirst, glücklich zu sein, darum ärgert es mich, daß ich sterben muß, weil ich dich nicht allein lassen will, aber nun werde ich endlich ausruhen. Weißt du, wie schlimm es ist, all das kommende Unglück zu kennen und es nicht aufhalten zu können?«

»Caterina, hol den Arzt. Schnell!«

Gib dir keine Mühe, Kind, ich weiß, daß ich gehe, ob der Arzt nun kommt oder nicht. Ich wollte dir so oft sagen, daß du nicht tun solltest, was du dir in den Kopf gesetzt hattest... Oft habe ich es nicht gewagt, weil ich wußte, daß du mir verboten hättest, dir auch nur den kleinsten Rat zu geben. Trotzdem hast du oft auch auf mich gehört. Mein Kind, du warst wie eine Tochter für mich, und ich habe immer gedacht, ich hätte dich zur Welt gebracht und nicht Senyora Pilar.

»Oh, mein Gott, Bibiana. Hörst du mich? Kannst du mich erkennen? Sag doch was! Du kannst mich nicht alleine lassen, hörst du mich?«

Natürlich höre ich dich, mein Kind. Du warst meine Tochter, und ich habe um dich gelitten wie eine Mutter. Jetzt, da ich gehe, möchte ich dir sagen, daß du aufpassen mußt, daß du einen gefährlichen Lebensweg eingeschlagen hast, voller mächtiger Feinde, ich weiß das, ich bin ja nicht dumm. Wie ich dich liebe, meine Tochter. Schon höre ich das Wasser des Pamano rauschen. Es ist wie ein Wunder.

»Ich bringe dich ins Bett. Mach dir keine Sorgen, Bibiana, ich kümmere mich um dich.«

Du kannst mich ja nicht mal vom Boden aufheben. Ich freue mich, daß du dir Sorgen um mich machst. Zweiundvierzig Jahre meines Lebens habe ich mir Sorgen um dich gemacht, seit damals, als Conxita von den Trillas dich auf den Po gehauen hat und du zwei endlose Minuten gebraucht hast, bis du anfingst zu schreien. Und daß du nun, in meinen letzten zwei Minuten, zum ersten Mal meinetwegen aus der Fassung gerätst, das macht mich so glücklich, daß ich weinen könnte.

»Wein nicht, Bibiana, ich werde für dich sorgen. Jemand soll den Arzt rufen! Caterina!«

Ich würde ja bleiben, und sei es nur, um auf dich aufzupassen, denn ich glaube, nur ich allein weiß, daß das Unglück nie ein Ende haben wird: Immer wird es einen Knochen finden, an dem es nagen kann. Mein Kind, meine Tochter, ich will, daß du immer auf der Hut bist, daß du immer daran denkst, daß man nie weiß, wo das Unglück endet.

48

Um jedes Risiko zu vermeiden, trafen sie sich an einem anderen Ort: in einer schäbigen Pension in La Pobla, wo niemand sie kannte. Elisenda legte ihren Mantel auf einen Stuhl, sah aus dem Fenster und sagte, ohne sich umzudrehen: »Ich liebe dich so sehr, ich würde gerne mit dir zusammenleben wie… nun ja, wie Mann und Frau. Ohne diese Heimlichtuerei.«

»Du weißt doch, daß das nicht geht«, erwiderte er kurz.

»Wenn wir uns nur scheiden lassen könnten.«

»Zu Zeiten der Republik konnten wir das. Deine Leute haben es verboten.«

»Meine Leute?«

Jetzt sah sie ihn an. Sie trat auf ihn zu und versuchte seinen Blick zu ergründen, der so ganz anders war als der des Malers, unter dem sie sich nackt und zugleich geborgen gefühlt hatte. Aber sie fand nur Kälte. Sie ging zum Schrank.

»Sind es nicht auch deine Leute?«

Oriol antwortete nicht, hielt aber ihrem Blick stand.

»Ich wünschte, wir wären verheiratet«, wiederholte sie.

»Ich nicht.«

Stille. Sie stand reglos vor dem angelaufenen Schrankspiegel, zwei Elisendas, die ihn entsetzt anstarrten. Oriol setzte sich aufs Bett.

Saludo a Franco, Arriba España. Torena de Pallars, den 26. 10. 1944. Fortsetzung. Unsere Truppen haben in der Gegend von Toulouse die halb vermoderte, nein, verweste Leiche des vermißten José Pardines gefunden (vgl. voriger Bericht). Der Gerichtsmediziner, Hauptmann Aurelio Cordón, fand eine Kugel, die in die vordere Hirnhälfte eingedrungen war. Daraus ist zu schließen, daß besagter Pardines von den Banditen, unter die wir ihn eingeschleust hatten, enttarnt wurde. Es ist ihm nicht gelungen, uns irgend etwas mitzuteilen, nein, Informationen jedweder Art zukommen zu lassen.

»Was ist los mit dir?« fragte sie verwirrt.

»Wenn du ein Stück Land willst, zeigst du seinen Besitzer an.«

»Ich verstehe dich nicht.«

Aber als er ihr erklärte, was ihm Targa gezeigt hatte, verstand sie sehr wohl. Sie überlegte einen Augenblick, dann entgegnete sie: »Das sind Ländereien, die die Anarchisten von meinem Vater konfisziert haben.«

Oriol schwieg ratlos.

Außerdem habe ich erfahren, nein: Unbestätigten Gerüchten zufolge unterhält Eliot möglicherweise Verbindung zu einem Mann namens Ossian – schreibt sich genau so. Ich denke, es wäre gut, es wäre richtig, ich halte es für ratsam – das ist es –, *das Vorleben dieses besagten Ossian näher zu untersuchen und herauszufinden, ob er aus dieser Gegend stammt, ob er hier heimlich unter falschem Namen agiert oder ob es sich eventuell um einen Guerrillero oder einen flüchtigen Republikaner handelt.*

»Ich liebe dich und will dich um nichts in der Welt verlieren.«

»Du bist mit dem Bürgermeister befreundet, nicht wahr?«

»Nein. Wenn jemand mit dem Bürgermeister befreundet ist, dann du. Ihr beide seid doch ein Herz und eine Seele.«

»Targa vertraut mir nicht, weil ich die Lage nicht ausnutzen will.«

»Targa hält sich an die Gesetze und sorgt für Recht und Ordnung. Er ist kein Verbrecher.«

»Außer wenn er Kinder umbringt.«

»Wenn du ihn anzeigen willst, weißt du ja, was du zu tun hast.« Sie schwieg einen Moment lang, um sich zu beruhigen. »Haben wir nicht schon oft genug über dieses Thema geredet?«

»Nimmst du ihn etwa in Schutz?«

»Nein. Er ist ein Barbar. Aber du hättest sehen sollen, wie

es in Torena zuging, bevor er kam«, erwiderte sie heftig, während sie sich die Bluse aufknöpfte.

Oriol wußte: Wenn er ihr jetzt antwortete, daß in Torena mehr Menschen am Leben gewesen waren, bevor Targa kam, wäre das das Ende. Und er begehrte sie zu sehr. Also schwieg er und ließ den Streit auf sich beruhen. Er dachte sogar, daß es ziemlich unvorsichtig gewesen war, ihn überhaupt vom Zaun zu brechen.

Was die Befürchtungen der Militärführung und dieses Nachrichtendienstes betrifft, daß der Kriegsverlauf in Europa durch die Landung der alliierten Truppen im letzten Juni; nein, im Juni diesen; nein, dieses Jahres eine größere Regellosigkeit im Grenzgebiet zur Folge hat, so kann ich voller Stolz versichern, daß in der mir unterstellten Gebirgsregion keine verdächtigen Bewegungen festzustellen sind, soweit sich das in einem so großen und schwer zugänglichen Gebiet guten Gewissens behaupten läßt.

»Ich liebe dich«, sagte er halbherzig, und sie lächelte, halbwegs versöhnt.

Sie liebten sich, aber zwischen beiden hatte sich eine unmerkliche Kluft aufgetan. Er wußte, daß er, was auch immer geschehen würde, niemals mehr auf die Küsse, auf die Stimme, auf den Duft jener Frau würde verzichten können, und ihm war elend zumute.

Bezüglich eines Ihrer letzten Schreiben, in dem Sie sich nach meiner persönlichen Sicherheit erkundigten, bleibt zu sagen, daß es zu früh ist, auf meine Leibwächter zu verzichten, wenn ich mich im Dorf aufhalte, denn noch immer gibt es lichtscheues Gesindel, das sich nicht mit der Wiederherstellung von Recht und Ordnung abfinden will, wo zuvor Chaos, Mord, Rache und Haß herrschten. Sie akzeptieren den Frieden nicht, den ich ihnen gebracht habe, und verstehen nicht, daß wir uns zu seiner Aufrechterhaltung gezwungen sehen, hart durchzugreifen, ganz im Sinne des Caudillo, der uns befohlen hat, bei der Wiederherstellung der vaterländischen und religiösen Werte nicht zimperlich vorzugehen, und im Geiste der von den Führern der Falange ausgegebenen Losung, die ich, so gut es geht; nein, im besten Sinne; nein, nach bestem Wis-

sen und Gewissen vertrete, wie ich hiermit ausdrücklich betonen möchte.

Später lagen sie wortlos auf dem Bett, eine Handbreit Stille zwischen ihnen, und wortlos gingen sie auseinander. Elisenda verließ das Zimmer, ohne sich noch einmal umzusehen. Auf dem Rückweg sagte sie kein einziges Wort zu Jacinto, starrte nur vor sich hin, als habe sie es eilig anzukommen. Und Jacinto dachte, heute haben sie sich gestritten. Heute haben sie nicht gevögelt. Sie haben sich gestritten, bevor sie zum Vögeln gekommen sind. Ein Hauch Nardenduft wehte zu ihm herüber, und er betrachtete sie im Rückspiegel. Senyora Elisenda weinte still vor sich hin. Mein Gott, was hat dieser Schuft ihr angetan, sie kann ja weinen, und ich kann nichts dagegen tun.

Auch wenn es sich um eine unangenehme; nein: heikle Angelegenheit handelt, die schwerwiegende Folgen hätte, wenn sie bekannt würde, sehe ich mich gezwungen, Ihnen mitzuteilen, daß die diskrete Überwachung von Kamerad Oriol Fontelles durch ihm unbekannte Leute wieder aufgenommen werden muß, sobald er den Gemeindebezirk von Torena verläßt. Sie können sich nicht vorstellen, wie gerne ich bestätigt sähe, daß meine Befürchtungen hinsichtlich dieses Kameraden sich als falsch; nein: als unbegründet erweisen.

Oriol war auf dem Bett sitzen geblieben und starrte in den Spiegel. Er vermißte Elisenda und fragte sich zugleich, ob es nicht unvernünftig war, sich Hals über Kopf in eine Frau zu verlieben, die unter anderen Umständen zweifellos auf der gegnerischen Seite gestanden hätte. Ob er mit seinem Leichtsinn nicht alle Großen Operationen dieser Welt aufs Spiel setzte. Nein, es war nicht Leichtsinn, es war Leidenschaft. Eine erwiderte Leidenschaft. Er stand vom Bett auf und bemerkte, daß der Nardenduft noch immer im Raum hing.

Darüber hinaus wäre es ratsam, etwas über die Herkunft eines Hundes der Rasse Springer Spaniel in Erfahrung zu bringen. Der Köter, das Viech, das Tier hört auf den Namen Aquil·les und treibt sich seit einigen Tagen in Torena de Pallars herum. Es hat sich gleich in der Schule eingenistet, als sei ihm dieses Gebäude von früher her vertraut, und gehört, neben anderen Kleinigkeiten, zu den Dingen, die den bereits erwähnten Kameraden Fontelles verdächtig machen.

Auch wenn es nicht zu meinem eigentlichen Aufgabenbereich gehört, möchte ich an dieser Stelle noch erwähnen, daß ich bei einem Essen mit verschiedenen Offizieren der glorreichen Zweiundsechzigsten Division Hauptmann Alonso Fez sich kritisch über die Militärführung äußern gehört habe; äußern hören habe; gehört habe, wie sich Hauptmann Alonso Fez kritisch über die Militärführung geäußert hat, ohne daß ihm einer der Anwesenden widersprochen hätte.

Der Wagen hielt nicht vor Casa Gravat, sondern vor dem Rathaus. Elisenda stürmte die zwei Stufen zum Eingang empor und baute sich in Valentís Büro auf, der gerade schrieb *weil sie der Ansicht sind, daß mit der restlichen Guerrilla ein für allemal aufgeräumt werden könnte, wenn die Armee nur entschlossener durchgreifen würde. Sowohl der erwähnte Hauptmann Fez wie auch andere anwesende Offiziere vertraten die Ansicht, daß die Heeresführung zu lasch mit den Aufständischen umgeht. Obacht.*

»Jetzt hör mir mal gut zu.«

Elisenda ließ sich vor dem Tisch nieder, legte ihren Mantel und ihre Tasche auf den Boden, stemmte die Ellbogen auf die Tischplatte und wartete, bis Valentí seine geheimen Papiere in einer Ledermappe verstaut hatte. Zufrieden stellte sie fest, daß er erstarrt wirkte, wie ein Ochse vor der Schlachtbank. Als der Ochse sie schließlich mit feuchten, traurigen Augen anblickte, sagte sie, ohne die Stimme zu heben: »Hast du denn immer noch nicht gelernt, daß es Dinge gibt, die du nicht einmal deinem besten Freund gegenüber erwähnen darfst, so du denn einen hast?« Als er beharrlich schwieg, verlor Elisenda die Geduld: »Also?«

»Warum sagst du das?«

»Woher weiß Oriol Fontelles, daß ich einen Teil von Tuca gekauft habe?«

»Woher weißt du, daß Oriol Fontelles weiß, daß du…?«

»Antworte gefälligst.«

»Ich …« Valentí Targa räumte auf seinem Schreibtisch Papiere hin und her, während er nach einer Ausrede suchte; er öffnete die Mappe, zog die vertraulichen Unterlagen heraus, schob sie wieder hinein und hatte immer noch keine Antwort parat.

»Nun gut. Da du nicht weißt, wie man ein Geheimnis hütet, werde ich mich wohl nach einem anderen Bürgermeister umsehen müssen.«

»Das kannst du nicht. Die Armee würde das nicht zulassen.«

»Du würdest dich wundern, wenn du wüßtest, was die Armee mich alles machen läßt.«

»Meine Arbeit ist noch nicht erledigt. Josep Mauri ist noch am Leben.«

»Wenn du ihn dir nicht holst …«

»Die Schmuggler sind sehr vorsichtig. Aber ich bin ihm auf den Fersen. Ich schwöre es beim Heiligsten unserer Abmachung.«

»Das einzige, was du kannst, ist Leute umbringen.«

Wutentbrannt sprang Valentí auf und sah Elisenda an.

»Du wolltest mich doch für diese Arbeit, oder etwa nicht?«

»Genau, aber nicht dafür, daß du alles ausposaunst. Du redest dich noch um Kopf und Kragen.«

Da Valentí nun einmal stand, ging er ein paar Schritte auf und ab, um das Unbehagen abzuschütteln, das ihm die Frau bereitete, die da vor ihm saß, die alle seine verdammten Geheimnisse kannte, der er seinen verdammten unglaublichen Reichtum zu verdanken hatte, mein verdammtes Glück und meine Scheißangst.

»Woher weiß Fontelles …«

»Er ist zu mir gekommen und hat sich darüber beschwert, daß ich Manel Carmaniu Unrecht tue.«

»Hast du ihm erklärt, was eine Enteignung ist?«

»Ich muß ihm gar nichts erklären. Du bist derjenige, der nicht über diese Dinge reden sollte.« Jetzt wurde ihre Stimme ein wenig lauter: »Weil sie nämlich niemanden etwas angehen.«

»Du übertreibst. Ich kenne jede Menge Dörfer, wo es … ich meine, wo das Vermögen neu verteilt wird: Jetzt sind wir dran, dies ist unsere Zeit.«

»Es ist deine Zeit. Aber denk dran und vergiß nie, daß zu jeder Zeit meine Zeit und die Zeit meiner Familie war. Immer. Jetzt, früher und auch in hundert Jahren noch. Beschränk du dich darauf, jetzt für Ordnung zu sorgen, denn dafür bezahle ich dich. Ich habe dir schon hundertmal gesagt, daß du das Denken gefälligst mir überlassen sollst.«

»Als ob ich ein Idiot wäre.«

»Morgen gehe ich zu General Yuste und erzähle ihm von dir.«

»Willst du mir etwa drohen?« Endlich blieb er vor ihr stehen.

… *Vielleicht wäre es nicht schlecht, wenn Sie ein paar persönliche Worte mit General Yuste wechseln und ihm versichern könnten, daß die Gerüchte, die über meine Person und meinen angeblichen Mangel an Patriotismus im Umlauf sind, erstunken und erlogen sind; jeder Grundlage entbehren, ebenso wie die Geschichten darüber, daß ich mich persönlich bereichert haben soll, ich, der ich mein Leben ganz in den Dienst der glorreichen Nationalen Erhebung und unserer glorreichen Bewegung gestellt habe. Diese zweifellos erfolgende Hetzkampagne wird von mir feindlich gesinnten, feindlich gesonnenen Individuen geleitet, die mir meine begeisterte und bedingungslose Treue zum Regime und zum Caudillo neiden, die ich vom ersten Augenblick an uneingeschränkt bewiesen habe.* Verdammt noch mal.

Als Bibiana ihr die Tür öffnete, sah sie sofort, daß sie geweint hatte. Und Elisenda sah sofort, daß Bibiana die Spur ihrer Tränen bemerkt hatte. Sie lächelte und sagte: »Ich habe keinen Hunger, ich werde heute nicht zu Abend essen.« Bibiana erwiderte, »Wie Sie wünschen, Senyora«, und dachte, paß auf, mein Kind, Elisenda, die Welt ist voller Dornen.

Gott schütze Eure Exzellenz. Verfaßt in Torena de Pallars am

26. September 1944, im neunten Jahr des Sieges. Unterzeichnet von Valentí Targa Sau, Bürgermeister und Chef des Movimiento von Torena. Viva Franco. Es lebe die nationalsyndikalistische Bewegung. Arriba España.

49

Die Kreissäge gab ein schrilles, unangenehmes Geräusch von sich und wirbelte einen Staub auf, der das Atmen in der Werkstatt fast unmöglich machte. Tina sagte hallo, aber Jaume Serrallac, der Mundschutz, Schutzbrille und Arbeitshandschuhe trug, hörte sie nicht und bearbeitete weiterhin die Längsseite eines Grabsteins, auf dem »Familie Gallec aus Tírvia« stand. Tina wartete, bis die Säge keinen Stein mehr hatte, in den sie beißen konnte, und Stille herrschte. Serrallac nahm den Mundschutz und die Brille ab und bemerkte erst jetzt die mollige Frau, die ein paar Tage zuvor die Fotos gemacht hatte.

»Sagen Sie bloß, Sie haben einen Auftrag für mich.«

»In gewisser Weise, ja.«

Serrallac zog seine Handschuhe aus und tastete auf der Werkbank nach der zerknautschten Zigarettenpackung. Er zog eine Zigarette heraus, zündete sie an, richtete seine blauen Augen auf Tina und wartete.

»Ich möchte die Tochter des Lehrers finden.«

»Von welchem Lehrer?»

»Oriol Fontelles.«

»Die Geschichte läßt Ihnen wohl keine Ruhe, was?«

Serrallac bat sie in sein kleines Büro, einen aufgeräumten, gemütlichen, geheizten Raum. Ohne sie zu fragen, stellte er zwei Plastikbecher auf den Tisch und tat Pulverkaffee hinein.

Ich kann ihm nicht nein sagen, auch wenn ich heute nacht nicht schlafen werde.

»Erinnern Sie sich noch an die Frau des Lehrers?«

»Nein. Ich war damals noch ein kleiner Junge, und sie … sie waren nur kurz hier.«

»Sie für ein paar Monate, Oriol ein gutes Jahr.«

»Ich denke nicht gern an diesen Mann zurück. Dabei war er gar kein schlechter Lehrer.«

»Er war ein guter Mensch.«

Serrallac trank einen Schluck Kaffee und durchforstete schweigend seine Erinnerungen, fand aber nichts, was Oriol Fontelles als guten oder schlechten Menschen ausgewiesen hätte. Er sah Tina fragend an und hörte zu, als sie berichtete, daß es einen langen Brief von Fontelles an seine Tochter gab, der seinen Adressaten nie erreicht hatte. Und daß sie dieses Tagebuch seiner Tochter übergeben wollte, damit diese erfuhr, daß Oriol Fontelles kein Faschist gewesen war, sondern ein Maquisard voller Ängste und Zweifel, der gezwungen war, sich als Falangist auszugeben. In der Zeit, die Serrallac brauchte, um seine Zigarette zu rauchen, war das letzte Jahr im Leben von Oriol Fontelles erzählt, wie ein Bindestrich zwischen zwei Zahlen auf einem Grabstein.

»Wie kommt es, daß niemand je davon erfahren hat?«

»Weil er ein effizienter Maquisard war. Niemand durfte davon wissen.«

»Und wenn er sich das alles nur ausgedacht hat?«

»Wozu? Was hätte er davon gehabt? Wenn er wirklich Falangist gewesen wäre, warum hätte er dann etwas erfinden sollen, was ihm nur schaden konnte?«

»Um die Geschichte umzuschreiben. Ich weiß nicht, wenn ich eine Inschrift mache, die sagt, Held des Widerstands gegen den Franquismus, und das auf seinen Grabstein meißle, dann habe ich schon die Geschichte verändert.«

»Das wäre ein Schritt.«

»Ja, aber ich habe es mir ausgedacht. Ich glaube nämlich nichts von dem, was Sie erzählt haben.«

Das Telefon klingelte, und Serrallac nahm ab. Es war ein sehr aufschlußreiches Gespräch, denn Tina erfuhr, daß Serrallacs Tochter das Geschäft führte, daß diese Tochter Amèlia hieß und daß er jetzt, da er Witwer war, kleinere Arbeiten erledigte, um nicht zu Hause herumzusitzen, daß er die Friedhöfe der Gegend abklapperte, um zu sehen, was sich bei der Konkurrenz Neues tat, geplättete Dielen betrat und über das Material strich, sich überlegte, woher es wohl kam, und sich nicht verkneifen konnte zu beklagen – wie es schon sein Vater getan hatte –, daß die Steine heutzutage nicht mehr dasselbe waren wie früher. Außerdem fuhr er mit dem neuen Lastwagen, den Amèlia drei Jahre zuvor angeschafft hatte, das Material aus. Tina erfuhr auch, daß Jaume Serrallac einen siebenjährigen Enkel hatte, der Pere hieß wie sein Urgroßvater und Fußball spielte. Daß er das Trikot mit der Nummer vier trug. Daß er den Großvater am Sonntag erwartete, um ihm die Fotos vom Turnier in der Schule zu zeigen. Drei zu zwei, ja. Nein, er hatte kein Tor geschossen, Opa, ich bin doch die Nummer vier. Wie schön, nach einem erfüllten Eheleben Großvater zu sein! Ich werde niemals Großmutter sein können; Arnau hat es mir unmöglich gemacht, indem er die unsägliche Wahl getroffen hat, ins Kloster zu gehen, statt die Nummer vier zu spielen. Warum nimmt das Leben diese albernen Wendungen? Am hinteren Ende des Lagers erfüllte ein Arbeiter die Luft mit den dröhnenden Schlägen eines Spitzhammers auf einen Marmorblock, und einen Augenblick lang schien es Tina, als meißle er ihre Gedanken ein, und sie fühlte sich hilflos. Sie kam auf ihr Thema zurück: »Wie war er als Lehrer?«

»Ich habe ihn nicht in schlechter Erinnerung. Er muß wohl gut gewesen sein. Nach ihm hatten wir eine schreckliche Lehrerin, ich weiß nicht mehr, wie sie hieß. Aber da war ich schon im Seminar, und sie konnte mir die Freude am Lesen nicht mehr verderben.«

»Sie waren im Seminar? In La Seu?«

»Ja. Mein Vater hat mich hingeschickt, obwohl er Anarchist war.«

Tina fühlte sich dem blauäugigen Steinmetz verbunden. Sie war versucht, ihm zu sagen, ich bin zwar keine Anarchistin, aber mein Sohn hat mich ohne meine Einwilligung zur Mutter eines Mönchs gemacht.

»Waren Sie lange dort?«

»Ich habe mich verliebt.«

Jetzt dachte Tina an Mireia aus Lleida, deren Herz nicht stark genug gewesen war, um gegen Gott zu gewinnen, die zugelassen hatte, daß er ihr Arnau entriß. Deshalb bemerkte sie nicht, daß die blauen Augen des Mannes einen Augenblick lang einen bekümmerten Ausdruck annahmen.

»Noch einen Kaffee?«

»Nein, danke.« Sie würde nicht schlafen können, sich im Bett hin und her wälzen, Jordi, warum hast du mir das angetan, wer ist sie, sag schon.

»Aber sagen Sie mal, Senyora …«

»Ich heiße Tina, und du kannst mich duzen, wenn du willst.«

»Tina. Ich glaube das nicht. Oriol Fontelles war ein widerlicher Faschist, und alle im Dorf haben das immer gewußt. Denk nur, er war ein Herz und eine Seele mit Targa, den sie den Henker von Torena genannt haben. Und der Maquis hat ihn in einer Vergeltungsaktion getötet. Ende der Geschichte. Grabstein. Und so weiter. Warum zeigst du mir nicht die Fotos?«

»Welche?«

»Die, die du auf dem Friedhof gemacht hast.« Mit einer Handbewegung umfaßte Serrallac die ganze Werkstatt: »Wenn sie gut sind, könnte ich sie als Werbung benutzen.«

»Meine Fotos sind immer gut. Was weißt du über den Tod von Fontelles?«

Serrallac sah zu der Zigarettenpackung hinüber, beherrschte sich aber. Er legte die Hände aneinander: »Es heißt, die Herrin von Casa Gravat sei eine der wenigen, die alles gesehen haben. Geh zu ihr. Allerdings kann es sein, daß sie dich gar nicht erst empfängt, sie ist nämlich sehr hochnäsig, und wir aus dem Dorf stinken alle nach Mist. Soll ich dir ein Geheimnis verraten?«

Jetzt leuchteten seine Augen; ihm war anzusehen, daß er gerne spielte. Er nahm die Mütze ab, und zum ersten Mal sah Tina sein üppiges weißes Haar, das einmal weizenblond gewesen sein mußte.

»Es war sie persönlich, die das Grab des Lehrers immer so sorgfältig gepflegt hat. Einmal im Monat ist sie zum Familienmausoleum gegangen, hat frische Blumen gebracht und so weiter. Und dann stand sie ein paar Minuten lang vor dem Grab von Oriol Fontelles. Die reichste Frau des Universums, und einmal im Monat kam sie, selbst wenn sie am anderen Ende der Welt war, und brachte dem Lehrer eigenhändig frische Blumen.«

»Und jetzt nicht mehr?«

»Nicht mehr, seit sie blind ist. Eine Hausangestellte kümmert sich drum.«

»Hast du mit ihr zu tun gehabt?«

»Senyora Elisenda hat sich immer vom Dorf ferngehalten. Hier im Pallars gibt es in vielen Dörfern ein Herrenhaus, das sich vom Dorfleben fernhält, und in Torena ist das Casa Gravat mit seinem ganzen Haß wegen der Toten. Und ich lebe nun mal direkt gegenüber von Casa Gravat.«

Tina schwieg; sie wollte, daß der Mann weitererzählte, ihr Auskunft über die Geschichten gab, die allmählich zu ihrer eigenen Geschichte wurden, aber der Arbeiter im Hintergrund beschloß, es solle nicht sein: Er kam ins Büro, den Hammer in der Hand, und fragte, ob die Steinplatten für das Rathaus von Esterri seien. Tatsächlich wollte er sich diese hübsche Frau mal aus der Nähe ansehen.

»Alle. Amèlia wird sie sehen wollen, bevor wir sie aufladen.«

Der Arbeiter betrachtete die Besucherin neugierig. Nein, von nahem sah sie nicht so gut aus. Zu füllig. Er legte die Hand an die Mütze, eine Geste, die Tina an den Bauarbeiter in der Schule erinnerte, und ging in die Ecke mit den Platten zurück, von denen er schon gewußt hatte, daß sie für das Rathaus von Esterri bestimmt waren.

»Wo waren wir stehengeblieben?« fragte Jaume Serrallac und trommelte mit den Fingern auf den Tisch, um sich zu erinnern.

»Bei Senyora Elisenda.«

»Ja. Es heißt, sie sei schon als junges Mädchen mit Franco befreundet gewesen und jetzt sei sie mit dem König befreundet, auch wenn sie blind ist und sich überhaupt nicht mehr aus Casa Gravat fortrührt. Es heißt, sie hätte Ländereien ... Nein, wie sagt man? Daß du von Vielha bis nach Puigcerdà oder bis nach Lleida laufen kannst, ohne den Grund und Boden von Senyora Elisenda Vilabrú zu verlassen. Das ist doch was, oder?«

»Das habe ich von vielen Leuten sagen hören.«

Serrallac trank seinen zweiten Kaffee aus und warf den Becher in den Papierkorb.

»Ich weiß ja nicht, was der Lehrer in diesem Brief erzählt, aber ich glaub's erst mal nicht.«

Tina seufzte, öffnete die Mappe und nahm ein paar maschinengeschriebene Blätter heraus. Sie legte sie auf den Bürotisch.

»Dies ist ein Teil des Briefes von Fontelles an seine Tochter. Weißt du übrigens, ob der junge Burés hier irgendwo ist?«

»Paco? Ich glaub, der ist in Bosnien oder so. Er arbeitet bei einer NGO.«

»Wenn das doch nur mehr Leute täten!«

»Da magst du recht haben. Er ist ganz anders als die Leute von den Savinas, die sind alle halbe Faschisten.« Er deutete auf die Papiere: »Soll ich sie lesen?«

»Wenn es dir nichts ausmacht, deine Meinung zu ändern, ja, tu mir den Gefallen.«

»Warum interessiert dich die Geschichte so sehr? Wolltest du nicht einen Fotoband machen?«

Tina lauschte in sich hinein, zeigte ein zaghaftes, erstarrtes Lächeln und sagte, ohne Serrallac anzusehen, sie wisse noch nicht genau, warum sie es tue. »Aber die Lüge regt mich auf, genauso wie die Leute, die sich der Lüge bedienen. Ich würde mich freuen, wenn du mir helfen könntest, Fontelles' Tochter zu finden. Ich weiß nur, daß sie Joan heißt.«

»Wer?«

»Die Tochter des Lehrers. Kennst du irgendeinen Joan?«

»Hast du nicht gesagt, es wär eine Tochter?«

»Lies das und überleg schon mal, wie viele Joans du kennst.«

50

Zwei, drei Tage lang notierten zwei Männer mit Trenchcoats, grimmigen Mienen und Zigarillos im Mund alles, was im Dorf geschah, gingen vor den Häusern der Ventura, der Misserets und der Feliçós auf und ab, vor allem aber vor dem Haus der Familie von Ignasis Maria, als wären sie überzeugt, daß Josep Mauri jeden Augenblick zurückkehren würde, um seine Familie zu besuchen und sich bei dieser Gelegenheit umbringen zu lassen. Währenddessen kam die schriftliche Benachrichtigung über die Ernennung von Don Pedro Cases Tribó (Pere von den Majals) zum neuen Bürgermeister von Torena als Nachfolger für Don Valentín Targa Sau (den Henker von Torena), dessen tragischer Tod unsere Herzen mit Trauer erfüllt. In dieser Zeit fanden auch die bewegenden Trauerfeierlichkeiten in der Kirche statt, an denen zahlreiche Unbekannte teilnahmen, außerdem Senyora Elisenda, die Báscones, die Burés, kurz gesagt, der ganze Haufen. Der Rest des Dorfes saß zu Hause, starrte an die Wand und hoffte, daß sie ihn ein für allemal begraben würden und daß die Fremden, die riefen, »Valentín Targa Sau, presente!«, »Viva Falange Española«, »Es lebe die nationalsyndikalistische Revolution« und »Arriba España« bald aus Torena verschwinden würden, damit sie wieder ihre Ruhe hatten. Bei der Beerdigung sprach der berühmte Claudio Asín, der Lieblingsideologe des verstorbenen Targa, seine Quelle, sein Wegweiser, sein Verständnis der Welt, des Lebens, des Vaterlands, auf dem Friedhof die treffenden Worte: »Da Kamerad Targa ein Sohn der Kälte ist, ist es nur folgerichtig, daß er auf einem Friedhof ruht, den der Nordwind umweht, wenn er auch gepflegt ist wie ein biblischer Garten, viva Franco, arriba España.« Pere Serrallac hatte, bezahlt aus dem Stadtsäckel, einen Grabstein für den Helden geschaffen, der nur knapp zwei Meter neben seinem besten Freund, dem Falangisten Fontelles, begraben wurde, einem weiteren Helden, und weniger als einen Meter neben seinem Opfer Joan Esplandiu, dem Ventureta.

Die grimmigen Männer verschwanden ohne jede Erklärung. Nicht einmal dem neuen Bürgermeister berichteten sie, daß sie die Ermittlungen über den tragischen Tod des frühverstorbenen Kameraden Don Valentín Targa Sau als abgeschlossen betrachteten. Im offiziellen Bericht hieß es, sein Tod sei ein Unfall gewesen. Aber die Geschichte rechnet nicht damit, daß Helden auch Väter sind, und so kehrte Leutnant Marcó, nachdem der Racheakt vollzogen war, der ihn am Leben erhalten hatte, nicht nach Frankreich zurück, sondern stieg in die Hölle der Wut hinab und wartete im Wald. Er wollte das Begräbnis seines Feindes nicht versäumen, nicht den Schmerz seiner Angehörigen aus Altron, die zur Beerdigung gar nicht erschienen waren, oder seiner geschniegelten Kameraden. Und so saß er in der Eiche von Fanal, auf halber Höhe, rot von der Herbstkälte, und schaute hinüber zu der Beerdigung, zu der viele Menschen gekommen waren, viele uniformierte Männer der Falange, kein einziger Militär, die Bürgermeister von Sort, Rialb, Tírvia und Llavorsí und der eine oder andere Wortführer aus La Seu oder Tremp. Sieh an, die Burés von den Savinas, die Familie Narcís, Felip von den Birulés, klar. Die Majals. Und die Báscones vom Tabakladen. Aber er hörte nicht einen einzigen Klageruf. Leutnant Marcós Rachsucht war nicht befriedigt. Und als Pere Serrallac gegen Mittag, als die ersten verlockenden Düfte vom Dorf herüberdrangen, das Friedhofstor abschloß, stieg Ventura vom Baum herab, sprang über die Mauer, küßte den Grabstein seines Sohnes an der Stelle, an der »Familie Esplandiu« stand, traurig darüber, daß das Eisenkreuz schon verrostet war, sah mit einer bedauernden oder vielleicht entschuldigenden Grimasse zu Fontelles' Grab hinüber, sagte, »Hallo, Eliot, mein Freund«, und ging zu dem anderen Grab.

Er zog einen Hammer aus dem Hosenbein und schlug auf den Grabstein ein, den Serrallac gerade aufgestellt hatte und auf dem von nun an stand EX. ON VALE T ARGA S (Altron, 1902 – To na, 1953) Bür m er und Chef des Mov ien orena Das dank erland. Dann zerschmetterte er das Joch und die Pfeile. Während er diese Korrekturen vornahm, dachte er, eigentlich sollte auf dem Grabstein stehen, dieser Schweinehund ist mit einundfünfzig Jahren gestorben, angsterfüllt, weil er so viele Tote zu verantworten und auf seinem Weg so viel Haß gesät hat, daß er Stimme und Antlitz von Gevatter Tod schon kannte, bevor dieser zu ihm kam, amen. Er schlug gegen Altron, bis nur noch A t o übrigblieb, und hätte gerne weiter geschlagen. In seiner Begeisterung sprach er mit seinem Sohn, sagte ihm, wie ein Gebet, mein Schmerzenssohn, ich habe ihn umgebracht, und deine Mutter hat mir geholfen, und er weiß, daß er deinetwegen gestorben ist, mein Sohn, verzeih, daß ich zu spät gekommen bin, Joanet, aber ich war weit weg. Und jetzt ist alles gut, du kannst in Frieden schlafen, mein Sohn. Und laß auch mich schlafen. Und deine Mutter. Und deine Schwestern. Ich liebe dich, Joanet.

Als er mit seiner heiligen Entweihung fertig war, nahm er ein Stück Kohle und schrieb: »Tod den Faschisten.« Auf Oriols Grab schrieb er »Eliot«, während er ihm sagte: Es kann nicht sein, daß du so hier liegst, noch heute werde ich meiner Frau erzählen, was du für uns getan hast, mein Freund; es gibt so vieles, was wir noch in Ordnung bringen müssen. Aber was kann ich schon tun? Ich muß mich in den Bergen verstecken, und die einzigen Getreuen, die immer um mich sind, sind Hügel, Gipfel, Hänge, Berge und Anhöhen. Das war schon immer so: Als ich Hütejunge war, als ich als Hirt die Kühe auf den Berg trieb und später als Schmuggler, der Waren über den Paß von Salau oder den Schwarzen Paß brachte. Und schließlich gegen meinen Willen als Guerrillero, als ich tapferen Kampfgenossen wie dir geheime Wege und Winkel zeigte. Nun verstecke ich mich schon so lange, mein Herz ist wund, und ich wollte wenigstens einen der vielen Toten rächen, die ich gekannt habe. Ich weiß, daß mir weitere Rache nicht vergönnt ist, aber von heute an werde ich endlich ruhig schlafen können, mein Freund. Ventureta hat es mir gesagt.

Er hatte keine Zeit mehr, das Joch und die Pfeile vom Grab zu reißen, denn plötzlich flog kreischend das Friedhofstor gegen die Mauer, und der Lockenkopf, der mit dem schmalen Schnurrbart und zwei weitere Männer stürmten auf den Friedhof und zogen ihre Pistolen. Mit den Reflexen eines wilden Tieres schleuderte ihnen Leutnant Marcó den Hammer entgegen und lenkte sie so lange genug ab, um über die Mauer zu springen und zwischen den Bäumen zu verschwinden, wo er sich, wie er wußte, unsichtbar machen konnte. Die drei gaben ein paar Schüsse ab – der Form halber – und baten die Guardia Civil, eine Patrouille in die Berge zu schicken, weil ein mit einer Skimaske vermummter Unbekannter soeben das geheiligte Grab des kürzlich verstorbenen Kameraden Valentín Targa Sau, Bürgermeister von Torena, geschändet hatte. »Aber der ist doch gerade erst begraben worden.« »Na eben.«

Die Patrouille der Guardia Civil durchkämmte die ganze Gegend, angeführt von Balansó, dem mit dem schmalen Schnurrbart, den Valentís Tod am stärksten getroffen hatte. Als die Umrisse im Dämmerlicht zu verschwimmen begannen und der frische Geruch der Nacht aufkam, sahen sie bei Tossal eine undeutliche Gestalt und schossen auf sie. Sie wagten nicht, näher heranzugehen, aus Angst, auf den Geröllhalden abzugleiten, aber irgend etwas hatten sie wohl erwischt, und so habe ich als Korporal und Leiter der Patrouille, die den gewissenlosen Delinquenten verfolgte, den Rückzug in die Kaserne befohlen und beschlossen, morgen an den Ort zurückzukehren, an dem die Schüsse abgegeben wurden, um die Wahrhaftigkeit unserer Vermutung zu überprüfen. Sonderkommando von Torena, ausgestellt in Rialb am 15. November 1953. Unterzeichnet von Fernando Ulloa, Korporal.

»Was heißt ›Delinquent‹?«

»Weiß ich auch nicht, aber die Vorgesetzten hören's gern.«

»Ich glaube, es heißt Sauhund oder so«, sagte Balansó.

Am nächsten Tag sagte Balansó, er sei beschäftigt, und ließ die beiden Polizisten alleine losziehen, um auf eintausendsiebenhundert Metern Höhe herauszufinden, daß die undeutliche Gestalt, die sich dort bewegt hatte, nicht mehr da war. Dafür fanden sie eine kräftige Blutspur, die zu der Annahme führte, daß sie a) den Delinquenten getroffen hatten oder b) irgendein wildes Tier, das sich den Ordnungskräften entzogen hatte.

»Oder c) eine andere Person. Einen Unschuldigen, meine ich.«

»Verdammt, hör bloß auf.«

»Du hast einfach drauflos geschossen. Du hast nicht mal ›Halt‹ gerufen.«

»Ich habe meine Pflicht getan und denke nicht daran, diesen Bericht umzuschreiben.«

»Das verlange ich auch gar nicht von dir, aber du schuldest mir einen Gefallen.«

Er hatte so viel Blut verloren, daß er weißer war als der erste Schnee, der schon auf den Bergen lag. Mühsam öffnete er die Augen und fand seine Tochter Cèlia über sein Gesicht gebeugt; sie weinte lautlos, wie in Kriegszeiten. Im Hintergrund eilte jemand geschäftig hin und her, und wie aus weiter Ferne hörte er Cèlia oder Roseta mit sanfter Stimme sagen: »Er ist aufgewacht, Mutter.« Dann sah er seine Frau, in den blutbefleckten Händen das Tuch, das sie auf seine Wunde gepreßt hatte. Sie sagte: »Joan, ich muß dich zum Arzt bringen, ich weiß nicht, was da zu tun ist«, und er schüttelte den Kopf, weil von seinen blutleeren Lippen kein Laut kam.

»Wenn nicht, wirst du sterben. Nicht einmal ein Schluck Wasser von der Quelle des heiligen Ambrosius kann dich retten.«

Da sagte Joan Esplandiu von den Venturas aus Torena, der

Sohn von Tomàs aus Altron, der ehemalige Held des Maquis, der den Namen Leutnant Marcó berühmt und berüchtigt gemacht hatte: »Hol du die Kugel raus, nimm das Kartoffelmesser, das mit dem blauen Griff«, und sie erwiderte, ohne nachzudenken: »Da sieht man mal, wie viele Nächte du nicht zu Hause warst, daß du nicht weißt, daß das Messer schon lange kaputt ist.« Dann schüttelte sie den Kopf und sagte: »Nein, das kann ich nicht.« Und er sagte: »Es ist nur eine Kugel im Bauch. Wenn du sie rausholst ...«

Aber die Ventura wußte nicht, wie sie die Wunde versorgen sollte, weil die Kugel sich tief im Inneren versteckte. Sie wußte auch nicht, daß es keinen langsameren und qualvolleren Tod gibt als den durch einen Bauchschuß. Sie wußte nur, daß sie vor weniger als einer halben Stunde, als es schon dunkel wurde und der Topf auf dem Herd stand, gehört hatte, wie etwas am Fensterladen rüttelte. Erwartungsvoll hatte sie geöffnet. Sie dachte, Joan kommt zurück, wie er es den Mädchen versprochen hat, aber ohne vorher Bescheid zu sagen, ohne mich zu fragen, was ich davon halte, und nur zwei Tage, nachdem er fortgegangen ist. Und er war zurückgekommen, ohne Bescheid zu sagen, ohne sie zu fragen, was sie davon hielt, nur zwei Tage später, aber weiß wie ein Gespenst, mit einer Kugel im Bauch, wenig Blut in den Adern und dem Hauch des Todes im Nacken.

»Mein Gott. Was soll ich tun?«

»Leg mich hin.«

»Du warst das auf dem Friedhof.«

»Sieh zu, daß ich nicht noch mehr Blut verliere. Manel soll es sich ansehen.«

Dann verlor er das Bewußtsein. Cèlia und Roseta brachen in Tränen aus; das Unglück war einfach zu groß für zwei Kinder.

»Hol den Onkel, schnell«, sagte die Mutter zur älteren von beiden.

Aber auch Manel Carmaniu, der mehr als zwanzig Kälbern auf die Welt geholfen hatte, konnte nichts ausrichten. Als sie beschlossen, daß ihn, wenn er schon sterben mußte, besser ein Arzt zu Gesicht bekäme, damit er nicht verrecken mußte wie ein Hund, starb Ventura, dickköpfig bis zum Schluß, um das zu vermeiden.

Gegen fünf Uhr morgens wurde der Körper von Leutnant Marcó allmählich kalt. Die Ventura saß mit gesenktem Kopf da und weinte, neben ihr die beiden Mädchen, die den Kopf in ihren Schoß gelegt hatten und eingeschlafen waren, erschöpft vom Kummer. Sie träumten von allem Unglück dieser Welt, und Manel Carmaniu tätschelte seiner Cousine den Nacken und sagte: »Glòria, Joan ist tot, und wir müssen es melden. Ich weiß nicht, wem, aber irgend jemandem müssen wir es melden.«

»Hier wird niemandem etwas gemeldet.« Die Ventura hob den Kopf; plötzlich war sie wieder stark.

»Aber hör mal... Joan ist tot... sie können ihm nichts mehr tun.«

»Weißt du, warum sie hinter ihm her waren?«

»Wegen allem möglichen. Aber jetzt können sie ihm nichts mehr tun.« Manel betrachtete seinen angeheirateten Cousin, der ausgestreckt auf dem Bett lag. »War das etwa er, das auf dem Friedhof?«

Die Ventura nickte, und aus dem Grunde ihrer Angst heraus sagte sie: »Aber ich glaube, sie haben ihn nicht deshalb gejagt.«

»Naja, wir wissen ja, daß sie Joan am liebsten im Gefängnis hätten verrotten lassen.«

»Nein, nein. Sie haben ihn wegen... wegen etwas anderem gesucht.«

»Weswegen?«

»Besser, du weißt es nicht.«

»Ich bin dein Cousin.«

»Ich und er, wir haben Valentí Targa umgebracht.«

»Oh, mein Gott.«

»Gott gibt es nicht. Nach neun Jahren haben wir's geschafft, Targa zu töten.«

»Mein Gott.«

In seiner Angst grub Manel Carmaniu neun Spannen tief. Er und die Ventura hatten die ganze Nacht lang gegraben, während die Tränen ihren Blick verschleierten, bis sie erschöpft zu Boden sank, die Handflächen eine einzige Wunde, und Manel allein weitergrub, bis er in neun Spannen Tiefe angelangt war, damit kein Hund, keine Ratte und kein Faschist jemals auf die Idee käme, Joan Ventura, bekannt als Leutnant Marcó, verfolgt von den Franquisten, zum Tode verurteilt als Partisan, gehaßt von den Faschisten des Dorfes, könne an einer verirrten Kugel gestorben sein und ruhe nun im Hof seines Hauses, ohne Namen auf einer Grabplatte, die den Boden bedeckte und den die Sterne in den klaren, eisigen Winternächten lesen könnten. Er lag unter der Stelle, wo sie den Karren aufbewahrten, neben dem Schuppen, wo das Pferdegeschirr hing, und während er im Leben immer von zu Hause weggelaufen war, um für seine Träume zu kämpfen, würde er jetzt für immer bei der Ventura bleiben, still, kalt, aber in ihrer Nähe. Er hatte seine Ruhe gefunden. Und in der Erinnerung der anderen würde er für immer leben, stark, rebellisch und geheimnisvoll.

Als sie die Grube wieder zugeschaufelt hatten, schworen sich Cousin und Cousine, niemandem davon zu erzählen, und die Ventura sagte es nicht einmal ihren Töchtern, die zu dieser Zeit schliefen, überwältigt von den Geschehnissen. Vielleicht aber hatten sie doch nicht geschlafen, denn am nächsten Tag sah die Ventura, wie Cèlia, als sie sich unbeobachtet glaubte, Roseta wortlos am Arm packte, sie in den Hof zog und dort ohne jeden Kommentar neben dem Schuppen ein aus Palmwedeln geflochtenes Kreuz an die Wand hängte, direkt über dem Grab. Und obwohl die Ventura nicht mehr an Gott glaubte, rührte sie das Kreuz nicht an, weil ihre Töchter es aufgehängt hatten, die einzigen Menschen, die ihr noch geblieben waren. Mutter und Tochter sprachen nie darüber, nicht einmal bei Rosetas ungerechtem Tod, bis zu dem Tag, an dem diese einfältige, dickliche, neugierige Lehrerin mit einem Fotoapparat in der Hand auftauchte und sie fragte: »Und wann ist Ventura zum dritten Mal zurückgekommen?«

Hätte Pere Serrallac das gewußt, er hätte seinen Sohn an der Schulter gepackt, hätte ihn in den Hof der Venturas mitgenommen, hätte die Zigarettenkippe, die immer in seinem Mund hing, herausgenommen, hätte einen Tabakkrümel ausgespuckt und gesagt: »Hör zu, Jaumet, damit sich das in dein Gedächtnis eingräbt, wie du die Buchstaben in den Stein gräbst. Grab's dir ins Gedächtnis, daß im Hof der Venturas neben der Trennmauer zum Hof von der Familie von Ignasis Maria, neun Spannen unter der Erde, unter der Stelle, an der Manel Carmaniu den Karren seiner Cousine abstellt, wenn er vom Feld zurückkommt, markiert mit einem Kreuz aus verrotteten Palmwedeln, der ehemalige Schmuggler und rebellische Guerrillero ruht, der stets seinen eigenen Weg gegangen ist und sich nicht um die großen Pläne der Exilkommunisten geschert hat und doch eine entsetzliche Schlagkraft besaß, weil er wagemutig war und die Gegend kannte wie seine Westentasche. Sein Kriegsname, der aber in den Geschichtsbüchern nie zu lesen sein wird, Jaumet, ist Leutnant Marcó. Sein wahrer Name ist Joan Esplandiu Rella, Sohn von Tomàs in Altron, verheiratet mit Glòria Carmaniu, der ältesten Tochter der Venturas aus Torena, deren Namen er angenommen hat, weshalb ihn viele Joan Ventura nennen. Er ist der Vater von Joan Ventureta und von Cèlia und Roseta Ventura, und als Vater und Gatte hat er sich nicht besonders geschickt angestellt. Und er soll dir als Beispiel dafür dienen, wie du's lieber nicht machen sollst, wenn du eines Tages heiratest, mein Sohn. Wahrscheinlich hatte er keine andere Wahl. Das aber kann nur verstehen, wer weiß, was am

31. Dezember 1924 geschah. An diesem Tag nämlich hatte Joan Esplandiu, Kopf einer Schmugglerbande mit einundzwanzig Jahren, die Ladung im Versteck in der Scheune von Menaurí abgeladen und seine Männer, die vom zweitägigen Eilmarsch entlang der Ufer des Pamano unter dem dunklen Schatten des Bernui erschöpft waren, nach Hause geschickt, als er bei den Bienenkörben von Ravell, wo – wie einige behaupten – vor langer, langer Zeit die Mauern der Burg von Malavella standen, ein Glühwürmchen gewahrte, die Spitze einer brennenden Zigarette. Valentí Targa von den Roias wartete auf ihn und sagte mit seiner ruhigen Baritonstimme: »Ich wüßte zu gern, wo verdammt noch mal du herkommst.«

»Was hast du?«

Im schwachen Licht eines Streichholzes zeigte ihm Targa ein rotes Glöckchen aus Metall, das Joan Esplandiu stets an seinem Hemd trug, seit ein Mädchen aus Torena mit tiefer Stimme und überwältigenden Augen es ihm mit den Worten geschenkt hatte: »Einverstanden, du darfst mit mir ausgehen.« »Die hast du bei der Scheune von Palanca verloren«, sagte Targa, »und das heißt, du bist einer von den Maskierten. Das wiederum heißt, daß Caregue mir deinetwegen einen Tritt in den Arsch verpaßt hat, und das heißt, daß ich dich jetzt umbringen werde, weil du ein verfluchter Hurensohn bist.« Die Messerklinge blitzte nicht auf, weil der Mond sich hinter den Wolken verborgen hatte, aber sie drang bis zum Heft in Joan Esplandius Bauch. Targa wartete das Ende des dritten Tages nicht ab, um Altron, der Familie, der Landschaft und dem Rauschen des Pamano den Rücken zu kehren. Er war einundzwanzig, als er sich in Barcelona niederließ, wo die Leichen von Großindustriellen und Arbeitern die Straßen pflasterten, und er hatte keine Zeit für Heimweh, weil er gleich Arbeit fand. Entgegen allen Erwartungen überlebte Joan Esplandiu die Attacke; zwei Monate lang mußte er mit dieser seltsamen Wunde, die ihm die Hörner eines Widders beigebracht hatte, das Bett hüten, und als er wieder genesen war, besorgte er sich beim Krämer in Sort zuerst ein neues rotes Glöckchen, bevor er nach Torena fuhr, um Glòria von den Venturas den Hof zu machen, denn sie sollte auf keinen Fall merken, daß das alte verschwunden war.

51

Normalerweise machte es ihr nichts aus, nach Barcelona zu fahren, trotz der dreistündigen Fahrt. Aber heute hätte sie gerne einen anderen Grund für die Reise gehabt als einen Empfang beim König ohne König. Wahrscheinlich würde sie dort Mamen treffen, die Schlampe, die mit ausgestreckten Armen, geneigtem Kopf und einem starren Lächeln auf den Lippen auf sie zukommen würde, ein Glas Whisky in der Hand, und Anstalten machen würde, sie zu umarmen, ob sie nun wollte oder nicht, wobei der Whisky gefährlich im Glas schwappte. Sie würde nicht etwa sagen: »Oh, Elisenda, ich habe sehr gelitten und viel geweint in den vier Jahren, in denen wir uns nicht gesehen haben, und ich bitte dich um Verzeihung dafür, daß ich mit deinem Quique im Bett war.« Nein, Mamen Vélez würde so tun, als hätten sie sich gerade am Tag zuvor gesehen. Sie würde auf sie zuwalzen, würde ihr zwei Judasküsse auf die Wange drücken und ihr sagen: »Ist es nicht wundervoll, daß wir einen König haben, Eli?«

Sie hatte es vor einem Monat durch einen Anruf von Ricardo Tena erfahren, dem Ehemann von Mamen Vélez, der ebenso schlecht über die Seitensprünge seiner Frau informiert war wie gut über alles, was mit dem wankenden Regime zusammenhing, und nun ist er tot, und ich bin sehr traurig, denn er hat mein ganzes Leben geprägt.

»Er ist tot, Elisenda«, hatte er ihr gesagt.

»Wer ist tot?«

»Der Caudillo. Ich bin traurig.«

»Wo ist Mamen?«

»Ich weiß es nicht, als ich nach Hause kam, war sie nicht da.«

Wahrscheinlich treibt sie's gerade mit dem Liebhaber einer Freundin.

»Bist du sicher, daß das stimmt?«

»Ich weiß es aus erster Hand. Ich war im Círculo, und dort gibt es Leute, die in direktem Kontakt mit Madrid stehen. Wußtest du es noch nicht?«

»Nein.«

»Ich habe Angst vor dem, was jetzt kommt.«

Deine Frau sollte dir angst machen, nicht das Land. Das liegt im Schlaf.

»Was soll schon passieren?«

»Was weiß ich. Die Revolution. Racheakte. Leute, die auf die Straße gehen.«

»Ach was. Reg dich nicht auf.«

»Glaubst du, ich sollte mein Geld fortschaffen?«

»Du solltest es eigentlich gar nicht mehr hier haben.« Elisendas Tonfall war kühl, dem Gesprächsthema angemessen.

»Woher hätte ich das denn wissen sollen!«

»Franco ist nicht unsterblich.«

»Der Caudillo nicht, aber das Regime schon.«

»Und der König?«

»Das ist eine Entscheidung des Caudillo.«

Sie hatte keinen Grund, ihm zu versichern, daß sich mit dem Tod des Diktators nicht das Leben derjenigen ändern würde, die an seiner Seite gestanden hatten. Was wußte sie denn schon. Mehr aus Intuition als aus kühler Berechnung hatte sie sich nach und nach mit jeder Gefälligkeit mehr von den falangistischen Zivilgouverneuren und Ministern distanziert und Freundschaft fürs Leben mit den Ministern des Opus geschlossen.

»Einiges wird sich schon ändern, Ricardo.«

»Ja, ich weiß, du hast Kontakte und ...«

Ich weiß wirklich nicht, was die Leute denken: daß ich mit Franco jede Woche zu Mittag gegessen habe?

»Woher denn. Das einzige, was ich dir sagen kann, ist, daß

du beruhigt sein kannst: Die Regierung hat alles unter Kontrolle.«

Als Senyora Elisenda Vilabrú auflegte, hörte sie ein merkwürdiges Geräusch. Obwohl Ende November die Fenster geschlossen waren, vernahm sie deutlich das provozierende, respektlose, vor allem aber beunruhigende Knallen eines Sektkorkens. Die Feliçós feierten Francos Tod. Auch sie hatten gute Kontakte.

Als Jaume Serrallac am nächsten Tag bei Marés die Titelseite der Zeitung sah, rief er aus, »Endlich ist Franco tot, mein Gott, ich werde mich mit Sekt besaufen«, und sah mit anderen Augen zu Casa Gravat hinüber. Dann fuhr er mit einer Flasche Sekt, die er bei Marés erstanden hatte, in die Werkstatt hinunter, bevor sein Vater, der sich seit Jahren nicht mehr dort hatte blicken lassen, kommen konnte, um ihn daran zu erinnern, daß sie den Venturas noch etwas schuldeten. Er öffnete die Flasche, freute sich am Knallen des Korkens, holte die Zeichnung hervor und machte sich daran, den Gedenkstein zu meißeln, den Ventureta verdiente, den mit dem richtigen Kreuz und den Strahlen und dem Bild von Manel Lluís, voller Angst, weil er nicht wußte, wie es nach diesem hoffnungsvollen November weitergehen würde. Als er fertig war, rief er Frau und Tochter, zeigte ihnen den neuen Stein, und alle drei stießen auf das Ende der Bestie und die neuen Tage an, an denen der Himmel blauer sein würde, selbst wenn es regnete.

In der Nacht nach Ricardo Tenas Anruf träumte Elisenda Vilabrú von der Rache der Feliçós, der Venturas, der Mauris von Ignasis Maria und von den Sektkorken, die die Leute knallen ließen, die wieder Hoffnung schöpften. Sie sah sich mit Unbekannten anstoßen und ihre Freude teilen, als wäre es das Natürlichste von der Welt. Die Zukunft gehört der Zukunft, sagte sie sich im Traum. Einen Monat später, als sie beschlossen hatte, daß es vielleicht doch besser sei, sich beim

Empfang blicken zu lassen, hatte Ció die Korrespondenz auf das Frühstückswägelchen gelegt und es ins Eßzimmer geschoben. Noch bevor sie den Tee anrührte, ging Elisenda mit jener geduldigen Ungeduld, mit der sie Unvermeidliches erledigte, die Post durch. Dreizehn Bankbriefe, zwei absehbare Einladungen zu Festakten, eine Postkarte von Marcel aus Stockholm, die Stadt ist sehr schön, die Sitzung findet doch erst morgen statt, anscheinend sind sie an unserem Vorschlag interessiert, und ein einzelner Umschlag, der sogleich ihr Mißtrauen erregte. Ein normal großer, gräulicher Umschlag, abgestempelt in Sort und ohne Absender. Sie nahm ihn in die Hand und legte ihn wieder hin. Sie schenkte sich Tee ein und griff nach dem Brieföffner. Das zweifach gefaltete Blatt war von der gleichen hellgrauen Farbe wie der Umschlag. Mit Bleistift stand da in Druckbuchstaben:

Elisenda du Hure unsere Gruppe weiss wie Senyor Oriol Fontelles vor dreissig Jahren gestorben ist Wir wissen alles und wollen zwanzig Millionen oder wir erzählen alles der Presse und dem Postulator für die Seligsprechung oder der Polizei oder den Angehörigen des Opfers Wenn wir nicht in zwei Tagen die zwanzig Millionen haben laufen die Ermittlungen an Die Polizei wird alles erfahren und wir werden sogar bekanntmachen woher das Kind kommt das du als deinen Sohn Marcel Vilabrú ausgibst Unser Schweigen kostet zwanzig Millionen Einer der nicht auf uns gehört und nicht bezahlt hat ist jetzt tot Ich hoffe du hast kapiert und bringst uns um drei Uhr früh die zwanzig Millionen in Scheinen zu tausend und fünfhundert zur Carretera de l'Arrabassada Kilometer drei dreihundert Morgen nacht um drei Uhr in der Frühe Du Schlampe Gruppe für revolutionäre Aktion (GRA) PS Morgen früh wirst du weitere anweisungen erhalten Wenn du die Polizei einschaltest kastrieren wir euch alle (GRA)

Das Blatt zitterte in Rechtsanwalt Gasulls Hand.

»Und du sagst, es wurde bei euch in den Briefkasten geworfen?«

»Ja.«

»Und was soll das heißen, daß sie über Fontelles' Tod berichten werden?«

»Keine Ahnung.«

Gasull starrte durch die Trennscheibe auf den Nacken des kahlen Chauffeurs. Dann wandte er sich zu Elisenda und sah ihr ins Gesicht. Er wußte nicht, ob er es sagen oder lieber schweigen solle. Schließlich fragte er leise: »Sollen wir die Polizei benachrichtigen?«

Er merkte, daß Elisenda ein paar Sekunden lang die Luft anhielt, dann hatte sie sich unter Kontrolle. »Nein, ich finde das Ganze lächerlich.«

»Und warum hast du es mir dann gezeigt?«

»Aus Vorsicht. Damit du …«

»In Ordnung. Willst du meine Meinung hören?«

Der Wagen glitt durch den Carrer Fontanella, genau da, wo ihr Geliebter Oriol zweiunddreißig Jahre zuvor Valentís Verfolgung aufgenommen hatte, um ihn zu erschießen. Bald bog er in die Via Laietana ein und fuhr zum Hafen hinunter. Der Rechtsanwalt schwenkte den Umschlag und legte ihn dann auf die Ablage.

»Vergiß es einfach. Irgend jemand will dir Angst einjagen und dich ärgern.«

Beide schwiegen eine Zeitlang. Gasull sah aus dem Fenster. Wenn es in Barcelona regnete, fielen die Ampeln aus, und der Verkehr staute sich. Er nahm das Papier auf und las es noch einmal.

»Ich frage mich, wieso das mit dem Tod von Fontelles eine Drohung sein soll«, sagte er nachdenklich. »Oder Marcels Herkunft.«

»Wen es sehr interessiert, der kann herausfinden, daß Marcel adoptiert ist. Aber warum bedrohen sie mich damit? Ist es denn ein Verbrechen, ein Kind zu adoptieren?«

»Und das mit Fontelles' Tod?«

»Ich bin der einzige noch lebende Mensch, der ihn mit angesehen hat. Deshalb weiß ich, was geschehen ist, und verstehe die Drohung nicht.«

Wieder schwiegen sie eine Weile. Gasull hoffte, Elisenda werde ihn ins Vertrauen ziehen. Aber Elisenda sah aus dem Fenster in die gesprenkelte Landschaft der Tropfen auf der Scheibe.

»Schick Gómez Pié hin. Zur angegebenen Uhrzeit.«

»Morgen in aller Frühe.«

»Mal sehen, ob er etwas findet, was uns interessieren könnte. Ich kehre nach Torena zurück, für den Fall, daß weitere Anweisungen von diesen Verrückten kommen.«

»Laß uns die Polizei benachrichtigen.«

»Nun gut, damit wir uns verstehen: Wenn du die Polizei benachrichtigst, werfe ich dich raus.« Sie lehnte sich im bequemen Sitz zurück und schwieg.

»Werden wir bei dem Empfang Freunde treffen?« fragte Gasull, um das Thema zu wechseln.

»Ich werde von Leuten umgeben sein, die ihr ganzes Leben lang Freund der Monarchen waren. Wie ich.« Sie schloß die Augen: »Und jetzt muß ich mich konzentrieren.«

Gasull sah sie an und wußte nicht, ob er lächeln oder ernst dreinblicken sollte. Sie schloß die Augen und gab ihm keinerlei Hinweis, und er wagte nicht, um eine Erklärung zu bitten. Elisenda war einfach bezaubernd an diesem regnerischen Nachmittag auf dem Weg zur Hafenbehörde.

Der Empfang war langweilig und seltsam. Da der frischgebackene König keine Wunder vollbringen und nicht bei allen Empfängen, die alle Militärregionen zu seinen Ehren veranstalteten, gleichzeitig sein konnte, mußten die Gäste zusehen, wie die anwesenden Militärs zackig vor einem Telefunken-Fernsehgerät mit einem zweiundzwanzig Zoll großen Bildschirm salutierten, auf dem das Bild des Königs zu sehen und seine kurze Rede zu hören war. Danach wurden Hände geschüttelt, man verbeugte sich, lächelte, und jemand warf ihr einen schrägen Blick zu und sagte, das ist die Vilabrú, die von Brusport, ja, die Multimillionärin, und Mamen kam von der anderen Seite des Raumes herüber, mit ausgestreckten Armen, geneigtem Kopf und einem starren Lächeln auf den Lippen, ein Glas Whisky in der Hand, und machte Anstalten, sie zu umarmen, ob sie wollte oder nicht, wobei der Whisky gefährlich im Glas schwappte. Und als sie in ihrer Nähe war, rief sie: »Ist es nicht wundervoll, daß wir einen König haben, Eli?« Sie wurde nicht wütend und erinnerte sie nicht an Quique, sondern beschränkte sich darauf, zu lächeln und an den Brief zu denken, in dem es hieß, Elisenda, du Schlampe.

Am nächsten Tag beim Frühstück war der Orangensaft gleich, der Toast und der Tee waren gleich, und sogar Ció war gleich. Aus dem Berg von Korrespondenz fischte Elisenda einen Umschlag heraus, der ihr sehr vertraut war. Diesesmal war er nicht gräulich, sondern grünlich. Er war in Sort abgestempelt, und auf dem grünen Papier stand in der gleichen Schrift ICH BIN DER VON GESTERN DENK HEUTE NACHT AN DIE ZWANZIG MILLIONEN UND WENN DU DIE POLIZEI BENACHRICHTIGST BRINGE ICH DEINEN ENKEL UM UND ERZÄHLE DER WELT IN ALLEN EINZELHEITEN WAS DU ALLES MIT DEM LEHRER FONTELLES UND DEINEN ANDEREN LIEBHABERN GETRIEBEN HAST NÄMLICH MIT VALENTÍ TARGA EINEM MÖRDERISCHEN FALANGISTISCHEN BÜRGERMEISTER UND MIT JACINTO MAS DEM CHAUFFEUR UND GROSSEN STECHER DEM RECHSANWALT GASULL UND DIESEM VERSAGER NAMENS QUIQUE ESTEVE ALSO ÜBERLEG DIRS GUT DU FLITTCHEN UND SICHER GAB ES NOCH ANDERE DENN DEINE MÖSE IST UNERSÄTTLICH GRUPPE FÜR REVOLUTIONÄRE AKTION UND KASTRATION (GRAK) Elisenda versteckte den Umschlag sorgfältig, denn sie hatte nicht vor, Gasull eine falsche Liste ihrer Liebhaber zu zeigen. Grak. Hier war eine schwierige Lösung gefordert. Tu immer, was du tun mußt, wenn du glaubst, es tun zu müssen. Zu jedermanns Bestem.

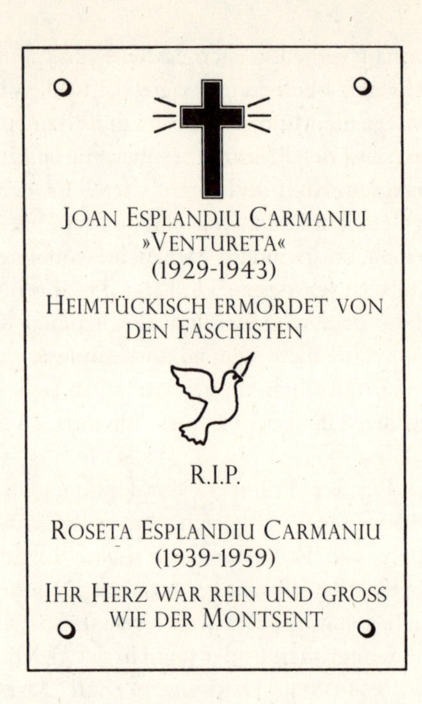

»Und wenn die Geschäfte auch noch so schlechtgehen sollten, laß dir nicht einfallen, von den Venturas auch nur einen Duro zu nehmen. Es werden bessere Tage kommen, und dann wird man ungestraft den richtigen Namen der Leute auf den Grabstein meißeln dürfen, Jaumet.«

»Das hat Großvater gesagt?«

»Ja. Achtung, Amèlia, mein Kind. Hier, wir legen ihn hier oben drauf.«

»Wie brutal, dieser Bürgermeister, oder?«

»Jaume, meinst du nicht, die sagen was, wenn du so einfach ...«

»Was können sie mir schon tun? Mich erschießen? Franco ist schon seit vierundzwanzig Stunden tot.«

»Vielleicht solltest du das mit der Ventura besprechen.«

»Geschenke müssen eine Überraschung sein, sonst taugen sie nichts.«

»Und wer ist Roseta Esplandiu, Vater?«

»Eine Schwester von Ventureta.«

»Ihr Herz war rein und groß wie der Montsent. Wer hat dich um diesen schönen Grabspruch gebeten?«

Jaume Serrallac strich mit seiner rauhen Hand über den glatten Stein, um jedes Staubkörnchen zu entfernen.

»Sie war die erste Freundin deines Vaters«, hörte er seine Frau sagen.

Sechster Teil

Das Gedächtnis der Steine

Man weiß nie, wo das Unglück endet.
BIBIANA VON DEN MOROS AUS BAIASCA

»Genauer gesagt, handelt es sich um eine Erkrankung der lebenden Substanz (Organ, Gewebe oder Zelle), die sich durch Änderungen in der morphologischen, physischen oder chemischen Struktur bemerkbar macht. In meinem Fall war es eine erworbene hepatozerebrale Degeneration, die als Woerkom-Stadler-Adams bekannt ist, nach drei Kollegen von mir, die sie erforscht haben. Diese Krankheit ist weder angeboren noch familiär bedingt, sondern erworben, eine neuropsychische Krankheit, die stark dem Morbus Wilson ähnelt und an Patienten mit chronischen Leberbeschwerden beobachtet wurde.«

»Meine Güte.«

»Ja. Und der Militärarzt Celio Villalón Cañete de Híjar und Doktor José Puig Costa haben bestätigt, daß diese hepatozerebrale Degeneration auf medizinisch unerklärliche Weise zurückgegangen und verschwunden ist, nachdem die Patientin – also ich – den ehrwürdigen José Oriol Fontelles mit einem Gebet, das ich mir selbst ausgedacht habe, angefleht hatte, beim Höchsten Fürsprache einzulegen. Ich habe es auf dieses Heiligenbildchen drucken lassen, bitte schön, nehmen Sie, und Sie auch, hübsch war er, nicht wahr? Und das Gebet lautet: O Gott, der du in deiner Güte die Seelen deiner Geschöpfe aufnimmst, wenn ihre Stunde gekommen ist, erweise mir die Gnade [*hier einsetzen, worum man bittet*], durch die ausdrückliche Fürbitte des ehrwürdigen Märtyrers José O Punkt Fontelles, der mit dir im Reiche der Seligen lebt, Amen. Und danach sollte man zehn Avemarias beten, und das, worum man gebeten hat, wird einem gewährt. Das klappt immer. Garantiert.«

»Senyoreta Báscones.«

»Ich unterhalte mich gerade mit dieser Dame.«

»Genau darum geht's: Würden Sie bitte still sein?«

»Hören Sie mal, Hochwürden Rella: Ich erzähle gerade, was für eine entscheidende Rolle ich im Prozeß der Seligsprechung ...«

»Schön und gut, aber nun seien Sie bitte still, wir sind schon zur Ordnung gerufen worden.«

»Was wissen die schon.«

Einer der Kurzgeschorenen im Chorhemd tritt auf Cecilia Báscones zu, die Heiligenbildchen verteilt, die auf der einen Seite mit dem Gebet und auf der anderen Seite mit der einzigen Fotografie von Oriol bedruckt sind. Die Falangeuniform wurde im Fotolabor wegretuschiert. Drei Damen und zwei Herren küssen andächtig das Bild dessen, der seit heute ein Seliger der Kirche ist, und stecken es zu dem Zettel, auf dem die sofortige Seligsprechung General Francos erwünscht, nein gefordert wird, alles in allem eine wunderbare Erinnerung an dieses unvergeßliche Fest. Hochwürden Rella nimmt den Mann im Chorhemd beiseite, um deutlich zu machen, daß er alles im Griff hat, Sie wissen schon, die Aufregung der Feierlichkeiten und so weiter.

»Wann war das, Senyora?«

»Mal sehen, ich bin jetzt achtzig ...«

»Nein.«

»So wahr ich hier stehe.«

»Das hätte ich nie gedacht. Sie sehen aus wie ... ich weiß nicht ...«

»Jawohl. Damals war ich fünfunddreißig. Das war kurz nachdem sie unseren seligen José zu einem ehrwürdigen erklärt hatten.«

»Den seligen Oriol.«

»Nein. Den seligen José. Höchstens den seligen José O Punkt.«

»Den seligen Oriol Fontelles.«

»Wer weiß das besser als ich, an der er sein Wunder getan hat?«

»Senyoreta Cecilia Báscones, meine Damen, halten Sie bitte den Mund.«

»Senyora Elisenda hält ein Schwätzchen mit dem Heiligen Vater, und niemand sagt was. Ich sag nur zwei Sätze, und schon wird gemeckert.« Leiser fährt sie fort: »Hochwürden Rella ist neidisch auf mich. So ist das.«

»Es heißt, Senyora Elisenda persönlich hätte den ganzen Seligsprechungsprozeß bezahlt.«

»Sie ist reich. Gut, daß sie es getan hat, wo sie es sich doch leisten kann. Stinkreich ist die.«

»Kennen Sie sie?«

»Wir kommen aus demselben Dorf, aber sie ist sehr ... wie soll ich sagen ... sehr zugeknöpft. Sie ist eine von denen, die denken, daß ihnen keiner das Wasser reichen kann. Aber sie weiß, was sie will. Sehen Sie mal, das sind sicher die Angehörigen von dem Polen. Sehen aus wie Bauern, nicht wahr?«

Den Männern im Chorhemd und Hochwürden Rella zum Trotz kann Cecilia Báscones für ihre treue Zuhörerschaft noch einen Teil ihrer interessanten Lebensgeschichte zum besten geben, die Geschichte, wie ihr Vater, der wackere Guardia Civil Atilano Báscones Atienza aus Calahorra, Spanien, von einer Gruppe Maskierter schwer verletzt wurde, von Schmugglern, die mit außergewöhnlicher Brutalität die Leute von Caregue vertrieben hatten, der seit Jahren zur allgemeinen Zufriedenheit im Vall de Tor und im Vall Ferrera tätig gewesen war und gute Kontakte nach Andorra hatte. Er hatte sich im Pallars wie zu Hause gefühlt, lange bevor die Fünfzehnte Brigade sich im Vall Ferrera blamierte, weil sie nicht diejenigen um Rat gefragt hatten, die sich wirklich auskannten. Offenbar war Caregue nach Sort gegangen, um sich über die Jugend zu beschweren, die keinen Respekt mehr hatte, und war bei den Behörden auf offene Ohren gestoßen, weil die Maskierten niemandem Kommissionen bezahlten. Gut informierte böse Zungen behaupteten, daß Caregue sein Unglück nicht etwa dem Ungestüm des jungen Valentí Targa zu verdanken hatte, sondern einem seiner Männer – niemand wußte, wer es war –, der die Wassernymphen in der Höhle der Guten Frauen von Tor verärgert hatte. Wie auch immer, Caregues verzweifelte Verhandlungen hatten zur Folge, daß eine Patrouille bei Tor die Ufer der Noguera durchkämmte, jeden Stein umdrehte und in alle Höhlen kroch, um die Maskierten zu finden und ins Gefängnis zu stecken. Aber es kam ganz anders. Eine verheerende Niederlage (ein Toter und drei Verletzte, darunter der Vater von Cecilia Báscones, dessen Knie zertrümmert wurde) zwang die Behörden wegzuschauen, denn jetzt, da Primo de Rivera die Zügel in die Hand nahm, wollte man keine Probleme. »Mein Vater, der nach dem Schuß pensioniert wurde, ging mit meiner Mutter und mir nach Torena; ich war damals zwei. Und der Handel mit Andorra blieb in den Händen der Maskierten, von denen niemand wußte, wer sie waren. Bis dann das in Malavella passiert ist. Ach, Sie kennen die Geschichte nicht? Natürlich, Sie sind nicht aus der Gegend … Aus Balaguer? Da habe ich ein paar Cousins. Naja, eigentlich sind sie schon tot. Die Campàs, ja. Also, jedenfalls war das in Malavella ein Skandal. Und neunzehnhundertvierzig habe ich dann den Tabakladen übernommen, ja. Nun ja, ich verkaufe Tabak und alles mögliche andere, Sie wissen ja, wie das im Dorf so ist. Da hatte ich wirklich Glück, denn mit der Waisenrente wär ich nicht weit gekommen. Was halten Sie denn davon, den Caudillo heiligzusprechen?«

»Wie bitte?«

»Na, das, was auf den Zetteln steht, daß Franco es verdient …«

»Schwachsinn.«

»Nun, ich kann das nur voll und ganz unterstützen. Und soll ich Ihnen was sagen? Ich hätte nichts dagegen, auch in diesem Fall ein kleines Wunder zu bewirken. Sehen Sie mal, das sind bestimmt die Angehörigen von dieser Japanerin. Nein, ich bin ein wenig schwerhörig und kriege nicht alles mit, was die da sagen. Aber meine Augen sind noch so gut wie als junges Ding, ja. Nicht wie Senyora Elisenda, die Arme, die ist schon lange blind.«

»Ach ja? Von Geburt an?«

»Woher denn: Diabetes mellitus, erkennbar an einer erhöhten Zuckerausscheidung im Urin. Genauer gesagt handelt es sich um eine diabetesbedingte Gefäßerkrankung, eine diabetische Retinopathie, die Amaurosis hervorruft.«

»Amaurosis ... Ist das ansteckend?«

»Das bedeutet Blindheit.«

»Ach so, Blindheit. Woher kennen Sie sich denn so gut mit Krankheiten aus?«

»Eiserner Wille. Im Tabakladen habe ich mich gelangweilt, und da habe ich angefangen, Pharmazie zu studieren. Fragen der Gesundheit haben mich immer interessiert. Syndromologie. Synechotomie. Parthogenetisch.«

»Phantastisch.«

»Mir gefällt es, wie die Medizin sich anhört. Orthopantomographie.«

»Wenn ich in Ihrem Alter noch so einen klaren Kopf habe ...«

»Was möchtest du denn mal werden, Cecilia?« hatte ihr Vater sie gefragt, und sie hatte geantwortet: »Franco.« Der Vater mit seinem zertrümmerten Knie hatte gelacht und zu den Gästen von Marés gesagt: »Ist sie nicht drollig, die Kleine? Sie will Franco werden.« Und die Gäste hatten ihren eisigen Blick auf den Grund ihres Kaffees mit Schuß gerichtet.

»Als ich klein war, wollte ich Franco werden oder Arzt. Aber als Frau war mir der Arztberuf verwehrt.«

»Aber ein Tabakladen ist doch auch etwas, nicht wahr?«

Die Báscones erzählte nicht, daß sie in jungen Jahren Gassia (einem ekelhaften republikanischen Katalanisten) nicht etwa ein Päckchen Celtes verkauft hatte und dem von den Feliçós (einem ekelhaften republikanischen Katalanisten) keineswegs Tabak und Zigarettenpapier, und auch keine Fàrias und drei Büchsen Sardinen an Burés (einen selbstlosen, aufrechten Patrioten). Nein, statt Sardinen, Fàrias, Tabak, Zigarettenpapier oder Celtes hatte sie ihnen Insulin, Paracetamol oder eine Flasche mit einem sofort wirkenden Antifibrinolytikum verabreicht, vielleicht sogar ein paar Tropfen Antihystamine, die Rettung im Falle eines anaphylaktischen Schocks.

»Eine Bisontes, Cecilia.«

Die Báscones ging in den Hinterraum des Ladens, wo sie die Büchsen mit Tomaten und die bunten Wollknäuel aufbewahrte, legte das Päckchen Bisontes auf die Präzisionswaage, sah, wie Seidlitzpulver auf die andere Waageschale fiel und stellte sich vor, wie sie Arzneien fabrizierte. Mit verklärtem Blick kehrte sie in den Laden zurück, das Päckchen Bisontes in der Hand.

»Und eine Steuermarke für fünfzig Cèntims. Cecilia, hörst du mir überhaupt zu?«

»Paracetamol, ja.«

»Cecilia ...«

»Ja, ein Tabakladen ist nicht das Schlechteste. Sehen Sie doch, wie klapperig der Papst aussieht.«

»Das haben wir gerade noch so hingekriegt mit unserem Seligen Oriol.«

»Mit dem Seligen José O Punkt Fontelles.«

52

Um drei Uhr morgens schaltete sie erschöpft den Computer aus. Ein Traum hatte sie dazu bewogen, das letzte Heft von Oriol Fontelles abzutippen. Ein paar Nächte zuvor war sie schweißgebadet aufgewacht, weil sie geträumt hatte, die Zigarrenkiste würde zerstört. Jordi hatte, offenbar ohne jede böse Absicht, die Hefte benutzt, um das Kaminfeuer anzuzünden, und als sie den Schauplatz des Verbrechens betrat, war er gerade dabei, die Kiste zu zerlegen. Eine fremde Frau stand an seiner Seite, und sie erschrak und erwachte. Jordi lag auf seiner Seite des Bettes und schlief sanft und selig. Sie hatte aufstehen und nachsehen müssen, ob die Schachtel noch in der zweiten Schublade ihres Schreibtischs lag. Da war sie. In diesem Augenblick hatte sie dreierlei beschlossen: Sie würde die Hefte abtippen, sie würde sich erkundigen, wie das mit einem Banksafe funktionierte, und sie würde Jordi nichts von Oriols Heften erzählen.

Ihren ersten Beschluß hatte sie soeben in die Tat umgesetzt. Sie hatte eine ganze Menge bedruckter Seiten beisammen, die sich leichter lasen als die Hefte, denen aber die Patina fehlte, die beinahe sechzig Jahre auf den Blättern hinterlassen hatten.

Da kam ihr der Gedanke, um drei Uhr morgens, als sie längst im Bett hätte liegen sollen, noch dazu, wenn das Thermometer am Wohnzimmerfenster weit unter null Grad zeigte. Sie machte sich einen Kaffee, weil um diese Uhrzeit nichts mehr offen hatte, zog ihren wärmsten Anorak über und verließ so leise wie möglich die Wohnung. Auf der Straße gefror ihr Atem zu einer dichten Wolke. Es schneite nicht, aber die Straße war mit schmutzigem, zertrampeltem Schnee bedeckt. Der 2CV, der in der Nähe geparkt war, sprang problemlos an. Kurz darauf hatte sie den Ort schon hinter sich gelassen, war allein unterwegs mit kalter Seele und brennenden Augen vom angestrengten Starren auf den Bildschirm. Jetzt mußten sie sich an das glatte Band der schneegesäumten Landstraße gewöhnen. Sie zitterte vor Kälte, weil die Heizung des Wagens erst nach ein paar Kilometern spürbar warm werden würde. Was soll's, dachte sie. Viel schlimmer war es, zu wissen, daß Jordi nicht aufrichtig war, daß er sie höchstwahrscheinlich mit einer gemeinsamen Bekannten betrog. Und wenn die unbekannte Frau eine Prostituierte war? Jede Woche die gleiche? Nein, die Frau konnte keine Unbekannte sein: Jordi hatte sie in der Schule aufgegabelt, weil er weder Zeit noch Gelegenheit hatte, neue Bekanntschaften in einem anderen Umfeld zu machen; er hatte kein anderes Umfeld. Sie kam also aus der Schule. Das Problem war, daß es an der Schule neunzehn Lehrerinnen, zwei Sekretärinnen, zwei Köchinnen und drei Putzfrauen gab, also sechsundzwanzig mögliche Kandidatinnen, fünfundzwanzig ohne sie. Hinter ihr blendete jemand auf, und sie erschrak, weil sie als erstes dachte, Jordi sei hinter ihr her. Sie fuhr langsamer und so dicht an den Straßenrand, daß sie fast den Schnee berührte. Die Kolleginnen. Sie ging sie in Gedanken noch einmal durch: Dora, Carme, Agnès oder Pilar. Nein, Pilar nicht, die war sechzig. Ich glaube jedenfalls nicht. Agnès, die aussah, als könnte sie nicht bis drei zählen, es aber faustdick hinter den Ohren hatte ... Oder Carme, die schon eine Scheidung und zwei Männer aufweisen konnte. Das ist eine von denen, die nie genug kriegen, man sieht das Feuer in ihren Augen, die denkt immer nur an das eine, wie die Männer. Dora ist zu jung. Nun hatte das Auto aufgehört, ihr Lichtzeichen zu geben, und blinkte, um sie zu überholen. Zu jung? Vielleicht war es gerade das ... Es war eine Qual, in Gedanken stets bei diesem Thema zu sein, beim Roulette der Namen der Frauen, die in Frage kamen. Sie machte eine obszöne Geste zu dem Auto hinüber, das sie angeblinkt hatte, als es auf ihrer Höhe war. Dann packte sie Panik, als sie sah, daß der Fahrer Jordi war. Das Auto fuhr an ihr vorüber, und sie dachte, das kann nicht sein, die Scheinwerfer sind gelb, und als der Wagen sie überholt hatte, sah sie das französische Kennzeichen und atmete erleichtert auf. Dann ärgerte sie sich: Mußte sie etwa fürchten, entdeckt zu werden? Sie hatte nichts weiter zu verbergen als eine Zigarrenkiste. Sie blinkte den französischen Wagen ein paarmal von hinten an, um ihn ebenfalls zu belästigen, und fühlte sich danach ein bißchen besser.

»Ich hoffe, es ist was Wichtiges«, sagte der Mann mißtrauisch und ließ sie herein.

Der nur durch die Notbeleuchtung schwach erhellte Raum schien zu dämmern, in Erwartung eines neuen Tages voller Rauch, Lärm, Gespräche und Kälte. Ein Dutzend Tische und Stühle nahm einen Großteil des Raumes ein. In einer Ecke befand sich die Bar, und am hinteren Ende des Raumes war die Rezeption des Hotels mit den Schlüsselfächern, von einer Lampe erhellt, die einen warmen Lichtschein auf die Holztheke warf. Tina setzte die Mütze ab und knöpfte ihren Anorak auf. Der Mann ging zur beleuchteten Theke hinüber.

»Möchten Sie vielleicht ein Zimmer?« Ihm war anzumerken, daß er so rasch wie möglich in sein Bett zurückwollte.

»Nein.« Sie sah, daß er einen Schlafanzug und einen Morgenmantel trug. »Entschuldigen Sie, aber ich dachte, es gäbe einen Nachtdienst hier. Und ich wollte mit ebender Person sprechen, die abends und nachts hier ist.«

»Hier ist zu wenig los, um jemanden für die Nacht einzustellen.«

»Und wenn jemand um diese Zeit abreisen muß?«

»Was wollen Sie? Einen kleinen Plausch …«, er hielt sein Handgelenk in den Lichtkreis der Lampe auf der Theke und Tina merkte, daß der Mann weitsichtig war, »… um vier Uhr morgens? »Nur, damit Sie's wissen: Ab sechs serviere ich Kaffee.«

Tina zog ein Foto von Jordi aus der Tasche. Sie hatte es

vor zwei Jahren gemacht, als sie sich vom Weihnachtsgeld einen Urlaub in Andorra gegönnt hatten. Jordis dunkle Augen glänzten und kokettierten mit dem Kameraobjektiv.

»Kennen Sie ihn?«

Der Mann sah Tina verärgert an, nahm das Foto und hielt es in den Lichtschein. Er betrachtete Jordi mit regloser Miene.

»Wer sind Sie überhaupt? Polizistin? Detektivin?«

»Ich bin seine Frau.«

Der Mann gab ihr das Foto zurück und winkte sie hinaus: »Senyora, Ihre Probleme interessieren mich nicht.« Er schüttelte den Kopf. »Dies hier ist eine Pension und eine Bar, und ich beantworte keine Fragen, die meine Gäste betreffen.«

»Also kennen Sie ihn: Er ist hier Gast.«

»Das habe ich nicht gesagt. Ich sagte ...«

»Danke.«

Tina ging hinaus und ließ ihn mitten in seiner Ausrede stehen, so daß er sich lächerlich vorkam. Der Mann schloß die Tür ab und schob den Riegel vor, wütend auf diese dämliche Tussi, die meinte, mitten in der Nacht Ärger machen zu müssen.

Sie hatte den 2CV an derselben Stelle geparkt wie an dem Abend, an dem sie den beiden hinterherspioniert hatte. Von hier aus sah sie zur Tür der Pension hinüber, die jetzt im Dunkeln lag. Ein Monat war vergangen, und er hatte ihr nichts gebracht als Unsicherheit und Unruhe. Sie dachte, wieviel bequemer es doch war, zu ignorieren, was einem weh tat, als sich damit auseinanderzusetzen. Aber man konnte nicht ignorieren, was man wußte. Sie hatte den Gipfel der Feigheit erreicht, weil sie weder darüber hinwegsehen noch Jordi direkt darauf ansprechen konnte: Sie spionierte ihm nur hinterher. Wütend auf sich selbst, ließ sie den Motor an und verfluchte den verdammten Wirt, der sich nicht einmal die Mühe gemacht hatte ... Der Wagen war erst ein paar Meter gefahren, als sie plötzlich auf die Bremse trat. Vier Uhr. Sie bedauerte, daß sie die Thermoskanne nicht dabeihatte.

Die Frau sah sich Jordis Foto eine ganze Weile an, als wollte sie sich ein Urteil über diese geliebten, gehaßten Gesichtszüge bilden. Wie kann man ein Gesicht hassen, das man so sehr geliebt hat? Tina dachte an Oriol, der gewußt hatte, daß Rosa ihn verabscheute, kurz nachdem sie ihn geliebt hatte. Die Frau klopfte mit einem sorgfältig manikürten Nagel auf eines von Jordis dunkelbraunen Augen und nahm ihre Brille ab, so daß sie an einer Kette um ihren Hals baumelte.

»Einmal pro Woche. Mit seiner Frau.«

»Ich bin seine Frau.«

»Huchje.«

»Ja.«

Tina umfaßte die Tasse mit dem Milchkaffee mit beiden Händen, um sich zu wärmen. Hinter der Theke schenkte der Wirt den ersten Ausflüglern und Lastwagenfahrern Kaffee aus und warf ab und an einen finsteren Blick zu den beiden Frauen hinüber.

»Und was kann ich tun?« fragte die Pensionswirtin und seufzte.

»Ich möchte wissen, wer sie ist.«

»Ich glaube, es ist besser, Sie vergessen das Ganze.«

»Nein. Ich kann nicht schlafen, wenn ich nicht weiß, wer sie ist.«

»Sie würden bestimmt ruhiger leben, wenn Sie nicht dauernd drüber nachdenken.«

»Es muß jemand sein, den ich kenne, da bin ich mir sicher. Und ich will mich von den beiden nicht an der Nase herumführen und mir kein Theater vorspielen lassen. Ich will es ihnen ins Gesicht sagen können.«

»Das werden Sie nicht tun. Das kostet zu viel Überwindung.«

»Ich werde es tun.«

»Das können Sie mir ja dann mal erzählen.«

Der Mann brachte Tina ihr Sandwich. Er zischelte seiner Frau zu: »Du kannst ihr doch nichts über unsere Gäste erzählen.«

»Kümmer du dich um den Kaffee, Liebling.« Sie sah ihn kaum an, nickte nur befehlend zur Theke hinüber. Dann lächelte sie Tina an. Sie öffnete das Buch und setzte ihre Brille auf. »Hier steht: letzten Dienstag.«

»Jeden Dienstag, ich weiß nicht, seit wann.«

»Seit dem Sommer. Hier jedenfalls seit dem Sommer.«

Seit dem Sommer. Mein Gott, seit dem Sommer log Jordi jetzt schon und enthielt ihr einen Teil seines Lebens vor, seit dem Sommer war sie der Liebe ihres Liebsten beraubt.

»Es tut mir leid«, sagte die Pensionswirtin. »Sollen wir weitermachen?«

»Ja.«

Die Frau durchsuchte das Buch und murmelte dabei vor sich hin »Dienstag, Dienstag ... Hier.« Sie wies mit dem polierten Nagel auf zwei Namen. »Sie heißt Rosa Bel.«

»Rosa Bel.«

»Kennen Sie sie?« Jetzt war die Wirtin neugierig.

Rosa Bel. An der Schule gab es zwei Rosas, aber keine von ihnen hieß Bel. Rosa Bel. Das hieß also, daß sie die Geliebte ihres Mannes nicht kannte. Und sie hatte gedacht, es sei eine ihrer Arbeitskolleginnen. Vielleicht war es besser so. Vielleicht ... Aber woher kannte er sie dann? Er hatte doch gar keine Zeit gehabt, sie kennenzulernen ...

»Es könnte ein falscher Name sein.«

»Na, hören Sie mal. Wir verlangen den Personalausweis, hier hat alles seine Ordnung.«

»Entschuldigen Sie bitte.«

Sie hatte ihr Brot halb aufgegessen und hatte das Gefühl, es bliebe ihr im Hals stecken. Dabei sollte sie doch froh sein, daß keine ihrer Arbeitskolleginnen sie betrog! Statt dessen war sie enttäuscht, weil Jordi ihr so noch ein wenig fremder wurde, weil er eine Welt hatte, die sich ihrer Kontrolle entzog, und weil sein Verrat dadurch noch gewaltiger wurde. Plötzlich kam ihr ein Gedanke: »Wie heißt der Mann?«

»Jordi Oradell.«

»Wie?«

Die Frau drehte das Buch herum, so daß sie es sehen konnte. In Jordis Schrift stand da: Jordi Oradell. Und in einer Schrift, die ihr nicht gänzlich unbekannt war – wessen Schrift war das nur? –, stand da: Rosa Bel. Allmählich begriff sie.

Während sie unter der Dusche stand, um sich aufzuwärmen, zog Jordi erstaunt den Vorhang zurück.

»Warst du heute gar nicht im Bett?«

»Ich bin schon lange auf.« Sie drehte das Wasser höher, um weiteren Fragen zu entgehen. Jetzt war sie diejenige, die Geheimnisse hatte. Jordi rasierte sich schweigend, vielleicht wunderte er sich, vielleicht dachte er an seine Angelegenheiten. Er war noch im Bad, als sie in die Schule ging und somit eine weitere Reihe unbequemer Fragen vermied.

Rosa und Joana blickten auf, als sie das Sekretariat betrat, aber als sie sahen, daß sie es war, wandten sie sich wieder ihrer Arbeit zu.

»Habt ihr eine Liste des Kollegiums?«

»Ja. Was möchtest du wissen?«

»Ich brauche ein paar Telefonnummern.«

»Wenn du willst, suche ich sie dir heraus.« Joana rückte ihren Stuhl vor den Bildschirm. »Welche Nummern brauchst du?«

»Agnès und … und Ricard Termes«, sagte sie aufs Geratewohl.

Nach zwei Sekunden sagte Joana mit eisiger Effizienz: »Schreib auf.« Und sie mußte sich die Telefonnummern von Agnès und von Ricard Termes notieren, die sie nicht im geringsten interessierten. Sie lächelte zufrieden und verabschiedete sich. Als sie zur Tür hinaus war, hob Rosa den Kopf von der Arbeit und sagte zu Joana: »Ich frage mich, warum sie sie nicht selbst danach fragt.«

Angst. Die Schule bei Nacht machte ihr angst. Es konnte nichts passieren, aber das Halbdunkel der Notbeleuchtung war schlimmer als vollkommene Finsternis, weil es Schatten und Gespenster gebar. Sie legte den Hebel am Schiebefenster des Empfangs um, schob das Fenster beiseite und tastete sich an der Wand entlang, bis sich der Schlüsselhaken in ihre Hand bohrte. Sie nahm den Schlüsselbund, und nachdem sie zwei Minuten lang den richtigen Schlüssel gesucht hatte, betrat sie das Sekretariat. Sie hatte eine Taschenlampe dabei wie ein Einbrecher. Wenn du aber nicht wachen wirst, werde ich kommen wie ein Dieb, und du wirst nicht wissen, zu welcher Stunde ich über dich kommen werde.

Im Schimmer des Bildschirms wirkte nun ihr Gesicht gespenstisch. Erst nach einer schrecklich langen Viertelstunde fand sie die Datei mit den Namen der Lehrer. Sie war zu ungeduldig, um sie auszudrucken, und so suchte sie auf dem Bildschirm nach der Lehrerin, die mit zweitem Nachnamen Bel hieß, so wie Jordi seinen zweiten Nachnamen angegeben hatte, der im Personalausweis stand und doch ihre Identität verschleierte. Agnès hieß mit zweitem Nachnamen López, Dora Espinalt, Carme Duc. Und Maite? Riera. Gab es niemanden, der Bel hieß?

Es gab keine Lehrerin, deren zweiter Nachname Bel lautete. Dein Scharfsinn war für die Katz, die ganze riskante Aktion vergebens, all die Ängste und Sorgen waren umsonst. Dann kam sie auf die Idee, das übrige Personal zu überprüfen, und da fand sie sie. Joana Rosa Candàs Bel, das Miststück. Rosa Bel. Joana hieß Joana Rosa. Die Sekretärin der Schule. Jordi hatte ein Verhältnis mit der Schulsekretärin, der netten Kollegin, der beispielhaften, phantasievollen, aufrichtigen, fähigen, ernsthaften, diskreten, kalten, höflichen, pflichtbewußten, integren, fleißigen, effizienten, verschwiegenen, gebildeten, ehrgeizigen, hinterhältigen, verschlagenen, undurchsichtigen, heuchlerischen, verlogenen, machiavellistischen, bösartigen, verräterischen, hassenswerten, verdorbenen, perversen, infamen, ekelhaften und fiesen Arbeitskollegin Rosa Bel. Tina schaltete den Computer aus, und in ihrer Seele wurde es dunkel.

53

Ein knappes Jahr nach Francos Tod war Marcel Vilabrú Vilabrú, Sohn von Oriol Fontelles Grau (von den Vilabrú-Comelles und den Cabestany Roures) und Rosa Dachs Esplugues (von den Vilabrús aus Torena und den Ramis von Pilar Ramis aus Tírvia, dem Flittchen, besser, wir reden nicht davon aus Rücksicht auf den armen Anselm) zweiunddreißig Jahre alt. Im letzten halben Jahr hatte Senyora Elisenda, seine Mutter, gewisse Freundschaften einschlafen lassen, die sie während des vorhergehenden Regimes gepflegt hatte; die unbequemsten, man könnte sagen, die schlüpfrigsten, (unvermittelt abbrechen wollte sie sie nicht, denn im Grunde genommen sind die Veränderungen, die es geben wird und nach denen das Land verlangt, vernünftigerweise so geplant, daß sich kaum etwas ändern wird), und es war drei Monate her, daß sie eine Audienz beim König erwirkt hatte. Als Empfehlung war ihr dabei zupaß gekommen, daß sie kurzfristig (was für ein Glück, daß ich noch die Fotografen benachrichtigt habe) von einem besorgten, erschöpften Paul VI. empfangen worden war, der geistesabwesend zu ihr gesagt hatte: »Ja, meine Tochter, der Vatikan sieht mit Interesse dein Interesse am Fall des ehrwürdigen Fontelles.« Zur königlichen Audienz brachte sie ihren Sohn mit, den sie dem König als Garanten für die Zukunft des Wintersports vorstellte. Mit einem ehrgeizigen Manöver gelang es ihr, zwar nicht dem Monarchen, aber immerhin dem Königshaus das Versprechen abzuringen, daß sich seine Familie im nächsten Winterurlaub nicht auf den Wiesen von Vaquèira, sondern im großartigen Skigebiet von Tuca Negra in der Gemeinde von Torena vorführen lassen würde. Und als Dank für Ihre ausgezeichnete Vermittlung, Herr Oberst, sind für Sie und

Ihre Familie für den Rest Ihres Lebens alle Aufenthalte in unserem Skigebiet frei. Amen.

Marcel lernte aus erster Hand, wie man so etwas macht. Er sah, daß es zunächst galt, das Organigramm der Organisation des Opfers genau zu studieren, um herauszufinden, wer die Entscheidungen traf, welche Entscheidungen er zu treffen pflegte und welche Entscheidungen stets auf die lange Bank geschoben wurden. Danach galt es, mögliche Widerstandsnester ausfindig zu machen, um sich auf die nötigsten zu konzentrieren und diese mit einem Lächeln und einem Haufen Geld auszuräumen, nicht notwendigerweise für Bestechung, sondern … nun ja … für dies und das. Es war eine subtile Kunst, für die man keinen brillanten Studienabschluß und keinen hohen Intelligenzquotienten benötigte, sondern etwas so Ungreifbares wie einen zu allem entschlossenen Geist. Und Marcel war zu allem entschlossen, so sehr, daß er zum besten Schüler seiner Mutter wurde. Nach und nach freundete sich Marcel mit dem Jungvolk der Königsfamilie an und lud es ein paarmal nach Tuca Negra ein, wo alles erlaubt war, außer sich zu langweilen. Diese Initiativen beruhigten seine Mutter, die erkannte, daß Marcel, einmal geschliffen, ein würdiger Nachfolger sein würde. Im September neunzehnhundertsechsundsiebzig jedenfalls hatte Senyora Elisenda Vilabrú Ramis einen guten Geschäftsführer für Vilabrú Sport und die Anlage von Tuca Negra. Darüber hinaus konnte sie auf die eherne Treue von Rechtsanwalt Gasull zählen, der Marcel Besonnenheit lehren konnte. Also beschloß sie, noch einmal nach Rom zu fliegen.

»Wir wissen Ihren großzügigen Beitrag durchaus zu schätzen, dank dessen das Heiligtum von Torreciudad noch zu Lebzeiten unseres ehrwürdigen Gründervaters fertiggestellt werden konnte.« Der Leiter der Institution und zukünftige Bischof der zukünftigen Personalprälatur, Señor Álvaro del Portillo, gab sich ebenso salbungsvoll und bescheiden wie der ehrwürdige Gründervater selbst.

»Ich würde mir wünschen, daß sich diese Hochschätzung in Taten widerspiegelt.«

»Jeder Schritt in diese Richtung, Señora, ist zwangsweise langsam. Aus Klugheit. Aus Liebe zur Wahrheit. Und ich würde sogar noch weiter gehen: aus evangelischer Bescheidenheit.«

Monsignore legte die Handflächen auf die Tischplatte und zählte bescheiden auf: »Ehrungen, Auszeichnungen, Titel – alles Luft, aufgeblähte Eitelkeiten, Lügen, nichts.«

»Und wie kommt es dann, daß schon von den Veranstaltungen zur Seligsprechung des ehrwürdigen Gründervaters die Rede ist?« Angesichts des Schweigens von Monsignore Portillo lächelte Senyora Elisenda Vilabrú: »Monsignore? Aufgeblähte Eitelkeiten?«

»Ich weiß nicht, worauf Sie hinauswollen.«

»Ich will darauf hinaus, daß der Prozeß der Seligsprechung des ehrwürdigen Oriol Fontelles fortschreiten und schließlich gelingen wird, wenn sich die Institution seiner annimmt. Er mag vielleicht langsam fortschreiten, aber nicht ewig.«

»Meine liebe Señora Vilabrú: Sie müßten mir schon erklären, woher Ihr Interesse an ...«

»Keinerlei Interesse, Monsignore.« Ihre Augen sprühten Feuer: »Ich war Zeugin seines heldenhaften Todes. Ich will, daß jedermann sich seiner erinnert. Er hat sich ganz allein den roten Horden entgegengestellt. Und er ist für sein Ideal gestorben, als er das heilige Sakrament und die Heilige Mutter Kirche verteidigte. Das wissen Sie doch ganz genau, Monsignore.«

Weiter sagte sie nichts. Sie sagte nicht, sein Tod kam viel zu früh, stirb jetzt nicht, Oriol, jetzt, da ich dich so wahnsinnig liebe, jetzt, da ich zum ersten Mal in meinem Leben einen Mann liebe, stirb mir nicht, ich könnte es mir nicht verzeihen. Sie nahm ihn in die Arme, sein Kopf lag an ihrer Brust. Und er sah sie mit seinen dunklen, tiefen Augen an, bis sie merkte, daß sein Blick schon kalt und glasig war. Was tust du mir an, Oriol, daß du jetzt gestorben bist, wo ich dir gesagt habe, nein, nein, jetzt wird nicht gestorben, verstanden? Und du, Gott, mach dich auf was gefaßt.

»Er ist tot, Senyora.«

Nach ihrer Rückkehr aus Rom sah sie sich mit Gasulls Bericht konfrontiert, der ihr sagte, es tue ihm entsetzlich leid, aber er müsse ihr mitteilen, daß Marcel bei seinen außerehelichen Beziehungen über die Stränge schlage. »An einem Tag hat er hier groß gefeiert und eine Prostituierte mit ins Büro gebracht und hat sie ... Ich weiß gar nicht, wie ich das sagen soll, er hat hier auf dem Schreibtisch ...« »Hast du das getan, Marcel?«

»Nun, Mamà, ich...«

»Jetzt hör mir mal gut zu. Was willst du?«

Wenn Mamà anfing, verfängliche Fragen zu stellen, geriet die Erde unter seinen Füßen gefährlich ins Wanken.

»Ich verstehe dich nicht, Mamà.«

»Es ist ganz einfach. Willst du ein großer Unternehmer sein? Liebst du Mertxe? Willst du dich von ihr trennen? Willst du dich von ihr scheiden lassen, sobald das möglich ist? Das wird nicht mehr lange dauern. Ist es das? Ist dir völlig gleichgültig, was aus deinem Sohn wird, aus meinem Enkel?«

»Als ob du ein Musterbeispiel mütterlicher Hingabe gewesen wärest.«

Senyora Elisenda Vilabrú musterte ihren Sohn mit dem Blick, den sie sich für ihre Feinde vorbehielt, und sagte: »Du hast kein Recht, über mich zu urteilen.« Zum dritten- oder viertenmal im Leben war sie kurz davor, zu sagen, wenn ich mich deiner nicht angenommen hätte, Kind, wärst du im Armenhaus gelandet, also halt den Mund. Mühsam riß sie sich zusammen. »Soll ich es Mertxe erzählen?«

»Ich will mich nicht trennen. Das war eine Dummheit, ich habe ein bißchen Dampf abgelassen, weiter nichts. Das ist nicht von Bedeutung.«

Seit dem Tag, an dem sie Quique Esteve aus ihrem Privatleben verbannt hatte, hatte Elisenda einen langen Weg zurückgelegt, bis hin zu jener sublimierten Enthaltsamkeit, die einerseits ihre Erinnerung an Oriol verstärkte und sie andererseits der Institution so nahegebracht hatte, daß diese zu ihrer Verbündeten geworden war. Vor allem aber vermittelte die Enthaltsamkeit ihr das angenehme Wissen, ihr Leben jederzeit so unter Kontrolle zu haben, daß kein Feind durch die Spalten einer Schwäche spähen konnte.

»Ich verstehe dich nicht, Marcel.«

»Eine Betschwester wie du kann das auch nicht verstehen.«

Was sage ich ihm? Soll ich ihm mein Leben erzählen? Verzeihe ich ihm das seine?

»Wenn ich dich noch einmal mit einer anderen Frau als Mertxe erwische … wird dein Leben um einiges ungemütlicher.«

»Aber Mertxe und du, ihr könnt euch nicht ausstehen!«

»Na und?« Mamà schrie jetzt. »Sie ist deine Frau und die Mutter meines Enkels. Deines Sohnes.«

Der Vater ihres Enkels stand auf. Zum ersten Mal in seinem Leben lehnte er sich gegen sie auf. Er sagte: »Sieh mal, Mamà, ich habe mein Privatleben, und das wirst du nie verstehen können. Nein, ich bin noch nicht fertig. Ich bin jetzt zweiunddreißig und kann tun und lassen, was mir gefällt. Habe ich wichtige Kunden in Schweden, Norwegen, Dänemark und Finnland gewonnen oder nicht? War es nicht so, daß ihr nicht eine Pesete darauf verwettet hättet, weil ihr dachtet, sie seien die einzigen, die was vom Wintersport verstehen? Gehen nicht dreiundsechzig Prozent unserer Skiexporte nach Skandinavien?«

»Ja.«

»Und Gasull hat gesagt, das kann uns ruinieren, und ich habe gesagt, unsere Preise sind unsere Rettung. Die Qualität ist fast die gleiche, aber wir schaffen's über die Preise.«

»Du hast recht.«

»Und ist nicht unsere Skistation eine Gelddruckmaschine, vor allem, seit ich die Schneekanonen installiert habe?«

»Ja.«

»Schön. Bleib du in Torena, ich kümmere mich um alles.«

»Nein. Du machst das gut, aber du wirst die Geschäfte erst übernehmen, wenn ich es sage.«

»Dann hör auf, mir auf die Eier zu gehen.«

»Das lasse ich mir weder von dir noch von sonst jemandem sagen.«

»Nun, ich habe es gesagt. Und jetzt habe ich zu tun.«

Mamà stand ebenfalls auf und ging um den Tisch herum, bis sie vor Marcel stand, der wütend Papiere in die Mappe mit dem Dossier stopfte. Sie sah ihn an, dann verpaßte sie ihm eine klatschende und äußerst schmerzhafte Ohrfeige. Das war ihre – schwindende – Möglichkeit, das letzte Wort zu behalten.

54

Oberst Silván stieg aus dem schwarzen Wagen, setzte sich mit finsterer Miene das Käppi auf und nahm die Plaça Major von Torena mit der gleichen Geste in Besitz, die auch Bürgermeister Targa so gefiel: Die Hände in die Hüften gestemmt, ließ er den Blick umherschweifen, drehte sich um sich selbst und wippte drei-, viermal auf den Fußspitzen. Eine gebieterische Positur. Trotz seiner ein Meter und sechzig war er der Gebieter. Trotz seines weißen Haars und seiner Falsettstimme war er der Gebieter. Der Bürgermeister – in kompletter Falangeuniform wie auch seine Begleiter – erwartete ihn auf der Treppe des Rathauses. Gefolgt von seinen Adjutanten und Valentí Targa, betrat der Oberst das Gebäude. Im Büro des Bürgermeisters hielt er überrascht vor Targas Porträt inne. Er streckte eine Hand nach hinten, und der Adjutant reichte ihm eine Zigarre und Streichhölzer. Schweigend betrachtete er Targas lebendige Augen auf dem Bild, während er die ersten Züge tat. Dann ging er ohne jeden Kommentar in die Mitte des Raumes, zog das Käppi ab, das der Adjutant entgegennahm, und beugte sich über die auf dem Sitzungstisch ausgebreiteten Karten, neben denen zwei Kartographen mit Leutnantsrang und der falangistische Lehrer Fontelles, ebenfalls in Uniform, strammstanden und auf Befehle warteten. Ohne sie anzusehen, gab ihnen Oberst Silván das Zeichen »Rührt euch« und blickte dann fragend auf.

»Zwei Hirten haben hier im Rathaus gemeldet, daß sie auf den alten Schmugglerpfaden verdächtige Individuen beobachtet haben.«

»Und was sind das für Hirten?« Ungeduldig klopfte er mit dem Fuß auf den Boden.

»Sie sind regierungstreu.«

»Welcher Schmugglerpfad ist das?«

»Der, der über die Serra d'Altars nach Norden führt«, sagte einer der Kartographen. Mit einem Rotstift zeichnete er in der Nähe des Gipfels des Montsent zwei Kreuze ein.

»Aber der Schmugglerpfad führt über den Paß von Salau.«

»Seit dem Krieg ist alles anders«, schaltete sich Targa ein, »Salau wird streng überwacht.«

»Es gibt keine Überwachung.«

Der Oberst plusterte sich auf, dann vertraute er den beiden Männern und dem Falangisten Fontelles an: »Wie zum Teufel stellt sich das Oberkommando vor, daß wir eine so verdammt lange Grenze bewachen sollen, wo es nichts als Schnee und Stürme gibt? Wir haben weder genug Soldaten noch Polizisten, und kein Maquisard wird ...«

»Und die verdächtigen Individuen?« mischte sich Oriol ein, um nicht als einer zu gelten, der nie den Mund auftat. »Immerhin sind sie gesehen worden.«

»Wir werden Patrouillen an die Stelle schicken, wo sie entdeckt wurden. Sie sollen das Gelände bis Sant Maurici durchkämmen.« Er sah sich die Karte genau an: »Das ist ein sehr weiter Weg. Warum nehmen sie den?« Er wandte sich an seinen Adjutanten: »Vierzehn Tage patrouillieren.« Zu den übrigen: »Wir dürfen keinen Augenblick in unserer Wachsamkeit bei Salau nachlassen. Den ganzen Tag durchkämmen wir dieses verdammte Gebirge wie die Friseure.«

»Natürlich, natürlich«, stimmten ihm die Adjutanten leise zu.

»Was raten Sie uns zu tun, Oberst?« Targa war begierig, dem Vaterland, dem Caudillo, der Armee und Oberst Silván einen Dienst zu erweisen, einem der wenigen hochrangigen Offiziere, die den Falangisten wohlgesinnt waren, so daß er ihn innerhalb der Falange befördern konnte, zumal er der Bruder des heldenhaften Kameraden Silván und des Provinzchefs von Lleida war, vor allem aber Sohn des Kameraden Silván, des na-du-weißt-schon von José Antonio.

»Nichts. Sollen die Banditen ruhig Vertrauen schöpfen. Die Armee wird das Gebiet bis Ende des Monats durchkämmen, danach müssen wir ...«

»Zieht sich die Armee etwa aus dem Pallars zurück?«

Ein professioneller Spion lernt schon in der Grundausbildung, daß man als Doppelagent niemals wichtige, direkte Fragen stellen darf, weil dann alle Anwesenden verstummen und einen in drückender Stille ansehen und, je nachdem, ihre Pistolen aus dem Halfter ziehen, und ihr könnt euch nicht vorstellen, wie schwierig es ist, neue Agenten anzuwerben.

Alle Anwesenden – Valentí Targa, Bürgermeister von Torena, Oberst Silván, Leiter des Sonderkommandos der Armee im Pallars, das aus dem ersten Bataillon der zweiundsechzigsten Division des Navarrakorps hervorgegangen war, Korporal Benicio Fuentes, Oberst Silváns Adjutant, und die beiden Kartographen mit Leutnantsrang vom zweiten Bataillon der Zweiundsechzigsten, die auf Wunsch der Kommandantur des ersten Bataillons zum Sonderdienst abgestellt waren – verstummten und sahen in drückender Stille den falangistischen Judas Fontelles und die verräterischen Worte an, die er soeben ausgesprochen hatte. Noch blieben die Pistolen in ihren Halftern.

»Warum fragen Sie das, Kamerad ...«

»Das ist der Lehrer Fontelles, ein ...«

»Weiß schon, weiß schon.« Er wandte sich an Oriol: »Warum?« Er zog erneut an der schon recht kurzen Zigarre.

»Weil ...« Er stellte sich vor, er wäre Viriatus und sein Gegenüber die Römer, und sagte laut: »Um mich für diesen Fall vorbereiten zu können und dem gesamten Lehrkörper des Bezirks Kampfgeist einzuflößen. Ich glaube, ich kann sie zu guten Informanten machen, Herr Oberst.«

Der Oberst warf die Zigarre zu Boden und trat sie aus: »Wissen Sie, daß das gar nicht so dumm ist, was Sie da gesagt haben, Kamerad Fontelles?«

Er streckte die Hand nach hinten, und sein Adjutant reichte ihm sein Käppi. Dann verließ er das Rathaus so eilig, wie er gekommen war. Wie die Betroffenen schon wußten, dauerte eine Sitzung unter der Leitung von Oberst Silván genau so lange, wie man brauchte, um eine Zigarre zu rauchen.

Valentí Targa war in Hochstimmung, weil ihm der Oberst zum Abschied freundschaftlich die Hand auf die Schulter gelegt hatte und man das als gutes Zeichen deuten konnte. Als sehr gutes Zeichen. Als er in den Raum zurückkehrte, in dem der Falangist Fontelles eingehend die Karten studierte, war er zu einem Schwätzchen aufgelegt. Mit dem Finger zeigte er auf Torena.

»Hier«, sagte er.

»Was hier?«

»Hier werde ich mir ein Haus bauen lassen. Ich habe es satt, in der Pension zu wohnen.«

»Warum lebst du nicht in Altron?«

»Ich rede nicht mit meiner Familie.«

Valentí Targa erklärte Kamerad Fontelles nicht, wie er an das Grundstück gekommen war, weil er sich mit dem Lehrer nicht streiten wollte. Es war ein verlockendes Gelände mit Blick über das gesamte Vall d'Àssua, und er träumte davon, dort ein Herrenhaus zu errichten wie Casa Gravat, mit geräuschlosen Bediensteten, seinem Bild im Empfangszimmer und einer Wanduhr aus Edelholz, die einem, wenn sie schlug, das Gefühl gab, man sei in einer Kathedrale. Und er würde seine Zuckerpuppe holen und sie in das Haus setzen, damit sie dort die Herrin spielte, wenn er sie nur überzeugen konnte, in einem Dorf weit weg von der Plaça Urquinaona zu leben. Und wie bei Casa Gravat würden auch die Fassade seines Hauses Sgraffiti schmücken, etwas ganz Feines: zur Rechten Gott der Allmächtige und die Falange, eine Frau, die einen Schild mit dem Antlitz José Antonios trug; zur Linken der Caudillo, Nuestra Señora del Pilar, die Schutzpatronin des Heeres, und ein paar tapfere Soldaten. »Und du wirst mir die Entwürfe anfertigen. Übrigens: Wenn du vorhast, auf Dauer in Torena zu bleiben, solltest du dir jetzt überlegen, ein Haus zu bauen. Ich hab's dir gesagt und sag es nicht noch einmal.«

Um elf Uhr nachts gab Oriol vom Fenster der Lehrerwohnung aus Blinkzeichen, die sagten, Bitte um Gespräch auf neutralem Boden eilig Gefahr, in der Hoffnung, daß an der Kontaktstelle jemand saß, der bereit war, sich für den Widerstand eine Lungenentzündung zu holen. »Niemand, wirklich niemand darf über die Serra d'Altars gehen, niemand darf in den nächsten zehn, vierzehn Tagen in die Schule kommen. Ihr müßt neue Routen finden. Vielleicht wird sich das Heer im Sommer aus dem Pallars zurückziehen.«

»Bist du sicher?«

Leutnant Marcó rieb sich den Bart und sah ihn mit vom Schlafmangel rotgeränderten Augen an.

»Nein. Aber es wird darüber gesprochen.«

»Komm, wir erklären dir, wie das Funkgerät funktioniert.«

Zwei schweigsame Männer öffneten das Paket, das sie mitgebracht hatten, und stellten es vorsichtig auf dem Boden des Schulspeichers ab. Ein eiserner Kasten, ein paar Nadeln, ein paar Kopfhörer und eine Gefahr mehr.

55

Er ließ sie an der Tür stehen, nachdem er sich mit einem Kuß von ihr verabschiedet hatte, der ihr zu kurz erschien, vielleicht weil hinter ihnen der Bruder Pförtner so tat, als starrte er interessiert auf den Bildschirm seines Computers voller klösterlicher Geheimnisse. Arnau schloß sacht die Türe hinter sich, und sie ging die vier Stufen hinunter, verzweifelt, ihres Sohnes beraubt, sie haben ihn verändert, sie haben einen sanften, resignierten Mann aus ihm gemacht. Aber er ist glücklich. Und er heißt immer noch Arnau. Nicht einmal Arni heißt er. Auf der Esplanade der Basilika ließ sie sich vom lächerlichen Licht des Nachmittags blenden, und all ihr Kummer brach über sie herein, als hätte er, zusammengekauert an der Tür des Klosters, nur darauf gewartet, daß sie herauskam, um sich dann auf sie zu stürzen. Während des gut einstündigen Gesprächs war es ihr gelungen, das aufdringliche Bild von Joana, der niederträchtigen Hündin, und Jordi, dem Schweinehund, der sie belog und erniedrigte, zu verdrängen. Eine Stunde lang hatte sie versucht herauszufinden, ob Arnau wirklich glücklich war oder nur so tat. Sogar im Habit eines Novizen war er hübsch. Die Haare waren kürzer, das Bärtchen war abrasiert, aber die Augen waren noch dieselben, und er sprach noch immer verhalten, aber mit einer Autorität, von der sie nicht wußte, woher er sie hatte.

»Du bist traurig.«

»Ich kann mich einfach nicht damit abfinden, dich zu verlieren.«

»Du hast mich nicht verloren. Ich bin hier. Du kannst mich von Zeit zu Zeit besuchen.«

»Ich habe dich verloren.«

»Und wenn ich zum Studieren nach Boston oder Cambridge gegangen wäre?«

»Dann wärst du trotzdem näher. Jetzt gibt es eine Barriere, die …«

Sie zeigte auf die schwarzen, hölzernen Stühle, den nutzlosen Tisch, das kleine Sprechzimmer, in dem sie saßen, die plumpe Imitation eines Joaquim Mir vor ihr an der Wand, die irgendeinen Winkel von Montserrat darstellen sollte. Eigentlich wußte sie nicht genau, was sie damit sagen wollte, aber es war klar, daß dies kein Ort war, an dem man sich heimisch fühlen konnte. Sie war gekommen, um ihren Sohn zu sehen, und nun fühlte sie sich auf Besuch.

Arnau nahm ihre beiden Hände und sah ihr in die Augen: »Es gibt keine Barriere, Mutter.«

»Sicher betest du für meine Bekehrung.«

Sofort bereute sie ihre Schärfe. Er hingegen setzte zu einem Lächeln an, wurde dann ernst, nachdenklich und antwortete schließlich mit jener Sicherheit, die sie nie besessen hatte: »Es steht mir nicht zu, deine Sichtweise der Dinge ändern zu wollen. Wenn ich für dich bete, dann dafür, daß du weiterhin der gute Mensch bleibst, der du bist.«

Verdammter Mönch, der stets die liberalsten, tolerantesten, intelligentesten, schlüssigsten und beruhigendsten Antworten zur Hand hatte, als hätte er alles gründlich studiert und bemessen. Als läge das ganze Leben auf der Karte der Wahrheit verzeichnet vor ihm, und er müßte sie nur aufschlagen, um sie im Zweifelsfall zu Rate zu ziehen. Und immer hatte er eine Antwort, nie einen Zweifel, weil er in Gottes Mannschaft spielte.

»Ich würde ja gerne an Gott glauben. Wie erholsam wäre das, wenn ich an ihn glauben könnte …«

Arnau war zu klug, darauf zu antworten. Er schwieg, sicher, weil er sie verstand. Sie fuhr fort: »Aber das mit Gott ist ein unlösbares Rätsel.«

»Nicht für mich. Rätsel bedeutet Beweise, die Suche nach einer Lösung, die Lösung des Problems … Für mich ist Gott ein Geheimnis, das ich nur durch den Glauben angehen kann.«

»Du brauchst keine Beweise?«

»Der Glaube nährt sich vom Glauben, nicht von Beweisen.«

»Und du bist mein Sohn?«

»Ich dachte schon.«

Sie schwieg, weil sie einfach nicht wußte, was sie sagen sollte. Aber die Stille war ihr unangenehm, und ihr Unbehagen wuchs, als sie merkte, daß Arnau völlig gelassen blieb. Nur um die Stille zu durchbrechen, fragte sie: »Ist dir hier kalt?«

»Nein.«

»Brauchst du keine Wäsche? Bekommt ihr was Anständiges zu essen?«

»Was macht Jordi?«

»Dein Vater weiß nicht, daß ich hier bin.«

»Und warum soll er es nicht wissen?«

»Weil ich nicht von zu Hause komme.« Es gelang ihr nicht, ihre Gereiztheit im Zaum zu halten: »Denk jetzt nichts Falsches. Wußtest du, daß er zum Stadtrat gewählt worden ist?«

»Ja. Er hat mir vor ein paar Tagen geschrieben.«

Das hatte Jordi also sofort loswerden müssen. Hat er dir sonst noch was gesagt? Hat er dir erzählt, daß er mich betrügt?

»Der alte Stadtrat ist zurückgetreten, dein Vater war auf Platz sechs der Liste, und es hat geklappt!«

»Freut er sich darüber?«

»Ich nehme es an. Ich sehe ihn wenig in letzter Zeit.« Sie wechselte das Thema: »Ist das Essen hier gut?«

»Sehr gut. Mach dir darum keine Sorgen.«

»Ich sorge mich um deine Gesundheit.«

»In der Bruderschaft gibt es acht Mönche, die über achtzig sind.«

»Willst du wirklich dein ganzes Leben in diesen Wänden hier verbringen? Bis du achtzig bist? Bis du stirbst?« Sie wußte, daß sie unfair wurde: »Und die Welt? Die Erfindungen, der Fortschritt, die Landschaft, die Filme, die Bedürfnisse der Armen, deine persönliche Entwicklung?« Und nach einer maliziösen Pause: »Und die Frauen?«

Arnau nahm wieder ihre Hände: »Mutter, das ist kein Opfer. Ich bin glücklich, ich bin ruhig, und ich möchte nicht, daß du dir um mich noch länger Sorgen machst: Dein Sohn ist glücklich, das können weiß Gott nicht alle Mütter von sich behaupten.«

»Bin ich zur falschen Zeit gekommen?«

»Nein, woher denn! Überhaupt nicht. Heute in drei Wochen gibt es ein Fest ... Wenn ihr kommen wollt ...«

»Was für ein Fest?«

»Eine Eucharistiefeier für die Angehörigen der Mönche des Ordens. Ich weiß schon, daß ...«

In drei Wochen werde ich im Krankenhaus liegen, und sie werden versuchen, mich mit Hilfe von Chemotherapien und ähnlichem dem Tod zu entreißen.

»Bekommen wir eine Einladung?«

»Nicht, wenn ihr nicht kommen wollt.«

Tina betrachtete die Imitation des Mir. Den Blick auf das Bild an der Wand geheftet, sagte sie: »Wer sagt, daß wir nicht kommen wollen?«

»Ich dachte nur, die Messe und das alles ...«

Ich habe Angst, Arnau. Ich habe Angst zu sterben.

»Wir können uns schon zusammenreißen, keine Angst.«

»Warum bist du traurig?«

Die moralische Autorität des Sohnes. Nun bestimmt dein Sohn über dich und will wissen, warum du traurig bist. Und wie alle Kinder erzählst du ihm nichts, nicht, daß du ein Problem mit deinem Mann hast und eines mit deiner Brust, du weißt noch nicht, was schlimmer ist. Und einen Lehrer, der zum Maquis gehörte und dessen Identität mit Lügen behaftet ist, die du aufdecken willst, du weißt selbst nicht genau, warum, wahrscheinlich, um dich zu retten, um dich weniger schuldig zu fühlen. Das Leben ist kompliziert: Ich möchte dir gerne sagen, daß ich krank bin und daß mir das angst macht. Aber ich will es dir nicht sagen, weil ich nicht will, daß du für mich betest, weil Gebete und Chemotherapie nicht zusammenpassen, weil ich mir treu bleiben will, verstehst du mich, Arnau? Weil Jordi mir auf einmal nicht mehr treu ist. Das Schweigen bringt mich um, ich kann kaum an mich halten, möchte dir wieder und wieder sagen, ich bin krank, sie müssen meine rechte Brust abnehmen, und ich hoffe, daß es dabei bleibt; die Ärztin sagt, das wird kein Nachspiel haben, ich hatte Glück, und ich frage mich, ob man von Glück reden kann, wenn sie einem die Brust abnehmen.

»Nur so.«

Tina trat auf Arnau zu und streichelte seinen Nacken. Sie sah ihn an. Es gefiel ihr nicht, ihn im schwarzen Habit eines Novizen zu sehen. Überhaupt nicht. Es gab ihr vielmehr ein Gefühl der Niederlage, aber sie sagte nichts, um ihn nicht zu kränken.

Als sie den Bruder Pförtner nach ihm gefragt hatte, hatte sich dieser im Namen der Bruderschaft verwundert gezeigt, weil offensichtlich keine Besuchszeit war, und sie hatte geantwortet, sie komme von außerhalb, was ziemlich dumm war, denn in Montserrat kam schließlich jeder von außerhalb. Sie hatte hinzugefügt, sie habe etwas Wichtiges mit ihrem Sohn zu besprechen und ob sie bitte so freundlich wären, und der Bruder Pförtner war diskret verschwunden und noch diskreter wiedergekommen und hatte sie ohne ein weiteres Wort in einen unpersönlichen Raum geführt, den jemand in dem vergeblichen Versuch eingerichtet hatte, ihm eine persönliche Note zu verleihen. Die Wand zierte ein Bild von einem unbekannten Winkel des Berges in Ocker und Grün, die Imitation eines Mir, aber signiert von einem gewissen Cuscó oder Cussó. Ein eigenartiger Geruch, den sie nicht zu definieren vermochte, hing in der Luft. Sie hatte fünf Minuten gewartet, allein, und gedacht, wer weiß, wo sie ihn herholen müssen in diesem riesigen Gebäude. Der Gemüsegarten, die Sakristei, die Bibliothek, die Küche, alles lag weit auseinander. Dann war die Tür zu den Sprechzimmern aufgegangen, und Schritte hatten sich dem Raum genähert, in dem sie saß. Ein Mönch ... nein, Arnau. Arnau in schwarzer Kutte und mit kurzgeschnittenem Haar, gesundem, kräftigem, aber kurzgeschnittenem Haar. Ohne Bart. Arnau, der sich in ein Kloster geflüchtet hatte. Arnau, verkleidet als Mönch. Mein Gott. Seine Hände waren schneeweiß wie zwei Vögel in der Morgendämmerung, verborgen unter weitem schwarzem Stoff. Er hatte ruhig gelächelt und gefragt, »Mutter, wie geht's, ist irgendwas?«, und sie war ihm wortlos um den Hals gefallen, weil der Anblick von Arnau im Mönchsgewand zuviel für sie war und sie mit Jordi nicht darüber reden konnte. Die vielen unausgesprochenen Dinge machten sie krank.

»Ich bin nicht traurig, nur müde. Weißt du, daß mein Buch beinahe fertig ist?«

»Worum ging es noch mal?«

Sie war enttäuscht. Er erinnert sich nicht. Er nimmt überhaupt keinen Anteil an meinem Leben.

»Um die Häuser, Dörfer und Friedhöfe im Pallars.«

»Ach, wie schön. Bringst du uns ein Exemplar fürs Kloster?«

»Ich bringe eines für dich. Es ist schwieriger, als ich dachte ... die Texte, die Bildunterschriften ... und Dinge, die ich nach und nach herausfinde. Aber es geht voran.«

Von irgendwoher erklang eine Glocke. Man hörte sie kaum in den Sprechzimmern, doch sie merkte, wie Arnau die Ohren spitzte, und nach zwanzig Sekunden hatte er sie schon geschickt dazu gebracht, aufzustehen, und geleitete sie zurück in den Empfangsraum, in dem der Bruder Pförtner vor seinem Computer saß, mit seiner Brille und seinem Lächeln, das dem Lächeln Arnaus sehr ähnlich war. Als sie verwirrt auf den Stufen stand, hörte sie noch, wie Arnau fragte, »Was macht Juri Andrejewitsch?«, im gleichen Tonfall, in dem er sie zuvor gefragt hatte: »Was macht Jordi?« Da verstand sie, daß Arnau unwiderruflich aus ihrem Leben verschwunden war und daß sie auf einen Schlag Sohn, Mann, Katze und mit ein wenig Pech auch Brust und Leben verlieren würde. Und das Grau der Stufen, die Kälte auf der Esplanade, das Licht des Spätnachmittags und ihre Verzweiflung. Sie fotografierte das Licht, um diese Traurigkeit, die mit Worten nicht auszudrücken war, irgendwo festzuhalten.

Der Zug nach Zuera ging erst um zehn Uhr abends, und so blieb ihr noch genügend Zeit, sich mit ihrem Kummer in irgendeinen Winkel zu verkriechen. Als sie die Kirche betrat, war sie erstaunt, sich selbst dabei zu ertappen, wie sie das Weihwasserbecken suchte. Der Geruch nach geschmolzenem Wachs, die Reste des Weihrauchs von der Liturgie, Halbdunkel und Stille. Sie setzte sich ein wenig abseits in eine der vorderen Bänke. Ein paar Besucher bestaunten die Seitenaltäre. Ein dunkler Schatten hängte ein Schild auf, auf dem stand, daß die Besuchszeit für die Kleiderkammer vorbei sei, und plötzlich füllte sich der Raum rund um den Altar mit Sängerknaben, die keine Hände zu haben schienen und, ohne sich Gott zu empfehlen, das »Virolai« anstimmten. Trotz ihrer Müdigkeit lauschte Tina ihnen aufmerksam: Sie sangen aus voller Kehle, mit einer Vollkommenheit, die etwas Monotones hatte, ohne Makel, ohne Schwankungen, nicht wie sie. Sie dachte daran, wie sie viele Jahre lang kein Gotteshaus betreten hatte und wie sie, als sie später regelmäßig zu Konzerten in die Kirche ging, Zeichen, Symbole, Losungen, Bilder und Gerüche wiederentdeckt hatte, die sie von ferne riefen und denen sie mit einer gewissen Gleichgültigkeit gegenübertreten konnte. Aber an diesem Abend waren sie ihr keineswegs gleichgültig, sie betrachtete die Kirche wieder als Feind, der ihr den Sohn geraubt hatte. Dieses Mal betrat sie die Kirche als Feindin. Du und ich, wir liegen im Streit miteinander, Gott. Deshalb rede ich nicht mehr mit dir, wie die Ventura.

Als sie erwachte, lag die Basilika im Dunkeln, und sie fröstelte. Erschrocken sah sie sich um. Sie war allein. Sie war in diesem Winkel eingeschlafen und … Sie sprang auf und ging zur Tür. Sie war verschlossen. Panik ergriff sie. Was tut man, wenn man in einer Kirche eingeschlossen ist? Schreien, bis ihre Angst von den Deckengewölben widerhallte und sich vervielfachte? Arnau würde einen Moment lang lächerlich dastehen, wenn sie ihm sagten, deine Mutter ist wirklich unmöglich, läßt sich einfach einschließen. Sie sah auf die Uhr. Es war neun Uhr abends, und sie war das einzige lebende Wesen im Kirchenschiff. Sie griff zu ihrem Handy und wählte unwillkürlich die Nummer von zu Hause. Doch als sie Jordis Stimme hörte, »Hallo, wer ist da, Tina, bist du's?«, erschrak sie und legte auf. Sie wollte Jordi nicht wissen lassen, daß sie Arnau besucht hatte. Sie wollte nicht, daß ihre Stimme im Kirchenschiff widerhallte, das hätte ihr angst gemacht. Sie wollte nicht, daß Jordi erfuhr, daß sie sich in einer Kirche hatte einschließen lassen, daß sie überhaupt eine Kirche betreten hatte. Sie wollte nicht, daß Jordi ihr half. Sie wollte mit Jordi nichts mehr zu tun haben.

Im fahlen Licht der wenigen brennenden Glühbirnen traten die Schatten noch stärker hervor. Sie setzte sich in eine Bank, beunruhigt über die Dunkelheit in ihrem Rücken, aber entschlossen, geduldig zu warten, worauf auch immer. Eine ganze Weile verstrich, bis sie merkte, daß sie weinte. Ihr kam in den Sinn, zu beten, Gott um Hilfe zu bitten, aber gleich darauf wurde ihr bewußt, daß ein Gebet in einem schwierigen Augenblick wie diesem ein obszönes Anliegen gewesen wäre. Natürlich hatten gläubige Menschen es viel besser als sie, Menschen, die an irgend etwas glaubten, und sei es nur eine politische Idee. Sie unterrichtete und fotografierte bloß und glaubte an das, was sich auf einem Film ablichten ließ, sei es Materie, Erinnerung oder Gefühl. An viel mehr glaubte sie nicht, außer vielleicht an die Erziehung als abstraktes Konzept. Und seit ein paar Monaten glaubte sie nicht einmal mehr an Jordi, ihre große Liebe, aus der plötzlich großer Haß geworden war. Oder nein: große Gleichgültigkeit. Nein, nicht Gleichgültigkeit: große Verachtung. Wenn du das Vertrauen in jemanden verlierst, den du rückhaltlos geliebt hast, so ist das, als würde dieser Mensch gegen deinen Willen in deinen Armen sterben. Darum konnte sie nicht beten, konnte die Zeit in dieser Basilika nicht nutzen, jetzt, da sie sie für sich allein hatte. Sie konnte sich nur, sprachlos vor Schmerz, eingestehen, daß ihr Sohn und ihr Mann eine andere Liebe der ihren vorgezogen hatten.

Seit Monaten hatte Tina nicht mehr so lange Zeit in Stille nachgedacht. Seit dem Augenblick, in dem Renom ihr gesagt hatte, sie habe Jordi in Lleida gesehen, als er in La Seu hätte sein sollen, bei einer Konferenz, bei der Arbeit. Seit dem Tag, an dem sie erfahren hatte, daß Jordi sie belog, war sie unfähig gewesen, längere Zeit ruhig zu sitzen, weil dann sämtliche Dämonen über sie herfielen. Zum Glück blieb ihr noch das Buch, das sie beenden, und Oriol Fontelles' Leben, das sie entwirren mußte. Zum Glück war sie geschickt darin, das Nachdenken zu vermeiden. Bis zu diesem glorreichen Tag, an dem sie sich wie ein Trottel in der Basilika des Klosters von Montserrat hatte einschließen lassen und nicht hatte verhindern können, daß ihr ganzes Unglück vor ihren Augen vorbeidefilierte wie bei einer ironischen, grausamen Modenschau.

Um halb zehn, als sie am Bahnhof von Sants hätte sein sollen, hörte sie ein Geräusch hinter sich, und irgendwo ging ein schwaches Licht an. Sie sah sich um. Oben im Chor regte sich etwas. Sollte sie schreien? Einem atavistischen Reflex folgend, verbarg sie sich hinter einer Säule und spähte zum Chor hinauf. Die Mönche kamen herein und stellten sich, soweit sie erkennen konnte, an festen Plätzen auf.

Zum ersten Mal in ihrem Leben wohnte Tina Bros einem Gebet zur Komplet bei. Die Mönche sangen eine strenge, kurze Melodie, die sie nicht kannte. Eine dieser Stimmen gehörte vielleicht Arnau. Um keinen Preis hätte sie den Zauber zerstören wollen, indem sie sich zeigte. Nachdem die Mönche geendet hatten, war der Chor innerhalb kürzester Zeit wieder dunkel und still, und ihr blieb nur die Erinnerung an diesen schönen Augenblick. Erst jetzt fiel ihr der Zug wieder ein, aber es war zu spät. »Wenn du aber nicht wachen wirst, werde ich kommen wie ein Dieb, und du wirst nicht wissen, zu welcher Stunde ich über dich kommen werde«, las sie in einer Bibel, die vergessen auf einem Tischchen an einer Säule lag. Wie ein Dieb werde ich durch mein Leben gehen und durch das Leben der anderen, wenn sie mich lassen.

Die Nacht war eisig, aber trotz ihrer Angst und der unbequemen Bank schlief sie schließlich ein. Als sie sich unter die ersten Besucher mischte und mit zerschlagenen Knochen dankbar ins Tageslicht blinzelte, sah sie trotz der blendenden Helle, daß der Tag dunstig war. Die Landschaft war bedeckt vom kalten Nebel der ersten Märztage, eine ideale Traumlandschaft, denn das Laken aus Nebel hüllte alles bloß Zufällige, Beiläufige, alle Mängel ein und ließ nur die Grundidee, den Traum zurück. Wenn ich aus Zuera zurück bin, sagte sie sich, werde ich wieder herkommen und ihm sagen, wir haben uns getrennt, mein Sohn, auch wenn dein Vater das noch nicht weiß, und frag mich nicht nach Einzelheiten, weil ich sie dir nicht verraten werde.

Tina blickte zum Kloster zurück. Sie haßte es, melodramatisch zu werden, aber ihr kam in den Sinn, daß sie es vielleicht nie wiedersehen würde. Ich liebe dich, Arnau. Ich muß dich nicht verstehen, aber ich muß dich wohl akzeptieren. Das Kloster ihres Sohnes. Sie machte eine traurige Aufnahme davon. Sie hatte den Zug nach Zuera verpaßt, aber ihren Glauben nicht zurückgewonnen.

56

Mit achtunddreißig Jahren durchschritt Feliu Bringué von den Feliçós zum ersten Mal in seinem Leben den Haupteingang von Casa Gravat. Das Haus war in aller Munde, und jedermann im Vall d'Àssua wußte genau, wo die Möbel standen, wie das Holz gemasert war, welche Farbe die Vorhänge hatten; jeder kannte das Bildnis der Hausherrin, das sie in strahlender Jugend verewigte, die Stille der schweren Stores, den feinen Duft nach Lavendel oder Apfel, der das Haus durchzog, die tiefen Glockenschläge der imposanten Wanduhr. Kaum zu glauben, daß es in Torena ein solches Haus gab, eine Treppe aus Edelholz, die hinauf zu größeren Geheimnissen führte, die vielen Fotografien im Wohnzimmer, das leise Knistern der Holzscheite im Kamin. Und einen wunderbaren Duft, sobald die Herrin des Hauses den Raum betrat.

»Du bist ein ehrgeiziger junger Mann mit Zukunft.«

»Ich trete an, um dem Dorf einen Dienst zu erweisen, nicht aus persönlichem Ehrgeiz.«

Sie lächelte, ungeachtet der Tatsache, daß dieser Junge der Sohn eines der Männer war, die sie am meisten haßte, und daß sie lange gezweifelt hatte, bevor sie ihn zu sich einlud. »Natürlich«, sagte sie. »Und wie es aussieht, wirst du die Wahlen gewinnen.«

»Ich hoffe es.«

»Die andere Liste taugt nichts.«

»Die andere Liste«, Bringué vergaß, daß er hier nicht in einem Meeting sprach, »versammelt die alten Franquisten, die sich die Macht nicht entreißen lassen wollen.«

»Ich bin sicher, sie sind unfähig.«

Er sah sie an. Erst jetzt schien ihm bewußt zu werden, daß

er in Casa Gravat war, weil sie ihn zu einem kleinen Meinungsaustausch hergebeten hatte.

»Was wollen Sie von mir?« fragte er schließlich.

»Du bist noch sehr jung, und es gibt Dinge, die …« Sie schenkte dem zukünftigen Bürgermeister Tee ein, doch anstatt zu trinken, sah dieser auf die Uhr.

»Ganz besonders freue ich mich darüber«, sagte er, »daß ich der erste demokratisch gewählte Bürgermeister sein werde.« Wieder sah er sie an: »Ich trete in die Fußstapfen meines Vaters.«

Was mache ich? Verschiebe ich das Gespräch auf ein anderes Mal? Werfe ich ihm die Teekanne ins Gesicht?

»Ich weiß, wie die Dinge funktionieren, in Torena und im Tal. Im ganzen Land. Du verstehst schon.«

»Und?«

»Du würdest gut daran tun, mich immer um Rat zu fragen.«

»Entschuldigen Sie, aber …«

»Dieses Tal hat seinen Wohlstand nicht den Kühen zu verdanken, sondern dem Schnee. Ich bringe den Wohlstand hierher. Zucker oder Honig?«

»Senyora, ich … Und wenn es nur aus Selbstachtung ist, kann ich nicht …«

»Ich verstehe dich vollkommen«, unterbrach sie ihn sanft, »aber besprich alles mit mir. Wir alle werden davon profitieren.«

»Vielleicht sollte ich Sie daran erinnern«, sagte er gekränkt, »daß nicht das ganze Jahr über Schnee liegt.«

»Genau bei diesen Worten Bringués ging mir ein Licht auf, Marcel, denk mal darüber nach, aber wir könnten es schaffen, daß das ganze Jahr über Hochsaison ist. Fahr nach Colorado oder irgendwohin, wo es Wildwasserflüsse gibt, sieh es dir genau an, mach dir Notizen, und dann sprechen wir darüber.«

»Adidas ist an den Turnschuhen interessiert.«

»Gut. Laß dir das nicht entgehen. Und wenn es nur die

Sohlen sind. Wirst du über das nachdenken, was ich dir gesagt habe?«

Sie wußte sehr wohl, daß es anfangs schwierig sein würde. Bringué von den Feliçós, der Sohn des verhaßten Bringué, wurde zum ersten demokratisch gewählten Bürgermeister von Torena nach der Diktatur, die Leute feierten auf den Straßen, und einige blickten verstohlen zu Casa Gravat hinüber, wo man die Kröte schluckte und so tat, als wäre nichts geschehen. Am Tag nach den Wahlen betrat Feliu Bringué das Rathaus, ließ die Fenster öffnen und nahm unter dem Applaus der Gemeinderatsmitglieder seiner Liste höchstpersönlich die Bilder von Franco und José Antonio von der Wand sowie – möge Gott ihm verzeihen – das Kruzifix, das seit undenklichen Zeiten bis zu diesem Tag das Büro des Bürgermeisters geschmückt hatte. Er entfernte auch das Ölbild, das an Valentí Targa erinnerte, den Henker von Torena, das unverständlicherweise immer noch an der Wand des Sitzungssaals hing. Ein gutes Bild. Was für Augen. Wer das wohl gemalt hatte? Dann lud er die Mitglieder des Gemeinderats und das einzige Mitglied der Opposition, Xavi Burés von den Savinas, ein, rund um den Sitzungstisch Platz zu nehmen und über die Zukunft von Torena nachzudenken.

Jetzt heißt es wohl, sich in Geduld zu üben, dachte Senyora Elisenda. Aber sie mußte noch eine weitere Kröte schlukken, als der Gemeinderat sich weigerte, trotz ihrer vernünftigen Einwände seinen Entschluß rückgängig zu machen, und an einem Regentag, als die Straßen leer waren, obwohl der Festakt wiederholt angekündigt worden war, Feliu Bringué sein Wahlversprechen erfüllte, die alten Namen wieder einzuführen. Er lud ganz Torena zur Umbenennung der Straßen ein. Vom überdachten Balkon im ersten Stock von Casa Gravat aus sah sie, vor dem Regen geschützt und in ein Tuch gehüllt, zur Plaça Major hinüber, die noch Plaza de España hieß. Ein paar wenige Leute waren gekommen – und Cecilia Báscones, das Weibsbild, das überall dabeisein mußte und auf einmal schon immer für die Demokratie gewesen war und nun dem jungen Mann, der im Gemeinderat für die Stadtplanung zuständig war, erklärte, daß die Mikrodrepanozytose eine Art chronischer Anämie war, bei der das Hämoglobin zerstört wurde.

»Mamà, komm rein, du wirst dich noch erkälten.«

Elisenda sah zu Mertxe herüber, würdigte sie aber keiner Antwort und blickte dann wieder auf den Platz hinaus. Leicht verärgert schloß Mertxe die Tür.

Sollen sie ändern, was sie wollen, die Straßen, die nach Franco und nach José Antonio benannt sind, aber rührt mir um Himmels willen Oriols Straße nicht an.

Auf dem Platz hatte Jaume Serrallac, der Sohn des Steinmetzen, bereits die alte Tafel abgehängt und hielt die neue parat, die ebenfalls aus Marmor war. Kurz darauf hing sie. Die wenigen Anwesenden applaudierten, Bringué, der Schuft, sprach ein paar Worte, die sie nicht verstand, und sie wünschte ihm den Tod an den Hals.

Traurig sah sie zu, wie Serrallac die alte Tafel zerschlug und die Stücke in seinen Korb legte. Ihr Blick verschleierte sich, wie immer, wenn sie Kummer hatte. Sie nahm die Brille ab und strich sich sacht mit den Fingerspitzen über die Augen. Nein, sie weinte nicht. Eher würde sie für immer nach Barcelona ziehen, als zuzulassen, daß dieses Gesindel sie weinen sah.

»Deine Mutter will nicht auf mich hören.«

»Was ist schon dabei, wenn sie dort steht und zusieht?«

»Sie steht schon seit drei Stunden da. Ohne sich hinzusetzen. Seit heute morgen um acht ist sie auf dem Posten. Und sie will nichts Warmes trinken. Nichts Warmes und nichts Kaltes. Und wenn ich ihr sage, daß sie sich schonen muß, wird sie wütend.«

»Mist. Sicher flennt sie, weil der Name von diesem verdammten Fontelles entfernt wird.«

»Wahrscheinlich. Manchmal denke ich, sie ist ein bißchen …«

»Sag ihr, sie soll ans Telefon kommen.«

»Sie will mit niemandem reden.«

»Sag's ihr einfach, verdammt noch mal!«

»Sie wird nicht reinkommen, das sag ich dir.«

»Sieh mal zu, ob du das Telefon mit raus auf die Terrasse nehmen kannst. So weit das Kabel reicht. Was macht der Junge?«

»Es geht ihm gut. Du wirst sehen, sie will nicht, daß ...«

»Na los, sie soll schon drangehen. Das hat mir heute gerade noch gefehlt.«

Das Entscheidende war das Abnehmen und Austauschen der Tafeln. Es wäre nicht das gleiche gewesen, wenn am Tag zuvor eine Brigade des Gemeinderats (soll heißen, Jaume Serrallac) die Tafeln in aller Stille ausgetauscht hätte und dieser Akt am folgenden Tag mit einer Rede und so weiter allgemein gewürdigt worden wäre. Nein. Feliu Bringué bestand geradezu zwanghaft darauf, mit dem Festakt die Geschichte des Landes zu ziehen wie einen faulen Zahn, Rache zu üben, die Namen von Franco, José Antonio und Oriol von den Wänden zu reißen und sie durch andere Namen zu ersetzen, die Namen von Bastarden. Sie nannten das einen staatsbürgerlichen Akt, aber in Wirklichkeit handelte es sich um einen Racheakt. Und Cecilia Báscones stand in der ersten Reihe und hatte ihr Mäntelchen nach dem Wind gehängt. In ihrem Alter hätte sie etwas mehr Würde beweisen können, denn Tabak und Knöpfe verkaufte sie an die einen wie die anderen. Elisenda trat auf dem Balkon ein paar Schritte vor, um zuzusehen, wie die Gruppe unter der Tafel der Calle José Antonio hielt. Es regnete noch immer, und die Regenschirme der Honoratioren und der wenigen Zuschauer sahen aus wie schwarze Pilze. Zwei Fremde sorgten mit ihren leuchtenden Regenmänteln für einen Farbtupfer. Sie fotografierten, vielleicht waren es Journalisten.

»Mamà, Marcel ist dran.«

»Nein. Später.«

»Mamà, er hat nicht viel Zeit. Komm bitte her, das Kabel reicht nicht weiter.«

»Gib her. Hallo.«

»Mamà, was ist los?«

»Nichts. Wo bist du?«

»In Paris. Ich schließe gerade das Geschäft mit Adidas ab.«

»Wofür?«

»Schnürsenkel für die Turnschuhe.«

»Besser als nichts.«

»Wie .... Das ist phantastisch!«

»Du hättest den ganzen Schuh verkaufen können.«

»Ja. Und die Socken, wenn's recht ist. Was ist denn das für eine Geschichte mit den Straßenschildern?«

»Nichts, was dich betrifft.«

»Warum gehst du nicht rein? Mertxe sagt ...«

»Mertxe soll den Mund halten. Auf Wiedersehen, ich habe zu tun.«

»Aber Mamà! Verdammt noch mal, du hast Zucker! Denke dran, daß die ...«

Elisenda hatte ihrer Schwiegertochter das Telefon zurückgegeben, denn jetzt waren die schwarzen Pilze am oberen Ende der Calle Falangista Fontelles (1915-1944) angelangt und hielten unter der Tafel an, die vom Balkon aus zu sehen war. Es war die einzige, die Serrallac – Gott verfluche seine Seele – direkt an der Wand in Stücke schlug. Dann hebelte er mit dem Meißel alles ab, daß es zu Boden fiel. Und nun, vermutete sie, würden sie die Tafel mit Carrer del Mig anbringen.

»Siehst du, diesen Namen hätte ich nun nicht geändert, denn bald wird er ja seliggesprochen, und dann müssen wir die Straße schon wieder umbenennen.«

»Woher wollen Sie wissen, ob er seliggesprochen wird? Immerhin war er ein ...«

»Ihr jungen Leute geht ja nicht zur Messe ...« Cecilia Báscones sah ihren Gesprächspartner mitleidig an. »Wundersame Heilungen«, fügte sie geheimnisvoll hinzu.

»Das glaubt Ihnen nicht mal Gott.«

Als alles vorüber war, zerstreuten sich die Menschen, als wären sie hungrig. Die beiden in den leuchtenden Regenmänteln liefen noch immer herum, und Jaume Serrallac leerte seinen Korb mit den Trümmern der Geschichte in den Müllbehälter der Calle Fontelles. In diesem Augenblick sah Elisenda zwei Flecken am oberen Ende der Straße. Ihre Augen waren zu schwach, um Genaueres zu erkennen, als daß es zwei Frauen waren, die Arm in Arm gingen. Bestimmt die Venturas. Die beiden Flecken gingen die Straße hinunter, schweigend, sahen sich nach allen Seiten um, als müßten sie erst den Weg ertasten. Als sie an der Mülltonne angelangt waren, beugte sich eine von ihnen darüber, um sich zu vergewissern. Dann gingen sie die Calle Fontelles hinunter. Carrer del Mig hinunter.

57

Er war am 2. Mai 1919 in Huesca im Schoße einer einfachen Familie geboren. Sein Vater hatte ein Lebensmittelgeschäft, das die Seinen ernährte: seine Frau, Großtante Soledad, Jacinto und Nieves. Lange Zeit träumte der kleine Jacinto davon, mit der goldglänzenden Blechschaufel Makkaroni aus dem Schubfach zu holen und sie in eine Papiertüte zu füllen, und das gleiche mit Reis und Zucker zu tun – und wenn er dann noch einen Viertelliter Öl aus der gut gefetteten Pumpe abfüllen dürfte, dann wäre er dem Glück sehr nah. Deshalb blieb ihm der 14. April 1931 unauslöschlich im Gedächtnis, nicht etwa, weil an diesem Tag in Barcelona und Madrid die Zweite Republik ausgerufen wurde, sondern weil Don Rosendo am Tag zuvor beschlossen hatte, daß Jacinto lange genug die Schulbank gedrückt hatte und er ihm vom nächsten Tag an im Laden aushelfen solle, der in der Calle Desengaño, Ecke Caballeros lag. Unermüdlich schleppte er Kisten mit Siphons und füllte Flaschen mit Wein vom Faß. Aber er durfte auch andere, ehrenvolle Dinge tun: Reis, Makkaroni, Fadennudeln, kleine Fadennudeln (die eine andere Schaufeltechnik erforderten), Linsen, Kichererbsen, Bohnen und Öl. Ja, Jacinto durfte Öl ausschenken, und er war dem Glück sehr nahe, als er sich die Hände an dem schmuddeligen Tuch abwischte, nachdem er Pilar von der Reinigung San Vicente den ersten Liter Öl seines Lebens abgefüllt hatte. Mit zwölf Jahren war er ein glücklicher Junge. Später, während der Republik, wurden die Dinge allmählich komplizierter, und noch schlimmer wurde es mit dem Krieg, denn nun war es eine Qual, eine Papiertüte nach der anderen mit Makkaroni und Reis zu füllen und sich die Hände mit diesem verfluchten Öl schmutzig zu machen, vor allem, wenn eine hübsche Kundin den Laden betrat und man geradezu widerlich ölig war. Er hatte das alles so satt, daß er sich zur Armee meldete, sobald er konnte, um aus diesem verdammten Lebensmittelgeschäft in der verdammten Calle Desengaño, Ecke Caballeros herauszukommen, um etwas von der Welt zu sehen und das Glück zu suchen. Er rückte mit den republikanischen Truppen vor, mitten in einen Kampf, der sich zur Ebroschlacht ausweitete. Bei Vinebre überquerte er den Fluß; er war glücklich, weil er ein wunderbares Mädchen kennengelernt hatte, das ihm eine fleischfarbene Rose schenkte, aber keine Zeit hatte, ihm seinen Namen zu verraten, weil seine Kompanie schon auf dem Weg zum Fluß war. Er verlor die Rose, kaum, daß er den Fluß überquert hatte, aber er erreichte lebend die Berge von La Fatarella. Er schoß wahllos um sich, machte sich in die Hosen, weil sie in dem Maschinengewehrnest festsaßen, von dem aus sie ein abgeerntetes Feld kontrollierten, von dem ihnen gesagt wurde, es sei sehr wichtig, er wurde in einen schrecklichen Nahkampf verwickelt, und ein faschistisches Bajonett grub ihm ein düsteres Lächeln in die rechte Wange. Zum Glück infizierte sich die Wunde nicht. Nachdem er achtzig Tage überlebt hatte, umgeben von toten Kameraden, trat er über Vinebre den Rückzug an, aber so sehr er sich auch umsah, er fand das Mädchen nicht wieder, dessen Namen er nicht kannte und das den Todgeweihten eine fleischfarbene Rose geschenkt hatte. Er kehrte nach Huesca zurück, aber nun war er rebellisch und beschloß, keine Makkaroni mit der vermaledeiten Blechschaufel mehr zu schöpfen, und trat der Falange und ihren Aktionsgruppen bei, ohne seiner Familie etwas davon zu sagen; wahrscheinlich sehnte er sich nach der Uniform, die ein namenloses Mädchen aus Vinebre zum Erbeben gebracht hatte. Zu dieser Zeit beschloß er auch, daß ihm die Narbe ein separatistischer Roter beigebracht hatte, der nicht lange genug überlebt hatte, um sie zu sehen und davon zu berichten, weil er selbst, rasend vor Wut, ihm mit dem Bajonett die Augen ausgestochen hatte. Und der Führer der Hundertschaft sagte: »Sehr gut, Jacinto, du machst das ausgezeichnet. Das ist die Wut, die wir in uns tragen müssen. Verstanden, Kameraden? Versteht ihr, was ich von euch will?« Jacinto Mas, der vollkommen verstand, ließ sich einen schmalen, dunklen Oberlippenbart stehen. Er lernte, hart dreinzublicken, und als nach Freiwilligen für einen Trupp gesucht wurde, der für ein paar Monate fern der Heimat, in Katalonien, unerwünschte Elemente ausschalten sollte, meldete er sich. Er wurde nicht ausgewählt; statt dessen schickten sie ihn nach San Sebastián, und dort trat er als persönliche Eskorte in den Dienst einer frisch verheirateten jungen Frau, die nach Hause zurückwollte. Natürlich war es heldenhafter, einem Trupp von Mördern anzugehören, aber der Lohn, den man ihm bot, um als Eskorte, Chauffeur und was auch immer zu dienen, war beeindruckend, und er nahm ohne zu zögern an. So kam Jacinto Mas zum ersten Mal als Fahrer des Wagens von Senyora Elisenda Vilabrú nach Torena. Er war effektiv, hart, schweigsam, tapfer, treu, und sie sagte ihm, »Sehr gut, Jacinto, du machst das ausgezeichnet«, und von Zeit zu Zeit zahlte sie ihm ein großzügiges Sondergehalt, vor allem, wenn etwas geschah und er ungerührt blieb.

»Als er in Rente gegangen ist, hat er gesagt, er würde ums Verrecken nicht nach Huesca zurückgehen. Deshalb hat er mich gefragt, ob er nach Zuera kommen könnte, und ich habe ihm gesagt, na klar. Und hier ist er dann gestorben, ja.

Nein. Er ist Gärtner geworden. Mit dem Geld, das man uns gegeben hat, haben wir ein Gartengeschäft aufgezogen. Ich kann nicht klagen.

Na, hören Sie mal, schließlich war er mein Bruder …

Sind Sie von der Polizei?

Und warum stellen Sie dann diese Fragen? Warum wollen Sie lauter Sachen wissen, die schon so lange her sind?

Und was soll ich mit so einem blöden Foto anfangen?

Nein. Mein Bruder ist neunzehnhundertsechsundsiebzig gestorben. Das ist jetzt mehr als fünfundzwanzig Jahre her, Senyora!

Ein Herzinfarkt in einer Bar in Zuera, ja.

Was meinen Sie damit, warum ich das so zögerlich sage? Weil die Polizei nichts von einem Kerl wissen wollte, der sich lange mit ihm unterhalten hat und dann verschwunden ist, eine Minute, bevor er gestorben ist. Das erzählt jedenfalls Carreta von der Bar.

Ja, siebenundfünfzig Jahre.

Am Anfang ja. Aber dann dachte ich, wer weiß, er hatte sich wohl viele Feinde gemacht, vor allem, als er in Huesca in die Falange eingetreten ist, und dann, als er alle möglichen merkwürdigen Aufträge für die Senyora erledigt hat.

Das weiß ich nicht. Er hat nie darüber geredet, aber ich denke, er hat aus nächster Nähe miterlebt, wie einige Leute gestorben sind.

Weil er im Schlaf geredet hat. Irgendwas von einem, den sie an einem Feigenbaum aufgeknüpft haben. Damals, zu jenen Zeiten ... Aber mehr weiß ich nicht darüber.

Ja, vielleicht ist es besser, die Geschichte auf sich beruhen zu lassen. Als ich meine Anzeige zurückgezogen und darauf verzichtet habe, daß wegen seines Todes ermittelt wird, habe ich von einem unbekannten Gönner einen Scheck erhalten.

Natürlich habe ich ihn angenommen. Das ist Geld so gut wie jedes andere.

Nein, ich habe nicht vor, nach Huesca zurückzukehren. Ich bin jetzt hier in Zuera zu Hause.

Sort? Da bin ich noch nie im Leben gewesen.

Nein. Wenn er irgend etwas Übles getan hat ... dann dort. Hier hat er bloß tropische Pflanzen gezüchtet, und er hatte eine Geranien- und Begonienzucht, die war einfach traumhaft. Ja, hier in Zuera.

Das waren die Umstände. Es war zur Rettung des Vaterlandes.

Ja, ja, die Jugend glaubt an nichts mehr. Aber ich schon. Und mein Jacinto erst recht.

Das läßt sich heute nicht mehr beweisen. Er ist an einem Herzinfarkt gestorben und fertig.

Nein. Manchmal eine Depression. Und dann mußte ich

ihm sagen, sehr gut, Jacinto, du machst das ausgezeichnet. Das hat ihn immer aufgemuntert.

Nein. Wenn er deprimiert war, hat er immer gesagt, daß er Senyora Elisenda mit Leib und Seele gedient hat und daß sie eine große Dame war. Daß er ihretwegen immer auf Senyoret Marcel aufpassen mußte, der eine Katastrophe war. Daß er Senyora Elisenda Tausende von Kilometern umherkutschiert hat, daß er sie vor allen Gefahren beschützt hat und daß sie ihn zuletzt trotzdem abgeschüttelt hat wie einen Mistkäfer.

Nein, ich weiß nicht, warum. Er wollte nicht darüber reden.

Natürlich. Eine große Dame, zuerst war sie Senyora Elisenda für ihn und zuletzt Elisenda, die Hure. Verzeihung. Ich glaube ja, Jacinto war in sie verliebt.

Das hat er mir nicht erzählt. Undankbarkeit nach so vielen Jahren treuer Dienste, nehme ich an.

Soll ich ehrlich sein? Ich weiß nicht, ob sie noch lebt, und es interessiert mich auch nicht.

Woher denn! Er wollte nicht darüber reden, aber er kannte so viele Geheimnisse von ihr …

Nun … Warum wollen Sie das wissen?

Was soll ich Ihnen sagen. Liebhaber. Viele. Und dann ist sie eines Tages ganz fromm geworden und hat den ganzen Tag mit dem Pfarrer in der Kirche geredet. Das hat Jacinto erzählt.

Nun, ich glaube, daß Jacinto einer von den Liebhabern war. Er hat es nie gesagt, aber …

Manche Dinge muß man nicht sagen …

Nein. Sie war unfruchtbar. Senyora Elisenda war unfruchtbar, sie konnte keine Kinder bekommen.

Weil ein Chauffeur praktisch in seinem Wagen lebt, er kurbelt die Trennscheibe richtig hoch oder auch nicht, er macht die Türen auf, er hört Telefongespräche mit an, er verteilt Briefe und führt Aufträge aus, er holt Leute ab … Und er wird dafür bezahlt, daß er fährt und den Mund hält.

Warum hätte er mich anlügen sollen, der Arme? Als er hierherkam, hatte er schon keine Lust mehr zu leben.

Na, das ist völlig klar, daß Senyoret Marcel nicht ihr Sohn ist.

Ja, er heißt Marcel.

Woher soll denn ich das wissen! Meiner ist er jedenfalls nicht.

Die Reichen machen, was sie wollen. Sie haben sogar das Kind umgetauft.

Nun, sie haben ihm einen neuen Namen gegeben.

Weil er das am Steuer mitbekommen hat.«

»Ich will nicht, daß mein Sohn heißt wie einer der Mörder meines Vaters und meines Bruders. Kümmere dich darum, Romà.«

»Dazu muß ich zum Standesamt und zur Kirche. Ich hoffe, es gibt keine ...«

»Erledige das, das ist deine Arbeit. Mein Sohn heißt Marcel wie mein Großvater.«

»Ich werde das für dich erledigen, Elisenda.«

»Ja, ich weiß nicht, wie er vorher hieß, aber dann hieß er Senyoret Marcel. Haben Sie unsere schönen Glyzinien gesehen?«

58

»Ich glaube an das Gleichgewicht einer gesunden, starken Natur und an die Leute von Greenpeace, die sie schützen und erhalten, und an alle menschlichen Wesen, die dem Haß zwischen den Individuen und den Völkern abschwören. Ich glaube daran, daß alle Menschen gleich sind, und ich lehne Krieg und die Unterschiede aufgrund von Geschlecht, Rasse ...«

»Nun mach aber mal einen Punkt. Die Geschlechter sind unterschiedlich, und die Rassen auch.«

»Ich glaube daran, daß alle Menschen gleich sind und lehne Krieg und die Diskriminierung aufgrund des Geschlechts ...«

»Ja, das ist gut, du. Diskriminierung.«

»Diskriminierung aufgrund von Geschlecht, Rasse, Religion, Herkunft ab, und ich glaube daran, an nichts zu glauben, was den freien Geist des Menschen trüben könnte.«

Vom Balkon ihrer neuen Wohnung aus betrachteten Jordi und Tina den Fluß, der schon von den Wassern des Pamano gespeist wurde, und ein Stück des Berges, an dessen Hang, ohne daß sie es wußten, Torena lag. Was für eine reine Luft! Wieso sind wir nicht früher darauf gekommen, in den Bergen zu leben, wo die Leute, wie es heißt, rein und edel, klug, reich, frei, rege und glücklich sind!

»Ich liebe dich, Jordi.«

»Ich dich auch. Komm, wir haben gesagt, wir sind um eins da.«

Tina und Jordi feierten ihren ersten Tag in Sort mit einer Paella bei Rendé. Am Nebentisch aß Feliu Bringué mit einem Kunden zu Mittag, nachdem er dem Festakt zum Austausch der Straßenschilder in Torena vorgestanden hatte, und erzählte, er habe sich wie geläutert gefühlt, als die Namen des Faschismus fielen, der in dieser Gegend besonders hart gewesen war.

»Er war überall hart.«

»Aber in den kleinen Dörfern war es schlimmer. Der Haß klebt noch immer an den Hauswänden. Alle kennen sich, und alle wissen, wer was gemacht hat. Ich weiß, wo die Massengräber liegen.«

»Viele Leute wissen es, aber sie halten den Mund. Sie haben immer noch Angst.«

»Ich weiß, wer meinen Vater umgebracht hat«, sagte Bringué.

»Targa. Aber der ist schon tot.«

»Aber ich kenne auch die, die applaudiert haben, als mein Vater erschossen wurde.« Die Wendung des Gesprächs drohte, den Genuß der Paella zu gefährden, und so sagte Bringué, um das Thema abzuschließen: »Das Leben im Dorf ist sehr grausam.«

»Wenn man keine Weiden hat, aus denen man schwarze Pisten machen kann.«

»Nun gut. Schließlich sind wir deswegen hier und nicht, um von diesen traurigen Geschichten zu sprechen. Ich bin offen für eure Vorschläge, aber ich warne dich: Es muß schon etwas für mich dabei herausspringen. Wozu bin ich sonst Bürgermeister?«

»Das Landleben ist einfach ursprünglicher.«

»Ich glaube, ich habe das Stadtleben satt. Ich will keine anonyme Nummer mehr sein ...«

»Warum versuchen wir es nicht einfach?« hatten sie sich vier Monate zuvor gesagt.

Und sie hatten es versucht. Beide bewarben sich bei der Schule von Sort, und um etwas über den Ort zu erfahren, schlugen sie in der Enzyklopädie nach.

»Sieh mal: Gemeinde im Pallars Sobirà, im Tal der Noguera Pallaresa. Auf den Trockenfeldern gedeihen Weizen und andere Getreidesorten; die bewässerten Flächen dienen als künstliche Weiden, Gemüsegärten und Kartoffelfelder. Es gibt neunhundertsiebzehn Hektar Weideland. Viehzucht ist ein bedeutender Wirtschaftsfaktor.«

»Kühe, wie schön.«

»Ja. Milch- und Käseherstellung. Die Ortschaft Sort, das Zentrum des Pallars Sobirà, erstreckt sich im Talgrund am rechten Ufer der Noguera Pallaresa. Die Ortschaft wird bereits im Jahr tausendneunundsechzig erwähnt.«

»Mann! Kannst du dir das vorstellen? Tausendneunundsechzig!«

»Ja, als Besitz der Kirche von Urgell.«

»Wenn wir die Stelle in der Schule bekommen, können wir nach Sort ziehen.«

»Die Altstadt besteht aus engen Straßen und alten Häusern, die sich rund um den Felsvorsprung gruppieren, auf dem die Überreste der Burg von Sort thronen, die einst Sitz der Grafen von Pallars war: die großen Rundtürme, die gotische Fassade (14. Jahrhundert) und die (1842 zu einer Friedhofsmauer umfunktionierten) Wände. Unterhalb der Burg zieht sich der Ort am Flußuferweg entlang bis zum Carrer Major und der Vorstadt, und am Knotenpunkt von Vorstadt und Altstadt liegt die Plaça Major, beherrscht von der Pfarrkirche Sant Feliu.«

»Ein friedliches Fleckchen Erde«, faßte Jordi zusammen und klappte das Lexikon zu.

»Ich glaube nicht, daß da viele Leute hinwollen. Und wenn wir versuchen, ein altes Haus zu finden?«

»Ja. Und wenn nicht, nehmen wir eine normale Wohnung.«

»Ob's das dort gibt?«

»Wir können ja am Wochenende mal hinfahren, nur so zum Spaß.«

Und jetzt feierten sie es. Es war kein altes Haus geworden, sondern eine halbwegs neue Mietwohnung, die in Ordnung war, weil sie so nahe am Fluß lag, daß man ihn rauschen hörte, wenn man das Fenster öffnete. Und man sah ein Stück der wirklich eindrucksvollen Landschaft. Die Wohnung war nicht sehr groß, aber für sie beide reichte sie allemal, und die Preise waren mit denen in Barcelona nicht im entferntesten vergleichbar. »Das ist eine andere Welt hier, die Leute leben eher ... ich weiß auch nicht ... sie nehmen das Leben einfach anders, spielen noch Karten in den Cafés, weißt du?«

»Wie schön.«

»Und wenn wir Kinder haben, werden sie Pallaresos sein.«

»Wir müssen mal fragen, was man hier so ißt.«

»Was meinst du, wie angenehm das wird, wenn wir nur fünf Minuten Fußweg bis zur Schule haben.«

»Das Leben auf dem Land ist ein echter Luxus. Und mit dem Geld kommt man auch besser hin.«

»Wenn das Schuljahr anfängt, höre ich auf zu rauchen.«

»Wir könnten Vegetarier werden.«

»Ich liebe dich, Tina.«

»Ich dich auch.«

Die Paella von Rendé übertraf ihre Erwartungen. Und Gott, der sich – entgegen seinem Ruf – gerne einen Scherz erlaubt, hatte zwei Tische neben Tina und Jordi den ersten demokratisch gewählten, frischgebackenen Bürgermeister von Torena gesetzt, Feliu Bringué (Sohn des früh verstorbenen Joan Bringué von den Feliços, Parteimitglied der Esquerra Republicana, Bürgermeister und Märtyrer für die einen und Mörder für die anderen), der mit einem Landaufkäufer im Dienste eines Wintersportunternehmens verhandelte. Und noch ein wenig weiter saßen an einem Ecktisch Rechtsanwalt Gasull und der junge Marcel Vilabrú von Vilabrú Sports, Eigentümer oder Miteigentümer oder Gesellschafter der Skistation von Tuca Negra in der Gemeinde von Torena. Sie verhandelten mit einem sensationellen rosafarbenen zarten Kalbsfleischgericht, starrten schweigend vor sich hin und wußte nichts von den Leuten an den Nebentischen.

Rendé, der Besitzer des Restaurants, saß hinter der Theke an der Kasse, sah auf die Straße hinaus, in belanglose Gedanken vertieft, und wußte nicht, daß in seinem Lokal in Sort die Geschichte Torenas versammelt war. Dann schenkte er einem Mann mit blauen Augen und staubbedeckten Händen und Kleidern einen Kaffee mit Schuß ein. Der Mann hatte seinen mit Dachziegeln und Grabsteinplatten beladenen Lastwagen direkt vor dem Restaurant geparkt. Sie redeten nicht miteinander, Jaume Serrallac und Rendé, denn die Vertrautheit hatte sie verstummen lassen. Der Neuankömmling legte ein Fünf-Peseten-Stück auf die Theke, und während er in der zerdrückten Zigarettenpackung nach einer Celta angelte, warf er einen zerstreuten Blick auf die Gäste. Die beiden Hippies, die bei Fangas wohnten, fielen ihm auf, aber er konnte nicht ahnen, was fast fünfundzwanzig Jahre später geschehen würde. Er trank den Kaffee in einem Zug aus, zündete sich eine Zigarette an und winkte Rendé zum Abschied zu. Er sah nicht mehr zurück. Noch hatte er keinen Grund, es zu tun.

»Deine Mutter schont sich nicht. Sie sieht von Tag zu Tag schlechter.«

»Wenn ich ehrlich sein soll, finde ich es viel besorgniserregender, daß sie so fromm geworden ist. Früher war Mamà nicht so.«

»Sie war immer so. Auf ihre Weise war sie schon immer religiös.« Gasull trank einen Schluck Wein. »Sie tut immer das Richtige. Laß sie nur machen.« Er stellte das Glas ab und sah Marcel an: »Außerdem schadet sie niemandem.«

»Von wegen, sie schadet niemandem. Sie gibt ein Vermögen für die Pfaffen aus und für diesen Mist mit der Heiligsprechung oder was auch immer das ist von Fontelles. Manchmal denke ich, zwischen den beiden war was, so, wie sie hinter der Sache her ist.«

»Sag so etwas nie über deine Mutter.«

»Ich weiß schon, das war nur so dahingesagt. Aber noch dazu gibt sie dem Opus Geld.«

»Dem Opus Geld zu überweisen ist ein Zeichen von Reife und Klugheit.«

»Aber wir sind gerade auf dem Weg zu einer laizistischen Gesellschaft! Außerdem war das Opus bis über beide Ohren in den Franquismus verstrickt.«

»Wie du und ich auch.«

»Ich war noch sehr jung.«

»Betrachte die Überweisungen ans Opus als Investition, die sich langfristig auszahlt. Das Opus wird nie die Macht verlieren. Es ist die Macht, es ist ein entscheidender Bestandteil der Macht wie die europäischen Königshäuser oder die Erdölfirmen. Was das angeht, hat deine Mutter ein untrügliches Gespür. Sie hat immer gewußt, wo es zu sein galt, und war da, sie hat immer gewußt, wen man anrufen und wie man mit ihm reden mußte. Sie ist den Normalsterblichen um ein Jahr voraus. Und sie ist mit deinen Auslandsgeschäften zufrieden.«

»Das könnte sie mir mal sagen, oder?«

»Du weißt doch, wie sie ist.«

»Mamà hält sich für was Besonderes.«

»Elisenda ist etwas Besonderes.« Der verliebte Rechtsanwalt nahm einen Bissen Kalbfleisch und verlor sich in Gedanken an lange zurückliegende, naheliegende Dinge, in die Erinnerung an den wunderbaren Nardenduft, den er so oft gerochen hatte, daß er ihn jetzt häufig gar nicht mehr wahrnahm.

»Weißt du, worüber ich nachdenke, Tina?«

»Nein. Über Kinder?»

»O nein! Vielleicht trete ich bei den Sozialisten ein.«

»Und die Kommunisten willst du verlassen?«

»Naja, ich bin noch am Überlegen.«

»Du mußt ja nicht gleich entscheiden. Überleg's dir in Ruhe. Sieh es dir von hier aus an.«

»Und du?«

»Ich weiß nicht. Ich will lesen.«

»Wie bitte?«

»Wie ich gesagt habe: Ich will lesen. Ich bin jetzt zweiundzwanzig, ich bin mit dem Mann, den ich liebe, ins Paradies gezogen, ich bin seit kurzem mit ihm verheiratet, ich habe das Gefühl, ein neues Leben anzufangen, und ich will das bewußt genießen.«

»Aber das hat doch nichts mit ...«

»Das hat sehr viel damit zu tun«, unterbrach ihn Tina. »In Sort spüre ich zum ersten Mal, wie alles im Leben ineinandergreift, ich höre das Murmeln der Zeit, die durch meine Finger rinnt, im Rhythmus der Sonne und des Mondes. In Barcelona habe ich das nie empfunden.«

»Du bist eine Dichterin, Tina.«

»Nein. Ich weiß nicht, was ich bin. Ich würde gerne malen können, das ausdrücken, was ich fühle. In meinem Alter spüre ich zum ersten Mal, daß ein bewußtes Leben einen vierundzwanzig Stunden am Tag in Anspruch nimmt.«

Rendé persönlich räumte ihre Teller ab und brachte ihnen das Vanilleeis. Kaffee? Zwei? Irgendeinen Likör? Nein? Jetzt öffnete Jordi mit vor Ungeduld leuchtenden Augen seinen Rucksack, nahm ein großes, in grünes Geschenkpapier gewickeltes Päckchen heraus und legte es auf den Tisch.

»Das Leben im Dorf ist nicht gut für Mamà.«

»Elisenda will Torena nicht verlassen, wenn es nicht unbedingt nötig ist.«

»In Barcelona hätte sie alle Ärzte in ihrer Nähe, außerdem ihren Enkel, und ich könnte ... Und du, Gasull ...«

»Ich habe immer gedacht, daß ich einen Großteil des großzügigen Gehalts, das ich seit Jahren kassiere, dafür bekomme, zwischen Barcelona und Torena hin- und herzufahren. Eines Tages wird man die Welt von jedem Winkel der Erde aus beherrschen können, wenn ich auch noch nicht weiß, wie.«

»Das sind Geschichten. Hör zu und versuch, sie zu überzeugen: Mit der Demokratie und den neuen Leuten in den Rathäusern wird die Nachfrage nach Mehrsporthallen steigen.«

»Willst du jetzt etwa ins Baugeschäft einsteigen?«

»Nein: Ich will, daß wir uns auf Sportanlagen verlegen. Das wird eine Goldgrube. Vor allem, wenn wir uns eine gute Startposition sichern. Überleg mal: Die Gemeinderäte müssen sich ein neues Image zulegen, sie müssen sich für die Ortschaften etwas Neues einfallen lassen, wenn sie die nächsten Wahlen nicht verlieren wollen.«

»Manchmal machst du mir angst, genau wie deine Mutter.«

»Warum?«

»Ihr seid allen anderen immer zwei Schritte voraus.«

»Das liegt vielleicht in unseren Chromosomen. Und warum eigentlich keine Baufirma? Das würde die Risiken verteilen.«

»Möchten Sie noch etwas, Senyor Vilabrú?«

Marcel sah Gasull an, und bevor der Rechtsanwalt sich äußern konnte, entschied er für beide: »Wir gehen direkt zum Kaffee über. Und zwei Whisky.« Als Rendé gegangen war, zeigte er auf das Lokal: »Findest du dieses Restaurant nicht sehr urig?«

»Ich war schon seit einer Ewigkeit nicht mehr hier.«

Freudig erregt nahm Tina das Päckchen entgegen. Mit ungeduldigen Fingern zerriß sie das Papier.

»Heute ist weder mein Namenstag noch mein Geburtstag. Was ist los?«

»Heute sind wir genau sechsunddreißig Tage verheiratet.«

»So lange schon?«

»Ja.«

Meine Güte, wie die Zeit vergeht, sechsunddreißig Tage. Ja, Tempus fugit. Das ist aber schwer aufzumachen. Im Geschenkpapier lag eine schwarze Schachtel, etwas kleiner als ein Schuhkarton. Tina sah die Schachtel auf dem Tisch an. Ihre Augen strahlten, aber sie beherrschte sich, bis Rendé ihnen den Kaffee gebracht hatte. Als sie wieder allein waren, öffnete sie die Schachtel zum sechsunddreißigsten Tag ihrer Hochzeit feierlich, und Jordi hielt den Atem an und dachte, hoffentlich gefällt es ihr

Es war eine wunderbare Nikon Spiegelreflexkamera. »Die hat doch bestimmt ein Vermögen gekostet, Jordi.« »Gefällt sie dir?« »Und wie! Aber ich habe keine Ahnung vom Fotografieren.« »Na, jetzt kannst du es ja lernen. Mit ihr kannst du alles ausdrücken, was dich bewegt.«

Neugierig nahm Tina die Kamera in die Hand.

»Es ist schon ein Film drin«, sagte Jordi.

Zerstreut beobachtete Marcel, während er in Gesellschaft Gasulls seinen Cardhu trank, wie die Hippietante am Tisch in der Mitte ihren Freund fotografierte, einen Bärtigen mit wirrer Mähne und wahrscheinlich ebenso wirren Ideen.

»Weißt du, wer an dem Tisch da hinten sitzt?«

»Nein.«

»Feliu Bringué. Der neue Bürgermeister von Torena.«

»Ach, der ist das?«

»Sein Vater war während des Kriegs Bürgermeister. Er haßt Mamà.«

»Warum glaubst du, daß er sie haßt?«

»Dorfgeschichten.«

»Nein, keine Dorfgeschichten.« Wie immer war Gasull informiert: »Bringué will eine neue Skistation eröffnen.«

»Ach du Scheiße. Wo?«

»Neben Tuca Negra.«

»Der Mistkerl. Wir sollten etwas unternehmen.«

»Kümmer du dich um die Schweden, deine Mutter paßt schon auf Tuca auf.«

»Das erste Foto, das ich mit dieser Kamera gemacht habe, zeigt meine Liebe.«

»Danke. Ich wünsche mir, daß diese Liebe immer größer wird.«

»Das liegt allein in unserer Hand, Jordi.«

Die nächsten Jahre lang war Gott nicht zum Scherzen aufgelegt und ließ diese Personen nicht mehr an einem Ort zusammenkommen. So konnten sie sich in alle Winde zerstreuen, und jeder von ihnen konnte seiner Leidenschaft frönen.

Die Leidenschaft Marcel Vilabrús, der bei Vilabrú Sports S.A. mehr und mehr die Geschäfte leitete und inzwischen Miteigentümer von Tuca Negra war, lag in diesem harten Winter des Jahres neunzehnhundertzweiundachtzig in Straßburg.

»... Das ist nicht dasselbe, das kann man überhaupt nicht miteinander vergleichen. Es ist ... wie soll ich sagen ... Sieh mal, ich liebe meine Frau sehr. Aber das hier ist etwas anderes. Das ist eine Ausweitung, die niemandem weh tut, und wenn man's recht betrachtet, habe ich sie mir verdient. Vor zwei, was sage ich, vor ...«

»Hör mal, Süßer. Ich habe dich nur gefragt, ob du verheiratet bist.«

»Ja, aber ich wollte dir sagen ...«

»Ich habe nur so gefragt.«

»Aha.«

»Du wirst schon sehen, du kommst wieder.«

Das Mädchen trat auf Marcel zu, der ganz gegen seine Gewohnheit nicht die Initiative ergriffen hatte. Sie begann, ihn auszuziehen, und er ließ es mit sich geschehen, warf aber von Zeit zu Zeit einen flüchtigen Blick aufs Telefon. Daß er einen Anruf von Mertxe erwartete, die krank war, hatte in ihm Gewissensbisse geweckt, ein ganz neues Gefühl, das ihn sehr beunruhigte, da es einer Erektion im Wege stehen konnte.

Der Service war phantastisch, und für eine Weile vergaß Marcel, daß ihm Laxis Co. beim Kauf der unverschämt billigen Trainingsanzüge um Stunden zuvorgekommen war, und er vergaß die Angst vor der Sitzung, die am nächsten Tag in Straßburg mit den Geschäftsführern zweier Stationen in Sapporo anstand, die Tuca Negra kaufen wollten.

»Um keinen Preis, Marcel«, hatte seine Mutter gesagt. »Wenn sie sie kaufen wollen, bedeutet das, daß sie noch mehr Gewinn abwerfen kann, als sie es jetzt schon tut. Wir können eine Renditeermittlung in Auftrag geben, aber verkaufen werden wir auf keinen Fall.«

Seit Elisenda vor zehn Jahren, zur gleichen Zeit, als ihr

Enkel Sergi geboren wurde, Hauptgesellschafterin von Tuca Negra geworden war, war die Station unaufhörlich gewachsen. Und seit ihr Sohn die Schweden von der Frölund-Pyrenéerna Korporation als Mitgesellschafter abgelöst hatte, hatte sich die Anzahl erstklassiger schwarzer Pisten mit extremen Abfahrten gewaltig vermehrt. Außerdem bot die Skistation ein reiches Angebot an Langlaufloipen, die landschaftlich so reizvoll waren, daß jeder, der einmal dort gewesen war, wiederkommen wollte, dazu einen ausgedehnten Familienbereich mit sanften Pisten und allen Serviceleistungen. Nur vom Wetter waren sie abhängig und mußten dem zuständigen Heiligen – wer auch immer das war – Kerzen anzünden, ansonsten kamen die Leute von ganz alleine nach Tuca Negra und kauften mehr und mehr die Artikel von Brusport, der angesehenen Sportdesignermarke, der sportgewordenen Eleganz.

»Ich würde mich mal nach Val de Proudhon erkundigen«, sagte Marcel, schon im Aufbruch.

»Wie geht es Mertxe?«

»Ziemlich mies: Diese Eierstockgeschichte … und noch dazu ist sie erkältet.«

»Warum Val de Proudhon?«

»Es heißt, sie wollen verkaufen.«

»Geh mal hin. Aber unternimm nichts, bevor du mit mir gesprochen hast.«

»Ja, Mamà.«

Er nahm den Mantel und schloß leise die Tür, bevor Ciò, die von Tag zu Tag älter wurde, es tun konnte. Er hatte vergessen, seiner Mutter einen Kuß zu geben, weil er es eilig hatte, den verdammten Weg nach Barcelona hinter sich zu bringen. Bis sie sich entschließt, das Haus in Torena aufzugeben, bin ich steinalt.

Und darum war Marcel Vilabrú nun in Straßburg im Hotel und präsentierte seinen Penis einer Prostituierten, die gar nicht wie eine Professionelle aussah, sondern wie eine Märchenkönigin, die aber behauptete, im Blasen unschlagbar zu sein. Er ahnte schon, was kommen würde, und tatsächlich: Mitten in die Fellatio hinein klingelte das Telefon.

»Ja?«

»Ich bin's. Wo warst du?«

»Ich? Wie geht's dir, Liebes?«

»Naja. Ich fühle mich schlapp. Ich habe dich angerufen, weil ich deine Stimme hören wollte, und ...«

Sein Penis begann zu schrumpfen, die Königin von Straßburg reagierte professionell, und Marcel sagte ins Telefon: »Das Meeting hat viel länger gedauert als geplant. Ruf Mamà an und sag, sie soll sich um Val de Proudhon keine Gedanken machen, das interessiert uns nicht.«

»Geht's dir gut? Marcel?«

»Ja, alles in Ordnung. Wieso?«

»Ich weiß nicht, deine Stimme zittert. Was ist los?«

»Mit mir?«

Er schob die Königin des Elsaß beiseite. Vielleicht war er zu grob, jedenfalls sagte sie, »Hej, paß doch auf«, wütend, laut und auf französisch mit deutschem Akzent.

»Was ist los? Wer ist das?«

»Wer ist wer?«

»Die Frau, die gerade etwas gesagt hat.«

»Ich habe nichts gehört. Vielleicht war es eine Interferenz.«

Mertxe hängte auf. Sie ließ ihm nicht einmal genug Zeit, an seiner Lüge zu feilen. Auch er legte den Hörer auf die Gabel und dachte, wie kommt es nur, daß ich in letzter Zeit alles versaue? Die Interferenz widmete sich wieder seinem Glied, und da verlor er die Beherrschung und verpaßte ihr eine Ohrfeige, daß ihr vor Überraschung der Mund offenstand.

»Tu es un con.«

»Et toi une conne.«

Die Interferenz stand auf, das Gesicht gerötet vor Wut und von der Ohrfeige, zog sich rasch an und griff nach ihrer Tasche, aber Marcel stellte sich ihr in den Weg.

»Wenn du mich noch einmal anrührst, rufe ich die Polizei«, sagte sie auf französisch.

»Wenn du irgend jemanden rufst, breche ich dir alle Knochen. Déshabille-toi. Mach schon!«

Marcel fühlte sich wild, zu wild. Er schlug sie ein paarmal und gab sich keinerlei Mühe, zärtlich zu sein. Als er fertig war, wußte er, daß das Schwierigste nicht das Meeting am darauffolgenden Tag sein würde, sondern die Rückkehr nach Hause. Er zog den Kopf ein und sann vergeblich über eine Strategie nach, und dann fand er auf dem Wohnzimmertisch eine Nachricht: Bin mit Sergi bei meiner Mutter. Ruf mich nicht an. Ich habe kein Fieber mehr, wahrscheinlich hast du mich krank gemacht.

Verdammt noch mal, dachte er. Zwölf Jahre Ehe, ein Kind von acht oder zehn, jede Menge Abenteuer ohne Probleme, und nur, weil diese dämliche Tussi sagt, »Hej, paß doch auf«, geht meine Ehe in die Brüche. Das ist hart.

Die Versöhnung war ein Meisterstück, das Senyora Elisenda höchstpersönlich zuwege brachte. Sie sorgte dafür, daß nicht geredet wurde, daß es zu keinem Skandal kam, daß Mamen Vélez de Tena nichts davon erfuhr, daß Marcels Schwiegermutter (von den Centelles-Anglesolas, die seitens der Anglesolas mit den Cardona-Anglesolas verwandt waren, und den Erills de Sentmenat, denn die Mutter der Mutter ist die Tochter von Eduardo Erill de Sentmenat, der sich drei Jahre vor Mertxes Ehekrise das Leben genommen hatte, wofür – wie man heute wußte – finanzielle Gründe wie Herzensangelegenheiten gleichermaßen verantwortlich gewesen waren) ein gutes Wort einlegte und daß ihre Schwiegertochter und ihr Enkel nach Hause zurückkehrten. Von diesem Augenblick an, im Februar neunzehnhundertzweiundachtzig, hatte Mertxe das Lächeln verlernt; sie bestand auf getrennten Betten und nahm sich vor, weder mit ihrer Schwiegermutter noch mit ihrem Ehemann jemals wieder ein Wort zu wechseln. Marcels Gemüt wurde sauer wie Joghurt, und er gewöhnte sich an, alle Welt für alles verantwortlich zu machen, sogar dafür, daß es zu wenig schneite oder auf den Hochgebirgspisten zu windig war. Und das alles wegen einer falsch verstandenen Interferenz, es ist wirklich nicht zu fassen.

Als sich das Familienleben wieder beruhigt hatte, zitierte Elisenda Vilabrú ihren Sohn nach Torena und drückte ihm ein Buch mit Anweisungen zur Eheführung in die Hand. Sie hatten ein langes Gespräch, das darin bestand, daß sie ihm Verhaltensmaßregeln erteilte und er nichts entgegnen konnte. Als die Gardinenpredigt beendet war, ging Marcel Vilabrú zum Gegenangriff über. Heiser vor Wut sagte er: »Wo wir schon einmal dabei sind, können wir auch gleich über deinen Fimmel sprechen, diesen Schulmeister zu einem Heiligen zu machen.«

»Misch dich nicht in Angelegenheiten, die dich nichts angehen.«

»Du hast dich den ganzen Nachmittag in meine Angelegenheiten gemischt. Außerdem hast du für diesen Heiligen einen Haufen Geld ausgegeben.«

Senyora Elisenda Vilabrú zog eine Schublade auf, nahm eine farbige Mappe heraus, holte ein Papier hervor und legte es auf den Tisch.

»Was ist das?«

»Hier steht, was du nur seit deiner Hochzeit für Nutten ausgegeben hast.«

59

Cassià war nicht ganz richtig im Kopf, das sah man schon am Speichel, der ihm aus dem Mund lief, wenn er lächelte. Deshalb bekam er bei Marés immer das Gläschen Wein umsonst. Sogar die Báscones, die über so manchen Kunden die Nase rümpfte, ließ ihn in Ruhe, wenn er Tabak für seine Selbstgedrehten kaufte, und manchmal, wenn er nicht genug Kleingeld dabeihatte, sagte sie: »Laß nur, Cassià, dann zahlst du halt ein anderes Mal«, und wenn sie sich einen Spaß machen wollte, sagte sie, »Sag mal Synchondrosis, Cassià«, und Cassià erwiderte, »Du weißt doch, daß ich meinen Kopf nicht anstrengen kann«, und sie murmelte noch ein paarmal zufrieden »Synchondrosis« vor sich hin, dann sagte sie, »Ab nach Hause, Cassià«, als wäre er nicht der ältere Bruder eines der halsstarrigsten, dreckigsten Republikaner, Freimaurer, Separatisten, Roten, Anarchisten und Katalanisten des Dorfes, Josep Mauri aus der Familie von Ignasis Maria, der in diesem Augenblick zum x-ten Mal die Deckenbalken auf dem Dachboden zählte und sich bemühte, nicht durch das Loch der Zeit in die Vergangenheit, die Gegenwart oder die Zukunft zu schauen, die er nicht hatte. Er bemühte sich auch, nicht an den Abend vor acht Jahren zurückzudenken, als wenige Tage nach der faschistischen Erhebung Ende Juli sechsunddreißig sieben Anarchisten auf einem mit Fahnen bedeckten Lastwagen auf dem Dorfplatz vorfuhren. Angeführt wurde der Trupp von einem Lehrer aus Tremp, Máximo Cid, der, kaum daß er vom Wagen gesprungen war, sagte: »Du, du, du und du, holt mir den her, der hier das Sagen hat.« Und du, du, du und du gingen ins Rathaus und fanden dort den Bürgermeister Joan Bringué nicht, weil er bei der Heuernte war, und Máximo Cid mußte einen verflucht steilen Hang hinauf bis zur Wiese laufen, und als sie zurück im Dorf waren, ließ er Josep Mauri und Rafael Gassia von den Misserets holen, die beiden Gemeinderäte, schleppte sie auf den Platz, und Bringué sagte, »Moment mal, wir sind Republikaner, was wollt ihr von uns, verdammt noch mal«, und Cid entgegnete: »Von euch will ich gar nichts, ich will nur Gerechtigkeit üben.« Mit erhobener Stimme präzisierte er: »Ich will, daß die Geschichte Gerechtigkeit übt.« Und Bringué, Mauri und Gassia sahen sich schon von den Anarchisten umgebracht, und das allein wegen Lehrer Cid, dem Mistkerl; aber dieser befahl ihnen nur, ihm das Herrenhaus des Dorfes zu zeigen, und da verstand Josep Mauri, daß Máximo Cid ein Idiot war, wo er doch während seiner Frage mit dem Rücken zur prächtigen Fassade von Casa Gravat mit den Sgraffiti im oberen Teil stand, an denen sich Josep Mauri von seinem Versteck auf dem Dachboden aus schon längst satt gesehen hatte. Die Anarchisten schlugen mit der flachen Hand an die Edelholztür, dann drangen sie, begleitet von Bringué, Gassia und Mauri, ins Herrenhaus ein. Sie drängten Bibiana zurück, die ihnen geöffnet hatte, und führten vor den Augen der entsetzten Elisenda ihren Vater, Senyor Anselm Vilabrú Bragulat, den ehemaligen Hauptmann der Armee und den Helden von Al-Hoceima, der während seines aktiven Dienstes an mehreren Militärputschen beteiligt gewesen war, sowie ihren Bruder Josep ab, der nur vier oder fünf Jahre älter war als sie. Und Lehrer Cid spuckte auf den Boden und sagte: »Gleich kommen wir wieder und nehmen das Haus in Besitz, denn das ist ab sofort vom Volk konfisziert.« Dann schleppte der Trupp, die düsteren Mienen von Wahrheit erfüllt, am hellichten Tag mit Máximo Cid, Joan Bringué von den Feliçós, Rafael Gassia von den Misserets und Josep Mauri aus der Familie von Ignasis Maria die beiden Männer von Casa Gravat, denen sie die Hände auf dem Rücken gefesselt hatten, zum Hang von Sebastià neben dem Friedhof, verfolgt von entsetzten oder lächelnden Blicken hinter den Fensterscheiben. Der Hang von Sebastià hat nämlich eine Neigung, die wie geschaffen scheint für die politischen Bedürfnisse der Gegend, Bibiana, das können nur Bringué und die anderen beiden angezettelt haben, wie heißen sie bloß, die haben uns verraten, Bibiana, woher sollen die aus Tremp das wissen, die haben sie geholt, Bibiana, und ich schwöre dir, sie werden mir für diese Morde büßen. Sei still, du bist noch ein Kind. Ich denke nicht daran, den Mund zu halten, Bibiana, na los, sag mir schon, wie die anderen beiden heißen. Und Bibiana, die das Mädchen kannte und wußte, welches Unglück daraus erstehen könnte, sagte: »Rafael von den Misserets und Josep Mauri.«

Lehrer Máximo Cid stellte die Männer so hin, daß sie hangabwärts blickten, und als Anselm Vilabrú sah, daß Josep auf die Knie gesunken war, sagte er: »Laßt ihn gehen, er ist doch noch so jung.« Und Lehrer Cid richtete Josep auf und gab Bringué eine Pistole, eine weitere Mauri und eine dritte Gassia und sagte ihnen: »Zielt aufs Genick, und das war's dann.« Die drei Männer sahen einander zögernd an. Hinter ihnen trat der Rest des Trupps ungeduldig von einem Bein aufs andere und wartete darauf, daß die drei republikanischen Spießer sich endlich entschlossen, im Vall d'Àssua die Revolution zu beginnen. Da zuckte Josep Mauri die Schultern und zielte auf Senyor Anselms Genick, während der Lehrer Cid ihm, ganz Pädagoge, erklärte, das Entscheidende sei, daß jedes Dorf selbst Justiz übe, »es kann nicht sein, daß wir uns daran gewöhnen, daß jemand von außerhalb kommt und uns die Kastanien aus dem Feuer holt.« Nun hob auch Rafael Gassia, von der Anwesenheit so vieler Leute überzeugt, die Pistole, Joan Bringué jedoch, der bleicher war als Senyor Anselm, hielt seine Pistole gesenkt. Mauri schoß und stieß zugleich einen Schrei aus, um den Schrecken zu vertreiben, und auf der Veranda von Casa Gravat hörte Elisenda diesen Schrei lauter als den Schuß. Senyor Anselm Vilabrú, ehemaliger Hauptmann der spanischen Armee, fiel, bevor er ein paar Worte äußern konnte, die ihm einen epischeren Tod beschert hätten. Er hatte sie nicht rechtzeitig sagen können, weil er sich um seinen Sohn sorgte, aber er hatte noch Zeit für einen düsteren

Gedanken an Pilar, das Flittchen, und während sich die Kugel einen Weg in sein Gehirn bahnte, dachte er, du Schlampe, du hast es ausgenutzt, daß ich mein Leben fürs Vaterland aufs Spiel gesetzt habe, und hast mir in meinem eigenen Hause Hörner aufgesetzt, in meinem Bett, in Anwesenheit meiner Kinder, und das alles mit einem Dreckskerl, der Geld hatte, weil man im Theater ordentlich was verdienen kann, aber der Kerl war ein Versager, und ich hoffe bloß, er hat dich für den Rest deines verdammten Lebens unglücklich gemacht, so sei es. Dann stieß Gassia einen ähnlichen Schrei aus und ließ den ausrasierten Nacken von Josep Vilabrú Ramis von Casa Gravat explodieren, und dieser fiel ohne jede Verkündigung und ohne jeden Seufzer, nur mit dem Bild von Júlia aus Sorre vor Augen und dem absurden Gedanken, wie gut, daß ich sterbe, denn so muß ich Papà nicht erklären, daß ich ein Bauernmädchen heiraten will, das zwar hübsch und lieb, aber arm ist, weil es zu den Ponas aus Sorre gehört, und Papà kann mir nicht antworten, wenn du noch einmal so einen Schwachsinn redest, bringe ich dich um.

»Ihr alle seid Zeugen geworden«, verkündete der Lehrer Cid, während er die Pistolen einsammelte und dem Feigling von Bringué einen Benzinkanister in die Hand drückte, »wie das Volk von Altron die Gerechtigkeit in seine eigenen Hände genommen hat.«

»Torena.«

»Was?«

»Das hier ist Torena, nicht Altron.«

»Ah ja? Seid ihr sicher?«

Er warf einen raschen Blick zu seinen Männern hinüber, in dem ein Schatten von Schrecken oder vielleicht Angst lag. Dann sagte er schroff, »Gieß ordentlich Benzin drüber«, und Bringué leerte den Kanister schweigend über die Leichen aus, wie er seinen Hauseingang mit Schädlingsbekämpfungsmittel begoß, und der Lehrer reichte ihm ein brennendes Streichholz, und Bringué ließ es auf Josep fallen, der in ein Bauernmädchen verliebt gewesen war, und der Körper loderte auf wie eine Fackel, aber das Feuer griff nicht auf den anderen Leichnam über, weil dieser ein wenig abseits lag. Die Männer waren schon auf dem Weg zurück ins Dorf, und eine halbe Minute später fuhr der Lastwagen in Richtung Sorre, Altron und Rialb hinunter. Mitten auf dem Dorfplatz von Torena hatten sie Rafael Gassia von den Misserets, Joan Bringué von den Feliçós und Josep Mauri aus der Familie von Ignasis Maria zurückgelassen, die nun für ihre Revolution stark sein mußten. Hinter einem Fenster von Casa Gravat sah Elisenda sie sich genau an, dann lief sie eilig die Treppe hinunter, um zu sehen, was geschehen war, in der aberwitzigen Hoffnung, es sei nichts geschehen. Und mehr als einer oder zwei oder drei sagten, das geschieht ihnen recht, weil sie reich sind und Faschisten.

An jenem Tag sagte die Báscones, nachdem sie »Synchondrosis« vor sich hingemurmelt hatte, »Du rauchst zuviel, Cassià, das wird dir noch die Leitungen verstopfen«, und Cassià schwenkte das Päckchen Tabak und entgegnete: »Mach dir keine Sorgen, das meiste raucht sowieso der Josep.« Sie sagte nichts, nur ihre Halsader (sternocleidomastoideus) pulsierte. Sie gab Cassià das Wechselgeld heraus, wartete, bis der Mann mit seinem vernebelten Hirn verschwunden war, verließ dann selbst den Tabakladen, klappte die Läden halb zu und lief zum Bürgermeister (denn Bürgermeister Targa war sehr wohl im Rathaus), um ihm zu berichten, daß Cassià ihr gesagt hatte, mach dir keine Sorgen, das meiste raucht sowieso der Josep. Valentí Targa schrie: »Verdammt sollen sie sein, alle miteinander!« Zur Báscones sagte er, »Ich bin dir einen Gefallen schuldig«, und die Báscones hob den Arm zum faschistischen Gruß und sagte, »Ich habe bloß meine Pflicht getan, viva Franco«, und als es dunkel wurde, drang Valentí Targa mit drei oder vier Männern in das Haus der Familie von Ignasis Maria ein. Sie erschreckten die beiden Alten, die in der Küche saßen, in die Flammen starrten, an ihr Leben zurückdachten und alten Lieben nachtrauerten, und durchsuchten alles, wirklich alles, den Keller, den Heuschober und den Dachboden, und in einem Winkel, den sie bei den beiden vorhergehenden Hausdurchsuchungen übersehen hatten, weil er geschickt hinter einer Backsteinwand verborgen lag, fanden sie einen kreidebleichen Josep Mauri, der seit vier Jahren und elfeinhalb Monaten heimlich auf dem Dachboden lebte und von dem Tag träumte, an dem er zum Heumachen oder Kühemelken nach draußen gehen konnte, der durch das Loch, durch das die Tauben ein und aus flogen, auf das Dach und einen Teil der Fassade von Casa Gravat geschaut und gedacht hatte, es wird ein Tag kommen, an dem Targa verschwindet und ich wieder rauskann, obwohl er sich nicht sicher war, denn Rafael Gassia und Joan Bringué hatte es schlimmer erwischt als ihn, naja, man könnte auch sagen, sie hatten es besser als ich, denn es ist eine Schweinerei, daß ich wie eine Ratte in meinem eigenen Hause lebe und mir so lausig kalt ist, daß nur Berge von Decken helfen. Nur nachts verließ er den Dachboden, vertrat sich die Beine, liebkoste Felisas Hinterteil und verlangte nach mehr Zeitschriften, mehr Luft, ich kann nicht mehr, Felisa, was wißt ihr vom Krieg in Europa?

Josep Mauri sah aus wie ein Geist, blaß vom Dachboden und vom Schrecken, als sie ihn nach draußen schleiften und er geblendet ins schwache Licht des abnehmenden Mondes blinzelte. Er dachte bei sich, das war's, nun hat die Qual ein Ende.

Am nächsten Tag lief die Nachricht um, Josep Mauri, der Flüchtling, sei ins Dorf zurückgekehrt, um sich umzubringen. Was sagst du da? Wie und wo? Am Hang von Sebastià hat er sich am Feigenbaum erhängt. Mein Gott, wie schrecklich. Ja, wie schrecklich. Wie Judas, der hat sich auch an einem Feigenbaum erhängt, und war da nicht was mit dreißig Münzen? Weil er ein Mörder war, ein Revolutionär, ein Anarchist und Katalanist. Armer Josep, wie alt war er wohl? Wann wird das alles ein Ende haben. Oriol schrieb eine Nachricht an Leutnant Marcó, gestern, als ich auf dem Hügel von Triador war, haben Targa und seine Männer einen weiteren Mann umgebracht. Ich kann es nicht beweisen, aber es ist eindeutig. Einen Josep Mauri, den ich nie kennengelernt habe, weil er auf der Flucht war. Angeblich ist er zurückgekommen, um sich das Leben zu nehmen.

»Das ist der dritte«, sagte Leutnant Marcó, und alle im Dorf sagten das gleiche, denn alle erinnerten sich genau. »Der erste war Bringué, kaum daß die Armee eingerückt ist. Dieser Idiot war nicht geflohen, und so starb er als Bürgermeister und Märtyrer. Mit Gassia war es schon ein bißchen schwieriger, aber zuletzt haben sie ihn auch erwischt. Und jetzt Mauri. Drei. Die drei Anarchisten von Cid.« Er trat den Zigarettenstummel aus. »Die drei, von denen behauptet wird, sie hätten die Männer von Casa Gravat auf dem Gewissen.«

Oriol starrte unbehaglich auf den Schulkalender an der Wand. Leutnant Marcó dehnte das Schweigen, bis es so gespannt war, daß es brach: »Dahinter steckt sie.«

»Wer?«

Joan Ventura stand auf und sah sich um: Es gab nicht einmal ranzige Haselnüsse.

»Paß auf, spiel nicht den Dummen«, warnte er, dann öffnete er die Tür und löste sich in Luft auf. Oriol blieb allein im dunklen Klassenzimmer zurück. Er sah nach draußen, auf den Platz hinaus. Das ganze Dorf lag im Dunkel, die Menschen schliefen oder taten, als ob sie schliefen, und er dachte, das kann nicht sein, sie ist eine sanfte, anständige Frau, es kann nicht sein.

Sie hatten ihn an einem hohen Ast des Feigenbaums am Hang von Sebastià gefunden, und Felisa schrie vor Schmerz, schrie und heulte, wagte aber nicht zu erzählen, was in jener Nacht geschehen war. Elisenda, die von der Terrasse aus Felisas Wehklagen hörte und wußte, daß ihr Goel die Arbeit beendet hatte, für die sie ihn eingestellt hatte, weinte zum ersten Mal seit acht Jahren. Bibiana dachte, wenn ich ihr die Namen nicht gesagt hätte, hätte sie sie auch so herausgefunden. Dann schloß sie die Augen und sagte: »Endlich kann das arme Kind weinen wie alle Frauen.«

60

Sie holte Luft, als wollte sie ins Wasser springen, dann betrat sie, ohne noch einmal nachzudenken, das Restaurant der Pension, wo Jordi und Joana vor einem Teller Schnecken Ehebruch begingen. Sie sah Jordi an, als sie einen Stuhl nahm und sich zwischen die beiden setzte, als wollte sie mit von der Partie sein. Ohne Joana eines Blickes zu würdigen, sagte sie zu den Servietten: »Joana Rosa Candàs Bel, ich glaube, du solltest einen Augenblick hinausgehen.« Dann sah sie wieder Jordi in die Augen, und dieser hielt ihrem Blick stand. Da packte sie eine gewaltige Wut, weil sie in diesem Moment weder Verachtung noch Haß, Ekel oder Rachsucht verspürte. Statt dessen tat es Tina unter Jordis Blick nur leid um all die Jahre, um Arnau, um uns beide, die wir anständig und ehrlich hatten sein wollen, um ihre Reise nach Frankreich, um ihren Entschluß, nach Sort zu ziehen, um die Berge, die vielen glücklichen, ruhigen Tage voll von gegenseitigem Verständnis. Sie mußte sich zusammennehmen, um sich nicht von ihrer eigenen Geschichte forttragen zu lassen. Joana war aufgestanden, bleich und stumm, hatte ihre Tasche genommen und war verschwunden, und so setzte sie sich Jordi gegenüber, auf den Stuhl, der noch warm war von Joanas Hintern. Mit krankhafter Befriedigung stellte sie aus den Augenwinkeln fest, daß die Leute an den Nebentischen auf sie aufmerksam geworden waren. Auch der Pensionswirt an der Empfangstheke hatte etwas bemerkt und dachte, o nein, es ist diese Frau; und die Wirtin, die gerade aus der Küche kam, sagte, »Oh, sieh mal, da ist diese Frau«, und lächelte voller heimlicher Bewunderung.

»Am traurigsten finde ich, daß du mich belügst.«

Jordi wurde rot, weiß und grün; er wußte nicht, ob er aufstehen und gehen oder das Donnerwetter über sich ergehen lassen sollte.

»Ich …«

Sie musterte ihn, das Kinn in die Hände gestützt, neugierig darauf, wie er sich wohl herausreden würde. Als aber Jordi nur mit offenem Mund dasaß und nichts sagte, provozierte sie ihn: »Die Lehrerrunde fand wohl im kleinsten Kreise statt?«

»Nun ja … Also … Schließlich ist sie dann doch abgesagt worden.«

»Aha.«

»Was ist nur mit dir los?« O nein: Der Mistkerl ging zum Gegenangriff über. »Warum machst du eine solche Szene? Was denkst du dir eigentlich?«

»Soll ich dir sagen, was ich denke?«

»Du beschuldigst mich hier des …« Er tippte sich mit zwei Fingern an die Stirn: »Laß uns um Himmels willen nicht spießig oder provinziell sein, wir leben schließlich im einundzwanzigsten Jahrhundert.« Er sah sie an, um zu prüfen, welchen Eindruck seine Worte gemacht hatten. Dann legte er nach: »Was weiß ich, was du dir jetzt einbildest.«

»Du bist peinlich.«

Ich dachte, du seiest eleganter, Jordi.

Sie schwiegen. Jordi wollte sich nicht umsehen, weil das noch unangenehmer gewesen wäre. Als die Stille zu drükkend wurde, sagte er, um ihr die Schwere zu nehmen: »Was bildest du dir bloß für Geschichten ein! Daß Joana und ich … Wirklich? So wenig vertraust du mir?« Er gab sich tief gekränkt: »So wenig?«

»Wenn ich heute abend nach Hause komme, will ich, daß deine Sachen aus der Wohnung verschwunden sind, sonst werfe ich sie aus dem Fenster. Wie Sophia Loren.«

»Sollten wir nicht erst mal miteinander reden?«

»Du hast doch schon alles gesagt. Mich hast du nicht zu Wort kommen lassen.«

Sie richtete sich kerzengerade auf und hob die Stimme genau so viel, daß Jordi sich noch unbehaglicher fühlen mußte: »Wollten wir nicht anständig sein, Jordi?«

Jordi reckte einen Finger empor, um sich irgendeine Dummheit auszudenken. Aber nachdem er eine Weile überlegt hatte, senkte er den Finger wieder und ließ den Kopf hängen. Er leistete keinen Widerstand mehr, sicher, weil sie ihn zu sehr überrascht hatte. Immerhin raffte er sich noch auf, sie anzusehen: »Was hat der Arzt dir gesagt?«

Tina stand auf und sah auf die Uhr.

»Um elf bin ich zu Hause. Laß dir nicht einfallen, Juri mitzunehmen.«

Sie war drauf und dran, ihm zu sagen, »Du bist ein Schuft«, aber dann ließ sie es doch sein. Sie war drauf und dran, ihm zu sagen, »Ich gebe dir noch eine zweite, dritte oder vierte Chance«, aber auch das tat sie nicht. Sie ging, mit hartem, dunklem Blick, um zu verhindern, daß die Tränen kamen, bevor sie ihren 2CV erreicht hatte. Am meisten erboste sie, daß Joana nicht gegangen war. Sie saß in ihrem neuen grünen Wagen, einem dieser undefinierbaren Modelle. Einen Augenblick lang hatte sie sich darauf verlassen, daß Joana nach Hause gegangen war, um vor Wut zu weinen, aber nein: Joana war da, wartete, bis sie herauskäme, bis sie verschwände und endlich den Weg und das Leben freigab.

Tina startete den Wagen. Der 2CV sprang sofort an, als hätte er es eilig, von dieser widerlichen Pension wegzukommen, die zu Jordis zweitem Zuhause geworden war.

Um die Zeit bis elf Uhr totzuschlagen, war sie zu Serrallac gefahren; sie wollte sehen, ob er Oriols Papiere gelesen hatte und ob er um diese Zeit noch Kaffee trank. Sie fand ihn in seinem kleinen, sauberen, aufgeräumten Büro inmitten der staubigen Werkstatt. Die Arbeiter waren im Aufbruch, und er diskutierte über irgend etwas mit seiner Tochter, stellte sie ihr aber nicht vor. Als die Tochter das Büro verlassen hatte, winkte Serrallac sie herein. Ja, auch um diese Zeit trank er Kaffee. Er bot ihr einen Platz an, öffnete die untere Schublade und holte die Mappe mit Oriols Papieren heraus.

»Ist das alles?« Er zeigte auf die Papiere.

»Nein, nur ein Teil.«

»Ich möchte gerne alles lesen.«

»Glaubst du es nun?«

»Ich weiß es nicht. Vielleicht ja. Es geht aber gar nicht darum, ob man es glaubt oder nicht, sondern darum, ob es die Wahrheit ist oder nicht.«

Sie schwiegen. Nach einer Weile sagte er, in Gedanken noch bei den Heften: »Du sagst also, diese ›Tochter, deren Namen ich nicht weiß‹, heißt Joan.«

»Naja, der Junge hieß Joan. Jetzt heißt er Marcel. Ich weiß jetzt, wer er ist.«

Jaume Serrallac konnte kaum glauben, daß Marcel Vilabrú, den er hatte aufwachsen sehen und der so rätselhaft, unantastbar und abweisend geworden war wie seine Mutter, nicht der Sohn dieser Frau sein sollte, sondern der Sohn einer Mutter, die an Schwindsucht gestorben war und Rosa hieß wie meine Roseta, und eines Lehrers, der vielleicht ein Verräter gewesen war, vielleicht aber auch ein Held. Er hörte, wie Tina ihre Erklärung beendete: »Ich weiß nicht, warum, aber Senyora Elisenda hat ihn heimlich adoptiert.«

»Kannst du das beweisen?«

»Ich weiß nur, was ich dir gesagt habe. Weißt du, wo ich diesen Marcel finden kann?«

»Er lebt in Barcelona. Ich habe dir ja schon …« Erschrokken unterbrach er sich: »Sag mal, hast du geweint?«

Unversehens strich ihr Serrallac mit zwei rauhen Fingern über die Wange, beinahe ebenso zärtlich, wie er über die Steine zu streichen pflegte. Als ihm bewußt wurde, was er da tat, zog er rasch seine Hand zurück, wie eine Schnecke, die die Hörner einzieht: »Entschuldige, das geht mich nichts an.«

Tina griff nach Oriols Papieren. Sie schlug sie auf, um nicht auf die Frage antworten zu müssen, und fand die Stelle, an der stand: »Liebe Tochter, heute nacht schreibe ich nur Dir. Andere Seiten, die ich Dir geschrieben habe, waren auch an Deine Mutter gerichtet. Aber wenn sie liest, was ich Dir jetzt schreibe, wird sie verstehen, daß das für Dich bestimmt ist. Heute nacht bin ich traurig. Gefällt Dir mein Hund? Man hat mir gesagt, es sei ein Springer Spaniel, ein treuer, kluger Hund. Er ist von weit her gekommen, und ich vermute, wenn er sich kräftiger fühlt, wird er von hier verschwinden, weil er denkt, er hätte in einem zerschlagenen Europa noch Hoffnung.

Ich weiß, daß meine Zeit abläuft. Diese rastlosen Monate münden in eine Aktion, bei der höchstwahrscheinlich, ganz gleich, ob sie gut oder schlecht endet, meine wahre Rolle aufgedeckt wird, so daß ich nach Frankreich werde fliehen müssen. Ich weiß, daß ich nicht einmal das werde tun können, wenn alles schiefgeht. Es ist also mehr als wahrscheinlich, daß wir uns nie kennenlernen werden, meine Tochter, deren Namen ich nicht weiß. Das heißt, wir kennen uns nicht, aber ich habe Dich einmal gesehen. Ich habe Deine kleine Hand gesehen. Seitdem denke ich jede Nacht, wenn ich für ein paar Stunden schlafen kann, an Deine kleine Hand und schlafe ein wenig glücklicher ein. Oder, genauer gesagt, weniger traurig.

Ich vertraue darauf, daß Du diese Zeilen lesen wirst, daß Deine Mutter meine Sachen holen und in unserem Geheimversteck nachsehen wird, wenn sie erfährt, daß ich für den Maquis mein Leben gelassen habe. Ich vertraue darauf, denn nur so wirst Du jemals lesen können, was ich Dir schreibe. Wenn Du es liest, heißt das, daß ich nicht lange genug gelebt habe, um die Hefte zu zerreißen, bevor Du sie bekommst. Weißt Du was? Es gibt Sterne, die sind so weit von uns entfernt, daß ihr Licht Jahre und Jahrmillionen braucht, um uns zu erreichen. So viele Jahre, meine Tochter, daß das Licht, das wir heute sehen, von dem Stern vielleicht ausgesandt wurde, bevor es Menschen auf dieser Erde gab. Wenn ich Glück habe, wird meine Stimme Dich erreichen wie das Licht ferner Galaxien, wenn ich schon lange tot bin. Wir sind wie Sterne, meine Tochter. Die Entfernung macht aus uns Sterne wie Spitzen im blauen Himmel.«

»Was er da über die Sterne sagt, ist sehr hübsch.«

»Du bist ein halber Dichter, was, Serrallac?«

Der Mann trank den letzten Schluck Kaffee und zuckte die Schultern. Tina betrachtete die Zeichnung des Hundes. Sie war perfekt, fast meinte man jedes einzelne Haar zu erkennen – und das alles mit einem Schulbleistift. Dann betrachtete sie das Selbstporträt. Man sah ihm an, daß er sich selbst in die Augen gesehen hatte, seinem eigenen Blick nicht ausgewichen war.

»Siehst du? Das bin ich. Ich zeichne mich vor dem Spiegel der Schultoilette, damit Du weißt, wie Dein Vater aussah. Glaub nicht, ich hätte gemogelt: Ich bin tatsächlich so stattlich und schön. Ich sehe genau so aus, denn vom Malen und Zeichnen verstehe ich wirklich was. Wäre ich nur Maler geworden, dann wäre ich nicht hierhergekommen und hätte nicht die Gelegenheit gehabt, mich vor Deiner Mutter als feige und zur Unzeit als wagemutig zu erweisen. Und jetzt würden wir glücklich zusammenleben, ich würde mit Dir spielen und Dir beibringen, die Tauben zu füttern. Und es fiele mir nicht so schwer, jeden Tag beim Rasieren in den Spiegel zu sehen. Ich weiß nicht mehr, welches Gesicht das meine ist. Gestern lag ich offiziell mit Fieber im Bett, dabei bin ich in der Dunkelheit zum Hügel von Triador gegangen, um eine Antenne aufzustellen. Wir haben vor der Nase der Franquisten ein Verbindungsnetz aufgebaut, und ich kann kaum glauben, daß sie es noch nicht entdeckt haben. Als ich ins Dorf zurückkam, hörte ich Stimmen und Schreie. Die Klagen Felisas und die erleichterten Stimmen derer, die dachten, es war aber auch höchste Zeit, daß er für das bezahlt, was er getan hat. Ich hielt es für das Klügste, mich wieder ins Bett zu legen und krank zu stellen, das neue Unglück erst am nächsten Morgen zu entdecken und mich dem Schmerz gegenüber gleichgültig zu zeigen. Das ist so schwer, meine Tochter. Aber ich hatte nicht mit Valentí Targa gerechnet, der andere Pläne hatte. Er schickte Balansó vorbei, einen seiner Gefolgsleute. Der riß mich aus dem Bett, und um ein Uhr nachts hielt Targa uns eine Rede über Leben, Tod und Gerechtigkeit.«

»Daß eines klar ist: Dieser verdammte Mauri ist von sonst woher zurückgekommen, um sich – aus welchem Grund auch immer – am Dorfeingang das Leben zu nehmen. Und wer was anderes behauptet, wird mich ein Leben lang zum Feind haben, verstanden?«

»Und Felisa?«

»Die wird nichts sagen. Niemand aus der Familie von Ignasis Maria wird was sagen, damit sie nicht als Komplizen verhaftet werden. Fünf Jahre hat er sich vor unserer Nase versteckt, der Mistkerl! So. Hat das jetzt jeder kapiert?«

Ja, ja, schon klar, in Ordnung. Die Männer gingen auseinander.

»Ich habe gehört, du hast Fieber.«

»Achtunddreißig. Kann ich zurück ins Bett?«

Targa trat auf Oriol zu und legte ihm beinahe zärtlich die Hand auf die Stirn.

»Du glühst ja. Geh schon.«

»Ich weiß nicht, meine Tochter, ob es meine Stirn oder seine Hand war, die glühte, oder ob er sich über mich lustig machte. Auf jeden Fall sagte er mir, ›Du glühst‹, und blickte mich mit diesen furchteinflößenden Augen an, die ich auf seinem Porträt verewigt habe. Dann sah er mir schweigend nach, wie ich in mein Bett zurückkehrte, wo ich offiziell die letzten Stunden verbracht hatte.

Laß mich Dir ein paar Ratschläge erteilen, wenn ich Dir schon nicht einmal für eine Minute Deines Lebens ein Vater sein konnte: Hör auf Deine Mutter; sie ist eine großartige, starke Frau und hat ein fröhliches, tapferes Herz. Hab sie lieb und laß sie nie allein. Tu nie etwas, mein Kind, was einen anderen Menschen demütigen oder ihm schaden könnte. Sei jederzeit frei und mutig bei dem, was Du tun mußt. Dein Vater wird wohl sterben, weil er gelernt hat, eine politische Lage, in der es keine Freiheit gab, nicht hinzunehmen. Denk daran und erweise Dich Dein Leben lang der Ideen würdig, für die ich mein Leben gebe. Glaube nicht, ich wäre ein Held. Vielleicht werde ich einfach vor Erschöpfung sterben. Du mußt wissen, meine Tochter, daß es mir schwergefallen ist, sehr schwer, zu akzeptieren, daß man für die Freiheit kämpfen muß. Aber eines Tages hat die Marionette beschlossen, sich aufzulehnen. Es war keine wohldurchdachte Entscheidung. Ich habe mich einfach zu sehr vor mir selbst geekelt. Trotzdem haben mich die Umstände dazu getrieben, sie haben mich zum Handeln gezwungen. Vorher war ich ein noch größerer Feigling. Aber nun, da ich ständig in Gefahr bin, schätze ich das höher, wofür ich jede Nacht mein Leben aufs Spiel setze, indem ich Flüchtlinge beherberge, Nachrichten übermittle oder selbst den Boten mache, den Hang von Tuca Negra hinauflaufe, einen Berg, den ich bei Nacht besser kenne als am Tag und der so weit von der Grenze entfernt ist, daß die Armee, die ganz woandershin schaut, ihn gar nicht beachtet. Weißt du, daß ich seit zwei Monaten nur zwei oder drei Stunden pro Nacht schlafe? Und noch dazu darf niemand es merken. Es ist so schwer, sich zu verstellen... Ich wünsche Dir, daß Du Dich nie verstellen mußt, daß Du immer Du selbst sein kannst.

Der Faschismus und der Nationalsozialismus in Europa werden besiegt, wenn auch auf Kosten zahlreicher Menschenleben. Dann wird nur noch das Francoregime bleiben. Wir hoffen, daß wir es mit unseren bescheidenen Mitteln zu Fall bringen können. Und wenn uns das nicht gelingt, so hoffen wir, daß Europa uns dabei helfen wird.

Ich weiß schon, daß ich als Vater nichts tauge und Dir Dinge sage, die Dir jetzt vielleicht nichts bedeuten. Aber ich wollte Dir nicht eine Welt ausmalen, die es nicht gibt; das könnte ich gar nicht. Du wirst noch ein paar Jahre warten müssen; wenn Du ein junges Mädchen bist, wirst Du es verstehen. Wie gerne würde ich Dich mit fünfzehn Jahren sehen, vielleicht mit Zöpfen, wenn Du irgendwo eine Straße entlanggehst, heimlich den Jungen nachsiehst, verlegen lachst und mit deiner Freundin tuschelst. Wie gerne würde ich«

Hier war ein Fleck, so daß man nicht erkennen konnte, was Oriol Fontelles sich gewünscht hatte. Weiter unten, zum Ende der Seite hin, hieß es: »und glaub nicht, daß Dein Vater so eine scheußliche Handschrift hatte: Es ist furchtbar kalt, und meine Finger sind steif. Ende September sind die Nächte in Torena eisig, selbst wenn man den Ofen anmacht. In einer Stunde muß ich raus zur Tuca Negra und dort auf eine Gruppe warten, die in der Schule schlafen wird. Schlafen.

Du, meine Tochter, solltest jetzt spielen, ordentlich essen, auf Deine Mutter hören und schön groß werden. Wenn Du groß bist, wünsche ich mir, daß Du Dich an Deinen Vater erinnerst, der ängstlich war und ein wenig rebellisch und der für unsere Freiheit getan hat, was er konnte, wenn auch zu spät für Deine Mutter. Und ich will Dir noch ein paar Dinge sagen, die Eltern so zu sagen pflegen: Wenn Du groß bist, meine Tochter, meide die Heuchelei; verurteile die anderen nicht, schade ihnen nicht, strebe nicht nach Ehre, sieh zu, wo Deine Hilfe am nötigsten gebraucht wird, nicht, wo sie am meisten ins Auge fällt. Und trachte danach, daß es zwischen Dir und den Menschen, die Du liebst, nicht allzu viele Geheimnisse gibt. Zwischen Deiner Mutter und mir gibt es ein Geheimnis, das uns das Herz gebrochen hat. Ein Geheimnis? Eher Unstimmigkeiten. Und ich habe sie nicht genug geliebt. Auf jeden Fall hat es uns das Herz gebrochen, und ich möchte nicht, daß Dir jemals etwas Ähnliches widerfährt. Ich weiß nicht, was ich Dir zum Abschied sagen soll: Jetzt habe ich eine ganze Weile nach den richtigen Abschiedsworten für meine Tochter gesucht und habe sie nicht gefunden. Ich muß gehen. Wenn ich ein Bonbon hätte, würde ich es Dir neben die Hefte legen. Adieu, meine Tochter. Bemüh Dich nach Kräften, Dein Leben lang die Ideen in Ehren zu halten, für die ich mein Leben gebe. Dein Dich liebender Vater.« Darunter stand »Oriol«, und die Tinte war verschmiert, als hätte Oriol Fontelles geweint, kaum daß er den Brief an seine Tochter beendet hatte, die es nicht gab.

»Verstehst du, warum ich es als persönliche Angelegenheit betrachte? Verstehst du das?«

»Ich glaube, ja.«

»Ich will nicht, daß das Licht dieses erloschenen Sterns sein wahres Ziel nie erreicht.«

»Genau. Das ist es, Tina.«

Er dachte eine Weile nach, dann zeigte er auf die Papiere: »Senyor Oriol ist wie die Steinmetze der Kathedralen.«

»Wie meinst du das?«

»Nun ja. Sie wissen, daß sie für niemanden arbeiten. Sie erschaffen Skulpturen, Wasserspeier, Geländer, Gewölbe, Linien, Blumenmuster und Rosetten, die kein Mensch mehr sehen wird, wenn sie erst einmal dort oben angebracht sind.« Er sah Tina ernst an. »Außer den Tauben, und die scheißen drauf.«

Sie schwiegen. Serrallac spielte mit seinem leeren Glas und sagte: »Eines Tages hat uns Hochwürden Llebaria mit hinauf auf die Kathedrale genommen. Das hat mich sehr beeindruckt.«

»Wer ist Hochwürden Llebaria?«

»Der Studienleiter des Seminars. Ich weiß nicht, ob er noch am Leben ist.«

»Er hat euch sicher gesagt, die Steinmetze hätten für Gott gearbeitet.«

»Wahrscheinlich, das weiß ich nicht mehr. Aber es ist das gleiche wie mit Senyor Oriol. Wenn man es nicht liest …«

Er schüttelte den Kopf. Tina verstaute die Papiere in der Mappe und ließ den Gummi schnalzen, zum Zeichen, daß ihr Besuch zu Ende war. Sie sagte Serrallac nicht, daß sie ihren Mann rausgeworfen hatte und sich nun bis elf Uhr die Zeit vertreiben mußte. Sie sagte nur, »Auf Wiedersehen«, und Serrallac erwiderte: »Ich will noch mehr von diesen Papieren sehen.«

Nachdem sie Serrallacs Werkstatt verlassen hatte, trieb sie sich noch ein wenig herum, bis es elf Uhr war. Um sechs Minuten nach elf betrat sie die Wohnung und fand sie halb leer:

Im Wohnzimmer fehlte die Hälfte der Bücher und seine Stereoanlage, seine Wäsche war aus dem Schrank verschwunden, der Schuhschrank war halb leer, und es gab keinen Abschiedsbrief, keine Rechtfertigung, keine Entschuldigung. Die Dunkelkammer im Gästeklo war unberührt. Nein. Es fehlte das Foto von Arnau, das sie mit Reißzwecken an die Pinnwand geheftet hatte. Das war egal, sie hatte das Negativ. Tina ging ins Wohnzimmer und setzte sich auf einen Stuhl, ganz vorne auf die Kante, als wäre sie in ihrem eigenen Hause zu Besuch. Doktor Schiwago auf dem Tisch kümmerte sich nicht weiter um sie; er war damit beschäftigt, sich die Pfote zu lecken.

61

»Senyora Vilabrú, hier kann die Wissenschaft nichts mehr ausrichten.«

»Aber ich habe immer gewissenhaft meine Medizin genommen, ich habe immer alle Ihre Ratschläge befolgt …«

»Senyora … Auch die Wissenschaft hat ihre Grenzen. Heutzutage gibt es für die Augenkrankheit, an der Sie leiden, in einem Fall wie dem Ihren«, hier senkte Doktor Combalia die Stimme, als schämte er sich seiner Worte, »keine Heilung.«

Als sie dies hörte, fühlte sie sich zutiefst betrogen. Von der Wissenschaft und von Gott, mit dem sie einen erbitterten Kampf führte, seit die Anarchisten aus Tremp in ihr Leben eingedrungen waren. Obwohl die ewige Finsternis ihr Furcht einflößte, beklagte sie sich nicht, weil sie Gott diesen Triumph nicht gönnte. Auch vor dem Arzt wollte sie sich nicht wehleidig zeigen, und so schwieg sie, entschlossen, die Dunkelheit mit Würde zu akzeptieren. Die Welt war voller Blinder.

Als sie an ihrem fünfundsiebzigsten Geburtstag erwacht war, war etwas mit ihren Augen nicht in Ordnung gewesen; es war, als wollte das angekündigte Leiden sich zu einem festen Datum einstellen. Sie hatte stundenlang telefoniert und versucht, so zu tun, als wäre nichts geschehen, bis sie am Nachmittag beschloß, es sei an der Zeit, sich zu beunruhigen.

»Nein, nein, ich möchte mit Doktor Combalia persönlich sprechen.«

»Senyora, der Herr Doktor kann nicht …«

»Sagen Sie ihm, Senyora Elisenda Vilabrú ist am Apparat.«

Man hörte respektvolles Schweigen und zweifelndes Summen. Nach genau zweiundzwanzig Sekunden sagte Doktor

Combalia: »Was kann ich für Sie tun, gnädige Frau?« Am liebsten hätte sie ihm gesagt, ich habe Angst vor der Dunkelheit, große Angst, denn wenn man immer im Dunkeln ist, ist man immer bei sich selbst, denkt immer an sich, als wäre man ein Spiegel seiner selbst, würde immer über sich urteilen, und ich weiß nicht, ob ein Mensch das ertragen kann, Doktor. Und beinahe hätte sie auch gesagt, ich hasse die Dunkelheit, weil ich in ihr die Kontrolle verliere, weil sich jemand von hinten an mich heranschleichen kann, weil die Erinnerungen zu deutlich sein werden und ich den Kummer nicht ertragen werde, weil ich die Augen nicht mehr werde zumachen können, um im Dunkeln zu sein.

»Ich werde blind.«

»Was haben Sie bemerkt?«

»Ich weiß es nicht. Alles blendet mich, ich kann nicht mehr scharf sehen, ich habe Flecken vor den Augen ...«

Es war das erste Mal, daß Doktor Combalia Senyora Vilabrú ein wenig fassungslos erlebte.

»So plötzlich?«

»Kann ich jetzt kommen?«

»Nun ... Wieviel Uhr ist es?«

»Ich bin nicht in Barcelona. Ich werde drei Stunden brauchen.«

»Dann sollten wir vielleicht besser morgen ...«

»Machen Sie sich um mich keine Sorgen, Doktor. In drei Stunden bin ich in der Klinik.«

Sie hängte auf, verdarb Doktor Combalia ein Abendessen, befahl ihrem Chauffeur, über die Landstraße zu fliegen, und vergaß zum ersten Mal in ihrem Leben ihr Necessaire.

Um halb neun abends saß sie im Krankenstuhl, und Doktor Combalia untersuchte ihr linkes Auge und diktierte Vanessa lieber nichts, weil er sonst die Patientin ebenso sehr erschreckt hätte, wie er selbst erschrak. Warum zum Teufel muß ich derjenige sein, der ausgerechnet Elisenda Vilabrú sagen muß, das es vorbei ist, daß sie ja schon vorgewarnt war, aber daß es jetzt soweit ist, in ein paar Wochen ... ein paar Monaten… Er vergaß seine Kollegen, mit denen er zum Abendessen verabredet war (das fünfundzwanzigste Jubiläum der Promotion, und er hatte eigentlich wissen wollen, was aus Amouroux geworden war und aus Pujol), und als sie fragte, »Wie lange wird es dauern, bis alles um mich herum dunkel wird?«, räusperte er sich und sagte, »Nun ja, ein halbes Jahr bis ein Jahr«, und dann sagte er diesen Satz: »Senyora Vilabrú, hier kann die Wissenschaft nichts mehr ausrichten.«

Hund oder Hausangestellte? Ein Blindenstock? Und die Buchhaltung? Und die Reisen? Und das Essen? Sehen die denn nicht, daß ich mich besudeln kann, ohne es zu merken?

»Die Wissenschaft stößt hier wirklich an ihre Grenzen.«

Sie verstand, daß sie sich damit würde abfinden müssen, daß der Chauffeur, der erst seit zehn oder zwölf Jahren in ihren Diensten war, zu ihren Augen auf der Landstraße würde; in gewisser Weise führte die Krankheit dazu, daß sie sich nach Jacinto zurücksehnte. Sie verstand, daß Ció trotz ihres Rheumas ihr im Haus als Stütze würde dienen müssen. Gasull würde zu ihrem Sekretär werden und Zugang zu ihren Konten erhalten, und er würde ihr sagen müssen, das Geld von den Deutschen ist angekommen. Und sie würde nie wieder die flehentliche, hoffnungslos verliebte Miene Gasulls sehen können, der immer davon geträumt hatte, daß sie eines Tages zu ihm sagte, Gasull, du interessierst mich nicht, weil du der beste Rechtsanwalt für die phantasievolle Lösung von Problemen bist, sondern weil ich dich liebe. Aber das war nie geschehen, und Gasull diente ihr noch immer. Warum brennt sich den Leuten die Vergangenheit ins Gedächtnis ein?

Um Mitternacht war Doktor Combalia fertig: »Jetzt müssen wir auf die Ergebnisse warten. Das kann fünf oder sechs Tage dauern. Machen Sie sich in der Zwischenzeit keine Sorgen, Senyora Elisenda, für alles im Leben gibt es eine Lösung, und selbst im schlimmsten Fall können wir dankbar sein, denn in anderen Fällen verläuft die Krankheit wesentlich aggressiver.«

Idiot. Was ist aggressiver als die Dunkelheit? Außerdem ist jemand, der so schnell klein beigibt, kein vernünftiger Arzt.

»Ich möchte einen anderen … Ich möchte noch andere Meinungen einholen.«

»Das ist Ihr gutes Recht, Senyora Vilabrú.«

Es wurden drei Meinungen, und sie differierten nur hinsichtlich der Zeit.

Die Bandbreite reichte von fünf Wochen bis hin zu zwölf Monaten, was ihr eine Atempause verschaffte, bevor sie nicht einmal mehr ihren Schatten erkennen konnte. Auch als das Urteil endgültig feststand, klagte sie nicht. Sie dachte an das, was man ihr gesagt hatte: Zunächst würde sie das Nachlassen der Sehkraft kaum bemerken, dann aber würde es plötzlich von Tag zu Tag schlimmer werden. Sie würde schwarze Flekken sehen, und zuletzt würde nur noch ein kleiner Lichtpunkt übrigbleiben, der erlöschen würde wie ein Leben. Und der Spiegel würde sich kalt, nutzlos und tot anfühlen.

»Es heißt, Retriever seien die besten Blindenhunde.«

»Wenn du mir einen Hund kaufst, werfe ich dich aus der Firma und aus meinem Leben.«

Gasull betrachtete sie verzweifelt. Obwohl er sich mit seinen zweiundsiebzig Jahren ausrechnen konnte, daß das Liebesleben, das er nie gehabt hatte, sich auch in seinen letzten Lebensjahren nicht einstellen würde, träumte er noch immer davon, daß Elisenda eines Tages seine Hand nehmen und sagen würde, »Rück näher, Romà, mir ist kalt«, oder etwas Ähnliches. Aber Elisenda vertraute ihm nur ihre Geschäftsgeheimnisse an, die Geheimnisse ihrer persönlichen Finanzen, die Geheimnisse ihrer schwierigen Beziehungen zu gewissen Leuten, und er diente ihr treu und wurde gut dafür bezahlt, und das war's. Zwar hatte er sie fast von Anfang an duzen dürfen, aber nur, wenn sie alleine waren. Trotz allem war er für sie Gasull. Und wenn sie ihn jetzt in das ruhige Wohnzimmer von Casa Gravat gerufen hatte, so, um ihm zu sagen: »Gasull, nicht einmal der beste Rechtsanwalt der Welt – und das bist du – wird verhindern können, daß ich vielleicht nicht mehr die Olympischen Spiele von Albertville werde sehen können, geschweige denn die von Barcelona.« Er erschrak, weil er dachte, sie wolle ihm mitteilen, daß sie im Sterben lag, und als sie ihm sagte, »Nein, es sind die Augen, der Diabetes, weißt du?«, atmete er erleichtert auf und wußte nicht, was er sagen sollte, und so blieb er stumm. Ein Hoffnungsflämmchen sagte ihm, dies sei vielleicht das erste Mal, daß Elisenda ihn gerufen habe, um ihm etwas Persönliches mitzuteilen, und daß sie vielleicht darauf hoffte, er möge ihr menschliche Wärme bieten. Doch als er gerade zur Tat schreiten wollte, hatte sie sich schon wieder gefangen, und Gasull mußte einsehen, daß Elisenda keineswegs menschliche Wärme suchte, sondern ihre zukünftige, unzweifelhafte Blindheit bereits unter Hindernisse und Probleme in den Geschäftsbüchern verbucht hatte. Wie stellen wir es an, daß ich weiterhin die Kontrolle über alles behalte? war im wesentlichen ihre Frage. Er hätte sich eine Frage gewünscht wie »Romà, liebst du mich?« Dann hätte er erwidert, ja, Elisenda, meine Liebste, ich liebe dich, auch wenn du in deinem Leben, soviel ich weiß, drei seltsame, unerklärliche Dinge getan hast. Zuerst hast du diesen Schürzenjäger und Taugenichts Santiago Vilabrú geheiratet, der dich nie geliebt hat. Warum, Elisenda? Sicher gab es nichts, was dich je mit diesem Halunken verbunden hat. Zweitens, Elisenda, meine liebste Blinde, verstehe ich nicht, wieso du hinter der Seligsprechung des Lehrers von Torena her bist. Nun gut, vielleicht hat er sie verdient, wie du sagst: Ich habe ihn nie kennengelernt. Aber sieh mal, das dauert jetzt schon Jahre, du hast ein Vermögen dafür ausgegeben, und jedesmal, wenn ich andeute, du solltest es dir noch einmal überlegen, wechselst du das Thema. Würde ich dein kaltes Herz nicht kennen, so würde ich denken, du warst in ihn verliebt. Und das dritte ... die Leute sagen, du hättest jahrelang ein Verhältnis mit einem wesentlich jüngeren Mann gehabt. Wie schaffst du es nur, mir Dinge zu verheimlichen, von denen du nicht willst, daß ich sie erfahre? Es heißt, es sei ein Skilehrer gewesen. Das glaube ich nicht: Dazu bist du zu sehr Dame. Aber manchmal höre ich eine feine Stimme, vor allem im Traum, die mir sagt, Romà, diese Frau kann nicht immer nur an die Arbeit denken, wenn sie alleine ist. Ich weiß es nicht. Aber sie fragte nicht, »Liebst du mich, Romà?«, sondern bat ihn, ihr gegenüber Platz zu nehmen und sagte: »Na los, erzähl schon, was Marcel angestellt hat.«

Und der treue Romà Gasull berichtete ihr vom Verrat ihres Sohnes, seinem versuchten Staatsstreich, den er damit begründet hatte, daß Mamà ziemlich gaga sei …

»Das hat er gesagt? Ziemlich gaga?«

»Hör mal, Elisenda, ich weiß nicht, ob …«

»Hat er das nun gesagt oder nicht?«

»Na schön, er hat es gesagt. Aber ist es nicht wichtiger, was er …«

»Ich weiß, was wichtig ist und was nicht«, unterbrach sie ihn. »Schließlich ist er mein Sohn.«

»Er hat gesagt, daß du schon fünfundsiebzig bist und dich zur Ruhe setzen solltest. Und daß er über vierzig ist, ›und es geht mir mit jedem Tag mehr auf die Nerven, wegen allem um Erlaubnis fragen zu müssen, als wäre ich nicht der Boß‹.«

»Du bist nicht der Boß, Marcel.« Gasull war zutiefst beunruhigt, er stand im Kreuzfeuer zwischen zwei gegensätzlichen und einander ausschließenden Loyalitäten.

Kurz gesagt hatte er mit notarieller Unterstützung technisch einwandfreie rechtliche Verfahren ausgeheckt und war dabei, sie zu perfektionieren. Sie sahen vor, daß Senyora Elisenda zugunsten ihres rechtmäßigen Erben alles aufgab: Familienbesitz, Unternehmen und Familie.

»Warum?«

»Weil sie langsam kindisch und verrückt wird. Noch dazu wird sie bald blind sein. Und ich will nicht, daß die Kirche das auffrißt, was vom Vermögen noch übrig ist.«

»Ihr seid unglaublich reich, Marcel.«

»Wie viele Millionen hat sie für die Seligsprechung dieses dämlichen Lehrers ausgegeben?«

»Unsummen.«

»Siehst du?«

»Aber deine Mutter besitzt Augenmaß. Sie weiß, wie weit man es treiben darf und wann der Bogen überspannt ist. In allem. Sie ist der berechnendste Mensch, den ...«

»Bist du für mich oder gegen mich, Gasull?«

»Ich will das nicht unterschreiben. Das kann ich deiner Mutter nicht antun.«

»Also bist du gegen mich.«

»Nein. Aber ich kann nicht ...«

»Du bist gegen mich. Auf Wiedersehen.« Gasull wollte die Terrasse des Büros in Barcelona direkt gegenüber der Pedrera (die von einem Haufen Japaner belagert war) verlassen, aber Marcel hielt ihn zurück: »Wenn du meiner Mutter auch nur ein Wort sagst, bringe ich dich um.«

Mamà tat den ersten Schritt, bevor sie in der Welt der Schatten versank. Nachdem sie von einem besorgten Gasull die Einzelheiten des Umsturzversuches erfahren hatte, dachte sie zwei Tage lang, ich habe alles falsch gemacht, denn ich habe deinen Sohn nicht so großgezogen, wie du es verdient hättest, Oriol. Alles ist so kompliziert, daß ich mich nicht genug um ihn gekümmert habe. Sie tastete nach dem Kreuz und der Kette, um sich zu beruhigen. Marcel hat deine Augen und deine Nase, aber sein Sohn ist dir wie aus dem Gesicht geschnitten. Sergi ist eine jüngere Ausgabe von dir. Wenn ich ihn ansehe, verschlägt es mir manchmal den Atem, und damit er es nicht merkt, stecke ich ihm einen zusammengefalteten Geldschein zu, und er lächelt genau so, wie du es tatest, als du mich gemalt hast. Ich kann weder deinen Sohn noch deinen Enkel erziehen, aber ich liebe sie, weil sie ein Teil von dir sind. Sei mir nicht böse für das, was ich jetzt tun muß, Oriol: Das Leben ist nun einmal so. Ich müßte die Kette abnehmen, aber ich habe gelobt, es nicht zu tun, und deshalb tue ich es nicht. Ich liebe dich, Oriol. Nach diesem Gebet rief sie Mertxe zu sich und übergab ihr das Dossier mit den Bordellbesuchen Marcels. Sie deutete an, daß er offensichtlich auch Transvestiten nicht verschmähte, und gab ihr die Karte eines fabelhaften Rechtsanwalts, der ihr bei allen Schwierigkeiten helfen könnte. Als die Schatten sich auch am Tag um sie legten (in der dritten Woche ihres persönlichen Leidenswegs), rief sie Marcel zu sich und sagte: »Ich habe all mein Vertrauen in dich gesetzt, mein Sohn, und nun verrätst du mich; laß dir gesagt sein, daß du von nun an nicht einen Cèntim unseres Vermögens anrühren wirst und von dem leben mußt, was du hast, mit dem Gehalt, das du bei Brusport bekommst und deiner äußerst großzügigen Zuweisung. Ich werde nicht zulassen, daß du deine Krallen nach irgend etwas ausstreckst, das mit Tuca Negra zu tun hat. Du wirst dich auf Brusport beschränken müssen, wie wir es schon vor Jahren vereinbart haben. Außerdem wirst du mich bei jeder Entscheidung, die ein Risiko von mehr als zwanzig Millionen bedeutet, zu Rate ziehen. Und laß dir auch gesagt sein, daß Mertxe dich höchstwahrscheinlich verlassen wird. Oder glaubst du, daß ich verblöde, nur weil es um mich herum dunkel wird? Und wenn du noch einmal andeutest, daß dir mein Interesse an der Seligsprechung des ehrwürdigen Oriol Fontelles nicht paßt, wirst du enterbt. Verstanden?«

Es gibt entscheidende Augenblicke im Leben eines Menschen, und sie kommen früher oder später oder gar nicht, in denen er bereit ist aufzubegehren. Aufbegehren gegen Mamàs Tyrannei. Marcel, der wußte, daß er rebellisch veranlagt war, hatte im Laufe seines Lebens häufig gegen seine Mutter aufbegehrt, zum Beispiel, als er es gewagt hatte, sich in Ramona zu verlieben, die Schriftstellerin werden wollte, oder als er, ohne sie vorher um Rat zu fragen, beschloß, Strümpfe für Bedogni zu entwerfen und sie in Singapur herstellen zu lassen, was ihnen geradezu unanständige Gewinne bescherte und ihm den ersten persönlichen Glückwunsch von Mamà einbrachte. Oder als er allen Anweisungen Mamàs zum Trotz, aufgeschreckt durch subtile, nicht beweisbare Anzeichen, einseitig die Gespräche mit Nishizaki abbrach, und Mamà nach einem gewaltigen Donnerwetter, als der Skandal mit der Nishizaki Group bekannt wurde, klein beigeben und öffentlich anerkennen mußte, daß Marcel recht gehabt hatte. Man kann ihr einfach nicht widersprechen. Und dann noch Gasull, der Schwächling. Nun gut: Dies ist der Augenblick der Rebellion. Jetzt oder nie.

»Ja, Mamà.«

In Marcels Leben änderte sich nichts, außer daß Mertxe ihn verließ, trotz aller Erills, Centelles, Anglesolas und Sentmenats und überhaupt; außerdem regte sich sowieso niemand auf, schließlich läßt sich heutzutage alle Welt scheiden, was ist schon dabei. Ich sage dir, es ist schwieriger, jemanden zu finden, der nicht geschieden ist. Und ich bin jetzt frei. Mertxe verließ die Vilabrús erhobenen Hauptes und mit vollem Geldbeutel, doch ohne Sergi, der bei der Großmutter blieb. Er lebte zwar nicht direkt in Torena, dem neuralgischen Punkt reiner Langeweile, aber er war unter ihrer Kontrolle, auch wenn seiner Mutter ein großzügiges Besuchsrecht eingeräumt wurde, obwohl diese die Familie verlassen hatte. Und Sergi legte die Grundlagen für seine Zukunft als Rebell. Er ist ein echter Rebell, nicht wie ich. Im Winter fährt er nur widerwillig nach Torena, dafür hat er schon sechs Surfbretter aus Titan und Fiberglas (die dritte Generation von Brusport Marina, tolle Bretter) und zwei gravierte Tafeln dafür, daß er bei zwei Meisterschaften unter den ersten fünf gelandet ist, einmal in Gibraltar, das andere Mal am Pazifik, irgendwo bei San Diego. Mit sechzehn, stell dir vor. Das Problem ist die neunte Klasse, die macht er jetzt zum drittenmal. Irgendwas muß man mit dem Jungen machen. Gasull, was meinst du? Sieh mich nicht so an, ich habe dir ja schon verziehen, ich hatte nicht den Mumm, dich umzubringen, wie ich geschworen hatte. Ich brauche dich. Und ich rede lieber mit dir, auch wenn du ein Verräter bist, als mit Mamà reden zu müssen, denn die ist und bleibt Mamà.

Als Elisenda Vilabrú an einem Mittwoch Ende August wie gewöhnlich morgens um halb sieben erwachte, wunderte sie sich, daß die Morgensonne nicht durch die Vorhänge fiel. Sie schaltete das Nachttischlämpchen ein und dachte im ersten Augenblick, der Strom sei ausgefallen. Sie tastete nach der Glühbirne und merkte, daß diese heiß wurde. Seit Wochen hatte sie nicht mehr gelesen, konnte nichts mehr erkennen, fragte immer, wie viele Leute im Raum waren, tastete die Dinge und die Lage ab und hängte sich bei Ció ein. Noch sah sie; verschwommen und mit Flecken, aber sie sah. An diesem Mittwoch Ende August um halb sieben Uhr morgens schaltete sie die nutzlose Lampe aus und legte sich wieder hin, den Blick an die unsichtbare Zimmerdecke gerichtet. Sie atmete tief ein und bereitete sich darauf vor, gelassen die Welt der ewigen Schatten zu betreten.

62

»Die Vilabrú Ramis und die Vilabrú Cabestanys, das heißt, die Vilabrús, von denen Senyora Elisenda abstammt, und die Vilabrús, von denen ihr Mann Santiago abstammte, waren die beiden franquistischen Zweige der Vilabrús. Von Senyora Elisendas Seite waren es die Vilabrús aus Torena, die Vilabrú Bragulats, und seitens ihres Mannes Santiago die Vilabrú-Comelles, die bereits seit drei Generationen in Barcelona lebten und seit Anfang des Jahrhunderts in monarchistischen und konservativen Kreisen verkehrten, vor allem wegen des Zweigs der Comelles, die mit den Aranzos aus Navarra verwandt sind, von denen es immer heißt, sie seien Karlisten gewesen, bevor es den Karlismus überhaupt gab. Ja, ja. Nein, eben gerade seitens der Roures. Die Cabestanys waren, soweit ich weiß, eher lau, Leute, die erst mal zusahen und abwarteten. Aber die Roures waren direkte Cousins der anderen Roures, stell dir vor. Die einen wählten rechts, die anderen links, und an Weihnachten aßen alle zusammen obligatorische Nudelsuppe.«

»Die Reichen bringen einander wegen solcher Sachen nicht um.«

»Bis ein Krieg ausbricht. Dann tauchen die Reichen unter, und nur ihr Haß bleibt zurück. Vielleicht bringen sie einander nicht um, aber sie bringen andere um.«

»Sagst du das wegen Senyora Elisenda?«

»Das ganze Dorf weiß, daß die drei Männer, die an der Hinrichtung der Vilabrús aus Torena beteiligt waren, von Bürgermeister Targas Hand gestorben sind.«

»Na und?«

»Es war, als hätte sie sich gerächt.«

»Kannst du das beweisen?«

»Nein, aber ein seltsamer Zufall ist das schon. Ich dachte eher, Targa und sie hätten sich auf den Tod gehaßt. Ich weiß es nicht, ich war noch so jung … und ich hatte andere Sachen im Kopf. Aber hier im Dorf wird gemunkelt, daß es so war. Und sieh mal …« Jaume Serrallac schwieg einen Moment, dann fuhr er fort, als wäre es ihm plötzlich wieder eingefallen: »Ich war einer der letzten, die den Lehrer lebend gesehen haben.«

»Was?«

»Ja. Sie haben mich geschickt, ihn in der Schule zu holen, am Abend, vor dem Essen.«

»Wer?«

»Targa.«

»Hej du, Lausebengel, komm mal her. Wie heißt du?«

»Jaumet.«

»Zu wem gehörst du?«

»Zu den Serrallacs.«

»Dem Steinmetz?«

»Ja, Senyor.«

»Lauf zur Schule und sag dem Lehrer, er soll herkommen. Und zwar fix.«

»Und dann?«

»Ich weiß es nicht mehr. Schüsse. Anscheinend hat ein Trupp Maquisards das Dorf überfallen. Die Leute haben sich zu Hause eingeschlossen. Ich weiß es nicht. Ich war noch sehr … Und als ich das alles hätte erfahren können … da habe ich …«

Tina schien, als denke er an etwas Trauriges. Dann entschied Serrallac, sich nicht mehr zu erinnern.

»Mich hat die Jugend erwischt, als ich einfach noch zu jung war.«

Obwohl Tina Serrallac aufmerksam zuhörte, konnte sie nicht verhindern, daß sie auf jede noch so kleine Bewegung Jordis achtete, der drei Tische weiter saß. Jetzt wischte Jordi sich mit der Serviette die Lippen ab, stand auf, und anstatt ihr zu sagen, »Tina, laß uns darüber reden, es tut mir leid«, ging er an die Theke, zahlte und verließ das Restaurant, ohne sich umzusehen, als wäre er nie ihr Mann gewesen. Sie mußte an sich halten, um ihm nicht hinterherzulaufen und zu sagen, Jordi, wo wohnst du, hast du eine Unterkunft gefunden, brauchst du Wäsche, möchtest du Käse, vergiß nicht, Gemüse zu essen, in vierzehn Tagen mußt du zum Homöopathen, schreib dir's auf...

Am Morgen hatte sie Jaume Serrallac aufgesucht, damit er ihr die letzten Papiere von Oriol zurückgab und ihr sagte, was er davon hielt. Im Grunde genommen wollte sie, daß er ihr von dem Haß erzählte, der in Torena herrschte.

Serrallac führte sie in sein Büro. Am anderen Ende der Halle meißelte jemand kraftvoll ein Leben in eine Grabplatte. Da die gleichmäßigen Schläge ihn am Denken hinderten, stand er plötzlich auf und ging in die Halle.

»Ich bin heute nachmittag zurück, Cesc!« Er zog einen Zettel aus der Tasche, sah ihn sich an und rief: »Um drei kommt jemand und holt die Pflastersteine für den Platz von Tírvia!«

Dann steckte er den Kopf durch die Bürotür und sagte: »Ich lade dich zum Mittagessen ein.«

Als Serrallacs Wagen in das Tal von Cardós einbog, fragte Tina: »Wohin fahren wir?«

»In ein Gasthaus in Ainet, wo man wunderbar ißt.« Ausgerechnet in das Gasthaus von Ainet.

»Überallhin, Jaume, aber nicht in das Gasthaus von Ainet!«

Serrallac hielt am Straßenrand an und sah sie an, aber es war klar, daß sie keinerlei Erklärungen geben wollte.

»Was hältst du von Rendé?«

»Wunderbar.«

Serrallac wendete den Wagen und fuhr zurück nach Sort. Es war, als hätte Rendé einen direkten Draht zu Gott: Der erste Mensch, den Tina im Restaurant erblickte, war Jordi, der seit weniger als vierundzwanzig Stunden ihr Exmann war. Er saß allein an einem Tisch in der Mitte, und sie dachte daran, wie sie am selben Tisch zum ersten Mal hier gegessen hatten, vor zwanzig Jahren, als wir noch glücklich waren, du und ich. Da hätten wir auch ins Gasthaus von Ainet gehen können.

»Ist was?« fragte Serrallac, bereit, erneut das Restaurant zu wechseln.

Es war nichts. Sie gingen zu dem Tisch in der Ecke. Als sie an Jordi vorbeikam, grüßten sie einander nicht einmal, und Tina dachte, jeder müsse bemerken, daß sie nicht miteinander redeten, so wie jeder vor dreiundzwanzig Jahren gesehen hatte, wie sie auf der Straße das erste Mal Händchen hielten. Dann fiel Tina ein, daß Jordi glauben mußte, Serrallac sei ihr Liebhaber, weil er immer so etwas dachte, und sie musterte Serrallac kritisch, fand ihn aber, offen gestanden, zu alt. Und nun ging Jordi, ohne sich nach ihr umzusehen. Du bist schön blöd, daß du dir Gedanken um ihn machst. Wenn er ein Bett hat, hat er ja wohl auch ein Dach über dem Kopf. »Was? Entschuldige bitte.«

»Ich sagte, du bist eine traurige Frau.«

»Ich?«

Serrallac sah auf den Teller, der soeben vor sie hingestellt worden war. Ohne um Erlaubnis zu fragen, legte er schützend seine kräftige, rauhe Hand auf Tinas Hand und ließ sie dort für einen Augenblick liegen, als spüre er, daß Tina so etwas brauchte. Bevor Tina die Initiative hätte ergreifen müssen, hatte er sie schon wieder zurückgezogen.

»Diese Lammwurst sieht köstlich aus.« Er zeigte auf den Teller.

Natürlich bin ich traurig, aber die Traurigkeit hat mir noch nie den Appetit verschlagen, deshalb bin ich so gut beisammen.

»Mein Mann war gerade hier.«

»Hoppla, und wie kommt es, daß du nicht …«

»Wir haben uns vor weniger als einem Tag getrennt.«

»Das tut mir leid.« Er sah sie an: »Deshalb bist du traurig.«

»Ich weiß es nicht. Woher weißt du so viel über die Vilabrús?«

»Bei meiner Arbeit erfährt man viel über die Familien, aber wenig über die Menschen.«

Tina machte sich über die Lammwurst her, während der Kellner ihnen einen gewaltigen Salat brachte.

»Erzähl mir mehr von den Vilabrús.«

Serrallac schenkte sich einen ordentlichen Schluck Wein ein und fuhr fort: »Ich rede von den franquistischen Vilabrús, den drei Brüdern, und der Vilabrú, die ins Exil gegangen ist, der kleinen Schwester. Ich kenne sie, weil sie alle irgendwann mal nach Torena raufgefahren sind. Reich geworden sind die drei faschistischen Brüder. Und es heißt, der größte Nichtsnutz der drei sei Santiago gewesen. Er hatte nichts als Sex im Kopf, deshalb ist er auch gleich, als sie aus San Sebastián zurückkamen, nach ein paar schrecklich langweiligen Wochen in Torena nach Barcelona geflüchtet, zu seinen geliebten Huren und all den verheirateten und unverheirateten Frauen, die sich gerne von ihm einen Mittelscheitel ziehen ließen.«

Tina prustete los, und da sie den Mund voll hatte, war das Ergebnis katastrophal.

»Ich habe dir ja schon gesagt, daß du ein halber Dichter bist.« Sie wischte sich mit der Serviette ab.

»Wir Steinmetze haben von den Totengräbern eine gewisse Vorliebe für billige Philosophie geerbt. Aber Poesie … Ich kenne nur die Verse, die ich auf einige Grabsteine schreibe.«

Er ging auf den Salat los wie auf seinen ärgsten Feind. Als er den Mund wieder leer hatte, sagte er: »Kurz gesagt: eine Familie mit viel Geld. Und Senyora Elisenda verfügt über eines der größten Vermögen dieses Landes.«

»Trotzdem hat sie sich nie aus Casa Gravat fortgerührt.«

»Sie ist mehr gereist als du und ich und das ganze Dorf zusammen.«

»Nein, ich meine, sie lebt dort.«

»Und warum nicht? Ich lebe auch in Torena.« Er suchte in

einem zerknitterten Päckchen nach einer Zigarette und sah sie ernst an. Dann zog er den Reißverschluß seiner Mappe auf, nahm einen dicken Umschlag heraus und gab ihn Tina: »Sind die Papiere des Lehrers echt?«

Noch nie habe ich jemanden so schnell essen sehen, dachte Tina.

»Natürlich sind sie echt.«

»Dann ist das alles eine verdammte Scheiße. Entschuldige.«

»Ja, es ist eine verdammte Scheiße.«

»Das ist zu lange her. Es interessiert niemanden mehr.«

»Mich.«

»Mit dir hat das alles nichts zu tun.«

»Ich habe den Brief bekommen, den ein Mann vor über fünfzig Jahren geschrieben hat.«

»Gib ihn dem Sohn des Lehrers, und das war's.«

Serrallac wühlte in seiner Mappe und förderte eine Visitenkarte von »Marbres Serrallac, S.L.« zutage. Auf die Rückseite war etwas geschrieben.

»Die Adresse von Marcel Vilabrú.«

Tina nahm die Karte. In einem Ton, der ihr nicht gefiel, fuhr Serrallac fort: »Und jetzt? Wirst du hingehen und ihm sagen: ›Sehen Sie mal, Senyor Vilabrú, Sie sind nicht der Sohn Ihrer Mutter, sondern einer anderen.‹ Und er wird sagen: ›Ach, wie schön.‹ Willst du das wirklich so machen? Ohne jeden Beweis?«

»Mehr oder weniger. Mir wird schon was einfallen.«

»Ich wünschte mir, jemand würde mich mit derselben Überzeugung lieben, die du auf diese Sache verwendest.«

»Ich habe ausgeliebt.«

»Warum machst du das dann?«

»Ich weiß es nicht. Vielleicht, damit der Tod nicht das letzte Wort hat.«

Serrallac tat einen tiefen Zug und schüttelte lächelnd den Kopf. Tina betrachtete ihn verwundert, beinahe gekränkt: »Was ist los? Bist du denn nie traurig?«

Das letzte Mal war Serrallac traurig gewesen, als er vor ein paar Jahren im Fernsehen eine Reportage über den Friedhof von Genua, den Zentralfriedhof von Wien und den Père-Lachaise von Paris gesehen hatte. »Da fand ich, es reicht. Ich kenne die Friedhöfe von Sort, Rialb, ganz Batlliu, vom Vall d'Àssua, Tírvia und den drei Tälern; ich habe auf ihnen gearbeitet, und keiner von ihnen läßt sich mit dem Friedhof von Torena vergleichen. Aber nachdem ich das im Fernsehen gesehen hatte, war ich deprimiert. Und ich dachte, daß es eigentlich eine ziemlich dumme Beschäftigung ist, die Namen von Leuten und die genaue Länge ihres Lebens in Stein zu meißeln.«

»Ihr macht doch auch andere Sachen.«

»Wir machen vor allem andere Sachen. Aber ich mache nun mal am liebsten Grabsteine.«

»In dem Buch habe ich geschrieben: Etwa hinter der Ortschaft Gerri verläuft die Grenze zwischen den Häusern mit Ziegeldach und denen mit Steindach.«

»Das stimmt nicht so ganz, aber ich sehe nicht, was das mit meinen Problemen zu tun hat.«

»Es ist auch die Grenze zwischen den Friedhöfen mit Nischengräbern und denen mit Erdgräbern.«

»Im Norden gibt es immer mehr Nischengräber. Und ich fertige auch dafür Platten an. Die sind feiner, aus poliertem schwarzem Marmor.« Er schwieg, dann fragte er: »Wann kommt das Buch heraus?«

»Ich hoffe, es erscheint, bevor … nun, vorher eben.«

»Du bist voller Geheimnisse.«

Ich bin einsam, weil ich niemanden habe, mit dem ich über meine Angst reden kann, wieder zum Arzt zu gehen, über Arnaus höfliche Distanz, über Jordis Verrat. Ich habe keine Freundinnen, so einfach ist das. Und vor mir sitzt der einzige Mensch, der mich nach den Schattenseiten meines Lebens fragt: ein Steinmetz, der nur noch gelegentlich arbeitet, der die Häuser der halben Region gedeckt und Berichte über Leben und Tod in den Stein gemeißelt hat.

»Jeder hat Geheimnisse. Mach dir keine Sorgen.«

»Und ob ich mir Sorgen mache. Eine junge Frau wie du sollte … Ich weiß nicht. Ich … weißt du?«

Bevor er etwas Unpassendes sagen konnte, was sie beide in Verlegenheit gebracht hätte, unterbrach ihn Tina: »Wenn das Buch erscheint, schenke ich dir ein Exemplar.«

»Dann schenke ich dir einen Grabstein«, entgegnete Serrallac.

Beide lachten laut, ich war halbtot vor Angst über diesen Scherz, und Rendé hinter der Theke dachte, sieh mal an, Jaume macht sich an die pummelige Lehrerin heran.

63

Sobald die Geschichte ins Detail geht, verliert sie an epischem Schwung. Und da ich die Geschichte, die mein Schicksal ist, von innen heraus und aus nächster Nähe erlebe, kann ich nicht anders, als all diese Details zu sehen. Es ist zum Lachen, meine Tochter, ich fürchte, ein Kaffee mit Schuß wird mich das Leben kosten. Heute morgen habe ich vor Schulbeginn bei Marés vorbeigesehen, wie ich es immer mache, wenn die Kälte einsetzt. Und der Witz, oder besser gesagt, die Tragik daran ist, daß ich aus Bequemlichkeit zu lange gezögert habe. Es war kalt, und ein lästiger Wind, der die ganze Nacht über geheult hatte, verlockte dazu, zu Hause zu bleiben. Aber dann habe ich die Trägheit abgeschüttelt (ich würde Dir raten, das immer zu tun) und bin zu Marés gegangen.

»Ich hab die Schnauze voll von diesem verdammten Bergwind«, verkündete Modest, als er ihm an der Theke den Kaffee mit Schuß servierte. Oriol erwiderte nichts. Er sah nach draußen. Ein paar Schulkinder mit dem Ranzen auf dem Rücken kämpften gegen den Wind an, und er dachte, ich sollte mich beeilen, denn er ließ die Kleinen nicht gern allein in der Schule. Er trank den ersten Schluck und spürte, wie seine Lebensgeister erwachten, und als er den zweiten und letzten Schluck trinken wollte, verdunkelte ein Schatten die Eingangstür. Er spähte hinaus. Bürgermeister Targa betrat das Lokal mit einem Koffer in der Hand, zufriedener Miene und einer Frau an seiner Seite. Oriol, der die Tasse noch in der Hand hielt, bedeckte instinktiv sein Gesicht und wandte sich ab.

»Die Dame wird ein paar Tage bleiben, Modest.« Er wandte sich an die Dame: »Das ist der Kamerad, von dem ich dir erzählt habe.«

Er trat auf Oriol zu, der den zweiten Schluck getrunken und das Glas auf die Marmorplatte gestellt hatte.

»Kamerad Fontelles, ich möchte dir Isabel vorstellen.«

Oriol mußte sich umdrehen und lächelte freundlich, von Panik erfüllt. Er sah die Zuckerpuppe an, die er zuletzt im Restaurant Estació de Vilanova gesehen hatte, als sie ihn angeblickt hatte und seine Hand wie von selbst zu zittern begann, weil töten nicht so einfach war, wie er gedacht hatte, vor allem, wenn man den Namen seines Opfers kannte; vor allem, wenn man den haßte, den man töten wollte, aber noch nicht gelernt hatte, ihn zu verachten. Und seine Hand zitterte so lächerlich stark, daß einige Gäste vom Nebentisch herübersahen und er die Pistole mit beiden Händen greifen mußte, während Senyor Valentí sich über den Tisch beugte, so daß er seinen Nacken noch besser darbot, und gerade mit samtweicher Stimme sagen wollte, du bist phantastisch, wenn wir mit dem Essen fertig sind, legen wir wieder los, aber er hielt gleich zu Beginn des Satzes inne, weil er sah, wie die Zuckerpuppe den Mund aufriß und ihm über die Schulter blickte.

Die Frau erwiderte Oriols Lächeln, und in dem Augenblick, in dem sie sich die Hand gaben, merkte Oriol daran, wie ihr der Mund offenstand und ihre Nasenflügel sich weiteten, daran, wie ihre Hand aus der seinen glitt und sie einen Moment lang verstohlen zu Valentí herübersah, daß sie ihn entweder erkannt hatte oder kurz davor stand.

»Sehr erfreut.«

»Ich versuche, sie zu überreden«, sagte Valentí leise, damit die anderen ihn nicht hören konnten, »sich hier niederzulassen.«

»Es ist ein ruhiges Fleckchen«, log Oriol, um irgend etwas zu sagen.

Sie war so verwirrt, daß sie stumm blieb. Oriol schien es, als blicke sie nach rechts und links und überlege, wie man einem Mörder wie ihm entkam. So entschuldigte er sich mit einem noch freundlicheren Lächeln, sagte, der Unterricht müsse beginnen, und verließ Casa Marés in dem Wissen, daß alles vorbei war. Aber den ganzen Tag über, meine Tochter, ist niemand gekommen, und niemand hat mir etwas gesagt. Ab und zu warf ich einen heimlichen Blick aus dem Fenster. Nichts. Alles war normal. Warum ich nicht fliehe? Weil ich heute nacht wachbleiben und auf dem Dachboden der Schule das Funksprechgerät bedienen muß, das sie mir vor zehn Tagen gebracht haben. Ich bin der Verbindungsmann zwischen der Dritten und der Vierhunderteinundsiebzigsten Brigade, die morgen, am Tag der Großen Operation, von zwei Seiten vom Montsent herabkommen werden, bis sie siegreich in Tremp einmarschieren und das franquistische Heer schreiend vor Angst die Berge hinabflieht bis in die Ebene. Darum kann ich nicht fliehen, meine Tochter, obwohl ich nichts lieber täte.

Als die Kinder die Schule verließen, hatte der Wind sich gelegt. Ein kleines Mädchen mit kohlschwarzen Augen, das im letzten Jahr lesen gelernt hatte und jetzt schon mit drei multiplizieren konnte, nahm, bevor es hinausging, Oriols Hand in seine kleinen Hände und sah ihn scharf an, mit dem gleichen dunklen Blick wie Leutnant Marcó, als ahnte es, daß es galt, Abschied zu nehmen von dem Lehrer, den die Großen so sehr haßten. Auf Wiedersehen, Herr Lehrer, gutes Sterben. Das ist dein letzter Abend in diesem Dorf. In diesem Leben. Wir werden dich in Erinnerung behalten, o ja, denn du hast keinen Finger gerührt, als du hättest verhindern können, daß Bürgermeister Targa, der Henker von Torena, völlig ungestraft raubte und mordete und das Dorf in einen Zustand immerwährenden Mißtrauens versetzte, so daß es am Beginn des einundzwanzigsten Jahrhunderts einer molligen, verunsicherten Lehrerin bedurfte, um deine Taten und deine Sorgen aus dem Schatten zu holen, denn noch immer lebt der falangistische Lehrer in der Erinnerung und den Blicken vieler Alter und auf den Steinplatten, die eine geschickte Hand zu Gedenksteinen gemacht hat.

»Bis morgen, mein Kind.«

Er blieb allein zurück, die Hände voller Kreidestaub, und beobachtete, wie eines der Kinder in der Nachmittagsdämmerung einen Stein kickte, auf dem Weg nach Hause, zu einem ordentlichen Essen. Er wischte die Tafel nicht. Nachdem er die Tür abgeschlossen hatte, stieg er auf den Dachboden, schob die beiden Matratzen beiseite, zündete die Petroleumlampe an und schaltete das Funkgerät ein. Sollte er durchgeben, daß er wahrscheinlich Probleme bekommen würde? Sollte er nur darauf hören, was die Funker der beiden Brigaden von ihm wollten? Er stellte die Verbindung her, sagte aber nichts davon, daß er nicht fliehen würde, auch wenn sie ihn diese Nacht wegen einer Zuckerpuppe oder – wenn man es so wollte – wegen eines Kaffees mit Schuß umbrachten. Er sagte nur, »Jott-fünf, hier ist Jott-fünf, hörst du mich? Ende«, und dergleichen mehr. Ja, alle hörten ihn, und die Antenne, die er am Hang von Triador aufgestellt hatte, tat ihren Dienst. Und auch die unsichtbaren Funker waren mit dem Test zufrieden und zitierten ihn für zwei Stunden später, Jott-fünf, um einundzwanzig Uhr, Jott-fünf, wenn es ganz dunkel ist, denn da beginnt das Spektakel. Eine schlaflose, schneekalte Nacht.

Als er das Funkgerät ausschaltete, hatte er endgültig beschlossen, nicht zu fliehen, hatte den Tod akzeptiert, der merkwürdig lange auf sich warten ließ. Wenn sein Handeln irgendeinen Sinn haben sollte, so wollte er diesen nicht durch eine Funkstille zunichte machen, die zwei der fünf in den Pallars einrückenden Brigaden hilflos zurücklassen würde. Er wußte nicht, daß in diesem Augenblick an mehr als dreißig verschiedenen Stellen in den Pyrenäen, vom Atlantik bis zum Cap de Creus, Hunderte von Guerrilleros einzusickern begannen, deren Schicksal davon abhing, was im Vall d'Aran geschah. Oriol, der nur wußte, was er tun mußte, dachte, wenn Valentí Targa sich entschlösse, ihn anzuzeigen oder ihn verdammt noch mal endlich umzubringen, wäre er von diesem tauben Druck befreit, an den zu denken er vermied, und jeder in Torena, auch Rosa und seine Tochter, deren Namen er nicht kannte, würde erfahren, daß er ein Freiheitskämpfer gewesen war und kein falangistischer Verräter und Freund von Mördern.

In der Stunde, in der die Fünfzehnte Brigade in die wilde, einsame Gegend um Tor vordrang, ihrer Niederlage im Vall Ferrera entgegen, traf Oriol Fontelles Grau eine Entscheidung. Wenn er schon zwei Stunden warten mußte, konnte er sie genausogut nutzen. Er stieg vom Dachboden hinunter und zog seine Jacke über. Ihm blieben nur anderthalb Stunden, höchstens eindreiviertel Stunden, wenn Jott-fünf rechtzeitig auf Sendung gehen wollte. Auch feige Helden können unvorsichtig sein. Zweiundzwanzig der Maquisards, die über den Schwarzen Paß von Andorra gekommen waren und bei Tor die Noguera durchwatet hatten, die Vorhut der Fünfzehnten Brigade, wußten nicht, daß sie bei Alins im Talgrund sieben Maschinengewehre, die dort gegen den Lauf der Geschichte postiert waren, niederstrecken würden.

Oriol betrat das Klassenzimmer, das im Halbdunkel lag. Draußen brach die Nacht herein und verbarg die raschen Schritte der etwa hundert Männer von der Fünfhundertsechsundzwanzigsten, die über den Paß von Salau gekommen waren, um in Esterri einzufallen, über jenen Paß, den Leutnant Marcó in den letzten drei, vier Jahren Dutzende Male überschritten hatte und den Oriol nur aus den Beschreibungen der Führer kannte, die auf ihren gefährlichen Wegen vom und zum Paß kurz in der Schule haltmachten. Er schaltete das Licht nicht ein. An der ungewischten Tafel stand noch das Sechser-Einmaleins, das er den mittleren Schülern als Hausaufgabe gegeben hatte, aber er wischte es nicht aus. In die rechte obere Ecke hatte er mit vom kalten Wind und seiner Begegnung mit der Zuckerpuppe zitternder Hand geschrieben: »17. Oktober 1944«. Es war das letzte Datum, das er in seinem Leben schreiben würde, aber er achtete nicht darauf. Er schob die Tafel zurück. Dahinter befand sich eine Mauernische. Oriol nahm die Zigarrenkiste, sah sich um und entdeckte eine schwarze Schnur, die schon seit Tagen herumlag. Noch einmal schlug er das letzte Heft auf und sah die letzten Worte an, die er erst vor kurzem seiner Tochter geschrieben hatte: daß ein Kaffee mit Schuß ihn das Leben kosten würde und »Rosa, geliebte Rosa, sei mir nicht böse«. Er küßte das Heft, legte es zu den anderen in die Zigarrenkiste und band diese mit der schwarzen Schnur zu. Dann verstaute er sie im Geheimfach, wo schon ein Stoffbündel lag. Er nahm es und schlug es auf. Es war eine Astra, Kaliber neun Millimeter, mit gefülltem Magazin. Sie glänzte zuversichtlich, gut geölt. Er steckte sie in die Tasche, klopfte ein paarmal freundschaftlich auf die Zigarrenkiste, schob die Tafel wieder über das Versteck und dachte, das war's, jetzt kann's losgehen, noch anderthalb Stunden.

Wenn A eine Teilmenge des euklidischen Raums R^n ist, erhalten die in A definierten Funktionen den Namen reelle n-Variable, und wenn A in der komplexen Ebene enthalten ist, spricht man von Funktionen mit komplexen Variablen. In der Funktionalanalysis interessieren die Funktionen zwischen allgemeinen topologischen Räumen, topologischen Vektorräumen, metrischen Räumen und so weiter.

»Senyora.«

Hochwürden August hob den Kopf, nahm die Brille ab und sah seine Nichte an. Die Uhr tickte, an der rechten Wand hing das Bildnis Elisendas, und vor dem Fenster herrschte die Stille der eisigen Nacht von Torena. Sie saßen im Wohnzimmer am knisternden Kamin, der die gleiche Hitze ausstrahlte wie zwanzig Jahre später, als Marcel und Lisa Monells sich auf dem Teppich auszogen, auf dem nun Hochwürden August Vilabrú seine ehrwürdigen Füße ausstreckte, während sein Kopf dachte $(f + g)(x) = f(x) + g(x)$, $(f \cdot g)(x) = f(x) \cdot g(x)$, $(\lambda f)(x) = \lambda \cdot f(x)$, seine Augen auf seiner Nichte und Bibiana ruhten und sein Herz spürte, daß das Schweigen zwischen den beiden Frauen zu groß war.

»Was ist, Bibiana?«

Elisenda stand auf und ging ohne eine Erklärung hinaus. Man hörte Stimmen, eine Tür schlug zu, und Oriol Fontelles trat ins Wohnzimmer, den Mantel über den Arm gehängt, und verstand, warum Bibiana und Elisenda so zurückhaltend gewesen waren. Dieser korpulente Kanoniker war in Casa Gravat zu Besuch. Er trat auf ihn zu, grüßte ihn freundlich, und Elisenda informierte Onkel August, dieser Herr sei der Dorfschullehrer von Torena und Maler des Porträts. Hochwürden August beglückwünschte ihn überschwenglich und fragte höflich, ob er etwas für ihn tun könne.

Nein, nichts. Ich bin gekommen, um Elisenda zu küssen, sie zu lieben und mich zu beherrschen, damit ich ihr nicht sage, adieu für immer, denn wahrscheinlich werden wir uns nie wiedersehen.

»Nein, nichts.« Er wandte sich an Elisenda. »Ich bin nur gekommen, um die Bücher zu holen, die ich dir ... die ich Ihnen geliehen habe.«

Elisenda brauchte einen Moment, bis sie begriff, dann lächelte sie ihrem Geliebten zu, deutete auf einen Sessel und sagte, »Setzen Sie sich doch, Senyor Fontelles«, nahm seinen Mantel und ging hinaus.

Senyor Fontelles nahm Platz, sagte zu dem korpulenten Kanoniker, »Heute war der Wind wieder ganz besonders schlimm«, und Hochwürden August erwiderte: »Das stimmt, ich habe schreckliche Kopfschmerzen und würde am liebsten zu Bett gehen.«

Dann schwieg er, und Oriol ebenfalls. Der Geistliche setzte seine Brille wieder auf und dachte zerstreut, die Gruppe reeller Funktionen hat eine ringförmige, einheitliche Kommutativstruktur, und Oriol sah das Bild an und dachte, ich bin gekommen, um dich zu sehen, weil ich nicht sicher bin, ob ich morgen noch am Leben sein werde. Das ist eine lange Geschichte, denn ich bin nicht nur dein heimlicher Geliebter, ich habe noch mehr Geheimnisse vor der Welt und vor dir. Ich bin müde und erschöpft davon, mein Leben in Geheimnisse aufgeteilt zu haben, und ich sehne mich nach der Ruhe des Todes.

»Welche Bücher haben Sie ihr denn geliehen?« Neugierig schlug Hochwürden August sein Buch zu, um ein Weilchen mit diesem netten jungen Mann zu plaudern.

»Nichts Besonderes, ein paar … Nun, ich habe ihr … Sie ist eine eifrige Leserin … und da die Kultur so geringgeschätzt wird …«

»Bauern«, sagte Hochwürden August verächtlich. »Von denen ist nichts anderes zu erwarten. Die Kühe, das Heu im Schober, die Schafe und Ziegen, die auf den Bergen herumlaufen, ein paar Scheffel Weizen für den Eigenbedarf, die Hoffnung, daß aus dem Fohlen was wird … weiter reicht ihr Ehrgeiz nicht.«

Die Uhr tickte, Oriol lächelte unverbindlich. Draußen war es kalt und still, drinnen knisterte das Holzscheit im Kamin und versprühte Funken. Elisenda kam und kam nicht zurück, und er hatte Lust zu erwidern, nun, Ihre Familie kann dankbar sein für die Kühe, Lämmer und die vielen Hektar Heu, die ihr überall gehören.

»Ich weiß schon, daß Sie denken müssen, daß Casa Gravat auch davon lebt«, sagte der Geistliche hellsichtig. »Aber wer tausend Schafe besitzt statt zwei Dutzend ist doch sehr viel weltoffener, finden Sie nicht, junger Mann?«

Da kam Elisenda mit zwei schmalen Büchern zurück, die sie auf den Tisch legte. Neugierig sagte der Onkel, »Gib her, mal sehen, was der Herr Lehrer dir geliehen hat«, und Elisenda reichte ihm widerwillig die beiden altersgeschwärzten Büchlein. Hochwürden August setzte die Brille wieder auf, ließ sie bis auf die Nasenspitze heruntergleiten, schlug das erste Buch auf und schwieg. Er blätterte es rasch durch, schielte über seine Brille zum Lehrer hinüber und inspizierte das andere Buch, ebenfalls in schweigender Bewunderung.

»Donnerwetter«, war sein einziger Kommentar, als er die Bücher wieder auf das Tischchen legte. Elisenda gab sie mit einem starren Lächeln an Oriol weiter, während Hochwürden August, die Brille in der Hand, Oriol eindringlich musterte.

Dann sprachen sie wieder über den Wind und über die Anzahl an Schafen. Hochwürden erklärte, morgen, spätestens übermorgen, müsse er nach La Seu zurück, der Bischof brauche ihn, und er bete, daß der Paß von Cantó nicht verschneit sei. Um nicht stumm dabeizusitzen, erzählte Oriol von dem Gerücht, daß im Laufe des nächsten Schuljahres ein weiterer Lehrer nach Torena berufen werde, weil es von Tag zu Tag mehr Kinder gebe. Sogar Elisenda sagte etwas, was Oriol nicht mehr betraf, weil er zu dieser Zeit bereits tot wäre, nämlich, daß ihr Ehemann in der kommenden Woche für ein paar Tage kommen werde. Sie sagte es, um dem Onkel eins auszuwischen, der ihr seit Tagen in den Ohren lag, der Platz einer Frau sei an der Seite ihres Mannes, worauf sie ihm jedesmal entgegnete, an Santiagos Seite seien immer andere Frauen, viele andere Frauen. Hochwürden August sagte, »Heilige Mutter Gottes«, und bekreuzigte sich, und Elisenda beendete das Thema mit den schroffen Worten: »Mein Platz ist in Casa Gravat, für den Rest meines Lebens, und ich will nichts mehr davon hören.«

»Ich freue mich, ihn kennenzulernen«, sagte Oriol und sah Elisenda in die Augen. Sie erwiderte seinen Blick mit gleicher Intensität und Unschärfe, und Oriol stand auf, weil es keinen Sinn hatte, diesen vergeblichen Besuch fortzusetzen. Er verabschiedete sich vom Onkel und ging hinaus.

»Die Bücher.«

Der Geistliche zeigte mit seiner Brille auf die Bücher. Die Bücher. Elisenda nahm sie und gab sie Oriol, während sie sagte: »Jetzt sind Sie gekommen, um Ihre Bücher abzuholen, und hätten sie beinahe liegengelassen.«

Da der Geistliche aufgestanden war und Anstalten machte, ihn in die Vorhalle zu begleiten, verabschiedete sich Oriol mit einem höflichen Händedruck für immer von seiner Geliebten und sagte unbestimmt, »Sie wissen ja, wenn Sie noch mehr Bücher ausleihen wollen …«, und dann: »Einen schönen Abend noch und gute Nacht.« Als sich die Tür hinter ihm schloß, betrachtete er im Licht des Eingangs von Casa Gravat die Bücher. *De imitatione Christi* von Thomas a Kempis und die geistliche Biographie des Jesuiten Alonso Rodríguez, verfaßt von dessen Mitbruder L. Jacobi.

Als sich Hochwürden August endlich auf sein Zimmer zurückzog, stand Elisenda auf, starrte in das heimelige Kaminfeuer und holte dann ihren Mantel. Sie sagte Bibiana nicht Bescheid, damit diese nicht auf die Idee käme, sie zurückzuhalten oder ihr zur Vorsicht zu raten; Bibiana wußte schon, daß diese Geschichte ihrem Mädchen nicht guttun würde, und versuchte seit Tagen, ihr das mit ihren Blicken mitzuteilen.

Elisenda ging durch die Hintertür hinaus, durch die eines Tages ihre Mutter geflohen war. Eisige Kälte schlug ihr ins Gesicht. Vor zehn Tagen hatte es in Torena zu schneien begonnen, und am Tag zuvor waren die Temperaturen gefallen. Kein Zweifel: es ging auf den Winter zu. Der Himmel war bedeckt, es war Neumond, und der schimmernde Schnee färbte die Straßen und Elisendas Gesicht leichenfahl. Vor dem einsamen Schulgebäude angelangt, glaubte sie, ein fernes Heulen zu hören, als seien die Wölfe zum Tossal oder zum Bony d'Arquer zurückgekehrt. Sie klopfte ein paarmal an die Scheibe des Klassenzimmers, und ihr war, als wäre das Klopfen bis in den letzten Winkel Torenas zu vernehmen. Wieder klopfte sie, und wieder ertönte das ferne Geheul. Niemand antwortete. Was Oriol wohl gerade macht? dachte sie. Sie wollte ihn fragen, was dieser Blick zu bedeuten hatte, was war los, wovor hast du dich gefürchtet, was wolltest du mir sagen und konntest es nicht, weil mein Onkel da war? Sie klopfte noch einmal an die Scheibe – und dann kam ich auf die Idee, das Gesicht ans Glas zu pressen und hineinzuspähen. Nichts. Was hatte dieser Blick zu bedeuten, Oriol? Das war der Moment, in dem ich für immer unglücklich wurde. Senyora Elisenda, die mit geneigtem Kopf auf der Ehrenbank saß, hörte nicht, wie Gasull zu ihr sagte: »Der Heilige Vater geht; naja, er wird hinausgeführt, er kann ja nicht mal mehr laufen, und ich vermute, jetzt werden sie uns sagen, daß das Ganze vorbei ist. Ich nehme an, du bist zufrieden, denn alles in allem war es doch eine sehr ergreifende Zeremonie, nicht wahr, Eli? Hörst du mich? Geht's dir gut?«

Senyora Elisenda ging es weder gut noch schlecht; sie war sechzig Jahre zurück, in jener kalten Nacht, in der sie beharrlich an die Fensterscheiben der Schule klopfte und noch nicht wußte, daß damit ihr Unglück begann. Verflucht sei die Stunde, in der ich das Heulen wieder gehört habe und plötzlich das Gefühl hatte, es käme von innen. Ich erschrak, stieß die Tür auf und wunderte mich nicht einmal, daß sie nachgab. Ich trat in den dunklen Korridor und rief: »Oriol, Oriol.« Das Heulen war nun deutlicher, aber ebenso fern zu hören. Es kam von der Tür zur Linken.

In diesem Augenblick nahm Oriol die Kopfhörer ab, um einen Moment auszuruhen und stellte fest, daß die Tür zum Dachboden lautlos aufschwang. Idiot, dachte er, du hast die Tür nicht gut genug verriegelt, und jetzt wirst du in Targas schwarze Pistolenmündung blicken. Er dachte sogar daran, daß er das nicht mehr seiner geliebten, namenlosen Tochter würde erklären können. Die Tür war offen. Aber nicht Targa, sondern Elisenda stand im schwachen Schein der Petroleumlampe, die den Dachboden verpestete und die Schatten nur halb vertrieb. Oriol richtete seine Pistole auf den Eindringling. In diesem Augenblick ertönte aus dem Funkgerät ein verräterisches Heulen, und beide hörten durch den Kopfhörer die Stimme des Funkers der Dritten Brigade: »Bereit für die Verbindung, Jott-fünf.«

»Was ist das?« fragte sie entsetzt.

Dann sah ich den großen Betrug, die Pritschen, die schmutzigen Decken, einen Kerosinherd, ein Funkgerät, das piepste und eine Art fernes Wolfsgeheul von sich gab und sagte, »Jott-fünf, Jott-fünf, bitte melden«, und mein nichtswürdiger Liebster mit den schmutzigen kommunistischen und anarchistischen Händen zielte auf mich und sah mich erschrocken und, wie mir schien, beschämt an, brachte aber nur hervor: »Wie bist du hier hereingekommen?«

Das waren seine letzten Worte an mich. Wie bist du hier hereingekommen, wer hat dir erlaubt, dich in mein Leben und meinen Verrat zu mischen? Und ich schleuderte ihm erschreckt und empört entgegen, »Mit der Liebe, die Sonne und Sterne bewegt«, in bitterer Anklage gegen die vielen schönen Worte, mit denen er mich eingewickelt hatte, seine Augen, seine Hände. Mein Gott.

»Warum schießt du nicht?« Erst jetzt merkte Oriol, daß er immer noch auf sie zielte. Er ließ die Waffe sinken und legte sie neben das Funkgerät. Elisenda war so überrascht, daß sie nichts weiter sagen konnte als: »Aber ich liebe dich doch, Oriol, warum tust du mir das an?«

Dann lief ich davon, erbittert, gedemütigt, verwirrt, und auf dem Weg nach Hause weinte ich. Wäre ich doch nicht aus dem Haus gegangen, beunruhigt von seinem stummen, flehenden Blick!

Es war eine schmerzliche Nacht. Ich konnte mich nicht mit dem Verrat des Mannes abfinden, dem ich mich bedingungslos anvertraut hatte. In dieser Nacht fühlte ich, wie mir das Herz brach angesichts der Bosheit dieses Mannes, der die Erinnerung an meinen Bruder und meinen Vater verraten hatte, indem er in mein Haus gekommen war und zugelassen hatte, daß ich ihm Modell saß und ihn bis zum Wahnsinn liebte.

Niemals im Laufe ihres langen Lebens würde Elisenda Vilabrú wieder von so heftigen Zweifeln geplagt werden, wäre innerlich so zerrissen wie in jener leidvollen Nacht. Was für eine entsetzliche Qual.

64

Immer wenn er ein Wochenende am Strand verbringen wollte, holte Senyor Marcel Vilabrú den Geländewagen aus der Garage in Pau Claris und jagte ihn über die Autobahn, während er über die Freisprechanlage mit Carmina Geschäftliches besprach. Allerdings war es noch nie vorgekommen, daß sich eine unbekannte Frau auf den Beifahrersitz zwängte, kaum daß er die Tür geöffnet hatte. Bei ihrem Anblick gingen ihm verschiedene Möglichkeiten durch den Kopf. Zuerst dachte er an die ETA oder die GRAPO, verwarf diesen Gedanken aber sofort wieder, denn in diesem Fall läge er schon im Kofferraum eines Wagens, eine Kapuze über dem Kopf, und würde die Stöße zählen, um der Polizei davon berichten zu können, wenn sie auf seine Befreiung anstießen und er über das Lösegeld klagte. Vor allem aber war er wütend, denn schließlich zahlte er Monat für Monat Unsummen für seine persönliche Sicherheit, und nun stieg diese Frau so mir nichts, dir nichts in seinen Wagen. Sicher suchten ihn seine beiden Bodyguards im Büro und hatten sich diese Stöpsel ins Ohr gesteckt, um wichtiger auszusehen und ihm fünfhundert Euro monatlich mehr auf die Rechnung setzen zu können. All dies ging ihm durch den Kopf, obwohl er auf dem Weg zum Auto darüber nachgedacht hatte, wie er Barça die Exklusivrechte zur kompletten Ausstattung der Mannschaft abschwatzen könnte, mit einem Vertrag, der diese Pfuscher von Nike zum Teufel jagen würde.

»Was machen Sie denn hier?«

Die Frau war mollig und hatte hübsche, lebhafte Augen. Sicher war sie gut im Bett. Und sie hatte diese undefinierbare, halb fatalistische, halb demütige Haltung starrköpfiger Menschen.

»Ich muß Ihnen etwas erzählen.«

»Steigen Sie sofort aus meinem Wagen, oder ich rufe den Sicherheitsdienst.«

»Ihre Sicherheitsleute kommen wahrscheinlich gerade die Rampe herunter; sie haben Sie wohl aus den Augen verloren.«

»Und woher wissen Sie ...«

»Wenn man fünf Stunden an der Rezeption von Brusport warten muß, erfährt man so einiges.«

Eine entlassene Mitarbeiterin. Die Frau eines entlassenen Arbeiters. Eine von diesen Scheißgewerkschafterinnen. Eine ehemalige Angestellte, die mich wegen dieses verdammten Gummis verklagen will, der Asthma verursacht.

»Wenn Sie mit mir reden wollen, hätten Sie sich an der Rezeption einen Termin geben lassen müssen.«

»Unmöglich. Sie sind sehr gut abgeschirmt, Senyor Vilabrú.«

»Was wollen Sie?« Er versuchte, möglichst ungeduldig und streng zu klingen.

Die beiden Bodyguards mit ihren Ohrstöpseln waren am Wagen angekommen. Einer von ihnen bückte sich und sah zum Wagenfenster hinein.

»Uns wurde gesagt, Sie ...« Er sah die Unbekannte mit professioneller Wachsamkeit an. Dann fragte er Senyor Vilabrú: »Alles in Ordnung?«

Senyor Marcel Vilabrú Vilabrú war der Gedanke unangenehm, die beiden Gorillas könnten denken – und weitererzählen –, er ließe sich mit so beschränkten Frauen wie dieser hartnäckigen Unbekannten ein. In diesem Augenblick erklang gedämpft die Ouvertüre *Russische Ostern* von Rimski-Korsakow, und er setzte die resignierte Miene auf, die er immer aufsetzte, wenn diese Ouvertüre erklang und eine Frau in der Nähe war, und sagte: »Was gibt's, Carmina?«

»IKEA hat ja gesagt.«

»Und Bedogni?« Plötzlich war er hellwach.

»Ist auf dem Weg nach Stockholm.«

»Annullier die Reservierung in Antibes. Ich will noch heute abend in Stockholm sein.«

»Ich erinnere Sie daran, daß Sie am Sonntag im Vatikan sein müssen.«

»Weiß ich. Notfalls fliege ich direkt hin. Ach ja, und entschuldige mich bei Natalie.« Er sah, wie seine Bodyguards sich entfernten, um das Gespräch nicht mit anzuhören. Die fordernde ehemalige Angestellte blieb still neben ihm sitzen. »Sag ihr, ich rufe sie an. Laß ihr einen Strauß schicken … Ich weiß nicht, entscheide du. Mit Dingsda … Dahlien. Die mag sie besonders gern. Einen Dahlienstrauß.«

Er beendete das Gespräch, ohne sich von Carmina zu verabschieden, und seufzte. Zu dem Bodyguard, der ihm am nächsten stand, sagte er: »Ich bin auf dem Weg zum Flughafen.«

Ohne die Unbekannte anzusehen, sagte er: »Senyora, ich bin ein vielbeschäftigter Mann. Würden Sie bitte aus dem Wagen steigen?« Als Antwort überreichte sie ihm einen großen, ziemlich dicken Umschlag. Erpressung. Ein Erpressungsversuch vor der Nase seiner Sicherheitsleute. Mit welcher Frau hatten sie ihn erwischt und wie?

»Es ist die Abschrift eines Briefes, den Ihnen Ihr Vater vor siebenundfünfzig Jahren zu Ihrer Geburt geschrieben hat. Ich habe das Original.«

Sie öffnete die Beifahrertür. »Es ist auch eine Visitenkarte von mir dabei, mit Telefonnummer und so weiter.«

»Soll das ein Witz sein?«

»Bitte lesen Sie den Brief und glauben Sie, was darin steht. Dann können wir darüber sprechen, wenn Sie gestatten.«

Nervös riß Marcel Vilabrú den Umschlag auf. Er enthielt computergeschriebene Seiten. »Geliebte Tochter, ich kenne nicht einmal Deinen Namen«, las er, ohne die Papiere aus dem Umschlag zu nehmen. Er sah die Frau an. »Ich glaube, Sie irren sich. Mein Vater hatte keine Tochter.«

»Nein: Ihr Vater schreibt an Sie, auch wenn er Sie Tochter nennt. Sie werden es schon verstehen, nehme ich an …«

Bevor sie die Tür zuschlug, sagte sie noch: »Rufen Sie mich an, wenn Sie alles gelesen haben.«

Der Flug nach Kopenhagen erschien ihm kurz. Er aß nicht und erwog nicht einmal, ein Glas Champagner zu trinken. Anstatt das Material und die Dokumentation für IKEA durchzusehen – schließlich kannte er sie auswendig –, las er zweimal den Brief dieses großartigen Fontelles an seine Tochter, die, glaubte man einer unbekannten, reichlich durchgeknallten Frau, angeblich er war. Dann starrte er aus dem Fenster. In der Businesslounge des Flughafens von Kopenhagen aß er zerstreut ein paar Erdnüsse, die man vor ihn hingestellt hatte, und überflog die zahlreichen Seiten dieses seltsamen Briefes erneut. Er betrachtete die Karte der Frau: Name, E-Mail, Telefonnummer. Und eine Adresse in Sort.

Plötzlich raffte er sich auf, nahm die Blätter und ging zum Schredder. Er steckte sie hinein, eines nach dem anderen; im letzten Augenblick behielt er die Karte der Frau zurück. Marcel Vilabrú, die geliebte, namenlose Tochter, griff entschlossen nach der Mappe mit den Unterlagen von Saverio Bedogni und IKEA und verließ die Businesslounge, als eine sanfte, liebenswürdige Stimme den Flug nach Stockholm aufrief.

Rom war – vor allem nach Stockholm – Chaos und Lärm, ein recht einfallsreicher Fahrstil, Geschrei und zehntausend Kirchen auf den sieben Hügeln. Mamà war taktvoll genug gewesen, sie in unterschiedlichen Hotels unterzubringen, und so mußte Marcel Vilabrú im Hotel anrufen, in dem Senyora Elisenda wohnte, um anzukündigen, er werde vor dem Abendessen in der Suite seiner Mutter vorbeisehen. Ihm wurde gesagt, sie habe einen Tisch im Hotel reserviert und wolle allein zu Abend essen oder mit Gasull, was auf das gleiche hinauslief. In einer halsbrecherischen Taxifahrt gelangte er zum Hotel seiner Mutter neben dem Vatikan. Es dämmerte bereits.

Senyora Elisenda saß in ihrer Suite auf dem Sofa, still, die Hände im Schoß zusammengelegt, und kramte in ihren Erinnerungen. Sie schwieg lange, dann sagte sie: »Romà, sei so gut und lies mir auf der Stelle diese Papiere vor.«

»Ich habe sie vernichtet, Mamà.«

»Idiot.«

»Nein. So kannst du es nur aus meinem Mund erfahren.«

Er wandte sich an Gasull. »Läßt du uns bitte einen Augenblick allein?«

»Geh nicht, Romà.«

Gasull, wie immer zwischen zwei Loyalitäten hin- und hergerissen, erhob sich halb und sah Marcel an wie ein in die Enge getriebenes Tier. Er war zu alt für diese Spielchen. Marcel machte eine Handbewegung, die besagte, wie du willst, und Gasull nahm wieder Platz und seufzte, nicht vor Erleichterung, sondern vor Schmerzen, denn abgesehen von der Arthritis im rechten Knie wußte er, daß jetzt die Fetzen fliegen würden.

»Diesen Papieren nach war dein heiliger Oriol Fontelles ein kommunistischer Maquisard, und es gehört nicht viel dazu, sich vorzustellen, daß er dein Liebhaber war.«

»Das hat sich jemand ausgedacht, um ihm zu schaden.«

»Ich verstehe ja nicht viel von diesen Dingen«, fuhr Marcel fort, ohne den Einwurf zu beachten, »aber wenn Fontelles nicht das ist, was er offiziell ist, kann er morgen nicht seliggesprochen werden, nicht wahr?«

Sie brauchte zwei Sekunden, um eine neue, verzweifelte Grabentaktik zu ersinnen: »Du fragst nach den Einzelheiten aus dem Leben eines Mannes, der als Märtyrer gestorben ist, und willst nicht einmal wissen, ob er wirklich dein Vater war.«

»Das ist mir völlig egal.«

»Wie bitte?« Sie war verletzt und empört.

»Du hast ganz richtig gehört. Es ist mir schnurzpiepegal, Mamà.« Bevor sie etwas erwidern konnte, sagte er heftig:

»Ich habe große Lust, einen Skandal loszutreten, in Erinnerung an das, was du mir vor zwölf Jahren angetan hast.«

»Marcel, ich bitte dich, hab doch …«

»Du hast hier nichts verloren«, sagte er kurz zu Gasull, »also halt den Mund.« Er wandte sich an Elisenda: »Dein Heiliger wird morgen nicht seliggesprochen.«

»Nun gut. Was willst du dafür?«

»Alles.«

Stille. Romà Gasull war außer sich, und Senyora Elisenda dachte zum zweiten Mal in ihrem Leben, Oriol, ich habe alles falsch gemacht, dein eigener Sohn will, daß ich Kummers sterbe, so wie du mich getötet hast, als deine verstörte Pistole auf mich gerichtet war und alle deine Geheimnisse zutage lagen. Dabei hat er deine Augen und deine Nase. Oder seid ihr eine verfluchte Rasse, nur dazu geboren, um mein Unglück noch zu vergrößern? Fassungslos riß sie die Augen auf, als könnte sie sehen. »Was soll das heißen, alles?«

»Du weißt schon. Alles. Du kannst dich nach Torena zurückziehen und zum heiligen Fontelles beten.«

Wäre sie nicht blind und ein paar Jahre jünger gewesen, wäre Romà nicht dabei, hätte sie ihren Sohn geohrfeigt.

»Willst du mich umbringen?«

»Nein, Mamà, um Gottes willen! Aber ich bin nun mal siebenundfünfzig Jahre alt und will endlich über mein Eigentum verfügen können, ohne dich jedesmal um Erlaubnis bitten zu müssen. Ich will gar nicht mehr um Erlaubnis bitten! So einfach ist das.«

»Na schön. Nach der Seligsprechung unterschreibe ich eine Verzichtserklärung.« Sie beugte sich zu Gasull hinüber: »Bereite sie für morgen vor.«

»Das ist ein Fehler, Elisenda.«

Mutter und Sohn sagten: »Sei still und halt dich da raus.« Wenigstens darin waren sie sich einig. Und sie einigten sich darauf, daß Mertxe sich ins Flugzeug setzen und in den Vatikan kommen solle, in einem langen, dunklen Kleid. Sie würden ihr zahlen, was sie dafür verlangte. Nur für die Feierlichkeiten, Mertxe, ehrlich. Mertxe ex Vilabrú Centelles-Anglesola Erill ließ sich von Gasulls Argumenten überzeugen. »Na gut, nur für die Feierlichkeiten.« Dann gab sie dem Anwalt der Familie die Nummer des Kontos durch, auf das die Argumente überwiesen werden sollten.

»Was wird aus der Sache mit IKEA?« fragte Senyora Elisenda, als alles erledigt war.

»Mamà, du hast dich soeben zurückgezogen!«

»Nicht bis morgen nach der Seligsprechung.«

Marcel schüttelte den Kopf, verwundert über Mamàs Starrsinn, und erklärte ihr, daß Bedogni und Brusport fünfundvierzig Prozent von drei Tochtergesellschaften kaufen würden, weil man so indirekt ans Hauptgeschäft herankam.

»Zahlt sich das aus?«

»Kurz-, mittel- und langfristig. Eine große Sache.« Grinsend sagte er: »Die Große Operation.«

»Willst du wirklich nicht wissen, ob Oriol dein Vater war?«

»Nein. Tschüß bis morgen.«

»Auf Wiedersehen, mein Sohn. Gott verfluche dich.«

Ihre Augen brannten von der Schlaflosigkeit, als sie sacht die Tür zum Büro des Bürgermeisters schloß und am Tisch Platz nahm. Der Raum roch nach kaltem Zigarettenrauch und Alkoholdunst. Sie trommelte mit den Fingern auf den Tisch, ihr Blick verlor sich in der Ferne wie ihre Gedanken. Sie konnte warten. Ihre Entscheidung war getroffen.

Keine fünf Minuten später war Valentí Targa da. Er dachte an die Zuckerpuppe, die seit ihrer Ankunft in Torena unausstehlich war. Weiber, warum zum Teufel habe ich sie mir auch ins Haus geholt, man weiß doch, daß sie nichts als Ärger machen. Der Bürgermeister hatte sich hastig einen Mantel übergeworfen; er war unrasiert, und in sein Gesicht stand geschrieben, was willst du, verdammt?

»Den Lehrer.«

Valentí Targa setzte sich auf seinen Stuhl, ohne den Mantel

auszuziehen. Man sollte ihm ansehen, daß er aus dem Bett geholt worden war.

»Was ist mit Kamerad Fontelles?«

»Laß den Dachboden der Schule durchsuchen, dann siehst du, was mit ihm ist.« Elisenda Vilabrú atmete die abgestandene Luft des Büros ein, schob den Stuhl nach vorn und stützte die Arme auf den Tisch, von Haß und Kummer überwältigt.

»Er hat uns alle getäuscht, und das lasse ich mir von niemandem bieten.«

»Was redest du denn da?«

»Bring ihn um.«

»Aber... Seid ihr beide nicht...«

»Bring ihn um.«

65

Der Euromed wurde langsamer, als wollte er den Fahrgästen noch einmal die Möglichkeit geben, die blendende Mittelmeerlandschaft zu bewundern. Dann hielt er zischend, und einige der Türen öffneten sich. Tina stieg aus, und ihr schlug ein Schwall warmer Luft entgegen, die ihr im Zug erspart geblieben war. Dabei war erst März.

Wie man ihr versichert hatte, beendete die Rentnergruppe die Besichtigung des Kastells von Peníscola pünktlich. Einige hatten Postkarten in der Hand, andere packten den Fotoapparat ein, und alle freuten sich schon auf die Paella, die ihnen für zwei Uhr zugesagt worden war. Sie entdeckte Balansó unter den letzten; er trug ein Postkartenleporello mit verschiedenen Ansichten des Kastells. Er ging schleppend und hatte noch immer seinen schmalen Schnurrbart, der jetzt allerdings weißgrau war, und einen lebhaften Blick, der es einem schwermachte, zu glauben, daß dieser Mann über achtzig war. Als sie ihm sagte, ihr Name sei Tina Bros und sie arbeite an einer Reportage über die Kirchen und Friedhöfe des Pallars und sei überzeugt, daß er ihr helfen könne, merkte sie, daß der Mann wachsam wurde. Er klappte das Leporello zu und sagte: »Sie täuschen sich, Senyoreta.«

»Andreu Balansó aus Pobla, Gehilfe von Bürgermeister Valentí Targa. Sie waren an fünf Morden beteiligt, die nie vor Gericht gekommen sind. Täusche ich mich?«

Sie schluckte. Dies war der entscheidende Augenblick: Entweder würde er sie zum Teufel jagen, oder er würde tun, was Balansó jetzt tatsächlich tat: Er erschrak, hatte Angst, sich auf unsicherem Grund zu bewegen, und bot der unbekannten jungen Frau an, sich nach dem Mittagessen mit ihr in einem Café zu treffen. Aber sie fiel nicht darauf herein. Sie sagte: »Nach dem Essen steigen Sie alle in den Bus. Ich lade Sie ein, mit mir zusammen zu Mittag zu essen.«

Sie hakte sich bei ihm ein, als wollte sie einen geliebten Großvater stützen.

»Die anderen werden mich vermissen.«

»Sollen sie. Ich passe schon auf, daß Sie rechtzeitig am Bus sind.«

Statt einer Paella mit Meeresfrüchten aßen sie in einem einsamen Restaurant, fernab vom Einzugsbereich des Kastells, eine Gemüsepaella. Tina log, wie sie es nie zuvor getan hatte, behauptete, ein ehemaliger Kamerad von ihm habe ihr bereits alles erzählt und ihr seinen Namen genannt, und er habe nichts mehr zu fürchten, denn mit der Jahrtausendwende seien alle politischen Verbrechen verjährt. Zum Beweis hielt sie ihm eine Seite des Amtsblattes vor, auf der von Förderungen für Musik, Literatur und bildende Kunst die Rede war.

»Ich bin Ihnen keinerlei Rechenschaft schuldig.«

»Doch, denn andernfalls werde ich Sie richtig in den Dreck ziehen, Senyor Balansó.« Lächelnd schluckte sie einen Löffel Paella, die viel zu gut für diese Unterhaltung war. »Bis zum Hals.«

»Haben Sie nicht gerade gesagt, alles wäre verjährt?«

»Ja, aber ich werde Sie trotzdem reinreiten. Ich bin Journalistin«, sagte sie aufs Geratewohl. »Sie wissen ja, wie das läuft: ein Foto von Ihnen, eine Fernsehsendung, eine sensationslüsterne Moderatorin …«

»Ich habe Befehle befolgt, und alles, was geschah, war notwendig.«

»Das bezweifle ich nicht. Wie ist Oriol Fontelles gestorben?«

»Wer?«

»Der Lehrer von Torena.«

Senyora Elisenda war schon vor fünf Minuten gegangen, aber der Duft ihres Parfüms hing noch immer in der Luft. Targa hatte sich nicht von seinem Stuhl gerührt; er dachte, das sagt sie, weil es im Bett nicht gut gelaufen ist. Er dachte, ich habe ihn auch überwachen lassen, und: Du Schweinehund, wenn sich rausstellt, daß du wirklich ein Verräter bist, reiße ich dich in Stücke, auch wenn ich danach Schwierigkeiten bekomme. Er hob den ungekämmten Kopf: »Was gibt's?«

Ein Telegramm. Ein Soldat hatte persönlich ein Telegramm für ihn abgegeben. Vom Generalstab. Geheim. »Gebt ihm bei Marés einen Kaffee aus.« Er riß das Telegramm auf, hungrig nach Lob, nach einer Belohnung, einer Liebkosung, einem »Ich liebe dich«, wenigstens eines, verdammt noch mal, egal von wem.

VERTRAULICH STOP
BEZÜGLICH NACHFORSCHUNGEN OSSIAN EINZIGE SPUR SECHSTES JAHRHUNDERT SCHOTTLAND STOP DICHTER STOP KEINE UNMITTELBARE GEFAHR STOP
HERZLICHE GRÜSSE STOP VIVA FRANCO STOP
VENANCIO STOP

Keine unmittelbare Gefahr. »Balansó, Arcadio«, schrie er. Er befahl den beiden Männern, zur Schule zu gehen und alles zu durchsuchen, einschließlich des Dachbodens, jeden Zufluß und jedes Komma umzudrehen, und ihm dann Bericht zu erstatten. Aber noch bevor die Männer den Befehl befolgen konnten, begann das Telefon Sturm zu läuten. Torena, hier spricht Sort, Torena, meine Liebe, hörst du mich? Ja, Sort, sprich. Sag dem Bürgermeister, Hunderte von Maquisards sind überall in den Bergen, in Esterri, València, Isil, Alins, Escaló und angeblich vor allem in Baiasca. Heilige Mutter Gottes! Bist du sicher? Sort? Hörst du mich, meine Liebe? Ich habe gefragt, ob du sicher bist. Sort? Jetzt bin ich da, Torena, die Linien sind völlig überlastet, alle sind schrecklich nervös. Sie haben mir gesagt, du sollst dem Bürgermeister sagen Viva España. Also, hier ist alles ruhig. Einen Augenblick, Sort. Was gibt's, Esterri, meine Liebe? Nein! Wirklich? Wie furchtbar, Esterri. Sort, Esterri sagt, dort ist alles voller kommunistischer Soldaten. Und hier auch. Himmel hilf! Und du, Torena? Hier ist alles ruhig. Ich muß aufhängen, Torena. Auf Wiederhören, Sort. Auf Wiederhören, Torena, meine Liebe.

»Ja, Herr Bürgermeister, das haben sie mir gesagt. Und viva España.«

»Zum Teufel auch, laß sie nur kommen, wir werden sie gebührend empfangen, viva España, Cinteta. Und du bleibst in der Leitung.«

»Ja, Herr Bürgermeister.«

Balansó und Gómez Pié. Und der mit den buschigen Augenbrauen, wie heißt der noch mal, und drei weitere einsilbige Männer. Die Schule kann warten. Alle hatten den Telefonbericht gehört, alle trugen die Uniform der Falange und die Pistole im Halfter, alle warten ungeduldig darauf, daß sich in Torena der erste Bandit blicken ließ.

»Ihr wißt Bescheid. Ich gehe mal schnell nach Hause, um mich zu rasieren. Jeder geht auf seinen Posten, und zieht euch warm an.«

»Woher werden sie kommen?«

»Vielleicht über den Weg von Espot. Wir müssen abwarten.«

»Und wenn wir der Guardia Civil sagen, sie sollen ...«

»Die haben unten im Tal genug zu tun. Wir sind allein schon Manns genug.«

Den ganzen Morgen über waren die Falangisten zwischen dem Rathaus und ihren Posten unterwegs, während Targa Cinteta auf Trab hielt. Er ließ sie nach Sort telefonieren, beobachtete die Berge, rauchte und wartete auf den Feind, der sich nicht blicken ließ. Schließlich ging er in der großen Pause an der Schule vorbei, ohne anzuhalten. Die Kinder waren wegen der Kälte dringeblieben, und der Lehrer erzählte ihnen eine Geschichte. Es kann nicht sein, dachte er. Bevor Kamerad Fontelles den Kopf heben und ihn sehen konnte, schnippte er die Zigarettenkippe weg, ging zu Marés, um zu Mittag zu essen und sich mit seiner Zuckerpuppe zu treffen, die seltsam bedrückt wirkte.

Oriol dachte unablässig an den Vorabend und den Abend, der kommen würde, während er mit einem Rotstift das Diktat von Carme korrigierte, der Kleinen von den Cullerés, die seit Tagen nur davon redete, daß sie in Sort eine Schneiderlehre machen wollte, und für nichts anderes Augen und Ohren hatte. Vielleicht war sie verliebt. Den ganzen Morgen über hatte er auf Targas letzten Besuch gewartet, der nicht kam, hatte sein Verlangen unterdrückt, in die Berge zu fliehen, weil Jott-fünf um sieben Uhr wieder auf Sendung gehen mußte, und weil sie ihm gesagt hatten, er sei für die Verbindung zwischen den beiden Brigaden beiderseits des Montsent verantwortlich. Er fühlte sich matt, nicht nur vor Angst, sondern auch, weil er die ganze Nacht die Verbindung zwischen den beiden Brigaden aufrechterhalten hatte, die im Dunkeln auf València d'Àneu und Esterri vorrückten, während der Haupttrupp sich im Vall d'Aran sammelte. Und nun, am späten Vormittag, schwieg das Funkgerät, und er strich, halbtot vor Müdigkeit, Rechtschreibfehler an, jetzt die von Jaumet Serrallac. Es waren nur wenige, denn trotz seiner nur mühsam kaschierten Distanziertheit war der Junge so wissensdurstig, daß er sich sogar vom Lehrer helfen ließ. Während er einen überflüssigen Akzent strich, erreichte die Vierhundertzehnte Brigade in eisiger Kälte und schneidendem Wind Bòrdes, und die Elfte Brigade scheiterte bei ihrem Versuch, den Nordausgang des Tunnels von Viella zu besetzen, denn wir sind nicht gekommen, o Herr, um gegen die Elemente zu kämpfen, sondern gegen die franquistische Armee. Aber die Fünfhunderteinundfünfzigste, die über Canejan einmarschiert war, besetzte das Tal von Toran und marschierte über die Geröllhalde von La Garona der Freiheit entgegen.

»Gar nicht wird gar nicht zusammengeschrieben, Jaumet.«

»Stimmt.«

Am Mittag unterrichtete der Bürgermeister die schweigenden Gäste bei Marés über den Stand der Dinge und sagte: »Den ersten verdammten Guerrillero, der sich hier blicken läßt, hänge ich an den Eiern auf.« Die Zuckerpuppe wartete, bis Targa mit seiner Rede fertig war und sich auf seine Linsen konzentrierte, dann berichtete sie ihm im Flüsterton von ihren Ängsten und Gewißheiten. »Deshalb bin ich so nervös.«

»Bist du sicher?«

»Wenn er es nicht ist, sieht er ihm jedenfalls zum Verwechseln ähnlich, das schwöre ich dir.«

Weiber. Die können doch nicht mal einen Hammel von einem Widder unterscheiden, zum Teufel.

»Was du da sagst, ist eine schwere Anschuldigung.«

»Glaubst du vielleicht, ich würde mir so was ausdenken, Schatz?«

Bis sieben Uhr abends würde er nicht ans Funkgerät zurück müssen – wenn sein Tag überhaupt einen Abend hatte. Leutnant Marcó und seine Männer, die auf irgendeinem Bergkamm ihr Leben aufs Spiel setzten, hatten die Aufgabe, in sechs oder sieben verschiedenen Ortschaften weitab der Grenze Ärger zu machen, um das Chaos zu vergrößern und die Armee vom Bonaigua fernzuhalten. Und er korrigierte das Heft von Jaumet Serrallac. Er wußte, daß Ventura irgendwann auch in Torena vorbeikommen würde. Deshalb wurde er leichtsinnig, und als Große, Mittlere und Kleine in der Pause hinausgingen, weil die Kälte nachgelassen hatte, stieg er auf den Dachboden, schaltete das Funkgerät ein, suchte die Frequenz von Leutnant Marcó, sagte »Jott-fünf an Marcó, Jott-fünf an Marcó«, und hörte sie klar und deutlich, weil sie anscheinend nicht bei Sorpe waren, sondern näher bei ihm. Er sagte: »Der Wolf und die fünf Hyänen sind den ganzen Tag in ihrer Höhle, sie verbringen den Tag in ihrer Höhle«, dann brach er ab, schaltete das Gerät aus und verließ den Dachboden. Er kam gerade rechtzeitig, um Nando und Albert von den Batallas zu trennen, die sich um die Gültigkeit eines entscheidenden Tors prügelten.

»Hej du, Lausebengel, komm mal her. Wie heißt du?«
»Jaumet.«
»Zu wem gehörst du?«
»Zu den Serrallacs.«
»Dem Steinmetz?«
»Ja, Senyor.«

Bibiana räumte in der Küche Gläser mit Konfitüre ein, putzte das Messing am Herd blank und dachte, was ist bloß los, da ist was Schlimmes passiert, ihr Kummer ist schwer wie Stein, er wird sie noch umbringen. Sie ist aufgebracht, sie hadert mit Gott, und ich weiß nicht, wie ich einen so großen Kummer lindern kann.

Elisenda stand weinend im Wohnzimmer vor ihrem Porträt. Sie war versucht, hinauszulaufen, Oriol zu umarmen und vor den Feinden zu verbergen, die sie selbst auf ihn losgelassen hatte. Doch dann nahm sie das Bild ihres lächelnden Bruders und ihres strengen Vaters in die Hand, und da überkam sie wieder diese Wut, die ihr klarmachte, daß niemand sie hintergehen durfte. Und eine Minute später strömten ihre Tränen wieder, und sie rief: »Oriol, Oriol, wie konntest du nur so schlecht sein, du warst doch meine ganze Welt.«

»Hier, mein Kind ... ein Kräutertee.«

»Ich habe gesagt, ich will meine Ruhe haben.«

Das arme Kind. Was kann ich bloß machen, was kann ich ihr sagen? Könnte ich sie doch bloß noch in meinen Armen wiegen und ihr das Lied von der Fee von Baiasca oder der großen Kuh von Arestui singen, aber das Kind läßt sich nicht länger in meinen Armen wiegen. Wie schmerzt mich doch ihr Schmerz.

Es kam die Stunde der kalten Halbschatten, und während die Kinder kreischend von der Schule nach Hause stürmten, wo das Brot mit Olivenöl auf sie wartete, hatte sich im Vall d'Aran eine feste Frontlinie gebildet, und die franquistischen Telefone klingelten unermüdlich um Hilfe. Seine letzte Mahlzeit bereitete er wie alle anderen in dem Kämmerchen in der Schule zu. Sie bestand aus den Resten des Eingemachten, das ihm zwei Tage zuvor die Báscones gebracht hatte, ganz versessen darauf, einen Patrioten zu verköstigen. Er streckte es, indem er Kartoffeln dazu kochte, aß es mit ein wenig Brot und trank einen Schluck Wein dazu. Dabei mußte er an seine Frauen denken, an Rosa, seine namenlose Tochter und Elisenda, die fassungslos vor seiner Pistole gestanden und ihn offenbar nicht verraten hatte. Ihm fiel auf, daß die Stille draußen dichter war als gewöhnlich. Aber noch seltsamer war, daß Targa still blieb, daß er noch nicht gekommen war, um ihm ins Gesicht zu schleudern, du wolltest mich umbringen, das warst du, du Mörderschwein, meine Zuckerpuppe hat mir erzählt, daß sie die Angst in deinen Augen gesehen hat. Warum? Bist du nicht mein Kamerad? Und Claudio Asín? Und der Caudillo, verdammt noch mal?

Er hörte eilige, aber unsichere Schritte, und plötzlich stand Jaumet, der immer rannte, als befürchte er, etwas zu versäumen, vor ihm und starrte auf das Essen, um ihm nicht in die Augen sehen zu müssen. Er keuchte und schwieg.

»Was willst du, Jaumet?«

»Er hat gesagt, ein gewisser Ossian erwartet Sie in der Kirche.«

»Wer?«

»Ossian.«

»Wer hat dir das gesagt?«

»Er hat gesagt, das darf ich Ihnen nicht sagen, er wär ein Freund.«

In einer halben Stunde mußte er wieder funken, und wenn er schon sterben mußte, wollte er die Schule nicht verlassen.

»Und wo ist der Herr Pfarrer?«

»Der ist in La Seu. Ich soll ihnen jedenfalls sagen, es sind ein paar Freunde.«

»Du darfst niemandem davon erzählen. Niemals.«

»Nein, Herr Lehrer.«

»Möchtest du etwas davon?«

Jaumet Serrallac sah den Teller des Lehrers begehrlich an, sagte aber, »Nein, danke«, und lief nach Hause. Er wußte nicht, daß er der Bote des Todes gewesen war.

Als Oriol wieder allein war, dachte er an Ventura; vielleicht bereitete der einen Sturm auf das Rathaus vor. Mein Gott, wenn sie das tun, kann ich mich vielleicht noch retten. Er schob den Teller zur Seite. Einen Moment lang war er erleichtert; er dachte nicht daran, daß er nur mit Valentí über Ossian gesprochen hatte. Er zog den Mantel über, und als er durchs Klassenzimmer ging, sah er die Tafel und dachte, werde ein anständiger Mensch, meine Tochter. Als er aus dem Schulgebäude trat, fühlte er etwas in den Manteltaschen: Es waren die beiden Bücher, die Elisenda ihm angeblich zurückgegeben hatte. Trotz allem mußte er lächeln.

»Jetzt hätte ich gerne einen Kräutertee, Bibiana.«

Oriol wandte sich noch einmal zur Schule um, und ein Schauer überlief ihn, weil er an derselben Stelle stand, von der aus Rosa und er das Gebäude zum ersten Mal gesehen hatten. Auch Aquil·les hatte von hier aus zu ihm hinübergesehen, als er nach ein paar Tagen, in denen er sich ausgeruht hatte und die Wunden an seinen Pfoten verheilt waren, beschlossen hatte, auf der unsichtbaren Spur von Yves und Fabrice hechelnd seine aussichtslose Reise nach Norden fortzusetzen. Oriol hatte das Herz geblutet. Er vermied es, am Rathaus vorbeizugehen.

»Und ein Gläschen Cognac.«

»Aber Kind, du ...«

»Cognac, Bibiana.«

Die Tür zur Kirche von Sant Pere von Torena war angelehnt. Vorsichtig stieß er sie auf. Drinnen war es dunkel. Ein Schwall kühler, feuchter Luft schlug ihm entgegen. Ein beinahe unhörbares metallisches Klicken. Über dem Altar ging eine Glühbirne an.

Als er feststellte, daß ihn nicht Ventura mit den kohlschwarzen Augen und seine Maquisards erwarteten, sondern

Bürgermeister Targa und seine Falangisten, war es bereits zu spät.

»Hallo, Kamerad.«

Adieu, dachte er. Adieu, meine Tochter. Adieu, Hügel. Er sah die fünf Männer an.

»Hallo, Kameraden. Was ist los?«

Valentí Targa gab ein Zeichen, und zwei seiner Männer verließen eilig die Kirche. Valentí setzte sich in eine Bank und blickte Oriol neugierig an, während Balansó ihn filzte und die Pistole fand, »eine Astra, wie sie der Maquis benutzte, Senyoreta; so wahr ich Balansó heiße.«

»Was ist denn los?«

»Wir müssen noch einen Augenblick warten. Wieso bist du nicht gekommen, um uns zu helfen?«

»Wobei?«

»Soeben sind die Kommunisten hier eingefallen.« Targa nickte leicht mit dem Kopf. »Seit wann hast du eine Pistole?«

»Was ist los? Was machen wir hier?«

»Wir warten. Wir wollen etwas überprüfen, eines von vielen Dingen, die wir heute überprüfen müssen.«

Er nickte zu Balansó herüber, der mit knallenden Absätzen ebenfalls hinausging, »und deshalb gibt es ein paar Augenblicke, da weiß ich auch nicht, was passiert ist, ehrlich, Fräulein.«

Aus dem Beichtstuhl trat ein Schatten hervor, der sich im Näherkommen als Elisendas wortkarger Chauffeur entpuppte. Er stellte sich neben Targa, und dieser zeigte anklagend auf Oriol: »Du vögelst Senyora Elisenda.«

»Was soll das denn jetzt?«

»Ich hab sie auch flachgelegt«, fuhr Targa fort. »Sie ist gut im Bett, was?«

»Und wie! Ich hab sie auch gehabt.« Es war das erste Mal, daß Oriol die Stimme von Jacinto Mas hörte. »Sie ist heiß. Aber du hättest sie nicht anrühren sollen, Lehrer.«

»Ich verstehe überhaupt nichts.«

»Behaupten Sie nicht, Sie wüßten nicht, wovon wir reden …« sagte Jacinto drohend, ließ seine Hand in der Tasche verschwinden und zog ein zerknittertes Heft hervor.

»Bring mir den Mantel, Bibiana.«

»Weißt du nicht, was draußen los ist? Wo willst du hin?«

»Halt dich da raus. Den Mantel.«

Er schlug das Heft auf und blätterte darin, wobei er zuerst feierlich den Daumen anleckte.

»Soll ich Ihnen aufzählen, wie oft Sie sich mit Senyora Elisenda getroffen haben?«

»Also wirklich …« Oriol sah Targa verwirrt an. »Ich weiß nicht, was hier gespielt wird.«

Targa stand auf, lachte gezwungen und sagte: »Ich spiele nicht«; dann brach er plötzlich ab, stellte sich vor ihn hin und knurrte: »Wir warten noch.«

Vor der Kirchentür war Lärm zu hören. Targas Männer kamen herein, sie trugen etwas und stellten es vor Oriol ab. Es war das Funkgerät. Jetzt heißt es tatsächlich adieu, meine Tochter, adieu, Hügel, und zum Teufel mit Jott-fünf. Targa untersuchte das Gerät gründlich und stieß einen bewundernden Pfiff aus. Einer der Männer flüsterte ihm etwas ins Ohr, und er nickte, während er weiter die Knöpfe und Schalter in Augenschein nahm. Dann griff er nach Oriols Pistole und untersuchte sie ebenfalls.

»Ist das nicht das Modell, das …«

»… der Maquis benutzt«, bestätigte Arcadio Gómez Pié.

Targa baute sich vor Oriol auf und sagte leise: »Du wolltest mich umbringen, das warst du, du Mörderschwein, von hinten wie ein Feigling. Warum? Warst du nicht mein Kamerad? Warum wolltest du mir einen Genickschuß verpassen? Ich habe dir doch alles gegeben. Seit wann? Was für ein Spiel treibst du? Wer bist du?«

Das Licht der Glühbirne spiegelte sich in Valentís zornigen Augen und in den ängstlicheren, stilleren von Jacinto.

»Du hast gesagt, es gab einen Überfall?«

Valentí Targa sah ihn verblüfft an.

»Hast du nicht kapiert, was ich dir gesagt habe?« Er zeigte

auf das Funkgerät: »Ist dir klar, was du zu Hause stehen hattest?«

»Ich weiß nicht, wovon du redest. Warum sollte ich dich denn umbringen wollen?«

Valentí Targa nahm die Pistole des Maquis, lud sie und zielte auf Oriols Stirn. Er wollte gerade abdrücken, da flog die Tür krachend an die Wand. »Halt! Nein! Tu's nicht!«

Elisenda stürmte die drei Stufen hinunter. Instinktiv zog sich Jacinto ins Dunkel des Beichtstuhls zurück. Oriol setzte zu einem Lächeln an und wandte den Kopf nach seiner Liebsten: Sie hatte ihn nicht verraten. In diesem Augenblick betätigte Targas Finger den Abzug. Der Schuß hallte in dem schmalen Kirchengewölbe wider und traf die Stirn von Oriol Fontelles, der noch immer lächelte.

»Was hast du getan?«

»Befehle befolgt.«

»Ich habe dir gesagt, du sollst ...«

»Zu spät.«

Targa wischte den Griff der Pistole mit einem Taschentuch ab und warf sie verächtlich neben die Leiche. »Dann durften wir reinkommen. Der Lehrer lag auf dem Boden und die Waffe, mit der er erschossen worden war, ebenfalls. Ich schwöre Ihnen, ich war draußen und hab eine geraucht und habe nichts gesehen, deshalb können Sie mich auch nicht verklagen.«

»Ich habe Ihnen doch schon gesagt, daß alles verjährt ist.« Tina zeigte flüchtig auf die Fotokopie mit der Förderung der Musik, Literatur und bildenden Kunst.

Der Schuß und Elisendas Schrei waren kaum verklungen, da geschah plötzlich alles gleichzeitig. Wie von Targas Schuß ausgelöst, hörte man von Arbessé her Gewehre knattern, und Targa reagierte so schnell, als würde er noch immer für Cargue arbeiten, und lief mit seinen Männern hinaus. Einige Minuten lang herrschte völliges Durcheinander, die Maquisards drangen ins Rathaus ein, Leutnant Marcó lief durch alle Räume, riß wütend die Türen auf und schrie: »Wo hat er sich versteckt, wo ist der verdammte Wolf mit seinen fünf Hyänen!« Dann rief er, »Raus hier, sicher haben sie uns gesehen, vielleicht ist es eine Falle«, aber sie konnten schon nicht mehr hinaus, weil der Trupp der Falangisten sie von draußen mit einem Kugelhagel empfing. Jetzt waren die Rollen vertauscht, der Maquis verteidigte das Rathaus, und die Falange griff es an.

Elisenda Vilabrú saß auf dem Boden vor dem Altar, hielt Oriols halb aufgerichteten Körper in den Armen und hatte seinen zerschossenen Kopf an ihre Brust gelegt, die sich langsam rot färbte. Sie sah zum Altar, dann zu Oriol, umarmte ihn, unfähig, etwas zu sagen. Erst nach langer Zeit, als sie sich allein wähnte, sagte sie: »Oriol, das wollte ich nicht, Oriol, mein Geliebter, mein Leben, meine Seele …« Sie sah ihm ins Gesicht. Seine Augen standen offen, sein Blick wurde allmählich kalt und glasig, und sie drückte ihn an ihr Herz und dachte, mein Vater, mein Bruder und meine Liebe, mein Leben ist von Tod erfüllt, und diesmal bin ich schuld daran, ich schwöre dir, daß ich es wiedergutmachen werde. Mein Gott, wie ungerecht bist du, welch eine schreckliche Strafe erlegst du mir auf, ich bin doch deine treue Dienerin und eine Dienerin deiner Kirche. Wieder umarmte sie Oriol und sprach dann das Gebet, das sie von nun an immer sprechen würde: »Mach dich auf was gefaßt, Gott.«

»Er ist tot, Senyora«, hörte sie hinter sich Jacintos Stimme. In diesem Augenblick kam Targas Trupp zurück.

Andreu Balansó schenkte sich das Glas noch einmal halbvoll mit Weißwein, zufrieden darüber, daß ihn in diesem abgelegenen Restaurant niemand dafür tadelte, daß er sich Wein nachschenkte, was ja schließlich niemandem schadete.

»Als wir in die Kirche zurückkamen, nachdem wir den Angriff des Maquis entschlossen abgewehrt hatten, war Senyora Elisenda noch da. Und ihr Chauffeur stand daneben. Wußten sie, daß die beiden was miteinander hatten?«

»Wer?«

»Der Chauffeur und Senyora Elisenda.«

»Woher wissen Sie das?«

»Jacinto und ich waren Freunde. Er hat es mir in allen Einzelheiten erzählt. Sie war ganz verrückt nach ihm und hat ihn auf Händen getragen. Und dabei war er ihr Chauffeur! Übrigens hat man mir erzählt, sein Tod wäre ein bißchen ...«

»Ein bißchen was?«

»Ein bißchen Sie wissen schon.«

»Was meinen Sie damit?«

»Ich weiß nur, was erzählt wird.«

Balansó nutzte die unbehagliche Stille, um noch ein Schlückchen zu trinken. Genau wie sein Kollege mit den inzwischen ergrauten Locken es vor Jacinto Mas getan hatte, schweigend, in einer dunklen Bar in Zuera am Fluß. Der Fluß hieß Gállego, aber das wußte er nicht, und es interessierte ihn auch nicht. Es war einer jener Flüsse, den die Kinder von Torena, die inzwischen schon selbst Eltern waren, auswendig gelernt und dann wieder vergessen hatten, weil das Wissen, daß der Gállego bei Saragossa in den Ebro mündet, ihnen im Leben nicht weiterhalf, und wie nennt man einen Fluß, der nicht ins Meer mündet, sondern in einen anderen Fluß?

»Zufluß«, hatte Elvira Lluís geantwortet, siebeneinhalb Monate, bevor sie an Tuberkulose starb.

»Sehr gut, Elvireta.«

»Sehr gut, Arcadio. Warum bist du hier? Hat sie dich geschickt?«

Arcadio Gómez Pié sah sich im Raum um. Er war vom Rauch einer Feuerstelle an der Wand geschwärzt. An der anderen Wand stand auf einem hohen Bord ein alter Fernseher mit einer unzulänglichen Antenne, in dem zum vierten- oder fünftenmal die prachtvollsten Augenblicke der Krönung des neuen Königs von Spanien gezeigt wurden. Unfaßbar: Da haben wir einen Krieg gewonnen und uns für ein Ideal die Hände dreckig gemacht, haben den Prinzipien des Movimiento und der Falange Treue bis in den Tod geschworen, und kaum ist der Caudillo tot, unser Führer, unser Leitstern, da wird das ganze Land über Nacht monarchistisch. Darum drehten beide Männer dem Fernsehgerät ostentativ den Rücken zu, während sie ihren Wein tranken. Als Gómez Pié nicht antwortete, fuhr Jacinto fort: »Bist du hier, um mich umzubringen?«

»Warst du's?«

»War ich was?«

»Ich weiß es nicht.«

»Du befolgst Befehle, und das war's.«

»Wie du. Wir haben immer das gleiche gemacht.«

»Ja, aber Senyora Elisenda erträgt es nicht, daß ich sie hab sitzenlassen, weil ich nach so vielen Jahren Arbeit die Schnauze voll hatte und Zeit für mich gebraucht hab.«

»Ist es wahr, daß du und sie …«

»Ich könnte dir jeden einzelnen Zentimeter ihres Körpers beschreiben. Sie ist heiß. Ein bißchen nuttig. Bläst phantastisch, sogar im Auto.«

»Mann.«

Jacinto lächelte. Er überlegte, ob er sich auf seinen ehemaligen Kumpan stürzen oder sich mit einem Minimum an Würde umbringen lassen sollte. Er dachte daran, wie beeindruckt die Leute von Zuera sein würden, wenn er von Händen eines Pistoleros starb. Wer hätte das vom Bruder von Nieves gedacht, so ein friedlicher Mann mit seinem Garten und seinen Glyzinien.

»Gehen wir woanders hin.«

»Nicht nötig«, sagte Gómez Pié und stand auf. Jacinto dachte, das war's, jetzt wird er die Pistole ziehen, auf meine Stirn zielen wie Targa und tschüß. Gómez Pié steckte die Hand in die Tasche, zog Kleingeld heraus und legte es auf den Tisch. Er sagte schroff: »Hör auf, Ärger zu machen und anzugeben, oder du kriegst ernsthaft Probleme.« Dann ging er in die Dezemberkälte hinaus, die Promenade am Fluß entlang, und Jacinto sah ihm nach, überrascht, innerlich noch ein wenig zitternd, und fragte sich, ist er nur gekommen, um mir den Kopf zu waschen? Er war stolz, daß er tapfer genug gewesen war, keine Szene zu machen, und trank sein Weinglas leer, während er dem Mann hinterherblickte. Und gerade als Gómez Pié unter der Straßenlampe stand, verschwamm Jacinto plötzlich alles vor Augen, sein Kiefer wurde starr, und sämtliche Luft wich aus seinen Lungen. Das Weinglas fiel zu Boden und gab ein fröhliches Kling von sich, bevor es unter dem Fernsehbord in tausend Scherben zersprang, genau wie das Leben von Jacinto Mas.

»Was soll das heißen, was erzählt wird?«

»Nichts. Es gab Gerüchte, daß Senyora Elisenda ... Was soll's.«

Was soll's. Daß Senyora Elisenda was soll's. Gerüchte. Tina vermerkte sie in ihrem Gedächtnis; es schwindelte sie ein wenig, und sie versuchte, auf den Tag zurückzukommen, an dem der Lehrer gestorben war, daß ihr ja nichts entging, jetzt, da jemand vor ihr saß, der beinahe mit angesehen hatte, wie der Lehrer starb. Deshalb sagte sie: »Fahren Sie bitte fort, ich will alles wissen. Was ist noch passiert?«

»Nein, nur ... Durch den Angriff wurde die Fassade des Rathauses beschädigt. Wahrscheinlich sind die Schäden noch zu sehen, wenn sie es nicht renoviert haben.«

»Und sonst nichts?«

»Naja, mein Bein wurde auch beschädigt, deshalb hinke ich.«

»Was hat der Maquis noch getan?«

»Sie sind geflohen wie die Ratten. Einen haben wir getötet, und sie haben unseren Lehrer erwischt.«

»Mein Gott, mein Gott, das kann nicht sein. Wie ist das nur passiert. Noch vor kurzem ... Heute morgen ... Gestern abend ... Wie kann denn nur ...«

»Ich weiß es nicht, Hochwürden. Der Maquis. Passen Sie auf, wo Sie hintreten.«

Hochwürden August Vilabrú blinzelte, als er die Kirche von Sant Pere betrat. Trotz des matten Lichts der Glühbirnen blendete ihn ein Schein, von dem er erst später verstand, daß er wundersamer Herkunft sein mußte. Zuerst bemerkte er den Bürgermeister in Falangeuniform, der in einer Bank saß. Es war das erste Mal, daß er Targa mit hängendem Kopf sah. Dann sah er seine Nichte, die blutbefleckt vor dem Altar stand und leise betete. Und zuletzt erblickte er den ausgestreckten Körper zu Füßen des Altars, wie ein Opfer für die Gottheit. Herr im Himmel, der Lehrer. Aus einer Jackentasche des Toten sah ein Buch hervor: der Kempis. Der Lehrer mit dem Kempis und einem Loch in der Stirn.

»Was ist passiert, um Himmels willen?«

Mit ruhiger Stimme schilderte ihm Bürgermeister Targa in allen Einzelheiten, die erstaunlichen, ja nahezu wunderbaren Ereignisse und endete leise und bedrückt mit der Anklage: »Joan von den Venturas war's. Er hat geschossen.«

»Wer?«

»Der Schmuggler Esplandiu.«

»Der, der auch aus Altron kommt?«

»Ja. Er gehört zum Maquis.« Targa schlug die Hände vors Gesicht: »Er hat ihn umgebracht. Und ich … Ich habe es nicht verhindern können.« Er streckte dem Geistlichen die offenen Hände entgegen. »Ich war unbewaffnet.«

»Es stimmt, ich habe es gesehen«, sagte Elisenda, ohne sich umzudrehen, den Blick auf den Altar gerichtet. »Der Lehrer hat sich zwischen die Mörder und das Tabernakel gestellt.«

»Mein Gott, woher kommt all dieser Haß, mein Gott …« sagte Hochwürden August und fiel auf die Knie. Er blickte zum Tabernakel auf, zum Ewigen Licht des Altars, und zwei, drei, vier runde Tränen rollten über seine Wangen.

»Der Lehrer hat das Tabernakel verteidigt«, sagte er bewegt. Dann bemerkte er das Goldkettchen. Mit den Fingerspitzen schob er das blutige Hemd beiseite, und sein Blick fiel auf ein halbes Goldkreuz. Der Anblick trieb ihm erneut die Tränen in die Augen. Auf Knien beugte er sich über den Märtyrer und küßte ihn auf die Stirn. »Der heilige Beschützer des Tabernakels«, murmelte er. Gott, ich warne dich: Das wirst du mir büßen, wiederholte Elisenda leise, verzweifelt, und kniete wieder neben dem reglosen Körper ihrer einzigen, unvergänglichen Liebe nieder.

Als Hochwürden August sich ein wenig gefaßt hatte, erhob er sich mühsam und wandte sich an den Bürgermeister: »Haben Sie keinen von ihnen erwischen können?«

Die Antwort war Schweigen. »Und wir mußten draußen bleiben, auf ausdrücklichen Befehl des Herrn Bürgermeisters, und haben uns den Hintern abgefroren. Schließlich hat uns der Chauffeur von Senyora Elisenda reingerufen. Der Geistliche hat vor dem Körper des Lehrers gekniet, ja, und dann hat er uns erzählt, was passiert war.«

»Das ist hier geschehen«, seufzte der Geistliche, als er geendet hatte. Er war bleich, und seine Augen glühten.

Der Bürgermeister stand auf und stellte sich neben den Geistlichen, um dessen Worte zu bekräftigen. Senyora Elisenda stand betend vor dem Altar.

Valentí Targa sah einen nach dem anderen an. »Noch Fragen?«

In diesem Moment kam Cinteta, die Telefonistin, herein. Trotz der späten Stunde hatte sie einen wichtigen Anruf für den Lehrer erhalten. »Ich kann ihn nirgends finden, und da hier Licht brannte … Oh, mein Gott!«

»Für den Lehrer?« Elisenda Vilabrú wandte sich um.

»Ja. Eine Nonne aus einem Krankenhaus. Heilige Mutter Gottes, was ist denn hier passiert?«

»Ich gehe dran, Cinteta«, sagte Senyora Elisenda, küßte Oriol noch einmal auf die Stirn und ging hinaus.

»Und jetzt fragen Sie nichts weiter, ich bin schon ganz durcheinander … Ich schwöre es bei Gott. Es war lausig kalt, das weiß ich noch genau. Und wir bekamen den Befehl auszuschwärmen, um diese Ratten von Maquisards zu jagen. Da hatten sie meine Kniescheibe noch nicht zertrümmert, die Schweinehunde. Wer zahlt das Mittagessen, Senyoreta?«

DEM SELIGEN MÄRTYRER ORIOL FONTELLES GRAU
(1915-1944), SCHULLEHRER IN DIESEM DORF
IN EHRENVOLLEM GEDENKEN VON SEINEN MITBÜRGERN

TORENA, APRIL 2002

»Die ganze Vorderseite des Granitblocks ist ziseliert, sehr hübsch, und die graue Marmorplatte mit den eingemeißelten Buchstaben ist ein echtes Wunderwerk, ich wünschte, du könntest es sehen. Außerdem habe ich eine geäderte Platte gefunden, die fast römisch aussieht. Sie können zufrieden sein. Natürlich zahlen sie bar. Und dann haben sie angefangen, von Oriol vom Tabernakel zu sprechen, Oriol von Torena. Josep Oriol vom Tabernakel von Torena ...«

»Es ist immer peinlich, wenn die Leute sich lächerlich machen. Bevor ich ins Krankenhaus gehe, werde ich einem Journalisten alles erzählen.«

»Was sagst du da vom Krankenhaus? Wo bist du gerade?«

»Ach, nichts.«

»Sag schon, wo bist du?«

»Ich erkläre es dir schon noch. Es ist alles in Ordnung. Nächste Woche komme ich ins Krankenhaus, es ist nichts, eine Kleinigkeit. Meinst du, du könntest solange auf meine Katze aufpassen?«

»Natürlich.« Er klang bedrückt. »Ruf mich an, dann komm ich und hol sie ab.«

ZUM GEDENKEN AN ORIOL FONTELLES GRAU (1915-1944) ALIAS ELIOT, LEHRER, MAQUISARD, MALER, HEIMLICHER LIEBHABER, SCHLECHTER EHEMANN, HELD WIDER WILLEN UND VATER SEINER GELIEBTEN NAMENLOSEN TOCHTER

TORENA, APRIL 2002

Plötzlich packte Jaume Serrallac die Wut. Er änderte die Blaupause ab, mal sehen, ob's ihnen gefällt, warum zum Teufel hat sie mir nicht vorher gesagt, daß sie ins Krankenhaus muß, verdammt noch mal.

»Was machst du denn da?«

»Nichts. Entwürfe.«

»Bist du verrückt geworden? Morgen wollen sie es sehen.«

»Das wird schon noch fertig, mein Kind. Laß mich ein bißchen träumen.«

»Du mit deinen Geschichten.«

»Ja, ich mit meinen Geschichten.«

»Wer fährt runter und holt den Basalt?«

»Nach Tremp?«

»Ja.«

Wie soll ich ihr sagen, wenn ich es ihr jemals sagen werde, daß ich das Glück hatte, immer zu wissen, daß sie Amèlia heißt, und daß ich zusehen durfte, wie sie heranwächst, zweifelt, Kinder bekommt und einen eigenen Kopf hat?

»Ich mach das schon, Amèlia.«

Siebter Teil

Die Stimmen des Pamano

… Das Haus ist still, das Haus
ohne dich, meine Tochter.

VICENT ANDRÉS ESTELLÉS

Nachdem alle Würdenträger und Ehrengäste vorbeigezogen sind, setzen sie sie für den endlos langen Korridor des Palazzo Apostolico in einen Rollstuhl, ungeachtet ihres Widerstands. »Mensch, Mamà, reg dich ab, es ist niemand hier außer uns.« Ein schweigsamer Sanitäter der Schweizergarden schiebt den Stuhl, und sie machen sich auf den Weg. Um sie herum erahnt Senyora Elisenda den schleppenden Gang Gasulls, Marcels schnelle, nervöse Schritte, das gereizte Absatzklappern von Mertxe und die katzenhafte Stille Sergis, der für die Zeremonie vielleicht nicht einmal Socken trägt. Ihre geliebte Familie, die sie höheren Zielen geopfert hat. »Ich weiß, wie weit ich gehen kann, Heiliger Vater.« »Aber meine Tochter, wenn ich dich richtig gehört habe, wenn ich verstanden habe, maßt du dir die Macht an, deine eigenen moralischen Maßstäbe zu setzen.« »Ja, weil ich weiß, daß ich sie richtig zu nutzen verstehe.«

»Mein Gehör ist nicht mehr das beste: Hast du wirklich gesagt, daß du über der Moral der anderen stehst?« »Ich weiß nicht mehr, ob ich das gesagt habe, Heiliger Vater, aber ich habe ein Sonderabkommen mit Gott.« »Das kann nicht sein, meine Tochter; hüte dich vor deinem Stolz.« »Ich möchte, daß Sie mir die Absolution erteilen.« »Alles, was du mir gesagt hast, meine Tochter, verlangt nach einem längeren Gespräch.« »Damit bin ich einverstanden, Heiliger Vater.« »Die Kirche ist – vergiß das nie – die Kirche der Demütigen.« »Und Escrivá, Heiliger Vater?« »Wie bitte?« »Escrivá: Ist er wirklich ein Heiliger oder nur ein Mächtiger, hinter dem noch mehr Macht steht?« »Wir müssen aufhören,

meine Tochter, meine Ärzte werden mit mir schimpfen.«
»Ich möchte, daß Sie persönlich mir die Absolution erteilen, Heiliger Vater.«

Der Korridor des Palazzo Apostolico nimmt und nimmt kein Ende. Mertxes Absätze klappern unverschämt laut, aber so ist sie nun einmal. Und dabei war sie anfangs so zurückhaltend. Ein Mann mit ausrasiertem Nacken und eisernem Griff hat Elisenda erbarmungslos fortgeführt, so daß sie nicht mehr sagen konnte: Ich tue Gutes, ich habe einen geradezu biblischen Gerechtigkeitssinn; jeder muß für das bezahlen, was er getan hat, Heiliger Vater, aber auch nur dafür, verstehen Sie? Ich handle nie aus materiellem Interesse oder Eigennutz, denn Gott sei Dank bin ich so reich, daß ich nicht nach Gewinn streben muß. Ich strebe nur nach Gerechtigkeit für die Meinen und kämpfe für das ewige Gedenken an den Mann, den ich wirklich geliebt habe. Und das habe ich erreicht, er ist seliggesprochen, und eines Tages wird er heiliggesprochen werden, und alle werden verstehen, daß mein Weg stets der beste ist. Oriol war ein guter Mensch, auch wenn einige jetzt versuchen, ihn mit üblen Verleumdungen über sein Leben in den Schmutz zu ziehen. Daß die Heilige Kirche einen Seligen mehr hat, ist gut. Und ich habe eines Tages gelobt, Oriol auf den Altar zu heben, und dieses Gelübde habe ich hiermit erfüllt. Sprechen Sie mich von allen meinen Sünden frei, Heiliger Vater. Sie höchstpersönlich, der Sie hier im Petersdom die Messe lesen. Sie, der Stellvertreter Gottes auf Erden.

»Halt! Nein! Tu's nicht!« Wie jeden Tag betrat Elisenda die Kirche von Sant Pere, nahm im Eilschritt die drei Stufen, und wie jeden Tag kam sie zu spät, um eine Sekunde, und das war ihre ewige Hölle, und ich werde dir nie verzeihen, daß du dich so einfach hast erschießen lassen, ohne dich zu verteidigen. Niemals.

»Was hast du getan?« fuhr sie Valentí Targa an, der noch immer die rauchende Pistole in Händen hielt.

»Befehle befolgt«, erwiderte Targa stets, wischte den Pistolengriff ab und sah sie mit einem neuen Haß in den Augen an.

Sie verlassen den Palazzo Apostolico durch das gleiche Tor, durch das sie hereingekommen sind, und die Limousine wartet schon auf dem Kopfsteinpflaster. Die Familie, in ihrer Mitte die schwarzgekleidete Dame im Rollstuhl, hält einen Augenblick lang auf dem obersten Treppenabsatz inne und sieht nach vorn, als erwarteten sie, daß jemand das Familienfoto macht, das sie sonst nie wieder werden machen können. Senyora Elisenda sieht all dies in ihrer Dunkelheit. »Ich lade euch zum Essen ein«, sagt sie zaghaft.

»Ich habe zu tun, Mamà«, sagt Marcel leise, zu seiner Mutter hinuntergebeugt.

»Hier in Rom?«

»Ja.«

»Grüß Saverio Bedogni von mir.« Sie wendet sich an die anderen: »Und ihr, kommt ihr mit?«

»Wärt ihr so freundlich, mir ein Taxi zu rufen?« Das sind beinahe die ersten Worte, die heute von Mertxe zu hören waren. Sie klingen eisig.

»Romà, laß ein Taxi rufen.« Sie dreht den Kopf zur anderen Seite: »Und du, Sergi?«

»Ich bin verabredet, Großmutter.«

»In Rom gibt es keine Wellen.«

»In Paramaribo. Die anderen erwarten mich dort in vierundzwanzig Stunden, und ich will sie nicht enttäuschen.«

»Natürlich nicht.«

»Auf Wiedersehen, Mamà.«

»Auf Wiedersehen, Großmutter.«

»Weißt du was, Sergi? Fahr du mich doch zum Flughafen.«

»Ja, Mamà.«

»Bestellen Sie das Taxi ab, Gasull.«

»In Ordnung.«

»Und du, Romà? Hast du auch zu tun?«

»Nur, wenn du es mir sagst.«

Senyora Elisenda erhebt sich ohne sichtbare Mühe. Irgend jemand schiebt den Rollstuhl zurück, und Gasulls zitternde Hände nehmen ihren Arm. Sie sagt leise zu ihm, wie schon unzählige Male zuvor: »Sind wir allein?«

»Ja.«

»Es ist niemand mehr hier?«

»Nein. Nur du und ich.«

»Sag das Essen ab.«

»Müssen wir beide nicht etwas essen?«

»Ich will mich hinlegen. Mir ist der Appetit vergangen.«

»Wie du willst, Elisenda.«

66

Ein langer, glänzender, lautloser Mercedes mit getönten Scheiben bremste sacht vor Marbres Serrallac S.L., einen halben Meter von der Wand entfernt, als fürchtete er, seine Karosserie staubig zu machen. Der Chauffeur stieg aus und öffnete eine Tür. Zwei zierliche Füße in glänzend schwarzen Schuhen mit silbernen Schnallen wurden vorsichtig auf den Boden gesetzt.

Seit Jahren hatte er Senyora Elisenda nicht mehr von Angesicht zu Angesicht gegenübergestanden. Er hatte ihre dunklen Brillengläser noch nicht gesehen, hinter denen sie ihre blinden Augen verbarg, obwohl er ihr direkt gegenüber auf der anderen Seite des Dorfplatzes wohnte, nur einen Steinwurf, aber tausend Geschichten von ihr entfernt. Sie stellte sich vor ihn hin, flankiert von ihrem Chauffeur und einem Mann, der ebenso hager war wie sie. Den habe ich schon oft gesehen, aber ich weiß nicht, ob er ein Verwandter ist oder so.

»Senyora Elisenda möchte den Zenotaphen sehen«, sagte der Hagere.

»Das ist kein Zenotaph; es ist ein Mahnmal. Ein Gedenkstein.«

»Wie auch immer.«

Er führte sie in die Werkhalle. Im Hintergrund schrillte eine Kreissäge. Serrallac hob den Arm, und die Säge verstummte gehorsam. Aus dem erleuchteten Büro kam Amèlia heraus, und als sie die Besucherin erkannte, trat sie mit einem breiten Lächeln auf sie zu.

»Gerade eben wird er auf den Lastwagen verladen.«

Die Dame neigte ihrem Begleiter den Kopf zu. Dieser sagte fest: »Laden Sie ihn ab.«

Der Tonfall duldete keinen Widerspruch. Der drei Tonnen schwere Gedenkstein wurde wieder abgeladen und in die Mitte der Werkhalle gestellt, und Cesc fluchte unterdrückt, weil sie noch dazu verlangten, daß sämtliche Haltegurte abgenommen würden. Dann trat Senyora Elisenda von Casa Gravat in Begleitung der beiden Männer auf den Stein zu und legte eine Hand auf die rauhe Granitfläche. Dann die andere Hand. Jetzt hätte sie gerne wieder gesehen. Sie hatte sich ergeben an die große immerwährende Schwärze vor ihren Augen gewöhnt, vielleicht, weil ihr Geist so lebendig blieb, ja sich noch besser konzentrieren konnte, weil er nicht abgelenkt wurde. Aber jetzt, ja, jetzt würde ich gerne sehen können, Oriol, um zu wissen, ob sie deinen Stein genau so gemacht haben, wie ich angeordnet habe. Sie ging einmal um den Gedenkstein herum, in Gedanken weit in der Vergangenheit. Als sie ihre Runde beendet hatte, wandte sie sich der Marmorplatte zu und verfolgte mit begierigen Fingerspitzen Buchstabe um Buchstabe, was ihr Begleiter ihr ins Ohr flüsterte. Nachdem sie den ganzen Gedenkstein geprüft hatte, drehte sie den Kopf und fragte: »Serrallac? Ist Serrallac hier irgendwo?«

»Was wünschen Sie?« fragte Serrallac, wütend auf sich selbst, weil er sie gesiezt hatte.

»Danke schön. Er ist genau so, wie ich ihn wollte. Hast du die Anweisungen für die Aufstellung?«

»Ja, ja. Dort, wo früher die Schule stand. Wir haben schon das Fundament gegossen.«

»Danke, Pere.«

»Jaume. Ich bin Peres Sohn.«

Einen Augenblick lang war Senyora Elisenda Vilabrú verwirrt, doch sie fing sich gleich wieder.

»Der Sohn.«

»Mein Vater ist seit zwanzig Jahren tot.«

»Natürlich.« Sie wandte sich an ihren Begleiter: »Gehen wir?«

Als sie die Werkhalle verlassen hatten, hatte Amèlia immer noch ihr Lächeln aufgesetzt, und Cesc brachte die Gurte wieder an, um den Gedenkstein für den Lehrer von Torena anzuheben. Der nachdenkliche Serrallac hob gebieterisch den Arm, und die Kreissäge schrillte zuverlässig wieder los.

67

»Bedrückt? Ich? Das bildest du dir nur ein. Was hat Arnau damit zu tun? Tina und ich waren immer für alles offen, und deshalb finden wir es ganz prima, daß Arnau ein Praktikum in Montserrat macht. Nein, ein Praktikum. Wir haben ihn ja nicht mal taufen lassen. Das ist doch wunderbar, wenn der Junge auch andere Facetten des Lebens kennenlernen will, dabei kann er immer auf meine Unterstützung rechnen. Schließlich predige ich den ganzen Tag Offenheit, und davon können wir in diesem Land eine ganze Menge mehr gebrauchen. Und wenn mein Sohn ein Praktikum in Montserrat machen will, kann ich nur sagen, nur zu, mein Junge, hier hast du Geld, viel Spaß, du kannst uns ja hinterher erzählen, wie's war. Schließlich ist er ein erwachsener Mensch. Nein, ich bin wirklich nicht bedrückt. Das Problem ist... ich habe kein... Naja, ich hatte mit Geld gerechnet, das ich nicht mehr habe. Ja, natürlich glaube ich nach wie vor, daß es ein gutes Geschäft ist, weil es immer Dummköpfe geben wird, die ganz wild auf Rafting auf der Noguera sind; das Problem ist, daß ich das Geld nicht habe. Entweder wir warten, oder du mußt dir einen neuen Partner suchen. Klar tut mir das leid, schließlich war es ja meine Idee. Was hat denn Tina damit zu tun? Die soll mich überreden? Nun ja, also... Nein, es ist nur...... Wir haben uns getrennt. Ja, du hast ganz richtig gehört. Ich will hier nicht in die Details gehen, aber... Ja, sie war in letzter Zeit sehr nervös, sehr seltsam. Einen Liebhaber? Nein, ganz sicher nicht, ich kenne sie doch. Natürlich laufe ich ihr nicht auf Schritt und Tritt nach. Wer? Nein, Joana ist eine gute Freundin, eine sensible, großzügige Frau, die mir in diesen schweren Zeiten beisteht, mehr nicht. Ach, woher denn, ich habe mir schnell eine kleine Wohnung mieten müssen. Natürlich fühle ich mich einsam, aber das ist besser als der Krach zu Hause. Nein, das kam völlig unerwartet von ihrer Seite: Eines Tages kommt sie und sagt, sie muß erstmal zu sich selbst finden, sie bräuchte mehr Bewegungsfreiheit. Aber wenn ich ehrlich sein soll, jetzt, wo ich diesen Posten als Stadtrat habe, habe ich sowieso so viel Arbeit, daß ich gar nicht zum Nachdenken komme. Arnau? Na, ich hab dir doch schon gesagt, der macht … Nein, er hat uns nicht gesagt, wie lange er dort bleibt. Nein, in den Osterferien fahre ich nach Andorra. Ja, mit Joana, aber das hat nichts zu bedeuten. So genau weiß ich das auch nicht: irgendein Bildband über den Pallars und das Landleben. Nein, ich kritisiere sie nicht: Ist doch prima, wenn sie beschäftigt ist. Und vor allem jetzt, wo sie ihre Bewegungsfreiheit erproben will. Einen Artikel? Sie? Hab ich noch nichts von gehört. Über den Maquis? Nein, keine Ahnung. Merkwürdig, davon hat sie mir gar nichts erzählt, dabei reden wir doch immer über alles, ich meine, wir haben immer über alles geredet. Wo ist der erschienen? Ah ja, dann kaufe ich mir die Ausgabe. Sie kommt schon zurecht. Mir geht das Landleben ja ziemlich auf die Nerven, aber ich glaube, ich gehe hier nicht mehr weg. Das Problem ist, daß diese Trennung mich völlig ruiniert hat. Wir haben alles geteilt, es war eine zivilisierte Trennung. Nein, es ist so frisch, daß ich noch keine Zeit hatte, mit Arnau darüber zu reden. Nicht mal mit der Katze, du, die hat das Miststück mitgenommen, da hat sie nicht mit sich reden lassen; nun gut, du hast recht, das war jetzt nicht besonders nett, aber das war nur so dahingesagt, komm mir jetzt nicht mit … Soll ich dir was sagen? Ich habe ihr gesagt, Tina, ich habe keine Ahnung, was du damit meinst, du bräuchtest mehr Bewegungsfreiheit, aber ich will, daß du glücklich bist, also akzeptiere ich es. Und dann bin ich gegangen und habe ihr die Wohnung überlassen. Ja, eine Eigentumswohnung, aber was soll ich machen? Soll ich von ihr verlangen, daß sie mich auszahlt? So bin ich nicht; wenn ich eines nicht bin, dann ist es nachtragend. Und zum Glück wohnt Arnau ja nicht mehr zu Hause. Nein, aber wenn das Praktikum vorüber ist ... Ja, das kann ein ziemlich langes Praktikum werden. Nein, das habe ich dir doch schon gesagt, er wird nicht Mönch. Und wenn doch, soll mir's auch recht sein. Wie? Nein, morgen ist Plenarsitzung. Nein, auch nicht. Ah ja, Donnerstag geht. Nein, ich will nicht bei Rendé ... Weißt du, es ist ... In Ordnung, in Escaló. Donnerstag um neun. Und da können wir dann drüber reden. Ja, du kannst dir nicht vorstellen, wie leid es mir tut, nicht mit im Boot zu sein – im wahrsten Sinne des Wortes. Ja, sag ich ja: vier Boote, ein Geländewagen, Zeitverträge, und du machst ein Vermögen damit, daß diese Idioten aus Barcelona die Noguera runterbrettern.«

68

»In der letzten Ausgabe der *Àrnica.*«

»Haben wir die nicht immer finanziell unterstützt?«

»Ja, mit viel Geld. Jedes Jahr.«

»Dreh ihnen den Geldhahn zu, für immer. Was steht noch drin?«

Die Uhr schlug elf, feierlich und ein wenig klagend: der kalte Wind, der frühmorgens aufgekommen war, war eisig geworden. Eine Kaltfront. Beim dritten Glockenschlag fielen überraschend die ersten Schneeflocken, Ende März, und schmolzen nicht, als sie den Boden berührten. In der letzten Ausgabe der Zeitschrift *Àrnica* war ein Foto des Gedenksteins in Serrallacs Werkstatt erschienen, ein weiteres von der dummen Lehrerin und eine beunruhigende, unbekannte Zeichnung von Oriols Gesicht, dazu ein Artikel, der niemanden interessierte, weil er völlig an den Haaren herbeigezogen war. In ihm wurde behauptet, der Selige von Torena habe dem kommunistischen Maquis angehört.

»Wie war noch die Überschrift?«

»Der seltsame Tod des Heiligen von Torena.«

»Ich möchte mal wissen, welches Interesse sie daran hat, sich so etwas auszudenken.« Sie rieb sich mit den Handflächen die blinden Augen, als könnte sie sich damit wieder sehend machen. »Würde ich zum Fluchen neigen, so würde ich sagen, das sind alles undankbare Mistkerle und Schufte.«

»Ja. Aber reg dich nicht auf, das liest sowieso kein Mensch.«

»Ich bin nicht gewillt, das hinzunehmen.«

»Was soll ich tun?«

»Ich weiß es nicht.«

»Aber irgend etwas mußt du dagegen unternehmen.«

»Hetz ihnen drei oder vier Rechtsanwälte auf den Hals. Setz alle Hebel in Bewegung. Ich will, daß die Sache ein für allemal erledigt wird.«

»Ich habe dir ja gesagt, du kannst beruhigt sein, alles ist geplant, und ich will eigentlich nicht groß darüber reden. Am Freitag werde ich eingeliefert.«

»So ein Mist – entschuldige. Weißt du, daß es in Torena zu schneien beginnt?«

»Hier nicht, aber es ist eiskalt.«

»Wirst du gleich am Freitag operiert?«

»Nein, da gibt's erst Untersuchungen, Röntgen und so was. Am nächsten Tag geht's in den OP, der Tumor kommt raus, und dann fängt die Chemo an. Und der verdammte Krebs kann mich mal.«

»Wie bitte?«

»Du hast recht: In dem Artikel wird zwar alles mögliche behauptet, aber er liefert keinerlei Beweise. Außerdem macht er Werbung für ihren Bildband, der anscheinend demnächst herauskommt.«

»Ja, aber warum beunruhigt es dich so, daß ein Selbstbildnis von Fontelles abgedruckt ist?«

»Es beunruhigt mich nicht. Ich würde es nur gern sehen. Höchstwahrscheinlich hat die Lehrerin es erfunden.«

»Der ganze Artikel handelt davon, daß Fontelles beim Maquis war. Sie ist wie besessen davon, so wie bei Marcel.«

»Aber bringt sie Beweise?«

»Sie behauptet bloß, sie hätte das Tagebuch des Lehrers.«

»Das berühmte Tagebuch. Sie sagt, sie hätte es, aber sie zeigt es nicht.«

»Ich weiß nicht, warum sie so wild darauf ist, Fontelles' Andenken zu beschmutzen.«

»Glaubst du ihr, Romà?«

»Ich glaube, was du mir sagst.«

»Die Frau Lehrerin wirft den Angelhaken aus, um zu sehen, ob ein Fisch anbeißt.«

»Wenn du das so sehen willst …«

»Ich sehe seit Jahren nichts mehr. Romà.«

»Verzeihung. Ich habe das nur so ...«

»Ich weiß. Ich bin einfach furchtbar aufgebracht. Der Tod macht mir nicht so sehr angst, er macht mich wütend, ich bin noch zu jung zum Sterben.«

»Niemand redet vom Sterben, Tina.«

»Es gibt noch so viel zu tun. Ich möchte das Buch beenden und darin blättern können. Ich möchte nach Torena zurückkehren und dem Gesang des Pamano lauschen.«

»Vom Dorf aus kann man ihn nicht hören, er ist zu weit unten.«

»Nun, ich habe ihn gehört. Wahrscheinlich lebst du schon so lange dort, daß du ihn gar nicht mehr wahrnimmst. Und ich möchte mit meinem Sohn reden.«

»Ein schönes Programm. Weißt du was? Ich will, daß du bald wieder gesund wirst, weil ich keine Lust habe, so lange Katzen zu hüten, vor allem, wenn es nicht meine sind. Wie alt bist du?»

»Siebenundvierzig. Hättest du mit siebenundvierzig schon sterben wollen?«

»Ich möchte nie sterben, weil ich niemandem zutraue, daß er mir einen anständigen Grabstein macht. Nicht mal meiner Tochter, stell dir vor.«

»Was für merkwürdige Gedanken.«

»Alle Geschichten enden mit einem Grab. Wußtest du das?«

»Nun gut. Was soll auf deinem Grabstein stehen?«

»Nichts. Ein Stein. Ich hab die vielen eingemeißelten Lebensgeschichten satt. Marmor, wenn's geht, mit einer Äderung, die quer darüber läuft. Der Stein soll für mich sprechen.«

»Dichter.«

»Das bildest du dir nur ein, Tina.«

»Geht's dir gut, Elisenda?«

»Warum?«

»Du machst ein Gesicht ...«

Senyora Elisenda legte sich das Wintertuch um die Schultern und trat unter das Vordach hinaus, ohne Hilfe und ohne den Stock, den sie nur im Haus benutzte. Sie stellte sich vor, wie Marcel von Helsinki aus, oder wo immer er war, die Angestellten von Tuca anwies, die Anlage wieder zu öffnen. Das ideale Wetter für die Schneekanonen. Sie wandte ihr Gesicht dem Teil des Dorfes zu, wo die Schule gelegen hatte, und dachte an Oriol. Sie versuchte, ihn sich mit einem Maschinengewehr oder einer Bombe in der Hand vorzustellen. Wieder stieg bitter die Erinnerung an den Dachboden in ihr auf, an die Petroleumlampe, das Funkgerät, den Beweis für den ungeheuerlichen Betrug, der sie damals so aus der Fassung gebracht hatte, Oriols ängstlich auf sie gerichtete Pistolenmündung, was für eine tiefe Enttäuschung. Dann bemühte sie sich, wieder an den Oriol zurückzudenken, der mit sanften Fingerspitzen ihre Haltung korrigiert und dann den feinsten Pinsel genommen hatte, um noch etwas an ihren Augen zu verändern, oder den etwas dickeren, und sie dabei mit diesem begehrlichen, zugleich aber respektvollen und verwunderten Blick angesehen hatte, in den sie sich verliebte. Niemals zuvor hatte ein Mann sie so angesehen. Nie zuvor hatte sie so viel Respekt und Interesse für einen Mann empfunden wie für diesen gebildeten, höflichen, sanften Mann, und nie wieder würde sie so empfinden. Ihre Erfahrungen in San Sebastián und Burgos hatten sie gelehrt, die Männer zu verachten.

Sie packte zwei Nachthemden, eines rosa, eines weiß, ordentlich zusammengefaltet neben das Necessaire. Hausschuhe? Ja, warum nicht? Ein paar Bücher und das Ladegerät für das Handy, wenn sie vom Krankenhaus aus überhaupt anrufen durfte.

»Erwarte nichts vom Leben, dann ist der Tod nicht ganz so schlimm.«

»Was weißt du schon, Juri Andrejewitsch.«

»Ich meditiere viel.«

Beim Anblick des roten Koffers dachte sie daran, wie sie

Strampelanzüge, Windeln und Fläschchen eingepackt hatte, als sie damals in diesem Zimmer ihren Blasensprung hatte und eilig ins Krankenhaus gefahren war, um einen Mönch zur Welt zu bringen. Und selbst wenn das Datum feststeht, wenn du Bescheid weißt und dich vorbereitet hast, kommen die Wehen doch immer unerwartet, so wie der beinahe angekündigte Tod in meiner Brust. Arnau, ich liebe dich. Ich werde dich immer lieben, Oriol, immer, und ich weiß, daß ich mein Bestes gegeben habe, und du hast kein Recht, mich zu verurteilen: Ich habe dich seligsprechen lassen, ich habe gewonnen. Für deine Liebe, Oriol, habe ich erreicht, daß du seliggesprochen wirst, verehrt von jedermann. Morgen ist der große Tag. Wir haben gegen das ganze Dorf gewonnen, Oriol, du und ich und unsere heimliche Liebe.

69

Valentí Targa riß die Schubladen des Lehrerpults eine nach der anderen auf und ließ sie zu Boden fallen, mitsamt den korrigierten Heften, den Bleistiften, der säuberlich geordneten Farbkreide, den ungeordneten Erinnerungen, dem noch unbenutzten Tafelschwamm; wo hat er seine Sachen aufbewahrt, dieser Mistkerl, der mich hinterrücks erschießen wollte und mir dann in den Arsch gekrochen ist.

»Auf dem Dachboden ist nichts mehr.«

»Keine falsche Wand? Kein Loch? Denkt dran, daß Mauri, der Schuft, sich hinter einem verdammten Abstellregal verkrochen hatte.«

»Es gibt keine Wand und kein Loch, Kamerad.«

Sie trugen Falangeuniform und durchwühlten alle Winkel der Schule und der Lehrerwohnung, auf der Suche nach Papieren, nach Militärkarten, nach irgend etwas, was das maßlose Vertrauen, das Targa in ihn gesetzt hatte, verraten und ihn kompromittieren könnte. Targa schwitzte vor Panik, jetzt verstehe ich, wie der Generalstab des Maquis herausgefunden hat, daß Pardines ein Spitzel war, wenn die erfahren, daß ich das alles Oriol erzählt habe, bin ich dran.

»Kamerad.«

Gómez Pié kam aus dem Haus des Lehrers. Seine einzige Beute war ein Aschenbecher voller Kippen.

»Und?«

»Hat der Lehrer geraucht?«

»Nicht, daß ich wüßte.«

»Also hatte er Besuch.«

»Ist das alles?«

O ja, du hast Dinge hinter meinem Rücken getrieben, nicht nur Elisenda flachgelegt. Wie viele Geheimnisse hast du an die Kommunisten ausgeplaudert, du Scheißkerl. Verdammt noch mal, ich hatte recht, jemandem zu mißtrauen, der nicht absahnen wollte.

Targa setzte sich auf den Stuhl des Lehrers, als wollte er die Geheimnisse des spezifizierenden Adjektivs erklären oder Elvira Lluís bitten, den Konjunktiv zwei des Verbs »backen« herzusagen. Was für eine gottverdammte Nervensäge, dieses Gör, hustet den ganzen Tag, ich wüßte schon, wie man ihren Husten ein für allemal kurieren könnte. Hinter ihm lagen, von der Tafel verborgen, die Hefte mit Oriols Lebensgeschichte, aufgeschrieben für seine Tochter, sein einziges Geheimnis. Nichts. Er war schlau, hatte nichts aufbewahrt, was irgend jemanden in die eine oder andere Richtung kompromittieren könnte. Er stand auf, gerade als Balansó hereinkam, der doch kein Problem mit seinem Knie hatte, weil er es sich erst einige Jahre später bei einem Motorradunfall verletzen würde. Keuchend sagte er: »Kamerad, Kamerad Claudio Asín wird zur Beerdigung kommen.«

»So ein Mist.«

»Aber das ist doch eine Ehre, Kamerad.«

»Wer hat ihm gesagt, daß ...«

»Hochwürden August Vilabrú erzählt es überall herum. Es werden eine Menge Leute kommen, sogar Kameraden aus Tremp.«

»Mitten im Krieg«, warf Gómez Pié ein. »Und da kommen sie ...«

»Wir sind nicht im Krieg, Kamerad«, unterbrach ihn Targa. »Das ist nur ein Scharmützel.«

»Weißt du was, Sohn? Bei den Friedhöfen in kleinen Dörfern muß ich immer an Familienfotos denken: Alle kennen sich, alle halten still, einer neben dem anderen, für alle Ewigkeit, jeder hat den Blick auf seinen Traum gerichtet. Und der Haß ist ganz verwirrt von so viel Stille.«

»Dieser Text soll auf den Stein, Serrallac.«

»In Ordnung. Aber Heldentod schreibt man mit ›d‹ am Ende.«

»Bist du sicher?« Targa warf ihm einen beunruhigten Blick zu.

»Das ist meine Arbeit.«

»Na, dann schreib es so. Aber wenn ich rausfinde, daß du dich geirrt hast, kannst du was erleben, es kommen nämlich wichtige Leute.«

»Ja, Senyor Valentí.«

»Zur Beerdigung muß er fertig sein, damit die, die von außerhalb kommen, ihn bewundern können.«

»Ja, Senyor Valentí.«

»Heute, mein Junge, müssen wir uns ordentlich ranhalten. Und glaub bloß nicht, daß ich diesen Grabstein gerne gemeißelt habe, und wenn er hundertmal dein Lehrer war. Ich mach nicht gern was zur Erinnerung an einen Mörder. Manchmal müssen wir eben Dinge tun, die uns nicht gefallen, und das hier ist so was: Er starb den Heldentod für Gott und Vaterland und war an einem Verbrechen beteiligt, das wir nie vergessen werden. Ist alles schön in der Mitte?«

»Ja.«

»Siehst du, hier meißle ich einen Nagelkopf ein.«

»Einen in jede Ecke.«

»Sehr gut, Junge, bald hab ich dir alles beigebracht. Der Lehrer verdient soviel Mühe gar nicht, aber ich kann nun mal meine Arbeit nicht schlecht machen.«

»Ja. Darf ich ihn polieren, Vater?«

»Verdammter Lehrer, du warst schlimmer als Senyor Valentí, der verstellt sich wenigstens nicht.«

»Serrallac: das Joch und die Pfeile. Das haben sie extra aus Lleida gebracht, also streng dich an.«

»Das Joch wird bald verrostet sein. Es ist besser, wir meißeln es in den Stein ein, Senyor Valentí.«

»Ist mir egal. Hauptsache, es sieht heute gut aus.«

»Denk nicht mehr an ihn, Jaumet. Und erzähl bloß keinem weiter, was ich dir gesagt hab. Amen. Ich werde ihm schon ein Eckchen in meiner Erinnerung einräumen, für alle Fälle, denn irgendwie sah er aus wie ein netter Kerl, und er hat mir gute Ratschläge für deine Schulbildung gegeben, das muß man ihm lassen. Manchmal ist das Leben schon verrückt.«

Elisenda, im dunklen, feinen Kleid, mit hartem Blick, die Seele voller Schatten, legte Targa einen Zettel auf den Tisch. Obwohl die Trauerfeier kurz bevorstand, trank der Bürgermeister bereits das zweite Glas aus der Flasche, die im Schrank stand, um sich besser zu fühlen.

»Was ist das?«

»Da steht, was du sagen sollst.«

»Es wird nur Hochwürden August reden.«

»Was du von jetzt an sagen sollst: Präg's dir gut ein.«

»Du hast mir befohlen ...«

»Ich habe dir befohlen, einzuhalten. Lies.«

Zögernd las Targa: »›Der Lehrer Oriol Fontelles ist bei einem Angriff ums Leben gekommen, der den Horden des Maquis zuzuschreiben ist, die sich in diesen Bergen herumtreiben. Für den außergewöhnlichen Heldenmut des Toten ...‹«

»Toten schreibt man mit ›d‹«, sagte Valentí empört.

»Lies einfach weiter.«

»... ›für den außergewöhnlichen Heldenmut des Toten gibt es Augenzeugen‹ und so weiter.« Targa hob den Kopf und sah Elisenda neugierig an.

»So ist es gewesen, wann und von wem auch immer du in Zukunft danach gefragt wirst.«

Um ihren Worten Nachdruck zu verleihen, öffnete sie ihre Tasche, nahm ein Bündel Scheine heraus und legte es auf den Tisch. Sie fühlte sich elend, denn es war, als bezahle sie seinen Mörder für einen Tod, den sie nicht gewollt hatte, statt für seine ewige Verschwiegenheit.

Eine endlose halbe Minute lang sahen sie einander bis auf den Grund ihrer Augen, rückhaltlos und mit äußerster Intimität, einer gegen den anderen. Dann schloß sie ihre Tasche und ging ohne ein weiteres Wort. Als er allein war, betastete Valentí Targa abschätzend und ein wenig bewundernd die materiellen Umstände der neuen Abmachung.

Er hatte gerade noch Zeit, die Scheine verschwinden zu lassen, da stürmte Claudio Asín herein, wie gewöhnlich ohne um Erlaubnis zu fragen, denn die hatte ihm der Sieg bereits für alle Ewigkeit erteilt. »Kamerad, im Namen des Vaterlands und aller aufrechten Männer fordere ich dich auf, unserem gefallenen Kameraden die Ehre zu erweisen, indem du eine Straße dieses beschaulichen Dörfchens nach ihm benennst.« Valentí Targa rief, »Was für eine ausgezeichnete Idee, wieso bin ich bloß nicht von selbst drauf gekommen!«, und verfluchte sein Vorbild und seinen Führer, weil der sich in Dinge einmischte, die ihn nichts angingen. Das letzte, was er wollte, war, den Namen seines Opfers auf der sonnenbeschienenen Rathauswand zu lesen. Doch er mußte die Kröte wohl schlucken.

»Eine ausgezeichnete Idee«, wiederholte er, jetzt vor seinen Kameraden, auf dem Weg zur Kirche von Sant Pere. »Wieso bin ich bloß nicht von selbst drauf gekommen?«

»Es gibt eben keinen zweiten wie Claudio Asín«, bemerkte einer seiner Begleiter.

Es war eine prächtige Beerdigung. Die Kirche von Sant Pere war übervoll. Hochwürden August Vilabrú hielt die Messe, glanzvoll assistiert von Hochwürden Bagà und dem Militärpfarrer Leutnant Bernardo Azorín, den die Nachricht in Sort überrascht hatte, als er gerade mit einer Brigade ins Vall d'Aran unterwegs gewesen war, um Rebellen niederzumachen. In den Bänken zur Linken saß die wahre Familie des toten Helden, seine Kameraden von der spanischen Falange, angeführt vom berühmten Kameraden Don Claudio Asín und dem Bürgermeister von Torena, dem ehrenwerten Señor Don Valentín Targa Sau. Und in der ersten Bank auf der rechten Seite, die der Familie Vilabrú vorbehalten war, saß Senyora Elisenda Vilabrú, allein mit ihrem verborgenen Schmerz, begleitet von Bibiana, die sich ein wenig abseits hielt und wußte, daß diese Geschichte gerade erst begonnen hatte. In den hinteren Bänken saßen Cecilia Báscones, alle Mitglieder der Familie Savina, die Birulés, die Narcís, die Majals und die Batallas, und hörten mit düsterer Miene zu, wie Hochwürden August von dem Lehrer und Märtyrer erzählte, der das Tabernakel mit seinem Leben verteidigt hatte: »ein tapferer und offensichtlich tiefgläubiger Mann, der, indem er sein Leben für das Allerheiligste gegeben hat, es in gewisser Weise für uns alle gegeben hat«. Elisenda lauschte dem Responsorium mit gesenktem Kopf, die Augen dunkel von ihrer übergroßen Schuld, den Sarg ihres verräterischen Geliebten zum Greifen nahe. Nie werde ich dir verzeihen können, Oriol, denn du allein bist schuld, aber ich werde Wiedergutmachung leisten, weil ich ein paar Sekunden zu spät gekommen bin, um die Strafe zu verhindern, die du verdient hattest, du schändlicher Verräter, mein Geliebter, wie konntest du nur ein so schwarzes Geheimnis hüten, wenn dein Blick so rein war wie das Wasser der Quelle von Vaquer, und nun muß ich lernen, mit diesem Schmerz zu leben. Ganz hinten an der Tür stand Jacinto und paßte auf, daß alles seine Ordnung hatte, daß niemand sich ungehörig benahm und kein Guerrillero hereinkam, um die Feierlichkeiten zu stören, sehr gut, Jacinto. In seinem tiefsten Inneren war er zufrieden, ja glücklich, denn jetzt, da der Lehrer weg war – wer steht da noch zwischen mir und Senyora Elisenda?

Ich stehe hier, weit weg von der Kirche, und höre auf die Rufe, die ab und zu herausdringen (Vivaspaña!). Sie erlauben nicht, daß ich dir Blumen bringe, Joanet, mein Junge; aber es ist so, als würde ich dir welche bringen (Viva!) Heute ist es ein großer Strauß goldgelber Hahnenfuß von den Basseresfelsen, die sind alle für dich. (Kamerad Fontelles, presente!) Wenn ich Gott wäre, würde ich eine Bombe nehmen und sie in die Kirche werfen, damit sie alle auf einmal erwischt. (Viva Franco!) Ich werd wohl nie erfahren, ob mein Joan bei denen dabei war, die uns heute nacht besucht haben; nach

Hause hat er nicht kommen können, aber das sah ganz nach ihm aus. Zu schade, daß er den Targa nicht auch noch hat umbringen können. Aber wenigstens hat der Lehrer schon für alles Böse bezahlt, was er uns angetan hat. (Arribaspaña!) Mein ganzes Leben lang werde ich weinen in Gedanken an dich, Joanet, denn das Schlimmste, was einer Mutter passieren kann, ist, daß ihr Kind stirbt, vor allem, wenn sie schon Zeit hatte, es zu lieben, mit ihm zu schimpfen, wenn sie ihm oft Brot mit Olivenöl gegeben hat und ihn jeden Abend vom Fenster aus gerufen hat, wenn es dunkel wurde.

70

Jaume Serrallac setzte sich für eine letzte Zigarette auf die Steinbank. Der Himmel war bedeckt und der Boden weiß überpudert. In Casa Gravat, direkt gegenüber, waren alle Lichter gelöscht bis auf das über der Eingangstür. Was für eine Dezemberkälte Anfang April, dachte er. Besser, du erinnerst dich nicht an ihn, Jaumet, hat er gesagt. Wie wir uns alle getäuscht haben. Aber Vater hat gesagt, ein bißchen würde er sich doch an ihn erinnern, für alle Fälle, als hätte er gewußt, daß Fontelles zwei Gesichter hatte. Wir haben ihm den Grabstein als Falangist gemeißelt und machen ihm jetzt den Gedenkstein als Seliger. Marbres Serrallac, stets im Dienst der Lüge. Zum Glück wird ihm Tina mit dem, was sie schreibt, den wahren Grabstein setzen. Ihn schauderte, und er sah auf. Hinter dem Wolkentuch war kein Stern zu sehen. Sicher waren sie alle eingefroren. Wieder dachte er an Tina und daran, was für ein Pech sie hatte, so jung, erst siebenundvierzig Jahre alt. Da die Landschaft verschneit war, schwiegen die Geschöpfe der Nacht. Er lauschte auf die Stille, und plötzlich vernahm er, zum ersten Mal in seinem Leben, das ferne Wasserrauschen. Der Summer des Handys, das er in der Hosentasche trug, schreckte ihn aus seinen Gedanken. Amèlia. Hast du denn nie Feierabend, Tochter?

Er tat die letzten Züge und sah gedankenverloren zu Casa Gravat hinüber, während er die letzten Anweisungen seiner Tochter entgegennahm. Dann beendete er das Gespräch und wählte eine gespeicherte Nummer. Er hörte Tinas Stimme, die sagte: »Augenblicklich bin ich nicht zu erreichen, aber Sie können nach dem Piepton eine Nachricht hinterlassen.« Na, da ist sie aber früh schlafen gegangen, die Arme.

»Hör mal, ich kann morgen früh nicht kommen, wir haben eine weitere Ladung Steine für Tremp bekommen, und meine Tochter besteht darauf, daß ich fahre. Mach dir keine Sorgen, ich komme gegen Mittag vorbei, vor dem Essen. Tschüß. Viel Glück und einen Kuß. Ich besuche dich bald. Ach, und noch was: Du hast recht, man hört tatsächlich den Pamano rauschen.«

Ein zweimaliges Piepen. Eine Männerstimme, rauh vom Tabak und vom Kaffee mit Schuß, jemand, der unüberhörbar aus dieser Gegend kam und vertrauensvoll von morgen sprach. Der Eindringling wartete einige Minuten lang, ob sich die Tür am anderen Ende der Wohnung öffnete. Nichts. Niemand. Zu seinem Glück hatte Juri beschlossen, keinen Laut von sich zu geben und weiter bewegungslos im Verborgenen zu bleiben. Erst als die Erinnerung an das Schrillen des Telefons verklungen war, als er wieder die Schneeflocken hören konnte, die alles sanft verhüllten, atmete der Eindringling auf und schaltete den Computer wieder ein.

Juri wußte nicht, was er tun sollte, und so verließ er vorerst seinen Posten und versteckte sich im Wohnzimmer, lauschte aber auf jedes Geräusch, das aus dem Arbeitszimmer drang.

Der Eindringling machte sich wieder an die Arbeit. Rasch füllte er fünf Disketten mit allen Dateien, die in den Ordnern mit den Initialen O.F. gespeichert waren, und mit einigen anderen, um ganz sicherzugehen. Als er damit fertig war, verschob er all diese Dateien in den Papierkorb des Computers, leerte ihn und vergewisserte sich, daß wirklich alle betreffenden Dateien gelöscht waren. Dann legte er eine neue Diskette mit dem Virus ein, lud sie hoch, nahm sie wieder heraus und machte den Computer aus.

Er schaltete die Taschenlampe ein und klemmte sie sich in den Mund, um die Hände frei zu haben. Mühelos fand er im Aktenfach des Schreibtischs die drei Ordner, die ihn interessierten, und nahm sie heraus. Sie enthielten Papiere, Fotos und Dossiers. Er ließ alles in seiner Tasche verschwinden und schloß das Fach. An der Wand stand ein kleiner roter Koffer. Er öffnete ihn. Reiseutensilien der Frau, die am anderen Ende der Wohnung schlief. Vorsichtig durchwühlte er ihn: nichts Interessantes. Er machte ihn zu und stellte ihn an dieselbe Stelle zurück. Bevor er ging, durchsuchte er sicherheitshalber noch alle Schubladen. Leere Blätter, Notizblöcke, Schulhefte. Und eine Zigarrenkiste. Er öffnete sie und fühlte, wie ihm plötzlich der Schweiß auf die Stirn trat. Ein paar Hefte mit handschriftlichen Notizen und einigen Zeichnungen. Verflucht noch mal. Beinahe hätte er sie übersehen. Vom anderen Ende der Wohnung her glaubte er ein schmerzliches Stöhnen zu hören.

Als er die Wohnungstür hinter sich zuzog, war er sicher, keinerlei Spuren hinterlassen zu haben. Er wußte, daß er gut fünfzehn Minuten gebraucht hatte, um seinen Job zu erledigen, daß er sich noch um den 2CV kümmern mußte und daß er bei Tagesanbruch möglichst weit weg sein sollte.

Sobald er allein war, schlich Doktor Schiwago ins dunkle Arbeitszimmer. Alles sah aus wie immer, aber er war beunruhigt. Er hatte das unbestimmte Gefühl, versagt zu haben.

71

Der Gedenkstein bot einen prächtigen Anblick. Er war mit einem graubraunen Tuch verhüllt, das ihm etwas Geheimnisvolles verlieh. Evaristo, der Gemeindediener, wirkte klein vor ihm, und während er darauf wartete, daß die Leute aus der Kirche kamen, dachte er, heute werden sie mich endlich auf ein paar Fotos verewigen. Schließlich kamen die ersten Kirchenbesucher heraus, geblendet vom hellen Aprillicht, und zogen zu dem kleinen Platz hinüber, auf dem früher die Schule gestanden hatte und jetzt der Gedenkstein stand. In der ersten Reihe, in der an die zwanzig Stühle standen, hatte sich die herausgeputzte Cecilia Báscones schon vor Stunden einen Platz neben Senyora Elisenda und Gasull reserviert. Perilymphadenitis. Ihr zur Seite saßen der langjährige Bürgermeister Bringué im Sonntagsstaat und mit schütterem Haar, lächelnd trotz seines Hexenschusses, sowie der gesamte Gemeinderat und der neugekürte Stadtrat für Erziehung, Sport und Kultur aus Sort in Vertretung des Bürgermeisters. Der Stadtrat lächelte nicht, denn er hielt nichts von Seligen und Heiligen, meine Güte, im einundzwanzigsten Jahrhundert. Ein junger Mann setzte sich neben ihn, als wäre er eine Amtsperson. Der Stadtrat blickte zu ihm hinüber, um ihm zu sagen, daß dieser Platz nicht für das gewöhnliche Publikum sei, und erstarrte überrascht.

»Hallo«, sagte der junge Mann.

»Arnau, was machst du denn hier?«

»Ich habe den Abt um Erlaubnis gebeten, hierherzukommen. Ehrlich gesagt hatte ich nicht damit gerechnet, dich hier zu sehen.«

»Amtspflichten«, antwortete Jordi mit Leidensmiene. »Wie geht es dir?«

Vor ihnen ging Hochwürden Rella an der Seite des Bischofs, erfüllt vom befriedigenden Gefühl getaner Pflicht; er schnippte mit den Fingern zu den Ministranten hinüber und erteilte hektische Anweisungen, damit nur ja die Familien des Dorfes sich endgültig miteinander versöhnten.

Als sie auf den für sie reservierten Stühlen Platz genommen hatten, bat Senyora Elisenda Gasull um sein Handy: »Wo bist du?«

»In Brüssel. Darf man erfahren, was du Bedogni erzählt hast?«

»Schrei mich nicht an. Ich wollte dich nur daran erinnern, daß ich immer noch das Sagen habe, wenn ich will.«

»Aber es ist doch alles auf mich übertragen!«

»Damit du weißt, daß ich immer noch entscheide, wenn ich will. Vergiß das nicht. Warum bist du nicht gekommen?«

»Selige und Heilige sind mir egal. Ich habe zu tun, Mamà!«

»Er war dein Vater, Marcel.«

Sie gab Gasull das Handy zurück, dieser schaltete es aus und raunte der Frau, die er liebte, zu: »Jetzt steht der Bischof auf dem Platz; er hat dieses wassergefüllte Ding dabei.«

»Das Weihwasserbecken.«

»Genau. Und jetzt schlägt ein anderer Priester ein Buch auf.«

»Wie viele Leute sind da?«

»Eine Menge«, log Gasull. Die Menge bestand aus ihnen, den Würdenträgern, der Báscones und etwa dreißig weiteren Leuten, weniger als die Delegation, die in den Vatikan gereist war. Während die Vorbereitungen liefen, flüsterte Arnau seinem Vater ins Ohr, als wäre er Gasull: »Wie geht es Mutter?«

»Ich weiß es nicht.«

Stille. Beide starrten geradeaus, zu dem abgedeckten Gedenkstein und Evaristo hinüber, der heute seinen großen Tag haben würde.

»Stimmt was nicht?«

»Nein, aber … Soviel ich weiß, geht sie heute ins Krankenhaus. Sie hat ein Problem …«

»Was hat sie?«

»Eine Geschwulst in der Brust. Aber sie will nicht mit mir darüber reden.«

»Wo ist sie jetzt?«

»Was weiß denn ich!«

»Du weißt es nicht?«

»Nun: Der SMS nach zu schließen, die sie mir freundlicherweise geschickt hatte, dürfte sie jetzt etwa bei Tremp sein.«

»Na so was. Vielleicht sind wir aneinander vorbeigefahren.«

»Wir haben uns getrennt, deine Mutter und ich. Sie will nicht, daß ich sie im Krankenhaus besuche.«

Arnau wandte den Kopf zu ihm hin. Er saß einen Augenblick mit offenem Mund da.

»Es ist doch hoffentlich nicht meinetwegen, wegen meiner Entscheidung …«

»Nein. Sie sagt, sie braucht mehr Bewegungsfreiheit.« Jordi sah zur Seite. »Du wirst schon sehen, wenn sie erst wieder zur Vernunft kommt, wird alles wieder gut.«

Der Junge wollte sagen, ich werde für euch beten, verkniff es sich aber gerade noch rechtzeitig.

»Jetzt hat der Bischof den Bürgermeister zu sich gebeten und nimmt dieses Gerät aus dem Weihwasserbecken.«

»Den Weihwasserwedel.«

»Genau. Ich nehme an, jetzt werden sie den Stein enthüllen.«

»Daß sie mich bloß nicht nach vorne rufen.«

»Sie wissen schon Bescheid, Elisenda … Sie werden dich nicht behelligen.«

»Wer wird das Tuch wegziehen?«

»Ich nehme an, diese Dame …«

»Wie sieht sie aus?«

»Sie ist klein, geschwätzig, stark geschminkt …«

»Die Báscones.«

»Ist dir das nicht recht?« fragte Gasull, zu allem entschlossen.

»Es ist mir gleichgültig. Was noch?«

»Nun, jetzt hat die Dame das Tuch an einem Ende gepackt und zieht. Nein, sie müssen ihr helfen. Bürgermeister Bringué.«

Beim Klang dieses Namens rümpfte Elisenda Vilabrú die Nase. Aber sie fragte nur: »Und was noch, was noch?«

Jetzt war das Tuch fortgezogen, der Gedenkstein für Oriol Fontelles Grau lag in seiner ganzen Pracht offen vor den gut dreißig Zuschauern, und diese sahen, daß einer der ewig Unzufriedenen eine Botschaft in schwarzer Farbe quer über Granit und Marmor gesprüht hatte. »Faschos raus«, war da zu lesen. Evaristo überlief es kalt, denn das bedeutete Probleme; sein Ehrenfoto konnte er wohl vergessen.

»Warum ist es so still?«

»Nun ja, die Leute ...« Gasull wußte nicht, wohin er blikken sollte. »Der Gedenkstein ist so schön ... Und hier sieht er großartig aus.«

Senyora Elisenda begann, leise in die Hände zu klatschen. Gasull fiel ein, dann die Báscones, dann der Pfarrer. Und noch zwei Bürger. Jordi nicht. Er spähte besorgt nach rechts und links und dachte, wo zum Teufel bin ich hier nur gelandet, wer war dieser Typ, jetzt stellt sich raus, daß er offenbar ein Faschist war, ich möchte hier weg, hier mache ich mich zum Deppen mit Priestern und diesen Junkies, die alles mit Graffiti vollschmieren; hoffentlich fotografiert mich keiner.

Nun applaudierten noch mehr Leute, beinahe alle. Der Applaus war so kümmerlich, daß Elisenda verstand, daß Gasull sie belogen hatte, was die Zahl der Zuschauer betraf. Egal, ob dich heute viele oder wenige ehren, das ist erst der Anfang, Oriol, Geliebter, der du bist im Himmel, geheiligt werde dein geliebter Name; das ist erst der Anfang, so wie der Tag, an dem ich vor deinem fertigen Bild applaudiert und gesagt habe, es ist ein Kunstwerk.

»Ich weiß nicht«, hast du gesagt, mein Geliebter, »aber es ist aus meinem Inneren gekommen.«

Und so hat alles begonnen, denn am Anfang war der erste

Kuß, den ich dir auf die Stirn gegeben habe, nachdem du mich tagelang mit dem Pinsel geküßt hattest. Wie konntest du mich nach alledem nur verraten? Warum hast du mich in diese ausweglose Situation gebracht, mein elender Schurke?

Sie hörte, wie die Leute mit den Stühlen rückten und der Pfarrer irgend etwas über diesen wunderbaren Tag sagte und die Rührung, die uns alle ergriffen hat.

Beinahe wäre sie in Tränen ausgebrochen. Siehst du, Gott? Jetzt ist er seliggesprochen: Ich habe gewonnen. Wenn du willst, kann ich jetzt sterben. Solange ich noch am Leben bin, mein Geliebter, werde ich Wiedergutmachung leisten, auch wenn Gott es nicht will.

Sachte tastete Senyora Elisenda Vilabrú nach dem halben Kreuz, das sie um den Hals trug, und dachte, die Liebe, die Sonne und Sterne bewegt.

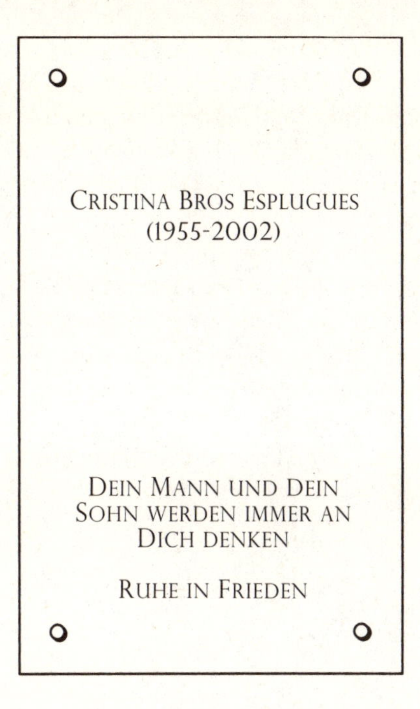

Man weiß nie, wo das Unglück endet. Du bist nicht einmal im Krankenhaus angekommen, du Arme. Jedesmal, wenn ich in meinen schlaflosen Nächten die fernen Stimmen des Pamano höre, werde ich an dich denken. Nachdem sie dich überall gesucht hatten, fand man dich schließlich im Stausee von Sant Antoni, dich, deine Ängste und deinen 2CV. Ich werde deine Katze behalten. Du hast mir übrigens nicht gesagt, wie sie heißt. Tina Bros, neunzehnhundertfünfundfünfzig zweitausendzwei. Ich bin zu spät gekommen, um den Bindestrich zwischen deinen Daten zu füllen und ihm Sinn zu verleihen. Die Katze wird Ichweißnichtwieduheißt heißen. Ich habe lange nicht mehr geweint, Tina. Weißt du, daß ich gerade anfing, mir Hoffnungen zu machen?

Inhalt

Noch mehr Lesevergnügen mit
Jaume Cabrés internationalem Bestseller
Senyoria

LESEPROBE

Jaume Cabré
Senyoria
Roman
Aus dem Katalanischen
von Kirsten Brandt

Suhrkamp Verlag

Hier rief die Vicenta mit dröhnender Stimme die Gläubigen zum Gebet, dort die Nelson; dazu gesellten sich die Ricarda, die Pastoreta – die kleine von Sant Just –, die Agustina von Sant Sever, die einen Sprung hatte, die Tomasa von der Kathedrale, die Pasquala von den Felipons und zuletzt, mit zwei Minuten Verspätung, die kleine Glocke von Santa Mònica – in stolzer Einsamkeit hoch oben auf ihren Kirchtürmen und ungerührt vom Leben und den Dramen der Menschen da unten. Ihre eindringlichen Rufe drangen auch in den Carrer Ample, durch die geschlossenen Balkontüren und die Fenster des Palasts von Don Rafel Massó i Pujades, Gerichtspräsident von Barcelona. Die Bezeichnung »Palast« war vielleicht ein wenig hochtrabend, aber das Gebäude hieß nun mal so, und das konnte Sa Senyoria nur recht sein, denn *nomen est omen*. Und da alle Häuser der Straße zur Linken und zur Rechten Paläste waren, war eben auch Don Rafels Haus ein Palast.

Mit Mantille und dickem Gebetbuch bewehrt, stieg Donya Marianna umständlich über Turc hinweg, der, vom vielen Schlafen ermüdet, schlafend im Weg lag. Als sie am Frühstückszimmer vorbeikam, verkündete sie ihrem Gatten, der gerade in ein in Schokolade getauchtes Löffelbiskuit biß: »Ich gehe zur Messe.« Ihr leicht vorwurfsvoller Ton besagte, ich möchte bloß wissen, wann du dich endlich dazu aufraffst, die Erlaubnis zum Lesen der Messe in unserer Hauskapelle zu beantragen, seit Jahren bitte ich dich schon darum. Don Rafel, der den Mund voll hatte, antwortete nur hmmmm, was soviel heißen sollte wie: Scher dich zum Teufel, Marianna. Kaum war sie verschwunden, läutete er Hipòlit, damit er ihm mehr Biskuits bringe.

»Und noch ein wenig Schokolade, Hipòlit.«

»Es ist keine mehr da, Senyoria.«

»Was soll das heißen: Es ist keine mehr da?«

»Die Herrin hat uns aufgetragen, nicht soviel Schokolade zuzubereiten, Senyoria.«

»Und warum?« schrie Don Rafel wütend.

»Weil ...« Der alte Hipòlit, der in sechzehn Jahren ergebenen Dienstes im Hause Massó zehn Uniformen verschlissen und vier Perücken aufgetragen hatte, rang nach Worten. »Weil, nun ja ...«

»Schon gut, Hipòlit. Ich habe verstanden.«

Don Rafel bedeutete dem Kammerdiener, sich zu entfernen. Wie immer, wenn ihn etwas verdroß, trat ihm der Schweiß auf die Glatze. Er zog sein seidenes Schnupftuch hervor und wischte sich über den Schädel; anstatt ständig zur Messe zu rennen und Buße zu tun, sollte dieses Weib lieber meine Schokoladenration verdoppeln.

»Senyoria ...«, setzte Hipòlit an. Dann ging er hinaus. Das erinnerte Don Rafel daran, welche Mühe es ihn gekostet hatte, Hipòlit diese Anrede beizubringen. »Don Rafel«, hatte der Diener gesagt, und er hatte verbessert: »Senyoria«, und Hipòlit hatte gefragt: »Was ist, Don Rafel?«, und er hatte wiederholt: »Senyoria.« Hipòlit hatte gesagt: »Ah, Senyoria! Sehr wohl, Senyoria Don Rafel«, und er, »Nein, nur Senyoria, verstehst du?«, und Hipòlit, »Ja, Don Rafel«, und er, »Senyoria«, und Hipòlit hatte gesagt: »Senyoria«, und er hatte zur Bekräftigung wiederholt: »Senyoria.« Hipòlit hatte ihm nachgesprochen: »Senyoria«, und er, »So ist's richtig. Und jetzt bringst du es der übrigen Dienerschaft bei.« Und Hipòlit hatte gesagt: »Sehr wohl, Don Rafel«, und er,

»Hipòlit!«, und Hipòlit, »Ja, Don Rafel?«, und er, »Das ist ja zum Aus-der-Haut-fahren!«, und Hipòlit, »Ich meinte natürlich, Senyoria«. Und er hatte gesagt: »Nun kannst du gehen«, und Hipòlit hatte geantwortet: »Sehr wohl, Don Rafel, ich meine, Senyoria.« Über eine Woche hatte es gedauert, bis die Diener gelernt hatten, ihn ganz selbstverständlich »Senyoria« zu nennen, obwohl auch Donya Marianna sehr auf die korrekte Anrede achtete; schließlich war sie überglücklich darüber, daß ihr Gatte nun zum Gerichtspräsidenten ernannt war und viermal soviel verdiente wie zuvor oder das doch zumindest in Aussicht gestellt bekommen hatte. Anfangs sagte sie zu den Dienern: »Hipòlit, sag mir Bescheid, wenn der Herr Senyoria kommt«, bis Don Rafel das einmal mitbekam und ihr vorhielt: »Aber Marianna, du redest ja wie eine Bäuerin aus Sarrià, was soll denn die Militärgouverneurin denken, wenn sie dich so hört!« Sie hatte gefragt: »Wie soll ich denn sonst sagen?«, und er: »Na, ›gleich wird der Herr kommen‹«, und sie, »Aber du hast doch gesagt, wir sollen dich Senyoria nennen«, und er hatte mit Engelsgeduld – in solchen Situationen war Don Rafel ein wahrer Heiliger – erklärt: »Paß auf, Marianna: Senyoria müssen sie mich nennen, wenn sie mich ansprechen, wenn sie zum Beispiel zu mir sagen« – mit verstellter Stimme – »›Hattet Ihr eine angenehme Reise, Senyoria?‹ oder ›Ja, Senyoria‹ und ›Nein, Senyo-ria‹, verstehst du?« Und sie, »Ja, Senyoria«, und er, »Um Himmels willen, du doch nicht, Marianna! Aber Achtung!« – er hob den Finger, denn was jetzt kam, war wichtig – »Wenn ich der König wäre, ja?, also, wenn ich der König wäre, müßtest du mich Eure Majestät nennen ...« Aber Don Rafel Massó war nicht der König, sondern nur ein treuer Untertan Seiner Majestät, dessen Schokoladentasse leer war, weil seine Frau meinte, den Arzt spielen zu müssen, und entschieden hatte, daß Schokolade ihm auf die Leber schlug. Und während Sa Senyoria noch diesen Überlegungen nachhing und mit dem letzten Biskuit die Schokoladenreste von den Tassenwänden kratzte, trat Rovira ein, ohne anzuklopfen, gefolgt von Hipòlit, der offenbar so bestürzt war, daß er nicht einmal sagte, gestatten, Senyoria.

»Darf man fragen, was das soll, Rovira?«

Don Rafels Biskuit verharrte auf halber Höhe.

»Es ist nur, weil …«, stieß der Sekretär mit weit aufgerissenen Augen hervor. »Senyoria, ich komme soeben von der Straße, und da … also, die Leute sagen, Senyoria …«

»Was sagen die Leute, verdammt noch mal?«

»Daß die französische Sängerin ermordet worden ist, Senyoria.«

Angesichts der Bedeutung dieser Nachricht brach das Biskuit in der Mitte entzwei, und die in Schokolade getauchte Hälfte landete auf Don Rafels Hose.

»Würdest du das bitte wiederholen?«

Der Gerichtspräsident stand auf, ohne den Fleck zu beachten. Der Sekretär war inzwischen zu Atem gekommen.

»Die französische Sängerin, Senyoria. Diese Nachtigall von was weiß ich. Sie ist ermordet worden. Es scheint, jemand hat sie mit dem Messer in Stücke geschnitten und überall verteilt, Senyoria. Einfach gräßlich, sagen die Leute.«

Hipòlit kniete vor seinem Herrn und wischte verzweifelt mit einem feuchten Tuch an dem mißlichen Fleck herum.

»Laß mich doch in Ruhe!« rief Don Rafel wütend. Die Leute reden von Mord, und Hipòlit macht sich Sorgen wegen eines Flecks. Meine Güte!

»Die Leute sagen, die arme Frau …«

Aber Sa Senyoria war schon im Gang, mit wild klopfendem Herzen, von Erinnerungen bestürmt. Nicht einen

Augenblick lang dachte er, was für ein Jammer, nie wieder werde ich diese Engelsstimme hören können. Und auch die Fragen, die er von Berufs wegen bei einem solchen Todesfall hätte stellen müssen, kamen ihm nicht in den Sinn: wer, wie, wann, wo, warum, *cui prodest*, gibt es Zeugen? Waffen? Ja, vor allem, welche Waffe? Und Verdächtige. Alle Verdächtigen. Sein einziger Gedanke war, o mein Gott, eine tote Frau, eine tote Frau, und er wiederholte es unablässig, während er den Flur entlanglief und der Schweiß ihm an Glatze, Handflächen und Seele ausbrach. Er dachte nicht an Motive, Beweise, Indizien, denn obwohl er dem Königlichen Gericht vorstand, hatte er den Tod stets verabscheut und tunlichst seinen Untergebenen überlassen.

»In Stücke gehackt, Senyoria«, wiederholte Rovira, der ihm auf den Fersen folgte. »Der Herr Staatsanwalt erwartet Euch unten.«

»Don Manuel?«

»Ja, Senyoria.«

Er bemühte sich, sich seine Gereiztheit nicht anmerken zu lassen. Alle Welt war auf den Beinen, während er herumgesessen und Schokolade gefrühstückt hatte. Wenn Don Rafel eines fürchtete außer der Geschichte mit Elvira, dann war es das: nicht darüber informiert zu sein, was die anderen trieben. Es war aber auch zu dumm, gerade jetzt war in der Stadt alles ruhig gewesen ... Kopfschüttelnd zog er sich vor dem großen Spiegel in der Eingangshalle den Rock über, dachte an die beiden Frauen, die ihm das Frühstück verdorben hatten, seine Frau und die Desflors, und haßte beide. Mit düsterem Blick überprüfte er, ob alles richtig saß, während Hipòlit mit professioneller Sorge den Fleck auf der Hose betrachtete, und stieß plötzlich einen Schreckensruf aus: In seiner Aufregung wäre er doch tatsächlich beinahe entblößt auf die Straße gelaufen! »Hipòlit! Die Perücke, rasch!«

Auf der Rambla hatte sich vor dem Eingang zum Hostal *Quatre Nacions* ein Grüppchen Schaulustiger versammelt, betrachtete die Fassade des Gebäudes und philosophierte. In der Aufregung über die Nachrichten achtete niemand darauf, daß der kriechende Nebel in die Knochen drang, auch wenn der Regen kurz zuvor aufgehört hatte, und man knöcheltief im Schlamm watete, in den die feuchte Witterung der letzten Tage die Straßen verwandelt hatte. Und wenn schon. Schließlich hatte man gehört, daß A gehört hatte, er habe von B gehört, und nun wartete man begierig auf Neuigkeiten oder neue Versionen der Neuigkeiten. Auf jeden Fall wußten alle, daß sie gehört hatten, es werde erzählt, daß die Französin, diese Sängerin – ach ja, eine französische Sängerin? Ja, also daß die zerstückelt worden ist. Na so was! Ja doch! Was du nicht sagst! Und wo? Hier. Hier? Ja, im Hostal. Donnerwetter! Und was hatte sie hier zu suchen, die Französin? Na, was wohl – gesungen hat sie. Ah ja. Hier im Hostal? Was sagt die Frau da? Anscheinend ist hier eine singende Französin zerstückelt worden. Da brat mir einer einen Storch! Und woher weißt du das, Mariona? Jeroni hat es mir erzählt, der arbeitet im Hostal. Ach so, im Hostal ist das passiert? Ja. Das will ich sehen. Vergiß es, die lassen dich sowieso nicht rein, siehst du die Soldaten nicht? Na so was. Zerstückelt? So richtig kleingehackt? Glaub ich nicht! Doch, ich schwör's! Was erzählt die Frau da? Jemand hat eine singende Spanierin in Stücke gehackt. Französin! Ja, Französin, meinte ich doch. O Gott, o Gott. Und wer? Keine Ahnung. Jetzt waren es schon sechzehn, zwanzig, fünfundzwanzig, die eine Lungenentzündung in Kauf nahmen, um ihre Meinung kundzutun, ohne wirklich etwas Neues zum Gespräch beizutragen außer Details wie: Also, wenn sie wirklich zerstückelt worden ist, möchte ich nicht diejenige sein, die saubermacht. Ich habe gehört, der Mörder ist entkommen. Was weißt du schon! Ich habe gehört, es waren zwei und man hat sie erwischt. Zwei Matrosen. Nein, es waren Diebe, ist doch klar, so eine ausländische Sängerin hat bestimmt einen Haufen Geld dabei. Aber nein: Es waren Matrosen. Jesses Maria! Da sieht man's, was er ihr genutzt hat, ihr Haufen Geld. Ja, so ist das: Wem die Stunde schlägt ... Tja, meine Liebe, wen's erwischt, den erwischt's. Also, ich gehe. Wohin? Auf den Markt, zur Boqueria. Wart noch ein bißchen, dann komme ich mit. Wer hat denn gesagt, daß sie ausgeraubt worden ist? Ich. Ach, und stimmt das auch? Natürlich, sonst würd ich's ja nicht sagen. Zwei Matrosen aus Mallorca. Was sind das nur für Zeiten, mein Gott, jetzt kann man nachts nicht mal mehr auf die Straße gehen! Na ja, aber die hier ist ja drinnen ermordet worden. Um so schlimmer! Nirgendwo ist man mehr sicher. Recht hast du. Als ich klein war, konnte man durch die ganze Stadt gehen ... Das ist nur, weil sie die Stadtmauern einreißen. Ach was! Gesindel haben wir hier auch so genug! Eine Französin war sie, hast du gesagt? Wer? Na, die Frau, die zerstückelt worden ist. Was? Eine Frau ist zerstückelt worden? Wo? Nun waren es schon über dreißig Alleswisser, die auf der Rambla vor dem Hostal dem Wetter trotzten, und die Mörder waren drei Matrosen von der *Indomable*. Nein, richtig zerstückelt worden ist sie nicht. Also, Eulàlia sagt ... Welche Eulàlia? Na, die von den Pocs. Ach die! Sieh mal, da ist sie ja! He, Eulàlia, was sagst du denn zu diesem Unglück? Ich hab nur gesagt, daß sie nicht zerstückelt worden ist. Na also, was erzählen diese Weiber hier denn für einen Unsinn! Zerstückelt, also wirklich ... Was die

Leute so reden! Und was ist nun wirklich passiert? Sie haben ihr bloß Arme und Beine abgeschnitten. Und den Kopf, hab ich gehört. Ja, das stimmt: den Kopf auch. Na, wenn das nicht zerstückelt ist, meine Liebe, dann weiß ich nicht ... Während sie noch darüber diskutierten, ob dieses Gemetzel technisch betrachtet als Zerstückelung durchging, rollte eine schwarze Kutsche, gezogen von einem alten, kurzatmigen Pferd, bleigrau wie der Tag, durch das Tor von Ollers und fuhr die Rambla hinunter bis vor das Hostal. Auf jede Form verzichtend, stürzte Don Rafel, der dürre Gerichtspräsident, heraus, daß die Kutsche wackelte. Als Zugabe kletterte der ehrenwerte Staatsanwalt der Strafkammer, der stämmige Don Manuel d'Alòs, hinterdrein, und beiden Herren folgten, aus dem Nebel aufgetaucht wie aus dem Nichts, Sekretär Rovira und der oberste Gerichtsdiener. Nach einem abschätzigen Blick auf die nunmehr knapp vierzig eifrig rätselnden Untertanen Seiner Majestät stiegen sie die drei Stufen zum Eingang des *Quatre Nacions* hinauf. He, Mariona, wer sind denn diese vier? Die sind wohl von der Stadtwache. Aber nein! Das ist doch der vom Gericht, so ein ganz Großkopferter. Ach, Richter sind das? Was weiß ich! Für mich sieht einer von denen aus wie der andere. Also, ich glaube, die sind von der Polizei. Habt ihr die gesehen, die da eben reingegangen sind? Gerade haben wir über sie geredet.

Schnaufend erklomm Sa Senyoria die Treppe, den Kopf mit der Perücke wie zum Angriff gesenkt. Der flinkere, weil jüngere Staatsanwalt sah sich gezwungen, auf dem ersten Treppenabsatz anzuhalten. Hin- und hergerissen zwischen morbider Neugier und Höflichkeit dem Gerichtspräsidenten gegenüber, den er haßte, der aber schließlich sein Vorgesetzter war, wartete er ungeduldig, daß Don Rafel wieder zu Atem kam.

»Nun?« fragte er einen Soldaten, der auf dem Absatz Wache hielt. Der junge Bursche stand stramm: »Ich weiß von nichts, Senyor, ich habe sie nicht gesehen. Es heißt, man hat ihr den Kopf abgeschnitten.«

»Das heißt enthauptet.«

»Man hat ihr den Kopf enthauptet, Senyor.«

Der Staatsanwalt machte sich nicht die Mühe, das Mißverständnis aufzuklären. Don Rafels Atem hinter ihm klang ruhiger, und er wollte endlich zur Sache kommen. Außerdem gefiel ihm die Vorstellung, als einer der ersten am Tatort zu sein, wer weiß, wozu das noch gut war.

»Wo ist es, Soldat?« fragte der Sekretär.

»Dort entlang, Senyor.«

Die vier Männer gingen in die Richtung, die der Soldat mit seiner Flinte wies, einen langen, dunklen Korridor entlang bis zu einer Tür, vor der ein weiterer Soldat müßig herumstand. Bei ihrem Anblick salutierte er unbeholfen. Die beiden Vertreter der Staatsgewalt würdigten ihn keines Blickes. Sie betraten das geräumige Zimmer, in dem sich Marie de l'Aube Desflors während ihres fünftägigen Aufenthalts in Barcelona eingemietet hatte. Blutrünstig stürmten der Gerichtsdiener und der Staatsanwalt auf das Bett zu. Don Rafel hingegen sah nicht näher hin; er ärgerte sich, wenn er seinen Verdruß auch hinter einem dümmlichen Lächeln zu verbergen suchte: Der schmierige Polizeichef war doch tatsächlich schon da und hatte das Kommando übernommen. Weiß der Teufel, wo dieser widerliche Kommissar mit dem klangvollen Namen Don Jerónimo Manuel Cascal de los Rosales y Cortés de Setúbal herkam. Don Rafel war die Wendigkeit dieses Mannes ein Dorn im Auge, denn in letzter Zeit hatte es dieser schäbige Portugiese verstanden, seine Position zu stärken und seinen Einfluß auszuweiten. Don Jerónimo, der von Don Rafels Gedanken nichts ahnte, schob mit der Spitze seines Stocks ein am Boden liegendes Kleiderbündel beiseite.

»Dieser Mord kommt höchst ungelegen, Senyoria«, sagte er statt eines Grußes. Er wußte, was man sich erzählte, und Don Rafel wußte, daß Don Jerónimo wußte, daß auch er um sein Wissen wußte. Die Ermordung eines berühmten Ausländers, zumal eines Franzosen, brachte immer Ärger mit sich. Erschwerend kam hinzu, daß diese Frau keine zehn Stunden zuvor vor dem versammelten Barceloneser Hofstaat gesungen hatte, bei dem nur der König fehlte – und vor dem Militärgouverneur, von dem irgendwer behauptet hatte, er habe sich in den Busen der Französin verguckt und sei fest entschlossen, sie zu erobern. Höchst ungelegen, in der Tat, denn die wechselseitigen Beziehungen waren ohnehin schon angespannt, und jetzt mußte man dem Militärgouverneur Meldung erstatten und würde auf dessen Fragen keine Antwort haben. All dies und sicher noch viel mehr hatte dieser Hundsfott von Setúbal gemeint, als er von einem ungelegenen Mord sprach. Don Rafel sah auf, traf auf den kalten, berechnenden Blick des Portugiesen und senkte rasch wieder den Kopf, weil er sich ertappt fühlte. Er starrte das Kleiderbündel auf dem Boden an, als gäbe es im Zimmer nichts Wichtigeres. Ohne hinzusehen, wußte er, daß Don Jerónimo Cascal de los Rosales lächelte. O ja, dieser merkwürdige Mann bezichtigte ihn vieler Dinge. Am liebsten wäre er weggelaufen, hätte sich in Luft aufgelöst, daran ist nur Rovira schuld, was habe ich in diesem Zimmer zu suchen; das hier ist die Aufgabe von Polizisten, Staatsanwälten und Richtern, nicht die des Gerichtspräsidenten ... Ich habe einfach die Nerven verloren. Aber das Leben ist nun mal so überraschend wie der Tod. Nun galt es, sich ein

Herz zu fassen. Don Rafel wartete, bis Don Jerónimo auf ihn zutrat.

»Senyoria.«

»Guten Tag, Don Jerónimo«, grüßte er betont forsch. »Nun, was ist hier geschehen?« Er hoffte inbrünstig, die Leiche nicht ansehen zu müssen, von der er wußte, daß sie links in der Ecke lag, weil von dort die Stille des Todes fast hörbar zu ihnen herüberdrang. Don Jerónimo ahnte, wie ihm zumute war.

»Kommt mit, und seht sie Euch an. Ich nehme doch an, es macht Euch nichts aus?«

»Ganz und gar nicht«, entgegnete Don Rafel, der Ohnmacht nahe. Ihm war übel, nicht so sehr, weil er etwas gegen Metzeleien hatte oder Tote haßte, die bloß starben, um ihm Scherereien zu machen, sondern weil sie in ihm Erinnerungen weckten; und Erinnerungen waren das letzte, was Don Rafel gebrauchen konnte. Er holte tief Luft und folgte Don Jerónimo, während ihm das Bild der armen Elvira durch den Kopf schoß, wie sie lachte. Am Bett machten sich zwei von Setúbals Männern zusammen mit dem Gerichtsmediziner an etwas Unförmigem zu schaffen, während Rovira, der Gerichtsdiener und der Staatsanwalt ihnen im Wege standen, angelockt von der Vorstellung, völlig umsonst einen Blick auf eine nackte Frau, noch dazu eine Ausländerin, werfen zu können. Scheinbar ungerührt wiederholte Don Rafel, ganz und gar nicht, wollen doch mal sehen, was es gibt.

Marie de l'Aube Desflors, geboren in Narbonne, bis zum zehnten Oktober dreiundneunzig, als sie Hals über Kopf hatte fliehen müssen, unter dem Namen »Nachtigall von Paris« bekannt und danach von Bonaparte umbenannt in »Nachtigall von Orléans«, lag ausgeblutet auf dem Bett. Nicht zerstückelt und nicht kleingehackt. Nicht einmal den

Kopf hatte man ihr enthauptet. Ein sauberer Stich ins Herz und ein fürchterlicher Schnitt über die ganze Kehle, einem düsteren Lächeln gleich, als hätte der Mörder ihr die Stimmbänder durchtrennen wollen. Erleichtert atmete Don Rafel auf. Das Ganze war gar nicht so grausig. Und letztlich war es wirklich nicht übel, den nackten Körper einer Frau zu betrachten, Teufel auch.

»Verzeiht, ich war in Gedanken«, murmelte er verlegen.

»Mir scheint, es handelt sich um einen Ritualmord.« Der Polizeichef trat ein paar Schritte beiseite und winkte Don Rafel zu sich. Der Gerichtspräsident zog die Dose mit dem Schnupftabak hervor, damit seine Hände beschäftigt waren. Er nahm eine Prise, hielt sie aber noch zwischen den Fingern, während er fragte: »Was für ein Mord?«, ein wenig erschrocken, weil jeder, der etwas äußerte, was über seinen Verstand ging, ihm sogleich verdächtig war.

»Ich meine, daß der Mörder diese Tat inszeniert hat wie eine Zeremonie. Der Arzt sagt, jede der beiden Wunden für sich allein wäre tödlich gewesen.«

»Was Ihr nicht sagt ...« Er sah zum Bett hinüber, holte tief Luft und zwang sich mit schier übermenschlicher Anstrengung, seine Rolle als Gerichtspräsident zu spielen. »Noch heute will ich den Schuldigen oder die Schuldigen verhaftet sehen.« Bewußt genießerisch schnupfte er die Prise. »Ich vermute, Ihr habt mich gehört, Herr Staatsanwalt.«

»Aber Senyoria!« rief d'Alòs vom Bett herüber, und Don Rafel fühlte sich gleich besser.

»Ich sehe, Ihr habt mich verstanden. Das gilt auch für Euch, Don Jerónimo«, setzte er kurzentschlossen hinzu. Er klappte die Dose zu. »Wißt Ihr, wohin die Desflors von Barcelona aus weiterreisen wollte?«

»Offen gestanden, nein.« Der Staatsanwalt war drauf und

dran zuzugeben, daß er nicht einmal von ihrem Aufenthalt in Barcelona gewußt hatte.

»Zum Hof. Sie sollte vor dem König singen.«

Damit war alles gesagt. Don Rafel steckte die Schnupftabaksdose in die Rocktasche und zog das Spitzentuch hervor, weil sich ein geradezu orgiastischer Nieser ankündigte, der jedoch kläglich versagte, als Sa Senyoria den Kopf hob und den spöttischen Blick des verdammten Hundsfotts Setúbal gewahrte.

»Die Polizei wird alles in ihrer Macht Stehende tun, Euren Wünschen zu willfahren, Senyoria«, sagte Don Jerónimo.

Und in der Tat: Der brillanten, effektiven und raschen Polizeiarbeit war es zu verdanken, daß nur wenige Stunden nachdem die Antònia, die Tomasa, die Nelson und die Ricarda Mittag geschlagen hatten, der Mörder entdeckt und gefaßt war.

Andreu stand in der Mitte des Saals und hatte keinen Blick für das endlose Wandbild an einer Seite des Raumes, das vor nunmehr achtzig Jahren der erste Stadtrat unter dem neuen Herrscherhaus in Auftrag gegeben hatte. In kräftigen, lebhaften Farben zeigte es den Bourbonen, der sich Barcelona einverleibt hatte. Angetan mit einer beinahe hüftlangen Louis-quatorze-Perücke, wie man sie heute nicht mehr sah, thronte er auf einem feurigen Roß, in der Linken die Zügel, in der Rechten den Befehlsstab, den Blick siegesgewiß auf sein Ziel gerichtet. Über ihm schwebten Engel mit Trompeten in den Wolken und hielten ein prächtiges Banner, auf dem mit himmlischer Tinte geschrieben stand: *Philippus V. Hispaniarum rex, et ipse nominatus inter tres robustus*, zum Leidwesen der beiden anderen Thronprätendenten, die sich als weniger robust erwiesen hatten. Unter den Hufen seines Pferdes beäugte ein sterbender Löwe – das Heilige Römische Reich Deutscher Nation oder das perfide Albion? – angewidert die Apotheose des Hispaniarum rex, während im Bildhintergrund diskret ein mächtiges Heer aufmarschierte. Andreu aber hatte anderes zu tun, als auf die Einzelheiten dieses Gedenkbildes zu achten, denn soeben wurde er im Saal der dritten Strafkammer des Königlichen Gerichts von Barcelona offiziell des Mordes an der französischen Sängerin Mariedelopp Deflor angeklagt, erfolgt in der heutigen Nacht zwischen Mitternacht und vier Uhr morgens. Wenn der Angeklagte nichts hinzuzufügen hat, wird er bis zum Tag der Verhandlung in Haft genommen. Der Richter sah Andreu gelangweilt an, wartete ein paar Sekunden, und da dieser bloß wortlos den Mund auf- und wieder zuklappte, betrachtete er die Anhörung als beendet und befahl dem Gerichtsdiener, den Angeklagten nach Erledigung der erforderlichen Formalitäten ins Gefängnis zu bringen.

Widerstandslos ließ sich Andreu, die Hände auf dem Rükken gefesselt, von zwei Soldaten in einen Raum führen, in dem sich nichts weiter befand als ein Tisch, zwei Stühle und stickige Luft.

»Warte hier, es dauert nicht lang – und keine Dummheiten, hörst du?«

Der Gerichtsdiener ließ ihn mit den beiden Soldaten allein. Nun endlich kam Andreu zur Besinnung, he, halt, seid ihr wahnsinnig? Die Soldaten starrten die Wand an, verflucht, es gibt nichts Übleres als den Dienst im Gerichtssaal, wo du's nur mit Galgenfutter zu tun hast. Und gerade als Andreu fragen wollte, aber warum sagt ihr denn nichts?, ging die Tür auf, und herein quoll eine dichte Wolke ekelerregenden Gestanks nach nassem, schmutzigem Filz, gefolgt von einem langen, dürren, widerwärtig hustenden Mann, der in einen altmodischen regennassen Mantel gehüllt war und selbst in dieser Umgebung geradezu lächerlich anachronistisch wirkte. Er stellte eine dicke Aktentasche auf den Tisch; den Dreispitz, der auf seiner schäbigen Perücke im Stil Karls III. saß, behielt er auf. Der Geruch seines Mantels schien ihn nicht weiter zu stören. Er zog geräuschvoll die Nase hoch und fragte mit müder Stimme: »Andreu Perramon?«

»Ich habe nichts getan.«

»Sehr schön. Andreu Perramon?«

»Ja.«

»Gebürtig aus Barcelona und wohnhaft daselbst im Carrer de Capellans?«

»Ja, aber ich ...«

»Beruf?«

»Nun, eigentlich habe ich keinen ... Ich schreibe ... Ich bin Dichter.«

»Aber mit irgend etwas wirst du dir ja wohl deinen Lebensunterhalt verdienen!«

»Ach so ... Ja ... Ich gebe Gesangsunterricht für Kinder ... Aber so hört mich doch an, Senyor, ich habe nichts getan.«

»Sehr schön. Und nun erzähl mir, wie es passiert ist.«

»Wie was passiert ist?«

»Wie du sie ermordet hast, verdammt. Wir brauchen etwas, was uns bei der Verteidigung hilft.«

Andreu schnaubte ungeduldig und wütend. Seine Nase juckte – und das mit auf den Rücken gebundenen Händen.

»Glaubt mir denn niemand?«

Der Winkeladvokat lächelte müde, griff, immer noch lächelnd und ostentativ seine Phantasie anstrengend, zu seiner Tasche und öffnete sie.

»Du weigerst dich also zu kooperieren?«

»Aber ... wenn ich doch nichts getan habe! Wie soll ich denn etwas gestehen, was ich ...«

Bei diesen Worten zog der Rechtsanwalt wieder die Nase hoch und schloß die Tasche mit einem Knall.

»Nun gut, junger Mann. Wir sehen uns dann vor Gericht.«

Er schnalzte mit den Fingern und ging hinaus. Dem fassungslosen Andreu blieb einstweilen nur der Gestank nach nassem Filz.